道光

崇俭倡廉的平庸皇帝

立德 / 编著

图书在版编目（CIP）数据

道光：崇俭倡廉的平庸皇帝 / 立德编著 . -- 南昌：江西美术出版社，2020.1（2022.3 重印）

ISBN 978-7-5480-6853-2

Ⅰ.①道… Ⅱ.①立… Ⅲ.①传记文学－中国－当代 Ⅳ.①I25

中国版本图书馆 CIP 数据核字（2019）第 022780 号

出 品 人：	周建森
企　　划：	北京江美长风文化传播有限公司
责任编辑：	楚天顺　朱鲁巍　　策划编辑：朱鲁巍
责任印制：	谭　勋　　　　　　封面设计：韩立强

道光：崇俭倡廉的平庸皇帝
DAOGUANG: CHONGJIAN CHANGLIAN DE PINGYONG HUANGDI

编　著：立　德

出　　版：	江西美术出版社
地　　址：	江西省南昌市子安路 66 号
网　　址：	www.jxfinearts.com
电子信箱：	jxms163@163.com
电　　话：	010-82093785　　0791-86566274
发　　行：	010-58815874
邮　　编：	330025
经　　销：	全国新华书店
印　　刷：	北京市松源印刷有限公司
版　　次：	2020 年 1 月第 1 版
印　　次：	2022 年 3 月第 2 次印刷
开　　本：	889mm×1194mm　1/32
印　　张：	23.5
ISBN 978-7-5480-6853-2	
定　　价：	48.00 元

本书由江西美术出版社出版。未经出版者书面许可，不得以任何方式抄袭、复制或节录本书的任何部分。

版权所有，侵权必究

本书法律顾问：江西豫章律师事务所　晏辉律师

前言

> 烟焰方禁狼焰燃,
> 百年国耻竟亲签。
> 山河不是团龙衮,
> 巧手凭谁能补天?
> ——富察·鹤年先生作《清帝十二咏之八·宣宗道光皇帝》

爱新觉罗·旻宁,初名绵宁,1782年生于北京紫禁城内撷芳殿,是清嘉庆皇帝的次子,乾隆皇帝的孙子。1821年,三十九岁的他登极即皇帝位,改元道光,后人便称他为"道光皇帝"了。道光皇帝在位共三十年,1850年,他病故于圆明园的慎德堂,被谥为"效天符运立中体正至文圣武智勇仁慈俭勤孝敏成皇帝",庙号"宣宗",葬于清慕陵。

道光自幼饱读诗书兼善骑射,深得乾隆、嘉庆的宠爱,加上他本人温良恭俭让的对外形象,终于成为大清第八代天子。登基后,雄心勃勃的道光,也曾效仿其先辈,勤力朝政,意图振兴祖业。但是,此时的大清已由盛转衰、渐露败象。官吏贪腐,欺压良善,内地与边疆的百姓不堪重负,纷纷揭竿而起。外国列强乘虚而入,以鸦片为先导,开始了对中华民族的双重侵略。正是在这种内外交困的局势下,道光表现了一个封建君主的复杂性格与令人难以捉摸的处事方式。他重用林则徐，厉行禁烟，但当英军炮舰停泊在离京师几百里之外的白河时，他又退缩、妥协，把林则徐发配边疆；他热恋白莲教女教首红菱，但当白莲教的矛头直指朝廷时，他又割爱绝情，无情地镇压了白莲教起义……

道光的这种做派，并非全由性格使然，更多的，恐怕还是由其阶级属性决定的。特别是《南京条约》的签署，更说明这一点。也正是割让香港这桩世代华夏儿女的恨事，把道光皇帝永远地推上了千古罪人的可耻可悲的地位。

作为一部历史小说，本书在不违背历史真实的前提下，尽其可能地以曲折的情节、细腻的文笔，讲述了道光皇帝的一生，以及那段时间里重大的历史事件和重要的历史人物。对于每一个不愿忘记中国历史的现代人来说，可以算是一部既有教科书意义，又有相当可读性、知识性、趣味性的作品。掩卷沉思，也许会让读者悟出许多道理……

目录

第一章　替皇孙狸猫啜毒液　审王爷罗锅弄玄机

蹿上桌案的波斯猫,被溶有剧毒的茶水毒得一命呜呼,却误打误撞地救了"候补皇帝"的圣驾。难道是上苍有意安排那白毛畜生代绵宁饮鸩一死,好让他成为统御华夏三十年的第八代大清天子?..2

第二章　刘天官渎职遭贬斥　宁阿哥览奇受刺激

"这是铜炮……这是连珠炮……这是榴弹……这是毛瑟枪……"最后看的居然是一艘巨大的军舰模型,上面装备着百余门重炮。马戛尔尼一直在滔滔不绝地炫耀着,竟没注意到绵宁的眼里满含着泪水。..16

第三章　假书生山前惩恶霸　真皇孙洞里救美人

沿着山边往前又走了二里多路,前面有一处高大的房舍,亮着灯光。那人像是奔那亮灯光处去。绵宁这段路不熟,又怕被那人甩掉,只得深一脚浅一脚紧紧跟随。手上、脸上被山藤荆棘刺得火辣辣地疼。..29

第四章　莫香兰破庙说往事　汪红菱歧路期来生

红菱挣开绵宁，飞身上马，凄惨喊道："哥哥多多保重，我们来生再会……"红马蹚起茫茫黄尘，渐渐远去。绵宁像疯了一样跪倒在厚厚的黄尘上，挥舞着双手，声嘶力竭地叫道："老天爷，为什么这样对我？" 45

第五章　太上皇金殿禅大位　宁阿哥山寨遇亲儿

红菱缓缓走进屋子，轻轻地把孩子接过来，把孩子的脸儿贴在自己脸上，眼泪似开闸洪水哗哗直淌。绵宁看着她和孩子，心里全都明白了，眼前的孩子就是他的儿子，爱新觉罗家族的后人。..66

第六章　新皇后闲语荐皇储　旧教主飞檄聚教徒

和贵妃道："乾清宫左侧有一处园子清静幽雅，皇上不若赐给二阿哥，也好让他安心读书，将来为我大清做一番鸿业。"嘉庆帝感动地说道："爱妃能如此待二皇子，真是他的福分。明日早朝，朕就册封爱妃为皇后。" 88

第七章　临突变火铳守紫禁　掩隐情雪刃赴黄泉

绵宁见击他不倒，方知是空弹，急中生智，忙把衣服上的金扣儿当作弹丸，开枪射击。宝儿正砍杀间，突然被射中胸部，猛地摔倒在地。绵宁正欲再射一枪，忽见又有两人爬上墙来，忙将衣上的纽扣全部打出去…… 107

第八章　弑贵妃撞破机密事　别皇储割断尴尬情

绵宁失魂丧魄般大叫："菱妹，菱妹！"跑进后厅门口，忽然看见那梁下一条丝绫吊着一个女子，绵宁几步冲到屋里，抽出短刀，纵身一跃，斩断白绫。女子跌落下来。绵宁紧紧抱住红菱尸首，放声痛哭……....................................127

第九章　乔先皇吓死嘉庆帝　寻遗诏难坏众大臣

嘉庆突然看见榻前站着一人，紫金冠，九龙袍。嘉庆惊问道："你是谁？"那人阴恻恻地道："孽子，将祖业败坏成这个样子，还不快随父皇同去！"一道闪电紧跟一声炸雷，那人突然舞起肥大的袖子向床榻扑去。....................................143

第十章　承帝业南面登龙位　激民变西陲起狼烟

绵宁坐在宝座上，心中一片迷乱混沌。眼前这些极为熟悉的人，一下子变得陌生起来。怔怔良久才突然警觉，自己已是拥有天下的万乘之尊，一下子恢复了自信，哭得通红的眼睛带着尊贵和威严，半天才道："都起来吧！"....................158

第十一章　忆旧人坤宁宫流连　困叛军戈壁滩传捷

喀什噶尔领队大臣色普征额率领三千清兵，在戈壁荒滩围住了张格尔的队伍。张格尔兵少将疲又缺粮草，哪是虎狼之师的对手？张格尔无奈之下，只得丢下伤残人马，逃离了危险地域，以图东山再起。....................174

第十二章　参赞献歌姬掩罪证　亲王犯糊涂触律条

　　道光如此悲戚也不完全是做给他人看，内心确实有真情实感的一面。嘉庆帝是他的亲生父亲，母后早亡，父皇给他无限关切，早有让他承继大统之意，尽管由于红菱一事伤透父皇之心，导致父皇意欲废储，但这一切又何尝不是他个人的过错呢？……190

第十三章　黜旧臣新皇借题目　盘大吏老帅做机关

　　一日之间，先朝四位军机大臣罢黜二人，降级两人。许多大臣感到内心冰凉：当今皇帝表面和善温良恭让，内心却极为倔强，真是伴君如伴虎啊！不用说，这是杀鸡给猴看，说不准，自己将来的结局更为悲惨。……207

第十四章　贪小利惹刀兵再起　拜先祖遭马步重围

　　"参见大人！"青年抱拳施了一礼，立而不跪，"叛军头领张格尔明天上午将到阿帕克和加墓地拜祭他的先祖。"庆祥眼珠一转，这倒是个擒贼擒王的好机会，只是不知道眼前这个青年说的是真是假。……224

第十五章　惑人心蜂拥而闹事　卜险卦狐疑且发兵

　　算卦先生口中念念有词，把铜钱抛了六次，又比划了六次。"蹇卦，坎上艮下，跛脚之兆。虎落平原，龙游浅水，老牛掉进陷阱，这是最危险时候。"道光闻听，内心一震，急忙抢问道："有救吗？"……239

第十六章　平叛乱钦点军中帅　逞韬略漫谈纸上兵

道光和皇后来到地图前，端详一会儿，又用手比划几下，回头拉着皇后的手说："慎儿，你看，朕多日一直在思索出奇制胜的平叛策略，多亏你刚才提醒，朕终于找到出奇制胜、包围歼灭叛军的妙计！" ……………………………………255

第十七章　割城池开门揖盗寇　守阵地据岸抗叛贼

叛军的进攻比刚才更凶猛。托什罕河的最后一道防线快要崩溃，仅剩下两百多人。长清急中生智，命令三十名骑兵骑马在托什罕岸边奔跑，用战马踏起的烟尘迷惑敌人。并让官兵不断呐喊：援——军——来——了！ ……………………271

第十八章　责莽福晋宫门犯禁　赏勇将军御街献俘

在丹陛大乐声中，道光神采奕奕登上午门城楼，两边大内侍卫一字排开，甚是威风凛凛。兵部尚书玉麟高声奏报："叛乱平定，匪首张格尔已被俘获，谨献阙下，请旨发落。"道光满面春风，捻须朗声道："交刑部议处！" ……………………290

第十九章　丧至亲孤女告御状　仗强权跋扈占鳌头

突然，一阵浓烈的烟气呛得素娟惊醒过来，睁眼一看，屋里已被火光映红，素娟大惊，翻身坐起，忍着呛人的烟味，去拉房门，谁知房门竟被人从外面锁上，慌得素娟大叫："爹，快来救我！" …………………………………………310

第二十章　迎上好百官竞槛楼　图新鲜一帝试烟霞

　　道光帝把烟枪摔在地上："爱卿金玉良言，我铭记于心。从此与鸦片决绝。常永贵何在？"道光恶狠狠地盯住常永贵，愤愤说道："你明知鸦片之害，为何还蛊惑朕吸食，是何居心？来人，给我拖出去，乱棍打死！" ………………………………… 328

第二十一章　逢霪雨恐见河堤溃　临大用惊闻国库空

　　户部尚书花良阿跪奏道："皇上，库银只有二百万两！"堂堂大清国库只剩下这点银子，道光帝龙颜震怒，痛斥道："眼下朝廷正缺钱粮，尔等胆敢通同作弊，罪在不赦！来人，将花良阿摘去顶戴，关押大牢！" ………………………… 344

第二十二章　究二罪午门斩国丈　逞一怒冷宫贬皇妃

　　王鼎一番话说得道光连连点头。唉！朕身边要是多有几个这样的大臣，也不至草率下旨啊！正在后悔，监斩官和世泰进殿交旨。道光帝惊得忙问："花良阿斩了？""人头就在殿外。"道光帝、王鼎气得直跺脚。 ………………………………362

第二十三章　赵明飞暗地窥真相　道光帝公然弄虚情

　　"绮儿爱的是一言九鼎的皇上，不是言而无信的皇上。偷窃库银、残害官吏的真凶可以逍遥法外，可检举揭发的有功之人却要惨遭杀戮，这难道还有天理吗？"道光帝听得脸上青一阵红一阵，拂袖而去。 ……………………… 382

第二十四章　惊鸳梦绮儿离大内　领凤诏林公履新职

一阵锣声鼓声由远及近，不久就见一人面上无须头戴方帽，双手平端着一卷黄灿灿的东西，风尘仆仆地奔到总督府里。见到湖广总督林则徐，来人微笑着略一点头，然后面色一转，貌似俨然，大喝一声："湖广总督林则徐接旨！" 404

第二十五章　议金殿有意弛烟禁　会青楼无心听戏文

道光叹了口气，缓缓地说："天朝受鸦片之害已有数年之久，我朝疆土广阔，子民众多，人才济济，可为何不能根绝鸦片之害呢？"他这时不禁露出了沮丧之情，"难道众卿竟无人能为朕排忧解难吗？" 422

第二十六章　穆尚书谎言哄御驾　全贵妃温语慰圣心

穆彰阿不免头冒冷汗手脚发凉。虽说他平日作假惯了，但在皇上的面前说谎，这还是第一次，稍有差错，那可是性命攸关。然而道光并没抬眼去看他，仍然一边批着奏本，一边又问道："那么奏本上所说的人证你又做何解释？" 443

第二十七章　褴衫人嬉唱莲花曲　翰墨客论禁芙蓉膏

黄爵滋见众人都望着自己，便大声向他们宣布："此等禁烟妙法，明日我定要上奏皇上，以尽身为人臣之职。"龚自珍击掌道："好，明日我龚某定为你起草一折，以尽人臣之礼，也不愧对你我兄弟情谊！" 463

第二十八章　感君恩旬日八谒圣　尽臣责万里一许身

连道光也未见过臣子骑马入宫的场面，早早就来到殿外看个新鲜，谁料林则徐是南方人，不懂骑马，战战兢兢地，几欲坠落下来。道光关切地对他说："你若不惯乘马，那明日就坐椅轿入宫吧！" ……………………………………………483

第二十九章　皇太后又逢万寿日　林钦差初抵五羊城

广州城天朗气清，风和日暖，一艘官船缓缓地向天字码头行来，船头旗杆上高悬着绣了斗大"林"字的旌旗，在和煦的风中微微飘荡。广州城内城外的乡民携老带幼、成群结队地蜂拥而来，期盼一睹钦差大臣的风采。……………502

第三十章　访狂生屈尊入书院　挞恶商扬威升公堂

林则徐怒喝道："大胆伍浩官，竟敢公然行贿本官！看来被你拉下水的何止一人，来人哪！把这个里通外国的败类拉下去，重打四十。"伍浩官磕头如捣蒜，林则徐哪里管他，手中刑筹当时掷下，一声喝："着实地打！" ……………………519

第三十一章　洋毒贩被擒成钓饵　黑杀手受命行险棋

"倏"的一声，一个身影从院墙上跳下来。林则徐大喝一声："谁，竟敢夜闯钦差行辕？"那人并不答话，一个箭步蹿到近前。林则徐见那人身穿夜行衣，手提钢刀，大吃一惊："大胆歹徒，你竟敢行刺本官，没有王法不成？"……………539

第三十二章　清钦差派兵困商馆　英商监缴烟弃趸船

包围商馆，撤走员工，断绝饮食，已经三天了。洋商们待在商馆里，个个没有好脸色，人人没有好心情。义律从躺椅上站直身子，把洋商都召了过来："君子报仇，十年不晚，先交出鸦片然后再找姓林的算账！" 561

第三十三章　销鸦片乌烟冲天去　进谗言暗流滚地来

林则徐又一声令下，几百名役夫一齐向销烟池中投入大量的生石灰。刹那间，浓烟滚滚，直冲向云霄，弥漫开来。围观的民众雀跃不已、欢声如雷。片刻工夫，乌焰冲天，久久不愿散去，如同阴死的灵魂一样…… 577

第三十四章　穿鼻洋将军初试手　养心殿皇帝乍扬眉

道光哪里容得有人在这个时候来泼冷水？当时便不悦地说："王鼎，这句话可就让你说错了。那洋人失了鸦片，现又吃了败仗，他们还敢怎样？大不了不跟他们做买卖就是！我堂堂大清岂在乎那些蝇头小利！" 594

第三十五章　寻软肋英舰队北上　贬诤臣新钦差南来

"林大人，你可要好自为之呀！"春风得意的琦善有意讥讽林则徐。林则徐则是百般滋味一起涌上心头。他看了看趾高气扬的琦善，拂了一下袍襟，义正辞严地说："琦大人，这句话应该我来问你才对吧？" 613

9

第三十六章　关将军宝刀赴大难　杨大人秽器御强敌

孙立望着关天培染着鲜血的胡须,慷慨激昂地说:"将军,要死我们就死在一起,孙立不敢偷生呀!"关天培大怒,挥着宝刀,说:"关印万万不能被英军得到,现在你若再不走,它就要落入他们的手中……快走!"..................632

第三十七章　牵国事白衣献良策　领圣命赤手赴戎机

"奕经皇侄,朕命你收复宁波、定海和镇海等地!""皇上,事关重大,这件事恐怕侄儿承担不了,还望……""哎,皇侄,你身为皇室中人,理应率先为朕分忧才是,依朕之见,这件事你就不要再推辞了!"..................650

第三十八章　广州城巧遇洋教士　翊坤宫暗害六阿哥

静妃是有目的而来,验鱼时命人特别细心,整个银针顿时变黑,太后一见勃然大怒,命太监将鱼喂给狗吃。那狗吃了几口,便挣扎倒地而死。静妃一见,更是添油加醋:"宫中竟然混入这样的人,皇上、太后还怎敢吃饭!"..................667

第三十九章　静贵妃细述奇毒药　曾国藩苦寻镇朝珠

"阿苏肌丸不过壮阳补肾,怎么会使人发疯至狂呢?是否有人服过此药而发疯死去?"静妃听了太后这话,说也不是,不说也不是。怎么才能让太后相信全皇后在鱼里下的就是这药,孝慎成皇后也是服用这药发狂而死的呢?..................683

10

第四十章　酬知己王军机尸谏　忧国事道光帝驾崩

道光思前想后，实在不愿在这丧权辱国的《南京条约》上画押签字。不签字，举大清倾国之兵与洋人奋力一拼，能否最终取胜？当然，取胜那是再好不过，万一失败，洋人攻陷北京，朕将向何处去？ ……………………………………………… 703

第一章
替皇孙狸猫啜毒液
审王爷罗锅弄玄机

蹿上桌案的波斯猫,被溶有剧毒的茶水毒得一命呜呼,却误打误撞地救了"候补皇帝"的圣驾。难道是上苍有意安排那白毛畜生代绵宁饮鸩一死,好让他成为统御华夏三十年的第八代大清天子?

嘟——嘟——嘟——

三声粗犷悠远嘹亮的号角过后,金鼓缓慢有节奏地擂响九遍,整个旷野透露着肃穆与威严。大队人马按一定等级秩序站立着,等待着,没有一丝晃动,连远处战马的嘴也被紧紧捆扎着,派人看管。如果说这里有所谓动的事物,那就是强劲的秋风下,来回翻卷的大旗,特别是那绣龙绘凤的杏黄旗上斗大的"清"字,高高地在空中来回飘摆,显示出大清王朝旺盛的生命力。

威严而整齐的队伍前面,古稀之年的乾隆帝虔诚地跪下,所有随行人员也跟着下跪。乾隆帝对天焚香、叩首,再焚香、再叩首,又洒酒叩首,如此九叩首之后方要起身,突然一声长嘶,一匹脱缰的战马向这边狂奔而来。所有的人还沉浸在祭典的肃穆气氛之中,这突如其来的情况着实把大家吓懵了。眼看战马要从皇上下跪的地方踏过,说时迟,那时快,一位机警的大内侍卫一纵身直扑战马,双臂用力死死地将那战马勒住。这时,众人才回过神来,两名太监急忙上前把皇上扶起,和珅等一班随行大臣急忙跪下向皇上请安谢罪。

乾隆帝回到行宫越想越气,刚要发话,只见两名御林军押解一人过来。此人就是负责看管马匹的人,由于不小心放跑一匹马惊吓了圣驾。皇上问也不问,挥挥手道:"推出去斩了!"

御林军刚要将那人推走，大学士刘清涛急忙下跪请奏："皇上万岁，这人玩忽职守惊了圣驾罪该万死，只是今天是大祭之日，不宜有血腥，望皇上三思。"

这时，皇上的脸色缓和多了，用清瘦的手捋捋花白的胡须，想了想，说："嗯！死罪免去，活罪不饶，发配戍边，永不回归。"那人立刻跪下叩头谢恩。

处置完惊驾之人后，皇上才想起那救驾的侍卫。召来夸奖一番，官升一级，赏金百两。

第二天早晨，和珅早早来给皇上请安，从太监那里得知皇上没用御膳，似有心事。和珅以为皇上一定还为昨天惊驾之事生气，特来安慰。不料皇上突然问道："和珅，朕的这次祭奠是否有违天意？"

皇上为何说出这话，事情还得从头说起。

大清帝国自顺治帝入主中原之后，为了表示自己对故乡的怀念，表达自己对祖宗恩德的回报，皇帝要在继位后到盛京祖坟福陵、昭陵拜祭一次。后来在大清的各代皇帝中就有一个不成文的规定，每代皇帝在位期间都应当祭拜祖坟一次，形式不一，规模不定，但必须用他们女真族古老的号角吹奏告天。

乾隆皇帝自登基以来三下江南，两赴泰山，也多次到河北孝陵、景陵、泰陵祭拜，却一直没有真正回到自己祖宗的发源地，一直拖到今年——乾隆四十七年（1782年）。

再说乾隆登基以来效法祖父康熙帝，扩大疆土、巩固疆域，将大清帝国推及到空前盛世，四海太平，八方来朝，可说得上志得意满，他也以此为傲，自诩是"十全皇帝"。但有一事也始终让他坐卧不宁，只要想起总是愁容满面，那就是皇位继承问题。

乾隆皇帝一生风流倜傥，宠幸皇后贵妃也多，但生下的皇子却不多。第一位皇后生有两子永琏与永琮，却都不幸早亡，两次痛失皇子对乾隆打击很大。想不到永琮三岁死后不到一年，一直受乾隆宠爱的皇后亦不幸病逝，搅得乾隆心绪烦乱、性情暴躁。他认为皇子早亡的原因，是他过早立他们为皇太子，有悖天意。从此之后，选定继承人的事就再也没定，直到乾隆三十八年（1773年），年过六十的乾隆深感精力衰退、身体欠佳，才开始重又考虑确立皇太子之事。但此时皇上诸子所剩不多，且大多平庸无奇，几经考察之后，才最终选定十五子永琰为皇太子。

选定皇太子之后，悲剧继续发生。太子婚后多年无子，乾隆四十四年（1779年）时一个皇太孙出生了，整个皇宫喜不自胜，但是连名还没起好就夭亡了。太子永琰对长子夭折悲痛欲绝，而在乾隆皇帝看来，这不是一个普通的"龙孙"夭亡，而是一个皇太孙的失去。联系以往乾隆两次册立太子两次太子早亡，最终选定永琰为皇太子，而永琰的长子又早早夭亡，江山社稷后继何人？乾隆的心头笼上一层阴影。

忽一日午睡，乾隆做了一个怪梦，梦见先太祖皇上来到御前痛斥乾隆背弃祖训，只知自己花天酒地逍遥人生，让列祖列宗留在东北家乡饱受风霜。先太祖皇上走时忽地一巴掌打在他背上，醒来顿觉肩背酸痛。因此，乾隆帝让皇太子永琰临时执政，自己带领一班人马匆匆赶到盛京拜祭祖坟，叩问列祖列宗的在天之灵。

时值八月，江南尚处在骄阳似火的夏季，而塞北却已秋风尽爽，飞沙掠面，七十有二的乾隆仍然不辞辛苦地来到盛京祭祖，都是为了大清帝国的江山永世留传。

万万没有想到，拜祭之时有惊马冲犯。乾隆帝并没有被惊吓，但在乾隆心中却罩上了一层阴影，也许这是祖宗对自己不肖的一种警告，也许自己的这种做法冲撞了列祖的神灵，那么祖宗的阴德还会庇佑自己吗？

不巧，昨晚又做一梦，梦见一颗流星坠入大地，把后宫照得如同白昼。他把这几件事放在一起，越想越觉蹊跷，内心越不是滋味，唯恐上天有什么灾难降临。正在揣摩之时，和珅进来请安，因此才有那一问。

和珅一听，又了解到皇上的昨日之梦，眼睛一转，笑着说："啊，皇上，这是好兆头呀！流星下落将后宫照亮，说明我大清帝国将有贵人诞生，并保佑皇上的帝业如日之恒，光芒万丈。"

和珅这么一通信口胡扯，皇上也将信将疑，渐渐忘却不快，谈论起其他事情。君臣正说着，忽有驿使从京中来报，说皇太子永琰喜得一子。

和珅听报，立即跪下向皇上道喜。乾隆龙颜大悦，道："上天终不负我！多谢列祖列宗恩泽子孙，佑我大清江山后继有人。"

京城报喜，三军欢呼，祭祖大典早已完成，即日起驾回京。一路上旗帜招展，人欢马叫，沿途官民列队欢迎。乾隆恨不得一步到京城，于是命太监传旨，晓谕沿途各州府，一改成例，不必迎送圣驾。

却说紫禁城东北角的毓庆宫里，年轻的嘉郡王永琰刚刚派八百里驿马把郡王妃喜塔腊代半夜里生下小王子的消息飞报盛京父皇处，又命人往各王公大臣府送喜帖。忙了一阵，方才静下心来仔细端详自己的儿子。那是个白白胖胖的男孩儿，长相非常奇特：眉浓长而几及耳廓，双耳特长，眼珠丰厚而光润，两只小手则垂可过膝。嘉郡王越看越奇。

此时，王公大臣开始络绎不绝地前来贺喜。嘉郡王带总管勒成迎来送往忙个不亦乐乎。王府上上下下紧张而兴奋地忙碌着。

嘉郡王夫妻长子早丧，如今又得贵子，愈加精心养育。孩子洗澡、换衣、喂水都是王妃亲自动手，只恐下人照料不周。王妃有一只波斯猫，原来十分喜爱，连晚上就寝也搂着。如今怕这猫儿伤着小王子，便叫翠巧把猫关在笼子里。

嘉郡王妃虽生在宫中，每日吃着山珍海味，奶水却不多。她怕亏了小王子，便叫总管勒成去宫外找来一位奶妈。那奶妈不只奶水充足，心也善，对养育小儿亦很有经验，把小王子抚育得又白又胖。王妃便向她请教养育之道，渐渐不把她当下人看待，因

5

她姓陈，宫中人都喊她陈妈。

一日，王妃在宫中逗着孩子玩耍，那孩子虽出生只有十多天却颇通人情。小胖手在他娘亲脸上乱摸，小嘴儿不时对他娘亲嘎嘎直笑。喜得王妃心中像灌了蜜似的。可是，不一时那孩子突然没有了笑脸，小嘴一撇"哇"地哭了起来，王妃忙给他乳头他也不吃。王妃想，他必是渴了。就叫翠巧侍候茶水。翠巧嘴里答应，不一会儿就端来茶水。王妃接过，觉得有点烫，就放在桌上晾着。

且说王妃那只波斯猫自失去主人的宠爱，便被关在笼子里，此时又饥又渴，急得乱抓乱挠。不想三抓两挠，那笼门儿竟被它弄开了，那猫一下子蹿出，一路去寻它主人要吃要喝。到了王妃房中，那猫跳到桌上看见有杯水，低头就喝。王妃正哄她儿子。看那猫喝了水，知是亏待了猫，便叫翠巧再去倒杯水来。等翠巧捧茶水上来，王妃吩咐道："把猫送到后房，好生照料。""是！"翠巧答应，抱起猫儿往外走。刚到门口，翠巧忽然惊叫道："王妃，这猫儿怎么了？"边叫边走回王妃跟前。王妃看那猫儿脑袋耷拉，四肢无力，一会儿竟没有了气息！

王妃也觉蹊跷，忽然看到桌上那猫刚喝的茶水，似有所悟，忙从头发上拔下一只银簪，往那残茶水中一插，那银簪立时变色！"有毒！"王妃大声喊道，"来人啊！有人要害阿哥。"立刻有两名侍卫跑进来。王妃用手一指翠巧命道："快快拿下这丧尽天良的狗奴才。"两名侍卫上前把翠巧按倒在地，用绳索绑了。王妃又道："勒成，晓谕府中，任何人不得出府，违者乱棍打死。快去宫外寻王爷回府！"

此时，那嘉郡王却在刘墉府中。原来嘉郡王素来敬重刘墉为官清正，刚直不阿，并且刘墉又深得乾隆皇帝的信任。此次乾隆皇帝往盛京祭祖，朝廷大事尽托刘墉代理。嘉郡王也有意倚重刘墉，便常来刘府走动。这天刘墉把嘉郡王迎进府，二人礼毕落座。刘墉道："王爷今日即便不来，下官也正要去王府拜见王爷。"嘉郡王不解其意问道："为何？"刘墉道："王爷稍候。"就叫刘安："传文成来。"刘安下去,不多时,刘安带一十八九岁青年男子进来,那男子虽是奴仆穿戴,却生得英俊。刘墉一指那男子,对嘉郡王道:"王爷,这文成有一桩天大的机密要详细禀明嘉郡王。"

原来这文成家住前门大街鲜鱼口,以卖茶水点心为生。两月前娶了刘金凤为妻。不料,一日荣亲王路过,见刘金凤生得貌美,先是重金诱惑,后用武力威胁,要强娶金凤为妾。文成夫妇抵死不从,当天夜里便来了五六个蒙面人,抢走了金凤。文成待去鸣官告状,却苦于无凭无据,只得改了容貌装束,到荣亲王府中为仆,寻了个机会要带金凤逃出王府。谁知金凤哭泣着说:"相公,妾身已非清白之躯,生死倒不足惜,只是有件攸关朝廷的大事托你去办。妾身在那荣亲王书房中看到一封密信,是沙玛尔巴写给荣亲王永琪的。信中说,已联络廓尔喀、浩罕汗,准备同时起兵,助荣亲王篡夺皇位。他派来的人,还藏在府中。相公要快去那刘中堂府中报官。"

听到这里,嘉郡王一掌击在案上,道:"好一个胆大妄为的逆贼!看本王如何收拾你。"遂向刘墉道:"刘大人为什么不派人搜捕荣亲王府?"刘墉道:"请王爷少安勿躁。现今皇上远在盛京,那荣亲王手握黄蓝两旗官兵。如果我们把他逼急了,这京都之地,难免刀兵。况且现在去搜捕荣亲王府,我们未及动身,人家已等在门口迎接了。"嘉郡王道:"那如何是好?"刘墉道:"下官也正要请教王爷。咱们须想个万全之计。"

这三人正在说话。忽有门军来报:"嘉郡王府总管勒成要见王爷,说有要紧事。"嘉郡王道:"叫他进来。"不多时,那勒成跑进来,"扑通"跪倒道:"王爷,有人下毒,要毒死阿哥。"嘉郡王大惊道:"阿哥现在怎样?""神灵保佑小王爷幸免。下毒之人也被王妃拿住。"勒成就把嘉郡王府之事如此这般详细说了一遍。嘉郡王起身道:"此事非同小可,烦请刘大人随本王回府,查个水落石出。"刘墉道:"下官正有此意。"

嘉郡王同刘墉到了府上。刘墉见了翠巧,先命人松绑。众人都觉意外，刘墉却道："她若下毒，怎能将毒死之猫拿给王妃看？"嘉郡王夫妇一听，不由暗暗佩服这刘墉。刘墉和颜悦色地问道："翠巧，从烧开水到给王妃送茶水，这当中可有人插手？"翠巧回道："因王妃还在月子里，翠莲、翠珍、翠花三姐妹都被王妃派去皇宫给皇后、皇妃娘娘请安去了，只有奴婢一人侍候王妃，没有别人插手。"刘墉仍耐心问道："此事关乎皇孙性命，你再仔细想想。""这……"翠巧紧皱眉头，沉思半晌，才说："奴婢送第一杯茶水返回时，远远看见一个人影闪过。看背影，像是小王子的奶妈陈妈。"刘墉一听，喝道："带陈妈。"

不多时，陈妈被两名侍卫带到。刘墉看那陈妈跪在地上，低着头，一声不响，便喝道："抬起头来。"陈妈只得抬头往上看，正遇刘墉那威严犀利的目光，不由一阵惊慌。刘墉已看出端倪，"啪"地一拍书案，高声喝道："大胆陈妈，竟敢下毒，伤害皇孙。现有人证在此，还不据实招来。"陈妈吓得磕头如捣蒜："大人饶命，民妇愿招。"刘墉道："讲。"

陈妈道："民妇本来就知道每天半晌王妃都要喂阿哥茶水。就在那天趁翠巧侍候王妃时，民妇悄悄溜进茶点房，把米粒大的药丸粘在水壶嘴上。民妇刚要离去。忽听脚步传来，忙躲到门后。只见翠巧进来提起水壶倒了一杯水双手端着出去。民妇等她走开，就赶紧走出去。"

刘墉听完，厉声喝问："你受何人指使？"陈妈慌忙道："是民妇一时鬼迷心窍，要害阿哥。民妇罪该万死，任凭大人处置。"刘墉不再问话，略一沉思。一挥手，命两边退下，只留嘉郡王夫妇。

刘墉走到陈妈跟前道："你只管据实招出真由，本官自会派人保护你全家安全。你虽然下了毒，所幸阿哥毫发未伤，即便将来皇上论罪，本官也会说你已将功补过。兴许你还能讨一条活命。"陈妈哭道："谢大人，民妇愿招。"

陈妈道："前几天，民妇跟王妃告假去看望生病的婆婆和年仅三岁的儿子。谁知，一进家门就见院里坐着三个王府打扮的人。

其中一个总管模样的人,吩咐另外两个人打开包裹,拿出一锭锭的元宝,还有那翡翠、珍珠、玛瑙等稀世之宝。那总管见民妇看得呆了,就从身上掏出一个纸包,送到民妇眼前道:'你只要给那嘉郡王的儿子吃下这包里的东西,这些金银珠宝就都是你的了。'民妇打开一看,是三个米粒儿大小的药丸,这才明白那总管是要民妇做伤天害理之事。那总管道:'这种药丸能致人死而不留痕迹。即使再高明的仵作也验不出来。你只要做得利索,谁也不会疑你,到那时你全家带着这些财宝远走高飞,保你几世用度不愁。'民妇任他巧舌如簧,只是执意不从。那总管大怒,竟把刀架在民妇孩子的脖子上,冷笑道:'你若不照办,就宰了这小崽子!'民妇救儿心切,只得答应照办。那总管才带两恶奴扬长而去。民妇等他们走开,忙去叫邻家的阿狗远远地跟着。过了半个时辰,阿狗回来说,那三个竟进了荣亲王府。"

陈妈刚说到这里,早把嘉郡王恨得钢牙咬碎,骂道:"好一个阴险毒辣的荣亲王,竟敢加害我王儿。本王定让你碎尸万段。"说完,命人给陈妈画了押,带到后房关押起来后,便和刘墉计议如何治那荣亲王。

两人正商议着,家人来报:"王爷,皇上驾到。"嘉郡王慌忙起身准备接驾。刘墉笑了笑,拦住他,附耳如此这般一番。刘墉急忙带人从王府后门走了。

嘉郡王跪倒在乾隆帝车辇前,道:"儿臣不知父皇回京,迎驾来迟。"乾隆帝心情高兴也不怪罪,忙道:"皇儿快起,何罪之有。"嘉郡王起身,请皇上及侍臣进了王府。到了大厅,乾隆刚坐下,就对嘉郡王说:"快叫人把朕那小皇孙抱来,让皇爷爷好好看看。"嘉郡王忙命侍卫:"速去传王妃抱王子,来见皇上。"侍卫领命便去。不多时嘉郡王妃带着翠巧,翠巧抱着孩子来到大厅。

乾隆双手接过孩子仔细观看,不由大为惊喜。暗道:我这皇孙生就帝王之相,看来是先祖庇佑。朕欲立那嘉郡王为皇储,是合乎天意的。乾隆看着皇孙可爱,情不自禁,用手去逗孩子,孩子睁眼看他。乾隆看他双目炯炯有神，虽是孩子，却令人望而生敬。

乾隆看过皇孙，仍交翠巧抱着，满面喜色道："可喜可贺，我大清王室，又添后人。"嘉郡王看老皇帝今儿个高兴。便跪下道："儿臣恳请父皇给您的小皇孙赐名。"乾隆连声说："好，好，朕正有此意。朕看这小皇孙乖巧睿智，不会像一般孩儿顽劣粗鄙，就赐他名'宁'，皇孙是'绵'字辈。就叫绵宁吧。"

"儿臣谢父皇隆恩。"嘉郡王说完站起，侍立一旁。

那老皇帝因为看出绵宁有帝王之相，竟不由自主地说："'绵'字为民生衣被常用之字，难以回避。将来'绵'字辈中人有承继大统做皇上的，须将'绵'字改为不常用的'旻'字。"说完，命人记录，将来传谕子孙。嘉郡王是绝顶聪明的人，已听出老皇帝言外之意，心中大喜。

嘉郡王看时机已到，便和王妃突然一齐跪倒喊道："儿臣冤枉，求父皇给儿臣做主。"乾隆吃了一惊，忙问："皇儿这是为何？"嘉郡王道："可怜绵宁王儿刚出生几天，竟有人要毒害于他。"乾隆一听，勃然大怒道："什么人胆敢毒害朕的皇孙？皇儿细细奏来，朕为你做主。"嘉郡王便把绵宁险遭毒手之事详细叙述了一遍。最后嘉郡王道："现有王妃侍女翠巧和绵宁奶妈为证。"乾隆听完，又气又恨，忙叫太监传翠巧和奶妈来。那翠巧、陈妈早候在门外，闻听太监来传，赶紧进去跪在乾隆面前，把各人所见所为如实地说了一遍。

乾隆皇帝听罢，正欲命人去传那荣亲王，门官来报："荣亲王求见。"乾隆帝冷笑一声道："真是说曹操，曹操到，宣他进来见朕。"门官出去。时辰不大，那荣亲王永琪迈步走进大厅，来到皇上跟前，撩衣跪倒道："儿臣本意是给嘉郡王贺喜，不知皇上也在。见驾来迟，请皇上恕罪。"乾隆帝"啪"地一拍书案怒道："哼！你也来贺喜吗？你可知罪？"荣亲王暗吃一惊，立即又镇定下来，故作不解道："儿臣何罪之有？"乾隆帝道："你图谋毒死朕的皇孙，难道不是死罪？"荣亲王忙叫道："儿臣冤枉！儿臣深受皇恩，受封荣亲王，节制黄蓝两旗官兵，正所谓荣宠一身，儿臣为何要毒害皇上的皇孙？"乾隆冷笑道："事实俱在，岂容你巧言善辩。"遂命人道："带陈妈。"陈妈带到，跪倒给皇上磕头。乾隆帝用手一指荣亲王对陈妈道："这便是荣亲王永琪。"陈妈一听"荣亲王"三字，竟不顾皇上在场，用手指着荣亲王破口大骂："你这丧尽天良的畜生，竟指使家奴要杀我全家，逼迫民妇毒死小王子，真是天理不容。"那荣亲王不慌不忙怒斥陈妈："哪里来的刁蛮妇人，胆敢诬蔑本王。"又向乾隆道："儿臣并不认识这刁妇。必是那嘉郡王看皇上恩宠儿臣，心生嫉妒让此刁妇诬陷儿臣。"说完长跪不起，掩面而泣。

　　乾隆看他如此模样，又问道："你府上的总管现在何处？"荣亲王忙止了哭泣道："正在嘉郡王府外，皇上可传他当面对质。"乾隆帝命人去传总管。不多时，那总管来到大厅。陈妈一见那总管忙向乾隆奏道："皇上，正是他。正是此人带两个恶奴要杀民妇三岁的儿子，逼迫民妇去害王子。"乾隆问那总管道："你可认识堂前这一妇人。"那总管却摇摇头道："回皇上，奴才不认识此妇人。"乾隆怒道："狗奴才，你可要如实回朕的话，当真不认识？"那总管不慌不忙道："奴才敢以脑袋担保，的确不认识此妇人。"陈妈听那总管竟不承认认识她，气得背过气去。乾隆命人暂把陈妈押下去。

　　乾隆帝见一时难辨曲直，不由得去看那嘉郡王。那嘉郡王登时吓得一身冷汗。心中连骂刘墉："这该死的刘罗锅怎么到现在还不来。"

　　那嘉郡王正在暗骂着刘墉，忽有门官来报："刘墉有要事面君。"嘉郡王一听大喜：本王有救了。

　　且说刘墉带着手下差役奴仆出了嘉郡王府后门，到了大街上。刘墉道："张成。"张成答："奴才在。""你带几个人速到那荣亲王府前放出风来，就说，皇上祭祖回京，到嘉郡王府去了。等那荣亲王出府，就回相府复命。""嗻。"张成领命而去。刘墉又唤刘安:"你速去将陈妈邻居的阿狗带到本府。""是!"刘安也走了。刘墉带着剩下的差役仆从回府等候。

刘墉到了府内,刚坐下;差役来报:"有一老翁前来投案。已等待多时了。"刘墉道:"传他进来。"差役下去,不多时带一老者进来。刘墉一看,那老者十分眼熟。老者忙给刘墉跪倒磕头。刘墉道:"你姓甚名谁?所犯何事?"那老者道:"大人,你不认得老奴了吗?三年前老奴李忠还是嘉郡王府的管家。因大人常去嘉郡王府,所以老奴认得大人。"刘墉这才想起,这老者确是嘉郡王府的。就又问道:"你为何投案?"李忠眼含热泪叹息一声道:"大人,一言难尽。"

李忠道:"老奴本是嘉郡王府中多年的老管家,深得嘉郡王和王妃的信任。王府之中,老奴皆可自由走动。三年前,嘉郡王妃生一男孩,嘉郡王便命老奴去荣亲王府送喜帖。老奴到了那荣亲王府中,那荣亲王竟给老奴三个药丸,命老奴寻机毒死嘉郡王刚出生的儿子。老奴当然不愿做,那荣亲王就说要杀老奴全家十余口,老奴无奈只得答应。回到嘉郡王府,一日老奴乘王妃和孩子睡熟,侍女不在,悄悄溜进去,把那药丸放到孩子口中。不到两个时辰,王妃宫中便传来孩子夭折的消息。原来那药丸能致人死命,却不留痕迹。合府上下只当孩子得急症而死竟不疑被人毒害。老奴自知罪孽深重,便向王爷辞了差使。"

"谁知,就在老奴回家的当天夜里,家中突然起火。全家要冲出屋子,不料门却被从外面反锁住,老奴知道必是那荣亲王要杀人灭口。亏得那夜老奴睡在厨房里,大火烧起来时,老奴躲在水缸里才幸免一死。可怜我全家十余口全被烧死。"

"老奴怕那荣亲王加害,只得东躲西藏,四处漂泊。想想被自己毒死的王子,想想被烧死的全家,老奴还算是人吗?与其苟延残喘,倒不如拼了一条老命,去官府自首,告那荣亲王。"

那老者说到这里已是涕泪交流,不能自已。刘墉劝道:"李忠,本官自会宽大于你,也会还你一个公道。"

这时，张成、刘安回府复命。那荣亲王果然中计，往嘉郡王府去了。刘墉带了张成、刘安、文成和众差役径直奔荣亲王府。

刘墉带人来到荣亲王府门口，立刻命差役将王府团团围住。差役打开府门，文成带人直扑府中。那荣亲王的心腹家将忙操兵刃，企图拒捕。刘墉大声说："荣亲王图谋造反，已被本府缉拿归案。如有拒捕者，即视为死党，本府定当严办。"那几个心腹听说主子被拿，赶忙放下兵刃，束手就擒。

文成领了差役，径奔后房，刘金凤正在房中，文成喊声："金凤。"夫妻两个，抱头痛哭。刘金凤止了哭声道："快去搜那封密信。"文成便带了众人奔荣亲王书房。众人在书房搜了半天，竟没搜到那封密信。刘金凤道："想必是那三人听了风声，带着逃了。"文成道："这王府已被包围，他们逃不出去。"金凤道："想必是藏在地室里。"文成叫差役搬开屏风，果然有一入口，一差役要进去，金凤拦住道："不可，太危险。"便叫文成燃起一堆火，再用湿烟闷。那浓烟直灌入内。不多时，地室里传来剧烈的咳嗽声。过了半天，里面传来一句生硬的中原话："住——手，我——们——出——来。"

众人停下。不一会儿，那三人爬出地室，众差役上前拿住，搜出了密信。

刘墉见拿住了人，搜得了密信，大为高兴。忙叫差役押着他们，带了一干人证，径往嘉郡王府。

刘墉进了嘉郡王府，来到乾隆跟前，跪倒在地："臣刘墉叩见皇上。"乾隆帝一见刘墉来到高兴道："刘爱卿，你来得正好，朕就让你来审此案。"刘墉道："谢皇上信赖微臣。"乾隆命刘墉坐在书案旁。

刘墉坐定道："带人证阿狗上堂。"不多时阿狗到堂。那阿狗是个十多岁的孩子，哪见过今天的场面。不由吓得浑身哆嗦。刘墉和颜悦色道："阿狗，你不必害怕。本府问你，你只管如实回答。"阿狗结结巴巴道："是……"刘墉问："阿狗，那天陈妈让你跟踪的三个人中可有此人。"说完用手一指跪在堂前的总管。阿狗看了一眼道："是。"

刘墉问那荣亲王："荣亲王，今有人证在此你还有何话说？"荣亲王讥笑道："难道刘大人平素审案都是听那一面之词？"刘墉道："说得好，今天本府一定让你心服口服。来人呀，带人证李忠。"李忠到堂，那总管看见李忠，吓得大叫："有鬼，有鬼，打鬼啊！"刘墉"啪"地一拍书案道："大胆狗奴，青天白日哪来的鬼，你到底做了什么亏心事？还不如实招来。"那总管看瞒不住，只得一一如实供来。

此时李忠跪倒在嘉郡王跟前，哭道："王爷，老奴罪该万死！老奴今世对不起王爷和大阿哥。"那李忠哭完，突然转身猛地向石柱撞去，只撞得脑浆迸裂，立时气绝。众人看了无不叹息。

刘墉问荣亲王道："你还不认罪吗？"荣亲王道："那总管所作所为本王一概不知，都是他一人所为。当然本王也有管教不严之罪。"刘墉讥笑道："推脱得倒也干净。本府还有一案看你如何推脱？"说完刘墉从身上掏出那封密信，双手递给乾隆帝。

乾隆看完密信，勃然大怒道："大胆逆贼，竟敢谋朝篡位，看朕不把你这乱臣贼子千刀万剐！"荣亲王听罢，却站起身来，哈哈大笑道："谁是逆贼，何为乱臣贼子？那唐太宗李世民杀兄篡位，就是本朝也有那雍正帝为做皇帝逼死康熙皇帝。自古成者王侯败者贼。本王若是大事成功，所谓的逆贼，所谓的乱臣贼子就是你乾隆皇帝。"乾隆帝面如土色，大喊道："来人，给我推出去凌迟处死。"荣亲王长笑一声道："不劳皇上费心，本王去也。"说完向石柱撞去，登时气绝身亡。乾隆帝和众人一见，都惊得目瞪口呆。

第二天早朝，乾隆皇帝御太和殿，召见群臣，诸事奏毕。乾隆召见文成、刘金凤，当众褒奖，并敕封文成内务府笔帖式，封刘金凤忠义夫人，其余人各有封赏。

第二章

刘天官渎职遭贬斥
宁阿哥览奇受刺激

"这是铜炮……这是连珠炮……这是榴弹……这是毛瑟枪……"最后看的居然是一艘巨大的军舰模型,上面装备着百余门重炮。马戛尔尼一直在滔滔不绝地炫耀着,竟没注意到绵宁的眼里满含着泪水。

翠峦列枕,绿野展茵;春风含笑,百花醉人。煦暖的日光斜照在一片绿茵茵的草地上。几只绿顶紫颈的小鸟,在草地边的老梨树上穿梭似的飞来飞去,震得雪白的梨花一片一片落下地来,平铺在翠绿的草地上,好似一幅绸子上绣着花朵。

忽然,一阵清脆、天真的笑声从远处传来,只见从梨树后面跑出两个男孩。"快点,绵恺。"跑在前面、穿着紫色锦袍的男孩催促着后面穿红色锦袍的男孩。紫衣男孩五六岁,左手拿一个彩纸扎制的大蜻蜓,右手紧拉着红衣男孩的衣袖。红衣男孩四五岁模样。两人跑到那片草地上停下,顾不上去擦额头的汗水就赶紧动手放飞蜻蜓。紫衣男孩擎起大蜻蜓,红衣男孩则拉着线儿迎风飞奔,边跑边放长手中的线坠儿。"飞起来了!大蜻蜓飞起来了!"两个孩子欢呼雀跃起来。

"二阿哥,三阿哥。"忽然,远处传来一女子的喊声。只见从东面假山后走出一个宫女来。那宫女显然看见了两个孩子,急急地跑过来。紫衣男孩迎上去问道:"红月,什么事?"红月忙道:"两位阿哥从上书房偷跑出来,被管门太监告到王妃那里去了。王妃叫奴婢来找你们。"两个孩子一听,吓了一跳,忙拉了红月要走。红月道:"三阿哥先去上书房,王妃已责成先生处罚。至于二阿哥,王妃吩咐奴婢带去见她。"那红衣男孩一听暗暗庆幸,向紫衣男孩做了个鬼脸,转身跑了,紫衣男孩只得垂头丧气跟着红月向王府走去。

紫衣男孩随红月进了王府后房。只见额娘嘉郡王妃板着脸坐在椅子上。紫衣男孩踌躇着走到跟前，跪倒在地："孩儿见过额娘。"王妃突然脸色一沉道："上书房的师傅为什么只有徐颋一人在？"绵宁眼见隐瞒不住，只得道："是这么一回事……"

原来，上书房总师傅刘墉因岳父病重回去了，另外两个师傅，翰林院编修秦承业、检讨万承风，也有事情外出，只留徐颋在上书房督课。

那绵宁正是贪玩的岁数，见上书房四位师傅走了仨，顿时心猿意马起来。瞅着徐颋不注意，拉着三弟绵恺悄悄溜出上书房，一溜烟跑开了。

绵宁刚一说完，王妃气得骂道："这该死的刘罗锅子，竟敢擅离职守。看皇上怎么治你。"又对绵宁说："这件事皇上已经知道，看他们如何收场。"绵宁心想，这事皇祖父怎么知道得这么快？

原来乾隆带着和珅与几个贴身内侍从宫外游玩回来，突然想到几天没见皇孙绵宁了。谁知到上书房一看，只有翰林院学士徐颋一个人看着皇子皇孙习字，那绵宁和绵恺早没影了。乾隆一见勃然大怒，质问徐颋，刘墉几人何在。徐颋推脱说，早间看见三人来过，没有注意何时走了。乾隆帝正要问个究竟，一太监来报说，有使者来京，请皇上召见。乾隆命管门太监传口谕，差嘉郡王查明真情，上奏皇上。

第二天，乾隆帝在太和殿召对朝臣，训问国事。嘉郡王永琰遂把上书房师傅擅离职守一事详细奏明了皇上。乾隆顿时大怒，传谕旨道："上书房师傅竟敢擅离职守，误我皇室子弟。如不严加惩治，必将再犯。上书房总师傅，吏部尚书、协办大学士刘墉降为侍郎衔。上书房师傅翰林院编修秦承业革职留用。上书房师傅翰林院检讨万承风革职留用。上书房师傅，翰林院侍读学士徐颋罚俸一年。"

却说绵宁自此时起竟也振奋起来，立志要为大清江山社稷做一番事业。三更灯火五更鸡，每天天不亮就起身，此时宫中一片寂静，连上早朝的各部院官员都没有来，只有内府的几个太监轻手轻脚地往来侍候。外面很黑,他小小的年纪,还有些怕。一个太监挑着一盏白纱灯为他引路,走进隆宗门,来到上书房。这时师傅还没来。他一个人先温习功课。天亮后,师傅来了,一天的功课方正式开始:听讲、读书、学做诗文。下午未时以后,又跟从满族师傅学习满语、满文。年岁稍长,又跟从以弓马见长的谙达习学刀马骑射。如是日复一日、年复一年,寒暑不辍。把乾隆帝和嘉郡王喜得心花怒放,三天两头来看他课读、练功。

这一日晌午,上书房散了课,绵宁还在刻苦用功。忽然想到已有十多天没去看十皇姑固伦公主了。现在每天课读练功,诸事皆可放弃,唯有这十皇姑不能不去看看。原来绵宁自小就总让十皇姑抱着,会走之后又天天跟着十皇姑玩耍,因此绵宁对十皇姑最为亲近。十皇姑长到十五六岁,不能再像小时候那样到外面疯疯傻傻地玩,绵宁就经常到十皇姑宫中陪她玩耍。那十皇姑很受乾隆喜爱,被御封为固伦公主。固伦公主自幼喜欢穿男式衣装,像男子一样骑马、射箭。乾隆帝赐她宝马、弓箭、撒袋、马鞍。固伦公主便经常在宫中练习骑马射箭。绵宁来宫中玩时,经常跟她学骑马射箭。

绵宁出了上书房,一路飞跑往固伦公主的长春宫中来。因为他经常来,宫女、内监都认识,也不用通报,就一直往后宫跑去,到了后宫那块空地一看,不见固伦公主,就一直往公主寝宫来找。绵宁进了宫门,一眼就看见十皇姑正伏在书案上抽抽噎噎地哭,绵宁吃了一惊,急忙走近,摇着固伦公主的胳膊连声问:"十皇姑,你怎么了?是谁欺负你了?"固伦公主抬起头,一看是绵宁,急忙擦干眼泪,装出笑脸道:"皇姑没有什么,你怎么这么多天不来看皇姑了?"绵宁刚才明明看见皇姑在哭,当然不信。追问道:"十皇姑,是谁欺负你了,你说,我找他算账去。"固伦公主笑道:"皇上最疼爱十皇姑,谁敢欺负。"绵宁还是不信,说:"皇姑要是不告诉我,我就再也不来看皇姑了。"固伦公主无奈只好说:"那好,皇姑就告诉你吧!"

半月前,乾隆帝带嘉郡王、和珅等人到圆明园游玩,来到一处阁楼上。乾隆见阁楼下草地上花鹿成群,老皇上便想考考嘉郡王的骑射本领,便唤嘉郡王拿着弓箭下楼去,须一箭射中鹿头,便赏他金鞍一副。那嘉郡王奉命,赶下楼去,乾隆倚阁楼窗台上看他。只见他弯弓搭箭,"嗖"的一声射出,只听"嗷"的一声鹿叫,侍卫过去,把射死的鹿献上楼来。皇上看见果然一箭射在鹿头上,十分欢喜,忙吩咐人赏嘉郡王金鞍。

那随行来的和珅的儿子丰绅殷德在一旁看见,十分羡慕。他急忙跪下,请求皇上让他试试。乾隆笑问道:"你也能射中鹿头吗?"丰绅殷德回禀道:"奴才不止能射中鹿头,还能射中鹿眼。"乾隆帝原本很宠信和珅,如今见和珅的儿子有如此本领,又看他面貌俊美,便更加喜欢他。道:"你若能射中鹿眼,朕不但赏你金鞍,还要招你做额驸。"侍卫官递过弓箭来,丰绅殷德接过,走下楼去,只见一群花鹿,从树林里出来。他弓拉满月,"嗖"的一声响,一支箭直飞出去,那面一头母鹿,眼上着了一箭,应声而倒。侍卫忙把射倒的鹿献上楼。皇上看时,果然不偏不倚,一支箭正插在鹿的右眼眶里,乾隆帝说一声:"好!"吩咐赏他金鞍一副,叫他陪着嘉郡王到柳堤上骑马玩耍。

这时嘉郡王得了父皇的赏赐,心中正高兴,忽见丰绅殷德胜过了他,众人喝彩,心中便觉得不高兴,恼恨这和珅父子。这是父皇的话,他不敢不依,便懒洋洋地和丰绅殷德走下楼去。

乾隆帝回到后宫,便把要招丰绅殷德为固伦公主额驸的事跟惇妃说了。那惇妃知道乾隆帝素来宠爱固伦公主,他相中的额驸想来不差,便去固伦公主寝宫与女儿说了。

绵宁听固伦公主说了原委,问道:"十皇姑是不满意那丰绅殷德?"固伦公主道:"皇姑与那丰绅殷德从未谋面,怎说满意不满意。倒是那和珅,皇姑见过几面,可是总感觉他不像好人。倘若他以后犯了什么事儿,岂不株连那丰绅殷德。事关皇姑终身大事,皇姑怎不忧心如焚。"

绵宁笑道:"原来皇姑是想弄清楚那和珅是不是好人。这有何难，等我寻机见了他，一问便知。"固伦公主忙劝阻道："宁儿，不可造次，闹出事，父皇要怪罪的。"

那乾隆帝自刘墉等人擅离上书房事件发生后，对上书房皇子皇孙的学习督促更紧，并多次降谕旨责令刘墉等师傅要尽心尽力，悉心指导，对皇子皇孙"得加赏罚不妨过于严厉"。

这天晌午，乾隆帝处理完国事，就带着宠臣和珅和内侍想看看皇子皇孙的学习情况，等他们到隆宗门一看，上书房已经散学，乾隆帝转身要回宫，忽然传来朗朗读书声。乾隆帝带着和珅悄悄往窗口一看，只见绵宁正捧着一卷《资治通鉴》念得入迷，乾隆帝不禁龙心大悦，便站在窗前，听他读书。这时跟在乾隆帝身后的和珅憋不住，轻轻咳了一声。绵宁听见了把眼睛从书本上移开，一看皇爷爷正看着自己，忙起身迎出书房。乾隆帝狠狠地瞪了和珅一眼，扶起绵宁进了上书房。绵宁给皇爷爷让了座，看皇爷爷身后站个胖乎乎的老头，就问道："皇爷爷，这个人是谁？"和珅一听忙上前答道："回二阿哥，奴才和珅。"一听是和珅，绵宁不由得细细打量起来，只见他胖嘟嘟的一张脸上挂着谄媚的微笑，肥厚的嘴巴上的一簇胡子，就像八旗兵长枪上的红缨。绵宁心想：怪不得十皇姑说他不像好人，瞧他那副德性！

乾隆帝坐在书案前，拿过绵宁读的《资治通鉴》道："皇孙，今儿皇爷要考考你，看你书读得怎样？"绵宁自信地说："皇爷爷就请出题吧！"乾隆说道："那秦王嬴政为什么能以十年之功，灭六国一统天下？而其少子胡亥仅仅两年便尽失天下？"绵宁侃侃而谈道："那秦王嬴政雄才大略，勤政富民，礼贤下士。对内轻徭薄赋，奖励耕织，富国强兵。对外采纳谋士们的建议运用远交近攻，合纵连横的策略，灭六国一统天下。而其少子胡亥诛兄篡位，滥杀朝臣，苛政于民，以致朝纲败坏，人心尽失。仅仅两年，江山易主。"乾隆听罢，大加赞赏："皇孙读书可谓精深。"和珅也跟着附和道："是啊，二阿哥真知灼见也。以二阿哥的才智，将来必能做一番大事业。"绵宁刚才看他就不顺眼，见他如此奉承，突然问他道:"和珅,你是好人吗?"和珅被他突然一问,尴尬得不知如何回答。乾隆帝也莫名其妙,便问道:"皇孙为何这样问话?"绵宁说:"我只是关心皇爷爷,所以发问。"乾隆帝笑了笑转向和珅说:"和爱卿,你就回答他吧!"和珅讷讷道:"奴才自忖已经尽心尽意地侍候皇上,还算得上是好人。"绵宁立即反驳道:"不对,我刚才回答皇爷爷的话都是这本书上的。凡读书人哪个不知,谁人不晓,你却吹捧是我的真知灼见。似你这样阿谀奉承之辈能说是好人吗?你为朝中大臣,应当为皇上分忧解愁,帮皇上出谋划策治理天下,怎能只顾侍候好讨好皇上?"和珅被绵宁一顿抢白,尴尬万分,无地自容。那乾隆帝听了不但不生气反而赞叹道:"皇孙小小年纪竟能说出这番话,真像皇爷爷小时候。"和珅心里发恨,听皇上称赞,只得说道:"二阿哥教导的是,奴才一定照二阿哥说的做。"乾隆帝对绵宁教导了几句,便起身回宫了。

　　绵宁因问了和珅"是不是好人",便急忙跑出上书房带着两个小太监向长春宫固伦公主宫中奔去。一进宫门,就见固伦公主正和一个七八岁的女孩儿玩耍。那女孩儿长着鹅蛋脸,一双水灵灵的眼睛透着聪明伶俐。固伦公主见绵宁来到忙介绍道:"这是新任内廷侍卫莫玉的女儿莫香兰,父皇叫她来宫中陪我。"又向那莫香兰介绍了绵宁。香兰听了忙跪叩行礼。绵宁忙叫她起来。又对固伦公主说:"十皇姑,刚才我问了那和珅,他说他是好人。可是我怎么看他也不像好人,还奚落了他一顿。"固伦公主笑道:"宁儿怎么如此认真。皇姑只是对他有所忧虑。再说,父皇决定的事,断无更改的道理,管他好人坏人,皇姑都得嫁他儿子。"那莫香兰听了,接着说:"公主请放心,那和珅是个顶顶大的好人!"绵宁不解地问:"你怎么知道?"香兰得意地说:"那天我在阿玛房内听我阿玛对额娘说:'咱只要送上十几万两银子,那和珅包我做内侍卫。'后来我阿玛真的升为内廷侍卫了。"绵宁听了道:"和珅真这样做,他就是个大贪官。"香兰争辩道:"他是好人。""他是坏蛋。""是好人。""是坏蛋。"固伦公主忙劝阻道:"这种事无凭无据不要乱说。来,你们玩吧。"

莫香兰拿出一个手帕，在绵宁面前甩一甩道："我这手帕里能变出银子来。"绵宁道："我可不信。"香兰右手将手帕一甩，说声"变"，张开手一看，果然手帕里有一钱银子。香兰又说声"变"，张开手一看，手帕里有了两钱银子。绵宁吃惊地说："似你这样变法不出一个月，就成了巨富。"香兰却嘻嘻直笑。

香兰又变了几个戏法，只把绵宁惊奇得伸着头瞪眼。两人玩得开心，不知不觉一个时辰。绵宁忽想到下午还有功课，就急匆匆向固伦公主告辞。出了宫门，绵宁暗暗懊悔贪玩了这么长时间，又觉得喜欢莫香兰，倒有些舍不得她。

太平盛世的日子总觉得过得飞快。转瞬间数年过去。绵宁已经十岁了。他没有辜负长辈的期望，在师傅秦承业、万承风的督责和教导下，勤奋学习，刻苦自励。他学习了"四书""五经"，研读了《资治通鉴》《通鉴览要》《贞观政要》等史鉴类书籍，阅读过《道德真经集解》《江湖逸民集》等子集类书籍。随着身体的成长、学业和道德的进步，在这位少年皇子身上已表现出几分儒者风度和帝王气概。

又是一个天高气爽、风和日丽的好日子，紫禁城上书房的阿哥们散了学，绵宁还在孜孜不倦地研读《贞观政要》。这时三阿哥绵恺从背后冷不防把书抢了去。绵宁急得叫道："别闹，快把书给我。"绵恺把书藏在背后，背着双手学着乾隆帝的声调说："朕要你们读书是要你们理解书中所阐述的道理，不是要你们'两耳不闻窗外事，一心只读圣贤书'。更不能沾染上汉人那种迂腐、穷酸的文人习气和其他恶习。"绵宁看他学得一本正经，让人忍俊不禁。绵恺这才把书放在桌上说："二阿哥，今天京城来了外国使节，说是来给皇上祝贺八十大寿的。"绵宁漫不经心地说："不就是外国使节嘛，哪年不来几次，有啥稀奇。"绵恺忙说："不是你说的那些，这次是正规使团，有一百多人，还带着他们女王的国书。他们的女王才二十岁，给皇上带来了好多礼物，足足有三大车呢。"绵宁不屑道:"这些洋人,能有什么宝贝玩意。"心中却对那女王好奇。绵恺怂恿道:"听小太监说,那些人现住在宫门外宏雅园。咱们去那儿看看。"绵宁赶紧摇摇手道:"不行,私自出宫,皇上知道要生气的。"绵恺劝道:"皇上这几天正在热河行宫。再说那些洋人明天就要去热河觐见皇上。错过这个村,可就没有这个店了。"绵宁还在犹豫,绵恺一把把他拉起来,往外就走,边走边说:"皇上也说要咱们关心天下大事,咱们也该去看看。"

两个人到了上书房门外,绵恺支走小太监,拉着绵宁悄悄地出了紫禁城。这绵恺看来不止一次出过宫,道路挺熟。没多大工夫,两个人来到了宏雅园的大门口。往门口一看,有八个八旗兵把守,一边四个。绵恺也没把他们当回事,拉着绵宁往里就走。这时两个八旗兵上前拦住:"喂!干什么的,和中堂有令,闲人不准进去。"绵恺大怒道:"让开!本少爷是……"还没等他说完,绵宁赶紧拦住,把他拉到无人处说:"你要是说出来,这些当兵的就会告诉当官的,保不准会让皇上知道,我看咱们还是回去吧!"绵恺不干,说:"要回去,你回去吧。我今天非进去看看不可。"绵宁想:我回去了,他在这儿出了事怎么办?就说:"咱们又进不去,你怎么看?"绵恺忽然灵机一动说:"走,咱们到后面看看去。"

两个人转到宏雅园后面,看见墙下有棵树。绵恺走到树下,往手心吐了口唾沫,"噌噌"几下就爬到树上,又从树上跳到墙上。他回头向绵宁招招手,绵宁也同样爬到墙上。两个人从墙上跳到院子里。直奔当中大厅,来到大厅后面,两个人一齐从窗口往里看。只见大厅当中放一张八仙桌,一个黄头发、白皮肤的大鼻子洋人正坐在桌前看书。绵恺看那洋人穿的上衣竟像燕子尾巴一样,忍不住笑出了声。洋人听见动静,抬起头往窗口看去。绵宁忙拉着绵恺躲到一棵大树后。不一会儿,那洋人从大厅出来,来到窗下。手里拎着一个黑幽幽发亮的铁家伙。绵恺悄悄问绵宁:"二阿哥,这洋人手里拿的是什么?"绵宁道:"准是防身武器。"这时,洋人好像发现树后有人,就用那黑家伙指着大树道:"Who is there? Go out。"又用汉语道:"谁?出来!"绵宁心想:我堂堂天朝皇孙,岂能像做贼似的躲着。便拉着绵恺从树后从容地走出来。洋人见是两个衣着华贵、赤手空拳的少年,便收起那铁家伙。绵恺喝道:"大胆,见了二阿哥为何不跪?"洋人似懂非懂问道:"你们是什么人?到这里来干什么?"绵恺道:"我们是当今皇上的皇孙,快快下跪行跪拜礼。"绵宁说:"他不懂我天朝礼仪,免了吧。"那洋人听说是皇上的皇孙,忙脱下毡帽,一鞠躬说:"原来是两位贵族,请到大厅坐坐。"

二人跟着洋人进了大厅。二人坐下,洋人问:"二位贵族先生想喝点什么?要香槟、白兰地,还是喝咖啡?"绵恺忙说:"什么样的名茶我们也不稀罕,来杯你们的咖啡吧。"绵宁不屑地说:"算了吧,有什么好喝的。"不一会儿,洋人端来两杯咖啡。绵恺端起来就喝。谁知刚喝一口就"哇"的一声吐了出来,气得大骂:"什么狗屁咖啡,又苦又涩。"绵宁笑道:"我说不会是什么好东西吧!"那洋人听见,忙又换两杯茶来。

绵宁接过茶杯,便问道:"先生尊姓大名?"洋人道:"我叫马戛尔尼,是使团的团长。我代表英吉利王国尊贵的女王陛下向贵国皇上祝贺八十大寿。顺便和贵国交个朋友。""交朋友?"绵宁和绵恺不解。绵宁道:"马先生,历来都是外国使节来我天朝朝贡,没有说交朋友的。"马戛尔尼似乎对绵宁称他"马先生"莫名其妙。过了一会儿才说:"对,交朋友难道不好吗?贵国有的东西我们没有,而我国有的东西贵国也没有。我们两国可以交个朋友做做交易嘛。"绵宁讥笑道:"我天朝地大物博,物产丰盈,无所不有。"马戛尔尼也笑道:"我使团此次就专门带来贵国没有的东西,让贵国皇上开开眼界,长长见识。"绵宁大怒道:"无理,竟藐视我天朝皇上。"马戛尔尼却不急不恼地说:"两位尊贵的客人可以跟我先去看看那些东西。"

马戛尔尼带着绵宁和绵恺来到大厅左侧的一所房子前。那里专门有一个洋人看管着。马戛尔尼向那洋人嘀咕了几句,那洋人便打开了房门,马戛尔尼叫绵宁和绵恺进来。只见房子里堆满几百个大大小小的木箱。马戛尔尼搬过一个木箱,放在地上,用锤子启开,从里面拿出一件东西来,绵宁仔细一看,却是铜棍做成的框架支承着几个大小不同的钢球。马戛尔尼介绍道:"这叫作天体运行仪。这三个钢球,最大的代表太阳,最小的代表月球即月亮,中等的代表地球,就是人类居住的地方。"说完用手轻轻一拨,只见那最小的球绕着中等的球转动,中等的球绕着最大的球转动,同时三个球自身也在转动。马戛尔尼解释说:"这样就非常形象地描述了太阳、地球、月亮三者之间的运行关系。"绵宁一看笑道:"如此看来,我们天朝倒是围着太阳转动了。真是荒诞透顶。我天朝乃天下中心。天朝大皇帝君临万国,恩施四方,无论内外,均系大皇帝百姓。"马戛尔尼听了绵宁的一番宏论,苦笑着摇摇头。

马戛尔尼又打开一个箱子,从里面拿出一个金黄色长筒状的东西。他双手拿着,领绵宁和绵恺来到大厅前的空地。马戛尔尼把那长筒递给绵宁道:"这叫望远镜,你通过它往门口看。"绵宁半信半疑举起往门口一看,登时惊叫起来。原来那门口情景像是突然拉到跟前,连那门口八旗兵的眉毛、胡子都根根看得清晰。绵恺看他惊奇的样子忙拿过来看,也叫了起来。马戛尔尼看他两个惊奇的样子,好不得意。他顺手把别在腰间的黑幽发亮的家伙拿了出来,对绵宁和绵恺介绍道:"这是手枪,体积小,重量轻,携带方便,利于近战。"说完,对准厅前大树一扬手,"砰"的一声,一只小麻雀直栽下来。绵恺上前捡起一看,那麻雀竟被打穿了一个洞。

马戛尔尼带二人回到库房,又打开几个大木箱,都是些铁家伙。马戛尔尼一一介绍:"这是铜炮……这是连珠炮……这是榴弹……这是毛瑟枪……"绵宁这一回全都相信了。好半天他没说一句话。

最后马戛尔尼打开最大的那个木箱。竟是一艘巨大的军舰模型,上面装备着百余门重炮。马戛尔尼一直在滔滔不绝地介绍、评述着,竟没注意到绵宁的眼里满含着泪水。

三人回到大厅。马戛尔尼接着说道:"我们此次来给贵国皇帝祝贺八十大寿,目的是增进两国的友谊和相互间的了解,共同发展,这无损贵国任何利益,却可以更好地促进贵国的发展。可是贵国的某些做法却令人难以理解。前天,我向贵国大学士和珅建议在京城表演我们的新发明气球载人升空。和珅竟态度冷漠,未置可否。昨天我邀请贵国福康安将军检阅我的卫队演习新式火器操练。那位福大人却回答说:'看亦可,不看亦可,这火器操法,谅也没有什么稀罕!'"

绵宁不等他讲完,起身道:"马先生,我们也该告辞了。"说完拉起绵恺就往外走。马戛尔尼急忙拦住道:"尊贵的客人,请稍等一会儿。"转身往内室走去。一会儿拿着两个望远镜走了出来。马戛尔尼道:"谢谢二位客人的来访。这两件东西就送给你们做个纪念吧。"绵宁正要推辞,绵恺却赶紧接过来。绵宁本来就对这望远镜感到惊奇,一心要探个究竟,便没再表示异议。二人辞别马戛尔尼,出了宏雅园,踏上通往皇宫的路,远远望去紫禁城上空云雾蒙蒙,绵宁心目中尽善尽美的天朝大国的美景越来越淡漠。

其实,年仅十岁的绵宁还不可能明白,正是那巍峨而森严的紫禁城把他同外部世界隔离开来,使他只知有"天朝",不知有其他。他所接触的文化主要是传统文化,他不知道,也不相信有更先进的文化。他当然也弄不清楚那个口口声声说要和中国交朋友的马戛尔尼使团来访的背景和真正意图。

送走绵宁两人,马戛尔尼回到大厅,如释重负地松了口气。这时副使斯当东、马戛尔尼的挚友走了进来问道:"这两个孩子是什么人?有劳大使阁下亲自接待。"马戛尔尼得意地耸耸肩说:"他们是大清国皇帝的孙子。我们要用和平手段打开中国这个大市场。就要让他们知道英吉利王国的富强、发达,和英吉利做朋友,取消限制两国贸易的禁令。"斯当东心有余虑地说:"大使阁下,我看不会一帆风顺吧，那些清朝官员如和珅、福康安的表现就令人难以理解。"马戛尔尼道："阁下不必担心，他们只是大清皇帝的走狗，并不代表大清皇帝。我可以看出，大清皇帝对我们是欢迎的，我们使团刚到广州就受到当地巡抚郭世勋的隆重欢迎和热情款待。在天津，直隶总督梁肯堂亲自接待。到了北京，军机大臣、大学士和珅亲自慰问使团。这些高级官员都是按照皇帝的指示执行公务。因此可知大清皇帝欢迎我们来访。只要我们觐见了皇帝，献上礼物，使他高兴，他一点头，我们的使命就完成了。"说完，他打开烟盒，弹出一支纸烟点着，又递给斯当东一支，问道："阁下今天收获怎样？"斯当东摇摇头懊丧地说："和珅命令，严禁我使团成员在北京随意走动。我当然一无所获了。"马戛尔尼半是安慰，半是自语地说："只要我们留心，就从那些接待我们的中国官员身上同样能获得我们需要的情报。"又向斯当东问道："觐见大清皇帝的事进行得怎样了？"斯当东说："皇帝已经指示长芦盐政徵瑞，要在热河避暑山庄接见我大英使团。徵瑞通知我，明天就起身前往热河。""好！"马戛尔尼高兴道，"叫库房把给皇帝的礼物整理好，准备明天动身去热河。"说完，从身后橱子里拿出酒杯和一瓶白兰地，斟满递给斯当东一杯，自己端起一杯说："来，预祝我们成功，干杯！"

第三章

假书生山前惩恶霸
真皇孙洞里救美人

沿着山边往前又走了二里多路，前面有一处高大的房舍，亮着灯光。那人像是奔那亮灯光处去。绵宁这段路不熟，又怕被那人甩掉，只得深一脚浅一脚紧紧跟随。手上、脸上被山藤荆棘刺得火辣辣地疼。

自从那天看过洋人回来，绵宁就对大清王朝的尽善尽美产生了怀疑，只是囿于皇祖父和上书房师傅对自己多年的教诲而不敢承认。他曾在无人处不止一次偷偷地研究洋人送给他的望远镜。但是每次看后都感到深深的懊悔和后怕。老话说："奇技淫巧，玩物丧志。"他是爱新觉罗家族的后裔，他曾经立志为大清江山社稷做一番事业，但他今天这个样子，是不是被"奇技淫巧"丧了志呢？他对得起列祖列宗吗？可是那洋人枪炮兵舰的威力，即便是大清最精良的火器营也无法与之相比。这些担忧，沉重地压在他幼小的心上，使他难以承受，真想找个人倾吐个痛快。可是他不敢和任何人说，好像自己做了最见不得人的事，羞与人言似的。

这日，绵宁散学还在上书房伏案沉思，忽然小太监走进来说："二阿哥，王爷派人叫你去一趟。"绵宁赶紧起身往毓庆宫走，一路上心里忐忑不安，不知父王找他有什么事。

绵宁进了毓庆宫大厅，只见嘉郡王正坐在大厅当中的虎皮椅上，闭目沉思。绵宁向前，跪拜道："宁儿叩见父王。"嘉郡王抬起头说道："宁儿，起来说话。"绵宁站起，侍立一旁。嘉郡王问道："宁儿最近学业如何？"绵宁回道："宁儿愚钝，进步甚微。"嘉郡王吃惊道："我儿莫不是有什么心事？"绵宁本是个不会说谎的孩子，听父王问他，赶紧跪倒在地，羞愧地说："孩儿有错，有负父王厚望。"遂把和绵恺一起偷看洋人和自己的想法详细说了一遍。谁知嘉郡王不但不生气,反而赞叹道:"我儿小小年纪,便有忧国之心,实为可嘉,仅此一点便是你三弟无法相比的。古人云,玩物丧志,此话可用在你三弟身上,但是我儿却由玩物而生忧国之心,将来必有大成。"说完语气一转又道:"我儿还应明白,我大清从打下江山到如今恪守祖业靠的是列祖列宗的文治武力而不是奇技淫巧,我儿切不可本末倒置,荒废了学业。还有,今后万万不可私自出宫,以防意外。"绵宁听完,似乎眼前一亮,几天来压在心中的谜团,被父王轻描淡写的几句话彻底解开,他感觉心情轻松多了。

他父子二人正说着,忽有守门家人来报:"王爷,钦差到。"嘉郡王一听,忙到宫门口迎接。到了宫门口前一看原来是和珅,嘉郡王只得先迎上前去问道:"和中堂何时到京,小王迎接来迟。"那和珅却不把嘉郡王放在眼里,看见嘉郡王从宫中出来,他既不上前,也不答话。等到嘉郡王先跟他问话,这才答道:"下官刚到京城,因身带圣旨,不敢耽搁,就直接到王爷府上来了。"嘉郡王忙把和珅迎入宫中,到了大厅,和珅挺身站立好喊道:"嘉郡王永琰接旨。"嘉郡王赶紧跪倒,口呼"万岁"。和珅念道:

"奉天承运皇帝诏曰:着嘉郡王永琰二日内率诸皇子皇孙赴热河,举行一年一度秋狝大典。钦此。"

和珅念完,嘉郡王接过圣旨站起身来请和珅落坐。家人献上茶来。嘉郡王问道:"父皇近日龙体可好?"和珅道:"皇上身体好着呢。心情也非常好。尤其是英国使团来给皇上祝寿,虽说不太顺利,到底还是给皇上增添了几分喜庆。"嘉郡王不解,问道:"怎么不顺利?"和珅道:"那两个洋人先是说觐见皇上不行跪拜礼。后又说以觐见他们女王的礼节谒见我天朝皇帝。那就是觐见时往前屈一膝,趋前吻皇上手。这算得哪门子礼节。好在皇上恩德宽厚,念他们远道而来,准他们觐见时,单膝下跪,但免去吻手之礼。"嘉郡王接着问道:"那后来觐见顺利吗?"和珅道:"非常顺利,皇上在热河行宫万树园大幄中接见了英国使团,礼部官员引领马戛尔尼至御座左首,向皇上行礼致词,把镶有珠宝的镴匣盛装的英皇书信呈献皇上,并呈献礼品单。皇上亦向英国女王和马戛尔尼及其随行人员回赠大批金银珠宝,绫罗绸缎,觐见礼仪完毕后,皇上设宴款待扈从王公大臣、蒙古王公、贝勒、贝子、公、额驸、台吉及缅甸国使臣陪宴。第二天由我和福康安将军陪同游览行宫园林山水,楼台亭榭。八月十三是皇上寿辰。英使随同王公大臣等至澹泊敬诚殿行庆贺礼、参观校阅比武、歌舞、燃放焰火等活动。第三天也就是今天,我陪同英国使团回到京城。"和珅像是跟嘉郡王炫耀似的,滔滔不绝地讲着,讲完,像是突然想起漏讲了某事似的道:"王爷,我陪同马戛尔尼在行宫游览时,马戛尔尼说,他们在京城时,有两个自称是皇孙的孩子去宏雅园看过他们,听马戛尔尼的描述,很像是王爷的二阿哥和三阿哥,下官不敢隐瞒,就给皇上说了。皇上听了有点不高兴。王爷明儿个到热河可要小心点。"嘉郡王听他竟将这事也给皇上说,心中更是恨他,嘴上却说:"和中堂一路劳乏,本王设宴为和中堂洗尘。"和珅忙摇摇头说:"不可,不可,那英使马戛尔尼说还有事和我谈呢,下官这就告辞了。"说完起身就往外走,嘉郡王一直送到宫门外才停步。

时值仲秋,乾隆帝自热河避暑山庄起銮驾前往木兰围场秋狝,嘉郡王永琰及皇子皇孙、王公大臣随扈。

秋阳高照,金风飒飒,乾隆一行,浩浩荡荡,逶迤北去……

所谓木兰秋狝,就是清朝皇家每年秋天到木兰围场去打猎,既为了冶游,也为了讲武习射、训练军队。

木兰围场在承德以北,方圆一百多里。境内山峦起伏,河流纵横,森林密布,野草繁茂,其中栖息着各种动物,是理想的狩猎场所,而错综复杂的地形则适合军队的训练。

乾隆帝大队人马来到木兰围场,已是下午。乾隆帝传旨下去,暂时驻扎。准备明日行围。嘉郡王又命先导官去选好围场,并在准备合围的地方设置帷幔,称为"看城"。

次日，天刚蒙蒙亮，乾隆帝及皇子皇孙、王公大臣俱已起身。先命管围大臣率领蒙古骑兵、满族八旗兵、虎枪营士卒、各部落射手等，分作两翼，开始包围猎场。两翼前面各有蓝旗做导引，剽悍的骑手举着大旗，疾驰前进，后队依次进发，两翼很快合拢，并逐渐缩小包围圈。受惊的野兽被赶往围场中心，鹿鸣虎啸，豕突狼奔，兔起鹘落，好不热闹。乾隆帝步出行营往四周看看围内情势，然后飞身上马，携弓佩刀，率领皇子皇孙、王公近臣、随扈射手等突入围场，开始射猎。照例，皇帝最先射捕。乾隆帝打马如飞，直冲围场。八十岁的老人了，骑在马背上却不摇不晃，灵便自如。乾隆帝在围内跑了两圈，这才拈弓搭箭，搜寻猎物，突然他目光如电，两膀用力，拉满了弓。这时，随从、王公大臣、皇子皇孙都屏息静观，整个围场突然沉寂下来，连野兽也似乎吓得不敢动弹、惊恐地等待着。

山风掠过，林涛阵阵……

"嗖"的一声，乾隆帝射出第一箭，正中一只飞跑的山兔。围场内立刻爆发出一阵欢呼声，如山呼海啸。乾隆带着皇子皇孙一路射杀开去。绵宁骑一匹桃花马紧跟在乾隆身后。这时，一只受惊的梅花鹿突然从乾隆帝马前跑过，皇上急忙纵马去追，一边拈弓搭箭，准备箭射梅花鹿。可是他毕竟是八十岁的老人，骑在飞驰的马背几次想射出，都因双手不稳放弃了。眼看着这匹马正好追上了梅花鹿，那梅花鹿突然转身往回跑。紧跟在乾隆帝身后的绵宁迅速拈弓搭箭"嗖"的一声，正中梅花鹿左眼。诸皇子皇孙、王公大臣齐声喝彩："好！"乾隆帝听到鹿的叫声，回头一看，那梅花鹿已被绵宁射中，高兴地赞叹道："皇孙，小小年纪，箭法却如此之精，反应如此之快。"这时乾隆帝看那鹿虽被射中却没伤要害，负痛逃得更快。便对绵宁道："皇孙如再能两矢皆中，朕即赐穿黄马褂，并一支双眼花翎。"绵宁答道："谢皇爷爷夸奖。"便又弓拉满月"嗖嗖"两箭射出。众人看去，只见一箭正中那鹿的右眼，一箭正中鹿头。侍卫将死鹿拖到乾隆帝马前，请皇上过目。

乾隆帝高兴地道："快赏皇孙双眼花翎。"绵宁急忙下马跪倒在乾隆帝马前。侍卫过来将双眼花翎插在他头盔上，绵宁却没有站起来的意思，只是用眼睛看着乾隆帝。乾隆帝见此情景恍然大悟，哈哈大笑起来，忙又叫侍卫："快去拿黄马褂给皇孙穿上。"侍卫为难地说："皇上，事出仓促，奴才一时找不着这么小的黄马褂。"乾隆帝一听，迟疑了一下，立即下马，脱下自己的黄马褂，将十岁的绵宁裹住，一抱而起。

　　这时，那些皇子皇孙、王公大臣一个个惊奇得呆若木鸡，他们根本没有想到乾隆帝宠爱绵宁到了如此地步，不由暗暗艳羡、赞叹。

　　此时，年纪八十的乾隆皇帝联想到他十二岁时，曾经随同祖父康熙前往木兰围场行围。康熙搭弓放箭，将一只黑熊射中倒地。康熙为锻炼小皇孙的胆量，即命乾隆前往再射。乾隆来到近前，不料黑熊并未射死，仅是受伤倒地，见有人近前突然立起，扑向乾隆。乾隆面对危险，毫不惊慌，镇定自若，虚与周旋。康熙在一旁见势不妙，急忙又发一箭，将黑熊射死。乾隆十二岁随祖父行围，只是遇受伤的熊而不惊，但绵宁随祖父行围，却引弓获鹿。且绵宁在比乾隆当年小两岁的时候就有如此令人瞩目的表现，这是大清朝后继有人的吉兆。想到这儿不由诗兴大发，乾隆喊道："来人，笔墨伺候。"扈从急忙笔墨准备好，两个侍卫用手扯着一张宣纸站在乾隆帝面前。乾隆帝把绵宁放下，提笔在手，刷刷点点，一挥而就。

　　　　　　尧年避暑奉慈宁，
　　　　　　桦室安居聪敬听。
　　　　　　老我策骢尚武服，
　　　　　　幼孙射鹿赐花翎。
　　　　　　是宜志事成七律，
　　　　　　所喜争先早二龄。

家法永尊绵奕叶，
承天恩祝慎仪刑。

两名侍卫等皇上写完，把宣纸展开给众人看，诸皇子皇孙、王公大臣一齐欢呼："万岁！万岁！万万岁！"

翠峦峻岭，绵延广阔，数峰并列，中峰独秀，云雾缥缈，直刺云天。一条青石阶小道，蜿蜒盘旋而上，两旁古木参天，连绵不断，山风劲吹，古木萧萧，置身于此，恍如蓬莱仙境。

远处传来一阵清脆的铃铛声，只见青石阶小道上走来一行人。最前面的是两个穿着青衣、束蓝腰带的中年汉子，一个红脸一个黑脸，两人腰间都挂着钢刀。紧跟着四个轿夫抬着一乘轻巧、漂亮的暖轿。轿的左边，一前一后跟着两个穿着整齐的丫头。右边是一个英俊儒雅的少年公子，看去十六七岁，头戴紫金缎帽，黑亮的辫子整齐地束在脑后，身穿黄白锦袍。这少年公子骑着一匹雪白的马，马的脖颈上挂着两只铜铃铛，走起路来，"叮叮当当"清脆悦耳。少年公子好像第一次来此仙境，骑在马上不时东张西望，欣赏着山林景色，一会儿又跟轿中人说着话。轿子后面跟着两个穿青衣的中年男子，牵着驮着行李的马。一行人不紧不忙，边走边观赏周围的景色，不知不觉转过一个山丘。这里突然开阔了许多，但两旁却是悬崖耸立，恶石冲天，行人也一下子增多了。有钱人或骑马或乘轿，仆从前面开路，不停地吆喝着行人，穷苦人家或挑担或背篓，都是去山上做买卖的，更多的人手拿香纸，提着贡品，是上山烧香还愿的。少年公子看这里热闹起来，便向轿中道："额娘，这里很热闹，您也看看。"说完，紧走几步上前把轿帘卷起。轿中坐着一个衣着华贵的美丽妇人。那美妇人看着熙熙攘攘的人流，对少年公子道："宁儿，额娘今天是来烧香还愿的，切不可招惹是非。我们既已改了汉人装束，就该改为汉人称呼，以免被人识破。"少年公子道："母亲说得是。"美妇人听他已改了称呼，便问道："你也要取个汉人名字。"少年公子略一沉思道："孩儿就叫丁宝宁如何？"美妇人道："此名甚好。你去叫王侍卫他们改了称呼。"

这娘儿两个正说着，忽然人群呼啦一乱，齐声惊叫："莫老虎来了。"慌乱的人群往两旁闪开，路上水果、香纸、贡品丢得满地都是，只见前面飞驰而来十几匹马。这时那路上正有一个十六七岁的少女和一个盲人老太太被人群挤倒在地，少女慌得爬起来去搀扶老太太，那老太太摔伤了，挣扎着几次都没有站起。那十几匹马眼见着到了跟前，一个家奴打扮的人似乎没看见道上有人，还在拼命地扬鞭策马。眼看着要踏着那母女二人，忽然那少年公子腾身而起，跃到那母女跟前，一手一个挟在腋下，一个翻滚窜到道旁。那十几匹马擦身而过，直冲美妇人那乘暖轿。轿前两个中年汉子一看，大喝一声："大胆！"一齐窜上前去，一人一手一个，紧紧扣住马的缰绳，像钉子一样钉在地上，那马跑得正急，被突然用力扣住，一齐栽倒在地，骑马的人一下子被摔出老远，半天爬不起来。那紧跟着的马匹有的栽倒在地，有的被迫停下。当中一匹马上坐着一个胖墩墩的花花公子，咧着大嘴，似乎被刚才的一幕震住了，好半响才醒过腔来，用马鞭一指，恶声恶气地骂道："哪里来的野种，竟敢冲撞公子爷的马头。"这时从地上爬起来一个总管模样的家奴，指着胖公子，色厉内荏地道："你们好大胆。这是督抚大人的公子，还不快快让道。"那两个中年汉子像没听见似的，红脸汉子怒道："你小子竟敢冲撞我家夫人的轿，再不闪开，看爷们怎么教训你。"这时那白脸少年公子已安顿好那母女，来到轿前，指着花花公子怒道："光天化日之下，竟敢冲撞行人，王法何在？"那胖公子一听，哈哈大笑道："本少爷就是巡抚大人的公子，我就是王法，还不快给公子爷让条道。"白脸公子不依不饶，正要发怒，忽听身后轿中美妇人说道："宝儿，让他们过去。"少年公子听见，怒声道："若不是本公子赶路，定不饶你。"说完，命人把轿移到路边。胖公子刚才已看见这几个人的身手，只是硬撑着面子。见那少年公子让道，只说了声："公子爷回头找你算账。"便带着一群恶奴，狼狈而去。

少年公子看他们走远，便叫轿夫起轿，继续往山上走去。这时天色突然变暗，乌云从四面云集而来。少年公子催促道："快走，天要下雨了。"一行人急忙赶路。谁知刚走二里多路，雨点就噼里啪啦落了下来。看看离山上寺庙不远，可是这时青石台阶被雨水淋湿，奇滑无比，一行人越走越慢，雨却越下越大。少年公子一看，这样不行，淋坏额娘怎么办。一转身看见路旁半山腰有家客店，少年公子忙喊道："先到那家客店住下。"一行人晃晃悠悠总算来到客店门前，两名使女急忙把美妇人扶下轿。众人收拾东西。店小二赶紧迎出，见是有钱人家，满脸堆笑道："客官，住店呀，楼上有三间上等客房，请。"说完，前面带路，两使女扶美妇人缓步上楼，少年公子和两个中年汉子跟在后面。另两名青衣汉子在下面看着行李。

上了楼，只见一字排着四间房。店小二一指西头的一间说："客官，这间房有人住着。东面三间你们住，怎么样？"美妇人道："就这样住吧。"店小二忙叫人搬行李。

众人安顿下来，天色已经很晚。雨还是一个劲地下个不停。不一会儿店小二送来晚膳，众人随便吃了。因赶了一天的路都是又困又乏，用了晚膳，各自回房歇息。少年公子和红脸汉子住在西间。红脸汉子往床上一倒，就鼾声如雷，少年公子迷迷糊糊也有了困意。这时西间客房传来两个人的说话声，公子被惊醒，仔细一听是两个女子的声音。公子心道："隔壁原是住着女客。"正想睡下，忽听有人敲门，一个女子在喊："公子，夫人叫你过去。"少年公子急忙答应起身开了门，却是额娘的使女红月。急忙跟着红月来到额娘房中，那美妇人正靠在床头坐着。看见少年进来，叫红月给公子看坐。少年公子坐下。美妇人道："红月、红桃，去下面把淋湿的衣服行李烤干。"红月、红桃答应着下去了。美妇人这才说道："宁儿，额娘本不想告诉你，现在看你长大懂事了，不妨告诉你。宁儿可曾知皇上已在太和殿宣示立你父王为皇太子？"少年公子点点头："孩儿早已知道。"美妇人接着道："五年前，我随你父王来山西复查原巡抚汪廷文一案时，曾经来到这五台山显通寺。额娘当时许下宏愿：如果你父王能承继大统、荣登宝座，额娘愿重塑金身再修庙宇。如今你父王果真如愿以偿，额娘此次来五台山就是要还了当年许下的宏愿。你父王平素慑于皇上威严，表面谦恭，心中却极想做皇太子，如今他梦想成真，自是感激佛神保佑。当你父王听额娘说要去五台山还愿，就极力赞同。只是担心近日匪人到处作乱，专与大清为敌，便叫额娘改了皇家装束，扮作汉人，又命你带着大内侍卫王黑爪、刘宏武、铁砂李、张乘风四人随身护卫，你父王才略略放心。额娘看你日间随意显示武功，招惹是非，很是不安。"绵宁辩解道："孩儿无意显示功夫，只是看那母女有性命之忧。"美妇人斥责道："还敢顶嘴，你可知就在你救那母女之时，是否有人在窥测咱们的来历。以后不许多管闲事。"绵宁赶紧跪倒："孩儿听从额娘教诲。"

原来美妇人正是嘉郡王妃喜塔腊氏。当下王妃见绵宁听从自己的话，便道："我儿快歇息去吧。明日雨停，我们立即上山烧香还愿，不可在此地久留。"绵宁听了，道了晚安，回房歇息。

第二天，绵宁早早起来，看雨已渐停，天色还灰蒙蒙的，客店里还没有人起，便在走廊打了一套拳，活动活动身体。这时，西间的房门"吱呀"一声打开了。绵宁想准是两位女房客起来了，谁知走出房门的却是个英俊美艳的男子，一身书生扮。绵宁从未见过如此美貌的男子，不由得多看了几眼，书生似乎生性腼腆，被看得红了脸，慌忙低下头去，绵宁才觉有些冒昧。看他走近，便往前一揖道："这位兄台早。"书生显然没料到绵宁会和他打招呼，忙还了一揖："兄……台早。"急忙往楼下而去。绵宁也想看看外面道路是否好走，便也走下楼去。

这时嘉郡王妃也已起身，红月、红桃赶紧起来侍候王妃穿着梳洗。王妃道："昨夜好像下了一夜的雨，天明方止。"那红月、红桃夜里睡得沉,哪里知晓,只是嘴里答应着。梳洗完毕,王妃吩咐道:"红月快去看看公子他们起来没有,红桃你去下面叫店小二快些准备早点,我们吃了好上山。"红月、红桃答应着出去了。

不一会儿,绵宁回来,来到额娘房中,见额娘已起身。忙上前问了早安。王妃问道:"不知上山的路可走吗?"绵宁答道:"去山上的路已被暴雨冲毁,恐怕一时无法上山。"王妃着急道:"不知要等到何时?"绵宁安慰道:"母亲先别急,孩儿想,三两日那山上的雨水流完,便可上山。"王妃无奈,只得耐着性子等待。

这时,四名侍卫已经起来,大家用了早点。绵宁向王妃道:"母亲,孩儿第一次来五台山,想出去走走。"王妃有点不放心道:"我儿难道忘了为娘昨夜的教导。"绵宁忙道:"孩儿谨遵母命,决不招惹是非。"当下便叫王黑爪、铁砂李、张乘风留下保护王妃,只带了刘宏武走出客店。

两个人来到外面,因为上山的路已被冲坏只好往回走。边走边看那雨后风景,不知不觉又来到昨天路过的宽阔地带。只见这里的人比昨天还多。做买卖溜达闲逛的,络绎不绝。绵宁忽然看见昨天差点被马撞伤的那母女俩在路旁卖些花生果品,便走上前去,看那少女虽然衣着破旧却生得十分美丽,想必是昨天事出仓促,绵宁没能看清楚。那少女正和盲人老太太说话,没看见救命恩人就在眼前。绵宁站了一会儿,心中忽然想道:"我这不是来让人家承情报恩吗?"想到此,急忙走开向别处去了。

两人正走着,忽听有人惊叫道:"莫老虎来了。"只见人群又是一阵慌乱,人们赶紧躲到路边。那卖花生果品的少女忙拉着老太太躲在一旁。这时只见那胖公子莫老虎带着五六十个打手飞驰而来,到了人群跟前,莫老虎停了下来,眼睛在人群里搜索。绵宁一看,对刘宏武道:"这小子肯定是来找我们的。"刘宏武怒道:"爷们可不怕他。"绵宁忽然想起额娘的话,急忙向身旁卖斗笠的拿了两只,自己戴上,又给刘宏武戴上。莫老虎在人群中没找着目标,一转脸看见躲在路旁那个卖花生的少女,这小子一看姑娘有几分姿色，立刻像猫儿见了腥似的，跳下马走到姑娘跟前，色迷迷地道："美人儿，在这穷受个啥，跟上公子我，包你享受荣华富贵。"说着伸手去拉姑娘。那姑娘又羞又怕，边往后缩，边求道："少爷饶了俺吧。"莫老虎哪里肯依，忽地窜上前去，伸手去摸姑娘前胸，姑娘吓得大叫，一旁瞎眼老太太听见女儿呼叫，猛地举起拐杖就打，莫老虎只顾去抓姑娘，毫不提防。那拐杖一下子打在他手上，疼得他跳了起来，照准老太太胸前就是一脚。可怜那老太太被踢倒再没有起来。莫老虎捂着手叫道："孩儿们，给我抢。"立时那群恶奴打手如狼似虎扑向姑娘。绵宁看了，恨得咬紧牙根。那刘宏武骂道："好个恶贼，看爷爷收拾你。"抬腿要向前，却被绵宁按住手，道："夫人三番几次讲，不能招惹是非。"刘宏武恨恨地道："难道任他胡作非为？"

说话间，那群恶奴已将姑娘按在马上，那莫老虎正要上马离去，忽听一声娇叱："把人放下！"话到人到，一个人影已到跟前。绵宁闻声一看，大为惊奇，来人正是悦来客店的那位美貌书生。莫老虎一看，今天又是个白脸书生和他作对，把蛤蟆眼一瞪："你也敢管爷们的闲事。孩儿们，给我揍他。"立刻有两个恶奴挺胸露腹走到书生跟前，书生好像无意与他们为敌，突然一跃而起，直飞向那群骑马的恶奴，众人只听得一阵惊叫，那群恶奴竟全部栽落马下，白衣书生挟起姑娘，飞身离去。这一切只是瞬间工夫。待到莫老虎和恶奴们醒过神来，哪里还有书生和姑娘的影儿。绵宁和刘宏武看了，知道那书生是一流的江湖高手。两人怕被那群恶奴认出，急忙离去。

莫老虎一看，这么多家奴打手竟然让一个文弱书生轻而易举地救走了姑娘，气得他扬起马鞭照准那总管就是一鞭，边打边骂："都是废物饭桶。"总管被抽得鬼哭狼嚎，连连磕头求饶。莫老虎还不解恨，举起马鞭又要抽，那总管吓得急忙上前，抓住主子的手说："公子爷饶了奴才这一回吧，奴才想办法给您抓住那小子不成吗？"莫老虎蛤蟆眼睛一翻骂道："你小子有这个能耐？"总管忙说："奴才试试看。"说完站起身来，面向人群喊道："诸位，哪个知道刚才那小子是谁，住在哪儿，只要告诉我家公子爷，赏银五十两。"莫老虎一听："呀哈，这小子真有辙。只是这赏钱少了点。"于是他骑在马上喊道："谁能告诉本公子，赏银二百两。"可是任他们怎么喊，人们只投以鄙夷的目光，没有一个人理睬，总管向莫老虎使了个眼色道："公子爷，看来没人知道，我们还是走吧。"莫老虎会意，一扬马鞭喊声："走。"带着一群恶奴打手缓步离去。

莫老虎等人刚到转弯处，就听后面有人边追边喊："公子爷，等一等。"众人站住，总管一圈马头，回头一看，他认识，正是前面悦来客栈的店小二，总管心里有了谱，等那店小二来到跟前，故意问道："你小子跑得这么急，有事啊？"店小二满脸赔笑道："总管爷，刚才救人的书生，小子倒是略知一二。"说着眼睛看着莫老虎，莫老虎转过脸来对总管道："赏他二百两银子。"店小二从总管手中接过银子，在总管耳边小声嘀咕起来……

绵宁两人离开人群，又往四周转了一圈。绵宁心里总是想着那美貌书生。看看已近晌午，便道："刘总管，我们还是回客店吧。"刘宏武应道："好吧。"二人回到客店。上了楼，绵宁一指西间的客房道："那书生就住在此房内。"刘宏武一听，颇为惊奇。绵宁道："我倒很想见见他。"刘宏武忙拦住道："江湖中人，还是少招惹为好。"绵宁一听只得作罢。

绵宁来到王妃房内，见过额娘。王妃看他平安回来，放下心来。一会儿店小二送来午膳，红月、红桃侍候王妃用膳。绵宁匆匆吃了，别过额娘，回自己房间去。刚到走廊，只见那美貌书生正从房中出来，看见绵宁微微一笑，好像什么事也没发生。绵宁赶紧点头一笑算作还礼，走到自己房中去了。

那刘宏武用了午饭，回到房中来。绵宁便和他闲谈起来，先说了上午看到的风景，又谈到那莫老虎如何作恶多端。绵宁问道："不知这山西巡抚是谁，竟如此放纵他儿子胡作非为。"刘宏武道："这山西巡抚，奴才略知一二，只是不敢妄说。"绵宁道："你只管照实说，我不会难为你。"刘宏武便说道："这山西巡抚莫玉曾和奴才一样在大内做侍卫。他本是少林出身，投在和珅府中做护院教头兼和珅的贴身保镖，深得和珅信任。后来和珅把他弄到大内做了侍卫，谁知皇上并不喜欢他。和珅便又把他放到山西做了知府，过了几年，听说那山西巡抚汪廷文不知怎么的死了，这莫玉就当上了山西巡抚。"绵宁一听怒道："原来是那和珅的走狗。"刘宏武惊奇道："二阿哥怎么如此说法？"绵宁自知失言忙道："我也是看那莫老虎可恶才这么说。"

两人又说了一会儿闲话，不知不觉天色已晚，绵宁过去和额娘一起用了晚膳，又说了半天的闲话，便回房歇息。

绵宁躺在床上听着刘宏武如雷的鼾声，脑海中现出和珅那胖嘟嘟的一张脸和莫老虎那双恶狠狠的蛤蟆眼。他不明白，皇上为什么那么宠信和珅。这时外面又淅淅沥沥下起雨来，他更为额娘何时能上山还愿着急。忽然他心里又一宽，眼前浮现出须发皆白的乾隆皇帝端坐在太和殿上向天下宣示：敕立皇十五子永琰为皇太子。他就这样胡思乱想着，直到后半夜才迷迷糊糊刚想入睡，忽听外面传来"吱呀"开门的声音。

绵宁一下子坐起来，自从白天看见美貌书生救走姑娘，就对那书生格外警觉。他急忙翻身下床，悄悄拉开一条门缝，往外看。外面雨正下得急，黑漆漆一片。忽然一道闪电亮过，绵宁看见西间房子里跑出一个人来，那人好像还背着个人。绵宁心里一惊："难道那书生遭人暗算。"他想喊人，又怕惊动额娘，更怕额娘责备他多事。正犹豫着，那人已窜上耳房房顶，正往院外跳下。绵宁急忙出了房门，紧紧跟着那人。那人跳出院外，沿着青石路往山下跑，过了那片宽阔地带，那人下了青石路，沿着山边往前又走了二里多路，前面有一处高大的房舍，亮着灯光。那人像是奔那亮灯光处去。绵宁这段路不熟，又怕被那人甩掉，只得深一脚浅一脚紧紧跟随。手上、脸上被山藤荆棘刺得火辣辣地疼。好在雨下得急，那人并没发现有人跟踪。那人来到房前，门口立刻走出三个人来,忙把那人迎进了门去,随后大门关上。绵宁来到门前,看那大门紧闭,只得一纵身跳上院墙,看那几个人正匆匆进了后房。绵宁悄无声息跳到院内,一猫腰窜到后房窗户下,用手捅开窗户纸,往里窥探。屋里那莫老虎正端坐在凳子上,那三人正是白天的恶奴打手。美貌书生被扔在墙角,昏迷不醒。莫老虎哈哈大笑对总管道:"你小子还真有办法,居然把他给弄来了,等着领赏吧。"总管和打手齐声道谢。

莫老虎站起身来走到书生跟前,踹了一脚骂道:"你小子也敢管小爷的事,看老子怎么收拾你。"一伸手揪起书生的头发,往墙角一掼。不料那书生的帽子脱落,满头的秀发披落下来。莫老虎惊奇地道:"怎么是个女人?"总管和两个打手也看见了,大为惊奇。绵宁在窗外看见心里道:"我早就看他像个女子。"那屋子里莫老虎一看书生竟是一个美貌女子,大喜道:"真是公子爷我该着有此艳福。小子们给我看好,等她醒过来,再去喊我。"吩咐完,便带着总管到楼上去了。

绵宁在窗下听得清楚,暗想,这女子一旦醒来,必遭那畜生凌辱。此时,我必须救她出去。他再也顾不上王妃的告诫,脱下外罩蒙上脸,只露两只眼睛。然后一猫腰窜到门前石墩后面,从地上摸到一块石头一扔,石块"啪"的一声落在门前空地。屋子里两个打手听见,急忙打开房门,跑出门外搜寻,绵宁突然从石墩后一跃而起,一手一个,掐住两个打手的脖子。这俩小子哼都不哼就躺下了。绵宁急忙窜到房里,夹起"书生",翻过院墙来到院外。转身往山上奔去。他是怕带姑娘到客店去,额娘会生气,眼下先找个地方把她救醒。

大约走了半个时辰,天色已微明。绵宁借着亮光看见前面有个山洞,便背着姑娘走了进去,洞里非常干燥,绵宁把姑娘放在一块干净地上坐下来歇息。这时候他才感到浑身湿透冷飕飕的,不由得上牙打下牙。回头看那姑娘,也是全身湿淋淋的。绵宁想,得生火烤一烤,不然会冻出病的。就往洞里摸去,刚好摸到一大捆木柴好像是打柴人躲雨放在这儿的。他把木柴抱过来，这才想起身上没带火镰。回头去摸姑娘身上，心却怦怦直跳，还好，摸到了火镰，绵宁赶紧打着火，点燃木柴。顿时觉得暖和多了。又恐那姑娘着凉，便也抱到火堆边一起取暖。过了好久，那姑娘慢慢睁开眼睛，猛地站了起来，怒道："你是何人？我怎么会在这儿？"绵宁怕她误会，急忙辩解道："我是救你到这儿的。"姑娘半信半疑，一双漆黑似的眼珠直刺绵宁。绵宁忙把救她的经过详细说了一遍。姑娘听完，赶紧上前道谢："原来是公子救了小女子，小女子感恩不尽。"绵宁急忙还礼道："小姐侠肝义胆令在下佩服，今又险遭恶人暗算，在下出手相救本是分内之事。"姑娘道："敢问公子尊姓大名，府上哪里？"绵宁胡诌道："在下丁宝宁，家住顺天府。请问小姐芳名。"小姐道："小女子汪红菱。前日看见公子勇救母女，实在钦佩。"绵宁听她一番夸奖，登时羞红了脸。那汪红菱看他羞怯似女子，不由心中窃笑。

两人坐在火堆旁，慢慢地烘烤衣服。绵宁道："小姐为何要扮男装？"汪红菱道："只是为了行宿方便。"绵宁摇摇头道："像小姐这样身手，还怕那些地痞无赖？"红菱叹道："不是小妹信不过公子。实是小妹大事在身，不便说明。还请公子见谅。"绵宁见她讳莫如深，也不便多问，只管低头烘烤衣服。

这时天已大亮，两人的衣服也烘干了。红菱站起来道："丁公子，小妹不回客房了，就此告辞了。"绵宁有些不舍道："小姐可否告知府上哪里。"红菱惨淡一笑道："小妹若和公子有缘，必有相见之日。"说完，转身离去。

第四章

莫香兰破庙说往事
汪红菱歧路期来生

红菱挣开绵宁，飞身上马，凄惨喊道："哥哥多多保重，我们来生再会……"红马蹬起茫茫黄尘，渐渐远去。绵宁像疯了一样跪倒在厚厚的黄尘上，挥舞着双手，声嘶力竭地叫道："老天爷，为什么这样对我？"

绵宁怅然若失，回到悦来客栈，刚到客店门口正遇着刘宏武从外面回来。刘宏武一见忙道："公子到哪儿去了？奴才天没亮就起来，这山上山下寻了一遍也没见公子的影儿，老夫人这会儿正着急呢。"绵宁忙解释道："我只是起来得早，在四周转一转。"刘宏武忽然惊叫道："公子脸上怎么受伤了？"绵宁掩饰道："刚才不小心被山藤刺伤，刘总管赶快回房吧！"刘宏武答应着，带了绵宁进了客栈。刚上楼梯，刘宏武就喊道："夫人，公子回来了。"那嘉郡王妃正等得忧心如焚，听说儿子回来，忙从房中出来。绵宁一看额娘如此着急，心中颇为不安，急忙上楼扶住王妃道："母亲，孩儿只是出去走走，让您担惊了。"王妃抱住儿子道："孩子，以后天没亮不能到处乱跑。"说着用手抚摸着绵宁的脸，忽然惊叫道："你脸上哪儿弄的伤？"绵宁忙道："是孩儿不小心被山藤刺伤的。"然后赶紧转移话题向刘宏武道："刘总管，山上路怎样了！能不能上山？"刘宏武忽然想起似的道："瞧我这脑筋，只顾高兴，却忘了大事，回公子、夫人，奴才刚才找公子时，看见官府正派民工修复道路，并且还要加宽。奴才听说是巡抚大人明日要来五台山进香。"王妃和绵宁听着，非常高兴，立即吩咐红月、红桃准备好香纸供品，明日上山。

次日一早，众人用了早点。带齐了香火供品等物。王妃上了暖轿，轿夫抬起，一行人往山上来。这几天被雨水阻住的香客特别多，只见路上熙熙攘攘，人流不断。不多时到了山上，远远看见一座高大的寺院耸立在山顶，绵宁紧走几步到寺庙前，但见寺门横匾上书四个镏金大字：大显通寺。在山门前面，挺立着数株魏峨的古松。暖轿到了寺门口停下，红月、红桃忙扶王妃下了轿，绵宁在前面带路，一行人进了寺中。王妃抬头一看，正面正是大雄宝殿，四周是金刚殿、经堂、钟楼、鼓楼等。绵宁带着王妃进了大雄宝殿，只见殿内殿外到处是人，绵宁忙叫刘宏武等四大侍卫保护好王妃。王妃看那佛座上盘坐着三尊佛像，虔诚的香客正一个挨一个焚香跪拜。绵宁道："母亲，要不要把人群驱开。"王妃道："不必，我们耐心等一会儿吧！"好不容易轮到王妃，红月、红桃刚把供品摆好，忽然从外面跑进一队官兵，大声喝道："闪开，闪开，今天是巡抚大人前来上香，所有香客一律回避。"一名兵勇来到王妃跟前，绵宁和刘宏武立即上前挡在王妃面前，那兵勇看他们是有钱人，忙一躬手客气地道："几位爷，小的执行公务，今天巡抚大人来上香，请暂时回避。"刘宏武怒道："什么狗屁巡抚，俺这位公子爷是……"没等他说出，王妃喝道："刘总管，不得无礼，我们回避就是。"刘宏武只得护着王妃，随众人退出寺外。

这时寺外广场两边已挤满了香客，兵勇手持刀枪守在两边，众人都想等巡抚大人走后再去上香。人群中有几十个挑担背篓的汉子，也在静静地等待着。

一阵锣声传来，众人回头一看，只见山下跑来一队全副武装的官兵，到了寺门口"刷"地两边一分，排成两道人墙把人群隔开。紧跟着又是一排将佐上来，都是游击、千总一级的官长，也分两边站立。后面才是八人抬的大轿，轿前执事打着大旗，上书"山西巡抚"，中间斗大的"莫"字。大轿后面是四人抬的小轿和一辆遮得严严实实的斗篷马车。众人一看，这八抬大轿里肯定坐的是巡抚大人。大轿来到寺门前停住，八个轿夫刚要落轿，忽然从人群中窜出一人，落到轿前，绵宁一看，不由"啊"地叫了一声,那人正是他雨夜救走的汪红菱姑娘。只见她落到轿前,双手一扬,十几道寒光直射轿中,惊得官兵呆立在那里,只听轿中传来一声惨叫,红菱姑娘听着叫声这么耳熟,正自犹豫,轿中又传来微弱的喊声:"妹……快走。"红菱情知中计,急忙纵身离去,只听"轰隆"一声,大轿被炸得四分五裂,一个人从轿中滚出,已被炸得血肉模糊,红菱大叫一声:"姐姐!"直扑过去。那些兵勇将佐这才醒过神,各持兵刃,扑向刺客。红菱急忙抽出宝剑迎敌。这时,广场上的香客吓得乱作一团,各寻道路逃走。绵宁忙叫道:"刘总管,你们四人快点保护夫人下山。"刘宏武急忙叫轿夫抬着王妃下山,四名侍卫紧紧跟随,刘宏武喊道:"公子,你也走吧!"绵宁眼睛一瞪:"你们快走,我断后。"其实绵宁此时却是担心红菱姑娘的安危。

红菱姑娘面对群敌,全然不惧,一口宝剑使开,只见一片寒光,那清兵将佐一个个沾着死、挨上亡,片刻之间,广场上已躺下几十具清兵尸体。红菱正杀得兴起,忽听一人喝道:"都给我退下!"清兵将佐立刻停了手退到一旁。红菱循声望去,只见小轿中走出一人,正是山西巡抚莫玉。红菱一见莫玉,眼珠都红了,不等他来到跟前,挺剑就刺,那莫玉闪身躲过,挥拳相迎。莫玉使的是少林拳法,刚猛有力;红菱使的是武当派六十四式剑法,刚柔相济。两人拆招换式,斗了八十多个回合,红菱渐感体力不支,那莫玉却越斗越勇。红菱一式流星赶月宝剑直刺莫玉前胸,莫玉以小鬼推磨躲过,双拳仙猴摘桃直冲红菱面门,红菱忙用了个童子拜佛,谁知那老贼使了个排山倒海,一脚正踢在红菱腿上。红菱疼得"哎哟"一声摔倒在地,莫玉一见大喜,双脚直奔其面门踢来,眼见得手,忽然一道寒光直奔莫玉面门袭来,老贼吓得往下一缩头,那道寒光贴着头皮"嗖"地飞了过去。莫玉抬头一看,只见一青衣少年男子手持宝剑直冲过来。再看四周,那几十个挑担背篓的汉子各操兵刃杀向清兵。莫玉一看叫道:"白莲教!"吓得转身就往后跑,到了那辆马车跟前,一挥手,从车篷里跳下二十多名枪兵，一字排开，举枪瞄准。青衣少年看见枪兵，急忙上前拉起红菱就走，边走边喊："有枪，快撤。"这时那莫玉大喊道："放。"只听"砰砰砰"一阵枪声，十几名壮汉倒在血泊中。青衣少年拉着红菱拼命奔跑。这时天空突然下起大雨，枪兵的枪被淋湿，火力弱了很多，但仍有十几名壮汉被打倒。青衣少年腿上也中了一枪，红菱急忙去扶他，少年用力一推叫道："你快走，别管我。"看红菱还犹豫着，青衣少年宝剑一横道："你再不走，我死在你眼前。"红菱只得独自跑去。莫玉一边命枪兵继续放枪，一边带清兵追了上来。青衣少年奋力杀死几名清兵，被莫玉赶到一脚踢倒在地，清兵上前拿住。

红菱眼见着跑到一个山环处，忽觉右肩上一热，竟中了一弹。只得将剑交了左手，挣扎着往前走。后面清兵喊道："抓活的，她跑不了啦。"红菱没走多远被清兵追上，只得用左手挺剑迎敌，渐渐不支，急得她横剑就要自刎。突然从山环后跳出一个蒙面人来，那人一扬手，打出几颗石蛋，几名清兵惨哼着倒下。那人背起红菱，顺着山坡滚了下去。红菱只觉伤口一阵疼痛，便什么也不知道了。

红菱苏醒过来，睁眼一看，却是那位丁公子站在火堆旁。往四周一看，还是先前那个山洞，这才想起被他救了。她却不谢恩，叹息道："公子救我，还有何用。"想到伤心处，不由放声痛哭。绵宁也不劝阻，任她哭个够。哭了一会儿，倒是红菱自己止住了悲声。绵宁道："我刚才去山下买了药来，给小姐治伤。"红菱道："公子也会医道吗？"绵宁道："这种枪伤，只要把枪弹取出，上点药就行。再说山上山下正在搜捕小姐，到哪儿治伤去。"红菱点点头道："那就麻烦公子了。"绵宁便一膝跪下，找准枪弹头，用镊子夹住，突然一使劲将弹头拔了出来。红菱只哆嗦了一下，竟没哼一声。绵宁将弹头扔在地上，那弹头竟还沾着血肉。

绵宁给伤口上了药，拿纱布包扎好。红菱道："公子怎知小妹有险赶去相救？"绵宁道："我陪母亲去寺庙进香，正遇见小姐行刺巡抚，就让侍卫护着母亲先走……"红菱惊诧道："公子做什么官，还有侍卫。"绵宁自知失言忙改口道："就是家中的护院，不是侍卫。"接着道，"我怕小姐有个闪失，就躲在山石后观看，见小姐危险才出手相救。"红菱听他说得如此关心自己，便娇羞地低下了头。

绵宁道："小姐——"红菱急忙止住他道："怎么还喊小姐？"绵宁不解问道："那喊什么？"红菱嗔怪道："就不能喊我红菱妹妹。你叫丁宝宁是吧，我就喊你宁哥哥吧。"绵宁笑道："好，就喊你红菱妹妹。请问红菱妹妹为何要刺杀朝廷命官呢？"红菱一下子失去了笑容，一脸悲愤道："什么朝廷命官，分明是个无恶不作的恶棍。他害死了我爹我娘，今天又害死了我的姐姐，抓走了我师兄。"绵宁道："你不要激动，详细说给我听听。"红菱低下头理了理思绪道："我爹就是六年前的山西巡抚汪廷文。我爹在任时，查出原太原知府莫玉亏空公银一百五十万两，便通知莫玉速设法填补。那莫玉先用重金收买我爹，见我爹不理，便定下毒计，私下买通我爹的两名跟随，将我爹骗到太原城中天龙客栈，用毒酒毒死了我爹，又趁我爹未咽气前吊在梁上，伪装自杀。案子报到刑部，刑部竟以自杀结案，给予少许抚恤。后来天龙客栈的跑堂小顺子拿着我爹遇害时穿的衣服送到我家，我娘才发现衣服上有我爹被毒死时流出的血，我娘就拿着血衣去刑部告状，朝廷就派了一个王爷来太原复查，谁知那王爷听说莫玉是和珅心腹，竟也不敢得罪。我爹的案子就这样冤沉海底。我娘一气之下，染病而去。可怜我汪家只撇下我和姐姐两个。我和姐姐变卖了家产，投奔襄阳我爹的生前好友张汉潮叔叔，决心拜张叔叔为师，习学武艺，将来为我爹报仇。我和姐姐学成了武功，要来找莫玉报仇。师傅坚决不允，我和姐姐就偷偷下山离开师傅，来到太原，打听到那莫玉已做了巡抚。我和姐姐看巡抚府看守很严，我姐就让我在外面等候，她扮作使女被莫府留用，过了几天，姐姐出来告诉我说，那莫玉因害了人，终日做噩梦，见到恶鬼抓他。他夫人说五台山显通寺的菩萨灵验，让他去寺里烧香，让我先去五台山等着。后来我姐探听到莫玉来上香的具体日期，便连夜赶到悦来客栈告诉我。"

绵宁听到这里插话道："怪不得，第一天晚上，我听到你房内有两个女子说话。"

红菱接着道："我只想能在五台山杀了仇人为爹娘报仇，不料我姐竟被那恶贼识破，丢了性命，还累及师傅那么多徒弟。师兄也被抓去了。"

红菱说到这里，早已泣不成声，泪如雨下。绵宁听了也是眼含热泪。

红菱哭了一阵才静下心来。对绵宁道："宁哥，我不能老待在这里，我要去救师兄。"说完就要站起。绵宁拉着她坐下道："红菱妹妹，你应该相信朝廷会还给你公道，为你爹平雪冤狱。"红菱听他忽然说出这种话，觉得他一下子陌生了许多，不满地道："连朝廷王爷都怕那和珅，还有谁能扳倒他？"绵宁道："你说的是嘉郡王吧。"红菱吃惊道："你怎么知道？"绵宁笑道："这有什么奇怪的，打听一下不就知道了。只是那嘉郡王当时没敢动那莫玉，必定有他的苦衷。"红菱冷笑道："说来说去，还是怕那和珅。"绵宁道："你可听说，那嘉郡王已被皇上宣示立为皇太子。有朝一日登上龙墩，必然惩治和珅。"红菱惊奇道："你到底是干什么的，怎么知道这么多？"绵宁忙道："我只是关心时事而已。"红菱道："我看那嘉郡王就是做了皇帝，也未必能给我爹平冤，我还是靠自己吧！"说着起身又要走，绵宁忙又拦住道："你伤口未好，外面正搜捕得紧，不是白白送死吗，你父亲的冤案我一定为你昭雪，你师兄我也会设法营救。"红菱一听叫道："真的？"忽又摇摇头道，"我不想连累宁哥哥。"

嘉郡王妃一行人回到悦来客栈，这时外面雨正下得急，官兵到处吵嚷着搜捕白莲教，王妃这才发现绵宁没有回来。忙问道：

"公子怎么没回来？"刘宏武一怔回道："夫人，公子当时让我们保护您先走，他断后。奴才一意保护夫人没留意公子落到后面。"王妃又惊又怒道："你们是怎么当差的，反叫公子断后，这兵荒马乱的，公子若是有个闪失，看你们有几颗脑袋。都去给我找去。"四名侍卫答应着分头去找。王妃心里急得一阵头晕目眩，踉跄一步，摔倒在地，红月、红桃惊呼一声，围了上来。二人架起王妃，只见王妃双目紧闭，咬着牙，昏迷不醒。红月吓出了一身冷汗，脸色煞白，慌忙道："红桃快去叫郎中，把祛寒、祛风、祛热、祛毒的药只管抓来。"红桃慌忙转身离去。

红月忙喊店小二去烧碗姜茶来，用小匙一匙一匙地喂到王妃嘴里，过了一会儿，王妃脸上略有了红润，红月大着胆子掐了人中，王妃身子一颤，双目微开，嘴里叫道："宁儿，宁儿。"红月急忙安慰道："夫人，公子马上就会回来。"

天快黑的时候，绵宁才回到客栈。上楼来一见额娘病倒，大吃一惊。红月道："红桃抓药快回来了。"这时王妃苏醒过来，一把抓住儿子的手，哭道："孩子你到哪儿去了？吓死额娘了。"绵宁忙解释道："孩儿被人群拥挤着走散了，又迷了路。"王妃道："你回来就好，以后不要随便出去了。"这时红桃请了郎中来。那郎中五十多岁，很是老实。红桃引他到王妃床前坐下，给王妃诊脉。王妃此时身上烧得像火炭似的，脸色绯红，呼吸粗重。"夫人这病，"老医生松开了手，捻须缓缓道，"据脉象看，寸缓而滞、尺数而滑，五脏骤受寒热侵袭，两毒攻脾。脾主土，土伤而金盛——"他摇头晃脑地还要往下说，红月急道："老先生，你是在和我们背药书吧，你只说这病要紧不要紧，怎么用药，就是了。"老医生道："若是平常体强之人，一剂发热药，出一身透汗就会好的。只是这位夫人早先落下病根，体质又弱，老朽实难治愈。"绵宁吃了一惊道："难道竟无医可治。"老医生沉思一会儿道："若去太原城济中堂名医李崇义老先生处救治，尚许有望。"绵宁对王妃道："母亲，我看还是去太原医治吧。"王妃也没想到一下子病得这样重，只得点点头。

红月、红桃送走医生，刚到门口，刘宏武等四名侍卫急匆匆地进来，看见她俩忙问："公子回来没有？"红月道："公子已经回来了，正和夫人说话。"四人听见，方才放心，急忙去楼上见过绵宁。绵宁问道："外面情况怎样？"刘宏武道："巡抚已经回太原了，官兵也撤走了。"绵宁方才放心，又和四人计议明日去太原的事。

众人用了晚膳，绵宁又去看看额娘，回房见刘宏武已经睡熟，便悄悄出了客栈，往山下而去，他是想到山洞里告诉红菱，明日带母亲去太原治病，顺便打探红菱师兄的下落，再设法营救。来到洞门口，绵宁喊道："红菱妹妹，红菱妹妹。"洞里一片漆黑，没人应声，绵宁走进洞里，掏出火镰打着火，只见洞里已空无一人，绵宁心中一阵惆怅，只得走出。急听洞外有人问："公子，你到这儿干什么？"绵宁一听是刘宏武的声音，气愤道："你竟敢跟踪我。"说完来到洞外，刘宏武忙上前拱手道："奴才看公子行踪可疑，怕您有危险，才敢斗胆跟随。"绵宁道："我只是救助一个蒙冤的女子。"便把如何救汪红菱的事简略说了一遍，最后道："此事万不能让额娘知晓，她正生病，不能让她担心。"刘宏武道："这个小人明白，只是公子应该信得过小人，凡事小人也可分担一二。"绵宁为他的忠诚感动，便道："好吧，以后有事让你做。"

夜，格外黑，天上没有月亮，也没有星星，黑黝黝的巡抚衙门显得更加阴森可怖。突然，一个黑影窜到墙角下，一纵身悄无声息地落在耳房房顶，黑影听了听四周的动静，然后顺着房顶猫腰直奔西南而去。一袋烟的工夫，来到一排高大的平房顶上。黑影用了个倒挂金钩往下观看，只见一字排开几十间房子，四周是高大的院墙，院墙当中安着大铁门，房檐下挂着几盏昏昏沉沉的马灯，几个清兵分散在四周，抱着大刀没精打采地走动着。黑影往那一间间的房子看了一会儿，忽纵身跳到地上，躲在一辆马车后面。过了一会儿,一个清兵打着呵欠向马车走来,来到跟前,往车上一坐,伏在车厢里睡起觉来。黑影往四周看了看,突然出手,点了清兵穴道,那清兵一声没哼被她挟在腋下。黑影把那清兵带到僻静之处,伸手解开他的穴道,宝剑抵在胸前,低声娇斥道:"快说,林清关在哪里?"那清兵吓得哆哆嗦嗦:"好汉爷饶命,我说,我说,林清关在东边第五间牢房里。"黑影听完手上一用力,将清兵击昏,飞身上了房顶,来到东边第五间房顶,趴在房檐下,往下观看。只见这间房,装着铁门,门上挂着大锁。黑影又往院里看了看,那几个清兵毫无察觉,还在无精打采地来回走动。黑影这才放心,正要往房下跳,忽听背后传来极轻的脚步声,急忙一回头,只见一个人影正向自己扑来,黑影挺剑就刺,那人侧身躲过,却连连摇手。黑影明白了,那人不是和他为敌,这才仔细一看,那人用黑纱蒙面。蒙面人急忙拉着黑影转身就走。黑影知他必有原因,便老实跟着他走。蒙面人一直跑出巡抚衙门,来到城外一座破庙内才停下。黑影不解其意,正要问他。那蒙面人却道:"太阳初出光赫赫。"黑影吃了一惊急忙答道:"驱退凶星与残月。"蒙面人急忙解下面上黑纱,却是个年轻美丽的女子,女子忙问:"姐姐尊姓大名。"黑影答道:"小妹汪红菱。"女子一下子抱住红菱哭道:"红菱姐姐,你可来了。我是红芸姐姐新收的教徒莫香兰。"红菱听她说起姐姐红芸,不由得哭了起来。哭了一会儿,红菱擦干眼泪问道:"香兰妹,你为什么不让我救师兄?"香兰道:"那是莫玉老贼设下的圈套,专等着你去钻。那院内柴草下埋伏着几十名枪兵,你只要跳下去,就会被乱枪打死。小妹就怕你中了他的诡计,这几日夜里都在大牢四周等你。"红菱听她说着,大为感动。一把搂住问道:"妹妹何时入的教。"香兰道:"说来话长,我是那莫玉的女儿。"红菱一听,吃惊地看着她。香兰接着道:"我原以为自己真是那莫玉的女儿。谁知有一天我娘把我叫到她房中告诉我:'兰儿,你已经长大了,娘现在告诉你,你的真正身世。'我不解地说:'我爹是巡抚大人,我的身世还有什么疑问。'我娘说：'做娘的还能骗女儿，你一定要听娘说完。'我半信半疑，就坐下听我娘说完。

"原来，我爹是湖北襄阳府林家湾的秀才林德成，我爹和我娘成亲的那天，被土匪头子莫玉看见。那莫玉看我娘貌美，顿起歹意。半月后的一天夜里，莫玉带着一群土匪闯进林家湾，杀死我爹，抢走了我娘。我大伯林永成在襄阳城里听说后，就去报了官，领着官兵剿灭了土匪。可是那狡猾的莫玉却挟持着我娘从后山逃走了。我娘几次想寻死，都因怀有身孕苟且偷生下来。莫玉走投无路，就到北京投到和珅门下，因他是少林出身，有一身好武功，深得和珅的重用。和珅就利用他的少林身份，把他放到山西做了巡抚，以网罗天下武林中人，为其所用。"

红菱听她说完，已是泪挂双腮道："苦命的妹妹，咱们是同病相怜啊。我一定要杀了莫玉老贼。"香兰却摇摇头道："红芸姐姐活着时告诉我说：'不能只为报仇，杀一个恶贼牺牲教徒的生命。我们要广泛宣传教义，发展教徒，组织力量举行起义。'"红菱听了点点头，便又问道："我姐姐是怎么被老贼识破的？"

香兰道："我听我娘说了我的身世之后就在当天夜里悄悄来到莫玉寝房，想杀死老贼为我爹娘报仇，正要动手，红芸姐姐忽然从身后出来拦住我。她把我拉到无人处问清了我的身世家仇，就说：'莫玉老贼身边戒备很严，行刺是无法得手的。'她便和我讲解了教义，叫我加入白莲教，将来杀老贼报家仇国恨，我当时就在她举行的入教仪式上宣誓入了教。

"谁知第二天，莫玉老贼突然把红芸姐姐抓了起来。我正不知所措，教内暗线带来了消息：原来，襄阳张天潮教主准备起事，便派十七堂堂主林永成，十五堂堂主吴其昌秘密打造兵器。谁知人多泄密，被襄阳将军耆登带官兵包围。林永成英勇战死，吴其昌则被耆登活擒。张教主闻讯，只得仓促起事。那吴其昌受不了耆登酷刑，竟做了可耻的叛徒，供出了教内所有机密。耆登立即命人画了你姐妹图影，着人飞报太原府。红芸姐姐因此被捕。"

红菱听了，含泪叹息道："想不到林叔叔就这样离我们而去。"香兰哭道："他就是我伯父。"红菱吃惊地道："真的，那么林清就是你堂兄了。"香兰叹道："可不是嘛。"接着道，"红芸姐姐经常跟我提起林清哥。"红菱叹息道："我姐一直爱着师兄，可师兄他……"未曾说完粉脸却先红了。香兰追问道："难道林清哥不爱她吗？"红菱搪塞道："我也不知道。"怕香兰再追问下去，忙道："我们现在怎么办？总得想办法营救师兄。"香兰道："单凭我们二人不行。还是多联络几个弟兄。我在府内想办法，引开枪兵，你们再去救人。"红菱道："好吧，咱们分头准备吧！"

绵宁和四名大内侍卫护卫着王妃，一路往太原府而来。因是长途跋涉，就弃了暖轿，买了辆带篷的马车，仍由四名轿夫驾着马车。绵宁怕马车颠簸，特意叫红月买了几床棉被，厚厚地铺在上面，这样王妃躺在里面又舒坦又暖和。一路上又服了几剂老医生开的药，王妃的病情有了好转，面色红润了，呼吸也顺畅了，只是还体虚无力。绵宁一直因自己没照顾好额娘自责，现在看额娘病情有了起色，才略略放心。

这一日晌午到了太原府，绵宁一行进了城，打听得那济中堂的地址，便一路寻来，果然在杏花村找到了，便在济中堂隔壁客栈住了下来。待众人安顿好，绵宁道："红月去请医生来。"红月答应着出去，不一会儿领着医生来，却是个年逾花甲的老者，慈眉善目，面目温和。老者坐下，为王妃诊了一会儿脉，慢声慢语地道："夫人此病尚需静养几日，待老朽慢慢观察，再作决断。"绵宁道："先生可否开点药暂服。"老者摇摇头道："夫人此病，眼下并无大碍。若是用药，老朽就难以观察病情了。"绵宁听他说得有理，便叫刘宏武赏了银钱，仍由红月送他下楼去。

王妃便在客栈安心静养，绵宁终日在床前守候，悉心照料，颇尽孝道。王妃虽是病着，看见儿子如此孝敬，颇觉安慰。

绵宁内心不只为母亲的病情担忧，也时时刻刻思念着让他刻骨铭心的红菱妹妹。他想红菱肯定为救她师兄林清来了太原府。他原想亲自去巡抚衙门打探一下，又怕病中的额娘担忧。上次因没照顾好额娘，让额娘受了风寒，无论如何不能再让额娘为他急伤了身体。绵宁左思右想，正觉为难。侍卫刘宏武进来道："医生说午后过来探视夫人。"绵宁点点头，对红月、红桃道："你们好生照顾夫人。"便叫刘宏武去了自己房中。

绵宁等刘宏武进来，叫他关上门道："刘侍卫，我有件事请你去办。"刘宏武听他说了"请"字，赶紧跪倒道："二阿哥有事尽管说，切不可折煞奴才。"绵宁道："我想那汪红菱必是来太原府救他师兄，那狗官莫玉既敢害死汪廷文，必然想斩尽杀绝，所以我很是担心汪红菱。只是额娘正在病中我无法脱身。我想你既和那莫玉相识，就让你去巡抚衙门探听一下，顺便让莫玉放了她师兄林清。只是千万不可暴露我和额娘的身份。"刘宏武道："二阿哥放心，奴才一定办到。"

夜已经很深，天上连颗星星也没有，不知什么时候变天了，乌云布满天空。突然，一阵秋风起来，挟着豆大的雨点飞舞着落下。这时巡抚大牢院内，守门的狱卒被淋湿了衣服，经秋风一吹，冷飕飕的，不由得抱着膀子缩成一团，嘴里骂道："这鬼天气。"

这时，大铁门外出现两点灯光，一个狱卒叫道："都快起来，注意有人来了。"几个狱卒慌忙站起来，脸贴着大铁门喊道："站住，干什么的？"

没有人应声，两点灯光继续向大门移动。守门狱卒不由紧张起来，一个个钢刀出鞘，并故意大声吆喝着，通知埋伏在柴草下的枪兵做好准备。那些枪兵正趴在淋湿的柴草堆里冻得直哆嗦，一听有了动静，一个个忘记了寒冷，举起了长枪，盯着大门。

不多会儿，两盏纱灯来到门口，守门狱卒一看，原来是巡抚大人的千金小姐带着四个丫头，撑着伞抬着两桶酒走了过来。走在前面的丫头，一指狱卒骂道："你们号什么丧，看把你们吓的。"

看着他们呆愣愣的，丫头又骂道："都愣着干什么？还不让我们小姐进去。"一个头目忙走到门前，给莫香兰施礼道："不知小姐半夜三更来巡抚大牢何事？"丫头答道："这巡抚大牢关押着白莲教林清，你们要小心戒备。巡抚大人念你们夜里受冻辛苦，特叫小姐送来两坛酒给你们驱寒。"小头目连忙点头："多谢小姐。"却不开门，又问道："大人既送酒来，何不差几个差役送来，怎么反叫你们几个丫头抬来。"丫头正要骂他啰唆，香兰走到跟前道："实话告诉你吧，老爷原本没有这个打算，是老夫人在老爷就寝时提出的，所以老爷没唤差役，就让丫头们抬着送来了。"那头目这才放心，忙掏出钥匙打开铁门，请小姐和丫头们进来。那丫头端起第一碗走到小头目跟前道："你应该喝第一碗。"小头目受宠若惊地道："好，我喝，我喝。"接过碗来，一饮而尽。其余枪兵狱卒，也都依次喝了。香兰等他们喝光了酒，笑道："倒也，倒也。"只见那狱卒、枪兵一个个扑通、扑通倒了下去。一个丫头急忙拎着纱灯跑到大门口，把纱灯转了三圈，立即从夜色中窜出十几个黑影。那十几人一齐跑到院内，原来是红菱带着白莲教徒。红菱奔到东边第五间牢房门前，举起一块石头砸开牢门，冲了进去，借着外面昏暗的灯光，看见潮湿的烂草地上躺着一个人。便急忙抱起，来到门外，一看正是师兄林清。那林清此时正清醒着，见红菱救他，忙挣扎着要下地。红菱把他放下，吩咐众人快换上清兵的衣服，拿了枪兵的枪。自己和林清也赶紧换上。香兰和四个丫头带路，众人护着林清一齐往外奔去。

众人刚走出大门，入了府中大道。迎面正遇到巡夜的一队清兵。清兵喝道："谁？"香兰镇定答道："我！"清兵道："原来是小姐。"说话间已到跟前。一个清兵见小姐深更半夜带着这么多枪兵，顿生疑窦，伸手就抓腰间钢刀。香兰见他生疑，刷地一刀把他砍倒。众人各举刀枪，杀了过去。其余清兵大叫："来人啊，林清逃跑了。"顿时巡抚衙门一片混乱，清兵从各个角落杀了出来。红菱一边护着林清，一边指挥众人向清兵射击。清兵见他们有火枪，一时不敢逼近。香兰道："看来从前门走不行，得走后门。"一名叫陈德的教徒说："我带几个人往前门冲，引开清兵。你们从后门出去。"便带着七八个人拿着长枪一边射击清兵，一边往大门冲。清兵立刻被吸引过去。香兰急忙带着红菱等人往后门而去。后门果然清兵极少，只遇少数差役、府吏。众人一路杀过去，顺利地出了后门，消失在茫茫夜色中。

大内侍卫刘宏武听了绵宁的吩咐，独自一人来到山西巡抚衙门。守门的清兵拦住。刘宏武对那清兵道："速去报与巡抚大人，就说故人刘宏武求见。"清兵立即往里面通报。时辰不大，只见那巡抚莫玉着官袍花翎，带着差役府吏迎出大门。刘宏武急忙上前，躬身施礼道："巡抚大人一向可好。"莫玉笑道："什么风把刘兄吹到我门口来了。快快请进。"刘宏武谦让着走进大门。莫玉边走边说："刘兄此来是公事还是私事？"刘宏武道："怎么，刘某难道就不能到府上叙叙旧？"莫玉忙解释："刘兄且莫多心。下官的意思是刘兄若有公事，咱们先去巡抚大堂办了公事，再去后房叙旧。刘兄既是私事，下官也就不必拘礼，咱们到后房叙话。"刘宏武赞叹："难得大人如此公私分明。"两人说说笑笑来到后房。莫玉忙请刘宏武上坐，刘宏武连忙谦让，莫玉笑道："刘兄虽然没有下官品级高，却是皇上近身侍卫，还是请上坐吧。"刘宏武推辞不过，只得坐了。有人献上茶来，莫玉让过茶道："刘兄是否还在大内行走？"刘宏武道："是啊！刘某如今可不及大人在地方上自由自在。"莫玉苦笑道："刘兄此言差矣，地方上诸事特多，如今又闹白莲教匪。"刘宏武道："闹什么白莲教？"莫玉诧异道："刘兄是真不知还是故作愚公。"刘宏武道："刘某确实不知。"莫玉道："如今白莲教闹得正凶，湖北有张正谟、聂杰人等人作乱，已攻城略地，屠杀官吏。湖南有教首刘之协、王聪儿、张汉潮、张天伦等起兵反乱，还有四川、陕西两省也有白莲教作乱。各地告急奏章已飞报朝廷。刘兄身居大内，怎会不知？"刘宏武道："刘某这几日出差在外，确实不知朝廷之事。难道皇上没调兵围剿？"莫玉道："皇上已调兵遣将，敕令湖广总督毕沅、陕甘总督宜绵、四川总督福宁、湖北巡抚曹龄、西安将军恒瑞等率兵围剿，却越剿越多，如今已蔓延于湖北、河南、四川三省。"

两人又说了些闲话。刘宏武才说道："刘某此次来太原府，有一事想求大人帮忙。"莫玉一怔道："刘兄有事尽管说来。"刘宏武道："刘某有一亲戚落案在大人辖内。"莫玉问道："不知刘兄亲戚姓甚名谁，所犯何事，若无大节，下官一定通融。"刘宏武道："此人名叫林清，因受人唆使，参与谋刺朝廷命官。"莫玉吃惊道："刘兄怎与此人有亲戚，那林清乃是襄阳白莲教张天潮的真传弟子，乃朝廷要犯。"刘宏武听了也吃了一惊道："那林清怎会是白莲教匪徒？"莫玉道："林清被下官在五台山擒获，押入太原巡抚大牢。不料前几日被汪红菱给救走了，刘兄不必来求本官了。"刘宏武忙解释道："林清本是刘某的一个远门亲戚，刘某因受人之托，不得已而来，如果刘某早知那林清是白莲教匪，也决不会为他求情。"莫玉冷冷笑道："无妨，无妨，刘兄既不知他底细，本官也不必追究。"刘宏武见已达目的，便起身告辞。莫玉又再三挽留，见他不允，便把刘宏武送到大门外。莫玉等他走远，忙招手叫过一名差役低声道："跟着他。"

刘宏武回到客栈，便把打听到的消息告诉绵宁。绵宁一听，大吃一惊道："难道白莲教要反我大清吗？"他更没想到汪红菱竟然也是白莲教徒。他伏在书案上，好半天没说一句话，只是不停地用拳头敲打着桌子。痛苦和愤怒交织在心头，他觉得他的心快要裂开了。刘宏武见他如此，也不敢上前劝解一句，唯恐被他发疯似的斥骂一顿。好半天绵宁才抬起头来喃喃地道："为什么，这到底为什么，我到底做错了什么？"

用过晚膳，绵宁去看了一会儿王妃，就回房歇息去了。刘宏武陪着王妃说了半夜的话才回到房间，看见绵宁睁着眼兮兮地坐在床头，知道他的心事，也不劝解，只顾自己睡了。

绵宁就这样呆呆地坐着，直到半夜也毫无睡意。他正想翻个身子，忽然看见窗外闪过一个黑影。绵宁忙大声喝道："谁？"却没人应声，绵宁急忙起身追出门外，刘宏武听见喊声也惊醒过来。绵宁到门外一看，那黑影已经下楼。绵宁飞身跳下楼去，截住那人去路。那人一看，只得转身逃去，绵宁紧紧追赶。那人眼看被追上，突然一转弯钻进巷子。绵宁道路不熟，被他三转两转竟追不上。追了一会儿，前面出现一座破庙，那人直奔破庙而去。绵宁见追不上，正要停下，忽然看见前面跳出一人挡住那人去路，绵宁大喜，忙向前追去。快到跟前，只听"啊"一声惨叫，那人已扑倒在地。绵宁到了跟前一看，却是红菱提剑站在那里。便惊喜地叫道："红菱妹妹，原来是你。"红菱也看清了绵宁，叫道："宁哥哥。"红菱问道："宁哥哥，你怎么也到太原来了？"绵宁凄然道："妹妹，你好狠心，竟一声不响地离开了我。"红菱道："我有要事去太原，不想打扰宁哥哥。"绵宁道："你是来救那林清吗？"红菱道："是的，我必须救他。"绵宁愤然道："林清是白莲教徒，你为什么要救他？"红菱惊异道："你怎么知道的？"绵宁道："这你别管，你以后不能和白莲教的人搅在一起。"红菱道："既然你已经知道，小妹也不必瞒你。不只林清是白莲教徒，小妹也是。我们白莲教就是要杀尽天下的贪官污吏，赶走清朝皇帝。""住口！"绵宁大声喝道。红菱吃惊地望着他那气得扭曲的脸，绵宁大声道："你们为什么要这样做，难道就不怕朝廷剿灭你们吗？"红菱冷笑道："朝廷吏治败坏，贪污盛行，苛敛小民，残害百姓。我们白莲教就是要赶走清朝皇帝，拯救万民于水火之中，虽死而无憾。"绵宁反驳道："吏治腐败，贪污盛行，自有朝廷按律查办，逐一革除弊政。似你们这等聚众闹事，岂不是天下大乱，于国何益、于民何利！"红菱见他竟如此激动，不解地问："你到底是什么人，为什么为朝廷据理力争？"绵宁被她一问，方知自己失态，忙缓和一下口气拉着红菱的手道："红菱妹妹，你跟我走吧，我是真心爱你的，我能让朝廷赦免你的罪。我们两个一辈子厮守在一起，好吗？"红菱慢慢抽出自己的手道："宁哥哥，我虽然不清楚你的真实身份，可是我知道你绝不是一个普通的富家子弟。我们是道不同不相与谋，你不要勉强我。我们还是分手吧！"

这时天已微明，那破庙前正站着两个人，静静地看着他俩。一个是林清，另一个是香兰。林清看着他俩难舍难分的情景，痛苦地低下了头。

原来，红菱和香兰等人，冲出了巡抚衙门后门，到了街上，这时巡抚莫玉已经得报林清被救，气得他连杀了两名狱卒，立即传令清兵关闭城门，全城搜捕。红菱见一时无法出城，只好在城内东躲西藏。今晚，他们正躲在破庙里给林清治伤，忽听外面传来急促的脚步声，红菱以为是清兵来搜捕，忙叫香兰保护林清，自己持剑出了破庙查看。只见一人直奔破庙而来，跑近一看，正是巡抚衙门的差役，便出剑将他杀死了。

红菱回到破庙，林清问道："师妹，那人到底是什么人，怎么口口声声为清朝皇帝辩理？"红菱轻轻地摇摇头。林清不满地道："师妹既不知他的底细，为什么和他这般……"红菱怨恨地看了他一眼道："师兄，求你别问了好不好，我心里乱极了。"香兰道："我看那人非常面熟，却又一时想不起来。可那站在旁边的人我认识，他是个皇宫大内侍卫，叫刘宏武。莫玉在皇宫做大内侍卫时，那刘宏武到他家去过，所以我认识。"林清大吃一惊，道："大内侍卫保护的人不是皇上就是皇子皇孙。"香兰忽然叫道："我想起来了，那人是乾隆帝的皇孙，十五皇子永琰的儿子绵宁。我小时候去固伦公主宫中和他玩过几次，他那时才七八岁。"红菱和林清惊奇道："真的？""肯定是他。"香兰不容置疑地说。红菱大为吃惊，她虽然怀疑宁哥哥的身份，却没料到他竟是乾隆的孙子。林清道："乾隆帝已宣示立永琰为皇太子，并于明年让位于永琰。那绵宁以后也很可能当上皇帝。我们不能放过他，我们要赶走清廷就一定不要错过这个机会。"红菱听着，只是痛苦地低下头。

绵宁被刘宏武搀扶着跌跌撞撞回到客栈。这时天已大亮，红月喊道:"公子,夫人叫你。"绵宁这才想起额娘还在病中,赶紧平定一下自己的情绪,好半天才走出自己的房间,来到王妃床前,王妃见绵宁脸色苍白,面容憔悴,以为是为自己的病操心过度所致,便心疼地道:"宁儿,你也要好好休息,娘的病不要紧。"绵宁听额娘说着,满腔的痛苦和委屈一齐涌上心头,突然扑在王妃怀里大哭起来。王妃吓了一跳,忙问:"宁儿,你怎么了?"绵宁却不说话,还是放声痛哭,似乎要倒出满腔的苦水。王妃无奈只得让他哭个够。

这时红月来到王妃床前道:"夫人,老医生来为您出诊。"王妃推了推绵宁道:"医生来了,让他给娘看病。"绵宁站起身,侍立一旁。老医生走到王妃床前,诊了一会儿脉道:"夫人的病情很稳定,不必再治。老朽看夫人必是富贵人家,不如回家歇养,条件也会好些。老朽再为夫人开几剂药备用。"说完,老医生便提笔开了方子交与红月。

王妃对绵宁道:"宁儿,娘还要去五台山,把那宏愿还了。"绵宁道:"娘的身体不好,我看还是直接回京城吧。娘已经诚心到神佛跟前去了。孩儿再派人去把娘的心愿办了。神佛必会体谅娘的难处。"刘宏武也道:"夫人这副身子,哪禁得起来回颠簸,还是回京吧。"王妃一听,确实如此,便道:"那就准备起程吧。"

众人正要动身,红月进来道:"夫人、公子,巡抚大人求见。"王妃一愣:他怎么会来这里。嘴上只得道:"让他进来。"不一会儿,莫玉走进房来,来到王妃床前,跪倒磕头:"奴才叩见王妃,王妃吉祥。"王妃道:"你怎么知道我在这儿?"莫玉道:"回王妃,奴才在街上看见刘侍卫,所以知道有贵人来。"王妃问道:"你可知我们为何隐瞒身份?"莫玉道:"奴才之见,是为防小人暗算。"王妃点点头道:"如今白莲教到处作乱,专与我清室为敌。我们不得不小心。"莫玉道:"王妃所虑极是。"王妃道:"你既已明白,就不必再作声张。我们即日就回京城,还是改汉装行路。"莫玉道:"奴才着人暗中护送。"王妃道:"不必了,你还是回去吧!"莫玉又和绵宁、刘宏武一一见礼，转身回衙门。

众人收拾好行李，或乘车或骑马，缓缓出了太原城，踏上通往北京城的官道。绵宁骑在马上，心绪烦乱，走一步一回头，走两步一翘首。他在企盼一个人的出现。那个给了他刻骨铭心的爱的姑娘，那个给了他孤独的心灵带来无限欢乐的人儿，难道就这样永远分手了吗？不，他不相信这是事实，他的记忆还留着她的笑靥，他的心灵还铭刻着她的芳名，泪水一下子模糊了他的眼睛。他难以割舍⋯⋯

太原城越来越远了，绵宁的心越来越碎了。他彻底失望了。车轮碾着厚厚的黄尘，发出枯闷的"咕哧咕哧"声，缓慢地移动着。突然，身后传来一阵急促的马蹄声。绵宁浑身一震，忙勒马往后看，只见身后，一匹红马飞一样跑来，等跑近了，才看清楚马身上是一个穿红罗袍的姑娘，正是红菱。绵宁大喜，忙向前迎去，红菱来到跟前翻身下马，绵宁也赶紧跳下马来扑到红菱跟前，红菱娇喘吁吁道："宁哥哥，前面有白莲教埋伏，准备截杀你们，赶快回去。"绵宁一听，哽咽道："红菱妹妹，谢谢你。"忙又招呼刘宏武等人暂且停下。红菱道："我该走了。"绵宁抱住她不放，央求道："红菱妹妹，跟我一起走吧。"红菱颤声道："我们今生无缘，还是等来世吧！"说着从怀中掏出一个精致的荷包挂在绵宁内衣的胸前，双手捧着绵宁淌满泪水的脸，哭泣道："哥哥若是想小妹的时候就看看它吧！"两人痛哭着拥抱着，绵宁慢慢抬起头，从贴身衣袋里掏出一个翡翠扇坠儿放在红菱手心道："哥哥也送你一样东西。"红菱仔细一看，那扇坠是翡翠刻成的两只精巧的鸳鸯，每只鸳鸯的翅膀各刻着两个绿豆大小的字"同心""永结"。红菱把扇坠儿收好，又道："宁哥哥，小妹还有一件事相求。"绵宁忙道："莫说一件，就是十件万件，哥哥也答应妹妹。"红菱便道："哥哥日后若能当了皇帝，小妹求你狠狠惩治贪官恶吏，善待黎民百姓。"绵宁含泪道："妹妹放心，不管哥哥当不当皇帝都会尽力惩治贪官恶吏，善待黎民百姓。"红菱道："好哥哥，再让小妹好好看看你。"说着，一双泪眼久久地凝视着绵宁……

突然红菱挣开绵宁，抓缰在手，飞身上马，猛一回首，凄惨地喊了一声："哥哥多多保重。"红马蹚起茫茫黄尘，渐渐远去。

绵宁傻呆呆地站了半天，突然像疯了一样跪倒在厚厚的黄尘上，挥舞着双手，声嘶力竭地叫道："老天爷，为什么这样对我？"

第五章

太上皇金殿禅大位
宁阿哥山寨遇亲儿

红菱缓缓走进屋子,轻轻地把孩子接过来,把孩子的脸儿贴在自己脸上,眼泪似开闸洪水哗哗直淌。绵宁看着她和孩子,心里全都明白了,眼前的孩子就是他的儿子,爱新觉罗家族的后人。

太极仙境,祥云缭绕。一个倩影在云丛中飞舞。祥云慢慢褪去,显现出一个美丽的少女。绵宁扑向前去,叫道:"红菱妹妹,等等我。"少女轻轻飘到绵宁跟前。绵宁忘情地抓住她的手道:"红菱妹妹,跟我走吧。"少女轻轻地摇摇头。绵宁拉着她的手就走。突然眼前金光一闪,一个道士手持拂尘出现在眼前,那道士拉起少女就走。绵宁急得大叫道:"红菱妹妹、红菱妹妹……"

"宁儿快醒醒,宁儿快醒醒!"好像是额娘的声音。绵宁慢慢睁开眼睛,只见额娘正坐在床前焦急地呼唤着自己,才知刚才竟是做了一场梦。忙问道:"额娘,我这是在哪里?"王妃叹息道:"宁儿,你现在是在皇宫,阿哥房里。"绵宁坐了起来,伏在王妃肩上道:"额娘,宁儿对不住您,让您受罪了。"说着眼泪流下来。王妃双手抚摸着绵宁的头含泪道:"宁儿,你的事额娘都知道了,额娘不生你的气。只是我儿小小年纪如何承受如此巨大的痛苦。你心里如果难受,就痛痛快快地哭出来吧。"绵宁哭道:"孩儿能承受得住。孩儿让额娘担心受怕,孩儿心里才最难受。"王妃笑道:"额娘本该如此,我儿不必挂心。"转脸问红月道:"请御医了吗?"红月忙道:"回王妃,御医刚才来过,说二阿哥的病不必用药,只须静养些时日,自会好的。"绵宁道:"额娘不要再来看孩儿了。红月,扶额娘回宫歇息。"红月正要上前,王妃止住她道:"我有红桃伺候着就够。红月,你就留在阿哥房伺候二阿哥吧。"红月道:"是,奴婢还是先把王妃扶回宫去吧。"王妃便由红月扶着回宫。

王妃进了寝宫,嘉郡王永琰正坐在书案前看书,听见王妃进来道:"你又去看宁儿了?也不当心自己的病体。"王妃点点头,转脸对红月道:"你回去伺候二阿哥去吧!"红月答应着转身欲走。永琰道:"你那宝贝儿子这么娇贵,还非得红月去伺候。你自己怎么办?换个丫头我可不放心。"王妃佯怒道:"王爷,你看你,妾身不是还有红桃伺候嘛!"永琰生气道:"宁儿怎么竟跟那白莲教徒有瓜葛?"王妃道:"王爷此言差矣,撇开她反叛朝廷不说,那女子倒真是个多情女子。妾身刚离开太原城时,若不是那女子飞马报信,妾身和宁儿恐怕早已落入白莲教手中。"红月也从旁道:"那女子与二阿哥确实感情至深,奴婢也为他们偷偷哭过几次呢。"永琰转怒为笑道:"难为你主仆二人一唱一和为那畜生辩理。"王妃道:"非是妾身为宁儿争辩。王爷可知那女子是谁?"永琰道:"不是白莲教徒吗?"王妃道:"白莲教徒倒是不假。她是原山西巡抚汪廷文的女儿。"永琰惊奇道:"汪廷文,是五年前本王去山西复查的汪廷文吗?"王妃答道:"正是此人。"永琰一摆手对红月道:"你去伺候二阿哥吧。"红月出去,永琰才道:"汪廷文一案,本王当时就看出是一起谋杀案。因事关父皇宠臣和珅,本王当时就没给他洗雪冤情。"王妃不满道:"王爷当时若拿得证据,如何扳不倒那和珅。"永琰怒道:"妇人之见。既是本王也没有和珅受皇上宠信,若一意孤行,非但不能为汪廷文翻案,本王也会惹恼皇上,得罪和珅。如今皇上已宣示立本王为皇太子,稍迟几载,本王必为汪廷文翻案,还汪红菱一个公道。只怕那汪红菱反叛朝廷,难逃法网。"王妃钦佩道:"王爷深谋远虑,妾身真是鼠目寸光。"停了半响,王妃又道:"宁儿对红菱感情至深,朝思暮想,憋坏身体怎么办?"永琰也叹息道:"世上这儿女之情最是伤人,宁儿何时能挺过此关。"王妃道:"妾身想,宁儿也已成人,不如给他娶个福晋,也许能收回他的心。"永琰摇摇头道:"宁儿还小,怎可让他过早堕入温柔乡中?再说,宁儿钟情那汪红菱,你难道为他娶那逆匪不成。"王妃忽然哭泣起来。永琰吃了一惊,忙问:"你怎么了?"王妃含泪道:"王爷,妾身恐怕时日不多了,想亲眼看着宁儿娶妻生子。"永琰急道:"你听谁说的?"王妃道:"在太原时名医李崇义已给妾身确诊。"永琰抱着王妃道:"不会的,本王这就叫御医来为你治。"王妃拦住他道:"王爷,妾身也经御医诊断过,没用的。王爷就答应妾身的请求吧。"永琰含泪道:"本王答应你,本王什么都答应你。"

养心殿内,散罢早朝的乾隆皇帝在养心殿正和宠臣和珅对弈,杀得正酣,乾隆忽然落下一子道:"和爱卿,朕看你还往哪儿走。"和珅一看,连连赞叹道:"皇上真是技高一筹,奴才算是服了。"乾隆轻轻地摇摇头道:"朕年事已高,脑筋不灵,难得赢你一子。"和珅却道:"奴才看来皇上龙体康健、精力充沛,实乃万民之福。"乾隆又摇摇头道:"朕得享国六十年,已志得意满,上不敢同圣祖康熙享国六十一年之数。朕意明年正月初一传位皇太子。"和珅称道:"皇上圣明。"

君臣二人正说话,内监来报:"皇上,皇太子进见。"乾隆道:"宣他进来。"不多时永琰走进殿内,磕头施礼:"儿臣叩见父皇,父皇吉祥。"乾隆道:"起来吧。"永琰起身一看和珅在旁,顿觉不快。和珅倒也知趣道:"皇上有皇太子陪着,奴才就告退了。"

永琰看和珅走出才道:"父皇,儿臣有事请求父皇恩准。"乾隆道:"皇儿有何事?"永琰道:"儿臣想给绵宁娶个福晋,还请父皇斟酌。"乾隆不解地问道:"皇儿因何突然提起此事,朕那皇孙也还小呢。"永琰含泪道:"儿臣福晋落下风寒病根,恐时日不多,想亲见宁儿完成大礼。"乾隆吃了一惊道:"难道御医没治吗?"永琰道:"御医诊治,也无济于事。"乾隆叹息道:"既如此,朕焉能不准。只是你福晋可说想娶哪位格格?"永琰道:"但凭父皇做主。"乾隆略一沉吟道:"朕见过户部尚书布彦达赉之格格,倒是生得聪明伶俐,品貌不俗。你说与你福晋可中意否。"永琰忙道:"谢过父皇。"永琰离开了养心殿，回毓庆宫与王妃说了，王妃听了，心中大喜。

绵宁这两天有红月陪着说些宽慰的话，心情慢慢平静下来。因挂念额娘的病情，这天便早早由红月陪着来给父王、额娘请安。永琰已被乾隆帝召去养心殿商议剿灭白莲教大计，只有王妃一人在寝宫。王妃看绵宁来到，起身坐起。绵宁走到床前，跪倒请了早安道："额娘这两日身体可好？"王妃微微笑道："额娘一直如此，宁儿不必担心。"看绵宁气色好了些便道："额娘也知道，世间最是情难得，可是古往今来有情无缘的事数不胜数。我儿贵为皇室，却也无可奈何。"绵宁听着，点点头道："额娘说的是，宁儿明白其中道理。"王妃道："宁儿明白就好。且莫再为儿女之情所惑，要知我大清祖业全指望你发扬光大。"绵宁被额娘一番话说得激动起来，抓着王妃的手道："宁儿决不辜负额娘期望。"

王妃看火候已到，便道："额娘为让你早些从红菱身上收回心来，已求你父王奏请皇上为我儿娶一福晋。"绵宁闻言大吃一惊道："额娘，宁儿实难从命。"王妃一愣忙问："为何？"绵宁道："孩儿年龄尚小，还想多读几年书。"王妃笑道："先皇圣祖十四即成大礼，我儿怎还说年岁小。况即便成婚，也无碍你读书。"绵宁还是坚持道："额娘，宁儿断难从命。"王妃听罢脸色一沉，怒道："此事皇上已经恩准，圣命御点户部尚书布彦达赍之格格为我儿福晋，你难道敢抗旨不……"话未说完，王妃一阵剧烈的咳嗽昏厥过去。绵宁和红月手忙脚乱扶着王妃，红月用手掐着人中。这时红桃也闻声跑来，绵宁忙命道："快去叫御医来。"过了一会儿，王妃才苏醒过来，抚摸着绵宁的头道："宁儿，额娘自感时日不多了，想亲眼看着我儿成完大礼。所以，额娘没跟你商量，就让你父王奏明了皇上。额娘不是不知道你的心思，是看你和红菱今世无缘啊！"绵宁哭道："额娘的话孩儿明白，孩儿答应额娘就是……"

永琰当晚回到毓庆宫，王妃在枕边将白日绵宁来过的事说了，永琰听了高兴道："宁儿自己应下更好，今日父皇召见朝臣，诏谕天下明年正月初一退位，举行传位大典。过后就赐成宁儿完婚。"王妃眼看着丈夫要当上皇帝，真是喜不自胜。

到了正月初一那天，一大早，乾隆帝带着永琰、绵宁等皇子皇孙和王公重臣先到了堂子、奉先殿、寿皇殿焚香礼拜上天神灵、列祖列宗，随即升太和殿宝座。乾隆帝双手捧着传国玉玺走下宝座，来到永琰跟前，将国玺交给永琰，然后坐在御案旁的侧座上。永琰双手接过玉玺，走到御案前，坐在宝座上。殿下王公大臣、藩属使节一齐跪倒山呼万岁。礼官走到殿前，宣布改元嘉庆，尊乾隆为太上皇。并晓谕天下，新皇名讳上一字改用同音但不常用的"颙"字，军民人等须行避讳。从此"永琰"便成了"颙琰"。

次日，毓庆宫内一片喜庆繁忙。乾隆、嘉庆两代君王御赐绵宁完成婚礼。晚膳时分，乾隆、嘉庆一同来到毓庆宫，绵宁随已被封为皇后的母亲一同出迎。乾隆、嘉庆坐定。绵宁恭恭敬敬给皇祖、父皇敬酒。两代君王龙颜大悦，一饮而尽。绵宁又端起一杯茶水，以茶代酒，给患病的母后敬酒，皇后含笑饮干。

一家人正在高兴，忽有太监来报："禀太上皇、皇上，湖广总督毕沅送来加紧奏折。"乾隆道："念。"内监尊旨，大声念道："白莲教王聪儿、张汉潮领教众四五万人攻克枣阳，围襄阳，襄阳知府耆登督官兵固城待援，数日难下。汪红菱领数十人自太原往襄阳参战，施以奸计，诈开城门。襄阳城即告失陷，知府耆登亦为汪红菱所杀⋯⋯""够了！"乾隆不待太监念完气得龙须直抖，道："这汪红菱竟如此厉害，你们这些总督、将军难道就都是废物？"绵宁一旁听了，不由恨红菱过于猖狂，便愤然作色道："太上皇、皇上应早派良将剿灭，以安社稷。"嘉庆看了儿子一眼，赞许地道："二皇子言之有理，太上皇请速调重兵，剿灭教匪。"乾隆帝刚才的满腔喜悦被这份奏折冲得踪影皆无，又说了几句劝勉的话，就由太监扶着回养心殿去了。

绵宁这一天特别劳乏，送走了皇祖、父皇后，便由红月陪着，回到新房倒在床上睡着了。绵宁新娶的福晋，名叫玲儿，是个旗人。玲儿见绵宁睡着，便叫红月出去，给绵宁脱去靴子，盖上锦被，自己也上床来，坐在绵宁身边。看着绵宁方正清秀的脸庞，玲儿心里幸福极了。随后熄了灯，躺在床上。

玲儿正迷迷糊糊有了困意，忽听绵宁叫道："红菱妹妹，红菱妹妹……"玲儿听见，一时又羞又气，坐了起来，打着火镰，点亮了灯。绵宁这才惊醒，道："我不是故意的。"玲儿暗道：我既已成了他的福晋，就得慢慢收回他的心，若此时闹开，未必有好处。想至此，便温柔地道："二阿哥真是个重情义的人。那个叫红菱的姑娘一定使二阿哥一往情深喽。"绵宁却又道："不，我恨她，她是白莲教徒，想毁我大清江山，我要让父皇剿灭她。"玲儿吃了一惊道："二阿哥怎会和白莲教有来往？"绵宁只得把红菱姑娘的事告诉了她。玲儿听完，含泪道："真是一段令人肝肠寸断的爱情故事。奴婢真是佩服那个叫汪红菱的多情女子。"绵宁道："只可惜她反叛大清，恐怕不得善终。"说完双手搂过玲儿，两人相依而眠。

第二天，两人早早起身，往皇上皇后寝宫请安，嘉庆帝已经起身，绵宁夫妻过来请了早安，嘉庆道："太上皇正为白莲教的事要朕早去商议，你母后患病正由御医诊治，快去看看她。"说完，由太监陪着匆匆而去。

绵宁两人到了皇后寝宫，御医已经诊过，便来到床前请了早安，绵宁问道："额娘病情如何？"皇后道："额娘恐怕一天不如一天了。你两个要互敬互爱，和和美美地过日子。"说着，拿眼看着绵宁。绵宁明白皇后的意思，忙道："额娘放心，孩儿一定好好待她。"皇后道："宁儿你先出去，额娘有话和你福晋说。"绵宁只好出去。皇后对玲儿道："宁儿到底待你如何？"玲儿答道："二阿哥待奴婢很好。"皇后不信，道："你不妨照实说，有母后为你做主。"玲儿道："昨晚，二阿哥是把玲儿当作另外一个女人，奴婢当时也是又羞又气。后来奴婢想反正已是二阿哥的人了，不如好生待他，慢慢地收他的心，何况二阿哥也是个重情义的人。奴婢这样一想，便气也顺了，话也柔和了。倒是二阿哥自觉对不住奴婢，自个儿说了出来。"皇后听了赞叹道："真是明事理、识大体的孩子，母后真为你们高兴。"

嘉庆皇后所说果然不错，绵宁自娶了福晋收心多了，便每日里一心一意去上书房读书习武，准备将来为大清江山尽力；在福晋身上也慢慢用起心来，虽不是情深意笃，却也和和美美，只是无人时，悄悄掏出红菱姑娘送他的荷包来看，心头便涌起淡淡的伤感和眷恋。

此时，汪红菱、林清所在的王聪儿、张汉潮义军，声势正盛，接连攻破湖北地方的荆州、枝江、宜都等城，宜昌、长乐的白莲教徒也响应起来。一时告急的奏折雪片似的送进京来。嘉庆帝看了，心中着忙。这时福康安将军已死，和琳也在征战途中染上瘴毒而死，将军明亮又征战未回，一时没有能征惯战的大将。白莲教义军便乘势攻进襄、郧、荆、宜、施五府，势力蒸蒸日上。那地方上的统兵官，都是和珅私党，暗地里受了和珅密意，平时把军情隐匿不报，常常诳奏杀贼数万，冒功领赏。直到后来，大局糜烂，不可收拾，才到京中告急。

这种情形，嘉庆帝打听得明明白白，一面暗暗记入和珅罪状里，一面调兵遣将：着两湖总督毕沅、侍卫舒亮统带兵队，剿办荆门、宜昌白莲教；湖北巡抚惠龄、总兵富志那，剿办荆州江南义军；将军恒瑞剿办襄阳一路义军；着提督鄂辉、陕甘总督宜绵，剿办襄阳一路义军。又调回明亮的部队，防堵川陕一带。

但是，声势浩大的白莲教起义却使年事已高的太上皇乾隆受了惊吓，死在乾清宫内。嘉庆帝一面率王公大臣至殡殿致哀，一面命礼部督办国丧。绵宁夹在皇子皇孙中，痛哭流涕，直至天晚方由小太监扶着回宫。

绵宁也用不下晚膳，便躺在床上歇息。这时毓庆宫内监来到绵宁房中道："皇上请二阿哥过去有事商议。"绵宁不知何事，便跟着内监来到毓庆宫见过父皇。嘉庆道："宁儿，两年前你陪你母后到太原府治病，可曾听说汪廷文其人？"绵宁道："回父皇，孩儿不仅听说过汪廷文，且对其人其事知之甚详。"嘉庆点点头又问道："既如此，你可知那汪廷文一案是否冤案？"绵宁答道："孩儿早知是一起冤案，想请父皇派得力大臣复查清楚。"嘉庆笑道："朕今日就是要你前去太原缉拿凶犯莫玉，也好作为审讯和珅的人证。"绵宁一听大喜道："原来父皇已决意惩治那奸相和珅。"嘉庆点头道："朕确有此意。"绵宁又道："依儿臣之见，父皇还是先不要动和珅。"嘉庆不解道："为何？"绵宁道："儿臣早知那莫玉网罗江湖中人，已渐成羽翼。若是听说父皇拿了和珅，必然狗急跳墙，酿成祸乱。"嘉庆赞许道："言之有理，那依皇儿之见呢？"绵宁不慌不忙道："父皇不如命那和珅昼夜为太上皇守值殡殿，不得擅自出入，借机剥夺他的军机大臣、九门提督之职。待儿臣去太原府拿了莫玉回京，再拿和珅不迟。""好。"嘉庆连连赞道，"皇儿不仅小心谨慎，而且谋略过人。朕命你为钦差大臣，明日动身，往太原'犒劳'那莫玉。"绵宁跪拜道："儿臣遵旨。"言毕退出毓庆宫。

第二天，绵宁备齐犒劳之物，仍由刘宏武等四大侍卫一路保护，率领着五百八旗兵出了北京城，直奔太原府而来。

这日到了山西地界，绵宁骑在马上一路观看，只见沿途田地荒芜，房舍倒塌，一片萧瑟，再往前走，却是数不清的难民、饥民，身穿百结鹑衣，手提瓦罐荆篮，背负稚子弱小，如蚁聚蜂集。绵宁叹道："为何仅仅两年，山西竟是如此情形。便命人马停住，叫刘宏武道："刘侍卫，快去唤一逃难民人过来，我有话说。"刘宏武领命，不多时便带到绵宁马前，却是一家四口，男的瘦骨嶙峋，女的皮包骨头，带着两个男女娃娃软软地在地上爬着。绵宁一看，心里发酸，赶紧下马问道："你家因何落到如此境地？"那男子先是害怕，听他语气温和才大着胆子道："今年本来洪水过后，又是大旱，家里田地颗粒无收，偏偏那巡抚大人还时常派兵下乡，说是围剿白莲教，却连白莲教的影子也抓不到，就对老百姓烧杀抢掠，俺们只得到处逃难，简直活不下去了。"绵宁听完，眼中喷火，骂道："好一个蛇蝎心肠的恶吏，竟敢践踏大清律法，残害百姓，看我怎样治你。"便命人把这一家四口收在队列中。

绵宁带领官兵继续赶路，进入太原府境内。只见沿途饿殍遍地，情形更是惨不忍睹。绵宁一路看去，面色黯然，一声不吭，心里沉甸甸的。不知不觉行进一座山中。绵宁只顾低头沉思，忽然耳边一声炮响，只见官兵队列中倒下几名清兵尸体，两边山头传来阵阵杀声，那岩石后、草丛中、树林里杀出无数壮汉来。官兵毫无防备登时大乱。刘宏武一看大叫道："快快保护二阿哥。"四名大内侍卫立即把绵宁护在中间。刘宏武道："二阿哥，我们遇上白莲教了。"绵宁往后一看，官兵已被白莲教徒杀得四散逃命，只得道："咱们只有拼死杀出去了。"说完，一马当先冲出山口，四名侍卫紧紧跟随。白莲教徒立即上前拦阻，绵宁一看，前面荒草地树有一面杏黄大旗，上书一个"林"字，暗道：此乃帅旗，若砍倒此旗，贼兵自散，便用马鞭一指"林"字大旗大声喝道："众侍卫砍倒此旗，便是生路。"说着跃马扬鞭直冲过去，不料草丛中突然弹起几条绊马索来，绵宁毫无防备，战马一下子栽倒，人也摔出去很远，还没反应过来，就被白莲教徒一拥而上捆绑起来，押到一名堂主跟前，刘宏武四人也一样被生擒活捉。

那堂主得了全胜，便押着俘虏拉着战利品回到山寨。命人先把绵宁等人绑在寨前石柱上，堂主便去大厅见教主，那教主正是林清。原来林清和汪红菱、莫香兰一起投了张汉潮，破了襄阳以后，张汉潮便命他们重回山西发展教徒，以便将来进攻山西，逼近北京作为策应。红菱这几天去了太原城打探莫玉军队布置，准备寻机进攻太原，铲除老贼。林清在山上听流探来报，有一支清兵约五百多人从此地经过，好像是从京城来去太原府的，便命八堂堂主陈德去山下拦截。

陈德一进大厅便叫道："教主，我们今天不光夺了一批财宝，还抓住四五个清廷狗官。"林清大喜道："抬上来。"几名教徒把夺来的金银珠宝抬了进来，林清仔细看过暗道："这京城中怎会送金银给太原府？"便叫陈德带他去看俘虏，陈德来到寨前用手指一指道："教主，都在那儿呢。"林清走到绵宁跟前，绵宁猛一抬头，怒视对方，林清一看吃了一惊道："你不是嘉庆二皇子吗？"绵宁却不认得他，只把脖子一挺道："是又怎样，二皇子岂能怕你等逆匪。"林清冷笑道："你们朝廷腐败堕落，苛敛小民，残害百姓，神人共愤。那山西巡抚莫玉侵吞公银，毒害清官，朝廷竟视而不见。如今山西地方被他搅得饿殍遍野，民不聊生。你们竟然还去犒劳这样的贪官恶吏。"绵宁被他说得低下了头。林清越说越气愤，喝道："八堂主，把这几个狗官推到山前杀了。"陈德答应一声"是"，便喊过几个壮汉押着绵宁等人就走。忽然有人喊道："教主，刀下留人。"绵宁心想，白莲教里还有人为我说情，便转脸来看，原来是路上收下的逃难民人，那男子边喊边跑到林清面前跪倒求道："教主，这位官爷可是个好官，求您放他一条生路吧。"林清不解，问道："你怎知他是好官？"那男子便把绵宁如何路上问他话收留他，并说要惩治那山西巡抚等说了出来。林清笑道："这不过是他们为官的笼络人心的手段，他们骨子里还是吃老百姓的肉喝老百姓的血，千万不可上他们的当。"说完便命人把那男子带下去。陈德等人推着绵宁正要出去，寨前有人喊道："总教主回来了。"林清一听忙拦住陈德道："等总教主处置吧。"便和陈德一道来迎总教主。

汪红菱正由莫香兰和几个教徒陪着走进寨门，林清和陈德迎了上去，众人施礼毕进入大厅叙话。红菱道："我这几日在太原城内打探得清楚，那莫玉勾结江湖败类，偷偷操练亲兵又和洋人勾结，从广州买来几十条洋枪装备亲兵。我在巡抚衙门抓住莫玉一个亲信，那亲信供说，莫玉怕新皇帝嘉庆惩治他，便起了叛清之心。"林清讥笑道："谁说嘉庆要惩治他，如今新皇上已派钦差来太原犒劳他呢。"红菱忙问道："从哪儿得的消息？"陈德道："那钦差大臣已被我拿住，绑在寨前等总教主发落呢。"红菱忙起身道：

"待我看看。"

陈德领着红菱来到绵宁面前，红菱一看绵宁，霎时呆住。那绵宁此时也认出红菱，一时也愣在那里。陈德道："他就是钦差大臣。"红菱这才镇定下来问道："你就是奉嘉庆旨意犒赏莫玉的吗？"绵宁本来有千言万语跟她说，这一回在众人面前被她冷冰冰的一句话问得恼起来，索性把脸儿一板道："是又怎样？"红菱正要发怒，林清怒道："我今天就先杀了你，再去太原杀那老贼。"林清便向红菱道："总教主下令吧！"红菱强忍泪水，一转身道："推下去，斩了。"陈德立即和几名教徒推着绵宁和刘宏武四人往外就走。刘宏武一看没救了，突然大喊："红菱姑娘，二阿哥是奉旨缉拿莫玉，为你爹翻案的啊！"红菱一听忙道："快推回来。"陈德等人立刻把他们推了回来。红菱走到刘宏武跟前道："你有何根据。"刘宏武道："小人深得二阿哥的信任，所以这次来太原的真正使命，只有小人和二阿哥知道。姑娘若是不信，那圣旨就藏在二阿哥身上，一搜便知。"红菱听罢走到绵宁跟前，抽出利刃把绵宁身上的绑绳挑断，道："你身上真带有密旨？"绵宁这次不再倔强，便道："红菱妹妹，我确实是奉旨缉拿莫玉而来。"说完从贴身内衣里掏出圣旨。

红菱接过仔细看了，又还给绵宁。命陈德等人道："快给他们松绑。"陈德过去给刘宏武四人解开绑绳。林清不满地道："总教主，难道就这样放了这些狗官。"红菱摇摇头道："先把他们关起来。咱们召集各堂堂主到大厅计议。"

时间不大，各堂堂主都聚集在大厅内。红菱看看各位堂主道："我义军自进入山西以来，杀贪官、惩恶吏，劫富济贫，很受百姓拥戴。但目前仍未能在山西打开局面，而山西巡抚莫玉这条恶狗仍时时威胁义军的安全，我义军却无力铲除。现在朝廷派来钦差缉拿莫玉，钦差已被我义军俘获，各位请说说我们是放走钦差，让钦差缉拿莫玉呢，还是杀掉钦差，我们自己去攻莫玉？"

众人听了红菱的话，纷纷议论起来。四堂五堂七堂堂主站起来道:"我们义军的宗旨就是杀尽天下贪官污吏,推翻清廷,如今那钦差大臣正在我们手中,为什么不杀掉他?"没等他们说完,一堂堂主站起来道:"我反对,因为我们眼前最大的威胁就是莫玉老贼,必须千方百计除掉此贼,既然钦差已经奉旨缉拿莫玉,我们何苦阻拦呢?再说这位钦差只不过是当今皇上的皇子,据他途中收留的难民说,这个人很体贴民情,似乎不应归为贪官污吏之列。如今朝廷上下贪官污吏一片漆黑,难得有一个体贴民情的人,难道我义军还要杀了他?所以我认为,不但不能杀他,还要帮他缉拿莫玉,只是要认真计议,切莫中了清廷奸计。"他的话刚说完,便有几个人鼓起掌来,表示赞同。林清道:"既然大家都说了自己的意见,就由总教主决定吧。"红菱道:"我的意见是帮助钦差缉拿莫玉,寻机消灭清兵,攻占太原。"

绵宁等人并没被关起来,只是让他们在大厅后面的一间空房子里等着。刘宏武道:"二阿哥,我们还是趁机逃走吧,如果他们反悔可就来不及了。"绵宁摇摇头道:"他们既然放了我们就不会反悔。"正说着,门口走进一个两岁左右的男孩来,那孩子忽闪着明亮的眼睛,好奇地看着这几个陌生人。绵宁看着可爱,便挤眉弄眼逗弄他,那孩子被逗得咯咯直乐,便跑到绵宁眼前,张开手臂要他抱。绵宁便抱起他,用头抵在孩子胸前逗他玩,忽然觉得孩子胸前有块硬硬的东西,他怕硌着孩子,便去掏了出来,谁知却是一只翡翠鸳鸯扇坠儿。绵宁一看登时呆住,正是他送与红菱的那只扇坠儿。绵宁忙问那孩子:"这东西是谁给你挂上的。"孩子说话还不太清楚,答道:"是妈妈。"

红菱与众堂主商议完毕,便来找绵宁说明,刚到门口,看见绵宁正抱着孩子看着那扇坠儿,登时脸色变得苍白。刘宏武本来知道他二人的事,一见这情形,忙拉着其他三人走了出来。红菱缓缓走进屋子,轻轻地把孩子接过来,把孩子的脸儿贴在自己脸上,眼泪似开闸洪水哗哗直淌。绵宁看着她和孩子,心里全都明白了,眼前的孩子就是他的儿子,爱新觉罗家族的后人。他想再抱一抱他的儿子,可是红菱紧紧抱住,好像怕有人抢走似的,他以为红菱会扑到他怀里,谁知红菱却把全部的爱倾注在孩子身上,似乎没有感到他的存在。红菱哭了一会儿,突然喊道:"香兰,你怎让宝儿乱跑,快点抱过去。"外面香兰忙应道:"教主,我来了。"说着,过来接过孩子抱着出去了。

红菱看看绵宁,口气平静地道:"二皇子,我们决定放你们去太原府,只是那莫玉久有叛乱之心,恐怕你们人少势孤,难以将他缉拿。"绵宁呆呆地看着红菱,过了好一会儿,像刚听明白她的话似的道:"我已知那恶吏早存叛乱之心,所以才假借巡视犒赏之名,意欲出其不意,将其擒拿。"红菱摇头道:"那莫玉现已网罗一批江湖高手,又有几十条洋枪,只怕二皇子仓促之间未必得手。"绵宁道:"红菱妹妹有何高见?"红菱不慌不忙地道:"二皇子可先派一人去巡抚衙门送信,要那莫玉出城二十里来迎钦差。我白莲教义军预先埋伏于此,待莫玉来迎,二皇子只需一声令下,我义军必一举拿下莫玉老贼。"绵宁暗想:"此计甚好,只是拿了莫玉,我若被白莲教挟持,他们必攻太原。"忽又面露笑容道:"红菱妹妹此计甚好,只怕莫玉手下官兵,见是白莲教埋伏,若是拼死抵抗,恐怕要费些手脚,耽搁久了,太原城莫玉心腹必领大队官兵赶来,只怕擒不得莫玉,反被莫玉所擒。"红菱听他说得有理,不由沉思起来。绵宁道:"红菱妹妹,若是将你义军扮做朝廷八旗兵,可以朝廷天威震慑莫玉官兵,则一举可拿老贼。"红菱道:"此计甚好,只是一时哪里去弄这么多八旗兵服。"绵宁微微一笑道:"我只须派一侍卫往大同府走一趟,明日即可借到军服。"红菱点头道:"就依二皇子之计而行。"绵宁立即叫来刘宏武,在他耳边嘀咕半天,刘宏武领命而去。

第二日黄昏时分,刘宏武果然带着几个清兵赶着三辆大车来到义军山寨,义军打开一看都是崭新的八旗军服。刘宏武来向绵宁复命,绵宁问道:"刘侍卫,事情办妥?"刘宏武会意点头道:"回二阿哥,事情都已办妥。"这时林清陪着红菱来到绵宁跟前,林清微微笑道："二皇子，明日依计而行吧。"绵宁面带笑容道："蒙二位鼎力相助，明日定会马到成功。"

次日凌晨，绵宁早早命四大侍卫之一的张乘风率五十骑八旗兵往太原城送信。自己领着五百八旗兵，赶着十几辆满载犒赏莫玉的物品，旗号招展，来到离太原城二十里的伏龙坡等候。红菱、林清、陈德率五千白莲教义军换上八旗兵服装悄悄埋伏在四周。众人一声不响，焦急地望着太原城方向。眼见到了半晌，太原城还是毫无动静，刘宏武着急道："会不会是张侍卫出了差错。"绵宁止住他道："别急，再等等看。"正说着，大内侍卫王黑爪突然叫道："看，有人过来了。"绵宁仔细一看，果然远远的有一小队骑兵奔来。等那一小队骑兵越来越近，才看清是张乘风等人。张乘风一路飞奔，来到伏龙坡下，跳下马跑到绵宁眼前道："二阿哥，那莫玉已率二千官兵出城迎接。"绵宁盼咐道："待那莫玉来到，本钦差一声令下，众将官务必一举拿下老贼。"众人齐声道："誓死效命大人。"

时至晌午，莫玉果然率二千绿营清兵来到伏龙坡。莫玉下了战马，由四名护卫陪同来到坡上绵宁眼前，跪拜施礼："山西巡抚莫玉迎接钦差大人来迟，望乞恕罪。"绵宁一使眼色，一名八旗兵立即跳到马车上，手拿红旗在空中舞了两圈。霎时，伏龙坡四周八旗军伏兵四起。莫玉一看大惊失色。绵宁大喝一声："拿下反贼。"刘宏武早一步上前扭住莫玉双手。莫玉四名侍卫一见不妙，快抽钢刀，早被大内侍卫和八旗兵一拥而上，将几人拿下。那伏龙坡下二千绿营兵一看有变，各持刀枪杀向坡顶。绵宁掏出圣旨，往空中一扬，大声喝道："本钦差奉旨缉拿反贼莫玉，余者一概不究。朝廷大兵在此，若有死党胆敢拒捕，就地正法。"那二千绿营兵见此状知大势已去，便垂手停在坡前。

这时，林清、红菱率白莲教义军正欲冲下山坡，活捉绵宁，乘势挟持他攻下太原，忽听身后义军一阵大乱。一名教徒飞跑过来，上气不接下气地道："不好了，总教主，我们已被大同府恒龄的清兵包围，敌人有五六万人。"红菱、林清一听大吃一惊，红菱急道："都怪我一时疏忽，中了绵宁奸计。"林清忙道："师妹，现在后悔也没用，快想想办法吧！"

绵宁拿住莫玉，镇住了他手下的绿营兵。刘宏武突然叫道："二阿哥，恒龄已率官兵包围了白莲教徒。"绵宁大喜叫道："好！"转向莫玉的绿营兵，大声道："现在包围你们的八旗兵是白莲教徒假扮的，他们已被大同府恒龄的官兵包围。你们要想将功赎罪，就听从本钦差指挥，和恒龄大人里应外合，一举剿灭白莲教。"那绿营兵一听还能立功赎罪，齐声喊道："听从钦差大人指挥。"绵宁便率莫玉的绿营兵直向义军扑去。

红菱和林清正在着急，忽见绵宁率绿营兵直向义军扑去。红菱不由心头火起，大叫道："我跟这狗官拼了。"策马挥剑要冲下坡去。忽听林清叫道："师妹，我们山寨被清兵破了。"红菱大惊，忙勒住战马，往山寨看去。只见山顶上浓烟滚滚，火光冲天。红菱哭喊道："我的孩子。"林清忙扶住她道："师妹，我们大势已去，还是先杀出重围，再图将来。"红菱点点头，林清向义军喊道："赶快保护总教主，杀出重围。"红菱带领林清等人直奔清兵较少的低谷杀来。一路上义军毫无惧色拼命厮杀，怎奈清兵人多势众，等红菱带林清杀出重围，身边只剩几十名战士。林清催促道："师妹，赶快离开此地。"红菱却转向众人道："诸位弟兄，红菱无能，让你们受苦。师兄，你赶快带领弟兄们逃离此地，再图大计。师妹我还要上山寨去救孩子。"说完，策马直奔大寨而去。

红菱来到山前，只见清兵正在放火烧山。红菱趁其不备，挥剑跃马冲上山去。清兵只顾搜捕山顶逃下的义军，没料到背后有人上山，竟无人拦阻。红菱一口气来到大寨，只见尸体遍地、血流成河，忙跳下马里外搜寻一遍，却不见香兰和孩子。正在焦急，忽听大寨后山传来阵阵杀声，红菱急忙跨上马直奔后山，只见后山一群清兵正围着香兰厮杀，香兰一手护着孩子，一手挥剑斩杀清兵。清兵见一时拿她不住，忽地四下散开，个个弯弓搭箭，瞄准香兰和孩子。香兰急忙将孩子压在身下护住,只听"嗖嗖"一阵排箭射击,香兰身上矢如猬毛,倒在血泊之中。红菱看得清楚,疼得她大叫一声:"香兰!"冲入清兵阵中,一阵猛杀猛砍,清兵立时大乱,四散逃去。红菱跳下马来,扶起香兰,连声唤道:"香兰,香兰。"香兰缓缓睁开双眼,断断续续道:"红……菱姐……孩子……"便气绝而死。红菱抱着尸体放声大哭:"香兰,我的好妹妹。"这时又一队清兵围了上来。忽然清兵背后冲出一人正是林清,林清挥剑杀退清兵,喊道:"师妹快走,绵宁已带清兵杀上山来。"红菱放下香兰,抱起孩子。那孩子受了惊吓,哇哇大哭起来。红菱往大寨一看,只见绵宁已和恒龄会合,正督促清兵往后山杀来。林清催促道:"师妹,你抱着孩子从密道逃走,我来引开清兵。"红菱把孩子送到林清怀里,央求道:"师兄,麻烦你带他先走。师妹今天拼死也要杀了绵宁,为我阵亡的义军弟兄报仇。"林清正要推辞,红菱猛地把孩子往他怀里一塞,语气坚决地道:"我意已决,师兄快走。只求你将他抚养成人,将来为妈妈报仇。"说完,跳上战马,挥剑杀向清兵,林清知她内心痛苦至极,断难劝阻,只得含泪喊道:"师妹好自珍重。"遂抱着孩子往山上走去。

绵宁带清兵围歼了义军,便急忙直奔义军大寨,寻找他和红菱生下的儿子。谁知满山搜了一遍,也没见孩子的身影,正在焦急,忽听后山传来阵阵杀声,急忙带领四大侍卫和清兵直扑后山而来,迎面正碰上一股败逃下来清兵,绵宁厉声喝问:"后山还有多少教徒?"清兵道:"回大人,是一名女子背着孩子。那女子已被乱箭射死。"绵宁忙问:"那孩子呢?"清兵回道:"那孩子被女子护在身下。小的正要上前,忽又杀出一名女子,手使宝剑,十分厉害,小的被她杀得败退下来。"绵宁不听他啰唆,怒道:"一群废物,传我命令,对那女子和孩子只准活捉不许杀死。"说完,纵马往山上冲去。

红菱一心只想杀敌报仇,眼睛都杀红了,一口宝剑施展开,如同砍瓜切菜一般,杀得清兵尸横遍地,血染青山。无奈清兵太多，杀了一层又一层。红菱却不走反退，被一步步逼到山顶。此时，绵宁赶到跟前，看到红菱着魔似的拼命厮杀，不由得胆战心惊，好半天才稳住心神喝道："全都退下。"清兵巴不得这句话，刷地全退下来，只把红菱闪在中央。绵宁跳下马来，缓步向红菱走去。刘宏武叫道："二阿哥，危险。"一步冲到绵宁跟前，绵宁将他一把推开，慢慢走到红菱跟前。红菱手握剑柄，漆黑的眼珠瞪着眼前这个她深深爱着的却又杀了她许多弟兄的刽子手，忽然用宝剑一指骂道："你这个背信弃义的刽子手，本教主今天就将你碎尸万段，为死难的弟兄报仇。"绵宁却不恼不怒，悄声道："红菱妹妹，你别怪我心狠手黑，我们这叫各为其主，各谋其政，况且我从没向你许诺不剿灭白莲教。你这又是何苦呢，你我何必这么痛苦地折磨自己，快点告诉我那个孩子在哪里？"红菱听他问起孩子，只觉得一阵酸涩涌上心头，但很快又被满腔的仇恨压了下去。她一抖宝剑冷笑道："绵宁，那孩子是我汪家血肉，跟你爱新觉罗氏无关，你不要痴心妄想。"绵宁看着她视死如归、大义凛然的样子，只觉得阵阵寒意袭遍全身。但他还不死心轻声道："红菱妹妹，你愿反清，我不勉强你，可是你带着孩子到处厮杀，多有不便，若有三长两短，岂不害了孩子，不如把孩子交给我，我把他抚养成人，再还给你们汪家还不行吗？"红菱被他说得一阵心酸，是的，她一个未婚女子却带着个孩子，无论到哪里总有人指指点点说三道四。人言可畏啊，她曾经想到过结束自己的生命。但是当她一看到孩子天真的笑脸，一种高度的母亲责任感便从心头升起，阻止着她亲近死神。而林清等白莲教徒对她的尊重和拥戴，鼓舞着她继续扯起反清大旗，发誓与清廷血战到底。如今这些可亲可敬的弟兄都被眼前这个魔鬼屠杀了。想到此，怒火又充满在红菱心头，她把宝剑一抖厉声道："谁听你花言巧语，我今天就是要为死难的弟兄报仇。"绵宁呆呆地望着红菱那充满着仇恨的美丽的眼睛，忽觉万念俱灰，眼含热泪道："妹妹若要以为杀了我，便解了仇恨，就请动手吧。"说完闭眼一闭，引颈受戮。红菱冷笑道："你当我不敢吗?"说完抖剑往绵宁当胸刺来,红菱以为他必躲闪,哪知剑到胸前他却一动不动,红菱不由手上慌乱,宝剑一偏,一剑刺进绵宁软肋。绵宁大叫一声摔倒在地。刘宏武等人吓得急忙上前救人。清兵一拥而上来捕红菱,红菱一看长叹一声猛地向山崖下跳去。

众侍卫看绵宁被刺伤,昏倒在地,忙将他的伤口包扎起来,刘宏武命几名亲兵抬着绵宁向山下走去。恒龄听说二皇子负伤,赶紧上山将绵宁安置在山下行营中治疗。不多会儿,绵宁苏醒过来,看见刘宏武等人和恒龄都在,忙问道:"叛逆都已肃清了吗?"刘宏武知他话里的意思,忙道:"那女教主已跳崖自尽。"绵宁听了低头不语。恒龄道:"二皇子放心养伤吧,其他事宜,由本官来做。"绵宁看了看他道:"莫玉反贼已被缉拿,山西巡抚暂缺,你需全力维持地方秩序,不许官兵扰民,待朝廷另委巡抚,再作计议。"恒龄答道:"下官一定尽力。"绵宁便命刘宏武押着莫玉,恒龄带着官兵,径直奔太原而来。那太原城内莫玉的心腹早已探听了消息,偷偷溜出城外逃了。府吏、官兵急忙打开城门迎接钦差进城,恒龄按照绵宁吩咐贴出安民告示,搜捕莫玉余党,受理百姓诉状,一时太原城内气象一新,人人称快。绵宁住进巡抚衙门一面养伤,一面召见各府衙官吏、佐证人等,调查汪廷文被害一案,直至人证物证俱全。又命刘宏武带人去莫玉府中搜出行贿和珅的大量赃证。

绵宁在太原一住十多天,感觉伤口已无大碍,诸事亦已办完,便命侍卫铁砂李先行飞报进京,随后嘱咐恒龄暂代山西巡抚管理地方,便带领侍卫官兵押解着莫玉家小,班师回京。

京师乾清宫内太上皇一死,便有一班九卿科道,纷纷奏参大学士和珅贪赃枉法、弄权舞弊等大逆不道之罪。其中要算监察御史广兴、吏部给事中王念孙参奏最为厉害,说和珅有大逆之罪十,有可死之罪十六,真是一字一刀,骂得他体无完肤。嘉庆帝共收到参折六十八份，正欲发怒，忽有内监来报："二皇子已拿到了莫玉，遣使来报。"嘉庆命快快宣进。那铁砂李进宫施了礼，将绵宁奏折双手献上，嘉庆看了奏折，方知绵宁不仅拿了莫玉且巧出奇计剿灭了山西白莲教，不由大为赞叹绵宁智勇超人。当即传旨着内阁大学士刘墉率文武朝臣出京师二十里迎接。又即传旨命肃亲王、仪亲王带御林军去捉拿和珅；怕路上出意外，又派御前侍卫勇士阿兰保，沿路保护，押解进刑部大堂。

绵宁被那刘墉等人迎着，进了京城，便往宫中去交旨。嘉庆帝在乾清宫召见绵宁等人，赞赏了一番，又关切地问道："二皇子伤得如何？"绵宁已命侍卫瞒了真情，只说是混战之中被刺伤。见嘉庆问及伤情，便道："回父皇，儿臣只是受了轻伤，现已痊愈。"嘉庆道："二皇子一路劳乏，回去歇息吧。"绵宁道："儿臣尚有和珅罪证要奏明父皇。"说完将奏折递上，又道："儿臣不畏劳乏，愿为父王查办和珅。"嘉庆看了奏折道："和珅已被朕羁押在刑部，朕即命内阁大学士刘墉、董诰、八王爷、七额驸着即审问。"刘墉、董诰等人忙跪地接旨。嘉庆帝又道："二皇子既愿不辞劳乏，为朕出力，朕就命你带五百御林军查抄和珅别墅，只是千万不能惊动固伦公主。"绵宁跪倒接旨。

再说绵宁奉了圣旨，带着御林兵搜了和珅南街、西街、北街的十几处别墅，便奔东街几处来搜，正路过固伦公主的额驸府，绵宁命兵士不得喧哗，悄悄经过。正欲走过，额驸府大门开处，跑出一名家奴，紧跑几步，来在绵宁马前，跪倒在地道："固伦公主命奴才来请二皇子有事相商。"绵宁正在执行公务本不准备去见十皇姑，但又想到和珅案发，是否牵连皇姑，也想见见她，宽慰宽慰。便道："好吧。快去回禀皇姑，就说二阿哥马上就到。"说完跳下马来，命军兵在门外等候，便随家奴进了额驸府，来到大厅，固伦公主在门口迎接绵宁，看她面上虽带微笑，却掩饰不住泪水的痕迹，绵宁见此忙跪倒给皇姑施礼道："皇侄儿见过皇姑，皇姑受苦了。"固伦公主忙扶他起来戚然道："皇姑当初就料到会有今日。"绵宁想起小时候,十皇姑跟他说过的话,心中一阵悲凉,却又安慰道:"皇姑不必忧虑,父皇已明谕,和珅一案,不株连皇姑和额驸。"固伦公主叹道:"和珅罪大恶极,皇上惩治,并不为过。我和额驸自是感激圣恩。只是无论如何,额驸与和珅总是骨肉之情,以和珅之罪,当处凌迟碎剐,叫他于心何忍!"绵宁听了,只得低头不语。固伦公主又道:"额驸只是想求皇上赐他父亲一个全尸,别无所求。二阿哥最为皇上宠爱,皇姑只求二阿哥能在皇上面前讨个情面。"绵宁听皇姑说得凄切,忙道:"皇姑且莫折煞侄儿,皇侄自小最爱皇姑,深深理解皇姑的凄凉心情,皇侄一定恳请父皇,赏和珅一个全尸。"固伦公主这才有了笑意。绵宁便辞了固伦公主,出了额驸府,率军兵往东街搜其他几处别墅。

绵宁忙了整整一天,很晚才回到自己的书房,他感觉自己像要瘫倒在地,头脑中一片茫然。小太监看他脸色苍白,欲上前问候。他一下子变得暴怒起来喝道:"都给我出去,不准任何人进来。"突然一阵急火攻心,他的伤口疼痛起来,急忙用手按住胸部,却摸着一个软鼓鼓的东西,忙掏出来看,正是红菱送给他的那只粉红色的锦缎荷包,霎时他脑海中的那片空白变幻成红菱纵身跳下山崖的情形。终于,淤积在心中二十多天的痛苦犹如决了堤口的洪水一下子暴发出来,他像疯了似的扑倒在书案前,嘴里发出绝望的哀鸣:"红菱妹妹,是我杀了你!"他狠狠地揪扯着自己的头发,像是自己犯下了不可饶恕的罪恶似的,拼命地把头撞在书案上。终于,他暂时解脱了自己,昏倒在地上。

就在绵宁拼命地折磨自己的时候,他的福晋玲儿一直在门口吃惊地望着他。玲儿自从做了绵宁的福晋,就已经看出,绵宁的内心一直埋藏着巨大的痛苦。她想做一个皇室的好女人,就用尽女人的细心无微不至地关心着绵宁的一切。她看到绵宁试图努力去爱她,可是却不愿把他的痛苦告诉她。绵宁这次刚一回京,她就从太监们口中得知,二阿哥剿灭了山西白莲教徒汪红菱。玲儿一下子感到难以理解这位二阿哥。现在,她终于看到了被爱的痛苦折磨得死去活来的真实的丈夫。她的心一下子碎了，她扑在他身边，紧紧地抱着他，焦急地呼唤着他。

绵宁慢慢地睁开双眼，看着拥着他的玲儿，终于清醒过来，轻声问道："玲儿，我这是在哪儿？"玲儿泣道："二阿哥，你不要这样折磨自己，玲儿看着心里难受。"绵宁坐起来道："你怎么会找到这里。"玲儿真诚地说道："二阿哥何必躲着我，玲儿毕竟还是二阿哥的亲近之人。二阿哥有什么心事难道不可以和玲儿说吗？玲儿绝不是个心胸狭窄、任性吃醋的女人，玲儿只想多为二阿哥分担些痛苦。"一番话说得绵宁深受感动，叹息道："苍天佑我，不幸之中有万幸，让我得一红颜知己。"

玲儿忽然想起什么似的道："二阿哥，母后的病情越来越严重了，有时昏迷中呼唤着你的名字。刚才我听太监说二阿哥去书房了，就命红月来找，谁知宋万山太监不准她进去。我听她说了以为是小太监作难她，就亲自来了。"绵宁大吃一惊，责怪道："怎么不早说。"忙站起身，拉着玲儿就走。

两人刚到门外，正与红月撞个满怀。红月慌里慌张地道："二阿哥，快，皇后病危了。"绵宁一听，丢了玲儿，拼命往前跑去，边跑边哭叫道："额娘，额娘……"

第六章
新皇后闲语荐皇储
旧教主飞檄聚教徒

和贵妃道："乾清宫左侧有一处园子清静幽雅，皇上不若赐给二阿哥，也好让他安心读书，将来为我大清做一番鸿业。"嘉庆帝感动地说道："爱妃能如此待二皇子，真是他的福分。明日早朝，朕就册封爱妃为皇后。"

绵宁一口气跑到皇后寝宫，扑到榻前，只见皇后面色灰白，躺在软榻上，双目紧闭。两名太医站在床头，束手无策。绵宁哭叫道："额娘，你醒醒，是宁儿来了。"皇后发青的嘴唇动了动，发出细微的声音："宁儿，我的宁儿在哪儿？"绵宁急忙抓起母后冰冷的手应道："额娘，宁儿就在你跟前。"皇后缓缓睁开双眼，看着绵宁道："宁儿，快扶额娘起来。"绵宁急忙上前轻轻扶起皇后，红桃忙拿起枕头垫在背后。此时皇后面部泛起一丝潮红，精神似乎好了许多。绵宁看着，略略宽心。两名太医知是人临去前的回光返照，忙叫太监去寻嘉庆皇帝来。这时红月陪着玲儿赶到。皇后看着绵宁和玲儿轻声道："让他们退下。"红月、红桃和太医一齐退出。皇后一手拉着绵宁，一手拉着玲儿道："额娘听说宁儿剿灭了那女教徒。"绵宁点头道："是。"皇后点点头道："我儿做得对，额娘就是担心你生性温厚仁慈，将来难成大业。如今既已灭了那女徒，就要善待玲儿，守好我大清祖业，额娘在九泉之下也心安了。"绵宁泣道："额娘千万不能离开宁儿，宁儿不能没有您。"玲儿也哭道："母后不要如此说，孩儿心里难受。"皇后抚摸两人的头道："额娘不能跟着你们一辈子，额娘走后，玲儿一定要好好照顾二阿哥，助他成就一番大业。"玲儿忙道："母后只管放心，玲儿一定竭尽心力侍候好二阿哥。"

皇后的声音越来越弱，绵宁和玲儿一齐哭喊着："额娘，额娘……"皇后睁开双眼，吃力地道："皇……上……"

这时，一名太监喊道："皇上驾到。"只见嘉庆帝满脸汗水飞跑进来，来到床前，惊慌地呼喊着："皇后，皇后，朕来迟了。"皇后圆睁双眼，看着嘉庆，发出细小的声音："皇……上……宁……儿……"嘉庆帝忽然明白过来，低头附在皇后耳边，低声道："朕已有意立宁儿为皇太子，皇后安心走吧。"皇后脸上露出笑容，终于慢慢合上双眼。一抹夕阳褪去，暮色下的紫禁城中一片惊慌和悲痛。

母亲的去世，又给了绵宁一个沉重的打击，他一下子病倒了，昏睡了一天一夜才苏醒过来。太医来给他诊了脉，开了药。玲儿和红月一刻不离地守候在跟前。嘉庆帝正在忙于批阅审讯和珅以及处理皇后的丧事的奏折，闻听太监来奏二皇子病倒，忙丢下手头奏章，命太监摆驾二阿哥房。玲儿闻报，忙率红月和小太监出来迎驾。嘉庆帝走进绵宁房中，太医急忙跪地迎驾，绵宁也挣扎着起身。嘉庆走到床前，按住他道："皇儿有恙在身，不必拘礼。"绵宁道："儿臣偶生小恙，何劳父皇御驾亲临。"嘉庆关切地问道："皇儿感觉怎样？"又转身问太医道："二阿哥生的什么病？当紧不当紧？"太医忙跪地奏道："启奏皇上，二阿哥是因悲痛过度，又兼伤口复发，以致病成这样，只须治愈伤口，再安心调养月余，便会逐渐康复。"嘉庆怒道："二阿哥伤口怎会复发？"绵宁忙劝道："父皇息怒，此事与他们无关。只因儿臣一时疏忽大意，才致如此。"嘉庆责怪道："皇儿不可只顾忙于政事，坏了身体。"绵宁忙道："父皇说得是，儿臣记下了。"忽又道："父皇，儿臣有一事恳请恩准。"嘉庆道："皇儿尽可说出。"绵宁道："只为和珅一案。"嘉庆道："和珅一案，已有皇儿所获证据和刑部审讯的供状，皆可证明，和珅在职二十余年贪黩营私，侵吞公帑，数额竟达八万六千万万两。又一贯独断专行，飞扬跋扈，最可恨的是，私结死党图谋叛逆。以其之罪，朕当判他凌迟碎剐。"绵宁道："和珅罪大恶极，父皇如此判他，实不为过，只是十皇姑终身依靠之额驸丰绅殷德，毕竟与和珅是骨肉之亲，是否承受得了。"嘉庆道："朕也念及太上皇最宠爱固伦公主，才没株连丰绅殷德。"绵宁道："儿臣只求父皇赐和珅一个全尸。"嘉庆沉思道："今日早朝刘墉、董诰两位老臣，也是如此求朕。朕也有所犹豫，既然皇儿也有此请求，朕就再额外加恩，按圣祖诛鳌拜世祖诛年羹尧例，赐令和珅狱中自尽。"绵宁大喜，忙又要起身谢过圣恩，被嘉庆阻止。

这时太监来奏："皇上，和贵妃前来探视二阿哥。"嘉庆道："宣她进来。"太监出去宣旨。不一会儿，和贵妃来到房中，跪倒见过圣驾。嘉庆帝道："爱妃来得正好，朕还有国事在身，爱妃就代朕陪二阿哥说说话。"和贵妃忙道："臣妾谨遵圣命。"嘉庆帝又向绵宁道："皇儿可要安心养伤。朕回宫去了。"便命太监摆驾回宫。和贵妃、玲儿忙恭送圣驾出房。

绵宁、玲儿又跟和贵妃重新见过礼，坐下叙谈。和贵妃温厚贤淑、知书识礼，深得嘉庆帝宠爱，绵宁也一直敬重她。和贵妃当下细言温语，开导劝慰一番。绵宁刚失了额娘，愈感和贵妃温情可亲，竟伏在她肩上痛哭起来。

绵宁经过十几天的精心调养，身体逐渐康复。玲儿及和贵妃经常来房中劝慰他，陪他说些宫中的事情，绵宁心情也渐渐平静下来。他想起皇后生前的期望，便不顾众人的劝阻，坚持去上书房读书习武。历经巨大折磨的绵宁，更加成熟，习文练武更加刻苦耐劳，常常从凌晨直忙至深夜。

自绵宁剿灭了山西白莲教义军后，嘉庆帝陆续接到陕西、四川、河南等地官兵捷报，已剿灭各地白莲教。

嘉庆帝闻报大喜，他把这些胜利归功于绵宁在山西首开剿灭白莲教的先例所致，更加赞赏绵宁的文治武功，非常人可比，便有意将大清社稷托付于他，秘密确立绵宁为皇储。

秘密建储是清代特有的制度。清以前各朝通常采用公开建储制度，即预先公开册立皇太子，以备承嗣皇位。但清代从雍正朝起，正式确立秘密建储制度，就是皇帝在生前不宣布立哪一个皇子为皇太子——嗣皇帝，而是由皇帝秘密亲书"御书"，在御书上写好预立皇太子的名字，然后密封在一个镴匣内，镴匣藏在乾清宫正大光明匾后面。在皇帝临终前或死后，取来镴匣，由御前大臣、军机大臣等共同开启，宣示御书，御书上所立的皇太子即为皇位的合法继承人。雍正亲历康熙时期诸皇子争夺皇位引起的朝廷混乱，认为秘密建储可以避免公开册立太子而引起皇亲之间的争夺与杀伐。乾隆帝进一步肯定了这一制度，嘉庆皇帝也沿袭了秘密建储制度。

和贵妃自从那天来探视绵宁，深为二阿哥的仁孝感动。她入宫多年，只生下三阿哥绵恺一子。但绵恺资质远不及绵宁。和贵妃也把绵宁当作亲生骨肉一般看待，闲时，常带着侍女们来走动。

这天，和贵妃趁绵宁从上书房散学回房，便领着两个侍女往二阿哥房来，玲儿看见忙迎入房内。和贵妃见绵宁不在便问道："二阿哥没散学吗？"玲儿忙答道："二阿哥散学回来，去书房看书去了。"说着便叫红月去叫。和贵妃忙阻止道："二阿哥既是忙着功课，就不要去叫他。"说完便起身，也不让侍女跟着，自己往绵宁书房来。到了窗前，看见绵宁正在专心读书，便一声不响，回到房中。玲儿以为她有事，便道："贵妃娘娘有事请说。"和贵妃道："二阿哥将来是做大事的人，须得多读书。我看二阿哥书房太小。想请皇上给他换一个园子。"玲儿感激道："贵妃娘娘真是对二阿哥关心入微。只是二阿哥说过，书室大小无关紧要，须多读些书才是正理。"和贵妃听了，更是钦佩绵宁的人品。

当晚，嘉庆帝宿在和贵妃宫中。和贵妃侍候好皇上入寝，便道："皇上是否宠爱二阿哥，指望他为大清做一番大业呢？"嘉庆帝不解道："爱妃怎么突然说出这些话来。"和贵妃道："臣妾自入宫多年，因见二阿哥仁孝，便如同亲生骨肉倍加关心。今日臣妾去他书房，看那园子窄小，不利二阿哥修身养性。臣妾见乾清宫左侧有一处园子宽敞明亮、清静幽雅,想请皇上把那处园子赐给二阿哥居住。也好让他更安心读书,将来为我大清做一番鸿业。"嘉庆帝听了大为感动道:"爱妃言之有理。自二皇子没有了额娘,朕也时时关心着他。如今爱妃能如此待二皇子,真是他的福分。朕即命你继位中宫,明日早朝,朕就册封爱妃为皇后。"和贵妃忙阻止道:"皇上万万不可,臣妾决无此意。"嘉庆道:"爱妃莫要推辞,朕也想让你和二皇子情同子。"和贵妃忙跪下谢过圣恩。

次日散了早朝,嘉庆帝便和已被册立为皇后的和贵妃带着内监侍女到二阿哥房来。绵宁忙带着玲儿、红月等人迎出门外,跪拜施礼。

"儿臣见过父皇、贵妃娘娘。"

嘉庆帝笑道:"快快改了称呼,朕已命和贵妃继位中宫,册立她为孝和皇后。"绵宁、玲儿便又重新见过礼,表示道贺。

嘉庆帝走进绵宁书房,往四周看了看道:"二皇子书房确实太小。"便向绵宁道:"孝和皇后已给朕提议,把乾清宫左侧的园子给二皇子居住,皇儿可中意?"绵宁见嘉庆帝已决定下来便道:"多谢母后关心,儿臣遵旨就是。"嘉庆听绵宁答应,便道:"朕再给你园居题写横额。"内监闻听,忙把笔墨捧到嘉庆跟前。嘉庆在书案前站起,提笔在手,在宣纸上题写四个字:养正书屋。嘉庆丢了狼毫,问绵宁道:"皇儿可知其意?"绵宁道:"儿臣明白。'养正'二字取自《易经》的'蒙以养正圣功'。父皇是告诫儿臣从小就要注重道德修养,立下做圣人的根基,将来完成齐家、治国、平天下的功业。"嘉庆帝听了,龙颜大悦道:"皇儿既知朕之用心,切莫辜负朕之期望。"绵宁忙又谢了圣恩。

绵宁已经觉察到父皇有意将大清江山托付于他,便在养正书屋更加刻苦用心地钻研帝王之学。嘉庆帝对他的教导更加周详,要求更严格。于日理万机之中嘉庆帝也常抽出时间去养正书屋看望绵宁的学习情况,并反复告诫他要"屏窥测、杜猜疑"。绵宁心领神会,就在书房中悬挂四张条幅,分别书写"至敬""存诚""勤学""改过",称为四箴。这既是他对自己的要求也是对父皇的回答。他按照嘉庆帝的要求,每天抱着《圣祖圣训》《庭训格言》《三帝实录》《开国方略》等"圣训",朝夕研读,从中体认他祖上的雄才大略、文治武功和统治经验。

随着绵宁年岁的增长,嘉庆皇帝开始有意识地让他熟悉帝王的礼仪活动,如郊坛祭祀、陵庙配飨等,都要他随行,或让他代行。绵宁总是恭谨行事,一丝不苟。

转瞬绵宁已长成二十多岁的青壮年。他谨遵父皇的训示和师傅的教导,亦步亦趋地逐步建立起以"帝王之学"为中坚的知识结构。以"至敬""至诚"为核心的道德观念,以"自省""改过"为中心的修养准则,他举手投足都尽力合乎传统规范,甚至连他的相貌也是一副守成之君的仪态,立他为储君,已在宫中不宜自明。

一日,绵宁正在养正书屋抱着一本《开国方略》细细揣摩,忽听门口传来急促的脚步声,一名小太监神色慌张地跑进来道:"二阿哥,有人行刺皇上。"绵宁一听吓了一跳,丢下书本,起身便走。小太监忙又道:"刺客已被抓住了。"绵宁忙问道:"皇上怎样?"小太监这才缓过一口气道:"皇上没伤着,只是受了点惊吓。"绵宁这才略略放心,道:"那刺客现在在哪儿?"小太监答道:"已被侍卫押到刑部,正在审问。"绵宁忙带着两名小太监,出了养正书屋,直往刑部大堂。

这时,刑部大堂内,六部九卿的官员遵照嘉庆帝的吩咐正在会审刺客。由刘权之尚书主审,谁知审了半天,那刺客一句话也不说。又用大刑逼着,他也闭着嘴不说话。受刑到最厉害的时候,只听得他牙齿咬得咯咯响,还是不说话,最后痛得昏死过去,刘尚书只得命人用水泼醒他。

刘尚书等见审不出口供,正自心急。忽有门卒来报:"二皇子来见大人。"刘尚书忙命差役将刺客暂押一旁,便随众官员去门外迎接。绵宁随刘尚书来到大堂,众人忙请绵宁上座,绵宁忙推辞道:"刘尚书乃是主审,不必拘礼。本宫只是想看看那刺客是何等人物竟敢行刺圣驾。"刘尚书这才坐下道："二皇子有所不知，此逆贼确是一名刁蛮顽固之徒，下官用尽大刑也没审出他半句口供。待本官继续审问，二皇子一看便知。"说完，命差役道："把刺客押上堂来。"两名差役立即从旁边拖出刺客。那刺客却极是坚强，受尽酷刑，却还挣开差役，昂然站立，步入大堂。绵宁坐在公案旁边，仔细一看刺客，不由"啊"地叫出声来，那刺客闻声一看绵宁，突然大叫一声道："绵宁恶贼，看俺杀你来了。"说着双手抡起铁镣，直扑绵宁。两旁差役吓得呆了，一时竟无人上前阻挡。绵宁也吓了一跳，待他扑到，急忙侧身闪过，一伸手揪住刺客头发，反手"扑通"一声将他摔倒在地。两旁差役这才一拥而上，按倒在地。刘尚书吓得面色灰白，命道："快快押下去。"差役遵命，往下就拖。绵宁忽然叫道："慢，本宫有话问他。"刘尚书小心问道："二皇子难道认识刺客。"绵宁沉思片刻向刘尚书道："本宫有话要问刺客，只怕妨碍大人公务。"刘尚书忙道："下官倒不以为二皇子越俎代庖。若二皇子能问出口供来，下官正是求之不得。"

　　绵宁重又坐下，命差役放开刺客，差役们迟疑了一下。绵宁怒斥道："放开。"差役只得退到两旁。刺客又慢慢站了起来，绵宁稳稳心神问道："你是何人？"刺客哈哈大笑道："绵二爷真是贵人多忘事。难道忘了五年前，你在太原府被何人所擒？"绵宁又道："本宫问你姓甚名谁。"刺客凛然道："山西白莲教八堂堂主陈德。恨只恨当年我陈德没能一刀宰了你这条恶狗，让你杀了我们这么多弟兄。"绵宁被他骂得火起，怒道："陈德，难道你没有死？"陈德又笑起来道："我们白莲教是杀不绝的。总有一天，我们教主会杀光你们。"绵宁听得清楚，心里怦然一动，问道："难道那汪红菱也没死？"陈德答道："我们教主怎么会死？"绵宁忙问："她现在何处？"陈德冷笑道："你们休想从我的口中知道她在何处。不过我可以告诉在座的诸位大人：我们教主正在联络义军、发展教徒。总有一天会来取你们的脑袋，你们可要看好了。"绵宁闻听此言，又惊又恐，难道红菱妹妹还要起事反清？

原来那日伏龙坡血战后，汪红菱劫后余生，同林清、陈德及宝儿流浪到了河南，又开始发展白莲教徒，伺机再起。陈德急于报仇，先行来到京城，凭一身武功，在八额驸府中当了一名神机营管带，伺机进宫，刺杀皇帝及绵宁。

陈德入了宫中，便细心留意嘉庆皇帝的行踪。他只是一名小小的管带，怕打听皇帝的行踪引起别人怀疑，便耐心地一天一天摸索嘉庆的行踪规律，月余过去，他逐渐摸清了嘉庆的行踪。

原来，嘉庆皇帝新近宠幸了一位燕妃。一日午后，嘉庆帝坐着暖轿正从益香园的外墙走过，一阵风吹来，夹着娇嫩的歌声钻进耳来。嘉庆帝心里怦然一动，他把手伸出轿外往园内一指，那班太监心领神会，抬着圣驾向益香园走来。嘉庆帝命太监打起轿帘，顿觉眼前一阵清亮，连声道："好一个幽雅所在。"那园内宫女见万岁驾到，慌得赶忙出屋，跪在庭心里迎接。这时嘉庆一心只在那唱曲儿的秀女身上，走进院子，那歌声越发听得清晰，当时便吩咐宫女站着，不许声张。嘉庆跟着歌声，绕到后院去，只见一座假山，隐着一丝翠竹，一个旗装秀女，穿一件小红衫儿，背着脸儿，坐在假山石上，唱着曲子。真是珠喉婉转，清脆入耳。再看她一把柳腰儿，斜立双肩，两片乌黑的蝉翼鬓儿，垂在脑后，白玉似的脖子上面横梳着一个旗头，髻子下面压着一朵大红花儿。她唱着曲子，把个粉脸儿侧来侧去。嘉庆一见这艳装旗女，觉得艳丽夺目，妩媚之中，带着英挺，别有一种风味。只可惜那秀女，只顾侧着脸儿唱着曲子，老不回过脸。嘉庆便静悄悄地站在台阶上，倚定了栏杆，听那秀女唱着曲子。

一曲终了，嘉庆忍不住喝道："好曲子！"那秀女冷不防听背后有人说话，急转过脸来看，却是万岁爷。慌得她忙趴下跪着，口称："奴婢燕儿，叩见圣驾，愿皇上万岁！万万岁！"嘉庆听她这几声说话，真好似莺鸣凤唱，便吩咐她抬起头来。细细看时，只见她眉弯目秀，桃腮笼艳，樱唇含笑。嘉庆一看，顿觉勾魂摄魄，把手向燕儿一招，转身走进屋子里，便在西面的软床上盘腿儿坐了。

又指着床边让燕儿坐下，便问道："你刚才唱的什么曲子？"燕儿回奏道："是四景连环曲儿。"嘉庆道："这词儿做得真好，也亏你记在肚子里。"燕儿便起身去斟了一杯薄荷甜露来，献在榻前。

皇上一面喝着，一面打量燕儿容貌。只见她丰容盛鬓，白洁如玉。她因圣驾来得突然，也来不及更换衣服，依旧穿着小红夹袄。嘉庆喝完了杯中甜露，把空杯递给她。燕儿伸手来接，只见她玉指玲珑，又白净、又丰润、又纤细。嘉庆一笑，把她拉近身来，凑在她耳边，低低地说了几句话。嘉庆道："明日朕就给你加燕妃封号。"

嘉庆帝自从宠幸了燕妃以后，便时时舍她不下，每天到益香园里听燕妃唱曲子。那燕妃肚子里的曲子也多，今天唱小调，明天唱昆曲，后天又唱皮黄，把个嘉庆皇帝的心锁住了，天天住在燕妃房中，连夜里也睡在益香园，不回寝宫去了。燕妃却能够识大体，常常劝着皇上须留意朝政；皇上也听她的话，传谕军机处把奏章送来阅看。

嘉庆每日到益香园来来往往，被陈德观察得清清楚楚。便留心寻找时机，不久果然被他找到一个合适的时机。

这夜是八额驸入宫值班，便带了陈德早早入宫。嘉庆帝驾幸益香园，那燕妃和一班宫娥都陪着嘉庆吃饭谈心。八额驸在内院值班，陈德和另一名侍卫在益香园门口值班。屋里嘉庆酒吃到半酣，便出来小解，后面跟着三五个太监。陈德见机会难得，便悄然跟上，那太监忽见陈德跟上，脸色有异，忙上前拦住他，陈德袖子里拿出雪亮的钢刀，照着太监胸口就是一刀，太监一声没哼倒地死了。陈德直奔皇帝，挺刀就刺。嘉庆帝已觉身后有异，急忙侧身，陈德一刀刺中皇帝龙袍。嘉庆大惊，一边嘴里嚷道："有刺客！"一边绕着一株大桂花树逃着。院内的八额驸和门口的侍卫听见皇上的喊声，忙赶上去，见陈德正擎着钢刀，绕着树追着皇上。八额驸大啸一声，抡刀来战陈德，陈德只得丢了皇上。门外侍卫也来助八额驸，被陈德一脚踢开。陈德本来三招两式就可结果八额驸，只是他念及八额驸待他不薄，不忍骤下杀手。那八额驸却拼死和他搏斗，眼见着皇帝跑开，陈德不得已一刀砍断八额驸的左腿，这才抛下八额驸，往院里去追皇帝。

嘉庆帝慌忙逃进院内，燕妃也听见了动静，见皇上惊慌得不知所措，忙一把把嘉庆拉到屋子里，拖着他往床下藏，天子也顾不得尊严，正恨不得钻进地缝儿里藏着。嘉庆忙往床下爬去，刚躲藏好，陈德追到屋子里，向燕妃喝问道："皇帝在哪儿？"燕妃像是十分害怕，哆哆嗦嗦地往后院一指道："那……儿去了。"陈德忙往后院追去。这时宫内已得了警报，御林军和大内侍卫狂叫着冲向益香园，陈德在后院找不着皇帝，不由心慌，掉进假山喷泉池里，几名大内侍卫已冲进后院，乘机把他擒住了。

侍卫们把陈德擒住，这才去找皇帝。嘉庆帝正躲在床下筛糠似的，燕妃见擒住了刺客忙跪到床前道："万岁！刺客已被擒住，请出来吧！"嘉庆这才哆嗦着爬出来，燕妃忙把他扶起掸去头上和身上的灰尘，这时侍卫看见皇上，吓得扑通跪倒一院子，齐声道："奴才护驾来迟，罪该万死。"嘉庆怒道："你们这些废物，朕要指望你们救驾，早就升天了。"燕妃也附和道："皇上有神佛保佑，就站在这屋子里，那刺客偏偏看不见，径直往那水池里扑去。"

嘉庆这才想起还没看清刺客是谁，便命道："把刺客押上来。"四名侍卫推着五花大绑的陈德来到门口。陈德冷冷地看着皇帝，傲然而立，侍卫喝道："跪下。"陈德却用力挺直身子，四名侍卫一齐用力，却按不倒他。嘉庆一挥手："算了。"便问道："你是何人，受何人主使来行刺朕？"陈德双唇紧闭，一声不哼。这时，八额驸拖着一条断腿爬到嘉庆跟前，连连磕头哭道："皇上，是为臣将他带入宫中，为臣罪该万死。"嘉庆帝一听勃然大怒道："你竟敢将刺客带入宫中行刺朕。来人，给我拖出去，凌迟处死。"两名侍卫架起八额驸就往外拖。陈德突然大叫道："住手！嘉庆老儿，好汉做事一人当，要杀要剐冲我来。就是八额驸不带我进宫，难道我就不能用别的办法进宫了吗？何况若不是八额驸拼死相救，你就

97

有十个脑袋也被俺砍了。"这时燕妃也道:"皇上,这刺客说得倒是有理,若是杀了八额驸,公主将来终身靠谁?"嘉庆只得一挥手道:"先把八额驸带下去治好伤再说。"又向侍卫道:"立即将刺客押往刑部,命军机处会同刑部连夜审问刺客,明日将审讯结果奏朕。"侍卫押陈德下去。

刘尚书会同六部九卿的官员审了一夜也没问出一句。还是绵宁认出了陈德,方知汪红菱、林清不但没死,还在到处串联教徒再图大清江山。绵宁真是又恐又怒又喜。刘权之见审不出口供,只得作罢。

刘尚书来到乾清宫,嘉庆帝还在宫中等候审讯结果,刘权之便把审讯记录上奏,嘉庆看罢,忧心忡忡道:"既审不出,就不用审了,推出凌迟处死吧!"刘权之领了旨意出去。

嘉庆想不到刚刚剿灭白莲教义军,如今又发生了陈德行刺圣驾的事,不由感慨万端:"我大清以前何等强盛,今乃致有此事!"两旁大臣闻听,也都呜咽痛哭。嘉庆终于认识到自入关一百六十年来,大清的江山社稷已发生了巨大的危机。当即颁布罪己诏书,承认自己薄德寡能,但又把主要责任归因于诸臣的玩忽职守、贪黩营私。

嘉庆帝自遇陈德行刺以后,再没有心情去寻燕妃,只管日日夜夜辛勤处理政事,一心想把大清江山恢复成原先的强盛之势。无奈清王朝此时早已形成积重难返的局面,他又缺乏乾隆皇帝的雄才大略,始终拿不出一个根治腐化和怠惰的药方。大清王朝只能沿着衰败的道路滑下去。

再说燕妃见皇上多日不到益香园里,便知跟陈德行刺有关。她是个极有心计的女人,也不去找皇上,怕授人以引诱皇上迷恋女色之话柄,只在园中耐心等待时机。

一天,燕妃忽然觉得头晕,接着又呕吐起来,忙命一名宫女去请御医,御医来到,给她诊了一会脉,惊喜道:"贵妃娘娘不是病,是喜胎。"燕妃一听,心中狂喜,想不到嘉庆皇帝竟能在自己身上留下龙种,该着有此福分,忙叫宫女:"快去奏明皇上。"

嘉庆帝正在养心殿批阅奏章,太监来报:"启奏皇上,益香园宫女有事奏明圣上。"嘉庆不耐烦地问:"可知有什么事?"太监奏道:"那宫女说,燕妃有喜了。"嘉庆帝一听又惊又喜,忙命太监,摆驾益香园。

嘉庆帝出了养心殿,乘上暖轿,带着新任扈从侍卫禧恩和几名太监直往益香园来。燕妃早候着消息,在门口领着宫娥恭迎圣驾,嘉庆进了房内,拉着燕妃的手道:"爱妃果真有了身孕?"燕妃忙道:"奴婢今日忽觉头晕呕吐,便请御医诊脉,确是有喜。"嘉庆大喜道:"爱妃若能为朕生一龙子,朕就封你为皇贵妃。"燕妃忙跪地谢恩。嘉庆又道:"朕近日忙于国事,没来看看爱妃,该不会生朕的气吧?"燕妃忙道:"皇上万乘之尊,一国之主,怎能为宠奴婢一人误了军国大事。"嘉庆欢喜道:"爱妃识此大理,真是难得。"便命太监传禧恩进来。那扈从禧恩遵旨进来,嘉庆便道:"朕忙于国事,不能常来益香园,爱妃有什么需要,只管让禧恩去办。"燕妃当下谢过圣恩。

过了年,刚出正月,燕妃果然生下一个白胖男孩,嘉庆皇帝龙心大悦,便带着一班妃嫔和皇子皇孙到益香园来。绵宁也在其中,看到皇室又添后人,心里高兴。嘉庆帝抱着龙子,心花怒放,当即加封燕妃为皇贵妃,又给男孩取名叫作绵忻。随后,又传谕宫中搭台听戏,喜庆三日。

就在清宫大内一片喜庆的时候,林清等人正在酝酿起义,紫禁城外,已是山雨欲来风满楼。

再说红菱、林清看陈德远去,知再难劝阻,只得由他去了。红菱道:"我们就往滑县投李文成去吧。"林清、宋元成点头赞同,于是四人三骑直往东而去。

这日晌午,几人来到滑县,进了县城一看,这儿和太原大不相同,走在街上的人,一个个都是虎背熊腰,昂首挺胸,十分有精神。红菱骑马来到一卖熟肉的摊前,几个人只顾赶路,还没吃晌午饭。宝儿在妈妈背后看着热气腾腾、散发着香味的熟肉,便伸出手来叫道:"妈妈,我要吃肉。"卖肉的壮汉听见,拿起肉斧砍了一大块精肉,用纸包好,塞到宝儿手中。红菱忙取出银子给他。壮汉却摇手道:"孩子饿了吃点儿,收什么钱。"红菱一听,心中高兴,这地方人有气魄,是个出英雄的地方。便跳下马来,向壮汉问道:"请问兄台,可知有个叫李文成的?"壮汉打量着红菱母子,又看了看林清和宋元成,问道:"几位是从太原而来吗?"红菱点头道:"是。我们特来投奔李教主!"壮汉忙一拱身道:"在下牛亮臣,得知山西消息后,李教主早就命我在此接应,已等候多日了!几位请随我去。"便把肉摊交给一个伙计照看,去后面牵过一匹马来,上马直往城外而去,红菱等人便跟随其后。

　　进了大厅,各自落座。牛亮臣便把红菱等人介绍给李文成,李文成便一一问候。林清把他们尚未起事就被官兵包围的事简略说了一遍。李文成道:"几位英雄相助,我们大事必成。"红菱忙道:"还请李教主先说以后的行动计划吧!"李文成谦逊道:"我先提出自己的方案,各位请讨论,加以补充。"便道:"鉴于清廷对白莲教义军的血腥镇压和对白莲教徒的严密防范,我们应改用教名,以避开清廷视线,更好地开展活动。但教义不变,经卷不变。我们已经改名天理教。"红菱等人不禁点头赞同,佩服他虑事周到。李文成又道:"几位来我天理教,可仍为教主,咱们不尊设总教主。教中事务,由我们几位教主共商解决,不可一人独断。"红菱等人听了,暗暗佩服李文成气量过人能成大事。李文成接着道:"我天理教徒现已遍及山东、河南、直隶三省,目前正缺少得力助手分头指挥。几位来得正是时候。三者之中,直隶地处京畿重地,尤其重要。非林教主、汪教主亲自担此重任不可。"汪、林二人听他将如此重任交给他们,都有些惴惴不安起来。牛亮臣这时开口道:"李教主,直隶一省固然重要,但目前我们还是以经营河南为本,若是将汪、林二教主都放到直隶,岂不是本末倒置。"李文成闻言笑道："牛先生言之有理，李某只是不忍拆开二位。"红菱、林清一听，红了脸，低下头去。牛亮臣道："我看还是林教主一人独挡直隶一面，汪教主、宋教主就留下，我们重点经营河南。"汪红菱听他说得有理，正要表示同意，却见林清低头不语。便道："李教主、牛先生，请容我们商议一下。"李、牛二人相视一笑道："二位请便。"

红菱拉着林清进了侧室，宝儿一步不落地跟了进去。红菱道："师兄，你怎么了？"林清竟已泪流满面道："我知道李教主、牛先生说得有理，可是我……我不想离开你们。"红菱被他说得心里发酸，忍不住流下泪水。宝儿好像也听明白了，一把抱住林清的腿道："爸爸，你不要走。"宝儿自那年喊林清爸爸以后，多年来一直这样叫着。虽然红菱、林清多次要他改正，他却一直不听。林清听见宝儿喊他，便一把把他抱起，亲亲他的脸蛋道："我也不想离开宝儿。"红菱见他们情同父子，不由一阵激动，便道："师兄，眼前我们还应以大局为重，不宜儿女情长。师兄如此喜爱宝儿，我就把他交给你了，你可以让他姓林……"红菱说不下去，哽咽起来。

林清听着"扑通"一声跪在红菱面前道："师妹尽管放心，我一定像待亲生儿子一样对待宝儿。只是师妹怎忍心离开宝儿？"红菱忙把他扶起道："师兄别这样，把宝儿交给师兄，我当然最是放心，何况我一个单身女子带着个没有爸爸的孩子，诸多不便。"林清忙站起来抱起宝儿，红菱又道："师兄到直隶可命人去京师打听陈德的下落。"林清点点头。

三人走出侧室，见李文成、牛亮臣正在等着他们，林清忙道："有劳两位久等。我和汪教主商议好了，决定就按牛先生的意见执行。"李、牛又相视一笑。

第二天一早，林清便带着宝儿和四名教徒启程。李文成、牛亮臣、宋元成等人一直送上官道。红菱怕宝儿哭闹没敢去送行。没有了宝儿，她心里空荡荡的，可是把宝儿托付给林清，她最放心。她知道师兄对她始终如一的情和意，她这辈子都还不清。宝

101

儿在师兄身边，多少能减轻点他对她的思念之情。

林清带着宝儿一路奔赴直隶，沿途都有天理教的教徒接应护送，所以一路顺利，几天过去便到了大兴县黄村直隶天理教总堂，堂主陈爽、陈文魁等人忙率众教徒出村迎接，林清便把李文成的亲笔书信交给陈爽。陈爽打开一看，才知眼前就是当年山西有名的白莲教教主林清，忙率众人一齐跪倒，口称教主。林清忙命众人起身，陈爽等人把林清迎入聚事厅。

林清第二天便开始管理教内事务，才发现天理教虽然在直隶、京畿拥有一些教徒，但力量分散，势力薄弱。林清一面加强教内管理，一面和陈爽等人四处传教发展教徒，扩大力量。又命和清宫大内有内线联系的陈文魁去京师加强活动，顺便打听陈德的下落。

两天后，林清带着宝儿刚从外面传教回来，陈文魁急匆匆地从京师赶来，一见林清慌忙道："教主，陈德出事了！"林清大吃一惊问道："快说，到底出了什么事？"陈文魁缓口气道："陈德混入宫内，行刺嘉庆帝失败，被大内侍卫抓起来了。"林清忙问："我那兄弟现在怎样？"宝儿也问道："陈叔叔怎样了？"陈文魁涕泪交流神情激动地道："我们的内线太监刘得财亲眼看那英雄被刽子手一刀一刀割去，直到只剩一副骨头了，还怒骂不止。刽子手割完浑身的肉才一刀取了他性命。"林清还没听完便"啊"的一声大叫，昏了过去。宝儿也拉起陈文魁哭道："你带我去给陈叔叔报仇！"陈文魁一见吓慌了，忙上前扶起林清，又命人看住宝儿。这时陈爽也从外面回来，见此情景，赶紧上前去掐林清人中，陈文魁轻轻捶他后背。过了半晌，林清才醒过来，叫道："嘉庆老儿，俺和你拼了。"起身就往外冲，陈爽等人死死拉住，一面劝道："教主，君子报仇，十年不晚。眼下我们还是以大事为重。"宝儿也赶紧扑到林清怀里哭叫道："爸爸！"林清抱着宝儿哽咽道："孩子，记住要学好武功，长大为你陈叔叔报仇。"宝儿点头道："我一定苦练武功。"林清往四周一看，众人一个个义愤填膺，怒吼道："为陈英雄报仇！"

陈德的死激起了教徒们对清廷的强烈仇恨，林清抓住这一点，以激起人们强烈的反清情绪。直隶天理教在林清的直接领导下，发展很快。河南李文成、汪红菱两位教主来信，赞赏林清取得的成就。但是红菱基于数次失败的教训，反复告诫林清要继续潜心发展势力，不可轻举妄动。红菱怕师兄担心自己思念宝儿，就没提到宝儿。林清深知师妹用心，便为宝儿改名林宝儿。他一面潜心发展力量，一面精心传授宝儿武功。那林宝儿又天资聪颖，勤学肯练，武功日渐长进。

光阴荏苒，日月如梭，转眼又是十年过去。林清因日夜操劳，额上已爬满了皱纹。林宝儿这时已长成威武高大的青年壮汉，他已尽得林清武学，做了教中的一名堂主。林清已将天理教发展到遍及直隶全省和京师。就连清宫大内也有几十名教徒。只待河南、山东义旗一举便可直捣京师，推倒清廷。

河南方面，经过十年的不懈努力，形势已是蔚为可观，新近又有离卦教首领冯克善带万余教徒来投，更是如虎添翼，李文成见时机成熟，便遣使各地，召集各地教首到滑县谢家庄共商反清大计。

林清接了李文成书信，便星夜赶赴河南，到了谢家庄，各地首领也都陆续到了。李文成、汪红菱、牛亮臣、宋元成、冯克善等人坐在大厅当中，厅前各地教主按次序坐好，林清一见，真是人才济济，群英满堂。众人见林清来到，纷纷施礼，林清忙一一还礼，李文成便请林清在上首，林清推辞再三坐了下首。

李文成见人已到齐，便先讲了各地天理教发展的形势。牛亮臣便站起道："牛某夜观天象，有星射紫微垣，主兵象，将要大动干戈。"众人一听，齐声道："只要教主一声令下，我等万死不辞。"

李文成便和众人一起商议起义的具体事宜。经过长时间的讨论，最后决定，由李文成先在滑县发动起义，河南、山东、直隶同时举起义旗后立即直趋京畿；林清则在京师城内响应，与李文成等各路起义军里应外合夺取京师，占领北京城。红菱则负责河南义军和林清的联络。牛亮臣则当厅占了一卦，决定酉年戌月寅日，午时正是吉时，故以嘉庆十八年（1813年）九月十五日午时起事。

嘉庆皇帝眼见着大清王朝日趋衰败下去，便一心一意要重整先祖传下来的家业。看看已过了八月中秋，便决定带王公大臣到热河举行一年一度的秋狝大典，重振当年八旗子弟的威风。

嘉庆帝便命大内钦天监择定吉日，带着皇子皇孙、王公近臣浩浩荡荡赶赴热河，四天后抵达木兰围场，次日起行围。

这天正是秋分，嘉庆帝的兴致格外好，围猎直到傍晚才结束。皇子皇孙、满蒙王公、亲近大臣等纷纷到嘉庆面前献猎；八旗官兵则在原野上陈列猎物，论功行赏。夜幕降临时，原野上点起千堆篝火，野餐开始了。嘉庆则在行宫黄幄中举行盛大宴会，宴赏蒙古王公、贝勒贝子等，直到夜深才散。

嘉庆有些疲劳，却无睡意，他由绵宁陪着步出行宫，观看夜景。篝火已经熄灭，只有星星点点的残火余烬忽明忽暗地闪烁着。天上没有月亮，也没有星星，不知从什么时候起变天了，乌云布满天空。夜格外黑。突然山风挟着雨星扑面打来，绵宁伸出手去，感到有雨点落下，便请父皇进行宫休息。

嘉庆看看天道："这雨来头不小，一时怕晴不了，只好减围了。你明天和三皇子先回京去吧。"绵宁答应着，同时听见雨声由远而近，接着是一道闪电和着雷鸣，大雨倾泻而下。

次日，见雨稍歇，绵宁和三弟绵恺便率一百来名护从辞别父皇赶回京师。

二人还像往常一样去上书房读书。一天的功课下来，天已擦黑，绵宁觉得眼睛有些疲劳，便放下书本，信步走出上书房，这时天已转晴，灰蒙蒙的天空隐隐约约闪着几颗星星。

绵宁往远处眺望了一会儿，感到舒服多了，便准备回房，这时西南天空突然划过一颗流星，照得半边天际一片雪亮。绵宁大吃一惊，大叫道："快去传钦天监来。"太监刘得财听得，转身就往外跑,刚到隆宗门,正和匆匆而来的钦天监梁天撞个正着。刘得财忙道:"二阿哥正传大人。"梁天却来不及理他,紧跑几步来到绵宁面前,纳头便拜道:"奴才有要事回禀二皇子。"绵宁问道:"可是刚才流星划过之事?"梁天道:"正是,以奴才之见,此乃不祥之兆,主兵象,天下恐有刀兵之灾。"绵宁听罢,暗暗心惊,陈德行刺的余悸还在心头未散,看来大清王朝祖业已是日渐多事。他猛地想起陈德在刑部大堂笑骂他说过的话。难道林清、红菱果真又要起事反清吗?想到此,他忙唤来太监刘得财道:"速命刑部往西南各省察访可有逆匪图谋叛乱。"又命太监杨进忠道:"传命镇国公奕灝,庄亲王绵课带健锐营、火器营加强京师戒备,严阵以待,随时听命。"两名太监答应着下去。

第七章

临突变火铳守紫禁
掩隐情雪刃赴黄泉

绵宁见击他不倒，方知是空弹，急中生智，忙把衣服上的金扣儿当作弹丸，开枪射击。宝儿正砍杀间，突然被射中胸部，猛地摔倒在地。绵宁正欲再射一枪，忽见又有两人爬上墙来，忙将衣上的纽扣全部打出去……

林清回到黄村，把谢家庄大会的主要内容跟教内的主要首领说了。众人听了个个摩拳擦掌，跃跃欲试，准备和清廷大干一场。这时陈文魁从京师回来，告诉林清嘉庆帝已去热河举行秋狝。林清听了更加高兴道："嘉庆老儿既不在京中，宫中必然防范松懈，我等正好乘机攻入。"林宝儿站出来道："孩儿以为还是推迟几天，待嘉庆回銮时再行动不迟，因为那时京中王公大臣将前往迎驾，京中防卫必然松懈。"陈爽听了，也表示赞同。林清摇头道："起义计划事关全局，不宜更改。我们攻取皇宫是为策应山东、河南两地义军里应外合攻占京师。"

到了起事前的当天深夜，林清便命林宝儿、陈爽各领两千名教徒，悄悄潜往京师，自己则亲率大队，一面迎接河南山东义军，一面静候京师佳音。

林宝儿、陈爽一路急行，天明时分来到城外，按既定计划，装扮成行商小贩，挑着柿子筐、白薯筐，把刀械藏在筐内或掖在腰间，分批进城。进了城，分作两路：陈爽率一路直奔东华门，林宝儿率一路往西华门。

林宝儿来到西华门，却见清兵戒备森严，如临大敌，暗想："清宫大内，似有防范。"但事已至此，管不了太多，便命众人停住。自己带着十几名亲兵挑着筐，背着篓走上前去。清兵见有人过来忙问道："站住，干什么的？"林宝儿镇静地道："奉御膳房张公公之命，来给宫里送菜的。"清兵这才放下心问道："有进宫的金牌吗？"林宝儿道："有。"便向亲兵使个眼色道："大伙都把金牌拿出来。"那清兵只等众人拿出金牌查看，却不料林宝儿等人从腰间突然抽出腰刀，向他们杀去，登时砍倒十几名清兵，后面的教徒一看他们得手，一拥而上冲进门去。那门里的清兵一见不好，一面呼叫，一面抵挡，不防那太监张太领着几名小太监突然从背后杀出接应，林宝儿等人立即冲进西华门。

此时，绵宁正在上书房读书。今天，他读了几篇宋人的史论，其中他最喜欢的是苏轼的《留侯论》。"猝然临之而不惊，无故加之而不怒。此其所挟持者甚大，而其志甚远也。"这是苏轼就张良事迹所发的议论。绵宁对此反复诵读几遍，掩卷沉思，不无所悟。

突然，绵宁听到外面有急促而杂沓的脚步声和隐约的喧嚷声，他以为是哪里着火了，急忙喊太监刘得财、杨进忠，却没有人应声。他匆匆出了上书房，往隆宗门而去，忽见那刘得财、杨进忠两太监手持钢刀往外跑，便大声喊道："你们两个奴才，到哪儿去？"刘得财二人听见，吓得变了脸色道："有……有贼匪闯宫。"绵宁一听，又急又怕叫道："快去拿我的火枪、腰刀来。"刘得财慌里慌张拿来火枪、腰刀。这时宫内大乱，正在上书房读书的诸皇子也惊慌失措。绵宁持刀背枪来到养心殿前，下令各城门立即戒严，又叫总管太监常永贵去传话，调集各营步军及火器营官兵，携带枪支，速到内宫救援。着皇三子绵恺往储秀宫安抚孝和皇后，小心守护。

绵宁部署完毕，便率众侍卫宫监往隆宗门来。

林宝儿领着众教徒此时已杀过尚衣监直到隆宗门。那大内侍卫们且战且退，被林宝儿逼到隆宗门，这时宫内的侍卫们也杀了过来，一时喊杀连天，血流遍地。住在翊坤宫、永和宫、咸福宫的一班妃嫔听了这喊杀声，慌作一团。有几个胆小的宫嫔，早已投井死了。这时绵宁正赶到跟前，急忙吩咐："快关上殿门。"林宝儿正冲到跟前，却被一名侍卫缠住厮杀，眼睁睁地看着殿门关上。气得他暴啸一声，一刀将那侍卫刺个透心凉。林宝儿踢开侍卫，忙命人砍倒两棵大树，几十人抬着猛力撞击殿门。无奈那大门坚如磐石，纹丝不动。林宝儿发现门傍有廊房，便叫道："快从房上翻墙进去。"他自己却将身轻轻一纵，跃上那墙头。绵宁在厅里听不见撞门声，猜测义军们一定另有动作，心中更加不安。突然他身边的一个太监叫起来："墙上有人。"他抬头一看，果然有一人跃上墙来。他举枪要打，又怕枪声惊吓了皇母和贵妃们，便命侍卫们用箭射。林宝儿跃上墙头，正要跃进殿内，忽然一阵乱箭射来，急忙挥舞钢刀，拨打雕翎，跳下墙去。绵宁一见忙命大内侍卫上前截杀，一面命宫监侍卫继续往墙上放箭。

林宝儿孤身一人面对几十名大内侍卫，全无惧色，一口钢刀左右挥舞，上下翻飞，犹如砍瓜切菜一般，不多时，便有几名侍卫被他砍倒。绵宁看着，不由害怕，再也顾不得许多，举枪瞄准林宝儿，看他砍倒一名侍卫，便勾动枪机，"砰"的一声，正打中林宝儿后背。林宝儿发现有人用火枪射击，便舍了众侍卫，直扑绵宁。原来那枪弹被太监刘得财换了空弹，绵宁见那人一击不死，方知是空弹。趁那几名侍卫拼命上前阻拦时，急中生智，忙把衣服上的金扣儿当作弹丸，开枪射击。林宝儿正砍倒阻拦他的侍卫，突然被射中胸部，猛地摔倒在地。绵宁正欲再射一枪，忽见又有两人爬上墙来，慌忙将衣上的纽扣全部打出去，将两个人击毙。那门外教徒听见里面有枪，便不敢再往房上爬。

教徒们见翻不了墙，就跑到值宿房里抱来几床被褥，放在门前，准备放火焚门。这时庄亲王绵梁、镇国公奕灏等率领健锐营、火器营官兵赶到。教徒不敌，被杀的杀、捕的捕，其余的往南逃去。

陈爽率领的东路队伍来到东华门，径直往里闯，守卫清兵上前拦阻，陈爽等人立刻从腰间拔出刀来往里冲。守卫清兵迎上来，一面大喊"捉贼"，一面关门。结果只有陈爽等五十人冲了进去，其余人都被关在门外。陈爽等人便向弘德殿杀去，因人数较少，宫内侍卫拼命阻拦，杀了半天，才到弘德殿，却已损失三十多人。这时镇国公奕灏率火器营清兵赶到，一阵排枪，陈爽等人都被打死。

绵宁见援军来到，立刻命宫监打开殿门，带领他们杀向教徒。那教徒被内外突击，登时七零八落，四处乱逃。绵宁立刻下令，仔细搜杀余众和奸细刘得财、杨进忠等，勿使一人脱逃。然后迅速赶往储秀宫，向孝和皇后奏捷，使皇后放心。此时宫中的宫嫔侍妃都已逃到储秀宫，围住孝和皇后哭叫着，乱作一团。孝和皇后镇定如常，一个个宽慰着。九岁的四阿哥绵忻却全然无惧，挣脱其母燕妃，跑到宫外跟三阿哥绵恺讨来一把腰刀守卫在门口。绵宁来到皇后面前，奏明援军已到，正在捕杀叛逆。那班宫嫔侍妃听了，这才安静下来。绵宁宽慰了皇后几句，便来到宫外，嘱咐绵恺务必留在皇母身边，不许离开半步，绵恺赶紧答应。绵忻一把拉住绵宁道："二阿哥，我跟你去杀贼。"绵宁想不到他小小年纪，竟有如此胆识，心中高兴，用手摸着他的头，嘴里却说："你和三阿哥守在母后身边，那些贼匪自有官兵捕杀。"绵忻哪里肯听，还是拉住他不放。绵恺忙上前把他抱住。绵宁匆匆往前面而去。

绵宁一面命清兵继续在宫内搜捕，一面和镇国公奕灏、庄亲王绵梁率大队官兵出宫在全城搜捕访查，并命守城兵将加强戒备，以防城外义军攻城。

太监刘得财、杨进忠，看败势已定，偷偷地躲藏在草丛中，却被清兵搜捕，捆绑起来。清兵直搜到深夜，又捕到陈文魁等十余名教徒。

当夜，月光如昼。内宫已安静下来，绵宁回到宫中来到上书房，匆匆伏案草拟一封送给父皇的奏章——《枪毙贼匪折》。他叙述了宫中发生的义军突然闯宫的事件以及他枪毙义军的经过，并说他枪毙义军实出无奈，字里行间透出坦诚和谦虚，毫无矜夸之意。

绵宁草就了奏章，便命太监道："速命镇国公奕灏派人连夜送交父皇。"太监答应着飞跑而去。绵宁这才如释重负地喘了一口气。

绵宁正要起身，忽然闻到一股烧焦东西的气味，便顺着气味往里面走去，看见御书柜下面冒出了火苗，绵宁急忙一边命来人，一边上前将火苗扑灭。突然，书柜后面伸出一只血淋淋的手，抓住了他的脚，绵宁吓了一跳，仔细一看，书柜后面躺着一个人。那人松开绵宁的脚，双手又去打着火镰，绵宁见他要纵火，忙一脚踢飞他手中的火镰，一手抓起那人前胸，拖出书柜。借着亮光一看，正是被绵宁在隆宗门击伤的林宝儿，浑身是血，像是受了重伤，被绵宁连拖带拉，一下子昏了过去。绵宁忽觉那人胸前有一个硬硬的东西，以为又是火镰，便一把掏了出来，一看却是一个沾着鲜血的扇坠儿。他看着眼熟，急忙拿到灯光下仔细一看，那扇坠儿却是一块翡翠雕成的两只鸳鸯，翅膀上写着四个绿豆大的小字：同心永结。正是当年他送给红菱的物件。绵宁只觉眼前一黑，差点儿摔倒在地。这时两名侍卫闻声跑来，绵宁赶紧一挥手道："没什么，快出去。没有我的话，任何人不得进来！"

绵宁待侍卫退出，急忙掩上房门，把那人抱到床上，轻声叫道："醒醒，快醒醒。"过了一会儿，那人苏醒过来，看见绵宁站在面前，伸手就往腰间摸。绵宁忙把短刀给他抽出放在床头，安慰道："你不要害怕，我不会伤害你。"那人有些疑惑道："你到底是什么人？"绵宁将那带血的扇坠儿拿到他眼前问道："此物从何而来？"那人一看，急得叫道："快，快还我！"绵宁忙道："你只要说出它是从何而来，我就还你。"那人怒道："此物是我娘从小戴在我身上的，你要它做甚？"绵宁闻听，一下子抱住那人，涕泪交流哭道："孩子，原来是你。"

林宝儿被绵宁哭得莫名其妙，费力推开他道："你到底是什么人？"绵宁含泪道："我就是当年送你母亲扇坠儿的人。"林宝儿一听，登时怔住，半晌才道："你就是我亲生父亲？"绵宁被他一声"父亲"喊得悲喜交加，连声道："对，孩子，我就是你亲生父亲。"

正要上前抱他，林宝儿忽地抓起床头尖刀，直向他刺来。绵宁不防，吓得往后急退。林宝儿咆哮一声骂道："总算让我找到你了。"挣扎着要抢下床去，却被伤口疼得摔倒在床上。

绵宁待他平静下来，便慈言善语劝道："孩子，你难道还像你母亲那样固执任性吗？我当年和你母亲是真心相爱，她若不是执意反清，我定会恳请父皇将她纳为福晋，你母子也不至于落到如此地步。"

林宝儿闻听，忍着伤痛，坐起身来冷笑道："你这条恶狗也讲人性吗？当年你在山西杀了多少白莲教英雄；今天你又杀死我多少教徒弟兄，我和你不共戴天，势不两立。"

绵宁何曾被人骂过，因眼前是他的亲生儿子，便强压怒火继续劝道："我儿不可如此说法，我身为大清皇子，所作所为当然要为大清江山社稷着想。我儿和那些贼逆不同，你是我爱新觉罗的后裔。为父如今已被秘立为皇太子。你只要肯归降大清，将来为父荣登大宝，这天下不就是我儿的了？"

"住口，"林宝儿不待他说完怒声喝道，"我是汪家血肉，与你爱新觉罗家族无关。想不到你还醉心当皇帝。依我看来，你大清朝欺压汉人，鱼肉百姓，残害生灵，已为天下所不容。我母亲已在河南起事，天下英雄必会一呼百应。你就等着为大清朝收尸吧！"

绵宁听罢，又恐又怒，哪里还按捺得住，"啪"地一掌击在桌上，怒吼道："住口，我大清江山，千秋万代，谁敢觊觎！"林宝儿哈哈大笑道："看来你是死心塌地要为它陪葬了。"

再说那两名侍卫退出房去，心中已有怀疑，因绵宁有命在先，也不敢贸然而进，便在附近来回走动，忽听到以掌击案的声音，接着听到二阿哥一声怒吼，两人怕出意外，再也顾不得太多，忙推门冲进房去。林宝儿见有人来，急忙抓刀在手，奋然坐起。两侍卫大惊失色，冲上前去护住绵宁。林宝儿哈哈大笑，慢慢举起短刀，面向西南叫道："妈妈，孩儿先去了。"猛然往自己腹部刺去。

绵宁一见,大叫一声,扑到床前,抱着林宝儿的头,丧魂失魄地大叫:"孩子,孩子……你为什么……"可是林宝儿的双手慢慢松开刀柄,一股热血洒在床前。

绵宁像是疯了一样,猛然丢开林宝儿,扑向那两名侍卫,两侍卫吓得呆了,一动不动,绵宁抽出一名侍卫的钢刀,"噗噗"两刀,两颗人头滚出多远。他丢了钢刀,轻轻抱起林宝儿,慢慢步出上书房,跪在廊前,仰天长叹:"上天啊!你为何这样惩罚我?!"

此时,天已大亮,晨晖中的紫禁城像往日一样金碧辉煌,只是多了几处殷红的血迹,在宫墙上、驰道上、宫门前、御河边……丢弃在这里那里的兵器偶尔闪出寒光……

嘉庆帝接到绵宁连夜遣使送来的奏章,得知宫中发生了叛逆闯宫的重大事变,万分震惊。所幸绵宁处变不惊,临危不乱,迅速平息了事变,嘉庆稍感欣慰,当即降旨加恩封绵宁为智亲王,增俸一万二千两。命吏部尚书英和先行回京,处理善后事宜,嘉庆也随后起驾回銮。

英和当日赶回京师,便往养正书屋询问二阿哥详情。刚到门口,玲儿带着红月迎了出来,英和急忙跪倒施礼道:"奴才求见二阿哥。"玲儿面似凝霜道:"二阿哥贵体有恙,不见任何人。"看着英和跪地不起又道:"二阿哥已接到皇上谕旨,已知道大人回京。特命妾身转告大人,被擒叛逆已关押在刑部,大人速去详加审问再作道理。"英和只得起身离去。

英和立即赶到刑部,连夜提审人犯。太监刘得财早已吓酥了骨头,当堂就指认了陈文魁等人。英和立即审讯陈文魁,陈文魁先是紧咬牙关,拒不开口。英和便命人先割去他的耳鼻。陈文魁看着眼前闪着寒光的尖刀,吓得大叫道:"我招,我招……"当即供出林清是这次起义的首领。英和见他招供,便道:"你既已招供,天理教便不能容你。不如再助朝廷拿住林清,将功赎罪,本官可请求皇上饶你不死。"陈文魁见事已至此，只得答应。

林清率众教徒正在大兴黄村接应山东、河南义军，一面等候京师的回音，可是直到第二天晚上却没见到山东、河南义军的影子，也没得到京师方面的音讯。林清感到事情不妙，急忙命人连夜去京师打探。去探讯的教徒刚到城外，正与陈文魁领着几十骑义军打扮的人相遇。陈文魁忙道："林宝儿堂主已攻占清宫，特命我等去请林教主入宫主政。"那几名教徒闻听毫不怀疑，便同陈文魁一起折回黄村。

林清得知陈文魁来到，急叫人请进，问道："京中之事如何？"陈文魁道："小人和陈、林二位堂主攻入宫内，生擒了宫内的皇子皇孙、王公大臣，京师清兵尽已归降，只是局势尚不稳定，特请教主入京主持大局。"林清迟疑："因何至今才有回音？"陈文魁不慌不忙道："清兵先是拼死抵抗，不愿归降。直待林堂主攻占大内，挟持着王公大臣，清兵才降，是以直到今日。"林清觉得有理，不再怀疑，却又道："只是本教主还要在此接应各地义军，暂不能进京。"陈文魁献计道："京师局势非同寻常，不如小人暂代教主在此接应义军，教主便可入京。"林清点头同意。陈文魁叫随他来的几十名教徒领路，林清便出了黄村往京师驰去。

林清策马如飞，一路紧跑，那几十名教徒一步不落，紧跟其后。看看快到京师，林清忽生疑窦：这几十名教徒竟有如此功力，任他拼命奔驰，却一步不落。他猛然冲到一个教徒跟前，厉声喝道："京师到底怎样？"那人被他乍然一问，慌张回答："很……好。"林清陡然醒悟，骤然出刀，将那人砍落马下。那几十名装成教徒的大内侍卫见已败露，各举腰刀，一拥而上。林清喝道："来得好。"跃马挥刀，一阵猛杀，登时被他砍倒十几个。其余看抵挡不过，急忙吹响口哨。霎时四周伏兵四起。林清知道已被清兵包围，不敢恋战，猛攻几招杀退侍卫，拨转马头，往回就跑。清兵见他要逃，急忙一阵乱箭射去，林清挥舞钢刀，拨打雕翎箭，护住人和马，一边往外冲。眼见弓箭无效，清兵呼啦往两旁一退，闪出一队枪兵。只见镇国公奕灏跨马立在队前高声喝道："放。"霎时枪弹齐发。可叹林清戎马一生，如今竟死在清兵火枪之下。

再说陈文魁见林清中计而去，便升坐聚事厅命教徒迅速往黄村集中。不多时，教徒集合完毕。陈文魁暗暗欢喜，只待清兵合围。

忽然一名教徒飞跑而进道："堂主，滑县方面来人了。"陈文魁大吃一惊道："有多少人马？"那教徒道："只有一名女子。"陈文魁一听放心了，便道："叫她进来。"不多时，教徒带一中年女子进来，正是红菱。红菱进了聚事厅，不见林清和宝儿，急忙问道："林教主在哪儿？"陈文魁不紧不慢地道："林教主已被请去京师主持政务。"红菱一惊道："是谁来请的？"陈文魁道："正是在下。"红菱闻听，突然抢上前去，一把将陈文魁从教主座位上拉下来，宝剑架在他脖子上，怒斥道："快说，京师到底怎样，林教主和宝儿怎样？"众教徒见一女子擒了堂主，急忙抽刀上前。红菱转脸大声道："弟兄们，你们被这个软骨头的畜生出卖了。攻打皇宫的计划已经失败了。"教徒们一听，停住了。有人问道："女英雄是什么人？从何得知？"红菱腾出一只手掏出一封信道："这是李文成教主的亲笔信。我就是滑县的汪红菱教主。"教徒们看了书信，这才相信。一齐用刀指着陈文魁怒吼道："快说，京师的弟兄们怎样？"陈文魁此时瘫软在地，打着自己的嘴巴，连声道："我该死，我对不起教主。"随后，便把进攻大内的情形和被逼骗林清入宫的经过说了一遍。

红菱"啊"的一声昏倒过去。众教徒急忙将她扶起，连声呼叫。红菱好半天才苏醒过来，手脚冰凉，失声痛哭："儿啊！娘来迟一步。"

红菱挂念着远在直隶的师兄和儿子，一路躲避清兵搜捕，行走缓慢。她更担心清廷已有防备，林清如按原计划行动，必遭惨败。待她赶到黄村，得知林清已被人请去京师，儿子林宝儿闯宫未回，她一眼识破陈文魁的诡计，用剑逼着他说出京师真正情形。

红菱在教徒们的劝慰下清醒过来，此地已不能久留，必须率众教徒马上离开。正要起身，一名教徒飞奔而进，上气不接下气地道："不好了，我们已被清兵包围了。"众人听了，大惊失色。红菱反倒出奇的平静，她站起身来，神情庄重地道："弟兄们，不要惊慌，现在，我就是你们的教主，听我号令，杀出重围，投奔李教主。"教徒们被她一番话激励得群情高昂，齐声喊道："愿听汪教主号令。"

红菱命道："把陈文魁押过来。"两名教徒忙把五花大绑的陈文魁推到红菱面前，往地上一摔。红菱忙把他扶起，解开绳子，在他耳边低语几句，用剑抵住他的后背道："看我眼色行事，如不老实我先一剑杀了你。"陈文魁慌忙道："小人有罪，愿拼死救弟兄们出去。"

红菱赶紧换上教徒衣服，紧随陈文魁走出门外，登上一个高坡，往四下观看，只见清兵铺天盖地，冲杀上来。眼看着越来越近，陈文魁不由双腿打颤。红菱用剑一抵他的后背，低声喝道："镇静点准备喊话。"陈文魁忙强自镇定，打着手势向清兵大声喊："官……官兵弟兄们，我是陈文魁，已说服手下弟兄投降了。请你们带兵长官上前说话。"清兵听他一喊，立即停止冲锋，一名将佐骑在马上喊道："既已投降，为何不放下兵器？"陈文魁怔了一下，红菱低声命道："快接着。"陈文魁大声喊道："我要和你们长官谈妥，保证我们的生命安全，才能投降。不然，誓死不降。"那将佐一听骂道："投降就投降呗，还这么啰唆。别是耍什么花招吧！"陈文魁忙大声道："将军如不放心，我们可单独在中间空地商谈。"那将佐听他说得有理，便大声道："好吧！你们先等着。"回头命一名清兵道："速去请安国公前来。"

不多时，安国公和世泰由几十名亲兵簇拥着来到阵前。那将佐急忙向安国公禀明陈文魁的话，和世泰冷笑道："陈文魁这小子心计不少，别是有什么诡计吧。"那将佐献计道："不如由末将保护安国公，就在阵前和他商谈。"和世泰点头道："好吧！"那将佐便大声喊道："陈文魁，为了我们安国公的安全，由末将护卫他在阵前跟你商谈。"红菱忙低声道："带上我，同意。"陈文魁忙大声喊道："我同意，我也要带一名护卫。"那将佐看看身体瘦削的红菱，对和世泰道："安国公，让那小子带着也无妨。"和世泰点点头，清将大声道："可以带上。"

红菱跟在陈文魁身后慢慢向清兵阵前走去。那清将手执钢刀护住和世泰也缓缓离开本队，清兵火器营立即举枪瞄准陈文魁两人。

双方越走越近，相距五步远时停住，那清将傲然道："陈文魁，有话快说！"陈文魁双股战战，正要开口。红菱突然抢先说道："我们堂主已将投降条件开列出来，请大人过目。"说完慢慢伸手往腰间掏去，和世泰一听，高兴地往前走出两步，准备去看开列的条件。红菱瞅准他和清将走到并肩时，左手突然一扬，一道寒光直射清将，右手推着陈文魁往前就闯。那清将惨叫一声摔倒。火器营清兵一看有变，立即开枪。可怜那陈文魁被红菱做了挡箭牌，霎时变成了马蜂窝。和世泰闻变，转身要跑。红菱已抢到他跟前，左手一把揪住他的长辫子，右手宝剑"刷"地架在脖子上。清兵一见，吓得再不敢开枪。红菱厉声喝道："快命清兵闪开。"和世泰方知中计，又怒又羞，脸色铁青大声喊道："别管我，快开枪！"红菱不待他喊完，突然一掌击去，和世泰立时昏死过去。红菱宝剑一扬，向清兵命道："快闪条道，不然我先杀了他。"清兵一时面面相觑，不知所措。和世泰的一名亲兵急忙站出来大声喊道："先救安国公要紧，快闪开一条道。"清兵一听，呼啦一下往两边一闪，让出一条道来。这时村里的教徒见红菱得手，一齐奔涌过来，红菱向清兵大声道："只要你们老实待着，我说话算话，不伤你们安国公性命，等我们走后，你们到二十里外的地方接你们安国公。"说完转身向众教徒大声道："快走。"众教徒立即簇拥着往外冲去。

嘉庆帝命英和先行回京，即刻起驾回銮。这时，忽有驿使送来直隶总督温录惠的告急文书：河南滑县教徒李文成聚众谋逆，官军屡剿失利，已据河南山东之滑县、长垣、曹县、定陶等地。嘉庆阅毕，龙颜失色。几天前，他就接到河南巡抚高杞的奏章，闻知李文成谋逆。当时当作一般的贼匪作乱，也指令高杞督兵进剿。没想到竟酿成大乱。结合到京师刚刚发生的禁门之变，嘉庆才惊慌起来。当即召集随驾重臣戴均元、托津、禧恩等人商议对策。传旨命陕甘总督那彦成代替温录惠为直隶总督，并委以钦差大臣关防，节制河南山东所有清兵。命工部侍郎、护军统领庆祥等率火器、健锐二营清兵，又命陕甘提督杨遇春及杨茅和西安将军穆克登布督兵数万协同围剿，力图以最快速度扑灭刚刚燃起的起义烈火。嘉庆部署完毕，更加担心京师局势，遂率大队人马，浩浩荡荡，班师回朝。

嘉庆回到宫中，立即御临太和殿，召见群臣，讯问京中情形。英和便把诱杀林清及其教徒的经过详细奏明。这时安国公和世泰刚好回京，立即入宫觐见皇上。他哪敢说出被红菱挟持的真情，便奏称剿灭贼匪万余，蒙骗过关。嘉庆闻奏，龙心稍安。忽然道："怎不见二皇子来见朕。"英和忙奏道："智亲王近日身体不爽，很少出宫。想必不知道皇上回京。"嘉庆顿觉疑惑问道："智亲王几天前，还亲自平灭禁门之变，怎会突然生病？"英和回道："奴才也不太清楚。据说，事变当晚，智亲王正在上书房草拟奏章，有一受伤的贼匪藏匿房中，突然跃出杀死两名侍卫，那贼匪也知难逃活命，自尽而死。智亲王可能受了惊吓，第二天就病倒了。"嘉庆听见，勃然大怒："一派胡言，智亲王既能处变不惊，临危不乱，平灭事变，岂是区区贼逆能吓病的。"英和吓得赶紧跪下道："奴才该死。奴才也是胡乱猜测。"嘉庆一挥手道："算了。既是病了，就不必宣召了。"英和急忙谢恩退下。

嘉庆环视众臣，眼含悲愤道："想我大清当初威服四方，何等强盛，不想竟会在宫中发生这种汉唐宋明未有的事变，让朕如何面对列祖列宗。固然是朕薄德寡能，导致祸端，朕也当告罪天下。"遂命宣旨官："特颁《罪己诏》。"

《罪己诏》尚未读完，诸臣早已呼啦啦跪倒在地一片，惶惶匍伏于地，呜咽痛哭，叩首请罪。

嘉庆丝毫不为所动，愤而立起，手指群臣怒道："朕虽无能，却不曾有过害民之事。可是你们身为朝臣，平时受朕之恩宠，食国家俸禄，都干些什么？为何每次逆匪起事，总以官逼民反为号，而民趋之若鹜。大内之变，逆匪直入禁门，步军统领吉纶、左翼总督玉麟，竟毫无觉察，着即拿下。"吉纶、玉麟吓成一团软泥，两边侍卫立即拿下两人顶戴、官袍。嘉庆喝道："推出午门，斩立决。"二人吓得哭喊道："万岁饶命……"侍卫们不由分说，立即将二人拖出宫外。

嘉庆看着阶下吓呆的诸臣，不缓不紧地道："吉纶遗缺由吏部尚书英和兼署。"英和急忙往前跪爬两步，叩首道："奴才遵旨。"正要退下，嘉庆道："慢，朕命你立即去拿下东华门、西华门守门将卒，统统革职，充作苦役。另外会同刑部，将累年所查贪渎之吏，一律从重治罪。凡留京官员，除朕表功之外，一律罚俸一年。"英和叩头接旨退下。

嘉庆缓和一下口气道："朕于在廷臣工，有功必赏，皇二子绵宁在上书房读书，一闻有警，便亲自用火枪击毙二贼，余贼纷纷藏匿，不敢上墙，实属有胆有识。宫廷内地，奉有祖宗神位，皇后也在宫中。绵宁身先抵敌，保证安全实属忠孝兼备，赐其所用火枪'威烈'之名，以示优奖。皇三子绵恺、皇四子绵忻随同捕贼，亦属可嘉，从优叙功。安国公和世泰剿匪有功，着即内务府大臣，遗缺由镇国公奕灏兼署，庄亲王绵梁交吏部从优叙功。"绵恺和一班被褒奖之臣赶紧叩头谢恩。

散罢朝，嘉庆带着内务府扈从大臣禧恩和几名内监往养正书屋探视绵宁。孝和皇后正在绵宁屋里,闻听圣驾来到,忙叫红月、红桃扶起绵宁,随同玲儿出来迎驾。嘉庆一看绵宁脸色苍白,眼窝深陷,大吃一惊:"皇儿怎会病成这样。"绵宁故作轻松道:"父皇不必担心,儿臣只是偶感风寒而已。"忙陪嘉庆进了屋里。嘉庆问道:"皇儿真是受了惊吓?"绵宁谦恭道:"儿臣长在宫中,生性柔弱。偶遇急变,受些惊吓,也是可能的。"孝和皇后却摇头道:"二阿哥在父皇面前还要谦恭吗!当时二阿哥面临巨变,何等沉稳从容。怎么会是受了惊吓。"嘉庆赞许道:"你母后说得有道理,必是左右侍候不周才会病成这样。"红月、红桃一听,吓得扑通跪下,连连道:"奴婢侍候不周,罪该万死。"玲儿站在旁边,竟忍不住哭出声来。绵宁忙低声道:"不关她们的事。"嘉庆看他面有惨淡之色,玲儿又哭得伤心,一时不知就里,只得道:"朕也是随便说说,并无责罚之意。"玲儿慢慢止住了哭声。红月、红桃起身谢恩。

屋里几人正在说话,禧恩和几名内监等候在院里。忽然四阿哥绵忻飞跑进来,喊道:"二阿哥,我额娘来看你。"禧恩一听,心中窃喜,迎上去,躬身道:"四阿哥,四阿哥,果真是皇贵妃驾到?"绵忻听他问得奇怪,恼怒道:"谁还骗你。"禧恩方知问得唐突,忙掩饰道:"皇上正在智亲王屋中。我是想问清楚,好让他们通报。"绵忻欢喜道:"原是我父皇也在这儿,太好了。"说完就往里跑,禧恩也不拦他。这时,燕妃带着翠儿、巧儿两个宫女走进来。禧恩看见,急忙赶到前去,纳头便拜:"奴才叩见娘娘。"燕妃见是禧恩,立刻满面春风,娇声骂道:"你这个狗奴才倒还认得我啊。"禧恩笑道:"奴才可是时刻记挂娘娘。"燕妃突然正色道:"皇上也在智亲王屋里吗?"禧恩忙道:"皇上已来多时了。"燕妃不高兴道:"皇上真是关心智亲王啊。"禧恩却道:"娘娘不是也来看智亲王吗?"燕妃佯怒骂道:"就你鬼精。还不快叫他们通报。"

绵忻跑进门里,高兴地喊道:"父皇。"嘉庆看见,忙叫道:"快过来让朕看看。"绵忻却突然站住,后退一步,双膝跪倒,磕了一个头道:"孩儿叩见父皇,父皇吉祥。"众人一看,大笑起来,嘉庆高兴得流出眼泪,上前拉起他,连声道:"四阿哥也长大了,懂礼了。不过这是后宫,是咱们自己家里,就不必多礼了。"孝和皇后从旁道:"别看他是个孩子,可是有胆有识,宫中急变,无人不慌,他却全然不惧,跟三阿哥一道守在储秀宫门外。"绵宁接着道:"母后还不知道,他还缠住我带他去杀贼,亏得三弟抱住他,我才走脱。"嘉庆听了,更加欢喜,抚摸着绵忻的头道:"真是我大清的福气。"

这时内监来报:"燕妃娘娘来看视智亲王。"孝和皇后笑道:"正巧都赶到一块儿了。万岁还不宣她进来。"嘉庆道:"快宣进来。"说话间燕妃已到屋里,忙给主子和皇后施了礼,笑道:"我只说赶早来看视皇二子,不想让皇上、皇后抢了先。我倒成了马后炮了。"一句话说得屋里人都笑了起来。"绵宁和玲儿忙施礼谢道:"多谢贵妃娘娘关心。"燕妃走到绵宁跟前,亲热地询问病好得怎样了,每餐吃多少饭,如今感觉怎样。绵宁赶紧一一回答。嘉庆又和他们说了一会儿闲话,看看天色已晚,便道:"你们在这儿多待一会儿。朕还有国事,就先回宫了。"绵宁忙问道:"父皇,近来河南、山东两省贼情怎样?"孝和皇后听了忙道:"万岁要谈国政,我们就先回避一下吧。"嘉庆摆手道:"不必了。"又向绵宁道:"你只管安心养好身体。贼匪作乱自有朕和诸卿商议督办。"说完便命禧恩摆驾回宫。孝和皇后和燕妃又说了一会儿闲话,也各自回宫去了。

掌灯时分,红月、红桃传来晚膳。绵宁今天心情好多了,用了两碗莲子汤一个馒头。玲儿看他几天来第一次吃这么多,脸上的笑容舒展开来。绵宁看她这么高兴,动情地道:"玲儿,谢谢你的关心。"

玲儿笑道:"你还用跟我客套吗。只要你能好起来,我就放心了。"

绵宁叹道:"你也瘦了很多,这几天受苦了。"

玲儿脸上笑容凝住："比起王爷你的内心之痛，这点苦算什么。可惜我不能为王爷平复心灵之痛。"

绵宁忙安慰道："玲儿，别这么说。"

玲儿摇头道："不，我有好多话想说。"

绵宁走到她面前坐下，一手抚在她的肩上道："我有很多对不住你的地方，你心里有苦处，就说出来吧！"

玲儿缓缓地说道："刚入宫时，我并不爱王爷，可是现在玲儿深深爱上了你。是你的痴情感动了我，是你的痛苦震撼了我。尽管我不是你所爱的人，你还对我这么好。我不忍看着你在痛苦中煎熬。王爷的失子之痛我理解。可叹我无能为王爷平复心理之痛。入宫多年，没能给王爷生下一男半女。"

一番话说得绵宁热泪涌出，摇着玲儿双肩道："玲儿，你怎么说这些傻话。"

玲儿按住他的手道："玲儿有一事想求你答应。"

绵宁连忙道："别说一件，十件八件我也答应。"

玲儿拭干眼泪道："王爷身为皇子，已三十多岁了。膝下却无一子。玲儿以为不如再娶一福晋……"

绵宁不等她说完，便拦住她道："玲儿，你胡说些什么。就是你不觉得委屈，我哪有这种心情？"

玲儿道："我理解王爷的心思。可是王爷也该为大清的将来考虑啊。"

绵宁不由得笑了："还看不出，你倒是个有心人。"

玲儿不以为然地道："这有啥稀奇，皇上对王爷这么恩宠，宫中上下，谁看不出来。"

绵宁忙道："此话不可随意往外说。"

玲儿不屑道："你当我傻瓜呀？我说的事你到底答应不答应？"

绵宁道："你着什么急，我们都还年轻，以后还怕没有儿子吗？"

玲儿嗔怪道："说了半天，你还是不答应。我生气了。"

绵宁忙道："你先容我考虑考虑嘛。先安歇去吧。"说完，大声喊道:"红月,侍候福晋安歇。"

门外答应一声:"来啦。"走进一女子。绵宁道:"侍候福晋早点歇息吧!"背后却传来一声娇叱:"绵宁!"绵宁吃了一惊,转脸仔细一看,那女子穿着红月的衣服,却不是红月。绵宁看她十分面熟,不由得愣住了。那女子秀目圆睁,突然从身后抽出宝剑,一指绵宁胸前,冷笑道:"二皇子,难道认不出了?"玲儿看见,吓得张口要喊,被绵宁一把捂住道:"她就是汪姑娘,快,不许让任何人进来。"女子泪水汪汪咬牙道:"你还认得我。是你杀了我的儿子,我今天就是来为我儿报仇的。"绵宁浑身一震,泪如泉涌,哭道:"哼,你的儿子,难道不是我的儿子吗?我亲手杀了自己的儿子。"绵宁一阵眩晕,差点摔倒,玲儿急忙上前扶住,哭道:"汪大姐,你冤枉他了。宝儿不是他杀死的。"红菱怒道:"少废话。我不想妄杀无辜,快让开。"绵宁渐渐清醒过来,却出奇的平静,道:"恨只恨我不该生在帝王家,我若一介百姓,也许正是夫妻恩爱,安享天伦之时。今生无所求,蒙菱妹赏我一剑,心满意足矣。"言毕双目紧闭,引颈受戮。玲儿一下跪倒在红菱面前,求道:"汪大姐,我求求你,放过他一回吧。他其实活着比死了还难受,我最清楚,他爱你有多深。失子之痛,也差点要了他的命。"

红菱听着,心如猫抓,她相信玲儿的话。她知道绵宁是个重情重义的人,可是他是清廷皇子,他亲手杀死了她的儿子,毁掉了她一生的希望,仇恨仍旧充满她的全身。她看着跪在面前的女子,低声道:"你先起来吧。"玲儿看她放下宝剑,迟疑着站了起来,眼睛死死地盯住那把闪着寒光的剑。红菱泪眼看着绵宁,心里道:"宁哥哥,对不住了。"闭着眼睛,突然一剑向绵宁当胸刺去,只听"啊"的一声惨叫,红菱睁眼一看,却是一剑刺中玲儿,当即扑倒在地上。绵宁惊得抱住玲儿,叫道:"玲儿,玲儿。"红菱惊呆了,慌忙上前扶住玲儿,对绵宁道:"快去叫人。"绵宁慌忙起身。玲儿挣扎着道:"别……别叫人。"绵宁停住。玲儿喘过一口气道："我……我有话说。"绵宁忙说："你说吧。"玲儿看着红菱，断断续续道："宝儿……不是……王爷杀死的。相……信我。我们……都是女人，爱着……同……一个……男人，求……你们……别这么……残酷……折磨对方。求你……放过……王爷。"红菱懊悔道："我答应你，我对不起妹妹。"玲儿又看着绵宁道："快，拿……纸笔来。"绵宁不解其意，急忙将笔墨拿来，将宣纸铺在地上。玲儿右手哆嗦着提起笔，在纸上写道："奴婢入宫多年，未能为王爷生养半子，愧对王爷恩宠，只有一死谢罪。"绵宁看着大惊道："玲儿，你这是干什么？"玲儿慢慢松开笔，气息微弱地道："快，送……大姐……出宫。"红菱哭道："我不走，妹妹你不能死。"玲儿突然往红菱怀里一歪，气绝而亡。绵宁惊呼道："玲儿，玲儿……"红菱慢慢放下玲儿，低声道："别喊了，没用了。"绵宁怒吼道："你为什么要杀死她？"红菱无言以对，一任悔恨的泪水奔涌而下。绵宁低头看见地上玲儿的遗言，突然醒悟过来，一把拉起红菱，指着她身上的衣服问道："红月在哪儿？"红菱怔了一下明白过来，忙道："她被我点了穴道。"绵宁急忙往外奔去。

第二天，智亲王福晋自杀的消息立即传遍宫中。

嘉庆正在太和殿早朝，与诸臣商议那彦成从河南发来的奏折，原来那彦成兵抵河南卫辉，因见滑县谢家庄、道口镇一带义军声势浩大，乃屯兵不敢遽进，上书嘉庆帝要求增调山西兵、甘肃兵、索伦兵赴滑县。嘉庆求胜心切，见到那彦成的请求，十分恼怒，大骂他迟疑不进，逗留观望。

军机大臣戴均元、托津见主子发怒，忙出班奏道："既是那彦成畏葸迁延，万岁可派重臣往其营中督促，一面严旨责其早日进兵剿灭逆匪。"

嘉庆点头道："两位爱卿言之有理。朕就命托津为监军，立即赶赴河南，督促那彦成进兵。"

托津忙道："臣遵旨。"

嘉庆正要散朝,禧恩匆匆而进,跪奏主子:"皇上,刚才,智亲王派人来报,二皇子福晋昨晚自尽而死。"

嘉庆大吃一惊问道:"可知因何自尽?"

禧恩道:"福晋留有遗言,说是入宫多年,未能为智亲王生育半子,羞愧而自尽。"

嘉庆叹道:"真是糊涂,岂能因此轻生。智亲王现在怎样?"

禧恩道:"智亲王自是悲痛欲绝。"

嘉庆一挥手命道:"散朝,待朕去看看。"

第八章

烝贵妃撞破机密事
别皇储割断尴尬情

绵宁失魂丧魄般大叫:"菱妹,菱妹!"跑进后厅门口,忽然看见那梁下一条丝绫吊着一个女子,绵宁几步冲到屋里,抽出短刀,纵身一跃,斩断白绫。女子跌落下来。绵宁紧紧抱住红菱尸首,放声痛哭……

嘉庆由禧恩陪着,带了几名内监,直奔绵宁寝宫。绵宁闻报,出来把父皇迎入房内。嘉庆看他两眼红肿,面色惨然,不由心中发酸,道:"皇儿身体刚有好转,又遭此变,可受苦了。"绵宁叹息道:"谢父皇关心,儿臣该有此劫。"嘉庆道:"你福晋也是心窄。你膝下无子朕也曾忧虑,她也不该因此轻生。"绵宁道:"昨晚用膳时,福晋说起入宫多年未能生育半子,还劝儿臣多纳几个侧福晋,谁料想她当晚就寻了短见。"说完,掏出玲儿遗书呈上。嘉庆看过,眼中含泪道:"难为她一片心思。朕要厚葬她。"转脸向门外喊道:"禧恩。"禧恩赶紧跑进来,垂手而立道:"皇上有何吩咐?"嘉庆道:"智亲王福晋的丧仪就由你主办,梓宫用金黄座罩。"禧恩心里一惊,暗道:"只有皇太子才能用黄色,皇上是糊涂了吗?"正在迟疑,又听嘉庆道:"下去吧!"禧恩忙道:"奴才遵旨。"慢慢退出房去。

禧恩出了绵宁寝宫,经凉风一吹,心中豁然明白。主子的意思是以皇后的丧仪厚葬福晋。想至此,他不敢怠慢,急忙到前厅吩咐宫监仆隶们分头忙活。直到天黑,禧恩便向绵宁找了间房子住下。按说,宫内不留外官住宿,但禧恩是燕妃的本家族弟,又是嘉庆皇帝特许的丧礼主办人,特殊情况也就特殊对待了。禧恩为着办好丧礼,一直谋划到半夜也无睡意。他便信步走出房门,外面一片寂静,禧恩心里忽然像长了草。看看四下无人,悄悄出了大门，往益香园而去。

那益香园正是燕妃居住。燕妃自生下四阿哥绵忻，虽说在后宫颇有地位，怎耐嘉庆每天忙于国政，她便难耐深宫寂寞，常找借口召她族弟禧恩来宫中陪她。

禧恩来到门口，宫女太监都心里明白，也不用通报，他便直奔燕妃寝宫，远远看见还有灯光，知道燕妃还没歇息，心中高兴，悄悄走进门去。门内两名宫女看禧恩进来，识趣地走开，禧恩轻轻关上房门，走进内室。

过了一会儿，燕妃道："你快回去吧，免得被人怀疑。"禧恩嬉皮笑脸地道："还早呢。"燕妃忽地坐起来，虎着脸道："要是被人发现，就坏了大事。"禧恩看她生气，不情愿地转身走出去。

禧恩悄悄地赶回去，到了房门口，正要进去，忽然看见养正书屋门口闪出一个人影，急忙隐身在黑影里，那人在门口站了一会儿，便走下台阶向后面走去。禧恩急忙蹑手蹑脚尾随而去。那人穿过几排房，又走了好长时间，拐进一条偏僻的弄堂，一直走到弄堂尽头，在一座砖房前停住，禧恩紧紧跟随，看他停住，急忙藏身一棵树后。那人轻轻地敲了两下门。不多会儿吱呀一声门开了。一个女子的声音道："是王爷来了。"那人没说话，进了门去。房门随即关上。

禧恩仔细看看四下无人，便轻轻走到窗前，用手指头把窗户纸捅开一个洞，睁一眼闭一眼往里窥探。这一看，他心里吃了一惊，原来那人正是智亲王绵宁。只见绵宁走进屋里，向那个开门的侍女问道："她怎么样？"侍女答："好像心事很重，一直愁眉不展。"

绵宁吩咐道："你去门外看着。"侍女答应着转身往外走去。禧恩听见，不敢停留，急忙轻轻走开。

原来绵宁悄悄地让红菱躲在这座房里，由红月侍候着，这里比较偏僻，平时很少有人来。但是绵宁还是不放心，夜里便来看望红菱。

红菱正在内室，伏案沉思，听见绵宁说话，便转过脸来。绵宁走了进来,在她身边坐下。见她不说话,绵宁便开口道:"菱妹,过几天,玲儿丧礼过去,我送你出宫。"红菱抬眼看着他摇摇头叹息道:"我对不起玲儿,第一次错杀好人,如果按大清律惩罚我,我也许会好受些。"绵宁听着,鼻子一酸,流下泪来,双手扳过红菱肩膀道:"快别这么说。玲儿临死前说过我们既然相爱,为什么非要折磨对方呢?"红菱喃喃地道:"天意,难道都是天意,为什么我没有一个亲人!"绵宁忙道:"菱妹,你看。"说着,慢慢从身上掏出一样东西,递到红菱眼前,红菱一看,正是他们少年时的信物,那只扇坠儿。睹物思人,红菱一把夺来,揣在怀里,痛哭道:"宝儿,我的宝儿,你在哪儿啊。"绵宁也是泪如雨下,攥住她冰凉的双手道:"宝儿被我一枪打伤,昏死过去。夜里爬到上书房准备纵火焚宫,被我发现,我在他身上看见这只扇坠儿,才知他就是我的亲生骨肉。我劝他几句,他就吼叫起来,惊动了外面侍卫冲进来,宝儿一见,就……就拔刀自尽了。"红菱听完,一下子扑到绵宁怀里放声痛哭,绵宁也不说话,只是陪着哭。

过了许久,红菱才止住哭声,却伏在绵宁怀里,紧紧地抱住他。绵宁抚摸着她乌黑的秀发道:"菱妹,求你别离开我。明天我在宫外给你找处院子住下,派几个信得过的侍女,侍候你,好吗?"

红菱盯住他的眼睛道:"你是想登基后,纳我入宫吗?"

绵宁脸一下子涨得通红,低下头去,不敢看她。嗫嚅道:"不……不,我不想让你生气。"

红菱温柔地道:"我不生气。现在除了还有你爱我,我什么也没有。我觉得自己活得太苦太累,多么想在你身边歇歇脚。"

绵宁一听,激动地一把抱住她道:"真的,你答应,不离开我。"红菱泪光滢滢,点点头,却又道:"我只想跟你厮守在一起,并不企求后宫的名分。你要答应我,登基以后,让我离开。"绵宁连声道:"我答应,我答应……"

玲儿的丧事,在禧恩的精心安排下,举办得轰轰烈烈,梓宫的金黄座罩显得庄重肃穆,引得前来吊唁的王公大臣、后宫妃嫔羡慕不已，啧啧赞叹。绵宁却显得非常平静，谦恭地迎来送往，毫无矜持之色。

半月以后，嘉庆降下圣旨，御赐绵宁智亲王府邸，绵宁感激圣恩，便亲往养心殿拜谢。

嘉庆和孝和皇后正在寝宫，听太监来报，绵宁来见，忙命宣进。绵宁进来，施礼道："父皇、母后吉祥。"嘉庆满面笑容，叫绵宁坐下，随手从书案上拿过一份奏章递给他，绵宁打开一看，原来是托津从河南发来的奏捷文书，官军聚歼滑县教众，李文成亦举火自焚。绵宁看完，却没有表现出太多的兴奋，说道："那彦成仅是侥幸取胜。"嘉庆道："皇儿有何见地，说来朕听听。"

绵宁挺直身子道："儿臣以为李文成如果不固守滑县，采取流窜作战，贼势必然越滚越大，那彦成断难短期内将其剿灭。"

嘉庆面带笑容，颔首道："皇儿言之有理，不知可有良策？"

绵宁不慌不忙地道："儿臣以为，第一要治吏安民，使民无附贼之心。第二要勤习刀兵，不可荒弛武备。"

"正是与朕不谋而合，"嘉庆高兴地道，"眼看已到仲秋，朕准备去热河秋狝，操练八旗官兵。"孝和皇后嗔怪道："二阿哥近来身体不好，万岁怎可以国事劳他。"嘉庆笑道："皇后说得对。朕不说了。"原来清朝皇子只是象征性地参与政事，并不负具体责任。嘉庆是有意历练绵宁。当下孝和皇后便道："二阿哥最要紧的是养好身子。"立即命端来燕窝粥。嘉庆道："你娘儿两个慢吃着说话，朕还有事要出宫去。"便吩咐内监准备仪仗，摆驾出宫。

绵宁恭送父皇，回来坐下，孝和皇后关切地道："快趁热把粥吃了。"绵宁起身双手端起一碗粥捧到孝和皇后面前道："母后也吃吧。"孝和皇后接过。绵宁坐下，边吃边问道："母后有何训教？"孝和皇后笑道："哪里是训教，母后是要跟你说一桩喜事。"绵宁不解其意，便道："儿臣有何喜事，请母后明示。"

孝和皇后道："你福晋就因没能为你有后，羞愧而去，我和你父皇也为你忧虑。照理说，凡是皇子，哪个不是妻妾成群。母后知道，你不贪恋女色，可是也要为我皇室将来着想……"

孝和皇后还没说完，看绵宁好像被触动心事，面色顿时惨然，便赶紧打住。绵宁忙强作笑颜道："母后说得是，母后的意思是……"

孝和皇后只得道："我和你父皇想再为你娶几房福晋，以继香火。我和你父皇已商议好了，准备要承恩公舒明阿的格格慎儿做你的嫡福晋。另外，再娶四个侧福晋。"绵宁听完，大惊道："母后，儿臣可供养不起这么多格格。"孝和皇后斥道："少贫嘴。四名侧福晋是全儿、静儿、彤儿、祥儿。"绵宁急道："不，母后，容儿臣再想一想。"

"不用你想一想了，"孝和皇后怒道，"父皇的旨意，你敢抗旨不遵？"绵宁知道再求也没用，又想到红菱说过的话，便向母后拜谢道："一切由母后做主。"孝和皇后这才露出满意的笑容道："既如此，下月就请你父皇赐成大婚。"

嘉庆闻听绵宁应下婚事，龙颜大悦，便命钦天监择定吉日，赐成绵宁完婚大礼。

眼看吉日快到，绵宁便带了两名小太监匆匆出宫，来到红菱的住处。刚进月亮门，就见红菱坐在门外台阶前，不停地呕吐，红月不知所措，呆立在旁边。绵宁大惊，急忙上前扶起红菱，问道："菱妹，你怎么了？是不是病了？我去叫刘侍卫到宫中接太医来。"说完转身就走，红菱一下子拉住他，红着脸道："哎呀，看你急的，小妹这不是病。"绵宁一怔道："不是病会是什么？"红月突然惊叫道："夫人，莫不是有喜了吧！"绵宁欢喜了一阵，却又叹口气道："唉！可惜我不能常来看你。菱妹，父皇明日就赐我大婚了。"红菱道："既是皇上赐你大婚，这几天，你就在府中陪陪新人，不要来看小妹了。对了，明天就让红月替我去给新人磕个头吧！"绵宁道："既如此，我便回宫了。"说完转身往外走去，到了门口，回头一望，红菱还在笑着向他招手，这才放心地回宫中去了。

次日一早，红月早早侍候红菱用了早膳。便道："红菱姐，我这就去宫中了。"红菱正在沉思，回过神来，拉着她的手淡淡地道："妹妹，姐姐不需要你侍候了。以后好好侍候你们王爷和福晋吧。"红月以为她舍不得自己，便道："红菱姐，您放心，我最喜欢侍候您，很快就回来的，我一定把新福晋长得怎样说给你听。"红菱强作笑脸道："妹妹放心去吧，姐姐等你回来。"红月高兴得一路飞跑而去。

红月赶来智亲王府，那些朝中王公大臣，宫中妃嫔早早来到，府中上下熙熙攘攘。禧恩奉皇上旨意，主持大婚，忙得不可开交。红月因为是来看热闹的，没有差事，便专往人多热闹的地方挤，不知不觉来到正厅门口，那禧恩正叫一班宫监摆设香案仪仗，忽然转脸看见人群中的红月，登时想起那晚看到的侍女。这禧恩那晚偷偷跟踪绵宁，就心中生疑，便去益香园向燕妃说了，燕妃当下便叫他再去探听明白。禧恩当晚便又去后房察看，谁知已是人去屋空，连那晚看见的侍女，也从府中消失。今天无意中又看见那侍女，叫他如何不喜。当下便把诸事分派完毕，来到西边客房。燕妃正和一班妃嫔说笑，见禧恩进来，心知有事，便悄悄走出。禧恩跟着，来到无人之处，在燕妃耳边低语几句。燕妃点点头，便带着两名宫女出府而去。

红月走走看看，不觉吉时已到。绵宁和新人早已打扮一番，被众人拥到大厅。先是绵宁和嫡福晋慎儿拜了天地和祖先神位。红月挤到跟前看那慎儿年约二八，丰容盛鬒，光彩照人，活脱脱一个大美人儿，便不由得看得呆了。忽然看见站在旁边的绵宁狠狠地瞪了她一眼，吓得红月赶紧挤出人群，向府外跑去。

刚到门口，忽然迎面遇着一个宫女拦住她道："你是红月姐姐吗？"红月点点头，那宫女道："王爷命姐姐去请燕妃过来。"红月并不认识她，便道："王爷刚刚命我出宫办事，怎会又着我去请燕妃。"那宫女忙改口道："王爷原是着我去请的，因我刚来宫中，不识路径，王爷便命我来找姐姐，叫姐姐顺便请了燕妃，再出宫去。"红月听她说得有理，便道："我和你一起去就是了。"

二人不多时，来到益香园，那门口太监见那宫女也不拦阻，那宫女便带着红月直奔燕妃寝宫，红月看她似乎对园中很熟，正自生疑，燕妃从寝宫走出，看见红月，突然怒喝道："大胆奴才，竟敢擅闯我益香园，还不给我拿下。"红月正在惊疑，早有几个壮大的太监上前将她摁住，拖往后边一间侧房中，燕妃也来到房中，支开左右宫女，只留两名太监站在红月两边。红月清醒过来，跪拜道："敢问娘娘奴婢有何罪过？"燕妃开门见山地道："你没有过错。你告诉娘娘，智亲王让你侍候的是什么人？"红月吃了一惊，忙道："回娘娘，奴婢自福晋仙去后，只是侍候王爷。"燕妃突然冷笑道："你不肯说吗？"恶狠狠地向两个太监道："给我狠狠地打。"两个太监立即上前扒去红月的上衣，从墙角拿过两根藤条，一人一根，向那雪白的上身狠抽下去，那白皙的皮肤立即印上几道血沟沟。红月疼得牙齿咬得咯咯响，燕妃看她一言不发，怒骂道："狗奴才倒是硬气，给我往死里打。"两个太监便不分轻重，劈头盖脑一阵猛抽，红月疼得大叫，燕妃喝道："你说不说？"红月咬牙道："不知道。"燕妃气急败坏地叫道："给我打死她。"两个太监又是一阵拼命抽打，红月渐渐没有了叫声。一太监住了手，用脚踢了踢，道："禀娘娘，昏死过去了。"燕妃一下子慌了，忙道："快去取水来，给我浇。"一太监赶紧出去拎来一桶冷水，当头向红月泼去。红月一激灵，醒了过来。燕妃却不再问她，向一太监吩咐道："快去叫禧恩到内务府查一查，这个奴才家住哪里？家中都有什么人？"红月大吃一惊，挣扎着坐起来，问道："娘娘想要干什么？"燕妃轻轻笑道："你不想说，本娘娘也不勉强你。"

不到半天工夫，那个太监赶了回来，道："回禀娘娘，奴才已经查明，红月家住西城羊角胡同，家中有老少三代十二口。"燕妃看着红月大声道："多美满的一家人。"突然面露杀机，向太监命道："今夜你带五十名侍卫，杀了她全家，不留一个活口。"红月一听，吓得跪爬到跟前，哭道："娘娘饶命，奴婢愿说……"

再说智亲王府中，直到亥时还是熙熙攘攘，人流不断。绵宁和新人慎儿被送入正中新房。全儿、静儿、彤儿、祥儿四个则被送入侧房各人房间。绵宁被折腾了一天，不曾歇息，一进新房，顿觉劳乏，待那班宫嫔闹腾一阵走后，便一下子歪倒在香榻上。

慎儿一见，娇羞地道："王爷想必乏了，奴婢侍候王爷歇息吧。"说着，便要上前给绵宁脱去靴子。绵宁急忙坐起来道："你也累了，还是本王自己来吧！"说完，便脱下靴子，又脱去外罩，便拉过锦被，蒙头而睡，不多时竟呼声如雷。

绵宁一觉醒来，看看墙上的金自鸣钟，已是次日辰时，心中后悔，醒得太迟，没能给父皇和母后请安。急忙起身，自己穿上外罩，登上靴子来到外厅，只见慎儿正和全儿四个说着闲话。慎儿几个看见王爷起来，急忙上前请安，两名宫女赶紧端来热水，拿来毛巾往热水里浸透，拧干递给绵宁。绵宁顾不上洗脸，忙道："还没去给父皇和母后请安呢。"慎儿笑道："奴婢见王爷睡得香甜，没敢惊动王爷，便带着她们四姐妹给父皇和母后请了安。"绵宁一听，略略放心。心里便想去看红菱。这时宫女传来早膳，绵宁匆匆吃了一碗莲子汤，正要出府，这时小太监来报："常公公来到。"绵宁不知何事，忙道："快，大厅上请。"

绵宁刚到大厅，小太监便引着那御前太监常永贵来到。常永贵见了绵宁，急忙施礼，绵宁忙道："公公免礼，请坐。"常永贵道："奴才是来传皇上旨意的。皇上宣智亲王即刻到养心殿面君。"绵宁不由一愣。父皇平日宣召他，都是派一内监到府门口传个话就走。为何这次却郑重其事派御前太监当面宣召。常永贵看他发愣，忙道："王爷，请随奴才进宫吧。"

绵宁忙道："公公先请。"便跟着常永贵来到养心殿，抬头一看，嘉庆端坐在御案前，面沉似水。绵宁顿觉不同平常，急忙上前跪倒叩头道："儿臣叩见父皇，父皇吉祥。"嘉庆并不理他，左手往两边一挥道："都给朕退下。"常永贵和几个内监急忙退出养心殿外。

绵宁更是忐忑不安跪在御案前，低着头。嘉庆看着他，半响才道："皇儿，朕平时待你用心良苦，你可明白？"

绵宁忙道："儿臣虽然愚钝，却也心明雪亮，便是这宫中上下，也是不言而喻。"

嘉庆追问道："既然明白，为何还有负朕望？"

绵宁怯怯地道:"儿臣诚惶诚恐,不知父皇所言何事。"

"你……"嘉庆气得一时说不出话,一下子站了起身来,手指绵宁,半天才道,"事到如今,你还敢骗朕……"

绵宁忽然想起红菱,心中一阵慌乱,面色突变,连连叩首道:"父皇息怒,儿臣知罪……"

嘉庆这才略略镇定,仍旧怒斥道:"你说你想要什么样的美女,朕都能给你弄到,你为什么偏偏把女教徒藏匿宫中?"

绵宁一听,果然是因红菱之事,反倒镇静下来,平静地道:"父皇,儿臣实在有难言的苦衷。"一言甫出,已是心中悲酸,泪洒阶前。

嘉庆看他泪流满面,想起他一连串的不幸,心里已软了几分,便缓了一下口气道:"皇儿有什么苦衷,不妨说给朕听听。"绵宁哽咽道:"父王容禀。"便把伴母进香,结识红菱,智擒莫玉,太原剿匪,大内惊变,枪杀骨肉,红菱闯宫,玲儿舍身的经过,详详细细说了一遍。说完竟是跪立不住,哭得像一团软泥,瘫倒在御案前。

嘉庆听完,眼中也闪出泪光,急忙走到御案前,亲手扶起绵宁。绵宁急忙叩泣道:"儿臣只求父皇免了菱妹死罪。"嘉庆安慰道:"皇儿先坐下歇息。朕还有话要说。"绵宁站起身来,在御案旁的软椅上坐下来。嘉庆道:"听皇儿所言,红菱真是个多情女子。朕倒想见一见。"绵宁一听,放下心来,高兴地道:"儿臣这就去带她入宫。"嘉庆忙阻止道:"此事传扬出去,有损我皇室尊严。朕就和你一起微服出宫,前去看看。"绵宁不安道:"父皇还是带几名侍卫随行,以策安全。"

"不必了。"嘉庆道,"人多招摇过市,反倒不美。有皇儿在身边护卫,朕大可放心。"绵宁应道:"儿臣遵旨。"说完便起身去殿外喊来常永贵和几名内监。嘉庆吩咐内监取来两件百姓穿的衣服,给他二人换上,又精心装扮一番。嘉庆吩咐常永贵几句,便和绵宁一起出宫而去。

嘉庆父子,不多时来到那高大的宅院前。刘宏武近前一看,竟是当今万岁，吓得他赶紧跪下，嘉庆不待他行三跪九叩首之礼，便急忙扶起，低声道："朕是微服，不必多礼。"刘宏武会意，便不再跟绵宁见礼，只将身往旁一闪，躬身道："主子，请。"嘉庆低声命道："把住大门，不准任何人进来。"刘宏武轻轻应道："是。"

嘉庆便和绵宁向里走去。绵宁路熟，便在前面带路。过了月亮门，到了后院，却是一片沉寂，寥无一人。绵宁轻声喊道："菱妹，菱妹……"声音在空荡荡的院子里回响。一阵冷风掠过，吹得枯黄的树叶瑟瑟作响，寂然无声地飘落下来。绵宁突然感到阵阵寒意，急忙走进红菱的卧室，只见被褥叠放得整整齐齐，却不见红菱的影子。绵宁顿有不祥之感，急得在屋里直转，忽然看见床前书案上放着一张纸，急忙拿过来看，只见上面写道：

宁哥哥：

请恕小妹不辞而去了。

小妹恨的太多，爱却不能。自从失去宝儿，小妹心就已死了，是你的挚爱支撑着小妹苟活到今天。小妹谢谢你，在生命的最后时刻，给我爱的享受。

小妹一生恨透清廷，可叹无奈其何。小妹去则去矣，仅有一求：宁哥哥日后如登龙位，请惩治酷吏，善待黎民。

小妹红菱绝笔

绵宁看完，冲出屋去失魂丧魄般大叫："菱妹，菱妹！"满院子挨门飞跑。当跑进后厅门口时，忽然看见那梁下一条丝绫吊着一个女子，绵宁大叫一声："菱妹！"几步冲到屋里，抽出短刀，纵身一跃，斩断白绫。女子跌落下来。绵宁紧紧抱住红菱尸首，放声痛哭。

嘉庆也随后赶到，见此情景鼻子发酸，心中却顿觉释然。嘉庆等他痛哭一阵后，才轻轻唤道："皇儿。"绵宁听见喊他，这才想起父皇也在跟前，便抬起泪眼，凄然叫道："父皇。"嘉庆上前，轻轻将他扶起,安慰道:"皇儿,人既已死了,哭也无用。朕也佩服她是一个奇女子,一定要厚葬她。"绵宁感动地道:"谢父王圣恩!"

这日,嘉庆从太和殿散了早朝,回到养心殿继续批阅大臣们的奏章。这时,常永贵走到御案前,躬身奏道:"万岁,禧恩前来交旨。"嘉庆头也不抬便"嗯"了一声,常永贵见皇上点头,便去殿外宣旨。

禧恩进来,在御案前躬身跪下,一甩马蹄袖,朗声道:"奴才特来向皇上交旨。"嘉庆听见,抬起头愕然道:"交什么旨?"禧恩忙道:"皇上不是叫奴才主持智亲王完婚大礼吗?奴才特来复命。"嘉庆这才意识到自己走了神,忙故作胸有成竹的样子道:"爱卿做事,果然认真,朕着你为内务府大臣兼内廷扈从。下去吧。"禧恩大喜,谢了圣恩,退出殿外。

嘉庆沉思片刻,忽然叫道:"常永贵!速去宫外宣戴均元、托津两位爱卿来见朕。"

"奴才遵旨。"常永贵知道皇上连夜宣召两位军机老臣,必有要事,哪敢怠慢,急急忙忙出宫而去。

这时一名内监走进殿来奏道:"内务府和大人见驾。"嘉庆一怔:"这和世泰会有什么要紧事连夜见朕。"便道:"宣他进来。"

和世泰急匆匆走进,礼毕大声道:"奴才奉旨督办今年秋狝事宜,诸事已毕。刚才钦天监梁大人去奴才府上,说秋狝吉日就在明日,奴才特此进宫,请旨定夺。"

"这……"嘉庆没料到竟会这样急促,一时不知所措。和世泰见主子为难,忙道:"奴才也以为太急促了。是否请梁大人另择吉日?"

"不必了。"嘉庆素来相信天命。自禁门之变后,对钦天监梁天更是深信不疑,于是便道:"既是诸事已毕,朕就明日起身赴热河行围。和卿也辛苦了,明日还要随朕一同去,早些回府歇息吧。"

"皇上日理万机,最是辛苦。"和世泰感动地道,"奴才愿吾皇万岁！万万岁！"说完起身退出。

和世泰刚出殿门，常永贵就回来了。

"启禀皇上，两位老臣已在殿外候旨。"

嘉庆忙吩咐道："快快请进。"常永贵走到门外，躬身道："二位大人，请。"

门外走进两个人，一般瘦削，都是六十岁上下的红顶子一品大员。稍高一点儿的是戴均元，稍矮一点儿的是托津。两人来到御案前，像往常一样，免去三跪九叩首之礼，只躬身下拜，齐声道："臣叩见皇上，不知皇上黉夜召老奴进宫有何训示？"

嘉庆道："两位爱卿请坐。朕深夜召卿，有事相商。"

戴、托二人谢了圣恩，起身在阶前的软椅上坐下。嘉庆向常永贵等人一挥手命道："退下，没有朕的旨意，不许任何人进来。"

戴、托二人见皇上如此，必是有要事相商，不由互相对视了一下。

嘉庆看了两人一眼，缓缓地道："两位爱卿都是朕的肱股之臣，朕最为倚重，理应知无不言，言无不尽，为朕分忧。"

戴、托二人一听，大为惊异。主子今天是怎么了，言语如此虎头蛇尾。戴均元久经宦海知道今晚主子必有大事，便平静地道："皇上有何旨意？"

托津却扑通一声跪倒在地，激动地道："奴才深受皇恩，愿以身效命，皇上只要吩咐，奴才虽死不辞。"嘉庆忙起身扶起道："托卿切莫如此。"待托津重又坐下，才坐回御榻上，道："两位爱卿以为在朕的三位皇子中，当立谁为皇太子？"

"这……"戴、托二人谁也没料到皇上会问他们这件事。登时怔住，面面相觑。

过了许久，戴均元向嘉庆一躬身道："请万岁恕罪，老奴不曾考虑过此事。"

托津则道："此事理应皇上亲自决断，做奴才的岂敢妄加评说。"

嘉庆不悦，道："朕刚才就说，卿应该知无不言，言无不尽，怎么还对朕吞吞吐吐？"

"奴才以为，"戴均元见主子生气，赶紧试探道，"智亲王仁孝聪睿，又有平定大内急变大功，将来必能秉承主上天威，治国安民。"

托津也附和道："奴才也以为然。"

"朕也曾这样看他，"嘉庆微微叹息道，"可是近来，智亲王却有负朕躬。"便把绵宁跟红菱的事简略说了一遍，却隐瞒了生下宝儿的细节。

戴、托二人听完，大为惊异，想不到平素性行恭顺的智亲王还有如此曲折动人的故事，又不好妄加评论，竟呆坐在那儿。

托津见嘉庆呷了口茶，放下，便起身去给杯子里加满，边道："皇上是想在三阿哥和四阿哥当中，立其一为皇太子？"

"朕正为此颇为踌躇，"嘉庆面带愁容道，"皇三子绵恺自幼资赋平淡无奇，宗人府亦发现其行为不法，将来怎能承继大统。皇四子绵忻年方十四，其性行未成，朕怎能放心让他秉承祖业。"

"以老奴看来，"半晌没有作声的戴均元这时开口道，"智亲王还是最为合适。"托津见他竟逆皇上的意图，不由暗暗担心。戴均元却不紧不忙地道："虽说智亲王和那女教徒有染，但是他却亲自剿灭了女教徒在山西的白莲教。由此可见，智亲王和那女子仅是儿女之情，对其聚众谋逆、反叛朝廷却是不容的。况且那女子已死，智亲王从此也死了心。"

"戴卿所言，朕也曾想到，"嘉庆随即道，"可是朕最担心的就是智亲王太看重儿女之情。"顿了顿，嘉庆才低声道："两位爱卿可曾听说先朝顺治皇爷和那董鄂妃……"

"奴才从未听说。"两位军机大臣吓了一跳，异口同声道。

嘉庆全然不觉，只管说道："自顺治皇爷到朕已有一百六十年。虽经历朝先祖严禁，可那董鄂妃和顺治皇爷的事还是传扬得尽人皆知，朕想禁也禁不了。"

"万岁说得是，"托津急忙见风使舵，"以先帝前车之鉴来看，智亲王的确令皇上堪忧。"

戴均元身体不好，坐立久了便浑身酸痛，因皇上在跟前又不好乱动，只得一只手抵住腰道："主子考虑得周全，看来只有四阿哥最为合适了。"

嘉庆正要开口，这时墙上的金自鸣钟敲了三下。戴均元浑身酸痛难忍，便道："此事关乎大清江山社稷，请皇上还是从长计议。"嘉庆也知天色太晚了，只得道："明日朕还要和众卿一起赴热河行围，再召两位爱卿，不知要待何时，况且朕年已六旬，焉能不急。"

托津看看他们君臣二人，委婉地道："奴才看来，不如我们君臣到了热河，瞅那行围的空儿，再作计议。不知圣意如何？"

嘉庆见一时也难定论，便道："托卿所言极是，朕就命常永贵带着盛放密诏的镴匣随朕左右，等到热河，议定之后，便毁去原来的密诏，朕再重写密诏，封于匣内，以免变故。秋狝结束，再带回宫中。"说完站起身来道："两位爱卿，请随朕到乾清宫取下镴匣。"

君臣三人来到殿外。常永贵和几名内监急忙挑着宫灯上前侍候，禧恩也护卫左右。嘉庆吩咐道："摆驾乾清宫。"

一行人不多时来到乾清宫。那宫门两边站着八名侍卫守护着，一见皇上，赶紧跪倒磕头，嘉庆并不理会他们，带着众人直入大厅，大厅内挂着两排宫灯，来到那块"正大光明"匾额下站住。嘉庆吩咐道："把匾额后面的镴匣取下来。"几名内监赶紧搬来长梯，靠在墙上。常永贵颤巍巍爬上梯，那匾额有一人多高，匾后可容人直立行走，常永贵爬到匾额后面，反倒不害怕，借着灯光仔细一看，那镴匣正放在匾额当中，上面贴着皇帝之玺的封条，并且锁着一把锁。常永贵双手抱过镴匣心中怦怦直跳。急忙用一条丝带系住，慢慢往下松去。直到那镴匣着地，才松开丝带，从梯子上走下来。禧恩盯住镴匣落地，忙捡起双手托起到嘉庆面前，嘉庆亲手托起镴匣，郑重地喊道："常永贵。"

"奴才在。"

"朕命你带同此匣随朕左右，明日赶赴热河。没有朕和戴、托两位大臣的许可，任何人不得开启此匣。"

常永贵匍伏在地双手接过�匣，诚惶诚恐地道："奴才遵旨。"

禧恩在旁不动声色，心中又惊又喜。只见嘉庆又道："你们都回去歇息去吧，明日随朕一同赴热河行围。"戴均元、托津、禧恩赶紧躬身道："请皇上回宫歇息。"嘉庆便随着内监转回养心殿寝宫。

禧恩出了乾清宫，却不回自己值班卧房，看看更深夜静，便悄悄往益香园而来。

益香园内，那燕妃早已安歇。闻听禧恩来到，便知必有要事，忙翻身坐起，叫他进来，禧恩便把乾清宫见到的一切告诉了她。燕妃得知初战告捷，心中大喜，便催禧恩赶快回去，一有情况，速来相告。

禧恩刚到御花园，突然从假山后走出一个人来拦住禧恩去路，禧恩吓得转身要跑，那人突然低声怒喝道："禧恩，你还想逃吗？"

第九章

乔先皇吓死嘉庆帝
寻遗诏难坏众大臣

嘉庆突然看见榻前站着一人，紫金冠，九龙袍。嘉庆惊问道："你是谁？"那人阴恻恻地道："孽子，将祖业败坏成这个样子，还不快随父皇同去！"一道闪电紧跟一声炸雷，那人突然舞起肥大的袖子向床榻扑去。

禧恩听出是智亲王绵宁的声音，吓得赶紧站住。绵宁踱到他面前，一声不响。禧恩颤抖着跪倒在地，低声道："奴才不知道是王爷，请王爷恕罪。"

绵宁冷冷地问道："禧恩，你深更半夜去益香园干什么？"

"没……"禧恩结结巴巴地道，"奴才没干什么。"

"是吗？"绵宁突然轻声笑道，"本王对你去干什么并不感兴趣。"

禧恩却没有放松紧张的神经，不安地问道："王爷到底想怎样？"

"你果然聪明，"绵宁赞赏道，"本王想知道你说话是不是老实。"

禧恩心中豁然一亮，连忙道："只要王爷饶过奴才这一次，王爷要奴才做什么，奴才万死不辞。"

绵宁轻轻摇摇头道："本王并不要你为我去死，本王也不勉强人，你自己以为跟着本王会怎样？"

禧恩一下子平静下来，想了一会儿，点头道："王爷一向仁孝聪睿，将来必有大成，是奴才一时糊涂，看错了人。从此以后，奴才只一心一意跟定王爷。"

绵宁急忙弯下腰来，将他轻轻扶起，嘴里道："本王将来决不会亏待你。"禧恩感激不尽，站起身来，将绵宁拉到假山后，找了块干净的石头坐下，便将宫中看到的一切说了出来。

绵宁淡淡一笑道："你就是不说，本王也会知道。看来皇上是将本王与先帝顺治爷一样看待了。"

"王爷怎会知道?"禧恩惊讶地道,"奴才在养心殿外,隐约听到皇上跟戴、托二人提到顺治爷。"

绵宁没有搭理他,只是冷笑道:"看来本王一向宽厚仁孝、谦恭知礼,倒让人家给看扁了。"

原来,绵宁今天回到府中,便将慎儿等人轰出,自己躲在房中,无声地痛哭了一场。直到天黑才渐渐平静下来,又将红菱的遗书仔细看了一遍。当他的目光落在"宁哥哥日后如登龙位"一语时,突然激凌凌打了个冷战。养心殿内嘉庆盛怒的身影,回宫路上父皇怅然若失的神情闪现在眼前。绵宁一下子忘掉了失去红菱的痛苦,他在脑中竭力搜寻着嘉庆的各种神态,可是他越想越害怕,父皇会不会嫌他太重儿女之情,会不会把他跟当年的顺治皇爷一样看,并因此废掉他这个秘密的皇储?这样想着他再也不能沉住气,他要想方设法保住自己的皇储地位。这时绵宁反觉屋子里闷得慌,便起身往府外走去。这样边走边想,不知不觉走到御花园,便靠在假山后歇息着,这时突然看见一个人影从假山前走过,急匆匆地向益香园走。绵宁顿时生疑起身要追,忽又转念一想,那人看去不像宫女,必是个偷情的主儿,他必然还会回来。这样想着,便站在原地等着。果然一个时辰后那人又回来了,绵宁待他走近,借着月光一看,那人竟是禧恩,心中当时便有了主意,这才从假山后走出来,拦住了禧恩的去路。

禧恩听绵宁自言自语,才觉察到这二皇子不像平素那样温文尔雅,心中已怯了几分,忙道:"王爷,请放心,奴才以后听到什么消息一定来告诉您。"

绵宁微笑道:"本王随时恭候你。记住,今晚像是什么事也没发生一样,你回去吧!"

一轮明月慢慢挣脱流云的纠缠,将皎洁的月光无私地洒向人间。

次日,天还没亮,王公大臣、六部九卿、皇子皇孙衣冠整齐,早早守候在朝房内,忽听乾清宫的钟声响了,大家便挨着班儿走进殿去。这时天光已是大明，嘉庆皇帝已是端端正正地坐在御案前，常永贵和几名内监在旁边恭守侍立。嘉庆往两边看了看，向常永贵吩咐："宣三皇子绵恺、四皇子绵忻接旨。"

常永贵应道："嗻。"便走到阶前，高声喊道："三皇子绵恺、四皇子绵忻接旨。"

皇子平时并不上朝，因为今天要随嘉庆赴热河行围，便早早来上朝。绵恺、绵忻忽听宣他们接旨，大吃一惊，急忙紧走几步，来到御案前屈膝跪倒，齐声应道："儿臣在。"

常永贵慢慢展开圣旨，尖着公鸭嗓子大声念道：

"奉天承运皇帝诏曰：皇三子绵恺、皇四子绵忻大内急变时，护卫皇后有功，特加恩封皇三子绵恺为惇郡王，封皇四子绵忻为瑞亲王，钦此。"

"谢父皇圣恩。"绵恺、绵忻又惊又喜，慌忙接了圣旨，退了下去。

两旁站立的王公大臣一听，颇感意外，皇上为何在事变当时没有加封两位皇子，如今已事过境迁，却突然加封起来，并且皇四子绵忻还比皇三子绵恺官高一级，与智亲王平级。众人互相对视着，面露诧异之色。只有戴均元、托津和绵宁面色平静，安然站立。

嘉庆全然不顾众人的神色，庄重地道："朕乃守成之主，不敢忘开创之艰。秋狝木兰，乃列圣开创之业，祖宗之志，断不可拂。朕即日便同众卿及皇子皇孙，赶赴热河，举行木兰秋狝。"当即命吏部尚书英和、惇郡王绵恺会同军机、各部留守京师。

嘉庆刚刚部署完毕，和世泰走到阶前，一甩马蹄袖，跪下奏道："奴才已将诸事准备完毕，请万岁起驾。"

秋阳高照，金风飒飒，嘉庆一行人马喧腾，浩浩荡荡，迤逦北去。

一路上，满汉王公大臣、皇子皇孙一律乘马，只有嘉庆坐轿。

绵宁骑着一匹高大的蒙古马，跟在父皇的车轿后面。车轿的前后左右都有大内侍卫、御林官兵护卫着。这些侍卫、官兵原是和世泰的部下，自从和世泰被擢为内务府大臣，便由英和兼署。这次嘉庆木兰秋狝，因英和留守京师，便命和世泰暂时仍节制御林官兵。绵宁一路上看着甲胄鲜明的护驾队伍，若有所思。

傍晚，队伍沿河谷御道行进，两边山岭蜿蜒，峰巅涧底，蔚为壮观。嘉庆伸手撩开轿帘往外观看，绵宁看见，急忙双腿一夹，紧赶几步，伸手将轿帘打起，道："父皇，前面就是常山峪行宫。"嘉庆看看天色将晚，便道："今晚，就驻常山峪行宫。"说完放下轿帘。常永贵随驾左右，听见主子的话，赶紧传达下去。

大队人马继续行进。这时直隶总督方受畴率地方官绅早已守候在峪外，恭迎圣驾的到来。随行太监急忙来到轿前禀奏道："万岁，直隶总督方受畴率地方官绅恭迎圣驾。"过了许久，嘉庆才道："宣方受畴来见朕。"不多时，方受畴提着一只小竹篓来到轿前，叩拜圣驾。嘉庆坐在轿中冷冷地道："方受畴，朕多次传谕下去，所到之处，不许惊扰地方。你难道不知道吗？"方受畴一听，吓得出了一身冷汗，赶紧答道："请皇上恕罪，实在是地方官民深感皇恩浩荡，推举奴才代表地方向皇上谢恩。奴才是不得已而为之。"听听轿中没有作声便继续奏道："今年深州地方，秋天多有双穗，甚至多达十一穗，奴才特呈上二十茎，以示符瑞。"说完将竹篓双手托起，呈在轿前。

嘉庆轻轻撩起轿帘，看篓中果然有二十多茎禾穗，籽粒饱满，且是一茎多穗。龙心大悦，口里却道："此未成熟之禾，卿遽行摘取，实在可惜。今后各省遇有瑞麦嘉禾，当据实上奏，不必摘取进呈。下去吧。"

"奴才遵旨。"方受畴撩起马蹄袖，擦了擦额上的汗珠，慢慢退下。

嘉庆一路颇觉劳乏，到了常山峪行宫，晚膳也没用，就去寝房歇息。绵宁和绵忻直到父皇躺下，方始离开。

绵宁出了行宫，信步登上一处山岭，只见周围山峦林木葱郁，峡谷幽静深邃。绵宁沉思着无心欣赏这山林夜景，突然背后有人道："奴才参见王爷。"

绵宁一怔，回过头来看时，却是内务府大臣和世泰，心中不由怦然一动，和颜悦色道："和大人也是出来欣赏这山林夜景吗？"

和世泰点点头道："奴才也是随便走一走，不想就遇见王爷。"

绵宁便道："既是如此，和大人便陪本王欣赏这山野美景如何？"说完，便在一块巨石上坐下。

"奴才正是求之不得。"和世泰说完便在绵宁下首坐了。

绵宁却不谈风景，微微叹息道："本王其实无心观景，只是心情郁闷，出来走走。"

"不知王爷何事心烦？"

绵宁悠悠地道："眼见父皇年届六旬，而朝臣大多因循息玩，以致我大清日见多事，本王怎不忧心。"

和世泰没料到智亲王会说出这些话，一时不知如何答对，只得沉默不语。

"当然，和大人例外，"绵宁忽有所悟地道，"和大人乃父皇肱股之臣，宫里、京外多有倚重。"

"奴才惭愧，"和世泰急忙谦恭地道，"奴才何德何能，敢蒙王爷如此褒奖。"

"本王却是钦佩和大人，"绵宁突然道，"当年和大人不伤一兵一卒，便剿灭林清万余逆匪。"

"这……"和世泰听出他的讥讽之意，顿时吓得冷汗直冒，赶紧翻身跪倒，连连叩首，"奴才知罪，奴才该死……"

绵宁却面带笑容，将他轻轻拉起："你虽然欺骗了父皇，本王看来却是情有可原。"和世泰仍是紧张地看着这位突然变得陌生的皇子。

绵宁继续道："和大人被那女教徒挟持，却是身处险境而不顾，仍命官兵开枪。只是官兵怕伤着和大人，才将她放走。以此论罪，和大人仅是失职，但是如果当日据实以奏，父皇正值盛怒，必会以纵贼之罪，判和大人斩刑。所以和大人当时欺瞒圣驾，也是情有可原。"

"真是知我者，王爷也。"和世泰感动得涕泪交流，匍伏在地道，"王爷如此知遇奴才，奴才感恩不尽。但有用得着奴才的，奴才肝脑涂地，在所不辞。"

"和大人快快请起。现在已是更深夜凉，我们也该回宫了。"绵宁急忙以手相搀。

第二天，天气依然晴好，嘉庆经过一夜的休息，精神略有好转，便在拂晓起程。行至傍晚时分，大队人马进入广仁岭。

广仁岭御道又称石筒子道。康熙末年，自山顶凿开修成宽阔大道，康熙赐名"广仁岭"。

嘉庆经过半天的颠簸，又觉有些劳乏，心情也变坏起来。其实自京师出发，他就念念不忘密立皇储的事，心情当然总也好不起来，一路坐在轿中，很少下来走动或改乘骑马。

绵宁伴着父皇车轿，边走边欣赏周围的秀丽风光，行至广仁岭，但见山林苍郁，峡谷幽深，突见路径平坦地展现眼前，让人心旷神怡，好似入柳暗花明之境。

绵宁多次随祖、父行围木兰，知道圣驾每经此地，总要在此下轿换马，活动活动筋骨，精神抖擞地直驰避暑山庄。他便紧赶几步，来到车骄旁，轻轻叫道："父皇，銮驾已到广仁岭。"

嘉庆也许是尊重其父的习惯，也许是轿中久坐过于憋闷，便吩咐停轿，侍候马匹。两边侍卫立即拉过一匹骏马。嘉庆已达六十高龄，体态肥胖，可是他平时身体极好，很少生病，当即接过缰绳，翻身跨上马背，只见周围秀丽幽雅景色尽入眼底，精神顿时清爽，便双腿一夹，纵马飞驰而去。随行王公大臣、皇子皇孙、亲兵侍卫一齐欢呼，纷纷跃马，尾随追去。

日落时分，嘉庆一行便赶达热河行宫，绵宁、绵忻陪着，先去城隍庙烧香，拜过当地的土地神，又往永佑寺向康熙帝、雍正帝和乾隆帝的遗像神位行了跪拜礼。这时夜幕已经降临,嘉庆腿部和手臂突觉刺痛,四肢乏力,十分难受。绵宁看出,急忙上前扶住道:"父皇一路劳乏,回宫歇息吧。"嘉庆微微点点头。

绵宁、绵忻两边搀扶着,常永贵和几个太监打着纱灯在前面引路,嘉庆来到烟波致爽殿寝宫,绵宁扶着他卧倚在睡榻上。常永贵和太监们见两位皇子侍候在主子面前,便悄悄退到门外。

寝宫里静悄悄,连一个脚步声也没有。嘉庆看着绵宁恭敬地侍立着,一丝莫名的悲哀深沉的憾意涌上心头。绵宁静静地望着父皇,揣摩着他脸上的表情。绵忻见父皇面露凄凉怆戚之色,不解地问道:"父皇在想什么?好像很不开心。"

嘉庆悠悠地道:"朕在想,自朕登基二十多年,虽无皇考显赫的丰功伟绩,却也从无害民之虑事,总称得上勤政爱民之君吧!可是为什么列祖开创的鼎盛基业到了朕的手中竟日见多事呢?"

绵宁仔细听着,脑海里剧烈地翻腾着。绵忻轻轻劝慰道:"父皇问心无愧。不要想这么多。"这时一阵飓风扫过山庄,嘉庆在寝宫也顿觉凄冷,远处天边电光闪过,传来隐隐雷声。嘉庆略略定了定神道:"朕有些劳乏,要安歇了,你们出去吧!"

绵宁和绵忻退出寝宫,绵忻便告辞而去。绵宁却对守候在宫外的常永贵和几名内监道:"父皇一路劳乏,要好好歇息,你们去殿外守候,没有本王的许可,任何人不得进入殿内。又对守卫在殿外的禧恩等人嘱咐了几句才离去。

绵宁边走边想着心事,不知不觉来到避暑山庄门口,那门口值班的侍卫正是刘宏武、张乘风四人,刘宏武一见绵宁走来,急忙迎上前,躬身作礼道:"快要下雨,王爷还要出去?"绵宁醒悟,一看是他,突然有了主意。笑道:"原来是刘侍卫,你我可算是故人了,请随本王到寝宫一叙。"刘宏武受宠若惊地道:"奴才谢王爷抬爱。"便随绵宁去了智亲王驻地。绵宁果然将他带进寝宫,转身命侍从太监退下。对刘宏武道:"刘侍卫稍候,本王去去就来。"刘宏武慌忙道:"奴才遵命,王爷请便。"绵宁转身出去。

149

刘宏武呆立在书案旁，也不敢坐。主子对他的恩宠反倒使得他不安心，总觉像有什么事要发生。又想自智亲王十六七岁就让他随其左右，视为心腹，心情慢慢平静下来。这时闪电更近了，雷声也更响，看来今夜非下暴雨不可。

刘宏武正等得心急，绵宁走了回来，手里拿着一个鼓鼓囊囊的布包，往书案上一放，坐在床榻上，上下打量着刘宏武。刘宏武被他看得不好意思，赶紧低下头来，不解地道："王爷老是看奴才干什么？"

绵宁笑道："难道刘侍卫是女子，还怕本王看吗？"笑了一会儿，才道："本王平时倒没注意，今天看你倒像一个人。"

"奴才像谁？"刘宏武大为不解。

绵宁伸手将书案上的铜镜递给刘宏武道："你自己看看。像不像先帝乾隆爷？"

"啊！"刘宏武吓得一哆嗦，铜镜"啪"的一声掉在地上。

"王爷千万不可说出去，奴才担待不起。"

"刘侍卫请放心。"绵宁安慰道，"这里你我二人，怎么会传扬出去。"

刘宏武仍然惊魂未定，面露惊恐之色。

绵宁突然正色道："刘侍卫，本王平日待你如何？"

"王爷待奴才，可谓恩重如山。"刘宏武语气坚决地答道。

"好，既如此，本王若有事要你去做，你会为本王做吗？"

刘宏武扑通跪倒在地，道："只要奴才能办到，虽死不辞。"

绵宁赶紧上前将他扶起，言语轻松地道："刘侍卫不必发誓，其实本王要你做的事极容易，用不着要你为本王去死。你答应本王吗？"

"奴才答应。"刘宏武站起，毫不含糊地应道。

"爽快。"绵宁赞叹道。伸手将书案上的布包解开，取出包里的东西。刘宏武一看，大吃一惊。

那包里竟是紫金冠、龙袍、黄马褂一应帝王穿戴之物。

绵宁看他吃惊的样子，便站起身来，伏在他耳边一阵低语。

刘宏武突然吓得瘫倒在地，叩首如捣蒜，连声道："此事万万不可，万万不可。"

绵宁突然面露杀机，厉声喝道："狗奴才，你敢抗命不遵吗？本王既敢向你交底，就由不得你。"

"这……"刘宏武脸色刷白惊恐万状地看着眼前这位他素来敬仰的皇子，哆哆嗦嗦地道："王爷饶命，奴才答应。"

绵宁一下子换上笑脸，双手将他搀起，亲热地道："你跟随本王多年，本王什么事也不曾瞒过你。要成大事，就要狠心。本王若是一味宽厚仁慈，就什么也得不到。放心去吧，事成之后你是本王的第一功臣。事若不成，本王佐你钱财，远走高飞，此事只有天知、地知、你知、我知。"

一番威逼利诱的攻心战果然收到了效果，刘宏武渐渐镇定下来，咬牙道："我刘宏武誓死为王爷效命。"

嘉庆等二位皇子退出以后，便躺上床榻，他不再胡思乱想，渴望尽快进入梦乡。可能是白天骑马的缘故，腿部和手臂刺痛越来越甚，竟无法入睡，他想喊太医，又觉喊来也没用，只好半坐半卧着。

这时寝宫里空无一人，只有几根长命烛摇曳着，发出昏黄的光。嘉庆不由得感到毛骨悚然。

突然，一阵狂飙，长命烛摇曳几下灭了。寝宫内登时一片漆黑。嘉庆大惊，正要喊人，忽然一道闪电，像一把锐利的冷剑，劈开天幕，自长空直刺行宫。巨雷霹雳，在寝宫头顶炸响，疯狂地咆哮，像是为闪电助威，向这个世界进行无情的惩罚。

这是多么可怕的时刻。

嘉庆惊惶万状，正欲叫喊，又一道闪电划过，突然看见床榻前站着一个人，借着闪电看得十分清楚，那人戴紫金冠，着九龙袍。嘉庆惊问道："你是谁？"那人阴恻恻地道："你这个孽子，将祖上的积业败坏成这个样子，还不快随父皇一起去。"一道闪电紧跟一声炸雷，那人突然舞起肥大的袖子向床榻扑去。

一声尖利的惊叫，淹没在电闪雷鸣之中。紧接着大雨倾盆而下。

戴均元也是六十多岁的老人了，一路鞍马颠簸，早已疲惫不堪。尽管如此，他还是想请嘉庆早些将密立皇太子的事议定下来，以免夜长梦多，无奈整整一天，皇上跟两位皇子寸步不离，又加上主子看上去似乎也很劳乏，丝毫没有当晚召见他和托津的意思，便只好回到驻地自己的卧房歇息。

戴均元愿意劝立绵宁为储，听嘉庆提起顺治帝的前车之辙，深感主子虑事周密。当晚回府，夫人告诉他，长子戴舒已被吏部举荐为员外郎，只等报皇上御批，据说是内务府大臣兼御前扈从禧恩暗中活动的结果。戴均元知道禧恩是皇四子亲母燕妃族弟，两人平时就过从甚密。一听便明白是燕妃另有所图，当下便决心一意劝皇上立绵忻为储。在来热河的路上，又将自己的意见悄悄说与托津听，托津也看出嘉庆偏袒绵忻，欣然表示赞同，两人便约定好，一意劝嘉庆立绵忻为皇储。

戴均元躺在床榻上，思前想后，仍无睡意，这时突然电光闪闪，巨雷霹雳在山庄上空炸响，紧接着听到屋外大雨哗哗地倾盆而下。他知道这样一来，明天就无法行围，正好有空同皇上议定立储之事，心中反倒平静下来，好像听不见外面的电闪雷鸣，悠然进入梦乡。

不知什么时候，突然一阵急促的脚步声把他惊醒。他急忙睁开眼睛，借着廊前的灯光，只见御前太监常永贵大步流星进来，面上青中带灰，死人般难看，径直抢到床榻前，扯起他的胳膊就往外走，怪声怪调的公鸭嗓子叫道："快，快，皇上……"

这突如其来的变故把戴均元吓了一跳，他情知必是有大事临头，也顾不得穿戴，随着常永贵就往外走。常永贵却又丢开他，惊慌失措地边往外走边道："奴才去叫托大人。"不防，竟被门槛绊倒,几个骨碌直滚到堂前石阶下,起来也不掸土,就往隔壁托津卧房奔去。

戴均元哆哆嗦嗦刚到门外,雨正下得急,伴着电闪雷鸣,常永贵已将衣衫不整的托津拖了出来。一手又去扯戴均元,口里叫道:"快……去看皇上。"

两人冒着雨随常永贵一阵拼命飞跑,片刻工夫,便来到烟波致爽殿,门外已站满了大内侍卫和八旗御林军。刚到门口,就听见里面有隐约的哭声。戴、托二人心头蓦地升起一种不祥之感。来不及细想,诚亲王永珵、礼亲王昭梿、庄亲王绵课、镇国公奕灏一起迎至殿外,个个脸色铁青。戴、托二人赶紧迎上前去,跪下请安,道:"各位王爷,到底出了什么事?"

诚亲王永珵语气沉重地道:"万岁已经龙驭上殡,你们进去看看吧!"托津听罢,只觉双腿发软,浑身打战,茫然看了戴均元一眼,见他也是脸色灰白,呆立在那儿。

好半天,两人才慢慢走进嘉庆寝宫。绵宁、绵忻正守在床榻前悲痛欲绝,见两位军机老臣来到,忙闪到一边。戴均元和托津走到床榻前,只见嘉庆半倚半卧,双手死死地攥住上衣。两个人如入梦境,凑近俯视这位当天还策马翻越广仁岭的皇帝,只见他脸色雪白,如鬼似魅,双目圆睁,露出惊恐万状的神色。过了一会儿,戴均元似有醒悟,细细地察看屋里。却是一切完好无损。他低眉沉思,不得其解。悄悄出来,到大殿内将常永贵拉到西南角。低声问道:"今晚,谁在寝宫侍候皇上?"

常永贵摇摇头道:"没有人在宫内侍候。今晚智亲王说皇上一路劳乏,要好好歇息,不许打扰,叫奴才们到殿外守候。"

"谁当值内侍卫?"

"禧恩大人带着几名大内侍卫,奉智亲王之命在殿外守卫。"

"唔,"戴均元面露惊疑之色,突然道,"常公公,圣上托你收藏的镴匣还在吗?"常永贵慌忙道:"奴才已妥善收藏。"戴均元点点头道:"记住,没有我和托大人的话,任何人不许开启镴匣。你也不能提起镴匣。"

"是。"常永贵声音发颤地答应道。

戴均元回到寝宫,轻轻拉起托津,两人一起跪到绵宁、绵忻面前,戴均元神色严峻地道:"两位王爷请节哀。奴才以为当务之急是遵先帝遗命拥立新君,新君继位,万事有恃。不然恐有不测之祸!"绵忻听见,慢慢止住哭声。绵宁好像什么也没听见,只顾哀哀痛哭。戴均元只得又劝慰一番,绵宁这才抬起泪眼道:"中堂大人德高望重,父皇一向倚重。今父皇仓促之间,龙驭上殡。一应大事,全仗戴中堂周全。"说完,依旧放声痛哭,全不理会两人,绵忻见了,也放声大哭起来。

戴均元无奈,只得和托津走出殿外。这时御前大臣赛冲阿、索特那木多布斋,军机大臣卢荫溥、文孚,总管内务府大臣和世泰、禧恩都闻讯来到大厅。戴均元对傻子一样呆立在殿外的王公大臣道:"请各位殿内叙话。常永贵守住门口,无论任何人一概不许偷听。"

众人依次鱼贯而入,忐忑不安地站立在大殿内,戴均元扫视了大家一眼,道:"诸位王爷,大人,皇上显然是突然受了惊吓,大行而去的。眼下已来不及查清是被何物惊吓,第一要务是找到先帝遗诏,拥立新君。"

诚亲王永瑆立即道:"戴中堂所言极是,请立即派人星夜前往乾清宫拆开传位遗诏,拥立新君继位。"

"不必了。"戴均元坚决地道,见众人面露惊疑之色,便道:"自宫内发生急变,万岁就感到乾清宫并不安全,所以并没将传位诏书放在'正大光明'匾后,这是先帝曾与老奴说过的。眼下也来不及去验证。但老奴敢以性命担保,'正大光明'匾后没有传位诏书。"

"以戴中堂之见,传位诏书会放在什么地方?"庄亲王绵课迫不及待地道。

"这……"戴均元看了看禧恩,见他只是呆呆地听着,便放下心来，道："先帝遗诏放在哪儿，老奴也不知道。不过我们可以去先帝寝宫查找，先帝肯定会留下遗诏。"

王公大臣齐声道："就依戴中堂之言。"便由常永贵领着到嘉庆寝宫。先是搜寻床榻被褥，没有找到。戴均元又亲自托起嘉庆，在尸首上寻找。接着是翻箱倒柜，里里外外全都搜遍，始终没有找到。戴均元心急似火，不由得将屋里人挨个扫视一遍。绵宁开始只当什么也没看见，仍然只顾哀哀痛哭，见他们折腾了一通一无所获，而戴均元又是目光犹疑，便止住哭声，站起身道："戴大人，本王从未走出寝宫半步，请搜本王，以杜猜嫌。"戴均元吓得扑通跪倒，哆嗦着道："老奴绝无此意，请王爷明鉴。"绵宁双目如炬却言语温和地道："老中堂且莫如此，本王只是心地坦荡而已。"戴均元仍是颤抖着道："即便如此，老奴又岂敢对王爷无礼。"绵宁突然言辞疾厉地道："老中堂如此糊涂，此时是什么时候，还跟本王啰唆这些。"说完自顾自走进侧室。

戴均元无奈，只得同托津一起，带着常永贵走进侧室。绵宁主动脱去外衣，戴均元心中害怕，只是随便翻看了一下，便忙亲手为他披上道："老奴已经察看一遍，王爷小心受凉。"绵宁昂然走出侧室。

绵忻一见，便也要戴均元搜他。戴均元此时是又悔又怕，但事已至此，无法收场。常永贵也是越来越惊。但见戴均元面色平静，只得强忍着。

戴均元只得又搜了绵忻，仍然是一无所获。诚亲王永瑆等人，凡是走进嘉庆寝宫的，见两位皇子都主动让老中堂搜身，便一一上前要求搜身。戴均元却是又惊又怕，又无可奈何，只得一一搜过，自然是一无所获。这时天已微明。

嘉庆临终前既没有交代，遗诏又找不出来，新君难以拥立。戴均元骑虎难下，只得踱来踱去，连连叹息，王公大臣也是一阵慌乱和恐怖。绵宁、绵忻只是低低哀哭，绝不参与。

这时，禧恩不慌不忙说道："既是找不到遗诏，我看，在诸皇子中，智亲王年长，又是孝淑皇后嫡生，且有平定大内之变的大功，自是应由智亲王继位。"

"禧大人所言不无道理，"和世泰站出来附和道，"密诏不见，只有两种可能，要么是本来就没有密诏，要么是丢失，甚至被窃，则麻烦更大。若是矫诏以谋篡，将铸成大错。"

"两位大人所言固然有理，"这时托津开口道，"只是既没有大行皇帝口谕，又找不到密诏，由我等推举登基，有悖于祖制，名不正言不顺，难以威服天下。"

禧恩坚持道："既无密诏，智亲王有戡乱之功，理应承继大统。"

戴均元、托津齐声："老朽并非反对智亲王，只是没有先帝遗命，故犹豫不决……"

"你们……"禧恩性急，面露怒容。

"你们不必争执。"一直没有作声的礼亲王昭梿开口道，"戴中堂口口声声说，乾清宫没有先帝遗诏却没有任何凭据，不如立即着人进京面奏孝和皇后，报告先帝龙驭详情，请皇后去乾清宫寻找密诏。若是真没有遗诏，再请孝和皇后决定由谁继承皇位。"

眼下也只有这么办，众人纷纷表示赞同。和世泰立即站出来道："王爷，奴才愿亲往京师奏明皇后。"

昭梿看了看诚亲王永瑆，永瑆微微点点头，昭梿便道："就由和世泰即刻进京。"

和世泰窃喜，立即带领两名内监启程，孝和皇后是他的姐姐，正好借此机会，为智亲王效力。他重任在肩，不敢怠慢，一路马不停蹄，经过一天一夜，终于在次日凌晨抵达京师，此时宫中尚未开城门，和世泰立即叩开禁门，直奔储秀宫孝和皇后寝宫，见到皇后，匍伏在地，泣不成声……

第十章
承帝业南面登龙位
激民变西陲起狼烟

绵宁坐在宝座上,心中一片迷乱混沌。眼前这些极为熟悉的人,一下子变得陌生起来。怔怔良久才突然警觉,自己已是拥有天下的万乘之尊,他一下子恢复了自信,哭得通红的眼睛带着尊贵和威严,半天才道:"都起来吧!"

孝和皇后刚刚起床,尚未来得及梳洗,突闻此噩耗,如雷轰顶,五内俱焚。她是礼部尚书恭阿拉之女,自幼聪敏贤淑,知书识体。自十五岁入侍永琰,深受宠爱。绵宁生母喜塔腊氏死后,嘉庆即将她封为皇贵妃,后又立为皇后,可见嘉庆对她的特殊宠爱。

和世泰见姐姐只是一味痛哭,急得团团转,待她稍微安静后,立即说道:"如今,到处寻找密诏不着,新君难以继位,皇后速作决断。"

孝和皇后这才意识到,尚无密立诏书,皇位空着,极为危险。她强忍悲痛道:"快,立即命留京王公大臣到乾清宫议事。"

和世泰吓了一跳,急忙阻拦道:"皇后,万万不可。"边说边向姐姐递着眼色,孝和皇后大惑不解,便命宫女们退出。

和世泰这才道:"姐姐,此事万万不可张扬。"孝和皇后不解地问道:"为什么?"和世泰解释道:"姐姐请想,皇上大行得如此突然,若是传扬出去,难免流长飞短。况且,传位密诏遍寻不见,很可能是丢失或被盗,若是张扬出去,难保有人会觊觎皇位。"

孝和皇后点了点头,着急地道:"那我现在怎么办?"

"姐姐立即派人去乾清宫'正大光明'匾后和养心殿寝宫悄悄搜寻,看是否能找到密诏。如果找不到密诏,只好由姐姐决断,立谁为帝。"

孝和皇后觉得有理，便亲自带着几名贴身宫女，去乾清宫和养心殿寝宫认真查找，整整找了半天，仍是一无所获。

孝和皇后回到储秀宫，心急如焚。和世泰一看便知毫无结果，却不急不忙地道："还是姐姐亲自决断吧。"

"这……"孝和皇后犹豫道，"自我大清入主中原，历代皇位继承人都是由大行皇帝遗命或密诏确立。况且中宫干政，历朝严禁，姐姐若是决断，恐为不妥。"

"姐姐，现在是什么时候了，还犹豫。"和世泰急道，"皇位真空，大行皇帝怎能安心宾天。况且这是山庄守灵王公大臣的意见。姐姐还有什么顾忌。"

孝和皇后终于松开口气道："让我再想一想。"

和世泰疑惑道："姐姐是不是想立谁为帝？"

孝和皇后没有搭理他，只顾低头沉思。她其实最清楚，嘉庆平时最宠爱的是二皇子绵宁。绵宁自幼天资聪颖、性行温厚。绵恺则远不如他。绵忻则还小，性情未成。嘉庆平时有意让绵宁跟随左右，熏陶磨炼，她早已看出皇上的特别用心。尤其绵宁平定大内急变后，嘉庆有意宣扬绵宁的功劳，提高他的威望，加封智亲王，论功行赏，而对于同样立有功劳的绵恺、绵忻当时只是提出褒奖，明白人自然一看便知。但是，嘉庆临行前却为何又突然加封绵恺为惇郡王、绵忻为瑞亲王？

她这样左思右想，半天也没有弄明白嘉庆的真正用意。最后认为，不管嘉庆临行前加封绵恺、绵忻的用意何在，他二十多年来一直偏爱绵宁，并别有用意地历练绵宁的意图不会改变。自己应完全理解和尊重皇上的意愿，决定由绵宁继承皇位。心意已定，便走到书案前，提笔在手，一挥而就，草拟了一道懿旨。双手捧起，送到和世泰面前，神色庄重地道："本宫已作决断，速携本宫懿旨赶赴热河，拥立皇二子绵宁为帝，以固国本。"和世泰闻言大喜，跪拜在地，郑重地接过，口称："皇太后千岁，千千岁！"随即起身，将懿旨收藏好往外就走，孝和皇后突然喊道："等一下。"

和世泰赶紧停住，转身疑惑地看着姐姐。孝和皇后从书案上拿过一个锦盒，轻轻打开，里面是一个鼻烟壶，孝和皇后递到和世泰面前道："这是大行皇帝生前常用之物。你将它带往山庄，转交皇二子，以示母后对他的信任和支持。"

"请太后放心，奴才一定转交。"和世泰双手接过，大步流星走出储秀宫。

避暑山庄，烟波致爽殿内，自和世泰走后，王公大臣经过一天的寻找和争论，都已疲惫不堪。绵宁和绵忻也止住了哭声，昏昏沉沉地守护在父皇身边。

戴均元已感到事情对自己不妙，他意识到自己犯了一生最大的错误。有心公开那只镴匣，又怕众人怀疑，不由得看了托津一眼。托津也正拿眼睛看着他，一脸无可奈何的表情。"蠢猪！"戴均元暗暗骂道。又去搜索常永贵的身影，才发现常永贵不知什么时候悄悄离开了大殿。戴均元不由得暗暗吃惊。他想命人去找，又不知道常永贵到底干什么去了。只得烦闷地坐下。

这时，雨停了，雷止了，整个山庄又恢复了平静，沉寂得令人感到恐怖。

"诸位王爷，大人！"常永贵不知什么时候回到了大殿，突然尖着嗓子喊道。众人经他一喊，纷纷打起精神来。常永贵见众人注意他，便道："奴才突然想到，大行皇帝的遗诏会不会放在仪仗车内。"

荣亲王永瑆伸了伸酸痛的腰，不以为然地道："先帝怎么会将如此重要的诏书放在那里。"戴均元、托津却像抓到救命稻草似的道："不管有没有，总得再寻寻看。"庄亲王绵课也附和道："反正是坐着干等，倒不如再找找看。"

戴均元和托津最先站起，其余人也跟着。常永贵前面带路，一行人出了大殿门，往后房走去。嘉庆寝宫里，绵宁听见，泪水斑斑的脸上掠过一丝不易觉察的得意之色。

常永贵带着诸位王公大臣在仪仗车内，翻箱倒盒，寻找起来。突然托津惊叫起来："镭匣！镭匣在这里！"众人一阵惊喜，赶紧围拢上去。只见托津从一只木箱里托出一只方砖大小的楠木匣子，匣子上贴着黄纸封条，挂着一个小铜锁。托津双手捧着镭匣，递给戴均元，戴均元神色庄重地赶紧接过，众人回到殿内。常永贵忙去禀明绵宁、绵忻，一同跪听密诏。

王公大臣一齐跪伏在地。戴均元当众拧开铜锁，撕掉封条，打开镭匣，双手捧起锦缎包裹的诏书，慢慢展开，当即宣读："嘉庆四年四月初十日立皇二子绵宁为皇太子。"

宣读完毕，众王公大臣立即匍伏在绵宁周围，山呼："万岁！万岁！万万岁！"

绵宁似乎颇感意外，诚恐诚惶地道："列位，这如何使得，本王微才薄德，哪堪天子重任。"众人见他推辞，忙涕泣苦求。戴均元、托津泣道："既有先帝遗诏，当此社稷安危存亡的关头，皇二子应早即大位，以固国本。"众人也一起再三泣求。绵宁只得将众臣一一扶起，涕泣道："既如此，本王只得受命，还请众臣鼎力辅佐本王，以竟皇考之志。"戴均元站起身道："先帝御体尚未入梓奉安，请智亲王赴澹泊敬诚殿继位，主持一切大政。"

"不必了，"绵宁道，"且一切从简，待返京后举行登基大典。"戴均元忙道："我等即在此拥奉智亲王即皇帝位。"

常永贵急忙搬来书案、椅子，铺上明黄软袱面，权作御座，又研上墨，铺好纸笔。戴均元、托津两人一边一个扶着绵宁走向御座。

绵宁坐在烟波致爽殿正中的宝座上，心中却是一片迷乱混沌。他有点奇怪，昨天在这殿中侍候父皇时，怎么就没有这种感觉。甚至连眼前这些极为熟悉的人，也一下子变得陌生起来。怔怔良久才突然警觉，自己已不是智亲王，而是拥有天下的万乘之尊，多年来潜藏在内心深处的梦幻今天变成了现实。他心中一下子恢复了自信，哭得通红的眼睛带着尊贵和威严，看着几位大臣在脚下行礼,半天才道:"都起来吧。"

"谢恩……"

"真没想到,父皇会将如此重任交给我。"绵宁略微感叹道,"说起父皇的身体,历来康健少疾,只是此次来木兰行围,一路精神不振,略感不适。到了山庄,我和瑞亲王侍奉左右,父皇拉着我俩的手道,人过六旬,最怕生病,近日朕总觉浑身刺痛,恐有不祥……想不到仅是一夜之间竟大行而去。今日想起,音容犹在,怎不令人伤心!"他心里突然一阵酸痛,热泪已是夺眶而出。

一番开场白,谁也没想到,说的全是嘉庆的身体,入情入理,令人动容。但戴均元立即听出话外之音,大行皇帝决非如他所言,是惊吓而死,而是绵宁所说的突发暴病而亡,也算得上终于天年。戴均元不由得头皮发乍,忙低下头,一声不响。托津从旁道:"皇上不必难过了,请主持大政吧。"

绵宁第一次听别人称自己为"皇上",心中便似潮涌一般,不能自已。缓缓站起道:"朕即命诚亲王永瑆、瑞亲王绵忻,大学士戴均元、托津、卢荫溥、文孚,内务府大臣禧恩等总理丧仪。谕令御前侍卫吉伦泰带太监二名速返京师将宫中储备之梓宫,运送热河。谕令直隶总督方受畴,立即修整梓宫返京沿途桥梁道路。"

刚颁出这几道谕旨,殿外太监来报,和世泰回来了。刚说完,和世泰就一脸的征尘急匆匆地闯进殿内,也不看众人,从怀里掏出一卷黄绫纸,高声道:"皇太后懿旨。"

众人一听他改了称呼,便知孝和皇后已有决断,心中一惊,赶紧跪伏在地,紧张地等待着结果。绵宁却是从容自如,他对和世泰和孝和皇后很是放心,便安然跪下。

和世泰宣读道:

"我大行皇帝仰承神器,俯育寰区,至圣至仁,忧勤惕厉,于兹二十有五年矣。本年举行秋狝大典,驻避暑山庄,突于二十五日龙驭上殡。惊闻天下,悲恸抢呼,攀号莫及。泣思大行皇帝御极以来,兢兢业业,无日不以国家为念,今哀遏升遐,嗣位尤为重大。皇次子智亲王，仁孝聪睿，英武端醇，现随行走，自当上膺付托，抚驭黎元。但恐仓促之中，大行皇帝未及明谕，而皇次子秉性谦冲，素所深知，为此特降懿旨，传谕留京王公大臣驰寄皇次子，即正尊位，以慰大行皇帝在天之灵，以顺天下臣民之望。"

众王公大臣听完太后懿旨，心中一块石头才算落地。绵宁自是感激涕零，连忙叩头："儿臣恭谢慈恩。"

为表示对孝和皇太后的感激和尊重，当即具折回奏：

"……本日恭奉懿旨，命子臣即正尊位，皇父皇母恩慈深厚，子臣伏地叩头，咸悚不能言喻，唯是子臣德薄才疏，神器至重，实深愧惧。唯有勉力图治，以期仰副恩命。伏祈圣母皇太后懿鉴。"

吉伦泰很快将棺木运到。绵宁立即命钦天监择定吉日为父皇大殓，随即亲自率王公大臣奉梓宫入京，十日后抵达安定门。绵宁先一步进城，入宫拜叩孝和皇太后，母子相见，悲伤哀恸。

绵宁仍由安定门出来跪迎梓宫入城。官民夹道跪迎，悲哀气氛压抑京城，绵宁更是大哀大恸，令人不忍仰视。梓宫缓缓进入乾清宫，落杠，绵宁在梓宫前跪拜，哭得死去活来。

新皇帝给臣民留下的第一个印象是至孝、至仁。

托津怕新皇帝哭坏身子，急忙上前劝慰，禧恩、和世泰一边一个搀着绵宁往养心殿去歇息。

绵宁在御案前坐下，心情慢慢平复下来，见几位大臣在跟前，便道："我也知道有好多事待办，不能太过伤心，只是一想到先帝就由不得自己。好吧！现在首要之急是拟写先帝遗诏。先帝仓促龙驭，当然没有准备好的《遗诏》，我看这《遗诏》就由戴均元、托津、卢荫溥、文孚四位大学士草拟。为着方便，戴、托两位学士先别管其他，都去实录馆，一个做总裁、一个做总裁监修。再则就是大行皇帝的谥号、庙号要定。再过几天朕要举行登基大典，朕的年号也要定。你们看，这件事交给谁最合适？"

"此事非俪笙公莫属，"托津不假思索地道，"俪笙公乃乾、嘉两朝老臣，可当此托。"俪笙是大学士曹振镛的字。曹振镛为官五十多年，一向谨小慎微，清恭正直。绵宁一听点头道："好，朕就降旨着曹学士办理此事。你们要是没有别的事，就下去歇息吧！"

托津等人退出后，那几名内监也被命到殿外侍候。偌大个养心殿一片静寂，寂静得有些令人惶恐不安。绵宁刚才又累又乏，本想歇息一会儿，这时突然不安地站了起来，跛着步看着殿内那些父皇曾经用过的东西，一阵恐惧袭上心头，好像角角落落都有着父皇的身影。他突然大叫道："来人，快来人！"

殿外的太监和值日的侍卫们一听到皇上的惊叫声，一齐冲到殿内，叫道："皇上，怎么啦？"绵宁才知自己失态，忙强作镇定道："没什么，朕只是不想待在养心殿，还是回智亲王府。"太监不解，却不敢多问。绵宁看得明白，故作谦恭道："朕尚未正式登基，还是住智亲王府吧！"内监们忙侍候着摆驾。

八月二十七日黎明，大驾卤簿全设，百官齐集于朝，内大臣、执事各官行三跪九叩礼，绵宁御太初殿，即皇帝位，告祭天地、太庙、社稷，颁诏天下，以明年为道光元年。

就这样，三十九岁的绵宁成了大清爱新觉罗家族的第八代帝王——道光皇帝。

秋阳高照，群峦披锦，金风送爽，花香袭人。

两匹桃花马，一对红粉佳人，轻快地驰骋在山道上。

"小蹄子，看你能跑到天上去。"那落在后面着红衣的姑娘突然停下笑骂道。前面着绿衣的女子听见，急忙勒住马，回头叫道："小姐快些，那山顶上的景致才美呢。"红衣女子却戏道："看你跑那么急劲儿，哪里是看景致，分明是有苏伦德哥在山上等着你吧。"绿衣女子只得圈回马来，反戏道："小姐莫不是约了苏伦德在这儿吧。"那红衣女子已经跳下马，指着地上道："分明是你的苏伦德来过嘛！"绿衣女子也跳下马，在地面上寻觅，见那道上都是山兔跑过的痕迹，便笑道："小姐想要捉苏伦德。"两人不再说笑，低头顺着那痕迹往前找，一直找到一个山冈子下面，那山兔爪印一直到壁角上一个洞口。两人知道洞里面有野兔躲着，红衣女子忙一招手，绿衣女子赶紧跑到洞口的另一边。红衣女子忙把腰上挂着的网子拿下来，罩住洞口，对着那洞里放了一鸟枪，突然有十几只灰色野兔，跳出洞外来，一霎时被网子罩住了，左冲右突，总是挣不脱。红衣女子欢喜得什么似的，将那网子收住，把野兔子装进绿衣女子拿的口袋里。

两人赶了半天的路，又忙了这一阵，便坐在一块山石上歇息，说笑了一会儿。绿衣女子把身边带着的干粮，掏出来大家吃了起来。忽听那山冈子上有獐儿的叫声，红衣女子忽地站起来，一拍手道："可是个宝贝呢。"挟了弓箭，也不等绿衣女子，急急绕过山冈去。绿衣女子在后面叫她，她也不理，看她去得远了，只得跟上去。山陡路滑，一步一步地挨着，挨了半天也看不见红衣女子的影子。

红衣少女捕獐心切，几个轻跃便下了山冈，循声往林子里面找，谁知，那叫声突然消失了。红衣女子胡乱搜寻了一阵，一无所获，正要往回走，突然一阵狂风，裹着难闻的腥味扑面而来，红衣女子意识到有猛兽过来，心里更加害怕，转身要跑。左边山石后面突然跳出一只斑斓猛虎，一下子扑到红衣女子跟前。红衣女子哪里遇到过如此巨兽，登时花容失色，匆匆弯弓搭箭，对着老虎头顶射去。猛虎见这柔弱女子竟敢伤它，突然怒极，直立而起，扑将上来。小箭正射在虎爪上，猛虎又疼又怒，一下子将红衣女子扑倒在地。红衣女子魂飞天外，立时昏晕过去。

红衣女子昏昏沉沉，隔不多时，只觉耳边有人低低地呼唤，忙睁开眼睛，却看到一张英俊的美男子的脸，慌得她赶紧坐起，惊问道："你是谁？"男子见她醒来，松了一口气道："你醒了，我是布鲁特部落的苏伦德。"

"苏伦德。"多么熟悉的名字，红衣少女暗暗惊叹，侍女苏兰天天在她跟前唠叨，说苏伦德是回疆第一美男子，如何英武，如何勇猛,听得红衣少女耳朵都生出茧子了。想不到竟会在这儿遇着他。红衣少女不由得仔细打量着,看他浓眉大眼,面庞棱角分明,果然是一个英俊男子,不觉心中一动。又看他满身衣服扯得粉碎和花蝴蝶一般,手臂、胸脯上都淌出血,不觉一惊,突然想到自己遇险的事,一下子明白过来,感激地道:"原是大哥救了俺性命,俺如何感谢。"美少年笑道:"你当真要报答吗?只把你的名字告诉我便可。"红衣少女觉得有趣,便道:"俺是安集延萨赖占的女儿娜佳。"遂又不解道,"你问俺名字做什么?"

"娜佳,"美少男突然惊喜道,"果真是安集延一枝花的娜佳姑娘,可否让俺仔细看看。"娜佳一下子羞红了脸,心中却是极受用,又因苏伦德对她有救命之恩,便向他跟前挪了挪,仰起脸来,让他脸对脸儿看个仔细。苏伦德细细看去,她有一张鹅蛋似的脸儿,擦着薄薄的胭脂,一双弯弯的眉儿,下面盖着两点漆黑的眼珠,发出亮晶晶的光来,格外觉得异样动人。额上罩着一排短发,一绺青丝,衬着雪白的脖子,越发黑白耀眼。最惹人怜的,那一点血也似的朱唇,嘴角上微含笑意。苏伦德看得心醉,忍不住凑近脸去。那美人儿突然变了脸,陡竖着眉毛,满含微怒一甩手道:"你原是如此轻薄的野男人。"苏伦德急了,赶紧屈膝跪了下来道:"我苏伦德是真心真意爱着小姐,今生今世若不得娶小姐作妻,便剃了头发做和尚去。"娜佳听了,脸上罩着一朵红云,低着头半天不说话,禁不住那苏伦德千姑娘万小姐地央求着,便说了一句:"快到俺家里提亲。"说完起身飞也似的跑开了。

第二天,苏兰奇果然带着儿子来求亲,萨赖占大喜,当即到府外迎接。苏兰奇跟萨赖占原本相识,便一同说笑着走进大厅。苏伦德站在他爹身后,眼睛却在搜寻娜佳的身影。其时娜佳早得了信息,躲到自己闺房去了。

苏兰奇便向萨赖占说了求亲的来意,萨赖占满心欢喜,看着苏伦德道:"小女得配贵公子真是她的福分。"苏兰奇大喜,忙命儿子给丈人行礼,随后献上礼单,萨赖占接过看了,都是金玉缎布等物，颇为丰富，便去叫人请女儿来见公公，一边吩咐准备酒席。

片刻工夫，酒席送上，萨赖占忙请亲家公入席，一时间觥筹交错、笑语满堂。

这厅里酒席吃得正酣，府外突然一阵人喊马嘶，一名家人慌里慌张跑入大厅惊叫道："老爷，不好了，官府来人要抓小姐服女役。"

服女役是朝廷派驻喀什噶尔参赞大臣斌静的独创。斌静奉旨统领回疆八城事务。任职以来，一贯荒淫无耻，为非作歹、敛派民户、百般勒索、奸宿民妇。回疆民众慑于官府威势，敢怒而不敢言。斌静别出心裁独创"服女役"制度，规定境内凡年满十三至三十岁的女子每年到参赞衙门服女役两日。斌静每日亲自监督，便把那年轻貌美的，夜间来侍寝。只是苦了穷苦人家的女儿，有冤无处诉，只得打掉门牙咽到肚子里去。那些有钱人家则花钱买通办差的皂役，隐瞒自家女儿。若是参赞大人一意相中的，即使家资散尽也难救女儿了。娜佳的父亲萨赖占也不知为女儿花了多少冤枉钱。

督兵来围萨赖占家的是一个军官和一个总管。军官是参赞衙门章京绥善的属下叫贾炳，总管则是参赞大臣斌静府上的总管叫张得福。这两人平时倚仗主人势力，欺压民众，为非作歹，无所不为。

萨赖占听报，气得脸色铁青。以前也碰到这种事，大不了花几个钱买通差办事。偏偏这次亲家公在府上，教他如何不恼。苏伦德气得吼道："官府如此欺人，看俺杀他个人仰马翻。"苏兰奇怒斥道："休得逞能！"便站起来道："亲家公，我到府外看看。"萨赖占却怕亲家公小瞧了去，忙压住火气，拦住道："亲家公稍坐片刻，我去去就来。"苏兰奇明白他的意思，便坐下等候，由他一个人出去。

萨赖占来到府门口，贾炳、张得福等得着急，正要命清兵往里闯。萨赖占满面堆笑，双手一抱躬身道："小人不知两位官爷驾到，恕罪！恕罪。"贾炳却不吃这一套，冷笑道："萨赖占，我看你今儿个也不用想别的辙，要么乖乖地将女儿送到衙门去，要么是抗命不遵，我把你跟你女儿一起抓到衙门去。"萨赖占见这小子不同以往，一句话把门给封死了。心中恼怒，却又不敢显露，只得尴尬地笑道："两位爷是怎么啦？想要什么都好说嘛！"贾炳、张得福却不听他啰唆，问一声："你是要对抗官府吗？"突然怒喝道："孩子们，先把这老家伙拿下，再去抓那美人儿。"清兵得令，一拥而上，将萨赖占捆绑起来，其余清兵往里就闯。

"放开我爹！"突然一声娇斥传来，只见娜佳细眉倒竖，杏眼圆睁，拦住清兵去路。张得福一见哈哈大笑道："到底把美人儿逼出来了。要想救你爹容易，你往衙门走一趟就行。"娜佳知道服女役的真正含意，闻听此言，又羞又怒，突然拔出腰间小刀向张得福刺去。张得福吓了一跳，慌忙圈马就走。贾炳一见，跳下马来，窜到娜佳跟前，伸手抓住她的手腕，将刀夺下，一甩手将娜佳摔倒，喝道："捆了，一起带到衙门去。"清兵上前捆了，押着父女二人就走。

"站住，"突然一个威严的声音传来。贾炳、张得福一怔，回头看时，一名四十多岁的人从府内走出。两人吃了一惊，这不是苏兰奇嘛，苏兰奇之父博硕辉被乾隆亲赐二品顶戴，苏兰奇世袭父职。贾炳、张得福不敢太放肆，两人赶紧上前施礼，满脸堆笑道："不知大人在此，请大人恕罪。"

苏兰奇全不理会开口道："你们可知道，萨赖占就是我亲家翁，我就是专门为儿子苏伦德求亲的。"

"这……"贾炳一听，一时瞠目结舌，不由得看了看张得福，张得福却是转着小眼睛，低头不语。贾炳便道："回大人，标下实在是奉命行事，身不由己。"

"你是奉谁的命？行什么事？"

"标下奉参赞大人之命，请萨赖占之女服女役。"

苏兰奇也早就知道"服女役"的含意，此时不便揭穿，便道：

"两位既是例行公事,我也不便干涉,请放开萨赖占,带娜佳入衙服役。不过请你们转告参赞大人,娜佳是苏兰奇儿媳,两天服役期满若伤半根毫发,我们可不管他是朝廷命官。"说完抽出腰刀,双手用力一折,腰刀"呛啷"一声断为两截。贾炳、张得福吓得后退了几步。

苏兰奇走下台阶,来到娜佳跟前,安慰道:"孩子,你放心去吧,有苏兰奇在,他们不敢把你怎么样。"萨赖占已被松了绑绳,也走到娜佳跟前含泪道:"孩子,有你公爹在,不用怕。"娜佳哭泣着点点头。

贾炳亲自给娜佳松了绑绳,又命清兵牵过一匹马来,给娜佳乘坐,便领着清兵,拥着娜佳而去。

贾炳、张得福回衙,先将娜佳安顿下来,便去向章京绥善复命,绥善一听是苏兰奇的儿媳,怕张得福不能陈明利害,便亲自去见斌静。

斌静正等得着急,看见绥善进来,劈头就问:"美人儿在哪里?"

绥善忙赔笑道:"大人且莫急躁,美人儿是弄来了,可这个美人儿确实不能侍候大人。"

斌静闻听大怒道:"这回疆地方上,还有不愿侍候本官的吗?"

"大人息怒,这女子不是普通人家女子,她是苏兰奇的儿媳,勇士苏伦德之妻。这女子性情刚烈,大人若是使强,恐怕要闹出人命,引起叛乱,到时候,朝廷上追究下来,大人恐难辞其咎。"

斌静"嗯"了一声,半天没说话,身为封疆大吏,他当然知道民族矛盾是个极为敏感的问题,他苏兰奇是朝廷封赏的二品顶戴,若是激起他反叛,皇上必会深究。深思半晌,只得懊丧地道:"教人白欢喜一场。"

绥善怕他窝火,便道:"要不,卑职再为大人找个女子来?"斌静不耐烦地道:"算了,算了。"

斌静心里不痛快,便由绥善陪着一杯一杯地喝酒。不多时,便有了七八分醉意,绥善赶紧劝阻。

斌静突然一推他怒吼道:"滚,连个女人都不能给老子弄到手,你还站在这干什么?"

绥善怕他借酒撒疯,趁机脚底抹油溜了。

斌静自顾喝酒骂人,那一班侍候他的,都怕触霉头,躲得远远的。喝不多时,便摇摇晃晃往外走去。

苏兰奇父子这两天就住在萨赖占府里,等待娜佳回来。可是一直等到第三天午后,也没见着娜佳的身影。众人焦躁不安起来。苏兰奇更是心如火燎,是他坚持娜佳去参赞衙门的,如果娜佳有个三长两短,他还有什么面目,正想亲自去衙门问问,这时一名家人来报:"有几个回子说有要事求见老爷。"萨赖占忙道:"快请。"

进来几个人,其中一个留着浓密的络腮胡子,看上去像是个领头的。他一落座,便道:"尊敬的布鲁特比,尊敬的萨赖占,你们是在等待娜佳姑娘吧?"

萨赖占、苏兰奇惊奇地道:"你怎么知道?"

"我当然知道,我还要告诉你们一个不幸的消息,娜佳姑娘已经被那狗官逼死了!"

"什么,娜佳死了?"萨赖占不敢相信。

"看俺去杀了那狗官,给娜佳报仇。"苏伦德狂吼着往外冲去。

"回来,"苏兰奇怒喝道,"还没弄清是真假虚实,怎好妄动!"一边说一边怀疑地看着络腮胡子。

络腮胡子不慌不忙地道:"娜佳被逮入衙,绥善得知是苏兰奇大人之媳,果然小心。便去跟参赞大臣斌静陈明利害关系。斌静一听,当时也不敢胡为。谁料他当晚,喝醉了酒,误入娜佳房内,见娜佳美貌,酒壮色胆,竟强行把娜佳侮辱了,娜佳羞愧难当,当晚便留下遗书,悬梁自尽了。"

萨赖占、苏兰奇父子听了,涕泪交流,牙齿咬得格格作响。

络腮胡子说完,从青布长衫里掏出一张纸递给苏兰奇,苏兰

奇一看,顿时眼前一阵轰鸣,原来竟是娜佳遗书,上写道:

爹爹:
　　女儿已被那狗官夺去了清白之身,再也无颜见人了,求爹爹保重。

娜佳绝笔

苏兰奇怒吼道:"俺去找那斌静理论去。"他儿子苏伦德也看过了遗书,一把抽出腰刀道:"俺把他碎尸万段。"父子一阵咆哮着往外冲。络腮胡子忙命手下人死死拉住,一边道:"万万不可莽撞,斌静早有戒备,请容在下细细说明。"

苏兰奇只得重新坐下,惊异地道:"尊驾请讲。"

络腮胡子道:"斌静见逼死了娜佳,也怕事情闹大,将来朝廷追究,便想杀人灭口,掩盖此事,便在城里做好布置,专等大人进城找他理论,就把大人就地处死,然后假以反叛的罪名上报朝廷。"

"真是狠毒至极。"苏兰奇愤恨地道。苏伦德早已气得哇哇直叫道:"爹,咱们就真的反了,杀到喀什噶尔去,寻斌静算账。"

苏兰奇却心生怀疑,突然问道:"你们怎么知道得这么清楚。"络腮胡子微微一笑道:"我们这两日就潜在参赞衙门,亲眼所见,决无虚假。"苏兰奇更加狐疑,厉声喝道:"你们到底是什么人?"

络腮胡子全然不惧,站起身来凛然道:"真人面前不说假话,在下就是张格尔和卓!"

"张格尔和卓?"苏兰奇顿时惊得目瞪口呆。

苏兰奇突然腰刀一举,架在张格尔脖子上。张格尔全不在意,冷笑道:"苏兰奇,你敢杀我?我来拯救受苦受难的兄弟姐妹。"这时,一直在哀哀痛哭的萨赖占突然跪倒在张格尔面前,哭求道:"求求你为我的女儿报仇!"张格尔一手扶起他道:"我们一心想为受清廷侮辱的姐妹报仇,可是现在还有人刀架在我的脖子上。"苏兰奇只得放下刀，愤然道："我可以不杀你，但你必须回到浩罕去，永不再回南疆。"张格尔看了看苏兰奇叹息道："苏兰奇大人，就因为清朝皇帝给你祖上封赏个二品顶翎，你就如此为他卖命吗？如今已是兔死狗烹的时候了，你还要坐以待毙吗？"苏伦德再也按捺不住，对他爹吼道："斌静侮辱娜佳，本就不把我们放在眼里。爹相信斌静，反倒送了娜佳的性命。儿却顾不了许多，反了出去。"说完，往外就走，苏兰奇被他说得羞愧交加，站立不动。

张格尔却拦住苏伦德道："小英雄，听我一言，不可莽撞。"苏伦德怔了一下，随他回到大厅。张格尔面向众人道："眼下既要为娜佳姑娘报仇，又要保住我们自己的性命。最根本的，就是要把清廷势力赶出去。可恨清廷占了中原之地，又来占我回疆，欺压我各部民众。回疆部众早有反清之心，只要我们义旗一举，必会一呼而应，一举赶走清廷势力。那时，这里将是我们自己的天下，大家安享太平的日子，部众们也会感激我们。"

"好！"萨赖占和苏伦德顿觉热血沸腾，齐声叫道。苏伦德大喊道："俺就跟着张格尔厮杀。"

萨赖占激动地道："我愿把全部家产送给张格尔，以作军资。"

苏兰奇看着他两个狂热的劲头，无可奈何，只得向苏伦德道："孩子，我们回去和各位首领商议一下吧。"

"爹爹你是答应啦。"苏伦德惊喜地道。

"走吧。"苏兰奇不置可否，起身向外走去。

第十一章
忆旧人坤宁宫流连
困叛军戈壁滩传捷

喀什噶尔领队大臣色普征额率领三千清兵,在戈壁荒滩围住了张格尔的队伍。张格尔兵少将疲又缺粮草,哪是虎狼之师的对手?张格尔无奈之下,只得丢下伤残人马,逃离了危险地域,以图东山再起。

苏兰奇父子回到部落。苏伦德代表他父亲立即召集大小头领商议,那些头领平时早就受够清兵官吏的欺压、勒索,纷纷高呼:"造反,造反……"

苏兰奇听了儿子的汇报,暗暗心惊,却不动声色地道:"此事要秘密进行,不可过急。叫他们先回去歇息。"苏伦德应声而去。

半夜时分,苏兰奇悄悄出了大帐,飞身上马,直奔喀什噶尔。

一百多里的路程,一个多时辰便赶到。城门已经关闭,苏兰奇急忙叫城,守城清兵一听是他,立即打开城门。苏兰奇打马进城,直奔参赞衙门。

绥善已经得了斌静密谋,这几天一直守候在衙内,等着苏兰奇的到来。他睡得正香,突然接报:苏兰奇来到。绥善急忙爬起来。他没想到苏兰奇半夜会来,急忙吩咐下去,布置妥当。这才穿戴整齐,来到大厅,往正中一坐,命人叫苏兰奇进见。

苏兰奇匆匆而进,不等施礼,慌忙说道:"回禀大人,卑职发现张格尔到处煽动鼓惑人心,图谋叛乱,请大人速发兵进剿。"

"张格尔?张格尔是谁?"绥善是个不学无术的家伙,根本不了解当年的历史,但他心里却自有章程。便把书案啪地一拍,厉声喝道:"苏兰奇,你可知罪?"苏兰奇莫名其妙,道:"卑职何罪?"

"你煽动人心,图谋反叛。如今张得福、贾炳已将你告下,罪证确凿,容不得你狡辩。"

"大人,卑职冤枉。"

"拿下。"

苏兰奇方知张格尔所言不虚,登时大怒,伸手要抓腰刀。突然,当头一张网子罩住,众差役一拥而上,捆了个结结实实。绥善哈哈大笑道:"苏兰奇,想不到吧,本官现在就把你就地正法,再将罪证上奏朝廷。"

"你……"苏兰奇气得说不出话来,至此方恨自己不听张格尔的忠告,以致落入人家圈套。他心里一急,突然计上心来,不待差役往外推,就跪地求道:"大人,卑职知罪。卑职确实参与谋反。"

绥善没想到苏兰奇就这么容易屈服了,高兴极了,便道:"既已认罪,就据实招来吧。"苏兰奇却道:"卑职愿招。不过,如果卑职帮大人将那参与谋反的人一网打尽,将功折罪,大人可饶俺一命?"绥善一听,暗吃一惊,这么说,还真有人谋反,他心里有点害怕,忙问:"逆贼现在何处?"苏兰奇答道:"就在城外埋伏。请问大人到底答应不答我的要求?"

绥善还有点拿不准是真是假,干坐着不说话。

苏兰奇不耐烦地道:"反正招亦死,不招也是死。大人若不答应,我是死也不招。"

绥善一听,暗道:姑且答应你,你若真的参与谋反,到时候再杀你不迟。便道:"好!本官许你戴罪立功。你先说说,怎么把逆匪一网打尽?"

"这个嘛,还需跟大人仔细谋划,确保万无一失。只是卑职现在不方便。"说着看看身上的绑绳。

绥善心想,这衙门内外布满了差役兵丁,谅你也跑不出去,就爽快地道:"好吧!给他松绑。"

苏兰奇活动活动麻木的身体,微笑道:"卑职早有妙计。"说着,慢慢走到书案边。

绥善大喜,急忙凑上前去。

175

"妙计在此！"苏兰奇突然大喝一声，左手掐住绥善的脖子，右手刷地拽出腰间短刀，逼住他胸前。

事出突然，两旁兵丁差役惊得傻子一般，竟无一人上前。绥善脸色刷白，哆哆嗦嗦地道："你……干什么？"

"送我出去！"苏兰奇怒喝道，"不然就宰了你。"

兵丁、差役们这才清醒过来，赶紧各举刀枪往上闯。苏兰奇将短刀轻轻抵住绥善，命令道："快叫他们退下！"

绥善慌忙骂道："混蛋，都退下。"

苏兰奇见兵丁、差役退下，命令道："快给我备好马匹，放我出城。我便饶他一命。"

绥善一听自己还有活命，赶紧催促道："快……快去备马。"

苏兰奇挟持着绥善来到衙门外，清兵已将马匹备好，苏兰奇冷笑道："章京大人，委屈你一会儿，等我出了城，再放你。"说完命清兵拿过一条绳子，将绥善捆个结结实实，然后一手拎着他，翻身上马，直奔城门。早有绥善的几名亲兵跑去叫开了城门，苏兰奇畅通无阻，出了城，又跑了二十多里地，才停住。对绥善恨恨地道："你们这些狗官，平时欺压我们，老子都忍了，没想到你敢算计到老子头上。我苏兰奇原不想反叛，如今可是你们逼着老子造反。老子放你回去，给斌静送信。就说我们要取他性命。"说完，将绥善扔在地上。

苏兰奇赶回本部，天已大亮。苏伦德等不到他父亲，已带部分军马投张格尔去了。苏兰奇只得仰天叹道："莫非这都是天意？"当即也率二千军马追赶儿子去了。

张格尔已将英人为他训练的五百浩罕兵悄悄集中到安集延。如今又得了苏兰奇父子的三千军马，立即率军直趋伊里克卡伦。

伊里克卡伦跟境外隔着伊里克河，卡伦对面的木桥是境内境外的唯一通道，张格尔率军到了河边，苏伦德急不可耐，率五百骑兵冲向木桥。不料刚过木桥，对面高坡上突然一阵火枪、箭弩射来，立即有四五十士兵摔落马下，其余的吓得转头就跑。苏伦德一见大怒,单人独骑飞驰而上,守卡清兵大惊失色,急忙一阵火箭射来,那坡前、桥头的枯草呼啦一声烧成一片火海。苏伦德毫不在意,战马裹着一团火球箭一般冲入卡内。苏伦德挥起腰刀,一阵冲杀,犹如砍瓜切菜一般。清兵死伤过半,其余四散逃命。原来卡内只有百余名清兵驻守,只因张格尔一路旗号招展,清兵早得了消息,一边往喀什噶尔飞报,一边做好了抗敌准备。

苏伦德虽然攻下了卡伦,那座木桥却被烧成灰烬。大队军马一时难以通过。张格尔只得命人赶搭浮桥。一个时辰后,全部人马才得以过河。

张格尔过了河,便命军马飞速前进,直取喀什噶尔。

八月的阳光火爆爆地燎人,更何况是午后。绵宁自乾清宫父皇灵位旁回到养心殿真是浑身困乏,四肢无力,几经折腾,哪有心思完全静下心好好休息。直到今天,一颗忐忑的心方慢慢落下,一切都按照自己预计的目标进行,虽然小有波折,大事差点坏在托津、戴均元这两个老东西手里。一想这二人,绵宁不免一阵恼怒,凉汗又浸上额头。必须自己先行一步,否则……想至此,绵宁禁不住心头一喜,轻轻呷一口御茶,伴着茶的清香,绵宁感觉轻松了许多,信步向内屏走去。

一个踉跄,绵宁差点和一人撞个满怀。"大——"胆字音未落,"奴才该死,奴才该死。"那人急忙跪下谢罪。绵宁低头一看,原来是个女嫔。

"慌慌张张,有什么急事?"

"常公公说皇上到这儿了,特让奴才来服侍皇上。"

皇上,尽管这个词绵宁已听了几十遍了,现在听起来仍觉得新鲜、心爽,特别是出自一个女子娇滴滴的口。绵宁微带愠怒的脸马上缓和了。

"快起来吧。"

"谢皇上。"

随着女嬉慢慢站起,一股青春期少女的清香旋起,皇上无意扫视一下,目光就再也无法移去。

"你是服侍先皇的?"

"是的,不过奴才刚被选进宫不久,对于宫中诸事尚不太熟,请皇上恕罪。"

皇上一句话也不讲,慢慢向她走近,柔声问道:"叫什么名字?"

"回皇上,奴才叫绮儿。"说着,知趣地给他把长长的袖子卷起。

皇上将绮儿挽进帐内⋯⋯

"哦,哦⋯⋯哦!"皇上梦中惊呼着。

"皇上,皇上,皇上请起!"绮儿早已醒来,她不敢离去,也不敢惊醒沉睡的皇上,直到皇上梦中惊叫,绮儿边唤醒皇上,边给他擦汗。

"朕做了个噩梦,梦见——"话到嘴边却又收了回去。绮儿服侍皇上起来,此时已是未时,太监来报,军机大臣托津有要事启奏皇上。

皇上带着梦中的谜团来到御书房,托津立即跪下,将一堆卷宗呈上,说一共有三道急奏从西北边疆传来。

道光皇上急忙把急奏仔细看了看,再联想到梦中的情况,心头一阵发蒙,微微叹一口气,马上又恢复镇静,用试探的口气问:"托中堂,你对此事有何看法?"

"回皇上,臣以为,先皇刚刚龙驭上殡,皇上初登大宝,张格尔马上发动叛乱,可见他的叛心已久,应以重兵征讨,一举歼灭,否则将会导致边疆各部纷纷兴兵,脱离我大清,不知皇上对此有何御策?"

道光对此不置可否,只是淡淡地说道:"张格尔叛乱之心可能蓄谋已久,但边疆大臣是否正确处理各部关系?是否尽心尽职地为朝廷办事,朝廷内的大臣又如何呢?是否也有人对朕不服呢?"道光仿佛无心地说着,又不时瞟一下托津。

本来在皇位继承上有过一丝谁也无法点破的芥蒂,托津早就后悔自己尚不够明智，这时原打算讨好一下初登基的道光，不想竟碰上这一个软钉子，内心一阵发凉。一向宽厚仁慈、温文尔雅的二阿哥在托津心头模糊了，那影子也越来越遥远。

"皇上，老臣只是信口雌黄，没有细细考虑，请皇上息怒。"

"朕一向信奉宽容和善，用仁慈治国，怎能为一点小事就责罪老臣呢？朕是希望朝中众臣都能尽责尽力，协助朕治好大清天下，都能理解朕的宽厚之心。"道光和蔼地笑笑，扶起又跪下的托津。

托津抖动着银须爬起，一颗心落了地，但对道光的认识上也再次否认了自己。

太和殿上。道光和善地向正在议论的大臣点点头，听取着他们的意见。几位亲王的争论特别激烈，诚亲王永瑆主张皇上御驾亲讨，消灭叛贼，建立康熙、乾隆当年的业绩，威震四方，安定天下。庄亲王绵课却以为皇上应发扬先皇仁和治天下的风尚，安抚张格尔，封王号收买其心，像诸葛孔明七擒孟获那样，让张格尔心服口服。

尽管诸大臣争议激烈，托津、戴均元只是静静听着，很少插话。

道光轻轻向两边挥挥手，示意众人停止议论。"戴中堂对此有什么高见？"这随便一问，众大臣似乎以为理所当然，而戴均元却内心一动，抬眼瞟一下一声不响的托津，跪下奏道："臣以为皇上初登大宝，京中诸事繁多，先皇梓宫尚未安寝，不宜亲征。张格尔虽蓄谋已久，但不成气候，苏兰奇一向归附朝廷，与我大清友好，这次参与叛乱必有重大原因，只要皇上发一御旨给斌静，让其征讨叛军即可，不可兴师动众，以免激起民族矛盾将事态扩大。这仅是老臣的个人见解，皇上定有妙策。"

"不必客气，戴中堂言之有理，"道光友好地对戴均元笑了笑，"不过，斌静这人如何？伊犁将军庆祥为何没有反应？朕向以和善治国，但也不放弃武力，此事可从四点处理：其一，命伊犁将军庆祥处理一切；其二，勘查叛乱的具体原因是什么；其三，选调官兵前至剿灭；其四，注意措施，不可将事态扩大。爱卿你们意下如何？"

个别人仅在下面嘀咕着，却无人出班提出异议，道光便散朝回宫。

夜已经深了，茫茫雾霭将好大一个京城裹个透，周围一片寂静，只有那有规律的更鼓声疲倦地响几下，仿佛要给这沉雾撕出一线裂缝，给人几许舒畅。就在这重雾裹着的王府内，一对老人在孤灯下对饮着。"对酒当歌，人生几何，何以解忧，唯有杜康。"一老人不无感慨地说。

"戴老弟，杜康早被曹操饮光了，你我将来也许只能饮那泉水喽。我托津任职军机处一晃二十有五，自以为眼力过人，从没走过眼，可现在走眼了，老了，老了。"

"托兄，不必失望，也许主子刚刚继位，为了镇服我们这些老臣来个下马威，他不会对我等怎样，从小到大，我们看着他长大的，他的秉性为人我们怎不清楚。"

"清楚，清楚，我看还是糊涂一点好。那女子的事，不是先皇相告，我等怎知，可见当今主子不是一般人所认为的那样文弱通达，与人为善，相反，平和随便的外表下却承袭祖上的一丝阴鸷与刚硬。"托津已带醉态，言有所失。"他硬，我们就给他柔，看他到底想怎么样！我怀疑——"

"托兄，你怀疑什么？是不是先皇的猝崩？我看还是将这些带进棺材吧，否则——"戴均元做了个斩的手势。

"唉，怀疑已没用，一切成定局，瑞亲王尚幼，能力也不比皇上强，由当今皇上揽政也许能天下太平，难呀！康熙爷、乾隆爷的盛世早已不见踪影，如今天下太平的表面却是危机四伏。"托津微颤着端起酒杯说。

"托兄，少饮点吧，你说的也是，各地不断闹事，如今又烽烟再起。"戴均元不无感叹，"镭匣的事，你我愧对先皇啊！"

"这也许是天意，但又不能不令人怀疑有人弄鬼，每想到先皇龙驭上殡前的神色，都让我难受。"

"托兄，今后少谈此事，你我明天还有大事处理，就此为止吧！"戴均元告辞回府。

雾更浓了。

这夜雾中同样有人在思索着，批阅着公文，这就是后宫御书房中的当今皇上。雾是如此深沉，明亮的宫灯也只能照亮周围极小的一片光明，道光帝在这片有限的光明中踱着。他明白自己是天子，天的儿子，能够主宰世间万物，但他也明白自己又是一个普普通通的人，并不比他人优越多少，知道的事理也是有限的，对于叛乱也只能从公文中了解一些，究竟规模多大，获得的信息是否准确，此次叛乱的原因是什么？都像这片光明以外的浓雾，十分虚幻，又让他困惑。他只想用理智分析事态，把这事处理得恰当，告慰先皇飘逸不散的灵魂。

就这样，他把有关文献、地图等常识仔细翻阅一遍，现在心中有了底，对于平定这次张格尔叛乱已如眼前的这片光明，但这光明以外的浓雾却是心中那解不开的噩梦之谜，就不能不令他关心这次回疆叛乱的真正原因。

斌静同内务府大臣禧恩一样，都是瑞亲王绵忻生母燕太妃的族弟，而燕太妃一直为瑞亲王暗中活动。自己虽然顺利登上九五，但这平静的表面又有多少波澜，禧恩在自己的挟持下妥协了，并在紧要时候出上一把力，其人难测啊，是否另有想法，这皇城中的内幕与叛乱是否有某种联系呢？特别是那噩梦。

道光想至此，便亲拟谕旨一道，绕开斌静直接给伊犁将军庆祥，让他全权处理回疆叛乱，务必查清叛乱的真正原因并火速回奏京城。

谕旨拟定完毕，道光感到有点饥饿，便命宫女送上夜宵，并要绮儿相伴。

朦胧的宫灯下，道光微叹一口气说："绮儿，我心情不好，唱一支曲子或讲个故事给朕解解闷。"

"好吧，皇上，奴才就唱一支儿时祖母教我的曲儿。"

一首悠扬哀婉凄幽的曲儿把道光帝的心带到江南水乡，那里莺飞草长，一位活泼的小姑娘向道光走来，一会儿是迷人的笑靥，一会儿是满面愁容。一会儿是银铃般的笑声，一会儿又是宁哥哥，你来呀，来呀……

道光醉了，进入那幻境，进入五台山后峰的岩洞："菱儿，菱儿，我来了，来了……"

"皇上，你口口声声说对我多好，却把我的名字说错，哼！"绮儿撒着娇。

道光自知失态："绮儿，你怎么会唱这支歌儿？"

"这是我奶奶教的，从小就会唱。"

"你们家乡的人都会唱吗？"

"不，听奶奶说，这首歌是她根据家乡一首民谣自己改变了词儿新编的。"

这动作、神情、语气，多么像那个晚上，绮儿又多像一个人，绮儿、菱儿，菱儿、绮儿，道光无语地在心头呼唤着。

"绮儿，你是哪里人？是如何进宫的。"

"唉！皇上，奴才是江南人，确切是什么地方也不知道。"

"怎么？你家乡何处也不知道？"

"皇上，我哪里有家，自幼和奶奶一起相依为命，靠讨饭，卖花线儿为生。"

"好可怜的。"道光说，"朕一定把国家治理太平，让百姓都能吃饱饭，那么你父母呢？"

"听奶奶讲，父亲原先在外地为官，为人耿直，得罪了什么人，被害而死，妈妈便带着两个姐姐去寻找，从此杳无踪影，那时我才四岁，由奶奶在家抚养。"说着已呜咽而泣，是对亲人的思念，是对自己不幸身世的悲叹，还是对世上不平之事的憎恨，泪水浸在道光的胸上。

"绮儿，你姓什么？"道光脑海蓦然一闪，仿佛发现了什么，急切地问道。

"回皇上,奴才失态了,不该提起那伤心事。"

"快说,你姓什么?"

"多少年,已没有人提起我姓什么了,姓,也许姓汪吧?记得奶奶小时候告诉我姓汪。"

"你爸爸叫什么?"

"我也不知道,奶奶从没给我讲过,记得八岁那年,我和奶奶讨饭到山东,给一个乡官家当佣人,奶奶不久一病而死,为了埋葬奶奶,我卖身为奴,对自己的身世也不大了解。"

"噢,绮儿,你听说过汪廷文这人吗?"

"汪——廷——文——,这名字好像较熟,多年前好像听人讲过,现在记不清在哪里听说的。"绮儿若有所悟地说。

从绮儿的神态、语言、曲儿,道光一下子明白了许多,尽管他不愿说,但他明白了绮儿的身世,特别是那熟悉的江南曲儿,自那个夜晚以后,一直在他心头响着,愧疚、爱怜之情袭上心头,说不出的心酸。虽然莫玉被抓了,和珅也倒台了,汪氏一案也以公文的形式给以公正平冤昭雪,但汪廷文的亲属后人又怎样呢?这事还是自己亲自办的,又加上个人偏袒的私情也仅仅如此,何况那一般的平民百姓呢?道光帝不禁心潮起伏……

一匹传送道光谕旨的驿马日夜狂奔着,与此同时,另一匹快马也在疾驰着,相同的目的地却有不同的任务,一个驰向伊犁将军府,一个却驰向喀什噶尔。

却说禧恩自绵宁登基以来,一直提心吊胆,唯恐有什么灾难降至头上,四处布下密探,打听朝中风吹草动。了解到皇上将平定张格尔的谕旨下给将军庆祥却避开自己的族弟斌静不提,他就心有所疑。急忙将此事又悄悄报告给燕太妃,共商对策。

"太妃姐姐,当今皇上对回疆张格尔叛乱一事处理甚为重视。"

"呸!这样的事来给我讲有什么用,关键时一点忙也不帮,却为那智亲王绵宁讲话。"

"哎哟哟！我不是不想帮瑞亲王，只是没办法呀，这是大势所趋，还有那小子诡计多端，特别是——"

燕太妃脸一扭，手在禧恩那老脸上扭一把。

"别生气，快转过脸来，你听我说。当今皇上尽管顺利登极，明里没有与我们大动干戈，暗里却对我们再三提防，必要时一定对我们严重打击，张格尔叛乱一案也许是他最好的借口。"

"怎么，这与我们有何干系。"燕太妃转过脸来疑惑不解。

"你想，你、我、斌静是什么关系，谁人不知，况且斌静的所作所为你不是不知，如果当今皇上找个茬子在他头上开刀，必然牵连你我，到那时，我禧恩大不了回老家种田，你贵妃哪里去。况且，瑞亲王的事，你想想。"禧恩说。

燕太妃和禧恩嘀咕着，决定快速给斌静送信，让他心中有数，早作对策。

伊犁将军府。

"伊犁将军庆祥接旨——奉天承运皇帝诏曰：钦命伊犁将军庆祥速去南疆处理张格尔叛乱一事，并火速查出叛乱原因上奏。钦此。"

张格尔伙同苏兰奇在南疆叛乱一事庆祥早已得报，但他并没放在心上。一是自己家务繁忙，儿子新婚大事没有完成，二是他认为小股作乱也是常有的事，尽管张格尔再次参与作乱，但不成气候，大队清军人马一到自然踏平。况且儿子新婚之日，斌静不远千里亲自前来贺喜，也详细汇报了叛乱的情况，说是几名清兵与回部商人有点私仇所致，斌静已处理停当，并派遣大将色普征额等人前去剿灭，此事让将军放心。

正在这时，家兵来报，有喀什噶尔信使来见。

也就是庆祥接到道光谕旨的时候，喀什噶尔参赞大臣斌静接到燕太妃的密信，方感到事态的严重。他眼巴巴等待瑞亲王绵忻能够登上九五之尊，自己借燕太妃一面之力好飞黄腾达，盼星星，望月亮，最近从京中传来消息，却是智亲王绵宁承继大统。更何况他斌静平时凭借后妃之力在回疆为非作歹，恶贯满盈，当地居民对他恨之入骨。最近由于个人一时淫心上涨，竟挑起了如此重大的叛乱，倘若皇上真的追究起来，后果不堪设想。想至此，心凉半截，满身直起鸡皮疙瘩，在书房内抓耳挠腮，不停地来回踱着。

"将爷，有事慢慢商量。"不知何时，斌静的心腹侍从张顺和跑来。

张顺和的劝慰，让斌静稍稍冷静下来，留张顺和私下议事。

"大人，这事不必惊慌。"

"怎么？有何计策？"

"大人，只要我们这样做，一定给他万岁爷瞒天过海，保你步步高升。"

张顺和便把自己的想法讲出，又和斌静商讨半天，最后才决定如此行动。

伊犁将军庆祥书房。

"拜见将军大人，小人是喀什噶尔参赞大臣斌静的偏将张顺和。"

"请起，有何急事晚上求见？"

张顺和看了看站在旁边的一名家人，欲言又止，庆祥示意让他退下。

"大人，张格尔与苏兰奇叛乱的事听说了？"

"嗯！"

"皇上谕旨，大人也接到了？"

"你，你怎么知道？"庆祥似乎有点惊奇。

"不知大人对此事有何看法？特别是皇上严追导致叛乱的起因？"

"身为朝廷命官，当报效皇上，为国出力。此事斌静有何看法，本府决定即日到南疆亲自处理此事。"

"斌大人也正为此事尽力，一方面调兵遣将平叛，一方面追究与叛乱有关的人事。"

"嗯，很好，应从速将情况回报本府。"

"大人，小人就是为此事而来。"

"嗯，本府会尽力查明一切。"

"不过，大人是否听到一些风声？"

"什么风声？"

"有人传说，张格尔叛乱与大人您有关联。"

"什么？谁敢如此乱语，本府一定追查。"

"大人，斌将军也不相信，对此事很生气，派人查办此事。"

"嗯，怎样？"

"有人说此事与大人娶儿媳妇有关。本来大人娶儿媳妇是人之常情，却有一些地方官员趁此向百姓严加勒索、敲诈，有的还趁机打劫，个别兵丁也任意胡为，民众怨声载道，一向有反叛之心的张格尔便煽动暴乱。可是有人竟将此事栽在大人您的头上。"

"哼！真是岂有此理！"

"斌大人查办此事十分认真，惩治了不少士兵和地方官吏，只是有个别官员，斌大人也无可奈何。而他们却是这些事件的幕后指使者。"

"有哪些人？"

"像乌什办事大臣巴哈布、叶尔羌办事大臣长庆等人。"

"嗯，你回去告诉你家斌大人，多多费心平叛，并将一切查明，本府不日就到！"

"是！请大人放心，小人告辞了。"

张顺和离去，庆祥思索一会儿，一面觉得这次叛乱必与斌静有点牵连，但与自己也不能说毫无干系，斌静是自己的部下，平日里的所作所为自己早有耳闻。但斌静和自己的关系也非同一般，更何况斌静又是瑞亲王绵忻的舅舅，不看僧面看佛面，就这样睁一只眼、闭一只眼由他妄为。自己这次为儿娶亲也确实折腾得够红火的，一些官兵的过分做法也是难免。想到这里，庆祥像泄气的皮球瘪了下来。想不到，本想借此机会打击一下几位一向与自己不和的对手，竟有人整到自己头上了。不过，庆祥并不死心，他深信自己的老谋深算。想至此，又得意地笑了，一张老脸也年轻了许多。

张顺和回到喀什噶尔，将此行会见庆祥之事详细汇报给斌静，又共同商讨了下一步的措施。

斌静为了给自己消灾，另一方面为了不致引火焚身，马上集合各城官员共同协商平叛，首先从叶尔羌、乌什两城各调兵三百名，分头增加各重要哨卡的防守，又派遣喀什噶尔领队大臣色普征额率大队官兵迎敌平叛。同时，为了讨好上司庆祥，显示自己办事果断，也为了喀什噶尔的安全，又派兵向庆祥求援，希望他拨兵二千来增援。这一切做毕，斌静唯恐皇上拿自己开刀，又再次向京城发一紧急奏折，将自己的部署上奏皇上。

各路人马分头出兵行动，斌静方放下心，又把张顺和找来，要他火速将帮助他夺取萨赖占女儿娜佳的有关人处理好，该杀的杀，该关押的关押，该收买的收买，凡知情者一定妥善处理。张顺和走后，他又密书一封派人送往京城，将这里的详情转告燕太妃及禧恩。

喀什噶尔领队大臣色普征额率领三千清兵，在戈壁荒滩围住了张格尔的队伍。张格尔在兵少将疲又缺粮草的情况下大败。张格尔无奈之中，丢下伤残人马，逃离了危险地域，以图东山再起。

道光皇帝处理完一天的大事走出御书房，心里乱糟糟的。可不是吗？先皇丧事刚刚结束，这一段日子真是身心交瘁，虽为一国之君，传下话去，必有左右大臣来做，但他又不太放心。一是怕自己刚刚登基，给国家臣民一个懒惰的印象；二是怕刚开始执政就把一些事交给臣子处理，长此以往，大权旁落，大臣架空皇上。所以，大事，道光尽量处处想到、做到，这一来，劳累是不用说了，但也确实锻炼了自己的才能。虽说年近四十而继位，正是身强力壮的时候，各方面都成熟可靠，但作为一国之君处理全国大小事务算是第一次，做起来尽量谨慎、认真，否则，一举手一投足都可能波及国家兴衰、人民疾苦。自幼接受了严格的儒家正统教育，更是明白自己的位置与做法。道光帝勤恳治国、宽和仁慈、忠孝不奢的人格作风在他执政的开始几天内就博得了王公大臣和后妃娘娘的夸赞，自己心里也是美滋滋的，累是累一点，却乐意这样做下去。

道光这样想着，不知不觉随御前太监来到坤宁宫里面。

每天走出御书房的第一件事就是想到坤宁宫，想到绮儿。常永贵也似乎理解皇上的心，即使皇上不发话，也自然将他领进坤宁宫。

接连多天不回智亲王府，孝慎皇后有点不悦，问起只推说国事繁忙，没时间回去，孝慎皇后也不便说什么，作为一国之母，自有国仪风范，怎么能和一般女人争风吃醋呢？皇后不说，道光也就更加放纵自己，索性住进了坤宁宫。

"皇上——"道光刚踏进门，绮儿就娇滴滴地迎上去，为皇上取下披风，把皇上轻轻挽至御榻边坐下。

"皇上，听说叛乱平息了？"

"你听谁说的？"道光有点不快。

"奴才只是听太监及宫女这么传说，随便问问，奴才该死，不该过问皇上这些事。"绮儿说着，就跪在御榻上给皇上请罪。

"别这样，朕也是随便说说，朕是一国之君，难得绮儿每天如此关心朕的健康，天天等朕等到深夜，能够分担忧愁，同甘苦、共患难，朕又何乐而不为呢？"

"谢皇上的宽恕。"

"提起叛乱，怎不让朕焦急？路途遥远，朕不能亲自视察，仅凭一些官府文书，难免有一些官吏从中蒙蔽朕。特别是最近斌静传来捷报只说平息叛乱，对于主谋张格尔逃向何方一字未提，对于叛乱的原因，朕已发出几道谕旨，至今仍没有文书传来。今天却接到长庆和巴哈布等人奏折，说色普征额和斌静杀死俘虏一百余人，这里面可能有问题！而朕却不知，怎能不令朕担忧呢？朕初登大宝就有如此重大事件发生，处理不好，后患无穷。唉！"

"皇上，别考虑这些了，好好休息，明天在朝廷上，再和大臣及诸王商量商量。"

"唉，商量，朕的苦心谁能理解，绮儿——"

第十二章

参赞献歌姬掩罪证
亲王犯糊涂触律条

道光如此悲戚也不完全是做给他人看，内心确实有真情实感的一面。嘉庆帝是他的亲生父亲，母后早亡，父皇给他无限关切，早有让他承继大统之意，尽管由于红菱一事伤透父皇之心，导致父皇意欲废储，但这一切又何尝不是他个人的过错呢？

第二天早朝，道光皇帝便将平叛一事交诸大臣评议。道光对此事已有自己的看法，交于众人讨论是想听取一下群臣见解，希望能从中了解大臣们对此事的态度，逐渐把握诸人的办事效率及处事态度。

散朝后，道光帝回到养心殿，又把回部的所有奏折认真看了一遍，心中已理解几分，又给伊犁将军庆祥发一道紧急谕旨，让快骑火速送往伊犁将军府。

正在这时，御前太监来报，说军机大臣托津、戴均元求见。

道光帝正想召见二人，因为他让这二人负责处理先皇陵寝、拟定《遗诏》之事，不知二人办理得如何？

托津、戴均元二人入内行过跪拜大礼，道光接过拟定《遗诏》仔细审批一遍，一拍御案，勃然大怒："你二人是何居心，如此重大之事竟敢臆想为之，不尊事实，该当何罪？"

托、戴二人自道光登基后就感到事情不妙，认为早晚要找茬整治他们。先皇龙驭上殡、新皇继位，理应对老臣进行加封，以稳臣心，道光已按常规这样做了，像禧恩加封御前大臣上行走，管御书处等事务。尽管道光对禧恩仍有戒心，但道光想以此拉拢禧恩，同时，禧恩在道光登上皇位中出了力。此外加封的还有和世泰、赛冲阿等人，这些人都是在道光登基时对道光态度鲜明、大有帮助之人。

而托津、戴均元等军机大臣都是先朝老臣，备受先皇恩宠，但在道光登基的立场上有点暧昧，迫于情面，道光虽也给他们加封了，但加封的官职多是闲职，有其名而无其实。如封托津为实录馆监修总裁，封戴均元为实录馆总裁。

因此，托、戴二人有一种山雨欲来风满楼的预感，做事处处认真、小心，唯恐给道光帝留有什么把柄，没想到厄运竟如此之快便降临头上。

道光这一震怒可吓坏了托、戴二人。

"回皇上，奴才确不知哪里出错了。"托、戴二人急忙跪下说。

"我皇考神御之地，这等大事，将布告于天下，尔等怎粗心搞错，还敢狡辩，竟说不知何处出错？"

"回皇上，臣恭查大行皇帝《御制诗初集》第十四卷《万寿节率王公大臣行庆贺礼恭纪》诗注，载高宗纯皇帝'以辛卯岁诞生于山庄都福之庭'，臣万死也不敢妄加推测。"戴均元跪下叩头，如鸡啄碎米，申辩说。

"臣在《御制诗》第六卷《万寿节率王公大臣行庆贺礼恭记》诗注中也查阅与戴均元所言相同，臣万死也不敢臆说，请皇上明察。"托津也慌忙辩解道。

"一派胡诌，为何不详加核实，皇祖于康熙辛卯八月十三日子时诞降于雍和宫邸，这一说法《御制诗集》曾三次提及，尔等为何不仔细查阅！怎能以《诗注》为本，而不以《实录》为本，此等大事，岂能儿戏？"

"《实录》为大内宝藏，臣等哪有资格观读？只能以《诗注》考证，况且《遗诏》初稿，皇上也已先审查过，臣等——"戴均元还想再辩。

"如此无礼，身为军机大臣，《实录》未经恭阅尚情有可谅，但皇祖《御制诗集》早已颁行天下，怎能不读，还敢巧辩！"道光皇帝龙颜大怒。

托津、戴均元二人知道大祸临头，辩解也无用，便沉默无语，静等皇上发落。

过了一会儿，皇上稍稍缓和一下口气说："当初拟定遗诏，朕虽看过，但先皇龙驭宾天，哀恸迫切，怎有心细阅，朕也有错，尔等下去吧，此事交吏部议处。"

军机大臣托津府邸书房。

"托兄，伴君如伴虎呀！"

"戴老弟，别悲观，你我毕竟是先皇老臣，主子初登九五，拿我等开刀，是杀鸡给猴看。古语，一朝天子一朝臣，识时务者为俊杰，谁让我等不识时务，悔当初——"

"主子如此小题大做，我愈加怀疑先皇猝崩一事，托兄，我等如何有颜面对先皇恩宠？"

"老戴，为臣不忠不好，忠，是忠于皇上一人，愚忠也不行，我们是愚忠呀！你看禧恩、和世泰为何连续加封至显位？"

"不就是镭匣问题上，识时务吗？特别是禧恩身为瑞亲王舅舅，一向和燕后过往甚密，关键时不也见风使舵，倒向智亲王一边。"

"那和世泰不也是这号人，他是惇郡王亲母舅，又怎样，同样能看准时机，关键时助主子一臂之力。"

"托兄，你我今后也像他们那样喽？"

"识时务吧！"

"我戴均元忠心于皇上，但决不忠心于居心叵测的人，今后一定查明先皇驾崩真相。"

"这话可别乱讲，有抄满门之罪！"

"唉！这一次还不知能否躲过去呢？主子外表和善，骨子里却——"

"老戴，《遗诏》一事，你有何准备？"

"托兄，我们只承认工作疏忽，一切按《诗注》抄录过来，不能承认是臆想，这在吏部治罪时相差有天壤之别，一个最多降职或削官，一个却招致满门抄斩。"

"我看这次牵连的人可能还有!"

"也是军机处的?"

托津只笑笑而不回答。

"一切听天由命吧!"戴均元不无感慨地说。

伊犁将军府。

将军府管带刘铁根来报,说又有紧急谕旨从京中送到。庆祥不耐烦地骂道:"天天谕旨谕旨。"

庆祥来到军务处恭读谕旨,是道光帝亲自给自己的批示:

> 回部事恐斌静不能办理,色普征额亦仅能带兵,未能筹划全面,调度得宜。着庆祥接奉此旨,即日选派得力将佐兵丁,星夜兼程,驰赴该处,将为首之人,奋力擒捕,讯明谋叛情由,按律严办。其余胁从之犯,不可株连,妄加杀戮,致令各回众相率惶惧,别滋事端,是为至要。再此次苏兰奇等滋事,究因何起衅?是否系内地官兵所为。并着庆祥到喀什噶尔详细察访,将激变事由据实参奏,勿得稍有瞻徇。其伊犁将军事务,着庆祥于领队大臣内,择一老成晓事者,令其暂行代办。将此由六百里谕令知之。

庆祥看罢谕旨,沉思良久。皇上多次传来谕旨让我全盘处理张格尔叛乱一事,皇上特别关心叛乱起因,原打算将此事糊弄过去,事过境迁,皇上必然将此事搁置一旁,却不想皇上竟如此重视这次叛乱的缘由,看起来,糊弄是不可能了。

最近外面有人造谣滋事,竟敢将张格尔叛乱之由往自己头上推,领队大臣巴彦巴图一向对自己所作所为另有看法,在此节骨眼上更不能给他留有任何把柄。斌静这人对我是忠心耿耿,但做事却有点过火,向来在喀什噶尔为所欲为,这次叛乱可能确与他有关,我不能不好好管教管教,让他收敛一下。幸好色普征额还算颇有本领,出师剿匪战绩辉煌,不致酿成大错,但一些战后事务难能处理妥当。皇上又再三督促我亲赴南疆处理回部叛乱综合事务,此行不能不去。我这一走,伊犁军务由谁负责呢?

庆祥将身边领队大臣反复衡量一番,心中暗暗思量,领队大臣阿舍尔图再合适不过,此人武举出身,满洲正白旗人,为人正直,领队也较有谋略,虽然对我另有看法,但还算一个人才。现在委任他来代为处理伊犁军务,一可以消除他对我的误解,将其拉拢为我所用,其次,如果他仍对我怀有二心,也可就此抓个错,上奏朝廷将其罢官。

想至此,庆祥传令升帐,布置军务。率领一队人马急抵喀什噶尔。随即参赞大臣斌静得知后心中又惊又喜。惊的是自己搞什么"服女役"的丑事要暴露,还有他秘密处死叛乱俘虏的事也恐怕要露馅儿;喜的是庆祥来处理,他是自己的顶头上司,平素关系甚密,自己对他每年也有一些特殊的贡赋,况且京中还有燕太妃做靠山,庆祥不看僧面还要看佛面吧。

其实皇上严厉追究张格尔、苏兰奇叛乱的原因一事,燕太妃早就将信息传递给斌静,让他心中有数,早做准备。最近皇上又给庆祥一道加急六百里谕令的事,斌静也从燕太妃那里得到确实消息,并安排下去,这次伊犁将军庆祥亲自来查,斌静有恃无恐。

庆祥来到喀什噶尔城外,参赞大臣斌静率领帮办大臣福勒洪阿、色普征额等人迎出城外,客套、寒暄之后进入城内,少不得摆上美酒佳肴给伊犁将军庆祥接风洗尘。

酒过三巡,菜过五味,酒筵渐入高潮,为了助兴,斌静传下令去,乐舞助兴。

斌静怎能不了解庆祥的为人与嗜好,预先准备一支女子歌舞队,这些女子都是斌静平时从"服女役"的女子中精心挑选的,然后威逼引诱、收买而来的。人人都青春妙龄,窈窕身材,荷花粉面,特别是那动作、眼神都是精心培养出来的。其中更有一个佼佼者,人称南疆"芙蓉花"玛达娅。

踩着轻盈欢快的维吾尔舞曲《天山流水》,这群女子上来了,尽管这些女子已不止一次在斌静的参赞大臣府表演,仍然让大小官员和将士神魂颠倒,就连伊犁将军庆祥也呆呆地瞪着一对黑黑的小眼睛愣住了,筷子在手中忘记放下,嘴里啃着鹿耳朵忘记咽下。

斌静看在眼里,喜在心里,多次向庆祥回报军务,庆祥只是嗯嗯点头,眼睛始终没有离开那领舞的少女。

一曲旋律过后,少女们翩翩而归,庆祥才回过神来,咽了一下口水,吐出鹿耳朵说:"斌大人,那领舞的女子是谁?"

"庆大人不知道她吗?她就是南疆有名的'芙蓉花'玛达娅,提起她,是无人不知、无家不晓!"

"嗯,听说过。果然名不虚传,本人比传说的更有味道。"

说罢,堂堂的伊犁将军竟长吁了一口气。

斌静回首见庆祥有一丝不快,不知哪里得罪了他,急忙说:"庆大人,让玛达娅来陪你喝酒?"

"不用了,不用了。"庆祥可能是伤心过度,也可能是怕自己控制不住感情而失态,急忙谢绝。

酒筵结束,庆祥要求休息,斌静也不强留,带庆祥到预先准备好的雅室。尚未进室,一股清香就吸引人不能不走进去,挑帘一看,啊,玛达娅又一身淡装打扮早已等待多时了。

"你叫玛达娅?这名字真美!"

"是的,我这名字是'开不败的花朵'的意思。"

"你真是开不败的花朵,你是怎么到斌大人府上的?"

"我是'服女役'来的,斌大人对我好,就把我留下了。"

"'服女役'是干什么?"

"大人你真的不知?"

"不知。"

"你是从外地刚来的?"

"是的,顺便来拜访拜访斌大人,我们是多年的老交情了。"

"这里人人都知道'服女役'呢！最近出了点事，斌大人才停止了。"

"什么事？"

"斌大人不让对外人提起。"

"哦？还保密。我和斌大人是老朋友了，你不提，他也会告诉我的，我就是你斌大人请来帮忙处理'服女役'的事。"

"真的？那斌大人没告诉你什么是'服女役'？"

"正事还没谈呢！今天刚到，斌大人给我接风，明天才谈'服女役'的事。"庆祥意识到这与张格尔叛乱有关，开始哄骗玛达娅，希望从她嘴里得到什么，也好以此管教管教斌静，让他以后再恭顺些。

"给我讲'服女役'的事，我好好考虑考虑，帮助帮助你家斌大人，帮他渡过眼前的难关，你家大人一高兴，说不定会赏给你什么许多珍贵东西呢？"

"哼！大人就会骗我！"

"不骗你，只要我给你家大人说，他一定重重赏你。"

"好，我讲给你听，不过，如果大人问你，不能说是我说的！"

"你放心，你家大人让我来帮忙，怎敢问这问那。"

"服女役，就是本地女子每年到斌大人府干活三天。"

"这有什么，我们那里也这样。"

"你们那里服女役的女子干什么活？"

"不是烧火、做饭、洗衣这一类女人干的吗？"

"斌大人的服女役是女子来陪斌大人三天。"

"斌大人让这些人同他睡觉？"

"就是这样。"

"她们都是些什么人？"

"当然是本地的一些出色点的女子。"

"那她们都情愿吗？"

"不情愿有什么办法，这里谁敢不听斌大人的？"

"这里的人不反抗吗?"

"哼!反抗,最近不反抗了吗?有名的商人萨赖占的女儿如何?她还是布鲁特比苏兰奇的儿媳呢!结果怎样?"

"那张格尔叛军的俘虏呢?"

"死的死,逃的逃,被抓住的全都被杀了。"

"杀俘虏的事斌大人不准别人知道,你听谁讲的?"

"我们歌舞队的姐妹们都知道。"

"她们怎么知道?"

"达姬的情人就是去执行杀俘虏的。"

斌静聪明一世,糊涂一时,想使美人儿哄过庆祥的审查,却不想全坏在女人身上。

伊犁将军庆祥了解了事情的内幕,自然十分生气,但一想到斌静几年来给自己的种种好处,不想将此事公开。况且,斌静是自己的老部下,把此事报上去,皇上怪罪下来,自己也有责任,说不定降职革官,最终弄得大家脸上都没光。此事不报吧,皇上还连降谕旨催促,追查紧迫,还得和斌静好好商量商量,将真相暂时瞒住,即使皇上知道了,事过境迁,也没有啥。

第二天,庆祥私下会见了斌静。

"庆大人,昨晚休息好吧?"

"哈哈,好、好,不过——"

"还不尽兴?不尽兴继续嘛。"

"听说还有更有味的?"

"庆大人,这可是南疆第一的'芙蓉花'。"

"听说这里还有一枝花?"

"不知大人说的另一枝花是谁?"斌静心中一惊。

"当然是大商人萨赖占的女儿娜佳。"

"这枝花可不能摘,她是布鲁特比的儿媳。"斌静心中冒汗,不知庆祥是故意问问,还是无意提及。

"哪个布鲁特比?是不是叛匪苏兰奇的儿媳、苏伦德的妻子?"

"不，不不。"斌静还想否认。

"斌静，你好大胆，私自制定'服女役'，逼死娜佳、逼反苏兰奇，引起张格尔叛乱，这罪你担当得起吗？"

"庆大人，你高抬贵手，饶命。"斌静知道事情败露，吓得脸如死灰，急忙跪下求饶。

"斌静，向我求饶没有用，这事要瞒住皇上，唉，你起来吧。"

"谢庆大人！"斌静颤抖着起来，听庆祥的话意思不准备上报，还有转机的可能，哀求说："庆大人，给我想想办法，其实逼死萨赖占女儿的事不是我干的，都是手下人干的。"

"无论谁干的，事情爆发了，惹出这么大的事，皇上追查很紧，不能不报一点儿，还有俘虏的事。"

斌静知道隐瞒已没有用，只想让庆祥帮他隐瞒此事，寻找替罪羊，然后相机行事，今后多加小心。

贾炳、张得福等人是理所当然的替罪羊，在庆祥的审判下当众处死。喀什噶尔领队大臣色普征额也被私下叫到庆祥那里训斥了一顿，其他牵连人员都训斥的训斥，告诫的告诫，收买的收买，威吓的威吓。在庆祥、斌静、绥善、色普征额等人的精心策划下将此事隐瞒下来。

庆祥喀什噶尔回部事务处理一行当然不枉此行，战果辉煌。所带人马满载而归，金银珠宝奇珍之外，还有南疆"芙蓉花"玛达娅。

回到伊犁将军府，庆祥首要任务是发下请帖，再次张灯结彩，名正言顺地娶来第四位姨太太——玛达娅。

新婚燕尔，庆祥想到皇上的谕旨，这才铺纸提笔奏书一封：

万岁，万万岁，吾皇：

臣敬承圣谕即日赴喀什噶尔处理回部事务。张格尔叛军尽行平息，张格尔其人奔逃城外，残众尽皆驱散，俘虏业已放置安顿，极少部分顽固之人已严加惩处，以警告各部。起事因由业已调查甚明，系参赞大臣斌静属下兵丁欺侮回部女子引起义愤，张格尔谋划良久，乘机滋事。今回部已安定，各卡伦设防加强，民已安心产牧，秩序井然，不劳圣上多虑，臣当尽心为之。

伊犁将军　庆祥奏书

乾清宫内今天特别忙乎，大行皇帝梓宫明天就要入寝昌陵，这是最后一次大祭，整个乾清宫披纱着素，和尚、喇嘛轮流念经诵文，一派肃穆、庄严气氛。

道光散罢早朝，立刻孝服在身，率领满朝文武大臣及宫内妃嫔和各亲王、贝勒、福晋、命妇等前来拜祭。皇上如此至仁至孝，其他亲王谁还敢稍有不敬？三拜九叩之后，道光已成泪人，哀戚动容，不悲也泪。

孝和皇太后见绵宁如此忠孝，上前关切地说道："皇上应珍重龙体，一切以国事为重，你能如此孝敬实乃可贵，大行皇帝在天之灵也可告慰，不必过悲。"

"谢母后，皇儿理解母后关心，皇儿也请太后节哀，珍重身体。"道光止泪道。

对于孝和皇太后，虽不是道光生母，年龄也仅比道光大六岁，但道光一向对她十分敬重。在镏匣风波中，皇太后能从大义着想，不存私心偏向惇郡王绵恺，而是关键时刻站在绵宁的立场上，为他登上大宝扫清障碍，道光怎能不发自肺腑感激，皇太后之言道光是尊重的。

道光如此悲戚也不完全是做给他人看，内心确实有真情实感的一面。嘉庆帝是他的亲生父亲，母后早亡，父皇给他无限关切，早有让他承继大统之意，尽管由于红菱一事伤透父皇之心，导致父皇意欲废储，但这一切又何尝不是他个人的过错呢？迫不得已做出非常理之事，无论如何，内心是愧疚的，时常在梦中见到皇太后的震怒与斥骂。今天动容之情也是惭愧之情的自然流露。

从乾清宫回到养心殿，刚刚坐定，饮杯茶歇息片刻，御前太监常永贵来报,说宗人府隆格亲王求见。

道光命宣,隆格跪拜后平身坐下,说有要事求皇上定夺。

"皇上,宫中出了一件大案,奴才不能做主,特请皇上定夺。"

"唔,什么事?"皇上一惊。

"豫亲王裕兴在举朝服丧时竟敢敷衍了事,偷回王府奸淫家中丫鬟,这事传出影响甚坏,不能不严惩,请皇上处理。"

"情况属实吗?"

"情况属实,人证物证俱在,丫鬟尸体尚未掩埋。"

"竟逼死人命?"皇上一听也十分气愤,"这些亲王、贝勒也太大胆,竟胡闹到这地步,在大祭之日尚如此去做,平常之日可想而知。"

"那么,皇上是否按律惩治?"

"按大清律例惩处,不容徇情!"

"按我大清律例,强奸逼死人命,应置'大辟'。"

"隆格亲王你传下旨意,先革去王位,然后由宗人府议定,再送刑部处死。"皇上气犹未消。

事情经过是这样的:

几天前宫里就传下旨去,今日大祭,各王府循例前往按班进行祭奠。豫亲王裕兴匆匆行过祭礼,趁人都在忙碌之际,急急忙忙乘车赶回王府。这时府中人少,豫王福晋拜祭未回,裕兴喜上心头,今日总算找到了机会。

原来豫王福晋有一个贴身丫鬟名叫寅格,这寅格长得白净娇艳,性情温文尔雅,在王府上下使女中又最是心灵手巧,人人喜爱。豫王福晋膝下无女,自然视为掌上明珠,虽是使女,福晋却拿她当女儿一般看待,把小寅格调理得好似一盆水仙花儿,冰清玉洁,性情高傲。

谁也想不到豫亲王裕兴不知不觉对寅格动了心。这裕兴身为亲王却整日在外寻花问柳。豫王福晋时时对他看管,也多次暗暗告诫寅格提防着点，所以裕兴一直没有得手，只得耐着性子等待机会。

转眼寅格年已十八，出落得更是花容月貌，妩媚娇美，和裕兴的长子振德青梅竹马，两小无猜，情投意合。裕兴时常对寅格风言风语、动手动脚，都被寅格板着脸儿，甩手离去。

今天裕兴终于寻到一个千载难寻的良机，他匆匆蹑进福晋房中，见床上罗帐低垂，帐外露出两只粉底儿高心鞋子，心中一喜，正是寅格。

原来寅格料理完家务，守候在福晋房中，不觉疲倦睡着了。

妙，裕兴心中说道，蹑手蹑脚进入房中，又轻轻将房门关死，来到帐前，揭开帐帘。寅格惊醒过来已经晚了，最终也没能逃脱裕兴的魔爪。

裕兴扬扬得意地哼着小曲走出房中。寅格悲愤至极，自觉无脸再见振德，也不想活在世上，便在福晋的床头吊死了。

豫王福晋和大公子振德拜祭回来，发现府中发生了这么大的事，寻找亲王裕兴也不在，急忙派人到宗人府报案。虽说死了个丫鬟，这丫鬟也不同一般丫鬟，一是福晋掌上明珠，另一面又是大公子振德的意中人。一向活泼可爱的寅格没有任何寻死的迹象，今天突然死去，怎能不让人怀疑。

管宗人府的隆格亲王一向正直无私，接到报告便亲自到豫王府验看，并在寅格的手掌里掰出一颗扣子，上写一个"裕"字。这正是王爷裕兴衣服上的，当年皇太后万寿，宫中给所有王爷每人铸造一副金纽扣，上面刻着各个王爷的名号。

抵赖也没有用，裕兴被抓了起来，一审讯果然是他所为。豫王福晋万万想不到这事是丈夫所做，隐瞒也隐瞒不住，哭哭啼啼哀求隆格亲王手下留情。隆格也不能做主，这才来面见皇上，请皇上定夺。

隆格亲王离去，道光内心十分烦乱，这些王爷、贝勒不思进取，恣睢行事，草菅人命，不能很好协助自己安邦定国、治理天下，反而处处惹是生非，给大臣和百姓留下话柄，这大清的大业将如何是好？不由越想越气。

恰在这时，太监从殿外高呼："太后驾到！"

道光急忙站起，迎接孝和皇太后。瑞亲王绵忻、惇郡王绵恺、孝慎皇后也随后来到。

"母后大祭已毕，何事扰你来此？"

"皇上，豫亲王一事你已知晓？"

"回母后，皇儿已知。"

"不知皇儿如何处置？"

"按大清律例，王公与庶民一同治罪，理应处斩，此事已交宗人府及刑部议定再执行。"

"皇上，裕兴身为亲王不知守法，却带头犯法，理应处死。不过，刚才豫王福晋哀求，让我给裕兴讲情，我看豫王福晋如此年轻，子嗣尚幼，念及初犯，可酌情发落。况且先皇刚刚驾崩，梓宫尚未移入陵寝，就斩杀亲王，也不甚妥，望皇上三思。"

接着，瑞亲王、惇郡王、孝慎皇后也一起跪下为裕兴求情。

道光心中也很矛盾，各亲王自幼均在上书房读书，相处很融洽，情同手足，我又何尝狠心置他于死地。但法不容情，我初登龙位执事，就徇情枉法，苟从私情，以何威服朝臣和天下百姓。如今母后及各亲王俱来求情，各亲王不说，母后对我恩重如山，虽不言说，心中自然明了，初临朝政，母后第一次说话，我能拒绝吗？还有这些亲王，今后的和睦相处、朝政的平稳……

道光沉吟片断，说道："母后劳累，各位亲王陪母后回宫休息吧，此事我再思量一下。"

事情也只能这样，众人告辞离去。道光命太监服侍自己拟定一份谕旨传下：

王公大臣：

国家律令，王公与庶民理应一体待之。裕兴，身为皇宗，袭爵亲王，不自珍重，大胆妄为，草菅人命，若从轻处治,何以安国定邦、信服百姓。特别是正处国丧,服丧未满,苟且此事,不忠不孝不仁不义,罪之重盖不能饶也!令宗人府及刑部严议,拟定结果,革去王爵,监禁三年。其他之事由宗人府及刑部再议。

圣谕

处理完裕兴一事,道光舒了口气,疲倦地伸了伸懒腰,又饮清茶一杯,心情宽畅了许多,随手翻翻御案上的公文,见有伊犁将军庆祥发来的奏折,启开细细阅读一遍。

看罢庆祥的奏折,道光对庆祥如此做法不甚满意,但他并不知真相,只从奏折中隐约得知张格尔、苏兰奇相互勾结叛乱与斌静等人有关,色普征额无故屠杀俘虏,这背后也隐藏一些说不清的原因。道光由此了解到不是官员仗势欺人由来已久,才激起矛盾,给叛乱造成契机。遂给庆祥复批一道手谕:

伊犁将军庆祥:
　　奏折朕审批毕,根据参奏革斌静、色普征额、绥善之职,留于该处,听候查办,其余之事,再查再奏,不可纵容包庇。

钦此

又是一个花好月圆之夜,融融的月光静静地泻在皇宫御花园内,给这瑰丽堂皇的建筑披上一层朦胧的雾纱,更给其间的花草增加几分无限的诱惑。行走其间似梦如幻,无论白日有多少烦恼与忧愁也早被这人间的仙境涤荡殆尽,只有一种心绪、一种信念,"但愿人长久,千里共婵娟"。

绮儿搀扶着道光帝漫步在这融融的月光中,他们无言地走着,倾听着对方的心跳,各自把思绪引向远方。一个心乱如麻,欲言又止,鼓不起心中的勇气,等待只是一种无言的伤害,等待只是一种灵魂的谴责。有几次，绮儿无声的泪水悄悄地爬上香腮，慢慢滑下，滑进嘴边，她默默用舌尖舐一下，涩涩的，谁理解她的苦衷与无可奈何。另一个已抛弃了白天朝中诸事的纷扰，放飞心中的思绪，走回遥远的记忆，来到五台山的秀峰，谁又能理解他的苦衷与无奈。皇上，"普天之下莫非王土，率土之滨莫非王臣"，然而，皇上不是万能的，有时连一件极小的事也做不来，万岁、万万岁有何用呢？

"皇上，不，二阿哥，回去休息吧！明天还要上早朝。"

"好吧，绮儿待朕太好了。"道光也感觉有点累。

"谢皇上夸奖。"绮儿笑了，心中涩涩的。

"前面谁在吵吵闹闹？"

"好像有常公公的声音？"

"谁这么大胆，竟敢到皇宫吵闹，我们看看去。"道光有点扫兴。

"不知皇上在此赏月，小的该死！"一个小太监慌慌张张跪下。

"这里谁在吵闹？"

"回皇上，侍卫领队刘宏武喝醉了，常公公阻拦他，他还骂人，两人吵起来了。"

"刘宏武！"道光一惊，多日来一直繁忙，几乎把他给忘记了。

"嗯，传朕的话，就说朕在养心殿召见他，带他快去。"

"皇上，天已晚了，你要休息，召见他个醉人干吗？"绮儿随便插了一句。

"绮儿，你先回去，朕很快就去。"

刘宏武正和常永贵争吵不休，听说皇上召见，哈哈笑起来："常永贵，你小子听到没有，你不准老子进去，皇上听说我来了，都主动召见呢。快带路！"

养心殿内，道光已在坐等，独自饮着茶。常永贵引着刘宏武进来。

"小的刘宏武参见智亲王，不，参见皇上。"

"嗯，免礼，请坐。"

"谢皇上！"

"常永贵，你先退下，朕和刘侍卫聊聊。"道光让常永贵退下，"宏武，最近可好，家中有什么困难没有？"

"谢皇上关怀，小的托皇上的福，一切都好，一切都好！"

"嗯，酒要少喝点，喝多伤身子，今天在哪喝这么多？"

"回皇上，戴大人请小的喝酒。"

"戴均元吗？"

"回皇上，是的。"

"那也不能多喝，你跟随朕多年，朕从没见你喝这么多，朕见你一向忠诚能干，准备提升你为侍卫总管，如此好酒，岂能办事？"

"谢皇上看中小的，小的今后再也不多喝酒。"

"嗯，这才像个样，喝杯茶解解酒。"道光边喝，边端起另一杯递给刘宏武。

"谢皇上！"刘宏武慌忙跪下接过道光递给的一杯茶，一饮而尽。

"啊，啊。"刘宏武只觉得一阵心痛，没有反应是怎么回事就一头栽倒在地。

"常永贵何在？"

"奴才在。"

"传两名侍卫把刘侍卫尸体埋了，不得声张，就说与刺客拼杀而死，对其家属好好关照，不得怠慢。"

"是，奴才遵命！"

205

第十三章

黜旧臣新皇借题目
盘大吏老帅做机关

一日之间，先朝四位军机大臣罢黜二人，降级两人。许多大臣感到内心冰凉：当今皇帝表面和善温良恭让，内心却极为倔强，真是伴君如伴虎啊！不用说，这是杀鸡给猴看，说不准，自己将来的结局更为悲惨。

道光回到坤宁宫，绮儿已在那里等待多时。
"皇上，你每天如此繁忙应珍重御体，不可过度劳累。"
"多谢绮儿关心，朕注意就是了。"说着搀起绮儿走进御罗帐内。
"绮儿，朕愿为你像顺治爷为董鄂妃那样。"
绮儿抽泣道："皇上，绮儿有愧皇上一片真情，绮儿有许多事都隐瞒着皇上，绮儿罪该万死。"
"唔，不会有这么严重吧，讲来朕听听！"
原来绮儿在奶奶去世后，为了埋葬奶奶卖身为奴给一家乡绅当佣人，由于聪明伶俐年轻貌美而被选入宫中当侍女。后被燕妃看中收留在益香园内，加以培训送到嘉庆帝身边当侍女，便于打听情况，为瑞亲王绵忻能够当上皇太子而出力。想不到嘉庆皇上突然驾崩，道光帝竟和绮儿一见如故，情意绵绵，绮儿被道光的一片挚情所动，不但不帮燕妃，而且处处维护道光。燕妃几次欲置绮儿于死地，都被绮儿巧妙地避过，又看到皇上对绮儿如此厚爱，燕妃也就不敢过于放肆了。

绮儿讲完自己内心压抑多日的话语，感到一阵轻松，只待皇上发落，能得到皇上的如此厚爱，她死也心甘，不再渴求什么。

"皇上，奴才罪该万死，你把奴才碎尸万段，绮儿也无怨言，望皇上发落。"

"哈哈，绮儿，朕为什么待你那么好，朕就是看上你不仅貌美而且诚实可信，心地纯真善良，值得信赖，这才爱怜你……"

第二天早朝，道光就《遗诏》一事让满朝大臣议定如何处理。托津、戴均元知道皇上对己一直耿耿于怀，求情、申辩也无用，也不再顾及其他，只等众人议定后听候发落。表面上虽说不在乎，内心实在不好受，戴均元身为军机大臣，跟随先皇多年，勤勤恳恳、小心谨慎，指望能够步步高升、享受浩荡的皇恩而子孙皆荣，想不到新皇登基，自己就落得如此下场，即使不死，也要落个罢官降职。托津内心稍稍安慰一点，他毕竟是满洲贵族，皇亲近支，又是军机大臣，皇上不看僧面也要看佛面。

尽管满朝大臣意见纷争，道光装出一副认真听取下属意见的样子，其实一句也没听进去，至于如何处理这两人，他心中早就成竹在胸。

大臣议罢之后，道光开始发话："众臣议定托、戴二臣功过，皆说当革去大学士职，朕心也十分难过。但二人身为军机大臣，对颁行天下《遗诏》这等大事却敷衍塞责、不加重视而酿成大错，实在不能推诿己过。念皇考梓宫在殡，而两大学士同时罢斥，朕心实有不忍，况两人扶梓宫入京，一路辛苦、有功于朝。然若对两人不加以追究警醒，何以服天下百姓？着罢免二人军机大臣之职，各降四级留任大学士，六年无过方准开复。卢荫溥、文孚两人身为军机大臣也不能说无过，各降五级留任军机处行走，六年无过方能开复。"

道光宣布《遗诏》一案处理决定后，散朝回宫。满朝大臣你看我，我看你，谁也没有说什么，纷纷悄悄离去。托津、戴均元相互对望一下，摇摇头也不声不响地走了。至此，先朝四位军机大臣已罢去二人，降级两人。许多大臣感到内心冰凉：道光帝表面和善温良恭让，内心极为倔强，实在不好侍候，话说得冠冕堂皇，这是杀鸡给猴看，说不准，自己将来的结局更为悲惨。

道光五年（1825年），夏。

火辣辣的太阳蒸烤着大地，到处是干燥，到处是憋闷，路上几乎没有行人。就在这蒸笼一般的原野上，一匹快马卷着烟尘奔跑着，人和马都汗水淋淋，灰蒙蒙，人也喘，马也喘，这人仍不断地挥动着马鞭抽打着："驾，驾，驾！"

快马直至午门，信使跳下马，将身上背负的特急公文交到门口的护军手上。护军们不敢稍停，几个快传，公文送到养心殿。

道光看罢，大吃一惊，龙颜大怒："混蛋！一群废物！"

这告急文书是喀什噶尔办事大臣永芹发来的，报告说：张格尔纠集汰劣克、拜巴哈什等大规模叛乱，帮办大臣巴彦巴图带领几百名官兵前去剿灭，结果全军覆没。

如此军情怎能不使道光震怒？能使几百名官兵全军覆没，可见这次叛乱的声势，而帮办大臣巴彦巴图向来带兵有方，竟然也死在叛军手中。

"唉！"道光叹息一声，把文书放在御案上，冷静地思考着。五年前，他初登大宝，喀什噶尔参赞大臣斌静胡作非为引发叛乱，虽然色普征额出兵把叛乱平息了，但张格尔逃逸，留下后患。道光多次催促庆祥查处张格尔叛乱的原因，他却一推再推，给斌静搪塞责任，若不是长庆、福勒洪阿等人的联名奏折，道光还不晓得斌静竟在搞"服女役"！这等败类臣子留之何用？道光撤除斌静，重任台湾总兵武隆阿，可惜武隆阿也是无能之辈。前阵子又换上永芹，原指望他能吸取以前教训，想不到上任以来局面更是一天不如一天。自去年到如今，不断传来文告，说张格尔再度闹事骚扰边防哨卡，你打他就逃，你退他又扰。骚扰就骚扰吧，多加防备就是了，怎么突然传来告急文书，几百名官兵全军覆没，巴彦巴图也阵亡了！情报是否属实？永芹是否和斌静一案有类似的情况？都不见庆祥那里有文书传来。思来想去，只有下旨令庆祥迅速查明几百官兵如何全军覆没一事，否则要他庆祥的脑袋。

道光想至此，喝令太监侍候笔墨，完成紧急谕旨一封，速速送与伊犁将军庆祥。

庆祥忽闻朝中传来特急谕旨，不敢怠慢，急急恭阅。

伊犁将军庆祥：

兹接到喀什噶尔参赞大臣永芹急奏，据言巴彦巴图等官兵数百人与叛匪相遇全军阵亡，汝速调兵千人火速启程前往喀什噶尔听候永芹调遣。另备兵千人随时听候调用，再从叶尔羌、乌什等地各派兵三百前往喀什噶尔增援。调派完毕，速往喀什噶尔查访此次官兵覆没详细经过，据实密奏，不得有半点虚假，否则拿刑部治罪。

道光手谕

庆祥看罢谕旨，知道圣上震怒，哪敢耽搁，急忙升帐点兵派领队大臣乌凌阿率兵一千火速增援喀什噶尔。又命令传信官快速奔赴乌什、叶尔羌等地，令其办事大臣派兵三百增援喀什噶尔，同时各城也加速军备整顿，随时做好战斗准备，又传令帮办大臣舒尔哈善再备兵千人随时准备调用。

调兵完毕，庆祥稍稍安静一下，仍觉不妥，圣上谕旨说得明白，要他查实巴彦巴图等官兵覆没一事，这不是小事，须慎重行事，再也不能像几年前为了斌静隐瞒劣迹，让圣上发怒，大骂一通不算，差点掉了官帽。多亏庄亲王绵课在朝中多方面活动，才算免去那场灾祸，但圣上对自己已不同往日那样信任。这次喀什噶尔再度出现叛乱，庆祥也接到永芹的报急文书，但他不了解详情，一直举棋不定，害怕是永芹虚报军情，如果他也将此事报给圣上，而以后查明是假报军情，那掉官帽是小事，脑袋也要搬家。因此，庆祥犹豫了几天，以观情况进一步发展，不想圣上忽来谕旨，命令自己再度奔赴喀什噶尔查访此事。吸取上次斌静的教训，对永芹可不能含糊，但也不能来硬的，否则，永芹隐瞒军情，自己一无所获，将来岂不也是落个办事不力的罪名！

想到这里,庆祥也觉事关重大,不得拖延,把伊犁军务交给内务大臣阿舍尔图,自己和帮办大臣舒尔哈善率兵一千人也向喀什噶尔出发。

没有一丝风,没有一片绿叶,只有白花花的太阳发着刺眼的强光,只有漫漫的沙漠弥散着烫人的热浪。就在这苍苍茫茫的沙原上,一支军容不整的队伍艰难跋涉着,人马都喘着粗气,人人手里拿着水葫芦走几步喝几口。

"我们歇一歇吧?"一个士兵气喘地说。

"弟兄们,走过这片沙漠就是阿赖,就到了我们的家园,那里的亲人会欢迎我们重返家园,我们也就可以建立自己的落脚点,赶走清兵,抢回我们的草原!现在都喝点水,吃点东西,振作起来,走过大漠,打回老家。"张格尔说着,从马上出溜下来。他确实疲惫了,倚着马,边啃着干粮,边喝着水,眼皮却半开半合地昏昏欲睡。

歇了一阵,张格尔抬起疲倦的头,向着大漠,手一挥,道:"兄弟们,快前进,天黑之前赶到阿赖!"

浩瀚大漠,苍苍茫茫、朦朦胧胧,一排排蒙古包错落有致地排列着,在夜幕下显得那么安静而又祥和,脚下是柔韧的青青牧草,踩上去那么柔和,散发着马奶的香气,这是一个平和的世界。绵羊"咩咩"地叫着,远处马头琴深远悠扬,还不时传来一阵阵粗犷嘹亮的牧歌。远处篝火忽明忽暗,微风过处,送来烧羊肉的香味,无比诱人。

张格尔和他的队伍加快了步伐,但每走一步,张格尔的心却是那样矛盾。

也许是多次起兵失败,域外飘游所遭受的耻辱,再加上这次回来所经历的艰难跋涉,特别是看到眼前这平和的草原生活场景,张格尔的心有点举棋不定。部落兄弟们一直安定地生活着,偶尔有几个官员胡作非为,这只是贪官污吏的暴行,杀掉他们不就行了,斌静不是被逮捕了吗?不仅这里有贪官污吏,浩罕国不也如此吗？父老兄弟们盼望我回来，我来了，带给他们的是什么？这平静的土地又要动干戈，这青青的牧草也将燃起烈火。既来之则安之，等一等再说吧。

"张格尔来了。"

"张格尔又带兵来了。"

人们互相传告着，有的兴奋，有的不满，更多的人是表示冷漠。好不容易组织了一些帐篷，张格尔安顿了士兵，自己也随便吃一点就睡了。他实在太累了，无论是身上还是心上，他都需要冷静一下，好好想一想。

张格尔还没躺下，士兵进来报告说伊萨伯克将军求见，张格尔慌忙把伊萨伯克将军接进来。

"伊萨伯克将军，几天长途跋涉，你辛苦了。"

"这是我应尽的义务，这也是国王对我的信任与要求。"

"伊列汗国王对在下的帮助让在下终生难忘。"

"但不知你现在有何打算？"

"这个，我想先打探一下形势，先不轻举妄动，我这一走多年，也不知在部落里的威信究竟如何？凭我所带的这点人马怕不能成大事吧？"

"世事不可犹豫，识时务者为俊杰，人们不是常说：机不可失，失不再来吗？我认为，应当迅速行动，攻打卡伦，清兵一到必然抢掠你们的帐篷、马匹、牛羊，这一来，必定激起部众的义愤，大火已燃起来，你还怕没有兵吗？哈哈。"

"嗯，伊萨伯克将军说得有点道理，不过，还得稍等一下，看看形势，不可操之过急呀！几年都等过来了，这几天还不能等吗？"

"哼哼，你害怕了？动摇了？你如果不准备起事，那好，我明天就将我们的兵带回去，把这事转告伊列汗国王。"

"将军怎能讲出这样的话，我张格尔怕过谁？我有血海深仇，我有杀父杀兄之恨，今日不报等待何时？"

"你是位大英雄，有血气的大丈夫，我们就是看重你的为人，赏识你，才一次又一次地帮助你，给你物资和军备，又帮助你训练军队。这次出兵前，伊列汗国王就告诉我，让我好好协助你，必要时再增派人马。"

"伊萨伯克将军，你认为什么时候起兵合适？"

"明天就可起兵攻打乌鲁克卡伦。"

"士兵还不能休整过来，我还想再招募一些士兵。"

"别犹豫了，可以边打边招募人马。耽误下去，假若有人暗中报信，清兵包抄过来，岂不是要全军覆没？"

"万一攻打卡伦失败怎么办？挫伤了士气，又引起清兵注意，喀什噶尔大军一到，这不又白白空跑一趟吗？况且，现在局势不同于斌静那时，人心多半已顺清廷，人心思定，唉——"

"不用叹息，你应当吸取以前的教训，条件不成熟时，不可以卵击石，兵法上不是有'疲劳战'吗？我们可以利用自己的长处攻敌的短处，和清兵打持久战、疲劳战，然后再寻机进攻防御空虚的城市。"

"伊萨伯克将军果然是足智多谋的大将军，伊列汗国王多次在我面前夸奖过将军，说只要你到，一定能够成功。这次出兵，他原打算派其他人来，我执意请求多次，他才同意让将军你来，希望将军助我一臂之力，将来成功以后必当重报！"

"你太客气了，为你效劳在下万死不辞，谈什么报答，有难同当，有福同享嘛！"

"好个有福同享！伊萨伯克将军，就按你的意思，即刻出兵！"

庆祥离开伊犁，率领一队人马直往喀什噶尔奔来，一路上小心谨慎，走走停停，停停走走，唯恐遇到大队叛匪。行走十几天到达喀什噶尔，一个叛匪也没遇到，一路上也没有听到有关叛匪的任何情况。

早有探马报给参赞大臣永芹，永芹哪敢怠慢，率领帮办大臣、领队大臣、回务章京和千总、协领等官员将庆祥接入城内。各城调遣兵马早已来到，全城防备森严，进入战备状态。寻问所来官员，均说一直未见叛匪的踪影，庆祥有点纳闷，永芹奏报叛匪致使数百名官兵全军覆没，帮办大臣巴彦巴图也阵亡了。既然叛匪如此猖狂，兵力这样强大，一定前来攻打喀什噶尔或周围城市，怎么没有一点动静，这里面必定有问题。庆祥顿觉事态严重，莫非永芹也和斌静一样，有什么事情隐瞒下来，向自己谎报军情？但庆祥也不便直问，一则永芹是当今皇上宗亲；二则永芹年迈，在边陲也颇有影响，一向和自己是面和心不和，不像斌静那样奉迎自己；再者，如果真有什么见不得人之事，他敢隐瞒圣上，我问也白搭，他必定不会说，反而让他有所警惕，倒不如不问，假装不知，只说指导喀什噶尔军事防御，然后暗中打听，将事实密奏圣上，也好在主子面前表表功，让主子改变因斌静案对自己的看法。

这日忽然伊尔古楚卡伦探马来报，张格尔带领一百多名叛军要来喀什噶尔投降。

这事非同小可，永芹立即将此事报告给庆祥，庆祥也不敢独自做出决定，马上招集各路兵马的领队大臣、帮办大臣、回务章京商讨张格尔前来投降一事。

喀什噶尔参赞大臣永芹首先发话："庆大人，我看张格尔这次投降有诈，不可相信，对此可以置之不理。"

"何以见得？"

"自从都尔伯津战役我军打了败仗以后，张格尔得胜至今杳无消息，突然提出投降不合常理。况且张格尔一向奸诈、诡计多端，名义上前来投降，暗中可能想来偷袭。"

"永大人讲得有理。"色普征额急忙附和。

"那我们一口回绝张格尔或对他不理吗？"庆祥显然不满。

"万一张格尔感觉与我大清王朝对抗不会有好下场，不得已投降我大清王朝，是革心洗面，归顺朝廷，对之不睬，岂不错过一个机会？"帮办大臣舒尔哈善提出异议。

伊犁将军点点头，回顾一下在座的官员，清了清嗓子说："无论是真降还是假降都不可不睬。真降当然更好，如果是假降也好，我们给他来个计中计。"庆祥卖了个关子，又看看喀什噶尔参赞大臣永芹，接着说，"我们要两手准备，一面将此事快马奏报朝中，一面让探马送信到伊尔古楚卡伦，就说同意张格尔前来喀什噶尔投降。同时，再暗中派出大军在路上埋伏，等张格尔来后切断其退路，众路兵马再从四面包抄过来，将其重重包围，就是张格尔有三头六臂也插翅难逃。"

"妙！妙！"舒尔哈善连连叫好。

永芹、色普征额等人也点头赞成。庆祥见众人一致称赞，更加得意，做了个手势继续说："如果对张格尔不加理睬，后果不堪设想，你们想想，张格尔早有叛乱之心，想找借口都没有机会，他见我们不反应，必然到处宣扬，说他诚心诚意归顺朝廷，朝廷却不接纳，以此挑拨回部与我朝廷的关系，趁机煽动叛乱。到那时，回部只要一响应，事态扩大，回疆大乱，圣上怪罪下来，你我谁能担当得起。"

庆祥这么一说，谁还敢再说什么，一致同意庆祥的决定，马上按庆祥的意见布置下去。一面飞马送信给京都，一面又传令给伊尔古楚卡伦，同意张格尔来喀什噶尔投降。同时，派出帮办大臣舒尔哈善、领队大臣色普征额、乌凌阿等人各带兵一千在路途与周围埋伏待命，等待张格尔到来先由舒尔哈善截住厮杀。然后各路兵马见到信号也四面围住厮杀，准备活捉张格尔。

布置完毕，庆祥又暗暗给舒尔哈善递了个眼色，然后宣布众人分头行动，立刻准备。

喀什噶尔参赞大臣永芹回到府中，急得如热锅蚂蚁，心想，张格尔这一来可就露馅儿了。巴彦巴图一事暴露出去，他永芹准得倒霉，张格尔现在抓不住，将来可以再抓，自己抓不住，别人可以接着抓，可这头上的红顶帽子可不能让别人替自己戴。想至此，命人叫来领队大臣色普征额。

色普征额也知此事要露馅儿，自己也脱不了干系，进来就急急地问："永大人，你看张格尔会不会来？"

"我看会来，投降可能有诈，很可能会来趁机攻城，见势不好再逃。"

"永大人，张格尔如果真的来，那不就糟了吗？巴彦巴图一事——"

"慌什么，我们也给他个两手准备！"

"怎么做？"

"你一面暗中对外放出口信，就说路上有埋伏，让张格尔叛军不敢前来喀什噶尔，一面做好充分准备，万一张格尔叛军被包围，你想法设方杀进去将叛军杀他个一个不留，死无对证！明白吗？"

"永大人，这样做合适吗？"

"怎么不合适？否则，你我——"永芹做出个摘帽的手势。

"万一——"

"万一什么，你大胆地做，有我接应，抓不到活口，怕他庆祥什么？必要时一不做二不休，哼！"

色普征额知道再说也无益，匆匆告别参赞大臣永芹，准备下一步的行动。

各路伏兵早已等候待命多日，却不见张格尔的人影。派出探马打探消息，只从伊尔古楚卡伦传来大概的消息，说张格尔所率叛军大都解散了，只有随从少数人在伊尔古楚等地。

各路领队大臣从传来消息分析，张格尔归顺朝廷可能是真，埋伏渐渐放松。忽一日，一支二百多人的队伍向喀什噶尔疾驰而来，一面大旗在风中飘摆着，斗大的"降"字特别刺眼。这队人马正向前奔跑，忽见远处有一队兵马挡住去路，这正是等待数日的帮办大臣舒尔哈善。舒尔哈善奉命领兵埋伏第一线，临行前伊犁将军庆祥再三交代，做事不可莽撞，无论张格尔归降是真是假，只要他来，务必捉住活口，从前线士兵那里了解巴彦巴图全军覆没的情况。今见张格尔果然带兵来降，也不敢贸然率兵冲杀过去，只是拦住前进之路，命张格尔上前搭话。

"喂，对面是什么人？让领头的前来搭话。"

话音未落，从队伍中出来一位黑脸大汉，浓密的大胡子遮住半个脸，看不清年纪，骑着一匹黑马，手里没有任何兵器。这人走上前，抱了一个拳，讪笑着说："啊，在下是张格尔，改过自新，真心归顺朝廷，永保边疆和平。"

"既然归顺朝廷，带这么多人干什么？"

"哦，这些都是牧民，原来在喀什噶尔一带游牧，现在想回归故里。"这人说着，向旁边的人做个手势。

"既然如此，你命令他们都放下武器交出马匹，由官兵看管你们前进。"

"不行！"这个人刚才还是和和气气，陡然语气变硬，"虽然我们是来归降，我们归降的是大清朝廷，不是你们这些在我们头上作福作威的官兵，我们直接到喀什噶尔和参赞大臣面谈，快给我们让开路！"

"嘟！大胆的叛匪，如此不识时务，强词夺理，还不快快下马受俘。"舒尔哈善也一向对下属喝五吆六的，哪受过这等气，说起话来，出言不逊，一下激怒了对方的降兵。

"哼，哼！'对方冷笑两声，"你们口口声声是大清王朝，礼义之邦，所做之事，有哪件是有礼义的？"

"呔，还敢如此犟嘴！"

"你们的所作所为究竟怎样，你们心中也该清楚。当年斌静搞'服女役'，害死我多少无辜妇女；前不久，你们的领队大臣巴彦巴图又无故屠杀我多少父老姐妹。"

"你说什么？巴彦巴图屠杀你族百姓？他不是被你们杀死了吗？"

"呸！装得挺像，口口声声让我们放下武器和马匹，如果我们放下手中武器，还不是被你们再次屠戮，快让开道，我要和参赞大臣面谈！"

"不行！"

"不行？好，那我们回去！"

"杀呀！别放走一个叛军！"两人正在争执着，忽然从远处一支人马直向张格尔的降兵杀来。

舒尔哈善还没弄清怎么一回事，对方的队伍已被来兵冲散，双方立即短兵相接，杀成一团。舒尔哈善自己的兵马见仗已打起来，没等舒尔哈善下令，也冲上去，也许有人认为这根本不用下令，明摆着要活捉张格尔，后面的人马眼见前面的人马冲上去，也以为下令进攻了，一哄拥上去。舒尔哈善见局势突变，自己已控制不住，突然想起庆祥的叮咛，抓几个活口，审讯一下，了解巴彦巴图全军覆没的真相。从刚才的对话中，舒尔哈善也大致明白，巴彦巴图全军覆没绝不是参赞大人永芹所奏报的那样，活捉张格尔更是必要，自己也拍马加入了混战。

正在这时，快马来报，喀什噶尔被大队叛军包围，正处于万分危机中，城池有被攻破的危险，命他火速撤兵救城。

舒尔哈善心中明白，此时的喀什噶尔几乎成为一座空城，各路人马均调遣到城外各地埋伏去了。看来张格尔是"明修栈道，暗度陈仓"，表面来归降，暗中派来大队人马绕过埋伏地直扑喀什噶尔。喀什噶尔的位置重要不用言说，如果被叛军攻破，形势将会如何，那是不能设想的。

舒尔哈善急忙下令退兵援救喀什噶尔。当他赶到喀什噶尔，这里也正在激烈混战，其他几路伏兵也都纷纷赶到。

也许是叛军见各路援军到来，夺取喀什噶尔的希望成为泡影，便立刻退兵逃走。舒尔哈善唯恐叛军路上设伏，也不敢轻易追赶，只下令让士兵呐喊，任其远逃。

混战结束，查点人马，官兵伤亡不少。为防敌军再来偷袭，重新整顿了兵马，加强了喀什噶尔的防御。不久，色普征额也带兵回来了。

舒尔哈善一见色普征额，勃然大怒。

"你为何不从命令、乱杀俘虏、破坏军事行动、打乱行动计划！"

"大人息怒，有话慢慢讲，何必动那么大的肝火？"色普征额皮笑肉不笑,"舒大人带兵多年,难道不知这是叛匪的缓兵之计吗?按照舒大人的计划,恐怕此时在喀什噶尔的是张格尔,不是你我吧?你知不知道,同你谈话的那个张格尔是假扮的,真正的张格尔早就来偷袭了,多亏我及时赶到杀退伏兵,舒大人才有机会回城救援,否则——"

"你——"

"我俩谁在贻误战机?"

"都别争了!"庆祥不耐烦地打断他们的争执,"布置新的防御计划要紧。"

"庆大人讲得有礼,听庆大人安排。"永芹也半认真半不满地说,"无论如何,叛军退了,要商讨一下下一步军事行动,不知庆大人是否有新的计策?"

"我这里情况不熟,我看,一切由永大人全盘处理吧,我马上要回伊犁,这里就交给永大人了,兵马由永大人统一调遣。必要时,我伊犁将军的人马也由永大人调派。"

庆祥如此一说,舒尔哈善哪还敢再说什么。

晚上,舒尔哈善私下会见庆祥,并把在阵前与假张格尔会话的情况讲了一遍。庆祥也认为巴彦巴图全军覆没背后一定还有什么不光彩的事,永芹奏报军情时一定隐瞒了一些重大的内容,于是连夜提审了几名抓到的俘虏,他们多是新近从其他地方征集来的,也不大了解情况,再审也是瞎子点灯白费蜡。

"大人,我倒有个办法,"舒尔哈善见庆祥一脸愁容,凑上前说,"但不知是否可行?"

"哦,什么办法?不妨说给我听听?"庆祥抬起头,仍是一愁未改。

"听说宋朝时,寇准寇天官计审潘仁美采用的是骗审法,找人装扮成阎王爷和牛头马面等人,把潘仁美抓去和杨家冤魂对证,以此骗取潘仁美承认自己的罪状。"

"有是有这么回事,不过,这和我们调查巴彦巴图有什么关系?"

"大人怎么聪明一世、糊涂一时？我们不妨照此法试一试永芹。"

"好吧，尽量办得逼真一些，办妥再向我回报。"庆祥只好如此说。

几天之后，伊犁将军庆祥正式决定返回伊犁，特来与喀什噶尔参赞大臣永芹辞行。

"永大人，我明天就回去了，这里的一切就全托付给你了，叛匪虽逃，但也不能掉以轻心呀！"

"庆大人的吩咐，卑职一定虚心牢记，竭力应付就是了，必要时还要请庆大人多多指教。"

"指教谈不上，你我都是朝廷命官，为圣上出力是我等应尽的义务，彼此，彼此。"

"既然庆大人执意要走，卑职何敢强留而耽误伊犁方面的大事，恭敬不如从命。今晚卑职为庆大人饯行。"

"多谢，多谢！我也想在行前再同永大人聊叙聊叙。"

这天晚上，饯行宴会在参赞衙门大厅举行。喀什噶尔的大小官员几乎全都来了，除了参赞大臣永芹、帮办大臣舒尔哈善、领队大臣色普征额、乌凌阿、回务章京克拉奇，还有各军营的委协领、索伦骁骑校、前锋校等人。酒宴丰盛，气氛也够热闹的。永芹更是高兴非常，庆祥一走，巴彦巴图的事也就无人再查，自己的喀什噶尔参赞大臣的红顶子官帽也戴牢了，不用担惊受怕了。人逢喜事精神爽，永芹喝起酒来也就不再顾及什么。更何况在喀什噶尔，他是主人，自己也不能少喝，还有不少官员拍马奉迎，不住劝酒，不知不觉就喝多了。

庆祥心中有数，哪能多喝，尽管别人不住劝酒，他总推说明晨早起赶路，不胜酒力，饮起酒来，点到为止。高潮一过，庆祥站起身来端起酒杯向众人说道："本官明晨起程回去，这里一切事务有劳在座的各位兄弟了，同时，也感谢各位兄弟的情意真切，本官回敬大家一杯！"

说完一饮而尽，众人也随之一饮而尽。

酒已喝得差不多了，量小的，已东倒西歪，量大的也已微醉。永芹本已喝得差不多，又和庆祥喝上两杯，况且这两杯里，最后一杯是舒尔哈善所倒，又做过手脚，不怕永芹不醉。

庆祥见永芹已醉，也讲自己酒力有限，回去休息，众人也一一回去休息，酒宴到此结束。色普征额尽管量大，舒尔哈善也早已安排人同他对饮，并也做了手脚，让他也醉了过去。

永芹迷迷糊糊不知睡到何时，猛然被两个牛头马面的厉鬼抓了就走，心想我这就死了吗，人们常说人死只是魂走，身子仍在，回头一看，果然一个好好的身子躺在那里一动不动。糟了，我真的死了，想喊人却喊不出声，声音只能在喉咙里打转，极其微弱，只有自己能听见。

一出门，浑身轻飘飘的，被两个厉鬼扯着往前，也不知走向哪里，到处阴风飕飕，人影飘忽闪闪，各种奇形怪状的厉鬼往来不断，都抓住一个个鬼魂。不知走了多时，忽然来到一座桥前，果然不同于人间的桥，下面黑乎乎，不知深浅，不时传来怵人的凄惨叫声。对，这可能就是人们常说的奈何桥，看样子我真的死了，永芹内心一阵难过，人间的富贵荣华再也没有了，他还有点不信。人们说人死了，掐掐身子感觉不到疼，他又偷偷试一试，果然感觉不到疼痛，唉，死就死吧！

牛头马面又把他带走，路上不时见到断脚的、少胳膊的、缺头的鬼魂。一到预审处，刚刚送走一个审讯过的鬼魂。抬头一看，啊，一个判官凶相毕露，旁边站着几个张牙舞爪的大鬼。一声招呼，牛头马面将他按倒在地跪下，只听一声喝问："大胆的永芹，有许多人将你告了，你知罪吗？"

"我不知罪！"

"嘟，如此大胆，还敢嘴硬，带一个鬼来，你看看他是谁？"

啊，是巴彦巴图，他也被抓来了，被打得有点变形，胳膊也锯掉一只。

"永大人，我全招了，不招没办法，你看——"说着用另一只手指指被截断的胳膊。

"把巴彦巴图带下去!看永芹招的和他供的可一致。"

"巴彦巴图招了什么?"

"大胆的永芹,这是什么地方,你还敢抵赖,不招?好吧,先锯去一条腿。"

牛头马面把他向另一室一拉,只见那里正在锯一个鬼的腿。那个人哭不出来,也叫不出来,但百般难受。永芹哪里见过这样的场面,用极其微弱的声音喊:"招,我招!"

牛头马面重新回到预审室,重新将他按跪下,只听一个声音说:"他的喉咙已掐断,说不出话了。""嗯,给他用点灵河水。"话刚落音,有一名小鬼上前给他灌了点说不出味的水,立即能发出点声音,不过声音仍不太大。永芹便把他和巴彦巴图的事断断续续讲一遍。

第十四章

贪小利惹刀兵再起
拜先祖遭马步重围

"参见大人!"青年抱拳施了一礼,立而不跪,"叛军头领张格尔明天上午将到阿帕克和加墓地拜祭他的先祖。"庆祥眼珠一转,这倒是个擒贼擒王的好机会,只是不知道眼前这个青年说的是真是假。

事情是这样的:

永芹接替台湾总兵武隆阿任喀什噶尔参赞大臣后,他年龄已经六十多岁,不能像斌静那样搞什么"服女役"的鬼花招。但他感到自己年纪渐大,在京做官多年也都是闲职,没捞到什么油水。如今来喀什噶尔任参赞大臣,在这天高皇帝远的边陲之地,正可以一手遮天、为所欲为,何不多捞点钱财,将来辞官后也好有个依靠。

就这样,永芹私自加重地方贡赋,对各路商人也严加盘剥。这还不算,他还经常派兵到各部落以搜捕叛匪为名勒索财物。

今年四五月份,张格尔再次掀起反叛,经常流窜在帕米尔高原上的一些卡伦附近。永芹趁机以搜捕张格尔为名到各地抢掠财物。

八月初,永芹再一次派遣色普征额和巴彦巴图到卡外萨雅克部落抢掠财物,但收获不丰。回来途中,在阿克密依特地方,看见有二三百名布鲁特人正放牧,便指挥士兵一拥而上,见物就抢,抢去大批牛羊和皮革药物。一时间,反抗的布鲁特人也死了一百多人,许多老弱病残与妇女儿童都成了刀下之鬼。

幸免于难的布鲁特人逃回部落,向他们的首领汰劣克、拜巴哈什哭诉了惨情。汰劣克见大批亲族兄妹被杀,勃然大怒,便召集部众两千多人火速追杀过来。由于巴彦巴图抢掠了许多财物,行动迟缓,不久便被布鲁特追兵赶上,将他们堵截在一个山谷里,双方经过一番苦战,几百名清兵全部被杀。当然,巴彦巴图也不例外。而色普征额则到另一地方抢掠财物,才侥幸躲过灾难。

这样的大事,永芹怎能瞒得住,如果实报,自己的种种恶迹必然败露。罢官是小事,圣上一怒,性命难保。他便和色普征额商定,隐瞒此事真相,将一些知情士兵派往边境卡伦。他对外只说巴彦巴图所率清兵与张格尔叛军作战被歼。隐去真实情况,将假情报奏给皇上。

永芹将巴彦巴图死亡经过及自己与他勾结胡作非为之事讲完。就听有人悄悄说:"永芹招供和巴彦巴图招供差不多,你看如何处理?"

"你去查一查生死簿,看他阳寿几年?"

不一会儿,有人又悄悄来报:"还有几年阳寿,怎么办?"

"既然还有几年阳寿,这人原先为人还算端正,只是近年才有恶迹,念他招供还算利索,不如先把他送回去,等几年再把他打进第九层地狱。"

"黑白无常,把永芹送走!快带下一个!"……

真相大白后,伊犁将军庆祥也不愿在喀什噶尔多耽搁一天。第二天早晨,庆祥早早起程回伊犁,临行前又对舒尔哈善叮嘱一番,这才离城而去。

回到伊犁,庆祥表功心切,急忙将巴彦巴图率军覆没的真实情况密奏给圣上。道光帝看罢密折,气得拍案大骂:这些混账的东西,不思为朝廷效命,整日在边境为非作歹,这还了得,不重加惩处何以安抚人心,怎生稳固边疆局势?巴彦巴图死有余辜,永芹、色普征额应押解进京,按军法治罪。

多日后,喀什噶尔传来奏报,永芹病故。永芹虽然六十多岁,一向身体尚可,为何这么快就亡故,这事还得回头叙述。

舒尔哈善向庆祥提出智审永芹的办法后,庆祥不甚赞成,但也没有其他良策，只好侥幸一试。这样，舒尔哈善积极忙乎了几天，从他所率的伊犁兵营中挑选一些得力人员帮助他布置，让一些兵丁装扮成各种鬼魂。此外，他还专门到城外请人配制几种麻醉药，以便派上用场。准备就绪，庆祥提出回伊犁，永芹当然设宴送行。在酒席上，他们故意让永芹多饮几杯，特别是舒尔哈善为永芹斟酒时又做了点手脚，放入一定量的麻醉剂。

永芹醉倒，其他人散后，舒尔哈善就迅速行动起来，永芹周围的人，舒尔哈善也事先买通了。这样，舒尔哈善和庆祥一起搞了个智审永芹。

永芹本来做了亏心事，心虚胆小，经这么一折腾，居然全部都说出来了。最后，由于舒尔哈善又给永芹灌了点麻醉剂，所以永芹一觉睡到第二天中午才醒。

永芹一觉醒来，觉得浑身酸痛，口干舌苦，咽喉疼痛，头也有点蒙，眼也有点花。六十多岁的人了，哪能受得这样一夜的闹腾，还着凉得了感冒。回想起梦中的所见所闻心中后怕，但又不敢乱讲，唯恐自己的灵魂真的断了线飞跑。不久，永芹便病倒了，人一有病，心中自然压力大，想得多，越想越怕，越怕越想。时常梦中发出惊呼，年老体弱，一病多天不起，终于垮了下来。忽又听说皇上传旨拿他回京按军法治罪，又是一次沉重打击，不久病死在喀什噶尔。

道光听说永芹病死，虽气也没有办法，又大骂一通，便把这气发泄在庆祥身上。一道谕旨给庆祥，降职任命他为喀什噶尔参赞大臣，调任长龄为伊犁将军。

帕米尔高原的夏夜是美丽的，蓝蓝的天幕上缀满了星星，一个个调皮的星星眨着眼睛，窥视着这高原上密密麻麻的帐篷，偷听着帐篷里多情的人儿的悄悄话。

"苏兰，这几年你跟着阿爸受苦了，阿爸对不住你。"

"老爷，你别这么说，这是兰儿应该做的。"

"兰儿,别这么叫我,叫阿爸,你叫我老爷,我就感到刺耳。"

"是的,阿爸,兰儿记住了。"

"兰儿,我快老了,不想再连累你们,你同苏伦德结婚吧!他待你那么好。"

"阿爸,你又提这事了。"苏兰脸一红,心里却是美滋滋的。她知道苏伦德爱着她,她也深爱着苏伦德,少女的心多么细腻,男人的一个动作、一个眼神,她都知道他心里想的是什么,更何况朝夕相处的苏伦德。

"这几年,你们俩像待亲生父亲一样待我,我不忍心再拖累你们,趁阿爸还能活动几年,我想再做点生意,临走前有一件心事放不下,就是你们两人的婚事。"萨赖占叹了口气,"娜佳命苦,我不想再让你受到什么伤害。这几年草原还算平稳,不过,最近闹腾起来了。今天上午一个商人过来说,张格尔又打过来了,说不定哪一天战火烧到咱草原,你们早早完婚也远走他乡,回安集延镇吧。"

"阿爸,苏伦德对我好,是他将自己的爱从娜佳姐姐身上转到我身上的,爱屋及乌,这样做,我对不起娜佳姐姐。"苏兰不无伤感地说,"我时常在梦中见到娜佳姐姐,醒来就直流泪,娜佳姐姐对我真好,从来没把我当佣人看待,像待妹妹一样待我,我怎么能夺她所爱呢?"

"好女儿,可别这么说,你和苏伦德结婚才是对娜佳最好的安慰,她在九泉之下也会感激你的。"

"苏伦德像哥哥一样待我,但他是布鲁特比的儿子,而我——"

"兰儿,可别这么想,苏伦德不是那种人,况且他的父亲布鲁特比苏兰奇这几年也杳无消息,不知是否还在人间,唉!"

"阿爸,别提伤心的事了,天不早了,你休息吧!"

"兰儿,你也早早休息吧!"

草原的夜透着神奇,轻轻的风儿吹拂着青青牧草,那马蹄踩弯的小草也在风儿的抚动下,悄悄舒展了筋骨,微风中马头琴的古朴曲调像眠歌,给操劳一天的牧民送去甜蜜的梦,星星也疲倦了，打起瞌睡。帐篷中的小伙子却瞪着一对大眼望着漆黑的篷帐，不能入睡。苏伦德怎么能够入睡呢？几乎每个夜晚，他都是在深夜才进入梦乡。

几年前，他心爱的姑娘娜佳被喀什噶尔参赞大臣斌静逼死了，在张格尔的挑拨下，他和父亲苏兰奇还有自己未来的岳父萨赖占一起参加了张格尔的叛军，本想只给娜佳报仇，杀死斌静，谁知仇没有报成，他和张格尔的叛军却被打垮了，自己和萨赖占以及苏兰流落此地，父亲也在战乱中带兵走散。

"汪，汪汪，汪汪汪……"一阵狗咬，苏伦德一惊，"有人偷马。"他脑中一闪，一骨碌站起来，提刀冲出帐篷，只见马栏外一处火把。

"谁？"

"借几匹马用一下！"

"哼！借，为何不先打个招呼？"苏伦德上前几步，怒气冲冲地看着这群人。

"老子为你们东拼西杀，借几匹马还不应该，你小子不想活了？"

"深更半夜来偷马，还出口骂人，讲不讲理？"

"骂人，老子还要打人呢！"

"啪——"来人向苏伦德猛地抽出一鞭，苏伦德纵身一闪，伸手抓住那人的鞭用力一拉，那人冷不防，一头栽下马来。

"嘿！这小子还有两下子。"说着五六个人围了上来，挥刀的、用鞭的、用枪的，一齐向苏伦德攻去，苏伦德挥刀抵抗。

"这么多人打一个算什么本事，苏大哥，我来帮你！"苏兰不知何时也提一把刀冲上来。

"都是自己部落人，有事好商量。"萨赖占拦在苏伦德和苏兰前面，"请问你们是干什么的？"

"你不配问，告诉你也不妨，老子是张格尔和卓手下领队长，来这里找几匹马用用，你看行吗？"

"你们是张格尔的部队？"

"对，赶快把马放出来！"

"我和张格尔是朋友，他在哪里？"

"朋友？你和他是朋友？配吗？他就在后面。"

"你们请他过来，我同他谈谈。"

"这就是张格尔，你认识他吗？"

"你？萨赖占！还有苏伦德，苏兰！你们怎么到这里来了？"

"那年我们兵败，后来与你走散了，就流落到这里。"

"太好了，我又打回来了，这次不同往年，现在兵力多了，有六七个屯兵点，还从浩罕国借来了大兵。你们看，这就是浩罕国伊萨伯克将军，这次我们可要好好干一场！"

"我们不再想干了，只想安安稳稳过牧民生活。"

"哈哈，萨赖占，你怕了，你也不心疼自己的女儿了？"

提起女儿，萨赖占一阵心痛，但他仍平静地说："我们不再干了，你请便吧！"

"对，我们不干了！"苏伦德也上前坚定地说。

"为娜佳姐姐报仇，那是我们自己的事，我们会找斌静算账的，但我们不再加入你的叛军！"苏兰大声说。

张格尔脸上扫过一丝不快："那好，我张格尔也不强人所难，人各有志，不过，马我可要带走。"

"不行！"

"不行！"

"苏伦德，兰儿，这些马匹就送给张格尔吧。这是咱们的一点心意，也是对他的支持。"

"嗯，萨赖占，你挺会做事，那我就不客气了。"

"张格尔，"伊萨伯克动了一下马，靠近张格尔，一直沉默的他终于开了口，用袖子擦了一下口水说，"这位女子挺顺眼的。"自从苏兰出现，伊萨伯克就愣了神。

"伊萨伯克将军，这女子是萨赖占家的佣人。"

张格尔提高了嗓门:"萨赖占,这位姑娘是——"

"她就是当年为娜佳报仇,随军征战的苏兰,现在是我的女儿了,也是苏伦德的未婚妻。"萨赖占故意这么说。

"啊哈,恭喜!恭喜!"

"伊萨伯克将军,我们走吧,将来我一定给你找更好的。"张格尔小声说。

"我们抢走他们的马匹,他们嘴里答应,心里一定恨我们,万一到卡伦报告,我们的行踪不就暴露了。清朝大军一到,后果不堪设想。"伊萨伯克眼珠一转,毒计出来了。

"这……"

"一不做,二不休,杀人灭口。"

"这不合适吧?万一传扬出去?"张格尔犹豫起来,他也知道伊萨伯克的用心,只不过想得到苏兰罢了。

萨赖占见张格尔与伊萨伯克小声嘀咕着,又见伊萨伯克的一双贼眼睛直在苏兰身上勾,心中暗叫要糟,便大声说:"我们给你把马放出来。"

萨赖占说着,推着苏伦德和苏兰走进马圈内,小声说:"你们快骑马跑,我来挡着!"萨赖占迅速把两人推上马。

"嘚——"萨赖占向苏兰的马屁股猛打一下,那马一纵向外蹿去。

"大叔,我们一齐走!"苏伦德一把将萨赖占拉上自己的马,也快速向外跑去。

"快追,别让那女子跑了!"伊萨伯克大声叫喊着,纵马追去。

"阿爸,我们一起走!"苏兰又回头喊着。

"苏兰快走,别管我们!"苏伦德催促着,和追赶的士兵厮打着。

平静的草原乱了,到处是马蹄声、叫喊声,火把混乱地在暗夜中移动着。周围的牧民也都惊醒了,纷纷和这些四处抢掠的人厮打着。

混战渐渐停止，那些人逃走了，带着受伤的苏兰逃得不知去向。萨赖占和苏伦德都受了重伤，被牧民们抬进帐篷。

夜更暗，连星星也没有了，草原静得出奇，透着夏夜的闷热，一场暴风雨就要来了。

苏伦德从昏迷中苏醒过来，见围坐在身旁的牧民们正给他治伤。他说不出的难受，伤口的疼痛怎比得上心头的疼痛。

"苏兰，苏兰，苏兰……"他在心中无声地呼唤着，泪水悄悄滑下，在他消瘦而苍白的脸上滚动。

曾经，他是布鲁特部落第一美男子，也是第一坚强的男子汉。而现在，他什么也不是了，自己心爱的姑娘被人抢去而不能追回，一个男人如果连自己心爱的女人都无法保护，这算什么男人呢？

苏伦德的心在流血，但他毕竟还算是一个男子汉，男子汉是打不垮的，他不能这样白白死去，他要复仇！他要活下去，就这样，他的伤一天天好转了，但苍老了许多，仅仅几天，他仿佛成熟多了，能用一位久经沧桑老人的心对待生活了。

萨赖占老人的伤也不轻，在苏伦德苏醒后第二天才苏醒过来。一生在商场上周旋，在驼道奔波，他都是赢家，成为安集延首富。人生变幻无穷，命运的咽喉真的能够扼住吗？

他把苏伦德叫到跟前，老泪纵横。

"苏伦德，大叔不行了，人老了，也没用了，大叔有一件事想请你去做，答应大叔吗？"

"大叔，孩儿一直把你当父亲一样看待，还有什么客气，你说吧。"

"苏兰不知被张格尔抓往何方，如果她还活着，你一定要找到她。"

"大叔，你不说，我也要去救她！"

"苏兰这孩子挺坚强，也许会忍辱负重地活下去，"萨赖占顿一顿，接着叹了口气，"她一直深深爱着你，却怕你瞧不起她，我本打算最近给你们说开,把婚事办了,可想不到……"

"大叔,我也一直爱着她。"

"大叔知道,可现在已不可能了,无论如何,将来你见到她,能够对她好一点,安慰她一下,我就满足了。"

"大叔,只要她还活着,就是踏遍整个草原我也要找到她,给她幸福,我还有什么资格嫌弃她,一个人连自己心爱的姑娘都保护不了,还有什么脸面活下去。"苏伦德呜呜地哭着。

"孩子,可别这么想,要勇敢地活下去,猛虎还怕群狼,他们那么多人,还有火器。君子报仇十年不晚,留着青山在,不怕没柴烧,要坚强起来。"

苏伦德忍着泪点点头。

"你伤好后就走吧,这里不能待下去了。"

"大叔,我们一起走!"

"别傻了,大叔不知活到哪一天,还能再连累你吗?况且你还要寻找苏兰。"

苏伦德无法再说什么,他走了,走向帕米尔高原的每个角落,寻找他的仇敌,寻找他的心上人,寻找他的父亲。

苏伦德走后不久,萨赖占也走了,走向他迷茫的人生之途,也走向他凄凉而孤独的人生晚景。

谁知道将来等待他的命运又是什么呢?

夜,深深的暗夜,星星正在隐退,这是一夜最黑的时候,往往黎明前的黑暗最是难耐,而又是那么短暂。

一个黑影机智地绕过多道封锁线和巡逻哨卡,向一个帐篷靠近,哨兵还没弄清怎么回事,一把锋利的匕首刺入心窝,一声也没响就倒下了。

另一个哨兵似乎机敏点,感到有什么异常,刚想喊,那黑影一个健步蹿上去,卡住喉咙,几分钟,硬将他掐死。

黑影略微停顿一下,尽管这个帐篷周围的几个岗哨他都解除了,他仍不敢贸然进入,生活使他沉着多了。

悄悄地,黑影轻手轻脚把门撬开,他蹑手蹑脚地进去,思索一会儿,但仍不敢贸然下手。

为了以防万一,不伤着所要救的人,他用手向铺上摸去。

"谁?"床上人也特别机灵,睡梦中意识到不对,飞快地托起盖在身上的铺盖向黑影猛扑上去。

黑影也特别机灵,一闪身,躲过袭击,手中短刀挥了上去。

对方又一个躲闪,但刀已在胳膊上猛划了一下。这人也不含糊,一个飞脚将黑影蹬出帐外。

"有刺客!抓刺客!"

有人大喊,紧接着许多人都叫喊着,拿着武器拥来。

黑影见状不敢再耽搁,心中十分懊恼,但也没有办法,挥刀劈倒两个迎面拥上来的士兵,飞身跑开,纵身跳在事先准备好的马匹上,一鞭猛打,消失在这黎明前的暗夜中。

这些士兵举着火把大喊着:"追啊,追啊!"却没有一个人追上去。

帐篷里的女人早已惊醒,爬了起来,借着微弱的火光,看清了那熟悉的身影,尽管来人一身黑,头上也戴着面纱,但这一切也不能改变苏兰心目中永恒的形象。她在心中呼喊着:苏伦德,亲爱的苏伦德,你何苦呢?我已不是你心中的苏兰,你的苏兰早已死了。

一串无声的泪弥漫双眼。

苏兰只能机械地站在那里,她无法追出去,追出去也没有用,周围早已布满了人。

张格尔正在梦中,"抓刺客"的喊叫声将他惊醒。他意识到出事了,迅速起来查看情况。

张格尔来到出事地点,见有人正给伊萨伯克将军包扎伤口,伤得不算厉害。根据伊萨伯克描述的情况,他心中明白八九分,也不点破,重新给他安置了帐篷,这才回去休息。

一阵折腾,东方一抹朝霞微露,又是一个晴朗的天。

一整天张格尔都心神不宁，他心中暗暗咒骂伊萨伯克，为了一个女人，险些丧命，如果不是要利用你，不用刺客下手，我就先宰了你。

下一步该怎么办？怎么才能成功？无奈之下，张格尔决定到先祖的祖墓去拜祭一番，然后用先祖的名望号召、壮大兵力，起兵驱逐清廷官兵。

六月十四日，张格尔精心挑选了一百名身强力壮的将士，偷偷绕道来到墓地，决定通过拜祭先祖，告慰先祖之灵，然后再以先祖名义发动大规模叛乱。

京中又有圣谕来到喀什噶尔参赞大臣府。

道光帝在谕旨中肯定了庆祥上任后做事较为勤勉，形势略有好转，但仍对他略有微词：

> 当趁此时乘机设法散其党羽，以期绥清边围。此等助逆各边，原应严拿惩治，朕所计日以待日，在张格尔及汰劣克诸人。若每隔经旬，仅获一二，旷日持久，转会该逆等积粮聚众，以为抗拒之计，殊负委任矣！

庆祥看罢谕旨，心中也颇有苦难言。圣上远在京都，哪知道，浩浩戈壁荒漠，茫茫草原大野，捕获几股叛匪可谓大海捞针，谈何容易。自己上任以来确实尽心尽力，唯恐再给圣上留有把柄，但圣上仍不满意，唉！这倒让我如何是好？庆祥苦苦思索着。

庆祥从伊犁降职到喀什噶尔，除原先屯扎在喀什噶尔的一千官兵外，又先后从伊犁调兵一千，从乌什、叶尔羌、英吉沙尔等城各调兵三百，加强边境各卡伦的军事防务。又向各部悬赏，能捕获张格尔者重赏十万金，提供确实线索者也有重赏。但二月有余，效果十分微小，如今圣上追问不能不令庆祥倍感焦急。

第二天，庆祥又召集喀什噶尔帮办大臣舒尔哈善、领队大臣乌凌阿及各官员商讨捕获张格尔的事。

庆祥道："各位将官,圣上降旨,责备我等办事不力,要求我们火速行动,剿捕张格尔,你们看此事如何行动才好!"

众人乱纷纷道："庆大人,张格尔行踪不定,我们这点兵力怎敢轻举妄动,万一孤军深入,岂不落得巴彦巴图一般的下场。""就是嘛,张格尔故意用小股叛军骚扰我们,想拖垮我们的大军,我们切不可上当。"

庆祥反问道："那就待在城里守株待兔?"顿了顿,又说道:"据边境哨卡回报,最近张格尔笼络不少回部部落首领,如此下去,我们陷入孤立,到那时……"

有一位将官建议道："大人,我们应对那些心向朝廷的首领加官封赏,稳住他们,分裂张格尔的阴谋。"

"嗯,这个办法好!既省军费开支,瓦解张格尔的阴谋,又可顺便摸清张格尔的行踪,此事应立即办理!"庆祥也赞成地说。

准备就绪,庆祥向几大部落首领逐一发出请柬,同时附上一份礼物,约定某日来喀什噶尔聚会共商大事。

一天,庆祥正在军务府处理事务,忽有探马来报,说有一青年要见参赞大人,有要事相告,其他人不便言说,恐机密泄露。

庆祥命人将这回部青年带进来,庆祥打量一下来人,长得十分威武高大,人也相当漂亮,两目炯炯有神,放射着一种不屈的光芒,看来人衣着虽然简朴,但掩饰不住英武之气。

"听说你有要事相告,请讲。"

"我要和参赞大人面讲!"

"本官就是,请讲吧。"

"参见大人!"这青年一抱拳施了一礼,立而不跪,"叛军头领张格尔明天上午将到祖墓拜祭他的先祖。"庆祥眼珠一转,这倒是个擒贼擒王的好机会,只是不知道眼前这个青年说的是真是假。

"情况确实吗?"

"绝对准确！"

"嗯，如果情况准确，重重有赏。"

"我不要赏！"

"那你要什么？给你官做？"

"我什么都不要，我只要张格尔的脑袋，我只要被张格尔夺走的我亲爱的姑娘苏兰！"小伙子抑制不住激愤。

"你是哪个部落的？"

"布鲁特人。"

"你提供的情报很重要，不过我们要商讨一下，分析一下情报的真实性。"

"这事不可耽误，张格尔率领的全部是骑兵，行动慢一点，就来不及了。"

"嗯，大概有多少人？"

"一百人左右，不过都是身强力壮、勇猛好战之徒。"

"你是如何发现的？情况有没有变化？"

"我为了报仇，一直悄悄跟随着他们。"

庆祥沉思了一会儿，上次张格尔搞诈降，这次难道不可能用计诱我出兵吗？路上再设下伏兵，这后果是可以想象的。不过，万一情报确实，岂不是错过一次时机！机不可失，失不再来；不入虎穴，焉得虎子。看样子，小伙子也不像奸诈之人，不过，事情也难说。

庆祥抬起头，又审视一下坐在那里的小伙子："你叫什么名字？"

"叫什么名字并不重要，如果不相信，那我告辞了。"小伙子起身就要走，庆祥急忙摆了摆手："好吧！我现在就发兵。"

庆祥决定让武凌阿率领五百骑兵前往，舒尔哈善带领一千步兵随后接应。当然，扣留了这青年。

中午，武凌阿率领五百名骑兵赶到目的地，并从四周将其围住。张格尔果然带领一百多名随从正在祭奠，武凌阿心中大喜，心想，立功的机会来了，今天说什么也不能放走张格尔，这可是一个千载难逢的时机。于是命令道:"弟兄们,我们分三层包围这片墓地,决不能放走一个人,但现在也不忙进去,只是慢慢困着,我们的大军马上赶到,然后再活捉张格尔。养兵千日,用兵一时,今天可是卖命的时候,抓住张格尔人人有功,抓不住张格尔,参赞大人会要我们的命。"

武凌阿骑马沿墓地周围巡逻着,警告着士兵,但他也不敢贸然进去,唯恐张格尔从一个角落突围。

武凌阿心想,我不打你,而困住你,困住你三天三夜,只要你向外冲,我就可调整兵力包围住你。宁可多等,也不可放松,况且舒尔哈善的大军也快到了。武凌阿虽然想独吞这块到嘴的肉,但他没有稳操胜券的把握,因此,还是耐心地等待着。

张格尔见自己被围困在墓地内,后悔没有听从伊萨伯克将军的话,多带些士兵,自己的百十名将士虽然骁勇善战,但必定寡不敌众。他不敢随便突围,但又必须想办法突围。

张格尔在先祖墓前祈祷着,思考着脱身之计。他不敢硬冲,清兵有火器,他还不想去死,他要活下去,等待他的是辉煌的未来。

黄昏时分,舒尔哈善率领一千清兵赶到。武凌阿和舒尔哈善感到由衷的兴奋,张格尔纵有三头六臂也插翅难逃,胜券稳操了。

舒尔哈善和武凌阿商议了几句,决定围而不打,待张格尔等主动出击时再打垮叛军的突围,最后在叛军精疲力竭时生擒张格尔。

伊萨伯克看着张格尔远去的身影,无可奈何地摇摇头。这人真固执,劝说没有用,只有让他再吃点苦头才能老老实实听我浩罕国的指挥,也只有等他惨败后才懂得做事要冷静。

伊萨伯克拖着受伤的胳膊在帐篷前踱着步,他有一种不祥的预感,张格尔此行凶多吉少。拜祭固然能唤起一些人,但万一走漏了风声,后果不堪设想!

他快步走进帐篷,草草写了几封信,让亲兵速速分送几位回部头领,这才舒口气,悠闲地走进自己的帐篷。

第十五章

惑人心蜂拥而闹事
卜险卦狐疑且发兵

算卦先生口中念念有词,把铜钱抛了六次,又比划了六次。"蹇卦,坎上艮下,跛脚之兆。虎落平原,龙游浅水,老牛掉进陷阱,这是最危险时候。"道光闻听,内心一震,急忙抢问道:"有救吗?"

夜幕完全降临,这给包围带来一定困难,在夜幕的掩护下,突围成功的可能性增大了。张格尔心中有了一线生机,但他感到生还的希望不大,这么个弹丸之地,一千多清兵每人一步踏也踏平了,自己藏身于此不讲,还玷污了先祖的纯洁,让先祖也不得安宁。难道这是天意,先祖让自己来此寻死?

舒尔哈善和武凌阿的防御更紧了,他们反复提醒士兵要高度警惕,明晨就发动攻击,那时敌人也困乏了,成为瓮中之鳖,但这一夜必须严加防范,防止叛匪突然冲击。

"舒将军,你看天阴得这样重,可能有雨?"

"差不多,怎么办,武将军?"

"号令士兵进攻?"武凌阿试探着问。

"要不,派一个攻击队先上,其他人从外面继续包围?"

"好,就这么办!"武凌阿很赞成。

进攻开始了,双方一阵激烈交战,攻击的小分队败了下来。

"这几个叛匪挺硬,我们一起向上攻!"舒尔哈善火了。

话音未落,黑沉的天幕被撕开一个口子,接着一声炸雷,风也骤起,人也骤起,不知从何方涌来无数回部民众,他们举着火把,大喊着,向祖墓方向奔来。

风声、雨声、雷声、叫喊声、刀枪声,一片混乱,里面的人向外冲,外面的人向里攻,刚才还是布阵整齐的清兵被这突然发生的事搞蒙了。

对方一律是白帽白衣,手里举着火把,拿着棍棒、刀枪,呐喊着向清兵扑来。

清兵虽然也有火器,但这倒霉的雨天,一枪也放不响,手中的大刀虽然也挥动着,但这是普通的民众而不是叛军,他们也不敢贸然杀戮。这么一慌,民众如潮涌来,冲垮了清兵的包围圈。

武凌阿、舒尔哈善想重新布阵已经无效,他们的命令对不知所措的清兵已无法奏效,两人急得叫骂不止,也守不住阵脚。

张格尔一阵大呼:"真主在保佑我们!先祖在为我们祝福,兄弟们,向外冲呀!"

风更大,雨更猛,雷更响,这里也更乱,乱得分不清敌我,就这么胡乱厮打着⋯⋯

雨停,风住,闪电消失,雷也不鸣,天渐渐放明了。

混乱的场面也已结束,清兵伤的伤,亡的亡,民众早已不知去向,地上只留下混乱的印迹和狼藉的场面。

这里哪还有张格尔的影子,混乱中张格尔不知逃向何方。

张格尔连夜奔逃几百里,饥饿、惊吓、雨打、风吹,再加上疲劳过度,张格尔病倒了,伊萨伯克将军闻讯前来看望他。

"伊将军,我悔不该前往先祖墓地,损兵折将,如此狼狈。"

"张格尔,千万别这么想,塞翁失马,焉知非福,这次拜祭何尝不是一件好事呢?"

"好在何处?"

"当你被围困时,有那么多兄弟冒着生死去帮你解围,这说明你先祖的崇高地位,也代表了你在民众心中的位置,既然这样,何不趁机将这把火点燃呢?"

"对呀!多亏伊将军提醒,应把我突围的消息传出去。"

张格尔突围成功了，人们争相谈论着，传播着，越传越神。

"老哥，张格尔打回来了，听说了吗？"

"听说了，经过怎样不清楚。"

"据说他被围在祖墓，到半夜困了，梦见先祖从天上下来，带着无数天兵天将把清兵打散，救出张格尔。张格尔一觉醒来，清兵果然被打败了，他便骑马走了。"

"对了，我还听说，先祖告诉他说我们又快要兴盛起来，就是让他重新领导我们，夺回我们的大草原。"

渐渐地，张格尔成了大英雄，人人耸动起来纷纷反叛清兵。

张格尔和伊萨伯克又导演了一出戏。

他们忽然传出张格尔病情严重、昏睡不醒的消息，于是请人作法术帮助张格尔招魂，围观者达上千人。

作法完毕，张格尔从昏睡中醒来，讲起梦中的事并告诉众人，清兵正在喀什噶尔外抢掠财物，先祖让他火速带兵前去剿灭清兵。

其实那是张格尔让几名亲兵假扮清兵干的。众人哪里晓得？乱哄哄跟了张格尔和伊萨伯克向喀什噶尔涌去，一路行来竟也组成了一支几万人的队伍，将喀什噶尔城包围起来。

与此同时，张格尔又命几位首领分率大军把叶尔羌、英吉沙尔、和田三城也围困起来。一场大战从此拉开了序幕。

武凌阿和舒尔哈善率兵走后，庆祥的心也七上八下的。这青年的情报是否准确，如果其中有诈，清兵是否会遭到叛军伏击。庆祥不断派出探马打探情况。

第二天早晨，忽有探马来报，武凌阿和舒尔哈善回来了，不但没抓住张格尔反被打得大败。庆祥不问三七二十一，将那青年押入大牢。

武凌阿和舒尔哈善如实报告了围击阿帕克和加祖墓的情况，庆祥又是一顿臭骂："你两个饭桶，千余官兵竟没抓住只带百十人的张格尔，真没用！我本指望你们擒住张格尔，不让圣上骂你我无能。想不到,偷鸡不成反丢一把米,圣上要怪罪下来,我要拿你俩是问。都给我回去吧!"

骂归骂,事仍得继续做。庆祥冷静思考一下,感到事态可能要糟,张格尔这一逃不就是纵虎归山吗?形势要严加关注。

不几日,边境每天都有快马来报,反映各部情况有异。庆祥迅速调整一下喀什噶尔的军事布置,适当撤回防守,充实了喀什噶尔的兵力,并将驻防清兵集中编成三营沿城外浑河布防,以备叛军攻城。同时,他又急忙书写奏折一封派人火速送往京城。

张格尔率大军很快攻破清军浑河防卫线,将清兵逼入喀什噶尔内城,但久攻不下,相持一个多月,张格尔见攻势仍无进展,不免内心焦急。

伊萨伯克见时机成熟,便主动找到张格尔,让他向浩罕国借兵。

张格尔陷入思索,自己辛辛苦苦东躲西藏,多次举事,还不是为了祖宗的草原。夺回来还要拱手送给他人,我才不干呢!当年在浩罕时,英、法、俄等国热情向我提供军需品,让我回来起事,还不都是想以此要挟我,将来向我索取土地。哼!我不那么傻,想骗我,我还想骗人呢!老子已不是三岁小孩,那么容易上当。不妨再把浩罕骗来帮我夺回土地,将来再将其赶走,只要我小心行事,在我的土地上,他伊列汗、伊萨伯克奈我何?想至此,心中暗喜,回头看看伊萨伯克说:"那就请将军帮我向浩罕王伊列汗借兵。事成后,割喀什噶尔给你浩罕,其他美女、玉帛、珠宝、马匹共享!"

伊萨伯克见张格尔答应了自己的要求,心中也十分高兴,大笑说:"爽快!如此大丈夫气概,何愁大事不成,来,让我们干杯!"

"好!干杯!"

夜已经很深了,喀什噶尔参赞大臣府仍然灯光通明。庆祥正在同舒尔哈善、武凌阿等人分析着军情。

"众位将军,你们看喀城还能再坚持多久?"庆祥提出这个人们都想提而又难以开口的问题。"最多十天!"舒尔哈善叹口气说,"城中的粮草只能维持十天左右。"

"城中的民众也开始骚动,这情况特别令人担忧,外攻内乱。"武凌阿不愿说下去。

"为何不见其他城市的救兵?伊犁方面也没有消息?我们都坚持七十多天了,就是城破也对得起朝廷,无愧于皇上了。"

庆祥看了一眼发话的人,他不能责备他的不满,尽管官兵平时行为上有点不妥,但这次喀什噶尔保卫战都表现出士可杀不可辱的气概,每个清兵也都是好样的。

"据估计,我们被围的同时,其他各城也都被包围了,道路也被切断,情报无法送出。"

"可有退兵之计?"有人提出这荒唐的问题。

"退兵不可能了,守都困难,城外张格尔叛军有两三万人,最近浩罕国王伊列汗又率军一万多人赶到。看样子,此城早晚要被攻破。"

接着是沉默,死一般的沉默。庆祥说:"若得一名勇将杀出重围把情报送出去,事情尚有可为。"

没有人反对,但也没人站出来承担这任务。这不是儿戏,死算得了什么,军情比生命更重要,每个人都掂量着自己的能力。

"大人,我去做吧!"穆克登布终于发话了。

庆祥草草写一份喀什噶尔的危急军情,让穆克登布连夜冲出重围送往伊犁,这是庆祥发出的最后一份告急奏报。

送走穆克登布,庆祥心情沉重地回到书房,仍无睡意。此刻才感到有点孤独,想起自己由于城池被围一直睡在书房里,多日没有回去了,这才想起四姨太玛达娅也多日未见。

一个人边思索军务边往回走,走到内宅西厢房,刚要敲门,忽听里面有窃窃私语声。庆祥一阵恼火,一脚把门踹开。

庆祥点亮灯,竟是四姨太和一个叫沙达的家人。两人没想到庆祥突然到来,吓得跪在地上磕头饶命。看着这两个猥琐的可怜虫，庆祥恶心得想要吐出来，抡起巴掌向两人挥去："臭婊子，都给我滚！"

玛达娅和沙达逃出参赞大臣府，两人才稍稍喘口气。

"怎么办？明天庆祥追查起来，你我小命还有吗？"沙达不安地问。

"不会吧！他刚才不是放过我们了吗？"

"他这人说变就变，谁保他明天不翻脸？"

"你怕了……"

"我怕他？外面兵临城下，他庆祥不知活到哪一天，他敢怎么着我？"沙达故作镇静。

"对，反正城早晚要破，与其让他们打进来把我们杀了，不如我们在里面鼓动民众与他们里应外合，把城门打开投降，也许还有生路？"

"最毒莫过女人心，真有你的！"

"我毒，好，你老老实实等着送死吧！"玛达娅嘴一撇，转脸要走。

"哎哎，一切听你的！"

"事不迟疑，我们现在就去！"

"好，一起去！"

庆祥稀里糊涂，不知睡到何时，忽听院外人声嘈杂，立即起来查看，听家人来报，城内民众叛乱把城门打开迎接叛军入城了。

兵败如山倒，叛军如汹涌的浪涛翻滚而来，帮办大臣舒尔哈善、领队大臣武凌阿及众多官兵全部战死。

庆祥见大势已去，面向京都方向扑通跪下三叩首："圣上，臣庆祥无能，没有守住喀城，无颜面见圣上，以死殉国，表达臣的忠心！"说罢，拔剑自刎。

张格尔两三万兵力围攻喀什噶尔而久攻不下，被迫以屈辱条件答应浩罕国王伊列汗又从浩罕借来一万兵力围攻喀城，一晃七十多天仍没攻下。再拖下去，清朝援兵一到，里应外合夹击张格尔，那张格尔必败无疑。

恰在一筹莫展之际，忽然从喀城内传来密信，庆祥家人沙达和玛达娅愿从内接应。张格尔心中十分高兴，只要有内应，还怕攻城不破吗？俗话说：堡垒最易从内部攻破。再者说，玛达娅要来投降，这可是送上门的肉，谁人不知道玛达娅，号称"芙蓉花"！

自从逃离浩罕，妻子老小就不知去向。当年安集延的那枝花本已搞到手，为了一个政治目的，白白送给伊列汗。见到苏兰后，张格尔为了利用伊萨伯克，又不得不将口水往肚里咽。

如今能够得到玛达娅这么个女人，就是不要西四城也值得。

喀什噶尔终于被攻破，张格尔喜不自胜，宣布自己为"赛伊德·张格尔·苏丹"，就是圣裔张格尔国王，又整修了参赞大臣府作为王宫。

一切军务处理完毕，召见了沙达和玛达娅。

"沙达和玛达娅参见国王！"

"嗯，免礼！"

张格尔一见玛达娅果然美貌无比，比他想象的还要美。但见到身旁的沙达，鼻子一歪，问道："你就是沙达？"

"回国王，小的就是！"

"嗯！你原是干什么的？"

"小的在参赞府当差。"

"你为何不早从里内应，一直拖到今天？"

"这……"

"他早就有内应归顺之心，不过一直没有机会，直到最近才找到机会。"玛达娅急忙赔着笑脸为沙达辩护。

"没有你的事，我在问他！"张格尔脸一绷。

"小的就是这么想的，一直寻找归顺机会，小的早就渴盼国王驾到。"

张格尔一拍桌子，喝道："大胆，贪生怕死之辈，庆祥在时，投靠清廷，见清兵大势已去又转而投降于我，将来也许还会背叛我，如此卑鄙小人留之何用，拉出去斩了。"

"国王饶命！国王饶命！"沙达无论怎样求饶，张格尔也不理，仍命人将他斩首。

玛达娅脸色一白，也不敢多插嘴。

张格尔杀了沙达，转向玛达娅说："至于你嘛，念你年轻，多听人唆使，今后要自重。念你常在这里做事，暂且留在王宫中，帮助我处理一些小事，是赏是罚，看你以后的表现，先带到后府去。"

张格尔草草处理完一些急事，就匆匆奔向后院。

京城皇宫内，道光正和慎皇后叙话。御前太监常永贵来报，军机大臣文孚说有要事面奏皇上。道光一听军机大臣深夜来见，必有重要情况，立即命他进来。

文孚急匆匆进宫拜见皇上、皇后，然后将一份特急奏折递给皇上。

道光接过奏折一看，这是一份从喀什噶尔办事大臣庆祥那里发来的紧急奏折，上面沾满斑斑血迹，有的字已被血染得模糊不清，道光匆匆浏览一遍，龙颜大震。

"喀什噶尔恐已失守。"道光面向文孚说道。

"臣估计也是如此。"文孚急忙答道。

"这许久没有庆祥的消息，怎么忽然传来这等坏消息，是否属实？"慎皇后也吃惊地说。

"情况属实，这是喀什噶尔副领队大臣穆克登布拼死突围送给乌什办事大臣庆廉，庆廉又飞递到京的。"文孚说道。

"回疆形势突然恶化，恐怕要大动干戈。"道光不无忧虑，"明天召集军机大臣协商平叛之事，所有回疆奏折一律交与朕亲自批阅！"

"是！皇上，还有什么吩咐？"

道光沉思一会儿，问道："你对回疆形势有何看法？"

"臣以为喀什噶尔已失守,西四城其他三城可能也已难保。"

"嗯,朕也以为如此,必须采取果断措施设法补救,毋容回疆形势再进一步恶化!"道光语气有点沉重,"庆祥无能,坏朕的大事,真是岂有此理!"

"皇上,臣以为局势已乱,应速调领兵大员前往平叛!"

"你认为谁较合适?"

"臣以为二杨较合适。"

"你是说陕甘杨遇春、杨芳两人?"

"正是这两人。当年禁门之变后,李文成反清闹事,先皇就是调遣陕甘总督那彦成前往平叛。他手下有两位副将就是杨遇春与杨芳,曾使匪徒闻声丧胆,特别是那杨遇春有'美髯将军'之称,颔下三绺长须飘飘,不怒自威,打起仗来十分骁勇。"

"朕也有此意,你明日传谕陕甘总督杨遇春颁给钦差大臣关防一颗,令其迅速前往查办,并可于陕甘两省自提镇以下满汉官兵中择精锐部队分批督率,火速入疆应援。此后命鄂山将陕西巡抚交给徐斩接任,驰赴甘肃代理陕甘总督。"

"臣遵旨!"

第二天早朝,道光立即召集武英殿大学士曹振镛、户部尚书王鼎、兵部尚书玉麟、工部尚书穆彰阿等军机大臣以及御前大臣赛冲阿等人商讨回疆叛乱一事。

最后共同达成协议,回疆叛乱烽火已经燃起,叛匪锐气方烈,不可轻举妄动,应相机调度,加意防范,暂以防守为上策,使叛军势力范围不再蔓延。

于是命军机大臣卢荫溥传谕长龄、巴哈布、景文额、长清、庆廉、苏伦保等驻守回疆诸大吏,应根据形势,设法策应,以防守为上策,以不变应万变,不可轻举妄动。

回疆局势到底恶化到什么程度,道光及朝中诸大臣也不十分明了,仅从刚刚接到的庆廉回报中约略估计一下,做出这样布置,待详细军情掌握后,再具体制定平叛措施。

不几日，来自边疆的各种报告、奏折和告急文书雪片一样纷纷飞到。道光一一认真批阅，心中如火焚烧。

八月二十五日，喀什噶尔陷落，参赞大臣庆祥、帮办大臣舒尔哈善、领队大臣武凌阿和穆克登布皆阵亡。八月二十七日，叶尔羌被攻破，帮办大臣多隆武、办事大臣印登额兵败阵亡。八月二十九日，英吉沙尔陷落，领队大臣苏伦保自杀殉国。八月三十日，和田领队奕湄、帮办大臣桂斌阵亡，和田被叛军攻破。九月一日……

看着这样丧气的军情告急文书，道光心中真不是滋味。先祖康熙、雍正平定了准噶尔、阿睦尔撒纳叛乱，乾隆爷爷也平定了大小和卓叛乱，他们都巩固边防，扩大了我大清江山的领土，为什么到了自己手中却有江河日下之感，难道这真是上天的惩罚，对自己的警告？

心绪不宁中，道光顿生深宫困扰孤独之感，想走出紫禁城，到京城集市上走走，散散心，活动一下筋骨。也不告诉别人，仅带一名小太监，微服溜出去了。

来到城西老皇城根，忽见旁边围着一大群人，道光在宫中哪见过这好玩的场面，也想挤上前凑个热闹，看个究竟。小太监心想，这儿离宫较远，身边也没个侍卫，在这人杂的地方，万一万岁爷有个三长两短，还不要我的小命。急忙阻拦说："主子，咱们也溜达半天了，回去吧，他们见不到老爷子，会急疯的！"

"我在里面闷得慌，好不容易出来一次，也让我多透口气，了解一下民情。看看这是做什么的，等一会儿就走。"

道光说着挤了上去，小太监无奈，也急忙跟了上去。嗬！原来是一个摆摊相面算卦的。

只见那位五十多岁的算卦先生正在为面前一位青年人相面，两唇冒沫，滔滔不绝："这位小兄弟蚕眉虎目，印堂发亮，官运昌旺，鼻直口方，相面书上叫山根扎得好，保你将来官至一品。"

众人一齐哈哈大笑，要这小青年多出些银两，如此好面相，卦钱再加一倍也不多，有人附和说。小青年不信，说这算卦先生唬人。

"嘿！你不信？当今万岁爷都找我给看过相，算过卦，说我算得准！"

"你这狂徒，竟在这里胡诌！"小太监一听气恨恨地张口骂了一句，欲上前掀翻这算卦先生的小摊，道光怕闹起来，暴露身份，用力推了一下身边的小太监。小太监会意，强忍住不再言语。

那算卦老先生听到有人骂他，抬头看了看小太监和他身边的主人，说道："小兄弟，出口礼貌点，不信你可以走。我瞧你那面相，也只配当个打杂的下手，一辈子爬不到主人的位置。"这人说着又瞟了一眼小太监身边的道光说："这位相公龙眉虎目，一脸英武之相，富贵之貌。特别是那高高的颧骨，将来必然有安邦定国之位、经天纬地之才。俗话说，男子颧骨高，必为人中豪。只可惜……"

几句溢美之词，道光心里乐滋滋的，早忘记了烦恼与气恨，一听说"只可惜"三字，心中一动。

"可惜什么？请讲，让我听听！"

"可惜相公将有大灾。"

道光一愣，莫非此人果然是仙人下界，能看出人间是非，急忙追问一句："什么大灾？"

"这……不过，我能帮你破解这场灾难，只是要多……"

众人一致附和："先生多给些银两，他一定能帮你渡过危机。"

"你可能是外地来此的商人，他可是这里有名的赛神仙哪。"

"银两，好说。"道光急忙在身上摸了一遍，脸一红，"本人忘记带，你有没有？"道光哪带过这东西，急忙让小太监给银子。

"我家主子是当今……"小太监话到嘴边又咽了下来，他也没带银两。

"你给我多看看，我回去派人给送来。"道光催促道。

"那可不行，你一走，我到哪里找你，天子脚下，怎有白吃的

249

买卖。你不想破灾，我也不勉强。"算卦先生激将道。

"先生，这样吧，我这有颗家传玉珠给你押着，帮我算上一算？"道光说着，从内衣里掏出一颗夜明珠。

"主子，这可不能！"小太监急忙阻拦。

"先给他，我们回去再派人来赎！"道光不让小太监阻拦。

"好！先生爽快，那我就给先生占上一卦，再给你破灾。"

算命先生一见这么大的夜明珠，心里乐开花。心想，把你的珠宝骗到手，溜之大吉，谁还让你派人来赎。可怜他虽知这是颗好珍珠，却不知这是当今皇上的镇朝珠，为此将来惹下杀身之祸，这是后话，暂且不提。

只见算卦先生从卦盒里掏出三枚铜钱，口中念念有词，又合手向上空拜了三拜，便把这铜钱抛了六次，又比划了六次。

"从卦象上看，这位看官算得的是蹇卦，坎上艮下。跛脚之兆，卦辞上说：山高水深，行动艰难，西南不利，需英豪支持，还要坚守正道，就这样危险仍然很大。山上有水，山表险阻，水亦不易涉，这为困难之兆，先生应多多反思。"

算卦先生说着，看了一眼道光，道光对此似懂非懂地点了点头。

"先生，你注意听着：从爻辞分析，初六阴爻阳位，柔弱不正，与六四阴阴不应，勉强前进，必陷入上卦坎的险境中，轻率前往必遭困扰。了解形势、量力而行、等待时机才是明智的。再看六二阴爻位正，与刚健的九五相应，本可前进，但上卦坎为险，九五陷于险中，居臣位的六二只有奋不顾身前往征讨，方可勉强维持下去。九三内卦中唯一阳爻与上六相应，上六无力，也不能支持，只有返回内卦方可安泰。冒险求进莫如退守。"

算卦先生见自己的一番话震住了道光，心中暗喜，今日算是挣了大钱，又进一步分析起来，竟然头头是道，把周围的人也给唬住了。

"六四落入坎卦的危险中，进退两难，如虎落平原，龙游浅水，老牛掉进陷阱，这是最危险时候。"

道光闻听,内心一震,急忙抢问道:"有救吗?"

"补救是有可能的。"算卦先生缓口气,试探着说,"但这位官人可得多破费点。"

道光把夜明珠递给他,算命先生拈了拈放入口袋。

"九五陷入坎卦,非常艰难,但九五刚健中正,定会得到友人的帮助。此时上六是卦的终极,前进不能,回头与九五共挽时局,必然获得成功。这就是说先生最终可以脱离困境。"

道光被他这一顿胡诌,心中一片迷茫,不知说什么好,自语道:"能脱离困境就好!"

"为了让先生早早脱离险地,摆脱烦扰,我再给先生一道符咒,你拿回去放在枕下就可。"算卦先生说着,从卦摊内抽出一张事先准备好的符纸,上面乱七八糟地画了几个线条、圈圈。

小太监接过符纸,回身请主子回去。道光本想出来解解闷,散散心,不想却让心中烦恼加剧,走在回去的路上,一声不响,闷闷不乐。

正走着,忽见几名御前侍卫、太监跑来,又找了一顶轿,把皇上抬回宫。

小太监命一人赶快回去赎回皇上的定朝珠,找了几遍,哪还有算卦先生的影子,只能回来复命。

道光刚回到慈宁宫,皇后就迎上前,关切地问:"皇上,应多珍惜龙体,别让我们担忧,今后外出要多带几名侍卫。"

"皇后勿虑,朕只是出去散散心,不会走出多远。如今朕心中已有了眉目,对于叛乱之事将重新做出几个重大决策。"

"不知皇上有何英明决断?"皇后关切地问。

"朕的决策英明与否尚难以定论,也仅是权宜之策。朕以为,首先应调兵遣将,组成前线军事指挥机构。"

"皇上,这指挥机构哪些人能够胜任?"

"嗯,朕反复思考,有能力可信任之人不少,像陕甘总督杨遇春、伊犁将军长龄、山东巡抚武隆阿等人均可。"

"皇上准备把这军事指挥机构设在何地？"

"这个，朕也在权衡，暂定哈密或阿克苏，这将由具体形势而定。"

"皇上还有什么想法？"

"其次调兵不能少于二万人！"

"回部叛军有多少？"

"目前尚未查清，估计也不下三万人。"

"皇上日理万机，同时也要注意休息，不可劳累过度。"

"多谢皇后关怀，国家能有对上体贴君王、对下关心百姓，具有母仪风范的国母，何愁万事不一帆风顺。"

"皇上过奖，折煞我了。"

道光六年（1826年）七月十三日，平叛战争拉开帷幕。

武英殿内，军机大臣、大学士曹振镛将自七月十三日到二十一日发出谕旨情况写成折子送到皇上面前。

道光匆匆浏览了一下，满意地点点头，道："目前发兵有多少？"

"回皇上，至今天已发兵一万八千人。"

"嗯，还有哪些省的兵尚可再发？"

"回皇上，山东、直隶、蒙古、安徽、河南等地兵力尚可再发。"

"根据目前局势，你分析一下朕的总体军事部署可有不妥之处？尽管直说。"

"臣认为皇上的总体战略是这样的……"

"怎样？但说无妨！"道光对他微笑一下。

"皇上想让伊犁将军长龄镇守北疆，相机调度行事，可进可退，巩固后方。"

"对，朕有此意，还有呢？"

"陕甘总督杨遇春指挥平叛，皇上看重杨总督指挥稳妥、为人厚重、做事细心，并在军中有较高威望的优点。"

"是这样。"

"皇上了解到西四城相继陷落、道路被叛军所阻,无法畅通,难以互应,而命各路援兵回集新疆东部的哈密,等待各部大兵聚集时再入疆平叛。"

"曹学士与朕分析相同,你以为朕的这种战略部署有何不妥吗?"

"圣上英明,没有不妥。"

"不要给我戴高帽,也可以说反对意见,朕的为人,曹学士也不是不知,直说无妨。"

"不妥之处倒没有,只是臣以为皇上做事是稳中求妥,小心谨慎,这是优点,当然,从另一面看也是缺点。"

"好,朕就希望听缺点,你说给朕听。"

"皇上做事还不够大胆,发兵哈密有有利一面,也有不利一面。有利一面就是臣刚才说的皇上稳中求妥的优点。缺点是有点保守,大军还可向西移到阿克苏等地,不知皇上有何想法?"

"阿克苏等地?嗯,有点道理,但是否有点太冒险,重兵屯于一处,万一叛军包围于其中,这岂不有害而无益?"

"皇上考虑事情果然周全,宁可稳一点,也不愿冒险。"

"哈哈,这是保守嘛,朕也会冒险的,还没到时候……"

道光与曹振镛相视一笑。

第十六章

平叛乱钦点军中帅
逞韬略漫谈纸上兵

道光和皇后来到地图前，端详一会儿，又用手比划几下，回头拉着皇后的手说："慎儿，你看，朕多日一直在思索出奇制胜的平叛策略，多亏你刚才提醒，朕终于找到出奇制胜、包围歼灭叛军的妙计！"

　　伊犁将军府。
　　伊犁将军长龄和钦差大臣杨遇春正在饮茶叙话。
　　"杨大人，你对圣上的平叛战略部署有何看法？"
　　"哦，我以为圣上做事小心谨慎，步步为营，考虑问题也较周全，只是有点太保守，顾虑较多。"
　　"就是嘛，各路调兵云集东部哈密，距离前线战场有六千多里，仗一旦打起来，从哈密再向前线调兵，那不是远水解不了近渴嘛！"
　　"长将军，你认为屯兵何处较为合理？"
　　"在下以为屯兵阿克苏较好，这样，平叛大本营西移了四千余里，我们占据了有利战机。如果汇兵哈密，岂不等于将整个新疆拱手让给叛军，叛军如鱼得水，扩大地盘，也增加了兵源。那时，平叛将更加困难，耗费也更大。"
　　"就是，回疆西四城已无法挽回，但我们占领阿克苏就等于扼住叛军前进的咽喉，切断叛军势力进一步向东发展。相反，阿克苏被叛军占领，可能导致回疆东四城乌什、库东、喀喇沙尔等城相继失守，新疆大部分地区都将落入敌手。而我们只能凭据哈密、吐鲁番、乌鲁木齐、伊犁这一东部狭长地带同敌人抗衡，错失进击的纵深空间。"
　　"唉，也不知圣上是如何想的？"长岭叹了口气。

"圣上身在京都,怎知前线的军情严重啊!"

"失去进击的地带,势必在整个新疆北部全面设防,处处防,处处防,防,防!"长岭望着深沉的夜空长叹。

"防,防不胜防啊!平叛战争将陷于被动。"杨遇春也十分感慨。

"杨将军,你看这地图,西四城北有天山阻隔,南为西藏,西与浩罕接壤,东边却是一望无际的塔里木沙漠,唯有东北这一条通道。"长岭用手指点这条通道说。

杨遇春的目光随长岭的手移动着:"阿克苏就是这通道的枢纽,我们屯兵于此,就等于扼住了西四城的咽喉。"

长岭兴奋起来:"这场平叛战就可关门打狗!"

"但圣上已作出决定怎么办?"杨遇春有点犯难。

"将在外,君命有所不受!"

"虽说如此,打胜仗还好,万一打败了,那可是欺君之罪与误国之罪啊!"杨遇春顾虑重重。

"那我们再上书一封,请皇上定夺,然后再相机行事,如何?"

"最好这样吧!"杨遇春点点头。

"杨将军根据各地军情估计叛军有多少人马?"

杨遇春沉思良久,慢慢抬起头:"至少也有四万多人。"

"四万多叛军,形势再恶化,响应与被迫从军的民众可能增达十万人,此外,还有浩罕国的兵力。而圣上仅发兵二万人!"长岭盘算说。

"二万人是不够用,真正用到战场上的也许只有一万二千人,其他护送、防御等也要有机动兵力。"

"我们提出要兵四万,望圣上多调遣些兵马,以防万一。四万人乍一听较多,而真正用在战场上的也只有二万五千人左右。"

"四万兵马可不是一个小数目,圣上一时能否调来?"

"可让圣上分批云集,从内地调派。"长岭退一步说。

"圣上是否会骂我等胆小怕事?"杨遇春又担心起来。

"骂,他就骂吧!打完仗再恳奏圣上原谅吧!"长岭说完将杯中的茶一饮而尽。

杨遇春给长龄斟上一杯,又给自己斟上一杯,试探着问:"长将军,你我二人指挥能否顾及全局?"

长龄略一沉思:"你我二人指挥也还能顾全大局,能再派一二人来更好,你我这把老骨头不经折磨呀!"

说罢,两人哈哈大笑。

军机大臣、兵部尚书玉麟急匆匆来到养心殿,由太监传报入殿拜见道光皇帝。礼毕,呈上一份伊犁送来的紧急文书。

道光接过文书,拆开细看,只见上面写着:"查喀什噶尔、叶尔羌为波罗尼都·霍集占据守之巢穴。此等人皆是张格尔之同党,贼势颇旺,猖獗异常。西四城皆陷,叛匪向东蔓延,断非二万兵马可克复,唯有据实奏,速发兵四万,粮饷银数百万,另派统领大员二三,巴图鲁侍卫数十人,由哈密、吐鲁番前进,会集阿克苏。至兵行粮运,长途运经贼垒,非多兵护送,势有不可。除分起络绎运粮,并留护粮台,约兵一万五千名,战兵仅二万五千人。所有办理粮饷大员及押运军火、粮饷地方官兵亦须由内地委派。如此通盘筹办,进兵剿贼,宜于十月完备。"

道光看罢长龄的奏折,十分生气:"剿灭一群乌合之众就须动用大兵四万,我调拨的二万精兵就足矣,这些人,纯是坏我大事!"

玉麟接过皇上递回的奏折细细看了一遍,沉思片刻说:"皇上,内乱外患之际,养兵千日,用兵一时,我思众朝臣不敢打诳以欺圣上,也许长龄分析得自有他的道理。"

"玉麟,你身为军机大臣,也为他们开脱罪责!"道光大怒,拍着御案说。

玉麟一听,皇上果真发火,吓得扑通跪下,叩首说:"老臣不敢!"

道光见玉麟跪下,心也不忍,缓和一下口气说:"朕这几日心情十分烦躁,动辄发火。朕忧虑回疆之叛乱扩大矣!老爱卿,何须如此,请起。"道光说着,将玉麟扶起,"你说说,长龄何以要

257

求朕这样做。"

玉麟谢罪站起，说："皇上，张格尔叛乱计谋日久，又有外国势力支撑。如今西四城俱为贼有，张格尔必然窥视回疆东四城等大部分地方，难免不扩大范围，征召兵马。长龄据此提出四万人，也许有他的道理。老臣多言了。"

道光听玉麟如此一分析，不再言语。沉思良久，又道："屯兵哈密与阿克苏，朕对此也举棋不定。山高路远，朕不能亲率大军兵临前线，难免纸上谈兵，朕也不能埋怨边疆诸臣！"

道光内心极不好受，自己在上书房攻读三十余年，通晓诸子百家，熟读兵书，自以为指挥战争有一定雄才大略。虽不敢自比诸葛、乐毅，但内心也思寻不下于一般军事谋家。而他刚刚制定的平叛战略就被长龄否定，心中自是不乐。

玉麟见皇上不语，劝慰说："皇上对长龄的奏折可作一般边防文件思考，不必为之烦恼，应惜珍龙体。圣上也不必过于自谦！"

"也许长龄有他的想法，玉爱卿，你再分析一下。"

"回皇上，长龄要屯兵点从哈密而西移阿克苏也许是为战略上先下手为强，据要塞而退可守，进可攻，扼住敌兵东进之咽喉，新疆地势与敌各占一半，据此剿敌。"

"朕让屯兵于哈密也是避免孤军深入遭敌围歼。"

"皇上分析英明，但不知贼众今在何方？如果贼众有兵马袭入东部地区，圣上战略实乃万全之策。倘若叛匪势力尚能控制，长龄要求汇兵阿克苏就可控制敌势东侵。"

"应将敌兵形势查明再定，先让兵马继续前进，查明后可直接由哈密而发兵阿克苏，中途于哈密稍停而已。"

"圣上所言极是，至于奏折所提的兵力四万，一时何能凑齐？"

"四万兵马尚有，能否用完这许多人，朕一直在思索。"

"张格尔已于回疆骚扰多年，一直使局势动荡不宁，这次平叛，最好活擒此人，不可再姑息。宁可多派兵，也不可因兵源不足而使其逃脱，留下后患。"玉麟见皇上态度由气恼而缓和，又转向亲近，才敢如此放言直说。

"好吧，玉卿，你负责传谕几省再准备一些兵源，及时调遣入疆！"

送走军机大臣、兵部尚书玉麟，道光又让太监传谕召军机大臣、工部尚书穆彰阿到养心殿议事。

"臣穆彰阿叩见万岁。"

"穆爱卿，免礼赐坐！"

"谢皇上！皇上召臣于此是为叛贼之事吧？老臣对此也十分着急。"

"穆卿，朕正为此事召你相议。"

"谢皇上对臣的厚爱，臣当尽力，为圣上赴汤蹈火，在所不辞！"

"伊犁将军长龄飞递奏折入京，要求派指挥大员，你意下如何？"

穆彰阿小眼珠一转，不知皇上这话是何意思，是赞成还是反对，他一时不好作答，支吾着说："皇上，这……臣以为……"

"直说无妨，朕只想听听你的看法。"

穆彰阿唯恐讲出与皇上相反的意见，一时急得满头大汗，忽然灵机一动，想出一个折中的回答。

"皇上，局势已恶化到派大员入疆指挥的地步吗？"

"嗯。"

穆彰阿听见皇上这声"嗯"，心中有了数，道："最好派大员入疆指挥，全军才能步调一致，通盘布置。"

"杨遇春、长龄两人之外还须再派一到二名，你认为谁较合适？"

"唉！皇上，臣想为皇上效犬马之力，只是年老体衰，病体刚复，恐难令皇上满意，心有余而力不足，老朽无用矣！"

"穆爱卿不必自贱。这等远征之事也不劳你这样的老臣再蒙征战风尘，应该让年轻将领外出锻炼锻炼，也能让我朝后继有良材，必要时，急国家之所急。"

"皇上英明，老臣也有此心，臣保举一人不知圣上是否准奏？"穆彰阿心中一喜，想到自己的长子穆寿福至今虽在军中任个提督，但位置不巩固，何不趁此到前线风光一下，将来也好有个提升的借口，便说道："臣保举此人，官虽不大，但对皇上的确忠心，指挥也颇得过臣指点。"

"穆卿直说，让朕思考一下。"

"就是臣的犬子穆寿福，现任宣武门提督。"

皇上一听穆彰阿保举自己的儿子做回疆指挥大员，心中老大不快。尽管穆寿福任个提督之职，还不是看在你穆彰阿的面子，是否有真才实学，我看未必见得，于是不冷不热地说："你子同山东巡抚武隆阿相比如何？"

穆彰阿一听皇上话中含讽，急忙申辩说："犬子哪能与武将军相提并论，做武将军一马夫尚不知武将军是否乐意。臣让犬子赴疆别无他意，实是报皇上恩典，效犬马之力，并不是要做指挥大员，仅作一兵而已。"

穆彰阿如此一说，道光也不好再说什么，缓一下语气说："既然穆卿有此意，那就让他率领京师健锐、火器两营及山东炮位官兵入疆听令，报效国家。"

穆彰阿跪下谢恩："老臣代犬子谢过皇上。"

"不必多礼，穆卿，你回去传谕旨给山东巡抚武隆阿，让他火速动身与杨遇春、长龄共掌平叛大局。"

"是，皇上，这三人中何人为主？"穆彰阿知道儿子一定要赴前线作战，这得先了解一下前线最高指挥官是谁，也好早早心中有个数，通融一下，让儿子不伤一毫一毛而又能立功，这才提问此事。

"嗯，这三人嘛……"道光略一思索，想到长龄的奏折，既然同意他的作战策略，当然由他指挥较好，这才说道，"长龄将军老成持重，军中威信尚可，且作战经验丰富，又身为伊犁将军，了解新疆地势与人际关系，由他为主较合适。"

"对，对，皇上果然有眼力！"穆彰阿鸡啄碎米般地点头称是。

穆彰阿走后，道光帝又将长龄的奏折反复看过，心道：将在外，君命有所不受。万一长龄坚持己见，对此我也没有办法，战场上如有失误他便推向我，认为我战略不对。现在我权且尊重他的意见，也让臣下知道我是能够接受下属见解的，一旦战场上有所失策，我再好好整治这些自以为是的臣属。

想至此，道光命御前太监常永贵服侍他拟定谕旨一份，火速派内阁送往回疆。

与此同时，谕令哈密办事大臣恒敬对运往回疆的各路清军和粮资及时接应并安排接待和护送。

道光刚稍稍松口气，又想到军用物资的接济工作还需要进一步扩大，于是命太监传令召军机大臣、户部尚书王鼎到养心殿议事。

户部尚书王鼎近期特别繁忙，他知道军需供给是战争的后盾，也是战争的命脉。身为朝廷命官不能为君王分忧解虑就枉为人臣，因此，回疆告急文书一到，王鼎就着手整理全国各地的财物、军需品登记，一旦圣上需要及时呈上。多日不见皇上提出此事，正准备奏报皇上，让皇上早早安排军需供给，忽闻皇上召见，心想必为此事，不敢有半点耽搁，就把自己近期整理出的国家财物报表带上，入养心殿叩见皇上。

礼毕，平身坐下，道光便开口问道："王爱卿，朕早有宣你面谈之心，近日事务较忙，一直没有闲暇，才拖到今天。你知朕召你为何事吧？"

"回皇上，臣知皇上为平叛之事心劳，臣不能为圣上解忧这是臣的失误，请皇上治罪！"

"不必如此客气，王爱卿对平叛工作有何看法？"

"皇上已传下谕旨，调派指挥大员前往作战，征杀讨伐，攻城夺隘等军事谋略，臣实在愚笨，不敢妄谈。臣在户部为官多年，做点后勤工作，也是臣的分内之事，恳请皇上随时调用。"

"朕宣你上殿正为此事！"

"圣上有何遣使，臣当竭心尽躬，以报圣上知遇之恩。"

"你对平定叛军工作有何看法？"

"回皇上,军需接济是战争的最重要因素,而这次入疆平叛又非平常作战,实是战争史上罕见的后勤运输之难题。"

"是呀!"道光吁了口气,"运输距离长达万里之遥,到处是荒无人烟的沙漠戈壁荒滩,水草缺乏、气候多变、环境恶劣、地远人偏,朕也为运输之事担忧。"

"臣等竭力辅助圣上多方面谋划,尽量把这工作做得周全、完备就是了。"

"朕已传旨给陕西巡抚鄂山、乌鲁木齐都统英惠、哈密办事大臣恒敬,命他们先行准备军用接济。王爱卿,你看此事还有谁能参与办理?"

王鼎略一思忖说:"陕甘地处河西走廊地段,距离较近、物产尚丰,可以此地区为大本营,调拨物用,虽有鄂山总理一切,但一人未必事事考虑周全。"

"那谁能前往协助处理此事?"

"前任陕西巡抚卢坤为人厚道持重,又熟悉陕甘事物,可往甘肃辅助鄂山工作,专门停驻肃州,操办一切往回疆的物品。"

"嗯,卢坤可以前往。王爱卿,此番西征路途遥远,道路艰险,朕唯恐补给不敷前敌所需而贻误战机,想用三条线路运输,分时而进,交错而前。你以为如何?"

"但不知皇上选用哪三条线路?"王鼎仍有疑惑。

道光让王鼎走近御案,用手指点着御案上的地图说:"这是东路,从京城向西由西安出兰州到达肃州,肃州是三条运输线的总枢纽。由此一分为三,从肃州到哈密、沿吐鲁番转道喀喇沙尔、库车,直抵阿克苏大营,这为第一条运输线。还有北路运输线,由乌鲁木齐南行,经吐鲁番盆地,转道喀喇沙尔、库车,抵达阿克苏。"

王鼎看着地图,目光沿着道光的指点,心中已明白大半,但又提出疑问:"这第三条运输线呢?"

"你瞧这里。"道光点了一下地图上的伊犁,"从伊犁经冰岭也可到达阿克苏。"

王鼎点了点头。"是的,皇上才智果非臣等所及,处理事务妥当。一般人只能设计出前两条运输线,而这第三条运输线确实令人难以设计出,不仅路途简捷,而且安全可靠,叛匪绝对想不到我大军粮草将从此处经过,实在高明。"王鼎不住称赞。

"有这三条军需运输线,还怕前线供给跟不上?"道光停了一下,又叹口气说,"话说回来,线路设计好了,但真正运转起来也是相当困难。路遥道艰,眼看又要入冬,回疆奇寒的天气,士兵要遭受多少苦难。仗一打起来,又有多少无辜的百姓流离失所,徒遭征战之苦!"

道光显然有点气愤,也有点情绪激昂,边说边站了起来,踱了几步,望着远方,陷入沉思。

过了一会儿,道光回过头,对王鼎说:"朕已传旨让鄂山驻扎兰州,卢坤停驻肃州,恒敬进驻哈密,英惠坐镇乌鲁木齐,德英阿前往伊犁,分别管理所在地的军需品调拨。这几处应互为呼应,彼此连络,由你统一调度管理!"

王鼎扑通一跪:"臣遵旨,决不负圣望,尽臣之所能为国出力,为我皇解忧。"

道光走上前扶起王鼎说:"王爱卿不必有所顾虑,可放手去做,你看哪些人可以调用,随时调用,有困难奏请朕给你解决。"

"运输之事,臣也有考虑,不过远不及皇上周密详尽。"

"好,能够事先考虑一下就好,然后再做就得心应手,但不知王爱卿如何考虑的?"

"臣认为陕西、甘肃两省距叛军较近,可先在这两省挑选精明强干的道府大员专门负责后勤事宜。像陕西盐道查廷华、宁陕厅同知朱绍颖、宁羌知州诸能定等人均可调用处理各地物资拨运工作。然后再从内地像山东、直隶、河南等地调人筹集粮饷、军火,随后运行。"王鼎顿了一下又说道,"不过,臣的设想比皇上的谋划可差远了。"

道光笑了笑,说:"王卿的设计具体而入微,有异曲同工之妙。"

"谢圣上夸奖,臣有愧。"王鼎说道,"由内地筹集后再运往回疆,为了保障物源充足,就要启用一批府、州、司、道、县、厅的官吏,让他们在各处分驻,督率军需物资的灵活转输。"

"可以启用这些官吏,特别是有实际工作经验的老臣也可动用,不必多虑,对于不听调遣者随时奏与朕知!但不知王爱卿对各地物用是否有个大概数目?"

王鼎把随身带来的一个簿本呈给道光,道光接过一看,只见上面写满了各地详细的军用物资和粮饷数目。

"陕西已备战箭八十万支、火绳一百九十五万丈、火药四十五斤、枪子六百五十万发、炮子十二万发。甘肃常备铁马掌四万副、战弓五千张、马匹一万二千匹。伊犁常备马匹二万匹、骆驼一万二千五百只。河南现存粮二万八千石,黄牛一万一千头……"

道光看罢,十分高兴,走上前拍了拍王鼎的肩膀说:"王卿真乃朕的肱股之臣,众卿都能像王卿这样,朕何忧天下不太平、国力不强盛?"

"臣等决不辜负皇上龙恩,兢兢业业,为皇上效犬马之力。"

"王卿,你尽快调拨,让阿克苏始终常存三月之粮!"

"臣遵旨!"

在道光的谋划下,王鼎全力以赴,调拨全国各地的粮饷及军用物品,沿三条线路,源源不断运向平叛前线。

整个平叛工作仅调运白银就达一千一百万两,其他物品更不用说,这都为平叛战争打下坚实的基础。

清冷的月光从凋落的树枝缝隙中筛落在汉白玉的石路上,显得清凉与孤独,路边的花草也在寒冷的秋风中发出窸窣的响声。

道光屏退跟随身旁的小太监,一个人在宫里散步,缓解一下多日来心中的郁闷。

对张格尔平叛的作战部署已经完成:一支近四万人的平叛大军抵达阿克苏;由长龄为总指挥,杨遇春、武隆阿为副总指挥的前敌指挥机构已经建立起来；同时以王鼎为首，由鄂山、卢坤、恒敬、英惠、德英阿统一调度的后勤供给系统也建立完备，大批粮草、军饷、军械、马匹、车辆等军需物资也陆续调入回疆。万事俱备，只欠东风，就是进军平叛的战机没有找到，急坏前方的各指挥大员，更急坏深居宫廷内的道光。

道光怎么不着急，时令已渐入寒冬，天寒地冻，积雪在地，草枯水涸，远在内地的官兵异地作战困难是不用说的，又加上水土不服，有些军营的士兵害起病来。

等待，等待！何时才能等到尽头，道光一脸愁容，一心愁绪，边走边思，边思边走。

忽然，道光听到一阵铮铮中透出杀伐之音的曲子。驻足谛听，哦！这是辛弃疾的名曲《破阵子》：

> 醉里挑灯看剑，
> 梦回吹角连营。
> 八百里分麾下炙，
> 五十弦翻塞外声，
> 沙场秋点兵。

道光听着这慷慨激昂而又透着一股无限悲愁的曲子也情不自禁地随着琴声小声唱了起来：

> 马作的卢飞快，
> 弓如霹雳弦惊。
> 了却君王天下事，
> 赢得生前身后名。
> 可怜白发生！

道光下意识地用手挠挠头上的黑发，哀叹一声，黑发也快要急成白发了。心中暗想，如此深宫，何人也能有此壮志，理解朕的一腔思绪。

就这样听着，想着，走着。猛抬头，哦，是慈宁宫。只有皇后理解朕的难处，自完婚以来，虽有一些磕磕绊绊，相互之间也多能体谅、关怀，特别是关键之时，皇后都从大局着眼，牺牲个人利益，成就朕的大业。此次叛乱，皇后又何尝不是与朕一样心急如焚，帮朕出谋划策，也不知熬过多少个日日夜夜。她对朕的情感只随生活磨砺而愈执着，然而，朕却因其年长色衰而许久没有光临慈宁宫。今晚，如不是这月光、愁绪和那琴声，又不知驾幸何宫。既来之，何不入宫小叙一番。

不知何时，随身太监已跪在身旁，见皇上有进慈宁宫之意，决定先去通报，让慈宁宫做准备，皇上驾到。

道光止住小太监，慢慢走入慈宁宫，并制止各处太监及宫女通报。

琴声愈来愈响，也愈来愈急，如风雨大作，似金戈铁马，又像深谷松涛翻滚，突然，"铮"的一声，戛然而止，一切皆静。

皇后猛然回转身，见皇上及一小太监站在身后，不觉一惊，倒地便拜，请皇上恕罪。

道光双手挽起慎皇后，他们共同坐下。

"不知皇上驾临，这些太监、宫女不知哪里偷懒了，也不早报。"

"是朕不让他们来报，怕打扰皇后弹琴。"

"臣妾也不通音律，只是随便拨弄一下，让皇上见笑了。"

"皇后的琴艺更精湛了，铮铮琴声中似有雄兵百万，张格尔的叛军倘若听到，一定退避三舍。"

"皇上谬夸了，臣妾只是一弱女子，不能为皇上分担忧愁，想借琴声抒发一下臣妾的心忧，希望皇上早日平定回疆之乱，整饬山河，泽被边陲，造福子孙。"

"多谢皇后心系国家大事。今天不谈这些，来陪朕消遣消遣！"

"玩什么游戏，要么喊几名宫女为皇上歌舞？"

"还是下下棋吧,多日不与皇后对弈,不知皇后棋艺又要超过朕多远了。"

"既然皇上雅兴,臣妾就陪侍一盘。"

"皇后先走!"

"还是皇上先走吧,红先绿后,你是红棋,当先行一步!"

"皇后如此执意承让,那朕就不客气了。"

道光与皇后边下棋,边谈话。旁边围了几名小宫女,叽叽喳喳说个不停,一会儿帮皇上说几句,一会儿又帮皇后说几句,一派乐融融的气氛。

说着下着,只听道光一声快乐的吆喊声:"将军!"

"皇后输了!"宫女们围在旁边哈哈大笑。

"哟!我太大意了,只顾出'车'攻皇上的'马',却不知皇上何时已沉'车'底线,这一迎头棒杀,让我的'将'毫无退路。还是皇上高明,多日不见,棋艺进步多了!"

"谢皇后承让,朕是巧赢一局。"

"皇上过谦,这局绝不是巧胜,皇上是先出奇兵断我'将'的退路,然后丢掉一'炮'给我'车'吃,吸引我的注意力,乘机迎头杀出一'车',致使我'将'进退不能,疲将死。皇上是布阵有方,臣妾相差远了!"

皇上一听皇后夸赞他布阵有方,心中十分快活,又听皇后夸他出奇兵断后路而致使她的将进退不能,心中一亮,对,平叛张格尔何不出奇兵制胜!想到此,便喝喊一声:"常永贵何在?"

"嗻!奴才在此,不知皇上有何吩咐?"

常永贵正在旁边逍遥自在地玩着,忽听皇上呼喊,一愣神,急忙跪下听命。

"你速到养心殿把回疆地图取来!"

"是!"常永贵转身要走。

"慢!"皇后急忙拦道,"皇上是不是要回疆地图?妾内室备得有。"

道光和皇后来到回疆地图前,端详一会儿,又用手比划几下,回头拉着皇后的手说:"慎儿,你看,朕多日一直在思索出奇制胜的平叛策略,多亏你刚才提醒,朕终于找到出奇制胜、包围歼灭叛军的妙计。"

"皇上英明,什么灭敌妙计?"

皇上见皇后问起,心中也解下多日来的郁闷,为自己能找到歼敌妙计而自乐,便认真而又不无骄傲地说:"行军作战,只有出奇,才能制胜。兵书上云:诱敌深入,明修栈道,暗度陈仓。兵书又云:出其不意,攻其不备。这些,都是要求征战时要用妙计奇兵。"

"皇上想在平叛上用什么奇兵妙计呢?"皇后有点疑惑地问。

"你看,这是一条偏僻的草地小路,它从乌什的巴什雅哈玛山通往喀什噶尔的巴尔易山。这条小路,比起巴尔楚克大道来更近便。出兵平叛时,可以一面统率大兵沿大路正面进军,一面派出一善于指挥的将领偷偷率一支奇兵,从此小路暗中抄至叛军背后。一旦战争打响,两面夹击,将张格尔叛军就地歼灭,不使其脱逃漏网。"

皇后见道光说起来十分高兴,自己一听也很有道理,就赞同地说:"皇上此计果然好,但其他细节部署也须考虑完备!"

"对,大军平叛之前,可先派奇兵两路,甚或三路,每路三千名,先后出发,衔枚疾进,抄至喀什噶尔后路,然后再出大兵正面进军。"

"皇上,谁适合率领这些奇兵呢?"

"我朝四万大军中能率此奇兵者颇多,如额尔古伦、索文、齐慎、长清等人均是领兵将才。"

道光接过皇后递来的香茶,呷了一口,接着说:"当然,大军进兵时,要先制造一种舆论,佯称官兵驻守阿克苏、乌什等城,以松懈叛军防备之心。只有这样,奇兵妙计才能生效!"

"皇上说两路到三路奇兵,是都从乌什的巴什雅哈玛哨卡外草地潜行到喀什噶尔,还是另有其他路线潜行?"

"当然是分几条路线潜行,你瞧这里,就是你说的巴什雅哈玛山地旁边的草地小路,另一路线是这里。"

皇后随道光的手指的方向看去。

"噢！是从巴尔楚克军台向树窝子方向潜进。"

"对，就是这条路线。另外，每一路人数也可因情况增至七八千人，每一路还可再分成两股到三股，依次潜行。"

"难为皇上多日操劳，如今制定出攻敌上策，望平叛大军早日成功！'"

"唉！"皇上叹口气，"张格尔一再逃窜，败而复来的教训就是没能出奇制胜，给敌以窜逃机会。"

"如今皇上有了出奇制胜的策略，还怕张格尔有三头六臂不被生擒？"

"话也不能这么说。"道光似有所犯难，"将在外，君命有所不受。不知长龄、杨遇春、武隆阿等人如何考虑平叛策略。"

皇后见道光面露为难之色，轻轻劝慰道："皇上何不早下谕旨，令长龄明晓皇上出奇制胜的策略，也可早早准备。"

道光缓缓握住慎皇后的手说："皇后所言极是，朕明日就下达谕旨。"

"何须等到明日，皇上何不现在就书谕旨，军情不得延误，争取时间就是胜利！"

"谢皇后提醒！朕现在就书写谕旨。"

"让臣妾服侍皇上笔墨吧！"

"好吧，就有劳皇后了。"

由慎皇后亲自侍候，道光在案前龙飞凤舞，笔走龙蛇，将他多日苦苦思索出的出奇制胜的战略思想传达给平叛指挥机构长龄等人。

拟定完谕旨，道光与慎皇后均已劳累，便由宫女服侍入内室御帐内就寝。

道光多日来一直忙于政务，再加上回疆军事战略之事，积闷多日，今日终于想出妙计，心情大畅。

第十七章
割城池开门揖盗寇
守阵地据岸抗叛贼

叛军的进攻比刚才更凶猛。托什罕河的最后一道防线快要崩溃，仅剩下两百多人。长清急中生智，命令三十名骑兵骑马在托什罕岸边奔跑，用战马踏起的烟尘迷惑敌人。并让官兵不断呐喊：援——军——来——了！

伊犁将军府，扬威将军长龄和钦差大臣杨遇春及武隆阿面对皇上从京城火速送到的谕旨一筹莫展，都陷入沉默之中。

性情急躁、口快心直的武隆阿首先打破沉默。

"你们不要口口声声圣命难违，圣命必遵。主子整日足不出宫，马不出城，仅凭几张地图就制定什么出奇制胜的妙策，简直是纸上……"

"谈兵"二字尚未出口，自觉有点失言，不再说下去，气得一屁股坐在虎皮交椅上生闷气。

长龄在大厅内来回踱了几步，停下来，回过头说："这是圣上旨意，我们不赞成，但不能直接回复主子说不行，必须想个委婉的借口回绝圣上，让他无法说我们抗旨，待平定叛乱后再回旨请圣上谅解。"

"就是嘛，这事不能硬干，慢慢商定吧。"杨遇春也附和着说。

"商定，再商讨就到驴年马月了！"武隆阿还是气哼哼地直骂，"现在已是寒冬，天气严寒，道路艰难。奇兵一支二支入敌腹内，这不是什么奇兵，而是肉包子打狗，有去无回。"

"奇兵无法派出，"杨遇春肯定武隆阿的意见，"几千人马行程几千里到敌人后方，怎么会不使敌人发现呢？叛军也非脓包，稍一打探一切都露了馅儿。张格尔几万人围攻几千人，岂不是羊入虎口？况且，回疆许多地方已降服张格尔，即使张格尔叛军没有发

271

现，也难免当地民众不发现我潜行大军，再报告给叛军，后果不堪想象。"

长龄也随之叹息一声："唉！圣上对平叛之事太过心急，主子的心情可以理解。但未免过于急躁，张格尔蓄谋已久，如今已初成气候，又有浩罕国的支持，哪能一仗将其清除歼灭，不经过多次大规模战役，不会彻底打败敌人。"

"你是说一仗一仗打，一个城一个城夺回，逐渐瓦解歼灭叛军，最后彻底消灭张格尔？"杨遇春插话问长龄。

"必须让大军齐头并进，直压下去才能镇住叛匪。"武隆阿又抬头插入话题，"奇兵潜行在戈壁荒漠，一路上几乎没有水草，加上水源缺乏，山石错杂，这样的奇兵不用打，仅路上的险恶环境就给拖垮了。"

"况且布鲁特部落已降了张格尔，而这个地段多属布鲁特部落，孤军深入，危险！危险！"长龄驻足端起一杯茶说。

杨遇春见他俩又谈起奇兵之事，便插话道："奇兵先行，山高路险，无法过骑兵，更不用说驮队了，这粮草、军械等物又怎么办？"杨遇春摇摇头，"总之，皇上的出奇兵之策听起来较好，但不符合这次平叛的具体情况，不是上策！"

"那就干脆不用，我们还争论什么，浪费时间，让大家生气！"武隆阿伸手端起杯子，一饮而尽，看样子气还没消。

"如何回复圣上谕旨是关键！"杨遇春把话题引了回来，"既让圣上明白我们已否定他的出奇制胜战略，又让主子不生气，能够理解我们的措施是正确的，转回头支持我们的平叛计划。"

"既然你们都说圣命难违，不好表态拒绝谕旨，那我们就含糊其辞地回奏皇上。"武隆阿又提出新观点。

"对，就这么办！"杨遇春赞成说，"先哄瞒皇上一时，只要打胜仗，皇上不会怪罪的！"

"万一皇上再下谕旨催问呢？"长龄还有所顾虑，"这岂不是欺君之罪。如果仗再打败，更给皇上抓住把柄，你我还不被皇上斩了。"

"就是用皇上的奇兵制胜之计,打了败仗,皇上同样会找借口治我们的罪,反正怎么都一样,不如冒险!"武隆阿一直不赞成长龄不够果断的做法。

长龄终于下定了决心:"我起草一份奏折给皇上,就讲那两条发奇兵的路线我们已派人前往侦探,无法潜行队伍,看皇上怎么说。"

"对,先稳住皇上。同时,我们把制定的战略政策与方法上奏皇上,看他给我们什么指示,然后再进一步拟定进军方案。"杨遇春认为长龄的想法较中肯,就立即表示赞成。

"既然你们都这么说,就这么办吧!"武隆阿放下手中的茶杯,又对着眼前的地图思索起来。

御书房内,道光和曹振镛、穆彰阿等人正围着火炉烤火、闲聊,聊着聊着,自然而然扯到回疆平叛之事。只听道光说道:"朕的谕旨已送往回疆多日,也不见长龄有何反应,对平叛策略一事,朕一直放心不下。"

"只要圣上出奇制胜的策略使用起来,叛匪张格尔还不是笼中之鸟,圣上不必对此甚虑。"穆彰阿急忙附和一句。

"边疆地形复杂,气候多变,也许长龄将军另有考虑吧?"曹振镛也插上一句。

几人正就此事谈论着,忽见御前太监常永贵急匆匆进来递上一份回疆边防送来的奏折。道光立即拆开细阅,脸上露出不悦之情,待把奏折看完,气得脸色发黄,将奏折向御案上一扔,气冲冲地说道:"岂有此理!"

曹振镛和穆彰阿见皇上看罢奏折生气,不知因何而恼,想看看奏折又不敢,不知如何是好。这时,道光又开口骂道:"一个个胆小如鼠,做事推三阻四,如此下去,平叛之事何时了结!你们看看长龄的出兵方略,照搬老套,不知变化,如何打败叛军!"

这时,穆彰阿方抢上前去,拿起奏折细看。

"皇上高瞻远瞩,英明果断,一言九鼎,制定出奇制胜之术,长龄他们却墨守成规，不思变化，遵守旧制，反而否定圣上策略，开脱自己，自作聪明。皇上，这是抗旨不遵！岂能容忍，交刑部严议！"

穆彰阿故意添油加醋，怂恿道光治罪长龄。曹振镛看罢奏折，没有言语。

"曹学士，你意下如何？"穆彰阿询问身边的曹振镛，希望他也能说出与己类似的话。

"我认为长龄可能有他的措施，也许确实不能出奇兵从小路潜行。皇上仅是从地图上查明此路，实际走来未必可行，不能一概将长龄等边疆众人的策略否定，可三思而行。"

"这是抗旨不遵，自作聪明，贻误军机！"穆彰阿想让皇上怒责长龄等人。

"长龄的报告也并非长龄一人主张，这是驻守回疆将官的共同建议。长龄再大胆也不敢抗旨不遵而贻误军机，犯欺君误国之罪。再看长龄等人的奏报，言之凿凿，出语有据，是根据前线现有的兵力配备和实际地理条件及复杂的敌情而重新制定出的作战方案。"曹振镛缓一下口气，回头望望一直沉默的皇上接着说，"也许长龄等人的建议是合理的！"

道光虽然不语，心中也极为矛盾，身为一国之主，一言九鼎，三令五申命长龄等人接受自己的主张制定出奇制胜的方案，而长龄等人却反其道而行之，坚持正面出兵，大军并进，以威势压服叛军。究竟是自己的"奇兵"之策不能行使，还是长龄等人故意抗旨不遵呢？

长龄为我满洲权贵，一向指挥有方，领兵有度，又身处回部任职多年，较多了解回部事务，他不至于有何抗旨异想。况且，杨遇春、武隆阿都是新任钦差大臣，一向忠心耿耿，为人正直不阿，更不会有非分之想。特别是武隆阿多次远征平乱，立有战功，自山东来京时，朕与之交谈甚久，也极为融洽。也许"奇兵"之计仅是朕的设想和愿望，与实际情况差之甚远，纸上谈兵罢了。

想至此，道光气已消了大半，又听曹振镛这么一说，正好借机下台,便接着说道:"既然曹学士再三强调长龄等人的平叛策略符合前线实情,那就按曹学士说的,尊重前线指挥官的主张,给他们作战的充分自由,京城与边防前线战略决策实现统一,让长龄等人充分发挥他们的主动权而把平叛战争打好。"

穆彰阿本想在皇上面前再吹几把火,让皇上怒迁长龄,自己再保举儿子穆寿福接任指挥大员。见皇上沉默一会儿后,改变了语气和立场,他还能再说什么,也就顺着皇上的话说:"皇上能如此体察下情,不独执己见,而虚心听从下臣意见,及时纳谏,接受下臣有益主张,实是千古明君,令卑臣敬仰!"

"千古明君,朕岂敢妄想,不过,一向主张臣能多提中肯意见,表朕之过,帮助朕管理好天下,振兴家邦,即使话语再尖刻些,朕也能接受。当今朝臣,像魏徵、包拯、海瑞那样的实在太少,令朕失望。"

"皇上,既然同意长龄等人的平叛战略,不可耽搁太久,以免边防官兵担心与猜疑而影响军心,应尽快回旨答复,确保平叛战机的主动权充分发挥。当然,万一长龄等人战机有重大失策,再严加重惩,交吏部评议。"

关于发兵哈密还是阿克苏的矛盾中,道光已向边疆指挥大员让步,这次平叛战略的让步更显示出道光处理君臣关系上的一种合理决策。也正是道光能够虚心接受臣子的正确见解,并很快达到决策上的统一,进一步推动了平叛战局的顺利发展。

张格尔在喀什噶尔称王后,兵分三路,四处出击攻下英吉沙尔、叶尔羌、和田等地,势力控制了整个南疆。

张格尔称苏丹的消息传开,他离散多年的妻子爱则尔华比,儿子布素鲁克,都从境外奔来。不久,其弟巴布顶、侄子倭里、呵里雅和外甥也都纷纷赶来投奔。

看到久别的亲人到来,张格尔更感到发展势力、壮大疆域的重要。为此,他率领他的整个家族再次举行了隆重的祭礼,一方面告慰先祖在天之灵，宣布自己又重归故里，恢复了家族的荣耀；另一方面也想通过对先祖的拜祭，再次唤起各部的支持，进一步扩大影响，壮大队伍与清兵展开争斗，夺取东四城，统一整个新疆。

一日，张格尔正和"芙蓉花"玛达娅在一起，忽闻警卫士兵来报，浩罕王伊列汗和伊萨伯克将军求见。张格尔急忙来到门外，把他们请了进来。

"张格尔和卓，你现在统一了南疆，据有西四城，不知有何打算？"伊列汗边说边乜斜了一眼坐在旁边的"芙蓉花"，"这位姑娘是……"

"哦，本和卓新得到的夫人玛达娅。"

"她就是南疆有名的美人，号称'芙蓉花'的玛达娅？"伊萨伯克刚一进门，眼睛就再也没有离开玛达娅的俏脸，直到张格尔提到"玛达娅"三字，他方从失态中醒过神来，"哦，你就是玛达娅，久闻大名，今日一见真乃三生有幸！"

伊萨伯克又回过头冲着玛达娅点头哈腰地恭维着："真是人间芙蓉花！张格尔和卓攻下喀什噶尔收获不小，福气，福气。"

"多谢将军的夸奖！折煞小女了。"玛达娅冲着伊列汗和伊萨伯克笑了笑说。

张格尔一见伊列汗和伊萨伯克都瞅着玛达娅不放，心中十分气恼，但又无法发作，现在正需要这两人帮助，岂能得罪。现在，到手的美人再也不愿放弃，今非昔比，地位不同了。当年我张格尔四处奔波何等寒酸，需要你等帮助，才忍痛割爱，而今天，我已有自己的地盘。

张格尔见玛达娅冲这两位微笑，心中酸溜溜的，回头对玛达娅说："你到后面内室去，我们有公务谈。"

"是！"玛达娅又冲众人点点头，然后退下。

"两位来有何指教，是闲聊，还是有军务？"张格尔语气软中带硬。

"随便聊聊吧。"伊萨伯克首先答话，"但也想提醒一下。"

"提醒？"张格尔一惊，"是关于西四城的事？"

"真是好记性，不过，也不光为此事，你我之间这点小事不值一提，还能不相信你吗？"伊列汗话中带话。

张格尔摸不清伊列汗还有何事，就直接追问一句："伊列汗国王，你我之间既然如此，有话直说。"

伊萨伯克眨巴一下眼说道："听说清兵已从内地源源不断调遣来此，你对此有无考虑，是等其来攻，还是主动出击？"

"这……"张格尔被问得不知如何回答，"伊萨伯克将军，对此，你有何看法？"

"我认为，与其在此等他们攻过来，不如首先打出去，夺取东四城，扩大了疆域，夺得了物品，还能征召大量兵丁，有益而无害。"

"嗯，我也有此打算，但考虑到兵少将寡，军需物品也不足，无法与清军抗衡，故此决定坚守西四城，以守为攻。"

"张格尔，这些你不必担心，我浩罕国历来做事都是帮朋友帮到底，我所率一万兵马可为你打先锋，至于粮饷、军需品，你已攻下西四城，足够你一年粮草，此外，还可再征集一些。"

"目前，刚刚攻取几城，士兵疲乏，休整一段时间再挥师东征，二位意下如何？"

"不可！"伊萨伯克先开了口，"清兵正从内地调来，目前尚在途中。等你休整好，清兵大队人马已打进回疆，那时，就变主动为被动了。"

"就是嘛，兵法上讲：兵贵神速！应趁清军尚在旅途，没能集结，可派人率精锐部队打过去，击溃清军于回疆之外，然后攻城略地，东四城也是指日可待！"伊列汗也极力唆使张格尔东侵。

张格尔沉思一会儿道："好吧，本和卓立即发兵东征，但要借你浩罕兵马做先锋。"

伊萨伯克向伊列汗瞟了一眼，没有言语，示意伊列汗点头发话。

"好！但西四城的事，你可不能反悔。"伊列汗终于提出预先想好的内容。

"当然！"张格尔也想先利用浩罕兵马打头阵为自己卖命，就爽快地回答。

"既然张格尔如此豪爽，我浩罕王也一定倾国相助，但离土远征他乡，恐士兵不服军令，请张格尔先割一城给我浩罕，待我发兵时，也好对士兵有个交代。"

"这……"张格尔有点犹豫，"那样吧，向东征讨，我们攻下一个城市，我西四城割给你浩罕一个。如果兵未出，城未攻下，先给出一城，恐有人不服，那时，清兵压境，回部内乱，岂不更糟？"

伊列汗见张格尔虽答应爽快，真做起来，却不会轻易让出一城，明知不会一举取得城市，要多费些时间，但仍再三要求。

"不让出城市，兵实在难以发出。"

"出兵未必能夺得一城一地，而先让出一城，本和卓如何面对回部各族？"

"当初我浩罕发兵时，你不是讲，攻下喀什噶尔就割让一城吗？"

"话虽如此，喀什噶尔是我回部大军攻下，你浩罕兵马起初攻打，并未攻下而退出，岂能割城？"

"你反悔了吗？"伊列汗有点生气。

"哈哈，伊列汗国王，你我兄弟之间，怎会为一城伤友情，我只是想让你浩罕兵马先发出，帮我攻打东四城。至于割让城市一事，我们先订条约如何？"

伊萨伯克回视一下伊列汗，上前说道："条约就免了，我们还能不相信你吗？你张格尔苏丹，一言九鼎，怎会出尔反尔，即使不让一城，我浩罕又何在乎一城。浩罕大兵一到，攻城略地岂不是易如反掌！"

伊萨伯克心想，签订条约有何用，你一旦反悔，条约也成废纸。但我浩罕大军在此，谅你张格尔在前后受敌之时，也不敢反悔，那时，我再迫你割地也不迟。东征胜败与否，对我浩罕都有利。胜了，你张格尔理所当然让出一城；败了，前有清兵，后有我浩罕兵马。你张格尔还不得老老实实听我摆布，如今先让一步。

张格尔也不想把局面搞僵,他明白目前的处境,虽然夺下四城,但这四城实在不好拥有。浩罕国虎视眈眈,窥探已久,清兵正云集而来。只有主动出击,击败清兵才议此事,让浩罕兵打头阵,败了你们休提让城,胜了,我的领土扩大,给你一城又何妨。

想至此,张格尔忙问道:"让城之事,我们一定坚守诺言。但如何进军夺地,先攻何地,我们必须先讨论一下。"

"查回疆地图,东征仅两条路,一条是巴什雅哈玛草地小路,一条是沿巴尔楚克大路。"伊萨伯克随口答道。这两条路,他已派人探寻多次。

"据说巴什雅哈玛小路艰难难行,当地回民步行尚可,骑兵、驼队无法通行。"张格尔答道。

"如此看来,只能沿巴尔楚克大路前行了?"伊列汗反问一句。

"正是这样!"伊萨伯克肯定地说,"只有走此路方能东进或西出,因此,这条路是回疆一条重要东西通道。"

"嗯,是这样!"张格尔思索一下,"阿克苏与柯尔坪正是此路上两个咽喉要地,必须先攻下这两地。"

"如果能攻下这两地,就等于打开东四城的大门,可以挥师东下,一举夺回整个回疆!"伊萨伯克进一步分析,"而这两城,阿克苏更为重要,清兵必然重点守防。但目前清军大队人马来不及赶到,可速发兵攻夺。"

"阿克苏是谁防守?"伊列汗插了一句。

"长清。此人身为武官,领兵战斗尚有方略,万万不可轻敌。"伊萨伯克提醒一句。

"估计要多少人马?"张格尔看了一眼伊列汗,伊列汗又望一眼伊萨伯克。

"估计需一万五千到两万人。"

"那就先调两万人马。"张格尔相信伊萨伯克的谋略,"不过,我派一万五千人,你浩罕出兵五千即可!"

伊列汗点点头,表示同意:"何时发兵?"

"越快越好,不能给清军会集的机会。"

张格尔也认为伊萨伯克的见解有理,赞同地说:"明天准备调兵,攻下阿克苏,一定与两位畅饮!"说完三人大笑。

阿克苏办事大臣长清多日来心绪不宁,在室内徘徊着,思考着目前的处境。回疆西四城陷落,张格尔于喀什噶尔称苏丹,决不会就此罢休,必然率兵东侵。况且,浩罕王伊列汗率雄兵也在回疆虎视眈眈。昨日,扬威将军长龄送来文告,命我坚守阿克苏,不惜一切兵马确保阿克苏的安全。

阿克苏地处回疆中心,是南疆北通、西疆东来的咽喉要塞。对于我大清官兵,拥有此城就可汇兵此处,长驱直入喀什噶尔。对于叛军,夺取此城,就可进而占有整个回疆。探马不断报来,阿克苏南部的一些地区均被叛军占领,不日可抵我城。但我阿克苏守兵不足五千,如何能抵挡大队叛军。为何伊犁的援军至今未到,长清有点沉不住气,派探马再去探报。

正在这时,参将王鸿仪和领队大臣额尔古伦进来报告。

"长大人,叛军已经占据柯尔坪,正向萨雅里克方向奔来,估计明天中午可抵达我城。"

长清没有马上回答,来回又踱了几步,这才回过头果断地说:"王鸿仪,你速带一千人马前往郝紫尔堵截,先挫叛军锐气,然后见机撤回浑巴什河。"

"是!"

"额尔古伦,你率兵两千随后赶到浑巴什河北岸,抢修工事,拒河而堵截叛军。万一王鸿仪兵败,也撤至浑巴什河北岸与你一同固守此地。"

"遵命!"

"我本人率兵一千到托什罕河拒守,留五百人驻守该城。"

"长大人,据探马来报,叛军一万多人,我们这些兵力也许抵挡不住,是否再派人向伊犁方面紧急求援?"额尔古伦提出请求。

"不用了,伊犁方面援兵马上就到。"

究竟伊犁援兵何时赶到,长清也不知晓。此时,再求援已来不及,但他知道长龄领兵的策略,不会有闪失,到时一定会及时来到。因此,他才这样安慰属下,给他们坚定信心。

托什罕河的水由清而浑,由浑而红,由红而紫。河岸的尸体也越堆越多,分不清你我。从早晨到现在,叛军已比昨日又多增加三千人。叛军的三次进攻全被打退了,但清军付出的代价却是惨重的,人数在逐渐下降,由一千五到一千,又到八百、五百,而现在仅剩下不足三百人。

此时,托什河岸又恢复了平静,只有殷红的河水在流淌着。长清心中十分清楚,这时的平静将意味着另一场残酷的搏斗。叛军暂时退下,更多的叛军将云集而来。托什河口的防线可能要崩溃了,现在退回城中坚守,放弃这里的防线?长清不愿这样做。这一退,如果叛军随后追杀,将全部覆没。城中的那几百名守城兵不能固守整个阿克苏,浑巴什河的防线也就等于零。

不行,一定要在托什河口坚持到最后,哪怕葬身于此,为阿克苏赢得机会,为援军赢得时间。

援军,长清向东北方向望去,仍是没有一兵一马,他有点绝望,开始恨起伊犁的援军,恨有何用?必须想法坚守,拖延时间。

叛军的进攻又开始,比刚才的人马更多,更凶猛。托什罕河的最后一道防线快要崩溃,仅剩下两百多人。怎么办!叛军仍不断向河这边涌来。

援军,援军,长清在心中呼喊着。援军不来,我们何不创造援军,用假象迷惑敌人?他立即命令三十名骑兵火速骑马在托什罕河岸边奔跑,用战马踏起的烟尘迷惑敌人。并让官兵不断呐喊:援——军——来——了!

战马踏起的烟尘和士兵的喊声果然使叛军中计,敌人纷纷退下。恰在这时,平叛的部队赶到了,与沿河岸的长清所率官兵互相配合，展开反击，追杀后退的叛军。

激战进行了四个多小时，长清和杨芳乘胜追杀叛军几十里，歼敌三千多人，将进犯托什罕河防线的叛军彻底打败。

这时，浑巴什河口额尔古伦也送来情报，杨遇春、吉拉布的平叛部队与他和王鸿仪所率的官兵共同御敌，击败进犯之敌，浑巴什河防线保住了。阿克苏保住了。

阿克苏保卫战取得胜利，清军平叛战争取得首次大捷，遏制了东侵、北犯的叛军，确保了平叛基地的安全，鼓舞了平叛大军的士气。

扬威将军长龄率平叛大军一万多人进驻阿克苏，嘉奖了长清、额尔古伦、王鸿仪、杨遇春、杨芳、吉拉布等人，并立刻拟奏折一份将阿克苏保卫战胜利的喜讯报告给皇上。

歇兵十日，长龄召集杨遇春、杨芳、长清等人议事，商讨下一步的进军目标——柯尔坪。

柯尔坪，位于阿克苏西南三百多里，西通喀什噶尔，南通巴尔楚克，北通乌什，是进军西四城的必由之路，当然，也是清兵与叛军都要争夺的另一个军事要塞。

长龄和杨遇春陈兵布阵，准备了周密的计划，准备一举夺下柯尔坪。而这计划中的关键人物是——萨赖占。

萨赖占送走苏伦德之后心中十分难过，不想重归故里，到安集延镇看到残破的家园，触目伤怀，想起伤心的往事，思念失去的亲人。一想到惨死的女儿就有一种无名的怒火，他痛恨喀什噶尔残暴的清朝官兵；一想到苏兰，他就对张格尔咬牙切齿。他恨这个不公平的世界，他恨战争给牧民带来的灾难。一路流浪，他看见被杀戮的尸首和贫困流离失所的人们，他也见到四处逃亡而饿死的妇幼。他同情这些不幸的人，但谁又同情他呢？他也是其中的一员。

一天，萨赖占一行七八人正在赶路，忽然遇到一队浩罕兵马。想躲避已来不及，萨赖占等人只好硬着头皮迎上去。

"喂！你们几个干什么的，鬼鬼祟祟，是不是清兵的暗探？"有个小头目冲着他们大喊。

"兵爷，我们几个是商人，来往做点生意，请兵爷多关照！"

"商人？不像，倒像暗探！来人，把他们全捆起来！"

几个士兵上前就要动手，忽听有人喊一声："慢着！"话音未落，说话人走了上来，士兵见是他们的领队长官发话，谁还敢再乱动，急忙退下。

来人仔细打量一下萨赖占，有点疑惑地问："你是萨赖占吧？"

萨赖占一听，大吃一惊，想不到在这里有人叫出他的名字，不知是福是祸，也认真看了一下对方，好面熟，但不知在何时相识，"老爷，你是……"

"我是苏兰奇，你是萨赖占吧！"

"我就是萨赖占，你是布鲁特比苏兰奇？怎会在这里？"

苏兰奇微叹一声："唉！说来话长，还是不说吧，我现在不是什么布鲁特比，而是浩罕国的一个领队长。当年随张格尔叛乱失败后，逃到浩罕。还是不说吧！"

"你现在准备到哪里去？"萨赖占忙问道。

"奉浩罕伊列汗国王之命，随军来援助张格尔。你们要到什么地方去？"

"到内地做点生意。"

"萨赖占，自那次分手后，你见到过苏伦德吗？"

一提起苏伦德，萨赖占心头一酸，想起了苏兰，想到和两个年轻人一起度过的美好生活，叹了口气。想说，但一看到苏兰奇身后的浩罕兵又忍住了，示意让士兵退下。于是苏兰奇下令让士兵好好休息，然后赶路。奔走劳累的士兵见领队长遇见故人谈话，也愿意歇息一下。苏兰奇随萨赖占到一僻静地方，萨赖占便把别后情况向苏兰奇简单讲述了一遍。

苏兰奇听说苏伦德还活着，真是又惊又喜。喜的是儿子尚在人间，将来有机会一定能够相见，惊的是儿子又去寻找苏兰，至今下落不明。

"苏兰奇,你以后到张格尔军中,万一遇到苏兰,一定设法救她出去,也算是你帮我、帮苏伦德的忙,我会终生感激你!"

苏兰奇一听,心中不知是啥滋味,儿子爱上的两位姑娘全部被浩罕人所蹂躏,而如今自己却为他们卖命。可是,心中的难言之隐又无法说出口,只酸痛地点点头:"我苏兰奇也是一个男人,不会甘于受他人摆弄的,萨大哥,你放心吧,我会救出她们的!"

"她们?是谁?"

"就是苏兰和另外一个姑娘。"

"唉,苏兰是位好姑娘,也是我的好女儿,从小我把她和娜佳一样看待,可却不能看好她。娜佳被斌静害死了,苏兰又被张格尔夺走了,他们都是强盗!"

苏兰奇见萨赖占情绪有点悲愤,想安慰他,却又不知说什么好,到嘴的话又咽了下去,心中十分矛盾,说还是不说?

"苏兰奇,那我们就此分别吧,将来有机会再相见,一定帮我救出苏兰。"

萨赖占说完跪地一拜,苏兰奇急忙将他扶起,再也控制不住心中的感情,握住萨赖占的大手说:"萨大哥,告诉你一件事,娜佳还活着。"

萨赖占一愣,不相信地问:"什么,娜佳还活着?我的女儿还活着,她在哪里?我要去找他!"

"萨大哥,你要冷静,听我说,她没有被斌静害死,是张格尔欺骗了我们。他把娜佳抢出斌静的官府送给了浩罕国的伊列汗王,以此换取伊列汗的支持。唉!你我都救不出去。"

萨赖占听说娜佳还活着,心中十分激动,但现在,他更加痛苦,比听到女儿死去时还要痛苦,比自己死去还要难受。无声的泪水悄悄从他那干瘦的老脸上滚下,滚下,他哭不出声。然而,此时他的心思有谁能够说出?

"萨大哥,你要坚强起来,我投奔浩罕也是为了搭救娜佳,可是,几次都失败了,还差点暴露了身份。此事,不可操之过急,必须从长计议。"

"从长计议,何时才能有个终结,何时才能救出我的女儿?"

"只有等待,看张格尔这次叛乱的情况,如果清兵打败张格尔,打败浩罕的伊列汗王,也许能救出娜佳,否则……"

"好吧,苏兰奇兄弟,将来后会有期!你多留心一下,万一用到你,我一定去找你帮忙。"

"我会尽力而为的!萨大哥,多保重!"

"后会有期!"

"后会有期!"

萨赖占和苏兰奇洒泪而别,彼此都有一种无法表达的感慨与辛酸。

萨赖占等人告别苏兰奇来到中原,贩运一些茶叶、大黄、瓷器、丝绸等物到域外出售。刚入新疆境地,忽一日遇到清朝派往回疆的火器营官兵。火器营领队大臣是宣武门提督穆寿福,此人本无多大雄才,全靠父亲穆彰阿的多方面通融提升为宣武门提督,平日里以权谋私、挪用军款。这时见到一队商人满载而归,心中就直发痒,想趁机诈取些钱财,便命令士兵将这批商人拦住,诬蔑萨赖占等人是张格尔派往内地的奸细,对萨赖占等人严加盘查、强行搜身,希望能找个把柄结果这批商人而占有他们的财物。

事情太巧,他们竟然在萨赖占身上搜出一块张格尔发出的通行令牌。原来这令牌是苏兰奇临行时送给萨赖占的,以免他受到盘查,用后,萨赖占本该扔掉,但他想回来时仍能用着,就这样一直带在身上,万万想不到,竟给他惹来大祸。

穆寿福立即命人将萨赖占等人捆绑起来,随军将他们押送到哈密,并报告给正在哈密接管各路援兵的武隆阿,想趁此立功受赏。

武隆阿一见到张格尔发出的通行令牌也感到事情重大,立即又将此事和哈密办事大臣恒敬商议。他们接连对萨赖占等人审讯多次,口供均相同,但仍然不能决定,这事看起来小,其实关系重大。如果萨赖占等人是张格尔派出的奸细,那么他们是否还有其他人漏网,探得清军哪些情报,送出去多少?如果萨赖占等人不是奸细而是一般商人,现在正值人心惶惶,处于观望时候,如何调整政策,让民心倒向清朝?这是关系到整个平叛战争胜败的关键,处理不好,影响全局。

恒敬、武隆阿等人不像穆寿福那样鲁莽,经多方面查寻分析,释放了萨赖占等人,并归还全部货物。为此感动了萨赖占,他把从苏兰奇那里听到的有关张格尔和伊列汗相勾结的事也告诉了武隆阿,同时,把自己家庭的遭遇也讲给武隆阿听,愿意跟随武隆阿并给他带路,帮助清兵平定张格尔反叛。

就这样,武隆阿把萨赖占作为向导带到阿克苏。

长龄、杨遇春等人从武隆阿口中了解到萨赖占的身世之后,也都认为是引诱叛军前来偷袭军营的合适人员。对于萨赖占,他们以前因斌静案也都隐约听到一些,如今听到萨赖占一家的遭遇也都十分同情和痛惜,决定平定张格尔反叛时,一定帮他找到两个女儿娜佳和苏兰,让他们父女早日团聚。

长龄接待了萨赖占,安慰并鼓励他一番,便把他们的作战计划告诉萨赖占。萨赖占欣然愿往:"只要能帮我找到女儿,就是粉身碎骨、上刀山、下火海我也愿意!"

几天后,长龄又好好交代萨赖占要注意的各个细节,便让他带着张格尔发出的通行令牌悄悄到了柯尔坪。

柯尔坪守军头领是张格尔的侄子呵里雅,他这几日正为如何驻守柯尔坪犯愁。张格尔已送来命令,要他务必守住柯尔坪,如果柯尔坪再被攻破,那么清军大队人马便可长驱直入西四城,扫荡叛军便如风卷残云。

呵里雅正不知如何是好,忽闻有一回民持张格尔和卓的令牌前来求见,呵里雅立即命人将来者带上。不久,萨赖占入内见过守军头领呵里雅。

"你是什么人?从哪里来?叫什么名字?"

"布鲁特人，萨都拉，从阿克苏来。"

"找本头领有什么事？"

"我奉命探查清兵军情，特来报告给头领。"

"什么情报？"

"清兵有五千人驻扎在和色尔湖畔，可乘夜偷袭敌营，挫败敌军锐气。"

呵里雅一听，将信将疑，大喊一声："来人！将这清军奸细拿下，竟敢来诱我出兵，乘机攻取柯尔坪，你的奸计我看不出吗？"

两边士兵一哄而上要拿萨赖占，萨赖占大喝一声："慢！你等真是大胆，不相信我，连张格尔的通行令牌也不认识吗？张格尔派我查防清军实力来报告你们，你们竟敢不听，待柯尔坪失守，回喀什噶尔谁敢担当责任？"

萨赖占见自己的一番话镇住了呵里雅等人，接着说下去："清军大队人马不日将从阿克苏发往这里，那时，柯尔坪如何固守？与其被动挨打，不如率先攻击敌兵，挫其锐气，然后固守，再求援军。我难道希望清兵抢占我们的草原、霸占我们的姐妹吗？"

众人一时不知如何是好，呵里雅验证一下令牌，果然是张格尔发出的，也是将信将疑，又听萨赖占一番合情合理的话已信了大部分。

"你讲得有理，这事还得协商一下再定。"

"好吧，你们好好商议，不过不能太迟，否则一切都来不及了，那我先回喀什噶尔！"萨赖占起身要走。

"不行，等我们协商好，还得请求你带路。"呵里雅说着向两名护兵递个眼色，两人上前把萨赖占拦住。

"不信任我？"

"不是不信任，先委屈你一下，待查明后一定给你放行。"呵里雅命人将萨赖占看管起来。

呵里雅和众人又议论起来，都认为来人的情报和探得的情报一致，况且又有张格尔的通行令牌，一定不会有诈。便连夜发兵六千前去偷袭和色尔湖的清兵营寨,当然是萨赖占头前带路。

远远看见清军营寨灯火微明,打更声有节奏地响着,周围一片寂静,偶尔传出几个士兵的吵骂声和酣睡声。领队头目阿倭里大喜,率领叛军冲进营寨,连挑几个营寨却发现是空的,只有些草人,便知上当,寻找萨赖占也不知去向,想下令撤兵已来不及。忽听一阵鼓响,清兵从四周杀出,叛军哪里逃得出去!

一直拼杀到天亮,战斗结束,仅有少部分叛军逃出包围,匆匆奔向柯尔坪,还没到柯尔坪就迎到从柯尔坪里逃出的叛军人马。一打听,原来阿倭里带兵走后不久,清兵便悄悄从四路围攻柯尔坪南北两庄,由于内部人马空虚,不久便被清军攻下。

柯尔坪战役胜利,打通了平叛大军进攻西四城的障碍。这时,清朝派往各路的兵马也都全部会集到阿克苏。长龄、杨遇春、武隆阿等人准备休整军队,养精蓄锐,再率大军直取西四城。

第十八章

责莽福晋宫门犯禁
赏勇将军御街献俘

在丹陛大乐声中，道光神采奕奕登上午门城楼，两边大内侍卫一字排开，甚是威风凛凛。兵部尚书玉麟高声奏报："叛乱平定，匪首张格尔已被俘获，谨献阙下，请旨发落。"道光满面春风，捻须朗声道："交刑部议处！"

一元复始，万象更新。今年新春，整个京城一派喜气洋洋。初春的阳光过早地催开北京城的嫩芽，也叩开道光久已沉寂的心扉。

张格尔叛乱，闹得身处大内的道光皇上也坐卧不宁，吃不好，睡不好。边陲烽火复燃，一国之君岂能优哉游哉，那岂不是一代昏君！在上书房饱读三十年经书，通晓贤君圣主之道的道光皇上也不愿做平庸之辈，决心收复失地，刻碑标功。近日，捷报不断从边疆传来，阿克苏保卫战胜利，柯尔坪大捷，洋阿尔巴特大捷。如此令人振奋的消息传来怎能不高兴。朝廷重臣为国卖命，报效皇上，做主子的也得有所表示。于是，提笔下谕旨嘉奖阿克苏办事大臣长清，晋封长龄为太子太保，并赏赐紫缰。加封杨遇春为太子太保，武隆阿为太子少保。以此鼓励将士乘胜前进，收复失地。

虽然新年已过多日，欢乐的余波尚未消失，又迎来一个新的喜庆节日。一月二十五日，孝和皇太后六十岁大寿，钮祜禄氏皇太后虽非道光生母，但由于生母孝淑睿皇后喜塔腊氏早逝，孝和皇太后视道光如同亲生儿子，特别是在嘉庆驾崩，出现镡匣风波的关键时刻，孝和皇太后毅然支持道光登上九五之尊，道光更是从内心感激不尽。如今，太后大寿，道光岂能不趁此表表孝心。于是，把皇太后请到太和殿，接受百官朝拜，同时作乐宣表，设御宴庆祝太后六十寿辰，祝皇太后福如东海、寿比南山。

祝寿完毕，设御宴赏赐各王公大臣、文武官员和亲王、贝勒、贝子、福晋。为了进一步显示道光对皇太后的孝敬，并颁谕内阁，封赏惇亲王、瑞亲王、庆郡王、仪亲王等宗亲诸王。对托津、英和、黄钺、禧恩等朝廷重臣以前所有的处分，或加恩宽免，或从轻发落。

整个朝廷上上下下，喜气洋洋。

第二日早朝退后，道光回到养心殿，见有回疆送来的公文，急忙拆视，原来是长龄的一份报捷奏折。

敬呈陛下万岁！万万岁：

乘圣上洪福，臣于二月初率平叛大军兵临沙布都尔，遥见叛军拥众十余万排列在外水渠之上。此地沼泽遍布，树林茂密，芦苇丛生，骑兵无法施展其长。臣将大军分作三路，臣与杨遇春督中路，武隆阿率左路，杨芳率右路。三路兵马均步兵在前，骑兵在后，各分五行，列队进击，用连环枪炮攻敌前卫，抢占水渠。同时，骑兵从左右两翼渡过浅水，横截敌阵，冲垮敌阵脚，致使叛军无法抵挡，纷纷后退。臣趁势率大军追杀，一役歼敌约四万人……

道光看至此，捋捋嘴上的胡须，喜不自胜地夸奖："嗯，好！朕用长龄可谓慧眼识英才。待班师回朝之际，朕必重赏！"

恰在这时，御前大臣索特纳木求见，道光便命太监将其宣上来。礼毕，赐坐。

"皇上，臣有事相奏。"

"请说！"道光放下手中的奏折。

"昨天，太后寿辰，皇上驾御太和殿之前，尚未出顺贞门，就有两乘红轿违例穿越神武门中门。"

皇上一听，有点气恼："谁如此大胆，以下犯上，违背礼制！"

"经协办大学士、户部尚书英和查明，这两乘红轿是惇亲王府和内阁大学士恒龄家的。"

道光听罢，沉吟一会儿，问道："昨日管理宫门事务的是谁？"

"护军统领奕经。"

"应革去护军统领职务，逐出乾清门，并交刑部严加议处，护军参领喀尔满与门官佛尼音布也一并交刑部严议！"

"皇上，对于惇亲王和内阁大学士应如何处置？"

处理这两人，道光不得不慎重考虑，惇亲王绵恺是皇太后亲生之子，太后对自己的恩情自然不说，不看僧面看佛面，理应从轻发落。但这皇权帝尊之制也不可受他人有所僭越，王爷如此，恒龄更是可恶！提起恒龄，道光心中就有几分生气，他是原军机大臣托津之子，当初临登大宝之际，托津老奸巨猾，态度暧昧，后为遗诏一事强词夺理，对其处置心中不服。今日，其子又犯王禁，哼！有其父必有其子。这等臣子必当严惩，否则，何以威临天下，驭使百官！

想至此，道光才开口说道："惇亲王管理本府人员不善，令其退出内廷行走一职，并交宗人府严议。恒龄则交刑部议处，先撤去内阁学士及副都统职务，听候礼部商议。其余牵连之人也不可放过，必当重惩，不可有一丝包庇！"

且说惇亲王福晋乘红轿误走神武门中门，回到府中方知自己走错路，急忙将此事汇报给惇亲王。

"王爷，奴才刚才从宫中回府走错路，犯下大禁，如何是好？"

"你走的是哪个门？"

"神武门中门。"

"唉！你，又给本王添麻烦。当初父皇驾崩之时，为了皇位之事，皇上对我等耿耿于怀，为此革去托津、戴均元等人职务。事后，皇上表面上没说什么，心中对本王及瑞亲王也十分戒备。皇上有时想找我等差错，但一直没能如愿，现在，你竟敢去摸老虎屁股。"

听了丈夫一席话，惇亲王福晋也感到事态严重，惴惴不安地说:"那如何是好?"

惇亲王来回走着,思考着这事如何处理。最后叹口气说:"实在没有办法!本王带你到皇上那里请罪,希望皇上能从轻发落。"

福晋一听让她去谢罪,心中好大不快,不就是误走错路吗?皇上又能怎样?小嘴一噘,气哼哼地说:"不去!看他皇上把你我杀了。嫁给你这没用的王爷,活着也是受罪,不如被杀死还好受点。"

"真是岂有此理!你也敢教训本王。"惇亲王说着,挥手给了福晋一巴掌。

福晋自嫁给惇亲王绵恺,没受过这样的窝囊气,顿时号啕大哭,边哭边说:"你自己无用,还有脸教训他人,到手的皇位被人抢去,自己只能在府中干生闷气,有本事同皇上争去,在府中显威风有何本领……"

惇亲王本来也有谋夺皇位之心,但自己是个失败者,心中本来就不服,经福晋这么一说,更是气恼。心想,不就是走错个门吗?那门也不是一定为你绵宁修建的,当年我多个心眼,今天走在那门的也不是你绵宁,而是我绵恺。看我不向你皇上谢罪,你能怎么着我,况且还有皇太后在呢!

就这样,惇亲王绵恺一气之下,就没有向皇上请罪,御前大臣索特纳木便将此事面奏皇上。

等惇亲王冷静下来,准备面请皇上谢罪时,皇上已怪罪下来,交宗人府严议。此时,惇亲王才感到事情的严重,急忙派王府太监贾得路到协办大学士、户部尚书英和私宅疏通关系。

同时,惇亲王又悄悄来到瑞亲王绵忻的王府商量对策。惇亲王与瑞亲王原本关系也是面和心不和,由于竞争皇位失败,他们"同是天涯沦落人",暗中来往便多一些。有时,相聚一起互诉衷肠,发一通满腹的牢骚。

惇亲王见过瑞亲王,便将福晋误走神武中门的事告诉瑞亲王,请他想个办法。

"此事听说皇上十分生气？"瑞亲王问道。

"是的！皇上已将此事交宗人府严议。"

"不就是家人抬轿疏忽，误走一个门吗？皇上是小题大做。"

"岂止小题大做，这是拿我等开刀！"惇亲王将一肚子火发泄出来。

"那也没办法，人在矮檐下，不得不低头，你先派人与英和联络一下，疏通好英和，就说从神武门东门经过，根本不是什么中门，这是有人成心想陷害你。"

"这样说能行吗？万一皇上认真追究起来，岂不是欺君之罪，罪加一等？"

"怕什么，就是当年你我前怕狼后怕虎，才落得今天如此狼狈的下场。咱也得硬一点，让皇上明白我们也不是好惹的！"

"嗯！"惇亲王经瑞亲王这么一说，心中也觉应当硬一点，否则，将来如何活下去？

惇亲王走后，瑞亲王在府中呆坐一会儿，心中盘算着：争夺皇位大势已去，皇上对自己与惇亲王早有看法。如今惇亲王犯事来府商议，难免让皇上知道，怪罪起来，必以为我等相互勾结。长此以往，皇上怎会放过我，与其和一个没有权力的惇亲王拴在一个战车上，倒不如舍车保帅，讨好皇上，将来也好活得顺心点。

想到这里，瑞亲王便急忙进宫面见皇上，把惇亲王准备欺瞒皇上之事奏给道光："启奏皇上，惇亲王对福晋管教不严，以下犯上，误走神武中门，即使无僭越王权之心，但有触犯礼制之实。惇亲王不思悔过，反而强词夺理，四处宣说，福晋所走是神武东门，为自己开脱罪状。此事不可不严究！"

"此事当真？"

"臣不敢有半点虚假，惇亲王一来，皇上可亲自询问。"

道光闻听瑞亲王奏报，心中将信将疑，不知如何处断。正在这时，太监来报，惇亲王叩见皇上。

瑞亲王刚退走，便宣惇亲王进养心殿。惇亲王拜见完毕，平身坐下,道光先开口问道:"绵恺,你福晋误走神武门中门一事你可知晓?"

"启禀皇上,臣来此正为这事。"

"你以为该当如何处置?"

"皇上,臣福晋所走的是神武门东门而非中门,那纯是谣传。这事可请户部尚书英和等人明查,瑞亲王也可为臣做证。"

道光一听,顿时火冒三丈,一拍御案,骂道:"大胆狂徒,你一向对家人管教不严,早有僭越皇权之心。明明触犯定例,还敢狡辩,欺骗圣上,苟且无耻。身为亲王,不知维护礼制,遵守法纪,反而率先僭越。来人,拿下这个狂徒,革去王爵,交宗人府和刑部严议处罪。"

道光严惩惇亲王的事迅速传遍朝廷上下,满朝文武官员为之耸动。惇亲王福晋听说丈夫被抓,吓得哭哭啼啼进宫跪请皇太后和皇后说情。

这一日,皇上在养心殿批阅回疆新送到的报捷文书。

道光看罢长龄告捷文书,心中一阵释然。近日,虽有京中轿行风波一事烦心,但平叛连连报捷,道光心中多了几分安慰,也不断下谕旨嘉奖边陲将士,给予奖赏和鼓励。

刚放下御笔,御前太监常永贵来报,说皇太后、皇后和惇亲王福晋求见。

道光一听便知道为惇亲王一事而来,倘若不见,其他人倒没什么,这太后脸上可没有光。尽管刚刚给太后办完六十大寿,太后心中十分欣慰,但惇亲王毕竟是皇太后亲生之子,更何况,惇亲王福晋犯例也是由于给太后拜寿所引起的,太后当然不能不问。

见还是不见,道光一时也优柔寡断起来,心里乱糟糟的。最后,还是心一横,命常永贵传下话去,就说皇上忙于处理公务,让太后率领后宫诸人先回去,待皇上处理完军务一定亲自向太后请安。

太后等人无奈,只得先回后宫等皇上。

道光打发走太后诸人，便命御前大臣赛冲阿召见宗人府掌管隆格亲王。

隆格匆忙入养心殿叩见道光："臣隆格拜见皇上，不知皇上宣臣为何？"

"隆格亲王，免礼赐坐！"

"谢皇上！"

"惇亲王轿行一案，你宗人府如何议定？"

"噢，皇上为此事召见臣。按我大清律例，惇亲王福晋误行神武门中门是僭越皇权，惇亲王管教不严，照违制革职例，理应革去王爵。"

"嗯，绵恺也太可恶！身为亲王不知管教家人，还推诿隐瞒，欺蒙朕，实不可恕！但念手足之情，加以严惩，朕也于心不忍。前日虽令你等严议，实是朕气极之言，刚才太后等人前来说情都被朕挡回去了，你看此事如何处理最为恰当？"

隆格亲王知道皇上想减轻对绵恺的处罚，但皇上一言九鼎，话一出无法收回，想让他给找个台阶，便试探着说："皇上，惇亲王福晋误走神武门中门，也许惇亲王真不知道，这可能是家人所为，但惇亲王对家人管教不严也是有过。可暂保留王爵、罚俸五年，每年支领半俸、分十年坐扣，以此警醒绵恺及朝中诸王。不知皇上意下如何？"

道光思索一下，缓缓点一下头说："好吧，就按隆格亲王的议定而处置。不过，朝中一切职务全部革去，仅保留王爵，乐部事务由定亲王管理，雍和宫中正殿事务由庆郡王管理。"

减轻对惇亲王绵恺的处置也算道光给太后面子，此事若发生在其他亲王身上，也许惩处更重。尽管减轻了对惇亲王的处罚，但一般王公大臣、亲王、贝勒心中都不免一惊，又增加对皇上的一层了解，当今皇上表面上随和亲切，骨子里却狠毒刚硬。

张格尔近日来情绪极为恶劣，时常训斥手下士兵，对周围的人都不满意,甚至对他心中的宝贝——"芙蓉花"玛达娅也没有好脸。

张格尔只想一个人在室内静静待着,思考目前回疆的局势,思索近日来的一连串噩梦。越想心中越不得其解,也就心绪越乱,坐立不宁。

张格尔在屋里来回踱着,从门到窗子,又从窗子到门。这时,士兵报告,说伊萨伯克将军求见。

"不见!"张格尔把桌上的所有茶杯全部打翻,弄得一地碎片。

士兵又来报告:"说他有要事相告,一定要见。"

"什么伊萨伯克将军,浩罕国的神明军师,什么浩罕大兵,没用!"

张格尔只顾骂着,也不说见与不见,卫兵没有办法,只好怯生生地问一句:"是否让他进来?"

张格尔愣了一下:"让他进来吧!"

伊萨伯克进屋一看,满地是茶杯碎片,心中已明白几分,便微笑着说:"我们国王伊列汗想为你再打一仗,力争挫败清兵,巩固喀什噶尔的安全。"

"哼,什么想再打一仗,眼看清军兵临城下,想出城逃回浩罕吧?"

"你如此说话有愧于浩罕对你的帮助,伊列汗确实想助你,否则,也不会带几万兵远道而来。"

"你们哪里是帮助我,只不过想换取我的城市和领土罢了。"

"你不是没给我们一寸土地、一座城市吗?"

"以前不是说过,你们和我回部大军一起东进,攻下一城,割给你们一城,而你们在阿克苏、柯尔坪全打了败仗。"

"唉!"伊萨伯克也叹息一声,"并非我浩罕大军不想打胜,清兵实在狡猾,人数又多,我大军远程来此作战,地形不熟,也不服水土。"

伊萨伯克进一步辩解:"况且你回部人马缺乏统一训练,不服调令，自作主张，怎能不败？"

"以前就别提了，现在清军兵临城下，必须想法击败清军，否则，你我将无安身之地。"

伊萨伯克心中冷笑，但脸上却面带笑意："我想亲率浩罕大军前去迎敌，打出我浩罕的威风。"

张格尔沉默不语，许久才抬起头，问道："你有取胜的把握？万一失利，岂不动摇我军心，引火烧身，将清兵引入我城下？"

"那也不能坐以待毙，必要时可舍弃此城，固守他城。"

"喀什噶尔如守不住，其他城如何能够守住？"

"我们固守喀什噶尔，可让浩罕王伊列汗带兵驻守英吉沙尔，万一此城守不住，也可有个退路。"

张格尔明知伊萨伯克想给伊列汗提供机会，让浩罕国占有英吉沙尔，也不直接点破。从目前清兵进军之势，这回疆西四城恐难以固守，倒不如让出一城给伊列汗驻守。万一喀什噶尔失守，也可找个安身之所。况且，他也想让伊列汗走远点，特别是伊列汗总是和玛达娅眉来眼去，心中老大不快。想到这里，便卖个人情说："英吉沙尔是我部重镇，今暂且让伊列汗驻守，待统一回疆后一定归还我部。"

伊萨伯克一听张格尔同意让出一城，心中大喜，忙说道："暂且帮你防守，这样我们几个城市也可互相呼应，对抗清兵进攻。"

"这次兴兵可能又要失败。"张格尔心头一阵酸楚。

"话不能这么说，增加兵援，加固喀什噶尔防守，胜败未可限定。"

"目前清军已攻克阿克瓦巴特，喀什噶尔的门户被攻破，此城已处于清军攻势之下。"

"敌军虽攻破阿克瓦巴特，但我们可在浑河岸边设防。"伊萨伯克献计说。

"我已派托哩、呵里雅、汰劣克、倭里等人率十万人马前往浑河，并沿岸二十里设防。"

"仅此还不行,可沿岸挖掘三道深沟,再垒土筑岗一道,岗上筑有空穴,里面排列大小炮位,阻挡清军渡河。"

张格尔听后,也认为伊萨伯克的建议较好,又下令给弟弟巴布顶,命他火速前往浑河筑岗设炮。同时,又从周围调集两万多兵力沿各处设防。

张格尔一方面做好喀城的防守工作,另一方面又悄悄让心腹将士做好出逃准备,以防万一守城失败。

回疆的天气始终透着神秘,诡秘多变,刚才的满天星斗不知躲到什么地方去了,刹那间,深蓝的天空变得灰暗,狂风大作,飞沙走石,树木摇曳着,小草狂舞着,浑河的水流得更响了。

张格尔在睡梦中累得满头大汗,他又在追逐那头永远无法追上的小银狐了。卫兵的叫喊声将他唤醒,他急忙坐起来,披衣问门外的侍卫:"深更半夜,乱喊什么,有话快讲!"张格尔有点不耐烦,他多日来一直不耐烦。

"报告,清兵已攻破浑河!"

"什么?清兵已攻破浑河,这不可能,情报准确吗?"

"是从浑河败退下来的士兵汇报的!"

张格尔走了出来,看了一眼士兵问:"托哩、呵里雅他们呢?"

"听说托哩将军、倭里将军全部战死,呵里雅将军下落不明。"

"快去打听清兵到哪里了,有情况速来回报!"

士兵退走后,张格尔有点后怕,外面虽没有雨雪,但那狂吼的风好像是对他而来。张格尔内心有点发抖,多年以来,从没有过如此的恐惧,有一种末日来临之感。看样子喀什噶尔已守不住,三十六计,走为上计。想至此,张格尔命贴身卫士喊来儿子布素鲁克和侄子依山,命令他们快速准备,弃城远逃。

长龄攻占喀什噶尔,至此,被张格尔盘踞半年之久的喀什噶尔终于收复。这一仗击毙叛军六万余人,活捉叛军近四千人,连张格尔的妻子爱则尔毕比,侄儿呵里雅也被活捉。唯独没有找到张格尔的任何踪迹，长龄心中十分着急。估计张格尔可能逃亡回疆西四城其他几城，便召集杨遇春、武隆阿等人，兵分几路扫荡各地叛军。

命令杨遇春与阿勒罕保带兵一万进攻英吉沙尔；武隆阿和余步云及哈朗阿带兵一万进攻叶尔羌；杨芳与额尔古伦率大军一万进攻和田。

自喀什噶尔被攻陷后，各地叛军闻风丧胆，平叛大军所到之处，如风卷残云，势如破竹。

浩罕国王伊列汗亲自率兵一万余众入侵回疆，并和张格尔叛军相互勾结，妄图趁火打劫抢占一些城市，扩大浩罕疆域，不但没捞到任何好处，反而损兵折将，与清兵的几次较量均以失败而告终。在伊萨伯克的精心策划下，从张格尔手中骗取英吉沙尔一城，准备以此为据点，固守该城，再从浩罕调兵，想在回疆另有所图。

忽然，探马来报，喀什噶尔被清兵攻陷，张格尔不知逃亡何处，浩罕军师伊萨伯克也被杀。伊列汗闻报，心惊胆战。心想：喀什噶尔如此之快就被攻破，英吉沙尔岂不一攻就破，现在调兵已来不及，三十六计，走为上计。但到嘴的肥肉再吐出来，心中实在不舍，便下令加强防御，先坚守一阵，看一下局势的发展再另谋他路。

不几日，清兵进抵英吉沙尔，一打听，领兵将领是号称"髯将军"的杨遇春。伊列汗有点绝望，"髯将军"之威名在西域早有传说，现在他来攻城，胜的希望成为泡影，便下令手下浩罕官兵收拾停当准备撤兵。

苏兰奇自从告别萨赖占之后，心中十分歉疚，他觉得自己对不起萨赖占，对不起娜佳，也对不起儿子。他多次想接近娜佳，但伊列汗防卫甚严，根本无法和她接触。

一次偶然的机会，苏兰奇和娜佳相遇，但在众多的浩罕兵面前，他不能说一句话，只用关怀的目光安慰一下娜佳，便退去了。后来，他想方设法递给娜佳一个纸条，告诉她父亲和苏伦德都在，并且很思念她，都在为救她而四处活动。

这几日，苏兰奇一直在思索如何救娜佳。目前清朝大队人马兵临城下，伊列汗出城与清兵交兵大败而还。浩罕兵马人心惶惶，伊列汗准备弃城逃回浩罕。这是一个极好的机会，机不可失，失不再来。如果这次再救不出娜佳，那么，伊列汗逃到浩罕，搭救娜佳将永无可能，自己还有何脸面活在世上。可是，如何搭救？苏兰奇冥思苦想，他人单力薄，尽管近日防卫有所松懈，但在浩罕国王的行宫中救出一个女子，实在不容易。

苏兰奇被伊列汗派遣到英吉沙尔东门，和浩罕将军哈里都阿一起驻守东门。苏兰奇心中大喜，终于找到解救娜佳的机会了。

夜里，苏兰奇悄悄写了一封书信绑在箭上射向清兵营垒，说明自己的情况，约定明天夜里和清兵里应外合，打开东门迎接清兵入城。

第二天晚上，苏兰奇早早来到东门和哈里都阿一同巡视一遍城门的防守，便回到兵营请哈里都阿饮酒。待把哈里都阿灌醉后，苏兰奇迅速召集自己的一些布鲁特亲兵做好内应的准备。

夜半，伊列汗被吵闹惊醒，听说东城已被清兵攻破，急忙起身窜逃。这时，苏兰奇跑了进来，跪报道："快走吧，再迟就来不及了，清兵已攻破东门。"

"我命你和哈里都阿驻守东门，你二人为何守不住一个城门？"

"清兵实在骁勇，臣等无能，请大王恕罪。臣急忙从东门赶来保护大王出城。"

"念你忠诚，这次饶恕你，快收拾一下，保护娘娘安全！"

"是！臣遵命。"

苏兰奇甚喜，急忙带领几名士兵收拾一下，并向娜佳暗示，做好逃跑准备。这时，另有官兵来报，请伊列汗快速出城，一切准备完毕。伊列汗交代几句转身离开，苏兰奇一看时候到了，以迅雷不及掩耳之势拔出腰刀砍死娜佳身边的两名将官,带着娜佳飞身出逃。

伊列汗左右不见娜佳等人到来,心中十分着急,怕出意外,趁清兵尚未到来,便带领几名贴身将官赶回寻找。

苏兰奇和娜佳没逃多远,便被伊列汗等人追到。伊列汗一见大怒,骂道:"苏兰奇,你贼胆包天,敢诱骗娘娘出逃。"说着,持刀迎上,其他几个贴身将官也把娜佳和苏兰奇围住。

激战十几分钟,苏兰奇和娜佳渐渐不支,正在危急时分,随着一声大喊,跑来一匹战马。

"娜佳、阿爸不要害怕,苏伦德来了!"

苏兰奇听到儿子熟悉的声音,心中一喜,十分欣慰。就在他一愣神之际,伊列汗锋利的宝刀刺进苏兰奇的心口。同时,一名浩罕将领的刀也砍向娜佳,娜佳猛一闪身,虽然躲过这致命的一刀,但胳膊上也挂了彩,鲜血慢慢滴下。

苏伦德见亲人被伤,大吼一声,发疯般挥动大刀扑上去。正在这时,清兵大队人马也已赶到。

伊列汗见状,再不逃就没有机会了,下令撤退,在几名亲兵保护下向西奔逃。

苏伦德急忙抱住父亲,急切地喊着:"阿爸,阿爸,你醒醒!"

"大叔,你醒醒!"娜佳也拖着受伤的胳膊走过来焦急地喊着。

许久,苏兰奇才睁开浑浊的双眼,看着跪在面前的儿子,想抬手抚摸一下亲爱的儿子,但双臂是那样的无力,苏伦德心领神会地握住父亲的双手。

"阿爸,今后再也不用分开了,还有娜佳。"

"孩子,阿爸对不起你们!"

"不,这许多年,阿爸你受苦了,今后我们一定好好待你,侍奉你!"

苏兰奇欣慰地笑了,脸越来越苍白。

"孩子,阿爸不行了,今后你一定要好好照顾娜佳。"

凄惨的笑容挂在唇边，欣慰而满足的笑意僵在脸上，苏兰奇慢慢闭上了眼睛。

欲哭无泪，欲呼无声，苏伦德茫然地抱着阿爸僵硬的尸体，在娜佳的搀扶下走向草原深处。

英吉沙尔、叶尔羌、和田等地很快收复。

张格尔终于落网，尽管超过了道光所规定的期限，扬威将军长龄仍很兴奋，一颗悬着的心终于落了下来，立即命令杨遇春用日行八百里的特急速度向道光皇帝红旗报捷。

一路上，红旗报捷信使，风驰电掣，昼夜兼程，跨越茫茫戈壁沙漠，穿过河西走廊，飞掠中原大地，仅二十二天，这一特大的喜讯就从喀什噶尔飞递到京城。

自从大军进入回疆，道光几乎天天盼星星盼月亮，等待佳音。按照清朝惯例，各地战报必须由兵部传给奏事处，再上报皇上。这天晚上，各兵部官员都已回家，只有一年迈的老司员在值夜，刚巧捕捉张格尔的捷报传到，老司员无奈，只好一个人颤巍巍地进宫奏报。这时，道光正在御书房审阅公文，忽闻捕获张格尔的捷报送到，欣喜万分，急忙下诏："能够忠于职守，值班如此，传递军机，赏戴花翎，提升为军机处行走。"

老司员谢恩退下，道光又命小太监火速将此喜讯飞报慈宁宫慎皇后得知，并命人在慈宁宫摆下御宴一桌，马上到慈宁宫和慎皇后饮酒共享这一喜讯。

第二天早朝，道光刚刚在龙座上坐下，尚未发话，众文武大臣一齐跪下为皇上贺喜，夸赞皇上英明。道光一听，更是喜不自胜，当即下令给刑部尚书，今年实行天下大赦，减免惩罚。接着又下一道圣旨，对所有有功于平定张格尔叛乱的朝中大臣封赏：加恩赐封长龄为威勇公爵，世袭罔替，赏戴宝石帽顶，授为御前大臣，赏用紫缰，换带双眼花翎。加封杨芳为果勇侯爵，世袭罔替,赏用紫缰,换带双眼花翎,在御前侍卫上行走。并撤去过去对长龄、杨遇春、杨芳、武隆阿等人的一切处分,各有奖封。

因军机大臣运筹军用物资接济及时,保障前线供给,为平叛胜利进行提供保证,也应奖赏,加封武英殿大学士曹振镛太傅衔,赏用紫缰;户部尚书王鼎赏戴花翎;兵部尚书玉麟晋升为太子太保;工部尚书穆彰阿加封为太子少保。同时,在廷朝臣、王公贝勒等也各有封赏,并传谕长龄等人,将平定叛乱的各次重要战役一一绘成战图,以此宣扬将士功绩。

一切封赏工作布置停当,道光退朝回到养心殿,内心极为舒畅,命小太监端上一杯一品龙井香茶,他边品茶,边哼了几句昆腔,又回想一下还有什么工作没有做完备。

想起西汉骠骑将军霍去病追击匈奴单于,都能够封狼居胥,玄碑表功,名垂青山,古人一将军尚且如此,况我大清一代帝王,何不效法古人,立碑扬名,威镇回疆。先祖康熙、雍正,还有乾隆爷爷,他们每次平叛获胜,都御制碑文,勒石太学,并将有功之臣绘像紫光阁。我虽在政绩上,暂且逊色先祖,但在平定回疆叛乱一事,自慰足可与他们相提并论,至于将来的政绩如何,我也刚刚承继大统几年,只要勤心勤德,体察下情,约束吏制,这大清的江山也会再次兴盛,甚至会超过爷爷乾隆当年的政绩。

记得自己十岁那年,随皇祖乾隆到承德木兰秋狝,一时性起,引弓射杀一鹿,先皇祖对自己特别厚爱,经常把自己叫到御书房,指点读书,希望皇孙将来能超过爷爷。如今,自己做出这等平定张格尔叛乱的大事,当然也应该效法先祖将有功之臣绘像紫光阁,给子孙后代立下楷模。

五月上旬,张格尔被押解到京城,献俘于太庙、社稷。道光重赏了押解的将领后,便下令给礼部的官员,选定吉日,准备举行受俘典礼。

清朝以武功定天下,大凡边陲作乱,出兵征讨,大军胜利归来,则举行献俘受俘之礼。自清入关至今,一百八十多年间,先后受俘四次，即康熙征准噶尔获胜受俘；雍正平青海获胜受俘，乾隆平伊犁、两金川各受俘一次。今天，道光举行受俘，则是清朝第五次受俘礼，也是最后一次接受外俘投降仪式。

五月十二日，阳光灿烂，万物一片清新，整个京城热闹非凡，男女老幼均着新装，街道两旁、茶楼酒店、旅馆以及各种铺面都张灯结彩，大街已提前洒扫几遍。自紫禁城太和殿到午门，一路地铺红毡，御林军沿街站立，谨慎防守，整个长安大街不准行人往来，大街两旁站满京城的老百姓。因为今天是受俘吉日，道光也想向天下百姓显显威风，夸功于民，便下令今天破例不实行静街，平民百姓可以站在路旁自由观看。

黄钟共奏，金鼓齐鸣，在一片喜庆而又祥和的丹陛大乐声中，道光身穿簇新龙袍衮服，红光满面，神采奕奕地登上午门城楼，两边大内侍卫一字排开，甚是威风凛凛。

道光皇帝升座后，三军将校呐喊行礼，声震九霄。这时，都统领哈朗阿、吉专勤通阿、祥云保和胡超等八名将官押解张格尔北向跪拜。

接下来，兵部尚书玉麟跪下高声奏报："启禀万岁我主，叛乱平定，匪首张格尔已被俘获，谨献阙下，请旨发落。"

道光满面春风，捋一下浅浅胡须，朗声道："交刑部议处！"

刑部尚书毓明紧走几步，跪下接旨，张格尔便由兵部司官转交给刑部司官。毓明便派八名刑部官兵接管过来，押出天安门。

最后，则是满朝文武大臣、王公贵族向道光三叩九拜，行庆贺礼。道光又传下谕旨，对众人进行加恩加封加赏。

礼毕，金鼓再次齐鸣，各种器乐共奏，在一片凯旋的乐曲声中，道光缓缓退下。

张格尔叛乱最终平息，大清天下总算又太平了。道光帝长长地出了口气。散朝之后，回到养心殿，正欲像往常一样批阅奏章，忽然想起好长时间没去寿康宫好好陪陪孝和皇太后，便带着两名贴身太监往后宫而来。

道光来到寿康宫门口，守门的宫女、太监慌忙见过圣驾，正欲进去禀报，道光阻止了，吩咐跟随的太监在门外等候，只身一人走进宫去。老远就听见太后房间里女人们的说笑声，道光帝到了门口。孝和皇太后正和皇后、全妃、绮儿打牌，竟没看见门外来了当今天子。道光看她们玩兴正浓，也不打扰他们，悄悄站在绮儿身后看着。坐在绮儿对面的太后一抬头看见皇上正站在面前，不觉一愣，旋即笑道："你们几个牌君子，只顾打牌，倒是看看谁来了！"

那三个这才发现皇上来了，慌得赶紧离座见礼。道光边笑边伸手阻止道："算了，这是后宫，一家人，不必拘礼。"说完，转向太后，躬身道："母后吉祥。"没等太后答话，一旁的全妃学着道光的声音伸手阻止道："算了，这是后宫，一家人，不必拘礼。"一句话逗得众人哈哈大笑。太后止住笑声，半真半假地责怪道："皇上谦和，不拘繁礼，倒逗得你这样没上没下。"

全妃慌忙谢罪道："太后说得是，奴婢知罪了。太后可别气坏身体。"说完上前轻轻地为太后捶着腰。太后向众人笑道："你们看这小蹄子多乖巧。她要是没有错，才不会这么孝顺呢。"

众人重新坐定，道光在太后身旁坐下，太后看着道光瘦削的脸颊关切地道："皇上终日为国操劳，瘦多了。"

关切的话语令道光内心感到一阵温暖，动情地道："多谢母后关心，儿身体很好。所幸回疆叛乱平息，叛匪张格尔伏诛，儿非常高兴，特来陪陪母后。"

"好，好……大清天下总算太平。回疆叛乱，皇儿日夜操劳，如今也可放松一下了。"

"皇儿也想轻松一下，只是国势衰微，不敢懈怠。"道光答道。

"太后说的也是，皇上今儿个来后宫就是想放松一下。"全妃接过话来，向太后挤挤眼，狡黠地道："太后何不让素娟过来为皇上唱个段子。"

"算了吧！素娟这几天心神不宁，似有心事，我也不好追问。"全妃却不依不饶。

"太后恐怕是让皇上见了，给要了去吧。这素娟丫头倒是'奇货可居'了。"大家给她说得大笑起来。只有道光莫名其妙，问道："素娟是谁？怎么成了奇货可居？"

太后只得说道："这素娟是我最近收在身边的一个丫头，人生得聪明伶俐，能歌善舞，尤其唱得一口京腔，韵味十足。既是皇上想见见，就叫她唱上一段，省得全妃说我小家子气。"说完吩咐侍女秋红去后房叫素娟。

秋红答应着出去。时辰不大，领着一个女子走进来。道光仔细一看，这女子十七八岁，穿一身很合身的小旗袍，怀抱琵琶，尖尖的下巴，薄薄的嘴唇，极灵活的一双乌黑大眼睛含着淡淡的哀愁。素娟走到太后跟前，跪拜行礼，太后忙伸双手扶起，然后用手一指道光道："素娟丫头，快去见过当今天子。"

"当今天子！"素娟回过头，吃惊地看着道光，似乎不相信眼前的人就是万乘之尊的当今天子。

"他确实是当今皇上。"全妃看着素娟失态的样子，赶紧提醒。

素娟这才醒悟过来，面露惊喜之色，慌忙拜伏在地口称："奴婢林素娟见过皇上，愿吾皇万岁！万万岁！"

道光一摆手道："起来吧！朕听太后说你唱得一口好京腔，不妨唱个段子，让朕一饱耳福。"

"民女遵旨。"素娟起身，侧身坐在下首，斜斜地抱了琵琶。

"素娟，皇上平息了叛乱，如今是天下太平，国泰民安，皇上今天高兴，就唱个欢快的段子吧！"太后看着素娟忧怨的眼神道。

"国泰民安，天下太平。"素娟不置可否，轻声重复着，嘴角露出嘲讽的微笑，玉手轻轻一划，一串悲愤的旋律在宫中回荡。

太后等人吃惊地看着她，不解其意。

素娟全然不顾，慢吐莺声唱道："有日月朝暮悬，有鬼神掌着生死权。天地也，你何把清浊分辨，可怎生错看盗跖、颜渊！为善的受贫穷更命短,造恶的享富贵又寿延。天地也,做得个怕硬欺软,却原来也这般顺水推船。地也,你不分好歹何为地?天也,你错勘贤愚枉做天!哎,只落得我两泪涟涟。"唱至此,素娟已是泪如雨下,声音哽咽。

太后、皇后、全妃、绮儿听着,面露惊异不安之色,因见道光凝神听着,便没作声。

素娟继续唱道:"可怜我孤身只影无亲眷,则落得吞声忍气空嗟怨……"素娟泣不成声,突然怀中琵琶"呛啷"摔落在地,"扑通"一声跪倒在道光脚下,叫一声"皇上"便扑倒在地。

道光等人大惊,秋红赶紧上前扶起,全妃、绮儿慌忙上前,全妃用手掐素娟人中,秋红忙腾出手来捶背,折腾半天,素娟才悠悠醒来,失声哭喊道:"皇上,民女冤枉啊!"

道光早已看出素娟身有冤情,忙满口应承道:"素娟姑娘,但有冤情,只管诉来,朕一定为你做主。先不要着急。"说着亲手扶起。

素娟由秋红扶着重新坐定,好久才平静下来,缓缓地道:"皇上,民女有冤,一言难尽……"

第十九章

丧至亲孤女告御状
仗强权跛汉占鳌头

突然，一阵浓烈的烟气呛得素娟惊醒过来，睁眼一看，屋里已被火光映红，素娟大惊，翻身坐起，忍着呛人的烟味，去拉房门，谁知房门竟被人从外面锁上，慌得素娟大叫："爹，快来救我！"

这素娟本姓林，是安徽宿州花庄镇人，是林家的独生女儿。自幼许给四十里外赵楼镇武师赵武先之子赵明飞为妻。林素娟祖父在乾嘉年间曾做过宿州知州，只是到了她爹这一代，家道才衰落下来。素娟十六岁那年，宿州地方发生水灾，水灾过后则是瘟疫流行，素娟爹娘相继染疾而逝，只剩下可怜的素娟孤身一人。赵武先眼见林家衰落，便把素娟接到赵家，当作女儿一样看待。这时赵明飞已长成高大英俊的小伙子，他和素娟自幼定亲，虽然从未谋面，却是一见钟情，素娟看着明飞，心中欢喜，想到自己终身有靠，失去双亲的伤痛渐渐平复。

赵明飞母亲早亡，父亲赵武先是当地有名的武师，靠习武授徒为生，明飞在父亲精心而严格的指导下，勤学苦练，再加上他天资聪颖，体格强健，武功进步极快，在他十六岁的时候，已是刀马骑射、长拳短打，样样皆精。

这一年道光平息回疆叛乱，朝廷开文武两科论材取士。赵明飞习武多年，听说朝廷开武科，不觉技痒，便想进京一试。他把想法先给素娟说了，素娟先是有些舍不得，再一想，男人家总不能一辈子窝在家里，况且明飞一身本领，英雄总得有用武之地，将来也好奔个前程，光耀门庭。想到此，便欣然同意。明飞见她答应，便去给父亲说了。赵武先是个明事理的人，虽是舍不得，却也答应了。

说走就走,当晚,明飞便准备行李盘缠,赵武先却是反复叮嘱他一路小心。素娟呆呆地坐在旁边看着,突然放声痛哭起来。赵武先一愣,明飞却有些不耐烦了,大声道:"素娟,你哭什么?我又不是不回来了。"素娟却像没听见,还是一个劲地哭。赵武先似有所悟,把明飞拉到门外,悄悄地道:"素娟怕你中了武举人看不上她了。""哪能呢。"明飞一下子急红了脸。

赵武先低头沉思一会儿道:"这样吧,明天爹就给你们完婚,反正你们也都老大不小了,成亲以后你再走怎么样?"

"一切由爹做主吧!"明飞红着脸道。

早已止了哭声,躲在门里偷听的素娟脸上绽开了笑容。

第二天,赵武先遣几个徒弟分头请来亲朋父老,即日为明飞、素娟两人成婚,黄昏时分客人逐渐散去,一对新人进入洞房。

次日清晨,明飞辞别父亲,登程上路。新婚燕尔,素娟自是难舍难分,于是送了一程又一程,一直送到宿州通往京师的官道,正巧遇着本县进京赶考的武生陈艮,明飞便和陈艮相约结伴而行。素娟不好意思再送,便又叮咛几句,小夫妻洒泪而别。

赵明飞走后,素娟在家里扳着指头算日程,转眼半年过去,明飞还是毫无音信,公爹赵武先心里也是惴惴不安,嘴上却安慰道:"许是明飞在京里结交了朋友,多盘桓几日。"

"大概是吧!"素娟也在宽慰自己。

一晃又是半年过去,明飞仍音讯皆无。赵武先嘴里安慰着素娟,心里却是忧心如焚,这一急,却又急出病来,又加上有几岁年纪,竟一下子病倒在床,再也无法教徒弟们练武。

经过一个多月医治,赵武生总算能起床了,忙把素娟叫到跟前道:"孩子,明飞走了一年了,还没一点音讯,爹放心不下,爹老了,真怕见不到明飞。爹想咱们不如进京去找。"

"爹!"素娟泣道,"儿媳也是为明飞担忧,早想进京找一找,只是爹的病体哪里经得起一路风尘。"

"现在顾不了这些,明飞恐怕是凶多吉少,爹就是爬也要爬到京城,去看一眼我的儿子。"

"爹,不能啊!"素娟边哭泣边劝阻道,"眼下还是爹的身体要紧。明飞是和本县一个叫陈艮的武生一起进京的。爹安心在家养病,儿媳这就去宿州打听这个叫陈艮的武生是否回来,也好打听一下明飞的消息。"

"好吧!"赵武先答应道。

素娟第二天天不亮就起身,等到太阳出来时,已经赶到宿州。因为她不知道陈艮的住址,只得逢人便问,好在陈家也是本地一个大户,很快打听到陈艮的家就在城西南二里。

素娟在一处高大宅院门前停下,轻轻敲了敲门,不多时门开,一名小僮伸出头来,问道:"你找谁?"

"这里是陈艮的家吗?"

"是。"

"我找陈艮有事。"

"请进吧!"

素娟走进院子。小僮走在前面故意大声喊道:"公子,有位小姐来找你。"

"谁找我?"假山后走出一名青年男子。素娟定眼一看正是那个陈艮,忙走上前去飘然一拜,道:"陈公子一向可好?"

"好……"陈艮一下子愣住,"你不是赵明飞的……你怎么会到这里?"

"正是奴家。"素娟脸上一红,少顷又道,"奴家是想打听一下我家明飞的消息。"

"赵明飞不是中了武状元了吗?"陈艮不解地道,"难道你没跟去享受荣华富贵?"

"他中了状元!"素娟心中一阵狂喜,赶紧追问道,"他为什么不回家,至少也要给家里捎个信啊?"

陈艮惊奇地道:"赵明飞真的没有给家捎个信?"

"难道奴家还要骗陈公子不成。我公爹想儿子都想病了。"

陈艮沉默半晌,突然客气地道:"请嫂子到室内用茶,我有话说。"

素娟随陈艮到室内坐定,小僮献上香茶。陈艮呷了口茶,缓缓说道:"嫂子,小弟就跟你直说了吧。赵明飞可能就是第二个陈世美!"

"第二个陈世美……"素娟不解地道,"请陈公子明示。"

陈艮苦笑道:"若不是小弟亲身经历,恐怕我也不相信明飞是这样的人。一路上我和明飞同宿同行相互照应,甚为投机。到了京师,我们住在一家客栈。开科考试,也是一前一后。我先考,他后考。可叹小弟无能,三关只过两关。轮到明飞,他刀马娴熟,技艺精湛,不仅三关皆过且博得满场武生阵阵喝彩和几位考官的赞叹,主场武生考完,竟无一人能出其右。小弟虽是名落孙山却为明飞高兴、自豪。

"走出考场,我和明飞说说笑笑,正要回客栈,这时一个王府管家打扮的人走到明飞跟前施礼道:'赵公子,小的是兵部尚书府的管家苟肯,奉王爷之命请赵公子府中叙话。'明飞一听愣住了,忙道:'我和你们王爷素昧平生,怎好打扰!'我一听是当今兵部尚书容安相请,明飞必会飞黄腾达,忙代他答应道:'请总管带路。'明飞被逼无奈,只得一把拉住我道:'要去,咱们俩一起去。'

"跟着苟肯走了好长时间,才来到兵部尚书府门前。我们都下了马,苟肯却拦住我道:'王爷吩咐,只请赵公子一人。这位公子请稍等片刻。待小的禀明王爷,再接这位公子进府。'我一听心里这个气呀,可是为了明飞,我还得忍着。苟肯又向明飞一躬身道:'赵公子,请。'明飞看了我一眼道:'算了,我也不想进去。'我赶紧装出大度的样子,笑道:'明飞,你先进去吧,我在门口等一会儿就是了。'明飞无奈,只得随苟肯进了尚书府。

"我在尚书府门口等了半天也不见苟肯出来。想让守门的兵卒进去通报一下,他们也不肯,天快黑了,我急得没办法,只得不停地敲门,好长时间,门才开,苟肯虎着脸骂道:'你小子还等什么？还不快滚。'我一听气坏了，大声道：'我等赵公子，赵公子还没出来呢。'苟肯讥笑道：'你也配做人家赵公子的朋友。我们老爷已经定下赵公子为今科的武状元。实话告诉你，也不是我存心赶你走。是那赵公子——当今的武状元要赶你滚。他如今正陪我家老爷喝酒呢，嫌你在门外吵得烦人，才叫我来赶你走。'我一听此话心中登时冰冷。唉！人家如今是武状元，我还在这门口黏糊什么。反正，我也考不中，也不必等着看榜了。想到此，我心灰意冷赶回客栈，收拾行李，连夜登程返乡。"

陈艮说完，低头不语。

素娟听得入了神，见他不语，便道："陈公子因此断言明飞贪图荣华富贵，不念旧情吗？"

陈艮轻轻点点头道："如今他又舍弃结发之妻和生身老父，可见小弟所言不虚。"

素娟却不能相信，只是轻轻地摇了摇头，忙站起身道："多谢陈公子相告。奴家告辞了。"

陈艮也站起身来道："既如此，小弟也不便留客。"回身吩咐小僮："快去叫人套辆马车送嫂子回家。"

赵家院内。

赵武先听着素娟的叙说，不安地踱来踱去，叹息道："难道这畜生真成了陈世美不成！"忽而又摇头道，"不可能，不可能，我自己的儿子，我最清楚。"

"可是，他为什么既不回家，也不捎个信呢？"素娟不安地反问道。

赵武先沉思半晌，下决心道："孩子，收拾行李，带足盘缠。咱爷儿俩明儿个就进京城找这个狼心狗肺的东西去。"

素娟担忧地道："可是，爹的身体还没有痊愈。"

"不要紧，爹能挺得住。"

第二天，赵武先变卖了部分家产，雇了辆马车和一名车夫，公媳二人离开家，直奔京师。一路上晓行夜宿、饥餐渴饮，自不必说。

转眼半个月过去了，这一天终于到了北京。马车进了城门。素娟往街上一看，这京师之地，天子脚下，果然非一般州县可比。光是大街就宽广得多，街上的行人却是拥挤不动，街道两旁店铺林立，做买的做卖的、赶车的、挑担的，还有玩杂耍、卖大力丸的……素娟看着这满城的繁华，一下子忘掉了一路的风尘之苦和心中的焦虑忧愁，两只乌黑的眼珠子不停地向四周张望。

"素娟，咱们先找家客栈住下吧。"公爹的话打断了素娟的兴致，她急忙收回眼神道："就依爹爹。"

马车走到一个街口，赵武先远远看见拐角处有一处宅院门额上写着"悦来客栈"四个字。便道："我们先在前面的'悦来客栈'住下，再想办法打听明飞的消息。"

素娟点点头，车夫将车停下，素娟忙扶着公爹下车。店小二一见，赶紧上前招呼："几位客官，要住店吗？"

赵武先答道："我们要三间下等的客房。这位小姐住一间，我和车夫各住一间。"

"好嘞，客官请。"店小二答应着，就忙着去搬行李。

赵武先三人上楼到客房歇息，不多时店小二收拾好行李，打来洗脸水殷勤地道："几位客官一路风尘，先洗把脸吧！"赵武先忙道："多谢店家。"又问道，"我打听点事儿，不知店家可知道。"

"哎哟，客官，你在这京城打听事儿，找我算您找对了。我祖上三代都在这儿开客栈，黑白两道、三教九流什么都能遇着。这京师里上自王侯公卿、下至地痞阿混，凡是有点小名气的，我都知道……"

赵武先懒得听他吹牛，直截了当地问道："赵明飞，你听说过吗？"

"赵明飞！"店小二一下子卡了壳，半响嘟囔道，"赵明飞，这名字好熟，可我怎么想不起来在哪听说的呢！"

素娟心里着急，赶紧提醒道："他是去年进京赶考的武生，听说中了武状元。"

"啊，我想起来了。"店小二恍然大悟，"去年武科考完试，有两个住在本店的河南武生喝酒时，说有个安徽的武生赵明飞在考场上技压群雄，今科武状元非他莫属。"

"这赵明飞现在何处？"公媳二人异口同声地问道。

店小二摇摇头道："我哪里知道，可是我听说开榜后，武科状元却不是赵明飞，是当今兵部尚书容安的儿子庆廉。也真邪门，这庆廉是个瘸子，连走路都困难，他也能中武状元。这当中，不定有什么鬼道道，咱一个开店的，也管不了这么多。"

赵武先听完，呆立半晌，一言不发。店小二说完走了出去。素娟焦急地问："爹，怎么办？"

"明飞恐怕已经凶多吉少。"赵武先喃喃地道。

"他不会的，爹。"素娟惊叫道。

"你想想，陈艮曾亲眼看见明飞走进兵部尚书府，如今的武状元却是兵部尚书的儿子庆廉，明飞没有音讯，恐怕是那容安、庆廉父子对明飞下了毒手。"

"真会这样吗？爹，我们去兵部尚书府找容安问个清楚。"素娟急切地道。

"对，我们这就去问那容安一个明白。"

他们也顾不得歇息，急忙下楼找到店小二，问明去兵部尚书府的路，一路找去。

走了好长时间，爷儿俩来到一处高大的宅院前，门前一对威武的雄狮，石狮旁边有兵卒把守。素娟抬头一看，大门额上书有"兵部尚书府"五个行书大字，便道："爹，这儿就是兵部尚书府。"

赵武先慌忙走到守门的兵卒前，躬身道："烦这位军爷通报一声，小人求见尚书大人。"

军卒眼皮也没抬："你是什么人？有什么资格见我们大人？"

赵武先老脸一红："小的是赵明飞的父亲，赵明飞去岁进京赶考，听说曾到尚书府来过，小人想跟尚书打听一下他的下落。"

"你先等着，"兵卒的脸色缓和了许多，"我给你通禀一声。"

"多谢军爷。"赵武先便和素娟一起坐在石阶前等候。

时辰不大,兵卒带着一名管家走了出来。兵卒用手一指赵武先道:"苟总管,就是这个人。"

苟总管不待兵卒说完,阴阳怪气地道:"哎,我说老头儿,你找儿子怎么找到我们府上来了。我们老爷何曾认识什么赵明飞,这赵明飞何曾到我们府上来过!"

赵武先反问道:"请问尊驾是不是这府上的苟总管?"

"不错。"苟肯不明白对方意图,回答得很干脆。

赵武先不依不饶地道:"就是你这位总管大人把赵明飞从武校场骗进府中,怎说不知?"

"这个……"苟肯的猴脸一下子变成猪肝色,半晌才厉声喝道:"胡说八道,我何时见过赵明飞!"

赵武先察言观色,证实了陈艮的话是真的,一时气冲顶门,大声骂道:"你们这些黑心贼,到底把我儿怎么了,赶快还我儿子。"素娟也哭叫着上前去抓苟肯。

苟肯气急败坏喝令两名守门兵卒道:"乡巴佬,竟敢在尚书府门前闹事,给我打!"

两名兵卒立即卷起袖子挥拳而上,赵武先更加气愤,一伸手抓住苟肯的肩膀,把苟肯疼得"妈呀"一声软瘫在地。一名兵卒挥拳直奔老人背后,赵武先稍一侧身,飞起左脚,这个兵卒被踢得一直滚到台阶底下,半天爬不起来。另一名兵卒挥拳直扑素娟,他以为这瘦削的美女早该吓趴下了。其实这素娟虽没正经练过武功,却是长在习武人家,平时耳濡目染,她也会几个招式,一般的强壮男子休想胜她。只见她不慌不忙,稍一矮身,躲过对方双风贯耳的一招,右脚突然一个扫蹚腿,那兵卒立即摔了个狗啃屎,登时满嘴满脸的血糊糊。

赵武先抓住苟肯的肩膀,稍一用力,苟肯跟杀猪似的大叫起来,赵武先厉声喝道:"快说,你把明飞带到哪儿去了?"

苟肯忙叫道:"爷爷饶命,我说,我说。"

"快说！"素娟从旁催促道。

"我承认，确实是我奉老爷之命把赵明飞从校武场请到府中来的，可是，他什么时候出去的，现在何处，我就不知道了。"

"你怎会不知道。是你亲口说，你们老爷原定明飞为武状元，怎么如今武状元却是庆廉？你们把明飞怎么样了？"素娟哪里肯信他。

"爷爷，姑姑，这些事，我这做奴才的哪里知道，不过这样好了，我回府中想法替你们打听打听，明天你到街口的小酒店里等我，我再告诉你们。怎么样？"

"你少耍花花肠子，我们凭什么信你？"素娟哪里肯听。

苟肯立即发誓道："我苟肯若要耍弄爷爷、姑姑，让我五雷轰顶，不得好死。况且，我总得出府办事，被你们逮住，一拳揍死我好了。"

素娟还不肯依，赵武先却开口道："苟肯，我先信了你，你要是耍俺，看俺的老拳不揍扁你。滚！"

苟肯急忙屁滚尿流跑进门去。

"爹，您怎么能放走他！"素娟气呼呼地责怪道。

赵武先解释道："孩子，我们眼下还没有证据证明是容安害死明飞，就是告状现在也难告倒他，只能如此。我们小心点儿就是。"

公媳两人只得回到客栈。

谯楼上已经打了三更，喧闹了一天的北京城已经沉寂下去，月亮早已落下，街上一片漆黑，唯有悦来客栈楼上的一间房里还亮着灯。素娟还没有睡，丈夫赵明飞离别时的柔情话语还在耳边萦绕，明飞如今你在哪里啊！难道你真的惨遭不幸。素娟想至此，只觉得心如锥刺，霎时泪如雨下。容安老贼，何其狠毒，难道真是他害了我的郎君。素娟想至此，恨得银牙紧咬。素娟思来想去，渐渐地眼前模糊一片。

突然，一阵浓烈的烟气呛得素娟惊醒过来，睁眼一看，屋里已被火光映红，素娟大惊，翻身坐起，忍着呛人的烟味，去拉房门，谁知房门竟被人从外面锁上，慌得素娟大叫："爹，快来救我！"

连喊几声,才听外面赵武先喊道:"孩子,不要慌,爹来了。"只听"嘭嘭"两声,房门被踹开,素娟赶紧冲出房去,只见外面楼梯已被烧着,摇摇欲坠。楼下有十几个男子喊着:"失火喽,失火喽!"却无一人上前救火。素娟着急道:"爹,怎么办?"

"肯定是苟肯使的坏,爹的房门也被人锁上了,咱们必须立即离开此地。"赵武先说完一蹲身命道:"孩子,快趴在爹背上。"素娟顺从地伏在公爹背上。赵武先背起素娟将身一纵跳到地上,往前刚跑出几步,整个客栈"呼啦"一声倒塌下来,把素娟吓得目瞪口呆。赵武先放下素娟,拉着她的手往外就跑。那楼下十几名男子一见,突然呼啦一下围了上来,借着火光素娟看清楚了,当中一个正是容安府上的管家苟肯,这坏小子手里拎着把火枪,冲着赵武先两人冷笑一声道:"老小子,这把火烧不死你,看大爷来送你上西天。"说完,一招手命道,"给我上!"

赵武先一见这个狗奴才,真是又气又恨,但是看看眼前的形势,不由得又惊又怕,急忙轻声对素娟道:"孩子,爹挡住他们,你先走。"

"不,爹,你怎么办?"素娟不肯走。

"听爹的话,快走,晚了咱爷儿俩都得死在这里,明飞的仇全指望你去报了。"说完,猛然把素娟推到一棵大树后,转身迎着两名打手搏斗起来,又有两名打手发现树后的素娟,立即扑上前,赵武先一见,猛攻几招,迫退正面的敌手,突然一个虎跃截住攻向素娟的两名打手,素娟趁机一个翻滚,窜到大门口,冲出客栈。刚跑到街口,突然听见客栈里传来几声枪响。

"爹!"

素娟一下子肝胆欲裂,失声大哭,转身就往回跑,刚跑几步,忽然想起公爹说的话,只得含泪哭道:"爹,儿媳一定要为您和明飞报仇。"转身消失在茫茫的夜色中。

天早已大亮,顺天府尹潘富贵还睡着。这时一名差役在门外喊道："老爷，该升堂了，有人喊冤告状呢。"

"去你的，嚎什么丧，叫他们等着。"潘富贵气呼呼地骂道，翻了个身又睡起来。

突然"咚咚咚"一阵急促的鼓声传来，潘富贵骨碌一下子爬起来，恨恨地骂道："什么人敢击顺天府的堂鼓！"边骂边穿衣服。那三姨太却坐起来一把抓住他的手道："怎么，就这样走啦？"

"姑奶奶，你没听见有人击鼓吗！"

三姨太可不理会这些，把手一伸命令道："拿来！"

"什么？"

"钱哪！你有了进账，就把姑奶奶给忘了。你当我不知道啊，昨天晚上，那容安叫总管苟肯来干什么？说呀！"

"我说，我说！"潘富贵无奈，只得说道，"容安害死安徽武生赵明飞，让他儿子庆廉做了武状元。如今那赵明飞的父亲和妻子找到了京城，怕是要告容安的状。容安心虚，就派总管送来五万两银子。这老小子比我官大，平时连正眼也不瞧咱，如今也来咱面前烧香了。"

"五万两！这么多！"三姨太瞪大了眼睛，"你给我多少？"

潘富贵穿好衣服，随口答道："等我退堂，给你一万两，行了吧！"

顺天府尹大堂。

潘富贵端坐大堂，高声喝道："何人击鼓鸣冤，带上堂来。"

"嗻。"

两旁的差役答应着下去。一名十七八岁的女子哭喊着冤枉，被带到堂上。

潘富贵问道："下跪何人？所告何人？所诉何事？"

"民女林素娟状告兵部尚书容安。今有状纸在此，请大人过目，为小女子做主。"

潘富贵心里一动："这告容安的果然来了。"对案上的状纸看也不看，厉声喝道："林素娟，擅击堂鼓，你可知罪？"

"民女天不亮就到堂下等候，大人迟迟不肯升堂，民女这才击鼓鸣冤，何罪之有？"

"哼，本府堂鼓也是你随便敲的吗！来人，先打二十大板。"

"嗻。"

两旁差役不由分说就把素娟推倒在地，举起板子就打。

素娟气得杏眼圆睁，咬牙骂道："昏官，你不分青红皂白，冤枉无辜百姓，难道就没有天理了吗？"

二十板子打完，素娟身上已是血肉模糊。

潘富贵冷笑一声道："本府这二十大板是教你怎么去告状。你告的是当今兵部尚书，朝廷一品大员，我这小小的顺天府尹如何接案，想告状，你就去刑部告。退堂！"

素娟忍着伤痛，一跛一拐走出大堂，泪水模糊了她的眼睛，仇恨烧焦了她的心。

悦来客栈着火的那天晚上，素娟逃出客栈，在一座破庙里挨到天明，就忙着打听公爹的生死。她是个绝顶聪明的女子，知道容安肯定命人在悦来客栈附近监视，她便改了装束，悄悄来到悦来客栈对面的一家酒楼打听公爹的下落。她坐在酒楼的窗前，一眼就看到公爹的尸首躺在悦来客栈的门里。素娟顿时心如刀割，她强忍悲痛，摸摸身上还有几块散碎银子，就悄悄走下酒楼，来到一个菜市街旁边的客栈，包了间房子，又通过店家花钱买通本地的几个阿混，夜里把赵武先的尸首弄了过来。素娟抚着公爹的尸首失声痛哭。自从她双亲逝去，赵武先就把她接到赵家，像疼亲生女儿一样疼她，就连一向任性的明飞也得让着她点。实指望终身有靠，一家人和和美美，共享天伦。哪料到丈夫明飞进京赶考，一去再无音讯。为了寻夫，千里跋涉来到京城。如今唯一的亲人为救她，也命丧黄泉。素娟越哭越伤心，越哭越恨那心如蛇蝎的容安、苟肯。素娟当晚含泪写好状纸，天一亮就到顺天府告状。

可是，顺天府尹潘富贵故意推脱，不予受理，素娟心里的仇恨又加深了一重。

"不，我一定要告，顺天府告不倒他，我就到刑部去告，刑部告不赢，我就直接找皇上告御状。"素娟恨恨地自言自语，一下子忘掉了伤痛，问清了去刑部大堂的路，急忙赶去。

素娟来到刑部衙门已经申时，官员们三三两两走出衙门。素娟心急如火，冲到衙门前举起鼓槌"咚、咚、咚"击起堂鼓，一面大声哭喊道："冤枉啊……"沉闷的鼓声惊动正准备回家的官员、差役，众人慌忙各就各位，时辰不大里面有人高喊："传击鼓人到堂。"

素娟急忙走进大堂，扑通跪倒，哭喊道："青天大老爷，民女冤枉啊！"

堂上人语气平和地道："告状人抬头说话。"

素娟这才抬起头来，仔细观看，只见大堂上悬挂着"正大光明"的巨匾，堂前端坐一位五十多岁的官员，面目清瘦，慈眉善目。这人是刑部员外郎吉泰。素娟一看此人，顿觉充满希望。急忙禀道："大人，民女林素娟，状告兵部尚书容安天良丧尽，谋害我夫赵明飞，以其子庆廉顶替赵明飞做了武状元，又指使管家苟肯火烧悦来客栈，企图烧死民女和民女的公爹，没有得逞，那总管苟肯就用火枪打死我公爹。求青天老爷为民女做主！"说完呈上状子。

吉泰将状子看了一遍，平静地道："林素娟，你状告朝廷一品大员非同小可。今日天色已晚，明日本部必会派人调查，你先回去吧！"

"这……是！"

素娟有些不情愿，可是这么大的案件，人家也需要调查一段时间，她只好退出堂去。

第二天，果然有两名仵作来给赵武先验尸。

第三天，素娟天不亮就在衙门外等候升堂，辰时刚到，吉泰果然升堂。素娟跪伏堂前。

"林素娟，"吉泰清清嗓子威严地说道，"你状告兵部尚书容安害死你夫，唆使下人枪杀你公爹一案，本部已派人查明，容安跟赵明飞素不相识，更无往来，害死赵明飞一说毫无证据；至于尚书府管家苟肯枪杀赵武先一案，本部也已查明，悦来客栈失火的当晚，总管苟肯在府中跟容府护院张三、李四、王五三人喝酒，苟肯喝得烂醉如泥，有容府张三、李四、王五三人作证，苟肯当晚没出府一步，根本不可能去枪杀赵武先。赵武先确系被人枪杀，本部已验尸存案入档，一旦查明凶手，即通知苦主。你夫赵明飞失踪一案，本部也已存案入档，以便后查。"

"什么？！"素娟一下子惊呆了，吉泰那慈眉善目的脸，一下子变得狰狞无比，她大叫道，"胡说，民女明明亲眼看见苟肯拎着火枪，指挥一帮打手围攻我爹，怎么会不是他杀的！"

吉泰冷淡地道："林素娟，你一面之词不能作为证据。"

"可是那庆廉腿有残疾，走路都困难，怎么会中武状元？"

"此事与本案无关。"

"无关，怎说是无关，民女看你身居庙堂却是个昏官。"素娟悲愤难抑，张口就骂。

吉泰气得一拍惊堂木，大声喝道："大胆刁民，胆敢辱骂朝廷命官，本官看你年少，不予追究，来人呀，给我轰出堂去。"

素娟一路昏昏沉沉，步履蹒跚地回到客栈，关上房门，放声痛哭。

正哭得伤心，忽然门外面有人喊道："林姑娘，请开门。"

素娟一听是老板娘的声音，立即止住悲声，擦干眼泪，起身打开房门。一位四十多岁的妇人走进门来，看着素娟哭得红肿的眼睛问道："林姑娘，是不是官司没有打赢？"

素娟啜泣着点点头。

"我早就说你告不倒那兵部尚书容安，那些当官的都是官官相护，哪里有老百姓讲理的地方。"老板娘叹息道。

"不，我一定要告，就是舍掉这条命我也去告。"素娟突然大声叫道，一双手拼命地捶着桌子。

"好，好，姑娘执意要告，我也不好劝阻，我只是觉得姑娘还是料理了你公爹的后事要紧。尸首停放着，也不是办法。"

素娟这才冷静下来，是呀，公爹的尸首已经停放四天了，是得先料理好老人家的后事。她急忙一摸身上,已是分文皆无,只得呆呆坐在桌前。老板娘一看她那神色,全明白了。愣了半天,才叹口气道:"姑娘,我也可怜你,你这房钱,我就不要了。可是明儿个你一定要想办法把那尸首弄出去。"老板娘说完,嘟哝着走了出去。

街口菜市上人来人往,熙熙攘攘。小商小贩的高声叫卖声,客人的讨价还价声,此起彼落,热闹非凡。

一辆破旧的驴车缓缓驶进菜市,在一个卖鸡蛋的小摊前停下,车夫跳下车来,扶着一位五十多岁的老头走下车,老头穿着旧官服,膝盖处打着一块圆补丁。老头手里拎着只菜篮走到小贩面前,指着鸡蛋问道:"这鸡蛋几文钱一个?"

小贩打量着眼前这人,觉得好笑,从没见过当官的这副穷酸样,看样子这老头是做了几十年的窝囊小官,便把嘴一撇答道:"一文八一个。"

"这么贵!"老头嘟哝着,"多买能便宜点儿吗?"

"您要多少?"

"三十个。"

"才三十个鸡蛋,还想便宜。"小贩不乐意。

"老主顾嘛,一文七,怎么样?"老头在软磨。

"好吧。"小贩只得让步,便将三十个鸡蛋放到老头菜篮里。

老头掏出五十文大钱,递过去。小贩接过道:"还差一文呢?"

"你哪里在乎这一文钱,"老头提起篮子要走,嘴里说道,"我忘带零钱了,下次来买补上。"

"你,你这叫什么人哪!"小贩火了,一步窜到老头面前,一把揪住老头的胸口,喝道:"不行,不给钱你不能走。"

"住手!"一旁的车夫突然向小贩喝道,"这可是三朝元老,武英殿大学士曹大人,你怎敢如此无礼!"

小贩哪里肯信,还是揪住老头不放,讥笑道:"就你这穷酸样,也敢冒充大学士。"老头却把眼睛一瞪,骂道:"小子,你还不相信。你看这个。"说着伸手从旧官袍里掏出一个东西,递了过去，小贩接过仔细一看，竟是武英殿大学士的印信。吓得他"扑通"一声瘫软在地。老头"嘿嘿"一笑道："本人就是武英殿大学士曹振镛，你那一文钱还要吗？"小贩磕头如啄米连声道："不要了，小人不要。"那曹振镛终于占了一文钱的便宜，得意洋洋地上了他的驴车走了。

驴车到了菜市尽头，却过不去了。前面围着很多人，任凭车夫怎么吆喝，也不让道。曹振镛等得着急，便下了驴车查看。只见人们交头接耳，一边议论一边叹息。曹振镛不知发生了什么事，便挤进人群。只见人堆里面，一个年轻的姑娘，发髻不整，头上插着草标，跪在地上，眼前铺着一张纸，写着"卖身葬父"四个大字。那张纸早已被泪水打湿，显得字迹模糊。曹振镛一见，不由动了恻隐之心。走到姑娘面前和气地问道："姑娘，你是哪里人？为什么要自卖本身？"那姑娘听见有人问她话，慢慢地抬起头来。曹振镛一看她脸色苍白，嘴唇干裂，未曾开口已是泪如泉涌，急忙安慰道："别着急，慢慢说。"

姑娘叹口气道："民女林素娟，安徽宿州人氏。半月前随公爹进京寻找失落一年的丈夫。谁知丈夫没找到公爹又被人害死，民女如今身无分文，只得卖身葬父。"

一席话，说得曹振镛心里酸溜溜的，赞叹道："真是个孝顺的孩子。"便问，"葬你父，要多少银子？"

"买口薄皮棺材，十两银子够了。"

曹振镛一听，转身向车夫喊道："曹安，快回府取二十两银子给这位姑娘。"车夫曹安一听，急忙跳下驴车，钻出人群，飞跑而去。

四周的人们一看，纷纷议论起来。

"这样漂亮的姑娘，竟被老头儿买去了，真是可惜了。"

"瞧他还是当官的呢，怎么这么穷，八成把银子都买了小老婆了。"

"这把子年纪，还老不正经……"

曹振镛听得清楚，老脸可挂不住了，急忙大声叫道："老夫武英殿大学士曹振镛，只是可怜这位姑娘，根本无心要买她。等曹安取了银子给这位姑娘，老夫就放她回去。"

"什么，他那熊样会是大学士！"

"这老头真胆大，敢在天子脚下冒充朝廷大员。"

曹振镛见众人不信，只得又把自己的印信拿给众人看。大家一看果真是当朝军机大臣、武英殿大学士曹振镛，只听呼啦一声，曹振镛面前跪倒一大片，众人齐道："曹大人真是爱民如子。"

一直跪在地上的素娟看见这位朝廷大员穿着如此俭朴、心地如此善良，不禁满心欢喜。

这时，曹安去府上取了银子来到。曹学士亲手把银子交到素娟手中道："孩子，赶快去葬了你公爹，然后回家去吧。"

素娟接了银子，却不起身，哭道："民女多谢曹大人解囊相助，只是民女已经无家可回，求大人可怜，收留民女。"

"这……这怎么行！"曹学士想起刚才众人的议论，老脸涨得乌紫。

素娟却是长跪不起："民女别无他求，大人权当收一奴仆。"

曹学士还在犹豫。

这时人群中走出一位老人激动地道："曹大人，刚才小民妄加议论，有辱大人清名，请大人恕罪。曹大人爱民如子，这位姑娘如此可怜，大人就收下她吧！"

一顶"爱民如子"的高帽子，乐得曹学士心花怒放，慨然应道："好，老夫就收下她。"

"多谢大人。"素娟跪伏在地泪水盈盈。

曹学士向曹安命道："曹安，你用车送林姑娘回客栈，帮她办完葬事，带她回府。"

"那……老爷您呢？"曹安不放心。

"老夫步行回府。"曹学士不容置疑地道。

围观的行人看着曹学士渐渐远去的身影，赞叹道："真是一个好官啊！"

第二十章

迎上好百官竞槛楼
图新鲜一帝试烟霞

道光帝把烟枪摔在地上:"爱卿金玉良言,我铭记于心。从此与鸦片决绝。常永贵何在?"道光恶狠狠地盯住常永贵,愤愤说道:"你明知鸦片之害,为何还蛊惑朕吸食,是何居心?来人,给我拖出去,乱棍打死!"

素娟随曹学士进得府去,一来二去,竟被他们老两口喜欢上了,要认素娟为螟蛉义女。
"女儿拜见父亲、母亲大人。"素娟又惊又喜,倒身就拜。
曹振镛夫妻欢喜得忙用双手去搀。
"好女儿,快起来吧!"
曹夫人道:"老爷,咱们也得给女儿点见面礼。"
"那是当然,"曹学士高兴地道,急忙吩咐秋萍,"快去夫人房中取几身衣服和一副首饰来。"秋萍答应着下去。不一会儿,和一个叫春梅的丫头捧着两身绸缎衣服,一对金手镯,一副鸡心项链和一对钻石耳环来到素娟面前。曹振镛笑道:"女儿啊,这点衣服首饰你先穿戴着,还要什么,尽管跟爹说。"
素娟慌得摇着双手道:"不,爹一向节俭,女儿哪敢接受这么贵重的东西。"
"节俭?"曹夫人突然哈哈大笑起来,"素娟,如今咱是一家人了,妈跟你说实话,你爹那破驴车、旧朝服都是糊弄皇上和那帮大臣们的,真照他那个节俭法,咱们不得饿死,也得冻死。"
素娟听得嘴巴张开老大。
曹夫人说着,用手一指挂在衣架上的旧朝服笑道:"就说这身旧朝服吧,它的来历还有一段故事呢。你问你爹吧!"

曹学士不高兴地瞪了夫人一眼。

"爹，你说嘛！女儿想听听。"素娟撒娇地摇着干爹的手。

曹学士看着这乖巧的干女儿，忙道："好、好，爹讲给你听。"

原来这曹学士的"节俭"，是道光皇帝给逼出来的。

道光皇帝登基以后，很想有所作为，便颁布一道谕旨，告诫天下臣民：创业非易，守业维艰，要保住大清的家业江山，就要永守淳朴家风。道光倡行节俭，先从自身做起，裁仪仗、省车从，降低膳食标准。一向善于揣摸皇上心思的曹学士立即把自己乘坐的八人大轿换成一辆破旧的驴车，并令贴身家人兼了厨子和车夫的差事。一天早朝，他看到道光皇帝穿的龙袍衮服又破又旧，散朝回家，就把崭新的官袍拿到旧衣铺子里换件旧的来穿。第二天上朝后，皇上便在众大臣面前称赞曹学士。那班子朝臣都是善于逢迎的，这次让曹学士占了先哪里肯甘心，回家以后，都拿了新袍服到旧衣铺子换旧衣，弄得那旧袍服反比新袍服贵了好几倍。次日早朝，道光皇帝从殿上望去，好似站着两排叫花子，自己则是花子头，顿时恼怒起来："朕实心倡行节俭，也不是要你们把新衣服都放在家里，专门穿旧衣服。为官者，要力戒浮华，不图虚名。务实、奉公是振兴我朝，改变颓风的为政之道。"一番训诫，说得那班朝臣无地自容。

在皇上看来只有这曹学士是实心节俭，所以也和曹学士很谈得来，散朝之后，便召曹学士进宫去长谈。曹学士穿着一条破套裤进宫去，两只膝盖上补着两块崭新的补丁，那其实是曹学士故意叫侍女秋萍缝补的。道光皇帝看见了便问道："你补两个补丁，要花多少钱？"

曹学士哪里知道，只得信口胡诌，奏道："回皇上的话，臣花了三钱银子。"

道光十分惊异："朕同样补两个补丁，怎么内务府报销五两银子？"

曹学士说："皇上打的补丁比臣的要考究，所以格外贵。"

皇上一听，叹了口气，从此命宫里嫔妃学做针线，再有破绽的衣服，都交给嫔妃们缝补，内务府一个钱也沾不上了。

素娟听干爹说完，不由得赞叹道："这皇帝倒真是个好皇帝。"

"圣上一向爱民如子，体恤民命。"曹学士崇敬地道。

素娟突然问道："如果是平民百姓有冤屈向皇上申诉，皇上会为百姓做主吗？"

"圣上当然会为民伸冤。"曹学士毫不怀疑地道，"可是……"

"干爹，可是什么？"素娟追问道。

"可是一般的平民百姓的冤屈，皇上怎么会知道。如今这些当官的，个个都是贪官酷吏，把大清天下弄得一塌糊涂，还在蒙蔽皇上。像我老曹这样的清官，已是少得可怜了。"

素娟听着听着，突然"扑通"一声跪倒在曹学士夫妻面前，哭道："爹、娘，女儿有冤啊！"

慌得曹夫人双手去扶："好女儿，你有什么冤枉，就说出来。"

"别着急，慢慢说。"曹学士劝慰道。

"爹可曾知道，女儿在菜市自卖本身，因为什么？"

"你不是说过。你和你公爹进京寻夫，没有找到你丈夫，你公爹又遭人杀害，你身无分文，被逼卖身葬父吗？"

"可是爹可知道，我丈夫怎么失踪，我公爹被何人所杀？"

"你夫为何失踪，你公爹被谁所杀？"

"我丈夫是被兵部尚书容安害死，我公爹是他指使总管苟肯用火枪打死的。"素娟便把事情的经过详细地说了一遍。

"什么，你的仇家是那兵部尚书容安！"曹学士竟变了声音，浑身哆哆嗦嗦。

素娟长跪不起，哭着求道："万望爹向皇上奏明女儿的冤情，为我夫君和公爹伸冤。"

"不能，不能。"曹学士摇着颤抖的双手道。

素娟不解其意，惊异地道："难道爹堂堂军机大臣、武英殿大学士还怕他一个兵部尚书不成！"

"老爷,女儿有这么大的冤屈,你就帮她这回吧!"

"你们……你们懂得什么!你们哪里知道当官的难处,老夫自打乾隆四十六年中进士做到今天的军机大臣、武英殿大学士,为官四十余载,历经三朝,深谙这为官之道。这做官嘛,对上头,要多磕头,少说话。对下边,要恩威并用。只要事不关己,就不要多管闲事,以免得罪人。你们想想,老夫要是扳倒了兵部尚书容安,必会牵连一大批朝廷官员,一下子得罪这么多官员,老夫还能做这军机大臣、武英殿大学士吗?"

"既是如此,就不劳曹大人费心。"素娟哭叫着跑出房去。

曹学士夫妻听她改了称呼,慌忙追出房门叫道:"孩子!女儿!"

经过曹学士夫妻的一番劝慰,素娟的心情渐渐平静下来,两次告状的结局,干爹的为官之道,使得她的性情变得深沉了。自己现在若离开曹府,连个栖身之地也没有,怎么去申冤报仇?不如暂留曹府,再慢慢想办法。想到这里,便道:"好吧,女儿体谅干爹的难处,不再提申冤报仇的事,以后您二老就是俺的亲爹亲娘。"说完,抱着曹夫人放声痛哭。

"好,我们以后也会把你当成亲生女儿一样看待。"曹学士、曹夫人也满眼含泪地说。

冬去春来,转眼素娟来到曹家已有一年。素娟聪明伶俐,贤淑孝顺,又善解人意,更有一宗本事,会唱京戏,乐得曹学士夫妇得了宝贝似的整日夸赞个不停。

这天,曹学士很晚才散朝回家,素娟赶紧侍候干爹脱下那件旧官袍,换上新衣服,然后双手捧上一杯茶道:"爹,今天还要不要女儿唱一段戏给您解解闷。"

"不用了,"曹学士一反常例,"爹在宫中听过了。"

"皇宫里也有唱戏的?"素娟惊奇地道。

"今天是太后老佛爷大寿,老佛爷喜欢听京戏,就叫人请了那九岁红到宫中演戏。老佛爷知道爹也爱听京戏,就让人来请爹。"

"嗯,"素娟灵机一动有了主意,故意问道,"那九岁红唱得可好?"

"不错,可要比起我的女儿,还是稍逊一筹。"

"爹,皇宫里好玩吗?"

"那是当然,富贵莫过帝王家嘛!"

"爹,能不能也带女儿到皇宫里看看?"

曹学士慌忙道:"不可,不可,这皇宫里可不好玩,多说一句话,多走一步路都要掉脑袋。"

"不嘛,"素娟开始撒娇了,"爹教教我,女儿不多说一句,不多走一步。女儿唱京戏给太后听,太后肯定喜欢。"

曹振镛一想,也对,说不定还能讨太后的欢心,他相信这个乖巧的干女儿能让太后喜欢。

第二天,曹学士果然带了素娟进宫来见太后。太后听完素娟的一段《苏三起解》,连声叫好。素娟一见趁机说道:"太后若是喜欢,素娟愿留在宫中,天天为太后唱京戏听。"

"喜欢,当然喜欢。"太后高兴地道,"不知你爹他可舍得?"说完,太后看看曹学士。

"舍得,"素娟不等曹学士答话忙回道,"我爹早有此意,所以才带素娟进宫。"

这一下,可把曹学士鼻子给气歪了,心中暗骂素娟没良心,专拣高枝儿攀,可是他还得装出笑脸回奏太后:"老臣舍得。"

素娟进宫之后,时刻等待觐见皇上的机会。没想到今天坐在自己面前,衣着破旧的男子就是万民尊崇的皇上。一下子素娟的眼泪如决口的洪水,奔涌而出。一字一泪地将自己的深仇大恨倾诉出来。

孝慎皇后、全妃、绮儿听得泪水涟涟。

"这容安就不怕王法吗?"太后气得浑身颤抖。

道光皇帝脸色铁青,一言不发。

第二天早朝,道光皇帝处理完政事。向两旁诸臣扫视一遍道:

"回疆叛乱平息以来,众卿皆奏我大清国泰民安,天下太平。果是如此吗?朕登基以来,虽日理万机,不辞劳苦,但不敢自信无一阙失,朕却不曾听到哪位爱卿直言劝谏。也许是朕求言之心不诚,这是朕的过错。朕今天就明白告诉众位爱卿,朕是诚心求言,实心纳谏。众卿不必瞻前顾后,疑虑重重,只管直言以陈,即便言之不实,朕也不加罪。"

一席话,说得大臣们感动不已,一齐跪下赞道:"真乃有道明君!"

道光皇帝手一摆道:"都起来,朕不想听这个,朕只想听有人直陈民间疾苦、时政之弊,甚至朕的过失。"

众大臣你看看我,我看看你,半天没有人说话。道光有些生气,正要发怒,忽听有人喊道:"万岁,臣进一言。"

道光帝一看是军机大臣王鼎,赞叹道:"到底还是王爱卿。"

这位王鼎,乾隆末年进士。历任工部、户部、刑部侍郎,如今是军机大臣,一向清正廉明,敢于直言纳谏,深得嘉庆、道光两帝的赏识。

当下王鼎出班奏道:"皇上诚心求言纳谏,实乃国家之幸、万民之福。若想重振我大清国势,臣以为有三。一曰,直言以纳谏;二曰,求贤才以佐治;三曰,制典章以除弊。臣今日仓促之间,难以考虑周全,回府一定就具体事宜写奏折呈上。"

道光高兴地道:"好,朕就等着看你明天的奏折。"

接着,又有几位官员进谏。但都是不着边际的空话。道光为鼓励臣下进谏,还是给予了鼓励。

"还有没有人进言?"道光向众臣问了一句。

没有一人答话。

道光微微一笑道:"朕就提醒你们一句。就在你们当中,有人做了祸国害民之事,你们有谁知道,难道不敢参上一本?"

一句话,吓得众大臣冷汗直冒,战战兢兢一声不吭。

道光冷笑道:"既然没有人敢参,朕就点将了。曹振镛——"

"啊！"曹振镛吓得差点瘫软在地，哆哆嗦嗦地走到御案前趴在地上，颤抖着声音奏道："皇上，为臣从没做过祸国害民的事。"

"朕也没说是你。朕问你，可知道这个祸国害民的人是谁？"

"回皇上，老臣不知道。"

"不知道？好，若朕查明你欺瞒圣驾，可不会饶你。"

曹学士顿时瘫软在地。

道光帝突然大声喊道："容安！"

兵部尚书容安顿时吓得脸色煞白，慌忙出班跪倒。

"臣在！"

"你可知罪？"

"臣……有何罪？"

道光龙颜大怒，喝道："大胆容安，犯下大罪，还敢抵赖！"

"万岁饶命，为臣知罪。"容安磕头如捣蒜。

"讲！"

"臣不该贿赂其他官员，录取患有残疾的犬子庆廉为武状元。"

"你都贿赂了哪些人？"

"有监骑官兵部侍郎费阿章，监射官兵部员外郎舒其善明，文武官吏部侍郎王庆升……"

被容安点到名字的官员哆哆嗦嗦瘫倒在地。

道光帝见容安住了口，又道："这只是祸国之事，那害民之事呢？"

"我说，我说。"容安没想到皇上全知道了，顿时瘫在地上，"臣怕那成绩最好的安徽武生赵明飞不服上告，就命人把他骗到府中，用酒灌醉，以失火为名，将他烧死。一年之后，赵明飞的父亲和妻子找到臣的府里。臣又指使总管苟肯夜里火烧他们住的悦来客栈，赵家公媳跳楼逃生。赵明飞的父亲被苟肯当场用火枪打死，妻子侥幸逃脱……"

道光帝立即命人将容安关押起来。

"曹振镛。"道光帝突然喊道。

"臣知罪。臣任凭皇上处置！"

"曹振镛，你明知容安祸国害民，却不上奏朕，朕本该严惩，念你收留民女林素娟有功，就从轻发落。着革去紫缰及太傅衔，暂留御前行走，以观后效。"

"臣谢皇上恩典。"曹学士谢了圣恩，正要退下。

"慢着，"道光帝又道，"你不是怕得罪人吗？朕今天就偏让你去审理容安一案。那庆廉到底是怎样当上武状元的，林素娟告状，为什么屡告不赢，你都给朕查个水落石出，不管牵连到谁，都不准放过。若是再欺瞒朕，朕不会再饶过你。"

"臣遵旨。"曹振镛哭丧着脸退下。

道光帝又叫道："英和！"

"臣在。"军机大臣、协办大学士英和立即出班。

"朕命你会同曹爱卿审理容安一案，不得有误。"

"臣遵旨。"

第二天，王鼎果然呈上奏折，道光帝看过赞叹不止，即命大臣们传阅，讨论。随后，礼部根据讨论结果制定出一套典章条例。

散朝后，道光帝留王鼎至养心殿长谈。君臣就察吏安民、惩治奸宄、水患治理、垦荒屯田等事宜进行讨论。

正谈得兴浓，御前太监常永贵来禀："启奏皇上，军机大臣、武英殿大学士曹振镛求见。"

"他这时候来干什么？"道光帝抬起头来叫道，"宣他进来。"

曹振镛道："皇上，容安一案，臣已经审理完毕，特来奏明圣上。"

"今日早朝，你为何不奏，偏偏这个时候来？"道光帝被他扰了谈兴，有些气恼。

曹振镛看见王鼎也在，知道自己来得不是时候，急忙解释："臣本想早朝时上奏，只是容安一案，牵连的大臣太多，不便上奏。"

"就是你胆小怕事，都跟哪些人有牵连？快说给朕听听。"

"臣遵旨，"曹振镛道，"此案牵连的官员太多，有兵部侍郎费阿章，兵部员外郎舒其明善，吏部侍郎王庆升，顺天府尹潘富贵，刑部员外郎吉泰等十多名朝廷大员。另外容安还犯有其他案件，牵连到军机大臣、协办大学士英和、工部尚书穆彰阿及……"

"什么，英和也有牵连，"道光气恼起来，"朕还命他去审理容安一案。他是怎么牵扯进去的？"

曹振镛忙道："两年前，容安之子庆廉强奸民女王二红，致使王二红屈辱而死，王家家人到刑部大堂控告。当时任刑部尚书的英和受了容安五万两银子的贿赂，敷衍应付以和奸草草了结。"曹振镛说完从袍袖里拿出一张纸来奏道："具体牵连到的官员名单在此，请皇上过目。"

道光帝接过一看，一张纸上密密麻麻写满了人名，足有四十多人。不觉龙颜大怒："真是天良丧尽，他们食国家俸禄，竟这样胡作非为，朕一定严惩不贷。"

"皇上说得是，是应该狠狠惩治这些贪官恶吏。"王鼎也气愤地道。

道光恨恨地道："明日早朝，朕就命刑部处斩容安父子，凡与此案有关的大臣一律革职拿问。"

"皇上，臣以为这样处置有些不妥。"曹振镛却提出异议。

"有什么不妥？"道光帝不解地问。

"这些大臣都是朝廷大员，朝廷各部、府、堂全仗他们支撑，如果将他们全部革职拿问。各部、府、堂衙门里连个办公的人也没有了。"

"朕就是将各衙门全部空缺，也要惩治他们。"

一直在沉思的王鼎也改变了态度："皇上，曹大人说得有道理。吏治败坏由来已久，若要整治，也非一日就能见效，须得逐步进行。如果真将这四十多名大臣革职拿问，不光各衙门无人办公，恐怕还会引起变故。"

"你们都回府去吧！"道光帝一挥手，起身离去。

夜已是很深了，道光帝还是呆呆端坐在养心殿的御榻上。他没有料到大清王朝的吏治竟腐败得无可收拾。平定张格尔叛乱以后，满以为天下太平了，可以轻轻松松地享乐几天了。谁知一件容安案竟揪出这么多朝廷大员的小尾巴。朝廷大员尚且如此，那些地方官吏呢？天高皇帝远的，不知要做出多少伤天害理的事情。照此下去，大清近二百年的基业就要活生生地毁在这班贪官恶吏手里，自己将会成大清的罪人。想到这里，道光帝不寒而栗。

"皇上，抽袋烟解解闷吧。"御前太监常永贵不知从哪儿弄到一支烟枪，呈送到道光帝面前。

道光抬眼一看，是一支黄铜烟枪，制作得十分精美，简直就是件工艺品，道光帝拿在手上，爱不释手。

"常永贵，这烟袋怎么做成这样子？"

"回皇上，这叫烟枪，是专门抽福寿膏的。"

"福寿膏是什么东西？"

"就是这种东西。"常永贵从身上掏出个纸包打开，是几个大力丸似的灰白药丸。"这种福寿膏抽起来特别受用，南方好多有钱人都抽它。"

道光帝来了兴趣道："朕也抽一次试试。"

常永贵手脚麻利地把一粒福寿膏装在烟枪里，然后点着烟灯。道光帝就着烟灯深深吸了一口，顿觉其香无比。

"皇上，怎么样？"

"不错。"道光帝慢慢吐着烟圈道。

渐渐地，道光帝如入幻境，身体在云雾缭绕的太空中穿行。

次日早朝，曹振镛呈上审理容安一案的奏折，道光帝立即颁旨，宣布处理结果：

着容安、庆廉交刑部斩立决。

着英和，革去协办大学士衔，留军机处行走，观后效。

着穆彰阿降一级，罚俸一年。

五月的华北平原笼罩着淡淡的云霭，远远看去，眼前仍是一片衰草的枯黄色，从脚下一直延伸到茫茫的天际。周围没有一丝响动，没有一丝变化。仿佛其他色彩和声音，都被这沉寂的大地，单调的枯黄、死气沉沉的枯黄吞噬了。

突然,一阵嘚嘚的马蹄声和骨碌碌的车轮滚动声,打破这片寂静的天地。只见远处的官道上驶来三辆马车。走得近了,看得清楚是三辆半新不旧的马拉轿车,轿车的帘子都拉得严严的。坐在轿车里的人,不知是睡着了,还是懒得动弹,听不见一点儿响动。八个长随打扮的粗壮汉子骑马在轿车的周围护卫着。一个家奴打扮的白净男子紧紧地挨着第一辆车的轿帘行走,仿佛准备随时听候主人的吩咐。另一名使女则紧紧地挨着第二辆车轿。

"妈的,"一个瘦长脸的壮汉嘟哝着骂道,"这鬼天气,自打出了京城就没开过晴。"

"这时正是雨水多的季节!"另一个壮汉应声道。

再没有人说话,一行人无精打采地往前赶路。

突然,一阵夹着雨腥味的东南风呼呼吹来,把地上整片衰草刮得一边倒,空中拉起了满天阴霾,天色一下子黑了下来。

"启禀皇……啊,主子,要下雨了。"家奴打扮的白净男子尖着公鸭嗓子向轿里的主子道。

"叫张乘风先找个地方躲一躲。"一个中年男子的声音道。

一行人马,加快速度,向前驰去。

那坐在最前面轿子里的中年男子,正是道光皇帝,白净男子是御前太监常永贵。中间轿里坐的是新被道光册封为妃的绮儿。那跟随的使女则是素娟。最后一辆车里的军机大臣王鼎则是一身账房先生打扮。

道光皇帝被腐败的吏治扰得头痛。但他不甘心看着大清祖业江山被毁掉。他要尽最大的努力去挽救它。既然京师的吏治问题一时无法解决,那就从地方上入手吧。

道光想到皇祖乾隆皇帝三次东巡、三下江南,微服出访,查处了大批的贪官恶吏,便有意效仿先祖,微服出京,到全国各省查看一番。

当晚坤宁宫中,道光帝将有意出京的打算对绮儿说起。

"皇上出京,绮儿哪里放得下心,就让绮儿也一起去吧。"绮儿道。

道光帝略一沉思道:"你就扮作朕的家眷,也好掩人耳目。"

"绮儿喜欢素娟丫头,想跟太后讨来,行吗?"绮儿央求道。

"只要太后舍得,朕才不管呢!"道光笑道。

绮儿得意了,道:"这可是皇上亲口说的。"

第二天,绮儿把九岁红送到太后跟前,果然把素娟讨了来。

道光帝只带了王鼎。容安一案使得他对其他大臣失去了信心。

道光皇帝有心效仿皇祖乾隆,却没有了乾隆皇帝三下江南的气势和风采。只带了张乘风等八名大内侍卫和常永贵、素娟等,轻车简从,离了京师。

窗外冷雨凄凄,屋里温暖如春。道光和王鼎君臣一边饮酒,一边谈论着在保定府考查官吏的情况。道光帝不时地摇头叹息,王鼎一边劝慰,一边为主子出谋划策。

不知不觉,君臣二人谈到深夜。突然道光帝涕泪交流,手足乱舞。

"主子,怎么啦?"王鼎以为皇上忧虑成疾,吓得大叫起来。

只听道光大声叫道:"常永贵,快拿烟枪来。"守候在门外的常永贵手脚利索地拿过烟枪、烟灯,装上福寿膏,捧到道光帝面前,道光帝贪婪地吸着,渐渐恢复了平静。

王鼎看得清清楚楚,一下子惊呆了。吓得他扑通一声跪在道光帝面前。惊诧地问道:"主子,您抽的是鸦片?"

"不,"道光帝毫不在意地道,"这是福寿膏。"

"这福寿膏,名字好听,其实就是鸦片。我大清云南等地出产阿芙蓉,将其果浆提炼,就可制成鸦片。此物吸食,极易成瘾。久食鸦片之人则肩耸项缩,颜色枯槁,奄奄如病夫,直至毒入髓骨,中毒而死。"

"有这么可怕吗?"道光帝推开了烟枪。

"臣岂敢妄言，"王鼎继续谏道，"鸦片之害，先皇早已知之，雍正七年就有《禁烟法则二十条》颁行天下。嘉庆朝也多次颁旨严禁鸦片。如今外国人在广州的鸦片走私十分猖獗。臣民吸食者日众。长此以往，将使我大清财富外流，国民均弱。"一席话说得道光帝如梦方醒。突然站起身来，举起烟枪，摔在地上，坚决地道："爱卿金玉良言，我铭记于心。从此与鸦片决绝。"

"主子圣明。"王鼎满意地笑了。

"常永贵。"道光帝突然喊道。

"奴才……在。"早已吓白了脸的常永贵听见主子喊他，吓得扑通一声跪倒在地。

"你明知鸦片之害，为何还蛊惑朕吸食，是何居心？来人，给我拖出去，乱棍打死。"

"主子饶命啊！"常永贵瘫倒在地哭着求饶。

两名大内侍卫立即架起常永贵往外就走。

绮儿闻讯赶来，忧虑地道："主子没有人侍候怎么办？"

"这个好办，明日命沿途驿站飞报京师，再差一名就是。"

大雨下了一夜，天亮时总算是停了，道光皇帝刚用完早膳，侍卫张乘风进来问道："主子，是不是等路干了再走？"

"不，还是赶路要紧。"前面不远就是黄河，下了这么大的雨，道光帝想看看那里的情况。

一行人马不顾雨天路滑又上路了，走了还不到一个时辰，车子却走不动了。

"怎么回事？"道光帝撩起轿帘问道。

"回禀主子，前面有人拆桥，过不去。"张乘风急忙走到轿前道。

道光帝往前面一看，果然有十四五个汉子正把桥上的石头一块块往路边抬。

王鼎下了轿子，来到道光帝面前道："主子，让老奴去看看。"

王鼎带着张乘风来到前面，走到一个高个子壮汉跟前。王鼎问道："你们为什么拆桥？"

那高个子正吃力地抱着一块石头,没好气地道:"你说谁拆桥?"

张乘风一听,这人倒挺横,他来气了,大声叫道:"我们说你呢,你把桥拆了,我们主子过不去,耽误了大事,你吃罪得起吗?"

高个子一听他好大的口气,毫不示弱,大声地说:"你们主子再大的事,也没我们的事大。"

王鼎也有点火了,说道:"这桥是官家所有,你们私自拆毁,是要犯王法的。"

高个子可不吃这一套,故意气他们:"啥子王法不王法,我们今天就是要拆桥。"

几个人说话的声音都大,道光帝听得清楚,心想:这些刁民真是胆大妄为。立即对身旁的内侍李铁腿道:"把他们为首的抓起来送官。"

李铁腿遵旨,立即把道光帝的旨意告诉了张乘风,张乘风就等这句话呢,一伸手抓住高个子的肩头,手上一用力,高个子立即"妈呀"一声坐在地上,张乘风厉声问道:"说,谁让你们拆桥的?"

高个子也是个硬汉,咬着牙一声不吭。其他十几名壮汉一见,一齐举着拳头扑过来,却被李铁腿三拳两脚打得滚的滚,爬的爬,再没有人敢上前。

张乘风手上又加了两成力,大声问道:"说,谁让你们拆的桥?"

"我!"桥对岸有人高声回答。

张乘风等人抬头看去,只见桥对岸走来一位四十岁左右、举止庄重的绅士。此人身材高大,青色的长袍下摆溅满了泥水。他走到桥边,脱掉鞋子,用手提起长袍的下摆,涉水到了对岸。

王鼎一看,此人好面熟,似乎在哪里见过,一时却想不起来。见他来到面前,便道:"是你指使他们拆桥的?"

"正是在下。"那人点头道。

站在一旁的李铁腿一听,立即走到近前,揪住那人的袍袖喝道:"走,见官去!"

被张乘风揪住的高个壮汉立即大声道:"大胆,他是朝廷命官,你们敢无礼！"

众人一下子都愣住了。

那人爽朗地一笑，双手一抱道："下官林则徐，新任的淮海道。"

那十几名壮汉一听，呼啦一下跪倒在地。

"原来是林大人，小民多谢林大人帮助引退大水。"

王鼎这才想起林则徐是嘉庆十六年（1811年）他当主考时中的进士。因为是随皇上微服巡视，他也不能暴露身份，只得一拱手道："林大人，失敬。"

林则徐这才道："几位请不要误会，下官并非有意拆桥，阻断交通。实因下官赴任途中，路过此地，在前面叫朱仙庄的村里投宿。昨夜一夜大雨村里积水二尺有余。部分人家屋里已经进水，十分危险，乡民只得筑坝排水。下官观察四下地形，村庄最高，照理不应有这么多水。便命长随李跑一大早去四周查看，果然发现这座桥塌陷，堵住水路。李跑即回村招呼乡民清除毁桥，疏通水路。下官也叫乡民抬来跳板，暂搭木桥。"说完用手一指，众人一看，果然有几十名乡民抬着跳板向这里走来。

"林大人真是爱民如子！"道光帝不知何时下了车轿，站在众人面前道。

因为路上泥水太多，车马难以行进，道光帝决定当晚住在朱仙庄。

第二十一章

逢霪雨恐见河堤溃
临大用惊闻国库空

户部尚书花良阿跪奏道:"皇上,库银只有二百万两!"堂堂大清国库只剩下这点银子,道光帝龙颜震怒,痛斥道:"眼下朝廷正缺钱粮,尔等胆敢通同作弊,罪在不赦!来人,将花良阿摘去顶戴,关押大牢!"

用过午膳,道光帝看了一会儿书,觉得闷得慌,便信步出了客栈。张乘风急忙远远地跟着。

这是个典型的乡下小镇,两百多家农户簇拥着几家小商号,最热闹的是眼前这条两三丈宽、一二百丈长的巷子,这就是所谓的街道。但即便是这最热闹的街上,也只有断续的行人在商号、店铺间走动。

"这位爷,是您呀!"道光帝正漫无目的地逛着,忽听前边有人说话,便循声望去。原来是那个高个子壮汉,林则徐的长随李跑正在向他打招呼。道光帝心思一动,何不借此机会找那林则徐谈谈。于是应道:"是我,待在客栈嫌闷得慌,出来走走。你家老爷呢?"

"我家老爷正在屋里看书呢!"李跑说着用手一指身旁的一家客栈。

道光帝一看,房门口只有一个小书僮在玩耍,便道:"烦你通禀一声,我想拜访你家老爷。"

"您等着。"李跑答应一声,飞快跑进客栈,一会儿跑过来,忙道:"这位爷,我家老爷有请。"

道光帝进了客栈林则徐的房间,林则徐急忙吩咐书僮:"小五,快给客人看坐。"书僮小五侍候道光帝坐下,献上茶来,林则徐开口问道:"客人贵姓?"

道光毫无准备，匆忙答道："敝……姓黄。"一眼看见林则徐面前放着一本《筹河筹漕篇》，忙引开话题："林大人并非河道官员，为何要钻研治河之道？"

"为官者，当爱惜民命，何分河官、粮官，林某看到每年汛期一到，黄河、运河、淮河、永定河洪水决口，暴雨成灾，民房被毁，田禾被淹，成千上万的灾民四处逃难，嗷嗷待哺。朝廷赈济有限，再加上一些贪官污吏丧尽天良，从中鲸吞，灾民之苦，可想而知。林某虽不是河官，却想研究治河之术，以后若做了河官，必尽力整治水患，拯万民于洪水之中。"

"水患不除，民不安生，为人君者，责无旁贷。"道光帝自觉愧疚。

"客官所言极是，"林则徐发现对方表情有异，便道，"看来客官也有爱民之心，以天下为念，实为难得。"

"哪里，哪里。"道光帝慌忙掩饰道，"黄某虽在京师经商，祖籍却在河南归德府。每年逢黄河决口，家乡父老皆受水患之苦，黄某故有此心。哪里比得上林大人忧国忧民之心。"

"这位先生，"林则徐突然改了称呼道，"林某此次赴任，本应由山东经江苏直入安徽，因离任期尚早，林某便有意绕道河南，想履勘黄河河床，寻找治理方法。"

"林大人真是用心良苦！"道光帝由衷地赞叹。

"兄台且莫如此称呼。"林则徐微微一笑，摇摇手道，"林某一路上都是轻车简从，微服行走，轻易不想显露身份。兄台就称我老林好了。"

道光帝暗道真是碰巧，两个微服出行的人碰到一块儿了。他本就不习惯称呼这"林大人"，但也不想叫他老林，便不客气地道："看来你要比黄某年少几岁，黄某索性连这老林也不叫，就喊你小林可好？"

"好，好。"林则徐十分爽快，当即拍手赞成。

这两位，一官一"商"，初次相逢，却十分投机，直谈到掌灯时分。

林则徐吩咐李跑:"快去镇上弄点酒菜来,今天我要和黄兄喝上几盅。"李跑答应着出去。

酒菜备齐。两个人称兄道弟,直喝到深夜才散。

次日清晨,道光直睡到辰时才醒,绮儿急忙侍候皇上穿戴梳洗,素娟传来早膳。道光坐在几案前正要用膳,突然打了个喷嚏,剧烈地咳嗽起来,顿时涕泪交流,两颊泛青。绮儿大惊,叫道:"主子怎么了?"

道光帝双手掩面痛苦万分,声音低沉地道:"朕恐怕是烟瘾犯了。"绮儿吓得抱住道光帝,叫素娟道:"快快请王先生。"素娟飞跑出去。

王鼎慌慌张张地带着张乘风进来。

"皇上是烟瘾犯了,这可是无药可治。只有等烟瘾过去。"

"皇上这样子怎么成,就让皇上再抽一次吧!"绮儿带着哭腔叫道。

"不,一定要让皇上戒掉。"王鼎坚决地道。

"朕……要……戒掉。"道光帝躺在绮儿怀里双手乱抓,乌青的嘴唇抖动着说。

"皇上……"绮儿、素娟一齐哭叫着。

过了一会儿,道光帝脸色铁青,口吐白沫浑身痉挛起来。

"这样下去主子会有危险的!"绮儿哭道,"素娟,快去拿烟枪来。"

王鼎一看皇上这副模样,也害怕起来,不再阻止。

素娟飞跑过来,双手空空。

"烟枪、烟灯全让主子给扔了。"

"死丫头,快……快叫人去买。"绮儿气急败坏地骂道。张乘风一听,急忙飞跑出去。

王鼎摇摇头道:"这样的小镇,恐怕买不到。"

张乘风在镇上跑了一个遍,果然没有买到。

道光帝这时已经昏迷过去。

绮儿、素娟抱着道光帝大哭，王鼎等人急得满屋子乱转。

突然，内侍李铁腿进来道："林则徐求见主子。"

"都什么时候了，给我轰走。"张乘风没好气地道。

"黄兄怎么了？"林则徐已经走了进来。他在外面听见屋里有人哭叫，不知出了什么事，便不等通报，直闯进来。

"黄兄这是烟瘾发了。"林则徐几步走到道光眼前，语气肯定地道，"我房里有断瘾药丸，服下去，一个时辰就能见效。"

绮儿一听，如遇救星，忙道："林大人快去拿来。"

"我去拿。"张乘风识得路，立即飞奔出去，即刻取回。

林则徐接过药丸，叫素娟端来一杯开水，亲手给道光服下。

一个时辰之后，道光帝脸色泛红，渐渐苏醒过来。

"主子总算好了。"绮儿终于松了一口气，道，"多亏林大人赠药。"

"林大人赠药？"道光帝从绮儿怀里坐起身来看着林则徐不解地问，"小林，你赠什么药？"

"老爷刚才烟瘾犯了，可吓人了。多亏林大人及时给您服下断瘾药丸，您这会儿才好。"素娟替林则徐答道。

"你怎么有如此灵丹妙药？"道光帝大为惊奇问林则徐道。

林则徐谦虚地道："哪里是什么灵丹妙药，只不过是林某邀请福建老家的一些名医配制的一种戒除烟瘾的药。福建地处东南沿海，洋人走私到广州等地的鸦片，经烟贩运往福建各地，林某家乡侯官也是鸦片泛滥，吸食成瘾，以致家破人亡者比比皆是。林某每每看到那些三分像人七分像鬼的瘾君子顿感痛心疾首。为帮助人们戒掉毒瘾，就邀请了当地名医配制了这种断瘾药丸。经过推广，戒毒效果不错。像黄兄这样中毒尚浅的，只须再服三至五次断瘾丸就可彻底戒掉毒瘾。"

"黄某可全靠这断瘾丸了。"道光帝赞叹道，也是对林则徐的褒扬。

林则徐站起身道："黄兄，林某还要起程赴任，特来告别。"

"你等一下，"道光帝笑道，"你不是想做河官吗，我有个朋友做京官,想请他给你走走门路。到时候,我去找你,你可不许推辞。"

"黄兄真会说笑话,林某想做河官,却不想走这种捷径。"林则徐说完,告辞而去。

道光帝也想启程,怎奈身体虚弱,加上初戒烟瘾,极易感冒,只得暂住几天。

午后,老天又哗哗下起雨来。这雨越下越大,后来简直是一个劲儿往下倒,一直到第二天清晨才渐停。

道光半躺在床榻上,看着檐下的滴水发愣。绮儿在旁边说着什么,他一点儿也没听见。

"雨下这么大,黄河堤防是不是安全?"道光帝自言自语,忧心忡忡。绮儿双手合十道:"老天保佑大堤安然无恙。"

突然,外面传来一阵嘈杂声,道光帝惊问:"怎么回事?"

张乘风急匆匆跑进来道:"禀主子,镇里纷纷传言,黄河大堤要保不住,乡民正准备逃难。"

"啊,"道光帝一下子坐了起来,"王先生呢?"

王鼎正好进来,禀道:"主子,据说镇上有人从堤上来,说黄河已超过警戒水位。"

"快走。"道光帝催促道。

"遵命。"张乘风答应着出去。

车夫扬起鞭子,马车往北驶去。

"停住。"道光帝突然大声喊道。

张乘风忙问:"主子有何吩咐?"

"混账,"道光帝生气地骂道,"我是要到大堤上看看,谁让你们往回走!"

"奴才该死。"

马车掉头南去,一路上逃难的人群扶老携幼,牵牛赶羊,哭叫连天,汇成一条长长的队伍,慢慢地向前蠕动。

因为一路上灾民不断,路又泥泞难行,道光帝一行,走了两天才来到黄河边上。

黄河大堤，犹如一条长龙蜿蜒伸向远方。狂暴不羁的河水，裹着大量泥沙，滚滚而下，如巨兽般扑向大堤。这里由于长期泥沙淤积，使得河床比堤外的庄稼地高出丈许，真是"河在树梢流，船在房上走"。全靠这条长龙般的大堤挡住肆虐的河水。

二十多里长的大堤上，二百多名治河民工，稀稀落落地散布在各个薄弱的堤段。一名六十多岁的老人，穿着溅满泥水的旧官服，扛着根碗口粗木桩，跳到冰凉的河水里，指挥着几个粗壮的汉子打桩，运送沙袋，加固着河堤。

道光帝站在河堤上，一声不响地看着。河堤终于加固了，老人爬到岸上，哆嗦着像秋风中的落叶，为了御寒，双脚不停地跳动着。

道光帝轻轻走到老人身边，亲手脱下外罩披在老人身上。老人转过身来，感激地看着眼前这位衣着华贵、相貌不俗的中年男子。

"老人家尊姓大名？"道光帝温和地问道。

"他是我们这里的老河务总管，人称老根治。"一个汉子抢着回答。

老人忙答道："小老儿王根治，是商丘县的河务总管。"

"王总管，以您看来，大堤会不会有危险？"道光帝问道。

"恐怕很危险。"老根治道，"今天，水位已经超过警戒水位一尺多，大堤已经出现了十几次险情。"

"这么危险的大堤，怎么不多征派些民工守护？"

"谁来征派？"王根治突然气愤地说道，"就是派来再多的人守护，也只能是防于一时，现在的大堤已有两丈多高，河水却能漫堤而出。如果按照当年东河总督栗大人的办法，必能根治黄河水患，今天也不用忍饥受冻，提心吊胆地守护大堤。"

"你说的是栗毓美吗？"

"正是栗毓美，栗大人当年请求朝廷拨来六百万两银子，彻底疏通了河身，又在南堤南边另筑一堤，中间挑疏引河，将河水导流入海。在水流冲击的地方采用'抛砖法'减轻河水对坝的冲击。栗大人在任五年，河不为患。"

道光帝接过话题道："栗毓美的治河方法，朝廷也是嘉许的。

其后，朝廷每年拨银一千万两用于黄河的治理，现任河道总督张文浩为什么不仿效栗毓美的做法？"

一提张文浩，王根治气呼呼地道："张文浩从不提起朝廷拨银一事，反以治河筹款为由勒索地方百姓。一到汛期，才慌忙征派部分民工加围堤坝，敷衍搪塞。"

"张文浩现在何处？"

"昨天带着一千多民工来到大堤上，责令民工加围堤坝，转悠一趟就回商丘城里去了。他一走，民工也跑得只剩这二百多人了。"

"这种官员，不恤民命，要他何用！"道光帝身后的王鼎冲口而出。

"张乘风！"道光帝命道，"去归德府。"

一行渡过黄河，刚上了官道，突然身后传来一阵急促的马蹄声。张乘风回头一看，只见一红一白两匹骏马飞奔而来。到了跟前，两匹马咯噔站住，从马背跳下两个人来。

"皇上，皇上，太后懿旨。"穿紫衣的人大声叫道。

张乘风这才看清楚，穿紫衣的人是宫中总管太监马富昌，另一人乃是一名驿卒。

坐在轿车中的道光帝忽听有懿旨，急撩起帘子。

"太后懿旨在哪？"

马富昌慌忙取出，双手捧上。

道光帝展开一看，大吃一惊。太后懿旨如下："我皇儿神御天下，忧国恤民，离京出巡。留京王大臣恪尽职守，诸事如常。唯后宫屡有不祥，皇孙诠儿，骤遭不虞，少年夭殇，皇后惊闻，悲恸抢呼……"

道光帝没等看完，仰天长叹："老天爷，你是要惩罚朕吗？"龙目之中，落下眼泪。

"先安排皇上歇息一下。"王鼎闻讯来到，急忙吩咐下去。

太后懿旨中所说的诠儿乃是道光帝的长子奕诠，孝慎皇后所生，已满十岁。道光帝的二子奕纲、三子奕继都是静妃所生，先后在两三岁时不幸夭殇。二子、三子的夭殇使道光帝感到可怕,面对日益衰败的大清江山,他以为是祖宗对他的惩罚。如今年已十岁的长子奕诠又突然夭亡,进一步证实了他的感觉。现在只有全妃所生的四皇子奕䜣是他的唯一希望。但是谁能保证这个只有两周岁的孩子不出意外?

等道光皇帝清醒过来时,已躺在一家客栈的床上。绮儿脸上挂满泪水守候在跟前:"皇上请节哀,保重身体要紧。"

王鼎趋前问道:"皇上,马上回京吧!"

"朕要回京。"道光帝轻声说道,心里却在苦苦挣扎,朕要守住大清江山,对得起列祖列宗,不让他们再惩罚朕。

"张乘风。"道光帝突然坐起身来叫道。

"奴才在。"

"你奉朕旨意速乘快马追赶林则徐,着他速来见朕。"

"遵旨。"张乘风出门而去。

"王鼎!"

"臣在。"

"朕着你奉旨将河道总督张文浩革职拿问。"

"臣遵旨。"王鼎也奉旨走了。

天刚过午,王鼎回来交旨,已将张文浩关押,所贪占河款银两尽已查封。归德府知府、商丘县知县等一班府县官员前来恭请圣驾入城。

"王爱卿,你去告诉他们,就说朕要在此等候林则徐,不进城了。"道光帝说道。

王鼎出去,传下话来,归德知府、商丘知县只得站在客栈外恭候。

傍晚时分,两匹骏马飞驰而来。

张乘风、林则徐翻身下马,直入客栈。

"臣林则徐叩见吾皇,愿吾皇万岁!万万岁!"

道光帝起身离座,双手相搀:"林爱卿请起。"

"臣不识天颜,冒犯天威,请皇上治罪。"

"快快请起,朕欢喜还来不及呢。"

君臣落座,道光帝开门见山地道:"朕因故要立即回京,特召林爱卿来此。河道总督张文浩贪占河款,玩忽职守,已革职拿问。黄河大堤危在旦夕,朕命你为河道总督,治理黄河。淮海道一任,朕另外派员。"

"臣遵旨,但是根治水患,工程浩大,费银甚多。"

"这个你放心,何时要钱,上道奏折,朕一定给你。"

"臣谢主隆恩。"林则徐跪拜在地。

道光帝道:"你好自为之吧,朕要回京了。"

林则徐长跪不起。

"臣还有事奏明皇上,据臣暗中查访,两淮盐政积弊太多,致使民食缺少,官盐滞销,税收锐减。请皇上派员整顿。"

道光帝一听,盐政他也管得着,心里更加高兴,便道:"朕派人去就是。"不过谁合适呢?道光帝心中掂量着。

"皇上以为川东按察使陶澍怎样?"站在旁边的王鼎推荐道。

道光帝说道:"可以让陶澍试试,看他能否担此重任。"

林则徐还是跪地不起:"皇上,臣还查访到,豫、皖两省交界处白莲教活动猖獗,密谋起事。"

"白莲教?"道光帝惊得站了起来。当年天理教徒冲入大内的情景,至今仍记忆犹新。先皇嘉庆一朝被白莲教起义搅得天翻地覆,国无宁日。如今白莲教再起,道光帝怎能不惊?

"匪首是谁?"

"朱麻子、赵明飞。"

"赵明飞?"道光帝感到这名字好熟悉。

"是明飞?"素娟突然冲到林则徐面前惊喜地叫道。

道光帝这才想起赵明飞就是当年被容安害死的武进士。

"不可能是他,容安亲口承认烧死了赵明飞。"道光帝口气肯定地对素娟道。

"林大人,这个赵明飞是哪里人,家里有什么人?"素娟却不死心,紧紧追问。

林则徐道:"据说赵明飞是安徽宿州人,习武出身,两年前在京师武科考试中排榜第一,被人顶替,差点被人害死。赵明飞从此恨透朝廷投身白莲教,专与官府作对。"

"难道真的是他?"道光帝和素娟异口同声地道。

但眼下分明不是弄清真相的时候。

"王鼎。"道光帝喊道。

"臣在。"

"朕命你暂署河南巡抚,会同河南巡抚程祖洛、两江总督孙玉庭、安徽巡抚孙尔准等分路前往剿捕。"

"臣遵旨。"王鼎领旨欲走。

"皇上饶命。"素娟跪倒在道光帝跟前哭叫道,"明飞是奴婢终身依靠,他是一时之气才投身逆匪的,万望皇上法外施恩,饶他一命。"

"你先起来。"道光帝转向王鼎道,"王爱卿,可以把容安一案的处理结果向赵明飞宣讲,只要他投诚,免其死罪。"

"臣记下了。"

"素娟,你好好服侍绮儿回京,朕会让你们夫妻团聚的。"

紫禁城慈宁宫内哭声一片,一群身穿孝服的妃嫔们围着一大一小两只梓棺呼天抢地,哀哀痛哭。

哭声最大的是全妃,她边哭边诉:"诠儿啊,皇后姐姐呀,你们这样去了,让俺多难过啊,老天爷睁眼看看啊,好人不长寿啊。"哭得一旁的太监、宫女也不停地抽泣抹泪。刚满两周岁的小奕詝在一名宫女怀里哇哇直哭。

绮儿早已哭哑了嗓子,听见奕詝的哭声,站起身来,走到全妃跟前劝道:"全妃姐姐,你已经一天没吃东西了。快别哭了,四皇子要妈妈呢。"

全妃放低了哭声，半晌才抽泣道："姐姐实在吃不下，心里只想哭。"抬起头瞪了宫女一眼道："把四皇子交给奶妈，我多陪诠儿和皇后姐姐一会儿。"

坐在全妃下首的是两个怀有身孕、腆着大肚子的女人，静妃和祥妃。她们没有全妃的哭声大，也没有像全妃那样边哭边诉。她们只是低声抽泣，表示对死者的哀悼和难过。

绮儿劝不住全妃，便又过来劝静妃："静妃姐姐，你是有身子的人了，要节哀保重身体，回宫歇息去吧。"静妃止住悲声，点点头，由宫女扶着走出房去。

祥妃也由素娟劝着回宫去了。

"皇上驾到。"礼仪太监一声高喊，人们往两旁一闪，道光帝走进慈宁宫。

"慎儿，诠儿！朕来迟一步，你们就匆忙而去，叫朕情何以堪！"道光帝眼望皇后和长子的梓棺，一行热泪潸然而下。伸手接过太监手中的香烛，往皇后棺拜上一拜。

"禧恩。"道光帝喊道。

"奴才在。"内务府大臣禧恩一甩马蹄袖，跪倒在地。

"朕命你总理丧仪，务必隆重。"

"臣遵旨。"

孝慎皇后和奕诠的丧事才毕，道光帝就接到漕运总督颜检的奏折：运河败坏，漕粮受阻。

"国家大计，莫过于漕，今运河淮安府清江浦水道泥沙积淀，堤坝崩塌、运粮败坏，漕粮受阻。诸臣可有良策？"

和世泰道："既是漕运不畅，可否考虑海运？"

英和接着道："江浙溪临大海，商船由此装载货物，驶至北洋，在山东、直隶、奉天各岸卸货售卖，每年乘风开放，往返数次，由此可见海运并非不可行。"

曹振镛道："海运须要谨慎，一是风大浪高，朝廷尚没有太多的大船用以海运；二是须委派员弁照料护押，以防海盗；三是何处起运，何处停泊，需勘察明白。"

道光帝道："海运一说，历代臣工曾经提出，有人说可行，有人说不可行，一直没有定论，朕打算向各省督抚发出廷寄，交各督抚讨论，具体到何处起行、何处停泊，其后朕再作定夺。"

散朝之后，道光帝回到养心殿批阅奏章。这时御前太监马富昌一阵小跑进来。

"恭喜皇上，贺喜皇上，祥妃娘娘刚刚产下五皇子。"

道光帝闻言龙颜大悦："快……带朕去看看。"

马富昌前面带路，道光帝兴冲冲地疾走。刚到乾清宫转过弯来，突然迎面跑来一个宫女，马富昌躲不及防，被那宫女撞个正着。道光帝怒道："慌慌张张，成何体统！"

那宫女一看是皇上，慌得喘着气道："道……喜皇上，静妃娘娘生了一皇子。"

道光帝瞬间得到两个皇子，心花怒放，也不再计较宫女的莽撞，匆忙道："快，先去静妃宫中。"

静妃所生二皇子奕纲、三皇子奕继，先后在两岁、三岁时夭殇。静妃精神上受到强烈的刺激，曾一度神智失常，后几经医治，更主要是道光帝的关切和宠爱，才使其恢复正常。所以道光帝先去静妃宫中。

道光帝来到储秀宫门口，一声洪亮的哭声传来。

静妃产后体弱，躺在软榻上，看见皇上进来，惨白的脸上露出笑容，低低的声音叫道："皇上！"

"朕明白爱妃的心思。"道光帝也不去看哇哇大哭的小皇子，却先到静妃的榻前，握住静妃的纤纤玉手道："爱妃受苦了。"这才仔细去看奶妈怀中的孩子。

孩子看见道光帝，突然止住了哭声，一双大眼炯炯地瞪视着。道光帝一看，心中怦然一动，此子气质不凡，将来必有大成。

道光帝正想着，就听房顶"咔嚓"传来一声瓦响，心中惊疑。

忽听宫外有人大叫："房顶有人！抓刺客！"

马富昌吓得脸色煞白，哆哆嗦嗦地道："皇上，怎么办？"

这时大批侍卫闻声赶到，将储秀宫围个严严实实。

道光帝强自镇定，命道："传朕旨意，关闭宫门，严密搜捕，勿使刺客逃出宫去。"

第二天早朝，惊魂甫定的道光皇帝又遇上了更令他心惊肉跳的事。

湖南、湖北、四川三省督抚同时发来告急文书，湖南永州府赵金龙聚集一千多人，举旗造反，攻城夺寨、杀死官吏。四川马林率两千多人，火烧清溪县城，杀死守城官吏。官员屡剿屡败，匪势漫及川南。湖北崇阳人钟人杰聚众三千余人向朝廷发难，用火药炸开城墙，崇阳城破，知县师长治被活捉斩首示众，书吏二十余人被捕杀害。

"王鼎剿捕白莲教多日，至今尚无消息，今湖南、湖北、四川匪乱又起，众卿有何对策？"

大臣们你看看我，我看看你，却没有一个人开口。

道光帝无可奈何地看着这群平时巧舌如簧的臣子们。

这时，皇门官奏称："东河河道总督林则徐呈来奏折。"

道光帝接过一看，只见奏折写道："臣奉旨治河，欲乘雨歇间隙，别筑新堤，改北堤为南堤，取中挑疏引河，导流入海。诚请户部拨银三百万两以资治河。"

道光帝没等看完，就气得将奏折甩在一旁。忽然想起自己曾亲口许诺林则徐，只要是治河用银，保证随时调拨。

"花良阿！"道光帝叫道。

"臣在。"静妃的父亲户部尚书花良阿出班应道。

"朕命你速拨银三百万两送往治河工地。"

"臣遵旨。"花良阿奉旨而去。

道光帝随手又抽出几份奏折，道："这是广西、贵州、云南、湖南要求采矿的奏折。广西有铁、贵州有铜、云南有银、湖南有金。若是开采出来，于国于民都有利。众位爱卿有什么看法？"

曹振镛出班奏道："臣以为万万不可。我大清自立国以来，历朝从无开矿之先例。况且，我大清江山，得来非易，若是乱开乱挖，一旦伤了龙脉，触犯神灵，我大清大祸将至矣。"

"曹学士此言谬也，"道光帝反驳道，"我朝虽无开矿之先例。但我皇祖康熙却说过：'天地自然之利，当与民共之，不当弃之。'我大清发祥地在东北，与广西、云南等相去何止千里，伤龙脉犯神灵实为杞人忧天。"

"皇上，"军机大臣、工部尚书穆彰阿奏道，"臣以为，现在开矿尚不合时宜。矿石藏于地下，浅则七八丈，深则数十丈，开采极为危险，动辄伤人性命……"

穆彰阿正说得口吐白沫，忽然皇门官进来报："户部尚书花良阿求见皇上。"

道光帝一怔，花良阿不是去府库拨银子了吗？怎么回来了！立即命道："宣他进来。"

花良阿疾步进来跪在御案前："皇上，库银只有二百万两。"

道光帝以为自己听错了，问道："府库有银多少？"

"只有银二百万两。"

"胡说！"道光帝勃然大怒，"我堂堂天朝府库怎么会只有二百万两银子？"

"千真万确，臣亲自清点了三遍。"

"登记入库账簿可在？"

"臣带在身边。"花良阿说着，从怀里掏出账簿，双手呈上。

道光帝仔细一看，新收常捐各款均与应存之数相符，旧存各年正项亏空九百二十五万二千两。

堂堂大清国库一下子缺了这么多银子，道光帝龙颜震怒，痛斥道："眼下朝廷正缺钱粮，库吏胆敢通同作弊，任意擢取，丧心昧良，如同叛国盗贼。来人，将花良阿摘去顶戴，关押大牢。"

"启禀皇上，"花良阿毫不慌张，似乎早将生死置之度外，"臣失察之罪，断难推脱。但是此起府库被盗，使国家受损失，个人荣辱，何足以道。臣恳请皇上再留臣任上十天，臣一定竭力核实查办，追回窃银，洗刷臣的冤屈。"

"你……"道光帝一听，花良阿说得句句在情在理，但他一时怒气未消，便半晌没说话。

这时，赵佩湘出班奏道："圣上，臣以为府库被盗的直接责任应在管库司员、查库御史及库丁兵役身上。花良阿大人乃一品大员，怎能顾及每一银库？花良阿大人失察有罪，但眼下追查窃银要紧，皇上不如命他亲查此案，戴罪立功。"

"赵爱卿所言也是，"道光帝听着，渐渐消了怒气道，"朕准奏，着花良阿戴罪立功，追查窃银。"

花良阿一拜倒地："臣愿以死报效皇恩。"

"赵爱卿，"道光帝转向赵佩湘道，"朕着你奉旨会同花良阿追查此案，不得懈怠。"

"臣遵旨。"赵佩湘领旨退去。

漕粮北运受阻，府库款银被盗，京师官饷军饷要粮要钱，剿捕逆匪要钱，治理水患也要钱。道光帝真是焦头烂额，怨恨地看着大殿上呆呆站立的臣子们，他要指望这些臣子做成什么事，真是难之又难。

"为充盈府库，朕决定开源节流，诏谕广西、贵州、云南、湖南等省解除矿禁，准予开采。各地官员不得借故推辞、阻挠或压制勒索商民。因府库银两亏短甚巨，谕令京师各府、部、堂衙门及驻京官兵各项需用，一概从俭，京师所有大小工程及支领可裁则裁，可省就省。

"鉴于漕粮北运受阻，京师不可一日无粮，朕决意试行海运，敕谕江苏、浙江、山东、直隶、奉天各地省抚实地查勘海运线路，提出具体意见，户部应即派员赴江浙一带办理租借商船事宜。

"敕令湖南、湖北、四川及两广督抚，对肇事逆匪火速合力进剿,不分区域,不得使贼匪漫延、逃窜。"

"退朝!"

回到养心殿,道光帝心绪烦乱,看着御案上撂得一尺多高的奏折,那种登基伊始,锐意振兴大清王朝的勃勃雄心,瞬间荡然无存。他感到一种从未有过的孤独和疲劳。

"朕时时以天下为念,苦心孤诣所为者何?"道光帝喃喃自语,"谁人怜朕?谁人理解朕?"

"马富昌,摆驾坤宁宫。"道光帝叫道。

"绮儿恭迎圣驾。"坤宁宫门外,绮儿跪拜在道光面前。道光帝注视着绮儿,这眼神,这话语,多么像她,一个曾令他魂牵梦萦的女人。道光帝同绮儿相依相偎着走进宫去。

"绮儿,只有你关心朕,理解朕,朕要好好待你,朕要立你为皇后。"

"皇上万万不可。"

"为什么?"

"绮儿并不企求名分,只要能跟皇上倾心相爱,就是绮儿最大的满足。并且皇上也要为大清江山着想。全妃、静妃、祥妃都生下太子,皇上应选其中之一立为皇后。绮儿确实不想做皇后。"

"绮儿不愧为朕知己。"道光帝更觉绮儿贤淑可敬,便又道:"你看朕该立谁为皇后呢?"

绮儿吓了一跳,连连摇头道:"后宫干政,为祖制所严禁,绮儿断不敢言。还请皇上自己做主。"

道光帝微微一笑道:"朕倒偏爱那性行温厚的静妃。"

"皇上,那素娟丫头近来性情忧郁,面色憔悴,恐怕是想念那个赵明飞了吧!"绮儿故意引开话题。

道光帝答道:"王鼎剿逆尚无音讯,只要他回来,素娟丫头就可夫妻团聚。"

户部尚书花良阿府邸。

"老爷，你这是何苦呢？"尚书夫人富察氏唉声叹气地啰唆着，"皇上要定你个失察的罪，你就认了呗，反正过了这个风头，让静儿丫头跟皇上说个情，你就能官复原职。偏你逞英雄，非要去捅这个漏子。弄得这么多天也不回府，瞧你这脏样。"

"你有完没完！"花良阿气恼地离开太师椅，扔掉长烟袋，站起身来，"你爱怎么唠叨就怎么唠叨去吧。"转身离去。

花良阿下了狠心，一定要将失窃案查个水落石出。为此，他在府库里找了一处空房子，把府里的厨子、奴仆也带了去，吃住在库里。从嘉庆五年（1800年）以后的账簿逐一核实，光是核实账簿非得三五天不可。

花良阿气呼呼地乘轿来到府库，看看时辰还早，便到自己的临时住房小憩。家人永安怕打扰老爷，便去外面打扫房间。

这时御史赵佩湘走了进来，看见永安问道："你们老爷呢？"

永安赶紧迎上前去答道："老爷正在小睡。赵大人您稍等，奴才就去喊醒老爷。"

"不，让他多睡一会儿，"赵御史摆摆手道，"你们老爷这些天太累了。我就坐在这儿等他。"

"是啊，我们老爷可是个大好人。"永安说着泡上一杯茶，端到赵御史跟前。

"赵大人，您请用茶。"

"好、好。"赵御史呷了一口茶赞叹道，"好香。"

突然赵御史叫道："不好。"双手拼命抓住胸部，双目圆睁，口中"啊，啊"连叫几声，"扑通"一声栽倒在地，口鼻喷出乌血，气绝而死。

这一切，只是瞬间的工夫，永安吓得愣了半天，才惊叫道："赵大人，赵……大人！"

在里间小憩的花良阿，被喊声惊醒，走到外间一看，直惊得目瞪口呆。

第二十二章

究二罪午门斩国丈
逞一怒冷宫贬皇妃

王鼎一番话说得道光连连点头。唉！朕身边要是多有几个这样的大臣，也不至草率下旨啊！正在后悔，监斩官和世泰进殿交旨。道光帝惊得忙问："花良阿斩了？""人头就在殿外。"道光帝、王鼎气得直跺脚。

紫禁城太和殿。

道光帝接过马富昌呈上的奏折，展开一看，龙颜大悦。第一份奏折是两淮盐政总督陶澍的。陶澍到任后，大力整顿盐务，改纲盐法为票盐法，在淮北试行，并订章程十条。此法已初见成效，官府税收日见增多。第二份奏折是王鼎的。王鼎已会同河南、安徽两省督抚一举剿灭颍州地方白莲教，教匪首领朱麻子被击毙，赵明飞下落不明，现正四处缉拿。

道光帝一看，奏折里还夹着一张缉拿赵明飞的图像，暗道王鼎做事果真精细。便拿起赵明飞的图像道："传朕旨意，交刑部将此人图像多多印制，张贴京城内外，悬赏缉拿。"

"嗻。"马富昌双手接过图像，走下殿去。

这时皇门官进来禀奏："户部尚书花良阿入宫见圣。"

道光帝一听，莫非库银案有眉目了，便道："宣他进来。"

花良阿神色凄然，跪爬到殿前，声音带着哭腔道："皇上，赵御史不幸中毒而亡。"

"啊！"道光帝吃惊地半天说不出话来，"赵爱卿怎么中的毒？"

"皇上容奏，是这么……这么回事……"

道光帝不等听完，勃然大怒，一拍御案斥道："大胆花良阿，竟敢谋害朝廷命官，其罪难容！来人，摘去顶戴，扯下官袍，送交刑部议处。"

花良阿大惊,高呼:"臣冤枉,臣没害赵大人。"

两名内侍不容分说,上前扯去穿戴,拖下大殿。

道光帝余怒未息,连声叫道:"丧心昧良,天理难容。"

这时,瑞亲王绵忻出班道:"皇上,本王以为,花良阿必是与府库被盗一案有关,毒死赵御史,是怕赵御史查出证据,所以就先发制人毒死赵御史。本王呈请皇上敕令刑部从严治罪,以震慑胆大妄为的不法之辈。"

"瑞亲王所言极是。"道光帝道,"朕即刻降旨责令刑部从严治罪。"

"皇上,"道光帝正要降旨,军机大臣、礼部尚书赛尚阿喊道,"老臣以为此案尚未查明了,不宜重惩大臣。"

道光帝心里不快,念他是两朝遗老面上还得客气点,便道:"老爱卿以为还有什么不明了?"

"皇上请想,花良阿若是盗窃府库之人,他何必请命调查此案?他如果要毒死赵御史又何必非在自己房中?岂不是不打自招?赵御史尚未查到不利花良阿的证据,他为什么毒死赵御史?此案真正的盗窃犯尚未查明,怎好治花良阿之罪?"

道光帝一听,也是。眼下还确实没有证据说明花良阿窃盗库银。这样匆匆定罪,静妃那里也说不过去。于是说道:"到底老爱卿虑事周全,朕就将花良阿暂交刑部关押,查明之后,再作定夺。"道光帝把脸转向群臣。"哪位爱卿愿意审理花良阿一案?"

大臣们面面相觑,没人应声。

道光帝一见,心中叹了口气。这些人个个谨小慎微,遇事先考虑个人得失。要他们去审理这样的大案,真是勉为其难了。只得道:"既是无人愿意审理此案,朕只有调外官入京了。"便向马富昌道:"传朕旨意调署河南巡抚王鼎入京。"

"奴才遵旨。"马富昌应道。

散了早朝,道光帝在养心殿刚刚坐定,马富昌进来奏道:"主子，静妃娘娘要见您。"道光帝一听，心想，朕也正想见她，便道："宣她进来。"

静妃走进殿内，脸色灰白，一双乌黑的眸子含着淡淡的忧郁，呆呆地看着道光帝。

"皇上，臣妾听说户部尚书花良阿毒害御史赵佩湘，是真的吗？"静妃问道。"爱妃，朕也不希望这是事实。"道光帝字斟句酌，唯恐伤害这位两次遭受失子之痛的爱妃的心，"但是府库被盗，花良阿身为户部尚书负有无可推卸的失察责任。赵御史又是在他房中，喝了他的家人献上的茶，中毒而死。花良阿有谋害赵御史的最大嫌疑。堂堂的国库被盗，朝廷命官被害，朕若不处置花良阿，将何以面对天下臣民。"

"不，"静妃哭叫道，"我阿爸不会害死人的。阿爸他为人谦和正直，温厚慈爱，怎么会盗窃府银，怎么会害死人命呢？"

道光帝只得安慰道："爱妃先不要着急，花良阿的案子，朕正调军机大臣王鼎进京审理，要查明罪证，才能定花良阿之罪。"

静妃却等不及，大声道："臣妾要去问问阿爸，要他亲口说，是不是窃了府库的银子，是不是毒死了赵御史。"说罢，也不等道光帝开口便转身奔出。

静妃哭泣着往自己宫中赶来，一心只想出宫找阿爹问个究竟，正低头赶道儿，忽听有人喊道："静妃妹妹。"

静妃闻声抬头一看，不知何时已走到了翊坤宫，全妃正从宫门里走过来。

"静妃妹妹，匆匆忙忙的，怎么啦？"全妃走到近前，看着静妃红红的眼睛问道。

静妃忙掩饰道："没有什么！"

"好妹妹，到我宫中坐坐。"全妃哪里肯信，拉着静妃进了翊坤宫。

"好妹妹，有什么事值得哭鼻子抹眼泪的。"全妃劝慰道，"说出来姐姐也能帮你出个主意，要是这后宫哪个欺负了你，姐姐一定帮你出气。"

一席话说得静妃感激不尽,便把阿爸被关押的事详细地说了一遍。

"怎么会有这样的事?"全妃惊讶地道,"花良阿一向官声颇佳,怎能犯下这样的大罪?妹妹放心,只要你阿爸是清白的,姐姐帮你在皇上面前说话。"

"全妃姐姐,妹妹就是想出宫去问问阿爸,他是不是真的做下了伤天害理的事。"

"你阿爸会跟你说真话吗?"

"会的,一定会的,阿爸从小就疼爱我,他一定不会骗我的。"

"妹妹可以去问问,只要花良阿没做伤天害理的事,姐姐一定帮你在皇上面前讨回公道。必要时,姐姐帮你请太后出面。"

刑部大牢阴暗潮湿,散发着阵阵霉味的牢房里,一个身材瘦长、发髻不整的老人仰面躺在一张木板床上,他一动不动,两只混浊的眼睛呆呆地看着房顶。

"苍天有眼啊!"老人喃喃自语,"但愿哪位清正忠直的官员,能查明案情,为老夫申冤。"

"花良阿,"狱卒开门进来喊道,"静妃娘娘看你来了。"

"静儿。"花良阿惊喜地站了起来,往门口走去。

静妃眼睛还不适应牢房内昏暗的光线,茫然无措地搜寻着。

"罪臣花良阿拜见静妃娘娘。"花良阿跪倒在女儿面前。

"阿爸!"静妃哭叫着跪倒在地,双手抱住阿爸的双肩,终于看清楚了,阿爸瘦削的脸颊,仿佛一夜之间苍老了许多。

"阿爸,你受苦了!"静妃扶起花良阿,到木板床边坐下。

"阿爸就住这种地方?"静妃看着简易的木板床,床前连张凳子也没有,"回头,女儿让他给您换个地方。"

"不用了,"花良阿摇头叹息道,"阿爸是罪人,还讲什么条件。"

"不,阿爸,你没有罪。"

"阿爸有罪。"

"难道真是阿爸盗窃了库银,毒死赵御史?"静妃吃惊地问道。

"不,"花良阿坚决地道,"阿爸没有盗窃库银,也没有毒死赵御史,阿爸只是犯了失察之罪。"

"阿爸说的是真话?"

"阿爸不骗你。阿爸要是做了伤天害理的事,可以骗别人,甚至可以骗皇上,唯独不能够骗女儿,阿爸哪里有脸面骗女儿。"

"只要阿爸没做伤天害理的事,女儿一定要皇上还您一个公道。"静妃语气坚定地道。

"孩子,万万不可。"花良阿连忙劝阻道,"阿爸被人诬陷,没有证据皇上是不会相信的,弄不好,皇上会迁怒女儿的。"

"女儿不管。"静妃激动地哭道,"阿爸被人诬陷,皇上为什么治阿爸的罪。"

静妃出了牢房,吩咐侍女春燕给狱卒赏钱。

"多谢娘娘。"狱卒们慌忙跪倒磕头谢恩。

"给花良阿换一间上好的房子,好好侍候。"

"啊……这……"狱卒"啊"了半天才道,"奴才们只能将房子收拾干净,好好侍候他老人家,至于换间房子,奴才们不敢,请娘娘恕罪。"

"胡说!"静妃恼怒起来,"快去换间上好的房子,要是有人问起,就说是娘娘的意思。"

"嗻,奴才遵命。"

静妃这才乘上软轿回宫。

乾清宫内,道光帝批阅完大臣们的奏折,不禁长长地出了口气。马富昌一见,慌忙上前道:"皇上日理万机,太劳累了,奴才给您按摩几下怎么样?"

"好。"道光帝正觉劳乏,便起身盘腿坐在软榻上。马富昌双手轻轻揉着道光帝的双肩,然后用指头揉着肩胛穴位。

"皇上,觉得怎么样?"

"舒服极了。"

马富昌双手渐渐下移到背部,双手轻轻地捏着脊椎骨。

"真是太舒服了。马富昌,你从哪儿学的这几手?"

"奴才这是跟全妃娘娘学的。娘娘说您最喜欢她按摩,奴才就向娘娘讨教,全妃娘娘就教了奴才。"

"嗯。"道光帝不觉笑了。

道光帝正被马富昌侍候得惬意,内监进来奏道:"太后懿旨,请皇上去寿康宫。"

道光帝忙起身道:"朕就去。"马富昌慌忙侍候皇上穿戴整齐,内监们赶紧准备轿子。

"朕步行去。"道光帝说完,疾步出了乾清宫。

"母后晚上召见皇儿有什么事?"道光帝礼毕问道。

"没有什么事,母后只是觉得你白天太忙,才叫你晚上来的。"皇太后温和地道:"最近朝廷上可好?"

道光帝叹口气道:"还好。"

皇太后看出道光帝的心情,只得道:"这朝廷上是好是歹,你都要担着,母后没办法,大清的江山全指望你了。"

"是,母后。皇儿一定尽力而为。"

"皇儿,这后宫的事,母后倒想问一问。"

"母后要问什么事?"道光帝问道。

"这册立皇后的事,皇儿也该考虑一下了。"

"皇后、诠儿去后,皇儿心里难过,没考虑过,一切请母后做主。"

"母后不爱听这话,也懒得管太多的事,你要是喜欢谁,就立她为皇后好了,母后只要大清有位皇后就成。"

道光帝一听,心里对太后又添了几分敬仰,于是道:"母后放心,皇儿会慎重考虑的。"

皇太后问道："皇儿打算立谁为皇后？"

"皇儿想立一向温厚娴静的静妃为后。"

"好，就由着你吧！"

这时，屏帘后一个宫女轻轻走出宫去，消失在夜色中。

翊坤宫中，灯光明亮，全妃正坐在香榻上陪着燕太妃叙话，燕太妃已经是五十岁的人了，岁月在她姣美的脸上无情地刻下了两道皱纹。

"想当年，先皇在时，我也是倍受恩宠，风光一时，哪里想到如今人老珠黄，门庭冷落。"燕太妃感叹道。

"不管怎样，先皇对太妃还是恩宠有加，哪里像俺，只怕今生今世也讨不着皇上的欢心。"全妃很善于联想，其实是在安慰燕太妃。

"你这丫头，好运就要来了，还在这儿糊弄太妃。"燕太妃神秘兮兮地道。

"什么好运？"全妃不解地问。

"这皇后的位子早晚还不是你的吗？"燕太妃道。

"皇上宠爱的妃子多着呢，哪里轮到俺？俺不敢有此奢望。"

"你这鬼丫头，装什么糊涂，那绮儿没有生龙子，皇上断不会立她做皇后，那静妃呢，她老子出了事，牵连着那么大的案子，皇上会立她做皇后吗？"

"那也未必，静妃要是不管她老子的事，皇上也不会迁怒于她……"

"你这丫头，想当皇后，就不会加把劲儿？"

"俺又没有亲近的王公大臣向皇上保荐，怎么加把劲儿？"

"这个包在太妃身上，只要太妃开口，那瑞亲王、惇郡王、内务府大臣和世泰、禧恩都会听的。"

全妃喜出望外，一下子跪倒在燕太妃跟前。

"先别忙着谢恩，太妃还有事要你做。"

"太妃放心，奴婢一定尽力而为。"

"给皇上吹吹枕边风,催他快点解决花良阿的案子。"

全妃刚送走燕太妃,一名宫女急匆匆跑进翊坤宫叫道:"全妃娘娘。"

全妃闻声出来,一把将她拉到卧室。

"全妃娘娘,不好了,皇上要立静妃为皇后。"宫女匆匆说了一遍。

"果然让她抢了先!"全妃气得骂道,旋即镇定下来,随手将食指上的猫眼钻戒退下,塞到宫女手里道:"云儿,做得好。赶快回去,别让太后发觉。"

"奴婢多谢娘娘!"云儿接过钻戒,转身跑出去。

全妃半卧在香榻上,却没有一丝儿困意,孝慎皇后终于去了,满以为稳操胜券。不料,静妃偏偏生下龙子,成为自己强有力的竞争对手。

"我一定要当上皇后。"全妃暗暗咬牙切齿。

傍晚时分,紫禁城浸没在暮霭中。

云儿匆匆走进翊坤宫。

"全妃娘娘,太后身体不爽,特命奴婢通知娘娘。"云儿拜见过全妃道。

"娘娘知道了,云儿起来,跟娘娘说会儿话。"全妃和气地拉起云儿。

云儿连忙摇头道:"云儿还要去通知静妃娘娘,不能陪娘娘。"

全妃听见,忽然灵机一动,有了主意,问道:"太后身体不爽,皇上知道吗?"

"太后说,皇上太忙,先不要告诉皇上。"

"云儿,静妃那儿,娘娘去跟她说,你去……"附在云儿耳边,如此这般,云儿依言而去。

全妃带了两名侍女往储秀宫来。静妃得报,迎出门外。

"妹妹,看你愁眉不展的样子倒更是娇美动人,我要是男人,怕是要酥了骨头哟!"全妃还没坐稳就笑道。

369

静妃却笑不起来，道："姐姐真会说笑话。妹妹还在为阿爸的事儿发愁。"

"妹妹别急。姐姐说过帮你，就一定帮你。妹妹问过花良阿大人了吗？"

"妹妹问过，阿爸说，他是被人诬陷，根本就不知道赵御史是被谁毒死的。可是，现在找不到别人诬陷的证据，无法排除阿爸的嫌疑。"

"这都不要紧，只要花良阿大人是冤枉的，姐姐就敢帮你。"

"姐姐能有什么办法？"

"解铃还须系铃人，当然找皇上。姐姐已经跟太后说好，一起在皇上面前帮你说话。可是妹妹要打头阵，苦苦向皇上求情，姐姐和太后从旁帮你说话。"

"可是，皇上何时去太后宫中？"

"这些姐姐早已帮你谋划好了，皇上现在就在太后宫中，咱们快点儿去吧。"

"谢谢姐姐帮忙！"静妃感激地道。

两人各带了宫女来到寿康宫门外。全妃一见守候在门口的太监，便知皇上已经在太后宫中，忙命宫女进去通报。

不多时宫女出来道："太后请两位娘娘进去。"两人走进太后卧室，皇太后正半依半卧在香榻跟坐在床前的道光帝说着话。一看全妃和静妃进来，便对道光帝笑道："你看她们两个，倒是比皇上的架子还大呢。"

全妃、静妃先给太后见过礼，又跟道光帝见过礼。全妃道："不是奴婢两个架子大，是路上只顾说话儿走得慢些，才让皇上抢了先。"太后笑嗔道："就你这巧嘴儿会编排理由，在宫内天天见着，有什么要紧的话儿说。"

"静妃妹妹说有事儿要跟皇上说，奴婢问她，她不肯说。"

"爱妃，你要跟朕说什么？"道光帝向静妃问道。

"奴婢想……"静妃迟疑着道，泪珠儿却已落下了。

"好妹妹，你说呀！"全妃催道。

太后也道："谁欺负你了，说出来，太后给你出气。"

静妃擦了擦眼泪，开口道："奴婢想请求皇上放了阿爸。"

道光帝一听，心中不悦，但看着身体欠安的皇太后，只得温和地劝道："爱妃，花良阿的案子，朕不是已经解释给你听了吗？"

"可是，我阿爸说他是受人诬陷，他是冤枉的。"静妃跪倒在地，死死抓住道光帝的龙袍不放。

"是不是冤枉岂能由他说了算，他说遭人诬陷，可有证据？"道光帝声色俱厉地道。

"不管怎样，皇上总要看在奴婢的情分上，网开一面。"静妃一副誓不罢休的样子。

"静妃，这种事情你也来求皇上开恩，可叫他怎么面对天下臣民？"太后坐起身来怒斥道。

静妃满心认为太后会帮自己说话，没料到反被太后训斥，登时气极。

"太后，你……你怎么也不帮奴婢说话？"

太后一听，气得哆嗦着说不出话："你……"

全妃一见，赶紧上前扶住太后，向道光帝道："皇上，太后会气坏身子的。"

道光帝勃然大怒，抬腿踢开静妃怒道："太后身体不爽，你不但不闻不问，反而当面顶撞，真是胆大妄为！"说完，站起身来，拂袖而去。

"云儿，快来侍候太后，我去劝皇上。"

全妃将太后交给云儿，转身飞跑出去。

"皇上乃万乘之尊，不要跟静妃一般见识。"全妃紧紧地跟在道光帝身后，边走边劝慰道，"皇上龙体要紧啊！"

"朕的心情，有谁理解？"道光帝停住，看着全妃摇头道。

"臣妾知晓，皇上一心为国，却不为人理解，皇上心里很累。"全妃凝视着道光帝的眼睛道。

"对,朕觉得活着太累,有时,朕真想什么也不去管,什么也不去想,但是朕不能够!"

"那就请皇上暂时什么也不去想,去臣妾宫中,让臣妾好好给皇上按摩一番,消除一天的劳乏。"

"那就多谢爱妃了。"道光帝说着便随全妃朝翊坤宫走去。

"皇上每天忙于政事,心力疲乏,做妃子的就应该让皇上开心,使皇上精力充沛地治理江山。"全妃一边为道光帝去外罩,一边说道。

"朕也多亏了爱妃们的细心侍候,才有充足的精力处理国政。"道光帝言不由衷地道。

"皇上,太后的身体怎么样?"

"太后只是偶感风寒,太医诊治过了。"

"都是静妃给搅乱了,臣妾也没来得及问候太后。太后是要气成大病的。"

"这贱人实在可恨,朕真想惩治惩治她。"

"静妃只想为花良阿讨回性命罢了。皇上不能恨她,要是花良阿被依律处置,静妃也就死了心了。"

"朕当初也想交刑部处置,可是被赛尚阿劝阻了。"

"这样的大案,我大清立国以来也不曾有过,皇上应该亲自处置,也好面对天下臣民,挽回我大清的声誉。"

"爱妃所言极是,朕也早有此心,只是迟疑未决。"

"皇上应早作决断,以防节外生枝,酿成祸患。"

第二天早朝,道光帝御太和殿。

"众位爱卿,户部府库盗窃一案,乃我大清立国一百八十多年从未有过的大案,举国震惊,令朕汗颜。为严肃我大清律法,朕决定亲自处置花良阿。"

此语一出,满朝皆惊,大臣们交头接耳,议论纷纷。赛尚阿不知道皇上为什么突然改变了主意,便走到殿前问道:"老臣想问问,皇上怎么突然要亲自处置花良阿?皇上查到花良阿盗窃库银的证据了吗?"

"老爱卿,朕决定亲自处置花良阿理由已如前述,朕尚未查到花良阿盗窃库银的证据。朕仅以失察和谋害朝廷命官两罪处置他,老爱卿不必多说!"

赛尚阿一听皇上的口气,知道再多说几句准讨不了好,忙知趣地退了下去。

这时,瑞亲王绵忻上前奏道:"库银被盗一案传出以后,京城百姓议论纷纷,更有人别有用心,攻击朝政。此案一日不结,朝廷隐患难消。今日主上圣明,亲自处置花良阿,必会赢得天下臣民敬仰。"

惇郡王绵恺也站出来道:"本王也赞同皇上的决定。"

接着内务府大臣和世泰、禧恩也表示赞同。

道光帝一看有这么多的大臣支持自己,更坚信自己不会错,便喊道:"和世泰!"

"臣在。"和世泰上前应道

"速将花良阿提出大牢,押往午门处斩!"

"臣遵旨!"和世泰领旨退出。

道光帝和王公大臣在金殿上等着和世泰交旨,皇门官慌慌张张地跑进来奏道:"启禀皇上,静妃娘娘要进殿面圣,奴才拦也拦不住。"

道光帝一愣,她怎么知道得这么快,正要开口,静妃已经闯到殿上。

"皇上,臣妾求求您饶了我阿爸,他是冤枉的。"静妃发髻不整,泪流满面,跪倒在殿前泣道。

道光帝一看她这副样子,再也恨不起她来,只得叹道:"爱妃,该说的话朕已经讲了千千遍。你回宫去吧!"

"皇上为什么突然改变了主意,不等审明就处斩我阿爸?"

"朕还要审什么,一个失察罪,一个谋害朝廷命官罪,足够斩他两次。"

"不,"静妃抬起头来,两眼紧紧地盯住道光,"一定有人暗中向皇上进谗言,皇上才会作出裁决。"

"简直强词夺理,朕岂能任他人言辞左右,朕就是要斩了花良阿。"道光帝龙颜大怒。

静妃突然站了起来,两眼喷火,用手一指骂道:"你……你这个昏君,我今天就死在你面前。"说完,直往御案上撞去。

两旁的侍卫忙上前阻拦,已经来不及了。还是马富昌机灵,往前一冲挡在御案前面。静妃正撞在马富昌腰上,把马富昌疼得捂着腰部直叫。

这一来道光帝龙颜震怒:"来人,把这个贱人拖下去,打入冷宫。"两边侍卫早已上前摁住了静妃,将其拖下殿去。

道光帝再也无心等和世泰交旨,只想早些回后宫,便问道:"各位爱卿,有事早奏,无事退朝。"

"慢!"忽听有人大喊一声,道光帝和大臣们循声望去,只见王鼎一身风尘从殿门外走进来。

原来王鼎接到道光帝的谕旨,召他进京审理花良阿盗窃库银案,便马不停蹄直奔北京,进了北京城,便直接奔紫禁城而来,刚好路过刑部大堂,正看见和世泰带着一队八旗兵押着花良阿往午门来,王鼎一想不对,我这审判官还没到,怎么就要杀嫌疑犯?赶紧打马直奔午门,到了午门,丢下马匹就往皇宫跑,到了太和殿也不等通报就往里闯。

王鼎顾不上给道光帝行礼,跪倒便问:"皇上,臣尚未到京,怎么就要斩花良阿?"

道光帝一看王鼎来了,也有点后悔了,但是谕旨已下,他作为皇上怎么能再收回呢,只得道:"王爱卿有所不知,此案关系朝廷声誉,朕若是不亲自处斩花良阿,恐怕难以臣服天下,况且花良阿犯有失察罪、谋害朝廷命官罪已是无疑,朕仅以此二罪处斩他,也不为过。"

"皇上，此言差矣，我大清以律法治天下，岂有案未审明，先将案犯处斩的道理。正是因为此案乃立国以来未有的大案，关乎朝廷声誉，才更应该查他个水落石出，抓住真正的罪犯，以谢天下。臣呈请皇上收回成命，将花良阿还押大牢，由臣去查明此案，再作定论。"

王鼎一番话说得入情入理，道光帝听得连连点头。唉！朕身边要是多有几个这样的大臣，也不至做出这样的事。于是，便道："速传朕旨意，着和世泰仍将花良阿押回大牢。"话音没落，和世泰已经大步来到金殿。

"臣和世泰交旨。"

道光帝惊得忙问："花良阿斩了没有？"

"回皇上，花良阿已被斩首，人头就在殿外。"

"啊！"道光帝、王鼎都气得直跺脚。

花良阿被处斩，使得王鼎下决心要将库银被盗案、毒死赵御史案查个水落石出。回府简单地向夫人交代几句，便带了仆从差役直奔户部府库。

王鼎首先将府库人员逐一过堂讯问，当喊到查库御史陈炳章时，却无人应声。

"陈炳章何在？"王鼎厉声喝问。

户科掌印给事中景斌上前答道："回大人，陈御史已经调离府库。"

"何时调离？调任何职？"

"一个月前就已调离，但陈御史没说调往何处。"

王鼎仔细一算时间，陈炳章调离的时间正是府库被盗案发后，这其中会不会有文章？想到这里，匆匆退堂，带了仆从直奔吏部尚书府而来。

"王大人，什么风把您这位贵客吹到舍下来了？"吏部尚书端华待王鼎坐定，便问道。

"是歪风，下官被这歪风吹得不得不到端大人府上来。"王鼎叹息一声，又问道，"下官听说府库查库御史陈炳章一个月前被调离府库，不知他在何处任职？"

"对，这个陈炳章是一个月前向吏部申请调离府库的。吏部外放他到通州做知县，但他一直没来吏部报到。下官从没遇到这类事，便亲自去请示瑞亲王。瑞亲王道，既是不到吏部，将其开缺了事。"

王鼎出了端华府，心里着急，陈炳章有重大嫌疑，却人无踪影。只得又赶回府库，继续讯问府吏兵役。

审讯又有发现，几个守库的兵役供称，几次发现陈炳章深夜进入府库，行为诡秘。但因他是查库御史，兵役们没发现什么问题，就没上报。

王鼎立即上奏道光帝，请旨缉捕陈炳章。道光帝准奏，立即降谕旨饬令各地严密搜捕陈炳章。

如此巨大数量的库银，绝不是陈炳章一人所为。王鼎一边暗中查访，一边核查历年账簿。终于发现，库兵采取夹银的方法盗走库银。守库兵役父传子，子传孙，世代相传，据银库为家资。一旦皇上派来御史查库，司库人员即向查库大臣孝敬规银三千两，就连查库大臣的仆从也可得门包三百两。但是大宗库银失盗的最大嫌疑仍然是陈炳章。

早朝的时候，王鼎将多日来明察暗访的结果，写成奏折，呈给道光帝御览。

奏折上是长长一列贪污受贿官员的名单，且都是朝廷三四品以上的大员。

"简直无耻之至。"道光帝心头冒火，"朕一定严惩不贷！"当即降旨将所有涉嫌官员或处斩，或流放，或革职，或罚赔，一律从重处置。

散朝之后，回到养心殿，道光帝仍是心烦意乱，无心批阅奏章，只想将满心的烦恼向谁倾吐出来，便带着内监朝坤宁宫来寻绮儿。

道光帝来到坤宁宫门口,守门的太监慌忙跪叩行礼道:"启奏皇上,娘娘带着素娟去看静妃娘娘了。奴才这就去请。"

一听到静妃,道光帝心里有点过意不去,便挥手道:"罢了,朕就在坤宁宫等她。"

道光帝刚坐下不久,绮儿便带着素娟回来了,慌忙跪拜在地给道光行礼。

"绮儿让皇上久等了,请皇上恕罪。"

"朕哪里会怪罪你?"

"绮儿去看望静妃,皇上也不生气吗?"

"朕不生气。"

"既是皇上不生气,绮儿就斗胆问皇上一句,皇上为什么要把静妃打入冷宫?"

道光帝惊异地看着满面严肃之色的绮儿,好像她变成了一个陌生的女人,半天才道:"绮儿,你常说,从不干预朕的国事,今天怎么突然问朕这种话?"

"皇上,臣妾决不敢干预国事,但是静妃一向温厚贤淑,她怎么会落得这种下场?"

"她在金殿之上顶撞朕,辱骂朕,难道还不够?"道光帝面露愠色。

"皇上不审不问就将花良阿处斩,静妃救父心切,才顶撞皇上。"绮儿激动得泪光滢滢。

道光帝气恼成怒:"你口口声声不干预国政,却如此与朕说话。"

"皇上,"绮儿缓和一下口气跪倒在道光帝面前道,"臣妾不敢干预国政,花良阿该不该处斩,由大臣们向皇上进谏,臣妾只求皇上开恩,饶了静妃。"

"奴婢也求皇上饶过静妃娘娘。"素娟也跪倒哭着求道。

"真是荒唐,难道是朕做错了什么?使得你们都来求朕。"道光帝大声吼道,"不,朕没有错,朕就是不饶她,朕马上册立皇后。"说罢,拂袖而去。

坤宁宫中,灯光明亮,绮儿半卧在香榻上,素娟在旁边陪坐着。

今儿个晌午,绮儿听太监们说静妃被皇上打入冷宫,她不知是怎么回事,便带着素娟过去看望。静妃一看绮儿来看她,便哭哭啼啼把满腹的冤屈倾诉出来。女人的心是最软的,绮儿和素娟被她哭得鼻子酸酸的,也陪着静妃掉泪。两人又劝慰了一番才回坤宁宫。到了宫中一看皇上在,绮儿便一个劲儿为静妃叫冤鸣不平,硬是把道光帝给气走了。

"娘娘,你也有些过分了,"素娟责怪绮儿道,"其实皇上很喜欢你的,你这样为静妃叫冤恐怕要惹恼皇上的。"

绮儿苦笑道:"皇上要恼,由他去吧,我这人从小受屈受苦,看不得别人委屈,总想帮那些受屈的人。我虽然贵为皇妃,深受皇上的宠爱,可是我永远忘不了孤苦伶仃的童年。"说着,不禁眼圈发红。

素娟听着,想起自己遭受的苦难,也禁不住落下泪来,本想劝慰绮儿几句,却怎么也说不出话来。

绮儿听不见她说话,抬起头看她正低头掉泪,忙搂住素娟的肩膀道:"咱们俩正是苦命的一对儿,你就当我的妹妹一样。"又安慰道:"皇上已经说过,要饶过赵明飞的死罪,叫你们夫妻团圆呢。"

"明飞,你到底在哪儿啊!"素娟心中叹息道。

"哎呀,我的金钗怎么不见了?"绮儿突然惊叫道。

素娟听见,忙问:"会不会丢在静妃那儿?"

"不会的,从静妃那儿出来还戴着呢!"绮儿肯定地说。

"也许丢在路上了,奴婢这就去找。"素娟说完,忙提了灯笼走出宫去。

今天是初一,外面漆黑一片,素娟打着灯笼边走边仔细地搜寻着,渐渐地远离了坤宁宫,黑漆漆的紫禁城里,一片死寂,素娟不由得打了个寒战。

正往前走,突然面前闪过一个黑影,吓得素娟张口要喊,却被人一下子捂住了嘴巴,手中的灯笼也摔落在地上熄灭了。

"素娟,我是明飞。"黑影迅速拉着素娟来到一个僻静之处。

"明飞,真的是你?"素娟惊喜交加地看着蒙面的黑影。

"是我。"黑影揭开面纱,借着微弱的夜光素娟看清楚了,真的是她朝思暮想的丈夫。

"明飞!"素娟一下子扑到丈夫怀里痛哭起来。

"素娟,不要哭,咱们要赶快离开这里。"赵明飞赶紧推开妻子。

"明飞,你要去哪儿?皇上已经答应饶过你的死罪。"

"那是骗人的,到处都贴满了缉拿我的告示。"

赵明飞不由分说拉着素娟直奔西华门。过了养心殿,来到隆宗门,赵明飞背起素娟正要翻墙而过,忽听有人喊道:"谁,干什么的?"赵明飞知道被巡夜的大内侍卫发现了,急忙顺着墙根调头又往北走。这时宫内已经大乱,大内侍卫边追边喊:"抓刺客,别让刺客跑了。"

赵明飞往四周一看,清兵、侍卫举着火把拿着兵刃包围上来,怎么办?只有一拼。

这时素娟从丈夫背上挣脱下来,喊道:"跟我来。"拉起赵明飞就跑,没跑多远,前面有一个偏门,两人进了偏门,赵明飞一看已经到了御花园,两个人沿着树木花丛的阴影一直跑到坤宁宫。素娟怕给守门的太监看见,不敢走大门,忙拉着丈夫从偏门进去。

绮儿卧在香榻上等待素娟,忽听外面喊声连天,正在担心,忽然看见素娟带着一个陌生男子进来,不由得吓了一跳。素娟赶紧上前介绍道:"娘娘,这就是奴婢的夫君赵明飞。明飞快来见过娘娘。"

"小民赵明飞见过贵妃娘娘。"赵明飞立即跪倒磕头。

"他就是你朝思暮想的如意郎君?今天总算让你盼到了。"

一句话说得素娟两人都红着脸低下了头。

突然,外面太监喊道:"贵妃娘娘,外面大内侍卫要进宫搜捕刺客。"

"知道了。"素娟大声喊道。

"明飞,你在这儿等着,我陪娘娘出去看看。"

绮儿带着素娟来到门口,门外已经围满了大内侍卫。一见绮儿亲自出来,侍卫们赶紧跪倒在地。大内总管张乘风开口道:"启禀贵妃娘娘,刚才宫内发现刺客,奴才们正在搜捕,惊扰了贵妃娘娘,请娘娘恕罪。"

绮儿道:"你们还不快去搜捕刺客,待在这里干什么?"

"回娘娘,奴才们一路追来,刺客跑到坤宁宫外,就不见了。"

绮儿故作惊慌地叫道:"那可不得了,素娟快到各个房间查看。"

"是。"素娟提着灯笼把所有房间挨个儿走了一遍,回到绮儿身边道:"回娘娘,奴婢全部查看一遍,没有发现刺客。"

绮儿转向张乘风道:"张总管,或许是你们看走了眼,那刺客根本就没在我宫中,你还是快点到别处搜捕吧!"

"是,奴才请娘娘多加小心,一旦发现刺客踪迹,速告奴才。"

"张总管放心,一定。"

第二十三章
赵明飞暗地窥真相
道光帝公然弄虚情

"绮儿爱的是一言九鼎的皇上，不是言而无信的皇上。偷窃库银、残害官吏的真凶可以逍遥法外，可检举揭发的有功之人却要惨遭杀戮，这难道还有天理吗？"道光帝听得脸上青一阵红一阵，拂袖而去。

张乘风带着侍卫渐渐远去，素娟才松了口气，回头一看，一个身材高大的太监站在绮儿身后，心中惊疑，忙追到跟前一看，竟是赵明飞，不知他何时换上了太监的衣服，不由得惊叫道："好险，刚才张乘风就站在你面前。"

赵明飞笑道："最危险的地方也是最安全的地方。"

三人回到内室，赵明飞跪倒在绮儿跟前道："多谢娘娘救命之恩。"

"快起来吧，哪里算是救命之恩，皇上早就有言，饶你死罪。"

"是的，皇上曾亲口跟我说过要饶过你的死罪。"素娟也附和道。

赵明飞摇摇头道："恐怕未必。我在颍州起义，王鼎就命清兵到处宣扬皇上的旨意，说皇上已经处斩了容安、庆廉父子给我爹报了仇，还说素娟已被收留宫中。我当时以为是王鼎设的奸计要诱捕我，就没有相信。但是我们白莲教的总舵主却对我疑心顿起，命人将我赶出总舵。后来白莲教总舵被王鼎包围，起义失败，我则侥幸逃脱。这时我已无处可去，就抱着侥幸的心理，来到京城，打听素娟的下落。不料京城里已经到处贴满缉捕我的文告。我只得昼伏夜出，躲避官府的缉捕。后来打听到容安、庆廉父子果真被皇上依法处斩，我才相信素娟就在皇宫。便在夜里悄悄潜入大内，但是偌大一座皇宫，我找了一夜，也没有找到素娟的影子。

以后又几次潜入宫中寻找，有一次还被巡夜的侍卫发现，只得又待了几天，才敢再次潜入宫中。碰巧，看见素娟正打着灯笼，在路上寻找什么东西，这才得以夫妻相见。我是朝廷要犯，又多次潜入皇宫，皇帝岂能饶我！"

素娟坚持道："明飞，不要怕，皇上说过的话，不会不算数的，而且，贵妃娘娘也会帮你说情的。"

绮儿也道："只要你愿意投靠朝廷，我一定在皇上面前帮你求情。"

"我不会投靠清廷的。"赵明飞坚决地摇摇头道，"撇开朝廷杀害我这么多白莲教弟兄不说，清廷官吏，上自王公大臣，下至差役走卒，哪个不是如狼似虎、欺压良善！就在这天子脚下的北京城里，我亲眼看见惇郡王绵恺吃喝嫖赌，欺压良善。"

绮儿惊讶地道："那惇郡王竟敢这样胡作非为，皇上怎么不知道？"

"岂止这些，皇上不知道的事情还多着呢，那惇郡王还伙同瑞亲王绵忻盗窃户部府银，毒害按察御史赵佩湘。"

"是他！"绮儿、素娟都惊得张大了小嘴，半晌说不出话来。

"你怎么知道？"绮儿问道。

赵明飞冷笑道："我为寻找素娟，几次潜入大内，可是看到不少不应该知道的事情。"

原来有一次，赵明飞潜入大内，因为不知道素娟在哪个宫中，也没法找人打听，只得挨个宫殿窥探。不知不觉到了燕太妃住的永寿宫。赵明飞跳进宫中，先将两边下房窥探一遍，没有素娟，还不死心，一看正房西间亮着灯光，便蹑足敛手捅开窗户纸往里看。房间里，一位衣着华贵的贵妇人半卧在软榻上，软榻前跪着一位三十多岁的王爷。

赵明飞一看里面没有素娟，转身要走，忽听那贵妇训斥道："你这个成事不足、败事有余的浑小子，当初额娘要你去争夺皇位，为你考虑得多么周全，你不敢去干。如今倒好，反去盗窃那府库的银子,做这种不成气候的事。要是皇上追究下来,看你怎么收场!"

赵明飞一听,知道与名震朝野的库银被盗案有关,便屏住气息,继续听下去。

只听那王爷气恼地道:"事情坏就坏在惇郡王手里,孩儿对他说,把那御史干掉!原是想把查库御史陈炳章除掉了事,谁料惇郡王误会了,反把按察御史赵佩湘给毒死了。孩儿没办法,只得亲自动手,把陈炳章除掉。"

贵妇哼了一声,冷笑道:"你以为这样就万事大吉了吗?若不是额娘去找那全妃,叫她在皇上跟前吹吹枕边风,皇上怎么会杀了花良阿!花良阿一死,皇上对天下臣民有了交代,就不会再追究下去了。额娘现在最担心的是那王鼎,他要是抓住此案不放,对我儿恐有不利。"

"额娘放心,所有事情都是孩儿交代惇郡王派人做的,就是出了事情,孩儿也可推到惇郡王身上。"那王爷蛮有把握地道。

赵明飞接着道:"我一听,盗窃库银,毒死赵御史,陷害花良阿的就是这个王爷,真恨不得立即冲进去,将他碎尸万段,但是我还没有找到素娟,不能这么莽撞,只得悄悄离开永寿宫。"

绮儿高兴地道:"如今你帮助朝廷查出了盗窃库银、谋害官员的要犯,皇上不但会饶你死罪,还要重用你。"

"我决不会投靠朝廷的。"赵明飞态度坚决地道。

素娟急忙拉开赵明飞向绮儿道:"娘娘放心,我会慢慢地劝导他,只求娘娘一定在皇上面前美言。"

绮儿笑道:"我一定会的,你们夫妻好不容易相见,就去西间好好谈谈吧。"

"谢谢娘娘!"素娟羞红了脸,拉起赵明飞往西间走去。

"素娟,我们要赶快离开这里。"赵明飞一走进西间就着急地道。

"明飞,不要害怕,你就是在这儿住上十天半月的,也不会有人知道的，娘娘是个好人。"素娟安慰道。

赵明飞这才放心地坐下，双目注视着妻子爱怜地道："素娟，这些年你受苦了。"

"明飞，"素娟一下子扑到丈夫怀里，热泪横流，"我以为这辈子再也见不到你了。容安不是说你被烧死了吗？你是怎么逃出来的？"

赵明飞感叹道："我还没有见到心爱的素娟，容安是烧不死我的。"便向素娟说出了逃出容安府的经过。

那天，赵明飞被总管苟肯骗到容安府上，容安亲自将他迎入大厅，并命人摆上丰盛的筵席请赵明飞入座。筵席上容安亲口许诺内定赵明飞为今科武状元，并同其子庆廉一起频频劝酒，赵明飞以为是尚书大人器重自己，盛情难却，只好一杯一杯地喝下去，终于喝得烂醉如泥不省人事。

等他清醒过来，已经躺在一间堆满柴草的小屋子里，一个十五六岁的侍女守在身边。那侍女一看他醒来，忙道："公子爷，别动，我去喊夫人。"说着跑出去，时间不长，一位容貌美丽、面色忧郁的女子走了进来。那女子一见赵明飞醒来了，高兴地道："赵公子，你终于醒过来了。"

赵明飞翻身坐起，吃惊地道："你是谁？我怎么在这儿？"那女子微微叹息道："我是兵部尚书的大公子庆廉强抢来的良家女子，叫秋红。那庆廉虽是个跛子却要他老子容安点他为武状元。容安父子于是设下毒计要害死公子，由庆廉顶替做武状元，容安父子故意将公子骗到府上，用酒灌醉，然后，放火焚楼，想烧死公子。小女子从庆廉口中得知后，心中不忍，便有心相救公子。容安父子平日作恶多端，也怕遭到报应。便在府里挖了许多暗道，以应急用。小女子也早有心逃出虎穴，便在暗中留意。如今果然派上用场，小女子一看苟肯点着阁楼，便带着丫头从暗道跑进阁楼，将公子抬到这间小屋里。可惜小女子还没找到通到府外的暗道，只有请公子另想办法。"

赵明飞听完，恨得怒目圆睁，站起身骂道："容安老贼，竟敢害俺，俺一定要将你碎尸万段。"说完往外就走。秋红吓得赶紧拉住他道："赵公子万万不可，容安府中到处都是看家护院的武功高手。你这一去，不但杀不了他，反搭上一条性命。不如带小女子一起逃出府去，到衙门告他。"

赵明飞一听，秋红说得有理，便依了她。

"当天夜里，秋红带着我悄悄摸到院墙下。我将秋红背在身上，纵身跃上院墙，逃出兵部尚书府。

"天亮以后，我和秋红便去找人写状子到官府告状。在街上遇着我们的老乡宿州举人王有谅，王有谅极有才华，因没有花钱贿赂考官，便没被取中。他听了我和秋红的冤情，就劝我们说，如今朝廷腐败，当官的都是官官相护，像容安这样的朝廷大员我们肯定告不倒他，弄不好还要搭上一条性命，并举出很多类似的事例。我和秋红一听，心凉半截。王有谅乘机劝我们参加白莲教，将来共举大事。我当时听得热血沸腾，表示愿意加入白莲教，秋红也很赞同。王有谅便带我们回到宿州。一路上，秋红对王有谅关切备至，体贴温柔。我便为他们做媒，让他们在客栈里成了亲。

"回到老家，才打听到爹和你已在京城被容安老贼害死，我发誓一定要为你和爹报仇，便和王有谅一起在宿州秘密发展教徒，积蓄力量。后来听说颍州白莲教的势力很大，我们便带着教徒投奔了朱麻子。"

素娟听赵明飞说完，仰起脸道："现在白莲教已经被剿灭了，皇上也为爹报了仇，你就没必要再造反了吧，不如投靠皇上，也好有个前程。"

"不许你这么说，"赵明飞突然生气地道，"我赵明飞今生今世不会做对不起白莲教的事情，决不会投靠清廷！"

"可是，你这样做是要杀头的呀！"

"我不怕!"赵明飞突然站起身来道,"素娟,你要是觉得皇宫里好,你就留下,我不勉强,我走了。"说完,转身就走。

素娟慌忙上前拦住门口,缓和了口气道:"明飞,别这样,这不是同你商量吗!我只是觉得咱们这样出去太危险。应该想想别的办法。"

"什么办法?"赵明飞转过身来重新坐下。

素娟也重新坐在丈夫对面说道:"我们可以先骗过皇上,等出了京城以后,不管你反清不反清我都依着你。"

"这倒是个好办法,你怎么骗皇上?"

"你假装投靠朝廷,皇上一定不会加罪于你,我们再寻找机会,离开京城。"

赵明飞摇摇头道:"素娟,你太相信皇上了。皇上可以饶过一个贪官、一个强盗的死罪,但决不会饶过一个造反的白莲教徒。"

素娟急得跪在地上求道:"有娘娘说情,皇上一定会饶过你的,明飞,我求你这一次。"

赵明飞只得叹了口气道:"好吧,但愿如此。"

道光帝散了早朝,刚回到养心殿,内监匆匆来报:"启奏皇上,绮妃娘娘要面君。"

道光帝一听,暗道:上次的事朕也正想向她说明一下。便道:"请娘娘进来。"

绮儿走进养心殿,跪拜施礼。道光帝向两旁太监一摆手道:"你们都到殿外侍候。"

等太监们退出,道光帝走到绮儿面前,双手扶起道:"绮儿,上次是朕不好,你生气了吧?"

"不,皇上,"绮儿激动地道,"绮儿哪敢怪罪皇上,都是绮儿不好。"

道光帝道:"绮儿,你知道吗?朕心里烦闷的时候,最需要的就是你。上次朕到坤宁宫找你,就是因为心中烦闷,想跟你倾诉一番，不料被你诘问得十分尴尬，朕所以生那么大的气。"

"皇上，绮儿当时只觉得静妃太冤屈、太可怜，才去责问皇上。"

"绮儿，静妃的事，其实是花良阿的事，要是花良阿真的是冤枉的，朕就马上原谅静妃，朕还要抚恤花良阿一家。"

"真的？"绮儿惊喜地道，"皇上，绮儿这就可以告诉您，盗窃库银、毒死赵御史的凶手已经找到了。"

"是谁？"道光帝吃惊地问道。

绮儿却故意卖关子不说，却道："绮儿给皇上带来一个人，就在殿外，皇上可召他来，一问便知。"

道光帝一听，忙大声喊道："马富昌，请殿门外的人来见朕。"

不多时，素娟陪着赵明飞走进养心殿。

"奴婢拜见皇上。"

"罪民赵明飞叩见皇上。"

"赵明飞？"道光帝一愣，用手一指，问道，"你就是朕到处通缉捉拿的赵明飞？"

"正是罪民。"

道光帝大惊，叫道："来人——"

"皇上且慢，"绮儿上前道，"皇上当初在商丘的时候，亲口说过，'只要赵明飞投降朝廷，就可饶他死罪'，如今赵明飞来到皇上跟前，请皇上……"

"请皇上开恩，饶过奴婢夫君的死罪。"素娟连连磕头求道。

"对，对，"道光帝恍然大悟似的连声道，"朕当初是这么说过。只是赵明飞可愿投效朝廷？"

"罪民愿为皇上效犬马之劳。"赵明飞反应极快。

"赵明飞，绮妃娘娘说，你知道盗窃库银、毒死赵御史的真凶，可是真的？"

"是，罪民确实知道，就是那瑞亲王绵忻和惇郡王绵恺两人。"

"是他们？"道光帝这一惊非同小可，厉声喝问道，"赵明飞，这两人可都是宗室王爷，你会不会弄错了？"

"罪民亲眼所见、亲耳所闻，岂会有错！"赵明飞不容置疑地道。

"你是怎么知道的？"道光帝急切地问。

赵明飞便把在永寿宫偷听到燕太妃和瑞亲王绵忻的对话，一字不漏说了出来。

"真是这两个人面兽心的东西。"道光帝气得大骂，叫道，"马富昌，速传朕旨意召瑞亲王、惇郡王到养心殿见朕。"

"奴才遵旨。"马富昌飞跑出去。

半个时辰以后，瑞亲王绵忻、惇郡王绵恺来到养心殿。

道光帝一看这两个人，怒从心头起，一拍御案喝道："呔，你两个不争气的东西，可知罪吗？"

绵恺一听，面上露出惊慌之色。绵忻却强作镇定地问道："不知本王犯有何罪？"

"还敢嘴硬，朕问你，那库银被盗、赵御史被毒身亡是何人所为？"

绵恺已经吓得哆嗦，绵忻还在硬撑："本王哪里知道是何人所为？"

道光帝一听，他还够硬的，便转向赵明飞道："赵明飞，你当面和他对质。"

"罪民遵旨。"赵明飞转向绵忻道，"瑞亲王，要想人不知，除非己莫为。那天夜里你在永寿宫里跟燕太妃说的话都被在下听得一清二楚，可否要在下再学说一遍？"

"本王知罪，可是这盗窃库银、毒害赵御史都是惇郡王一人指使下人所为，与本王无关。"

此时绵恺已是体似筛糠，瘫软在地。

道光帝却不放过绵忻，追问道："朕问你，为什么要害死查库御史陈炳章？"绵忻知道推脱不掉，便道："陈炳章盗窃库银，死有余辜，本王杀了他，也不为过。"

道光帝冷笑道："既然是陈炳章触犯国法，为什么不交刑部处置，反倒滥用私刑？"

"这……"绵忻没词了，瘫软在地。

道光帝叫道："来人，将这两个畜生给朕关押起来，等候再审。"

侍卫们遵旨，一拥而上，像拖死猪一样将两人拖出殿去。

道光帝回头吩咐："给赵明飞、林素娟夫妻安排一下，暂住宫中。"

"遵旨。"马富昌领着赵明飞夫妻退下。

绮儿也随后告辞而去。

道光帝待众人走后，立即喊来内监吩咐道："传朕口谕，着大内侍卫暗中监视赵明飞、林素娟，不得惊动。"

"嗻。"内监答应着退下。

道光帝站起身来，烦躁地在御案前走来走去。花良阿被处斩，他当时心里也有些不踏实，只是出于对静妃的一时恼怒和维护自己的尊严，再加上绵忻、绵恺别有用心的挑拨，以致酿成大错。但是使道光帝感到烦躁不安的还不只是错斩花良阿，他是在考虑对绵忻、绵恺的处置。对于绵忻，他可以革去他的王爵，甚至将他处斩。但是对于绵恺，道光帝则颇觉为难，因为绵恺是皇太后所生，道光帝对于皇太后有着非同一般的感激和敬仰之情。

"不，朕不能处置惇郡王，朕要跟母后商量商量。"道光帝自言自语，拿不定主意。

寿康宫里，女人们的说笑声传出老远。皇太后正由后妃们陪着打牌，坐在太后上门的是全妃，这全妃鬼精，故意打给太后好牌，乐得皇太后眉开眼笑，得意忘形。坐在太后对面的是绮儿，一边打牌，一边和太后说笑着。坐在全妃对面的是绵恺的嫡福晋舒穆鲁氏，嘴巴紧闭，一声不哼，一副专心致志打牌的样子。这舒穆鲁氏知道绵恺昨天被皇上召进宫去，至今没回来。她以为男人又去外面吃喝嫖赌去了，也懒得管他，反正也管不住。自己在府里闷得慌，就进宫里陪太后打牌。

皇太后正打得高兴，宫女云儿走到跟前道："太后，皇上来了，就在宫外。"太后正起得好牌,忙不迭地一挥手道:"他来就让他进来呗。"

云儿出去不多时,道光帝走进房内。一看太后正玩得兴浓,便一声不响地坐下。

全妃一抬头,看见道光帝不知何时进来,站起来吃惊地笑道:"皇上来了,就陪太后玩两圈吧!"道光帝摇头道:"还是你们陪太后玩吧,朕在旁边为太后观阵。"

绮儿赶紧站起身来道:"皇上有事儿,咱们别玩了。"太后只得推倒牌道:"不打了,皇上有啥事,说吧!"

道光帝考虑着措辞,半晌没开口。全妃忙道:"太后、皇上你们谈吧,奴婢们回宫了。"说着拉起绮儿、舒穆鲁氏要走。道光帝忙道:"不妨事,你们知道也好。"于是便向众人说道,"盗窃库银、毒害赵御史的真凶已经查到了。"

"是谁?"太后和众人齐声问道。

"就是惇郡王和瑞亲王二人。"

"怎么会是他们?"太后和舒穆鲁氏齐声惊叫道。

"确实无疑。"道光帝肯定地说着,便把赵明飞的经历和审问绵忻、绵恺的经过说了一遍。

"这个混账东西!"太后气得手脚冰冷,喝道,"给我带过来,我要打死这个糊涂的东西。"

道光帝慌忙劝慰道:"母后,您冷静点,消消气,别伤着身体。"

全妃、绮儿、舒穆鲁氏一齐上前扶住太后劝解着。

"给我把这个畜生带过来!"太后怒目圆睁,"你们是听见没有?"

道光帝无法,只得吩咐道:"传朕口旨,将惇郡王带到后宫。"

工夫不大,两名侍卫将绵恺带到寿康宫。绵恺一步步慢慢走到门口,"扑通"一声跪倒在地,紧爬几步,来到太后面前哭叫道:"额娘,恺儿不孝,惹您生气了。"

太后一看逆子就在眼前,厉声骂道:"不要脸的东西,你还有脸来见额娘。"抡起右手就打,手举到半空,人却气得昏厥过去。

吓得众人一阵惊呼,慌作一团。唯有全妃不慌不忙,先用手掐了几下太后的人中穴,又在背后慢慢推拿,太后终于"啊"的一声苏醒过来。

绵恺扶着太后的膝头哭道:"恺儿不孝,惹您生气……"

太后哭道:"你这个没用的东西。额娘想扶你,都糊不上墙。额娘原指望,你平平安安地过一辈子算了。没想到你竟做出这些伤天害理的事情,让额娘如何是好。"

绵恺委屈地道:"可是恺儿也有自己的苦处,恺儿无能,虽然贵为宗室王爷,却事事不顺心,就连府内成群的妻妾,也没有一人为我生下一子,难道是恺儿上世作孽太多,老天爷今世要惩罚我吗?恺儿因此心灰意懒,破罐子破摔。"

一番哭诉说得皇太后心里一软,鼻子发酸,一下子抱住绵恺,放声痛哭:"额娘苦命的孩子啊……"

道光帝和全妃等人也都哭得泪光滢滢,轻声抽泣。

等太后渐渐止住哭声,道光帝安慰道:"母后不要伤心,惇郡王身后无嗣,实在令人惋惜,皇儿想把祥妃所生皇五子奕誴过继给惇郡王为嗣,不知母后以为可否?"

一语甫出,满座皆惊。太后惊讶地道:"皇儿,你当真舍得?"

"母后,皇儿还有四皇子奕詝、六皇子奕䜣,有什么舍不得。就是把五皇子过继给惇郡王,皇儿也会一样待他。"道光帝毫不犹豫地道。

绵恺一听,感动地扑到道光帝面前,道:"罪人绵恺谢皇上大恩,我今日犯了王法,任凭皇上处置。"

惇郡王福晋舒穆鲁氏也热泪涌流跪拜于地:"谢谢皇上怜惜。"

太后擦干泪水道:"皇儿,恺儿的事,你看着处置吧!"

道光帝答道:"母后放心,皇儿知道怎么处置。"随后转向众人道:"此事关系到皇室和朝廷的尊严,只限宫中知道,谁要敢到处张扬,朕决不轻饶!"

众人一听，吓得面色大变，一个个闭紧嘴巴，一声不吭。

太后看了道光帝一眼，心中释然，向绵恺怒斥道："孽障，还不谢过圣上恩典，滚回去闭门思过。"

"是，罪人谢皇上开恩。"绵恺跪地拜谢。

舒穆鲁氏出来叩谢皇恩后搀扶着绵恺退出宫去。

太后心中有愧，嗫嚅半天道："这些天可真委屈了静妃这孩子。"

道光帝道："母后放心，皇儿会厚恤花良阿，册立静妃为皇贵妃。"当即吩咐宫女道，"传朕口旨，请静皇贵妃来寿康宫见朕。"

"遵旨。"宫女答应着，转身欲退。

"等一下。"全妃说道，"皇上，还是臣妾去吧！"

"好，那就有劳你了。"道光帝同意，由衷地感谢全妃的理解。

全妃带了两名宫女，来到静妃的住房。静妃正坐在窗前，一双暗淡无神的眼睛，呆呆望着紫禁城昏沉沉的天空，微风吹乱了她的秀发，她也懒得梳理。她就这样呆呆地坐着，已经坐了两个白日、黑夜。

"静妃，我的好妹妹！"全妃人还没进屋，哭声先进了屋，"你这两天受苦了。"

静妃惊醒过来，转脸看见这位表面如姐妹暗地里尽使绊子的新贵，恨不得冲上前去，把她撕成碎片，但是残酷的生活使她变得深沉许多，只见她微微一笑，讥讽道："是什么风把您这位宠儿吹到我这破庙里来，跟我这落魄的人称姐道妹，静妃可担当不起。"

全妃止住了哭，脸上红一阵、白一阵，竭力装作无所谓的样子道："好妹妹，皇上册封你为皇贵妃，特地吩咐姐姐接你到寿康宫见他。"

静妃一听，心中窃喜，莫非阿爸的案子已经查清，皇上知道错杀了阿爸？表面装作不屑的样子道："皇上怎么想起册封我呢，莫非又是姐姐给求的情，我可得记下这情分呢！"

全妃尴尬已极，面上还是硬撑，讪笑道："妹妹真会说话儿，哪里是姐姐求的情。实在是皇上冤枉了花良阿,错怪了妹妹,要补过哩。"

"真的?"静妃悲喜交加,也不顾全妃,起身离开房间,飞快地向寿康宫奔去。

绮儿又一次感到道光帝那么陌生、遥远得令人难以捉摸,如果第一次是因为花良阿的冤案尚未澄清的缘故,那么这一次呢,绮儿亲眼看见、亲耳听到,惇郡王伙同瑞亲王作奸犯科,律法难容,但是,在道光帝那里,在皇太后那里,一片亲情脉脉替代了堂堂大清律法。这与绮儿脑海中那个怜恤臣民、勤于政务的神圣形象是多么不协调啊!

全妃去后,绮儿就告辞了道光帝和太后带着侍女秋娥回到坤宁宫。到了宫中她坐卧不安,脑海里老是翻腾着一些她难以理解、无法回答的问题,她看了一眼秋娥,秋娥只是傻呆呆地侍立着,要是素娟在这儿多好,她和素娟情同姐妹,无话不谈,她这些无法排遣的困惑可以向素娟一吐为快。

"对,何不把素娟请到宫中来。"绮儿拿定主意,吩咐秋娥道,"你去打听一下,素娟住在哪个宫里,把她请来。"

"奴婢遵命。"秋娥赶紧走出去。

过了好半天,秋娥才回来道:"回娘娘,奴婢已经打听到了,素娟姑娘两个人就住在重华宫。可是大内侍卫守在宫殿周围,不许奴婢去见素娟姑娘。"

"啊!"绮儿惊得叫出了声。那个令她感到陌生、遥远、难以捉摸的道光皇帝又闪现在眼前。难道皇上信不过他们,要处死他们?道光帝的话语又在耳边回响:"此事关系到皇室和朝廷的尊严,只限宫中知晓,谁敢到处张扬,朕决不轻饶。"绮儿激凌凌打了个冷战,随之心里涌起极端的愤慨和鄙夷。盗窃库银、毒害官员的真凶可以逍遥法外,而检举揭发案犯的有功之人却要惨遭杀戮,这难道还有天理吗?"不,我要救素娟他们逃走。"绮儿脑海中急剧地翻腾着,终于镇定下来。吩咐秋娥道:"快去把门口的刘公公喊来。"

早朝时候,道光帝在太和殿召见群臣。待王公大臣诸事奏毕,道光帝面色一沉道:"经朕查明,我皇室之中竟有人纵容下人调戏民女、嫖娼宿妓,实乃寡廉鲜耻之至,朕今日一定严惩不贷。"说完厉声喝道:"瑞亲王、惇郡王何在?"

"罪臣在!"绵忻、绵恺早做好了准备。

"你两个可知罪吗?"

"罪臣管教不严,请皇上处置。"绵忻佯装委屈地道。

"罪臣也请皇上治罪。"绵恺鹦鹉学舌地道。

道光帝面向群臣道:"瑞亲王、惇郡王虽是管教不严之罪,但他们是皇室宗亲,所为有损皇室尊严,朕理当严惩。着革去瑞亲王绵忻王爵,罚俸五年。着暂留惇郡王绵恺王爵,罚俸十年,十年内如有再犯,即革去王爵,永不赐封。"

绵忻虽然比绵恺受到的处置重,但是他知道自己是沾了绵恺的光才免一死,心中自是乐意,遂和绵恺一起叩谢皇恩。

两边的王公大臣一看,就为这点小事把两位王爷的王爵给革了,不知道皇上是什么意思,便在下面小声议论,有称颂皇上的,也有不以为然的。

道光帝毫不在意大臣们的议论,随即叫道:"王鼎!"

王鼎一听皇上喊他,急忙上前应道:"臣在!"

"朕命你兼户部尚书之职,会同河道官员治理漕运河道,以使漕运畅通,永无阻隔。"

"可是,臣还没有查明盗窃库银、毒害赵御史的真凶。"王鼎忧虑道。

道光帝一摇手道:"这个案子不要再查了。朕还有很多事需要王爱卿去办,老是纠缠这个案子也不是办法。"

王鼎一听,也有道理,便道:"臣遵旨。"谢恩退下。

散朝之后,道光帝回到养心殿批阅奏章,直到天黑才批阅完毕。忽然想起一件事,忙盼咐马富昌道:"传朕口谕,召大内侍卫总管张乘风来见朕。"

"嗻。"马富昌退出殿外传旨。

时辰不大,张乘风来到养心殿,叩见皇上。

道光帝问道:"张总管,那赵明飞还在吗?"

"回皇上,两个人都在重华宫,没离开半步。"

"好,张总管,你可知道赵明飞是白莲教逆匪?"

"奴才知道,京城各地都在缉拿他。"

"朕命你今晚就将他们处斩,不必交刑部,务必手脚利索。"

"奴才明白。"张乘风应道,他心里明白,皇上肯定怕赵明飞泄露什么秘密。但他不敢多问,随即退出。

重华宫周围,大内侍卫或明或暗地走动着,监视重华宫里赵明飞两人。天色渐渐暗下来,侍卫们更是眼珠子不眨地盯住宫内。

这时,宫门外远远飘来两盏灯,直奔重华殿而来。等到了宫门处,两盏灯停住了。躲在暗处的两名大内侍卫忙走出来喝道:"谁?干什么的?"

"大胆的奴才,乱喊什么?"一个娇脆的声音斥骂道。

两名侍卫到跟前一看,吓得赶紧跪倒磕头,"原来是绮妃娘娘,奴才多有冒犯,请娘娘恕罪。"

原来是绮儿带着侍女秋娥和太监刘成。天气并不太冷,而秋娥却围着头巾,刘成则戴着肥大的帽子。

绮儿看着两名侍卫,故作不解地问道:"你们在这儿干什么?"

两名侍卫慌忙掩饰道:"我们不……不干什么,随便走走。"

绮儿冷不防问道:"张乘风呢?"

一名侍卫脱口而出:"张总管被皇上召去了。"刚说完就被另一名侍卫打了一个嘴巴道:"胡说什么,谁见着张总管了。"

绮儿暗暗吃惊,知道皇上夜里召见张乘风,必有要事,便道:"去找素娟丫头说说话儿。"带着秋娥、刘成往里就走。两名侍卫忙上前阻挡道:"娘娘,天太晚了,您还是改天吧!"绮儿一听,勃然大怒:"大胆,竟敢管娘娘的事,秋娥,记住他们的名字,上奏皇上。"

两名侍卫一听,吓得浑身哆嗦,趴在地上连声求饶:"娘娘饶命,奴才不敢了。"

秋娥一抬腿,将两名侍卫踢开,骂道:"滚!"三人直入重华宫中。

绮儿走进客厅,不见素娟两人,急得大叫道:"素娟,素娟。"

"娘娘。"素娟闻声从卧室跑出来,一下子扑到绮儿怀里哭道:"娘娘,您总算来了。"

这时赵明飞也从卧室出来给绮儿见礼。绮儿将秋娥、刘成留在客厅,忙拉着赵明飞两人来到卧室,关好房门,才道:"素娟,皇上可能要对你们下毒手,你们赶快逃出去。"

赵明飞点头道:"我早就发现大内侍卫在监视我们,只是没有办法逃出去。"

"娘娘,皇上真会杀我们吗?为什么?"素娟还有些不相信。

"素娟,相信娘娘的话,现在来不及给你说清楚,你们要赶快逃走。"

"怎么逃?"素娟焦急地问道。

"我有办法。"绮儿低声说了一遍。赵明飞连声道:"好!"

素娟开了门,向客厅喊道:"秋娥、刘成,娘娘有事吩咐。"

秋娥、刘成一听,慌忙来到绮儿面前,问道:"娘娘有何吩咐……"

站在门后的赵明飞突然出手,一拳一个将两人击昏过去。

"快换上他们的衣服。"绮儿命道。赵明飞两人飞快扒下两人的衣服换上。还不放心,又找了根绳子把秋娥、刘成捆上,推到床下。赵明飞和素娟拾起地上的灯笼,各自戴好帽子,围好头巾,随着绮儿走出殿去。

张乘风奉了皇上旨意,急忙来到重华宫门口。两名侍卫慌忙迎上前去。

"赵明飞还在里面吗?"

"在，一步也没离开。"

"好，皇上有旨今晚就送这小子上西天。快叫他们一齐上。"

"是。"两名侍卫吹了一声口哨，重华殿四周埋伏的大内侍卫一齐站了出来。

张乘风拔出腰刀，命令道："上！"

一间间房门被踢开，没有人。

张乘风怒视着两名侍卫："人呢？"

"明明在里面，怎么不见了呢？"两名侍卫莫名其妙。

张乘风大怒，一把揪住一侍卫的脖领子骂道："快说，都有谁来过？"

"只有……绮妃娘娘带着一个丫头、一个太监来过。"

"笨蛋。"张乘风甩开对方，一挥手叫道："快，包围坤宁宫。"

侍卫们飞快赶到坤宁宫，把坤宁宫包围得严严实实。张乘风来到宫门口，喊来看门的宫女问道："娘娘可曾回宫？"

"回总管大人，娘娘刚刚回宫。"

"娘娘带着什么人没有？"

"娘娘带着一个丫头和一个公公，奴婢不认识。"

"嗯。"张乘风一听，心里有数了。便向宫女道："烦请通报一声，就说张总管求见娘娘。"

"是。"宫女答应一声，转身进去。

时间不长，宫女出来道："张总管，娘娘来了。"

张乘风往宫女身后一看，绮儿果然来了，急忙跪伏在地道："奴才给娘娘请安。"

绮儿面色沉着，扫了一眼大内侍卫们问道："张总管，这么晚到我宫中来，难道又是搜捕刺客吗？"

张乘风心中有数，便有恃无恐地道："回娘娘，那赵明飞是白莲教逆匪、朝廷钦犯，皇上已命奴才将他缉捕，恳请娘娘莫为难奴才。"

绮儿一听，面色微怒骂道："狗奴才，你是说我把赵明飞藏起来了？"张乘风忙道："奴才不敢。娘娘要想表明清白，最好让奴才进去看看。"

"大胆！"绮儿勃然大怒，斥道，"你不过是个奴才，竟敢搜查后宫，你有皇上的旨意吗？"

"这……奴才不敢。"张乘风吓得出了一身冷汗，但他也被提醒了，急忙爬起来，吩咐侍卫们："好好看着坤宁宫，别让赵明飞跑了。"自己匆匆忙忙找皇上去了。

道光帝正在养心殿看书，等待张乘风前来交旨。这时内监来报："启奏皇上，张乘风来了。"

道光帝忙道："快叫他进来。"

张乘风刚进殿内，就叫道："启禀皇上，不好了，赵明飞两人被绮妃娘娘救走了。"

道光帝大吃一惊："什么，绮儿怎么会救他们？"

"皇上，确确实实是绮妃娘娘救走的，现在就在娘娘宫中。"

"先将坤宁宫包围，朕亲自去。"

"奴才已经吩咐好了，请皇上起驾。"

道光帝来到坤宁宫门外，大内侍卫们一见皇上来到，跪倒一地，道光帝对张乘风道："你们在门外守着，朕一个人去和绮儿说。"

张乘风吓了一跳，忙道："皇上，万万不可，那赵明飞可是武功高强、穷凶极恶之徒。"道光帝不耐烦地道："少废话，遵朕旨意。"

张乘风不敢阻拦，道光帝独自一人，走进宫去。

绮儿坐在软椅上，秀美的双目注视着一步一步走到自己身边的皇帝，一言不发。

"绮儿，赵明飞两人真是你救走的？"道光帝轻声问道。

绮儿仍是一言不发，只是微微点点头。

"那么，他们现在何处？"

绮儿还是不答，却狠狠地摇着头。

"绮儿，你为什么要救他们？"道光帝有些按捺不住，"赵明飞是白莲教逆匪、朝廷钦犯，专与我大清为敌，朕要治他的罪，难道不对吗？"

绮儿眼睛渐渐蓄满泪水，一排银牙拼命地咬着娇艳的嘴唇。

道光帝缓和了口气道："绮儿，不管你是出于什么动机要救他们，只要你把他们交出来，朕决不会加罪于你，朕从来都是喜欢你、宠爱你的。"

"可是绮儿再也不会爱皇上了。"绮儿突然开口道，泪水如珠子一样摔落地上。

"为什么？"道光帝大为意外。

"绮儿爱的是勤政爱民、公正无私、一言九鼎的皇上，不是沽名钓誉、只徇私情、言而无信的皇上。偷窃库银、残害官吏的真凶可以逍遥法外，可检举揭发的有功之人却要惨遭杀戮，这难道还有天理吗？"

"你……"道光帝脸上青一阵红一阵，羞恼至极，转身拂袖而去。

张乘风赶紧迎上前去，问道："皇上，怎么样？"

道光帝脸色铁青，仿佛没有听见张乘风的话，吩咐道："速进宫中搜捕，一旦发现赵明飞两人，就地正法。千万小心，不许伤着绮儿。"说完带着内监回养心殿去了。

张乘风向侍卫们一招手命道："上。"大内侍卫一个个如狼似虎直扑宫中。

绮儿看见侍卫直往里闯，知道道光皇帝下了狠心，想拦也拦不住，仍旧端坐不动。张乘风走到绮儿面前，阴阳怪气地道："娘娘，奴才得罪，君命难违啊！"

不多时，侍卫陆续来报，没有搜到赵明飞两人。

张乘风叫道："他们不可能飞出坤宁宫，给我仔细地搜。"

侍卫们遵命，又把翻得乱七八糟的坤宁宫搜查了一遍，还是没见赵明飞两人的踪影。

张乘风大为意外，不由得看了看绮儿，绮儿则回报以蔑视的微笑。

张乘风突然有了主意，便站在厅内大声喊道："赵明飞、林素娟你们听着,皇上有旨,要是你们不出来,就治绮妃娘娘的罪。是英雄就自己出来,让娘娘替你们顶罪,算什么东西。"喊了半天,没见动静,便又喊道:"你们要是再不出来,我就把娘娘带走了。"说完,向两边侍卫一挥手命道:"把娘娘带走。"

两边侍卫不知道张乘风使诈,当真上前就抓绮儿。忽听一个洪亮的声音喝道:"住手,谁敢胡来!"

只见卧室外墙上突然打开一道门,赵明飞一手拉着素娟跳了出来。绮儿急得大叫:"你们不要管我。"

赵明飞向张乘风怒视道:"不许为难娘娘,我们跟你走。"

张乘风哈哈大笑,冷冷地道:"赵明飞,你放心,皇上已经吩咐过,不难为娘娘,刚才不过是骗你们出来。皇上还有旨意,要把你两个就地正法。"说完,一挥手喝道,"给老子上!"

大内侍卫得令,各抽兵器,一拥而上。赵明飞毫无惧色,吩咐素娟道:"跟在我身后。"赵明飞展开平生武学,跟冲在前面的大内侍卫打在一处,片刻工夫,已有十几名侍卫被摔倒在地。张乘风一看大怒,抡起腰刀,直扑赵明飞。

赵明飞刚刚躲过一名侍卫的偷袭,劈手夺下对方的腰刀,一看张乘风扑来,不慌不忙,抡刀应战,十几个回合以后,赵明飞心中着急,突然摔倒在地,张乘风大喜,举刀扑上前去。赵明飞右手抡刀招架,左手突然一扬,一道寒光直射出去。张乘风以为得手,毫无防备,忽见一道寒光直射面门,吓得一侧身子,只觉左耳边一麻,忙用手一摸,耳朵没有了,只有满手的鲜血。赵明飞趁此机会,拉着素娟,跃出大厅。

张乘风一看,有点儿害怕了。因为皇上反复交代要"手脚利索,就地正法"。赵明飞要是在皇宫内横冲直撞,自己非得掉脑袋不可。急得他忘记了伤痛,大声叫道:"快,火枪队,给我打!"

赵明飞和素娟刚出了大厅,前面突然蹿出十几名侍卫,各执火枪,一字排开。那些侍卫一看两人冲出来,急忙举枪瞄准。素娟大叫一声:"明飞,小心!"突然冲到丈夫面前,只听"砰砰"

两声枪响,素娟胸前连中两弹。

"素娟!"绮儿大叫一声,突然挣脱两名侍卫的看护,拼命奔向门外。张乘风一看,吓得变了嗓音叫道:"停下。"

但是,因距离太远,枪声压倒了张乘风的喊声,侍卫们继续开枪,绮儿刚奔出门外,就中了一枪,一个踉跄,摔倒在地。

第二十四章
惊鸳梦绮儿离大内
领凤诏林公履新职

一阵锣声鼓声由远及近，不久就见一人面上无须头戴方帽，双手平端着一卷黄灿灿的东西，风尘仆仆地奔到总督府里。见到湖广总督林则徐，来人微笑着略一点头，然后面色一转，貌似俨然，大喝一声："湖广总督林则徐接旨！"

绮儿苏醒过来，只觉得左肩隐隐作痛，慢慢睁开眼睛，只见秋娥站在跟前。绮儿看了看周围，吃惊地问："这是哪儿？"

"娘娘终于醒过来了。"秋娥惊喜地道，"这是长春宫，娘娘受了伤，昏迷了一天一夜，太医已经包扎好了伤口。"

绮儿脑子里乱糟糟的，努力去回忆发生了什么事。

秋娥见绮儿不说话，忙道："娘娘醒来了，奴婢去告诉皇上去。皇上来过几次了，叫奴婢等娘娘醒来就去回禀。"说完，转身要走。

"等一下。"绮儿叫住秋娥道，"赵明飞和素娟怎么样？"

"这……"秋娥为难地道，"皇上交代过，不许奴婢说。"

"秋娥，"绮儿拉住秋娥的手，真诚地道，"上次，我对不起你，是怕你受牵连。你跟我说实话，我一定隐瞒住，决不让你受连累。"

"好吧，奴婢就告诉娘娘，赵明飞和素娟两人当时就被乱枪打死了。张总管因为没保护好娘娘，也被皇上杀了头。"

"唉，"绮儿叹了口气，平静地道，"秋娥，你去告诉皇上吧。"

道光帝得了秋娥的禀报，带着内监匆忙来到长春宫绮儿房内。

"绮儿，"道光帝打发走秋娥，满含深情地道，"也许朕有些事做得使你难以理解，但是朕有朕的难处和苦衷，不管怎样，朕都一如既往地喜欢你、爱你。你是朕生活中不可缺少的一部分。原谅朕，答应朕，还像以前一样爱朕、逗朕开心、陪朕闲谈吧……"

绮儿终于睁开眼睛平静地道："绮儿现在需要安心养伤，想不了这么多。皇上还是等绮儿养好了伤再来吧。"

"好，"道光帝一看有了转机，高兴地道，"朕就听你的，五天后再来看你。"说完，告辞出去。

第四天的晚上，秋娥慌慌张张地跑到养心殿，向道光帝奏道："皇上，不好了，绮妃娘娘不见了。"

道光帝大吃一惊，忙问："什么时候不见的？"

"回皇上，晌午时分，娘娘说随便走走，不许奴婢跟着。奴婢等到傍晚，不见娘娘回来，便到处去找，找遍了后宫也没找到，奴婢害怕极了，才来奏明皇上。"

道光帝不等听完，大声叫道："传朕口旨，着后宫宫监仆役、旗兵侍卫四处寻找，一定要找到绮儿。"

直找了一夜，也没人看见绮儿的影子。第二天凌晨，马富昌急急忙忙来奏："启奏皇上，据一个小太监说，昨天在西华门看见一个宫女出宫而去，长得很像绮妃娘娘。"

"胡说！"道光帝突然大吼道，"滚！"

偌大一座宫殿，只有道光帝一人顾影自怜。绮儿走了，他真正体味到孤家寡人的痛苦。

这是一个在北方已经入秋而在南方却依然保留着夏日气息的时令。小草泛着绿色，串红花依旧点缀着鲜红。长江依然亘古不变地沿着自己的生命线滚滚东流着，浩浩荡荡，不见首尾，逝者如斯。

一袭秋风微微吹来，略带些寒意，一位老人站在江岸上，中等身材，一身青衫，三寸胡须，双手背于身后，长辫后垂至腰间，眼睛凝视着前方，正陷于沉思。

天已暗了下来，四处静悄悄的，只听到江水汹涌奔腾跃动之声，奏起的乐响充斥着周围的空间，轻风依旧吹着，拂弄着青衫

405

老人的胡须和苍苍两鬓。

正在这时，只见一个二十岁上下的年轻人慌慌张张地跑来，气喘吁吁地喊道："林、林大人，出、出事了。"

……　……

湖北省位于长江中游北部，清置湖北省，因位于洞庭湖以北而得省名，全省面积约十八万平方公里，地势是西高东低，西、北、东三面环山，向南敞开，略呈一个不完整的盆地，水面较广，山地上丘陵较多，而平原较少；江汉平原就位于湖北省中南部，平原上河道曲折，河网交织，湖泊密布，堤垸纵横，历来为本省重要的粮、棉、油的生产基地。

武汉就处在湖北省的长江和汉水汇合的地方，由隔江鼎立的武昌、汉口、汉阳三镇组成，久有"九省通衢"之说，由于地理位置的重要，历来就是兵家必争之地。历史沿溯到清军入关，一直都是经济繁荣、商业昌盛之地，每天都有成千上万只商船云集，把一些粮食和经济作物运销外地各省，诸如水稻、棉花之类，鱼类、茶类则更是驰名全国，甚者还远销海外。然而自鸦片传入天朝以来，沧海桑田，一切都变了。白银大量外流，海关漏银严重，国库空虚，于是天朝加重赋税，百姓无力承担，贪官污吏趁机勒索，巧取豪夺，以至弄得国家一片混乱，民不聊生，怨声载道，百姓深受其害。

躺在一张卧榻上，枕边点燃一盏常明不熄的灯火，将专门熬制过的烟膏用铁钎儿挑了放在灯火上烧，烧成油状、膜状的烟泡，然后放在烟锅里，手执烟枪，就着灯火悠悠地吸，悠悠地吐，神魂飘散，天地混沌，真快活如神仙一般。是以自乾隆初年起，鸦片吸食如同一股强大的山洪在中原大地爆发，几乎是所向披靡，无坚不摧。越来越多的人，开始迷恋于昏灯傍榻的时光，那如生如死，麻木不知何时何夕的精神境界。

鸦片对身体的伤害则更大，它不仅会造成人的心速和呼吸减缓，主要的生理功能紊乱，身体消瘦，新陈代谢失调，而且最重要的是吸食者必上瘾，瘾君子完全成了鸦片的奴隶，沉溺于其中而不可自拔。离不开鸦片就如同离不开水和食物一样，烟瘾发作的时候，那简直比死还难受。同时还造成人的能力的丧失，生活也日益贫困。对天朝的统治也具有很大的冲力，白银外流，国库空虚；官兵吸食战斗力削弱，法律松弛……最后天朝以至闭关自守，峻法不行，有妨国运。

真是一民之灾，千古之恨啊！

于是林则徐受命于1837年4月9日出任湖广总督，到两湖之地整治吏治严禁鸦片。

据记载，早在雍正七年（1729年），朝廷便发布了禁烟的条律，律定贩卖者"枷号一月，发边充军"；开烟馆者，"照邪教惑众"律判处死缓（绞监候）。乾隆年间，更严定律例：国内买卖，枷一月，杖一百，发边充军三年；侍卫官吏犯了禁例，革职，枷二月，杖一百，流放三千里外为奴。虽尚未触及吸食者，当时的朝廷也已意识到了鸦片对国于民的危害。

到了嘉庆元年（1796年），禁令更严，除了废除海关鸦片税例，严禁进口，在广东逮捕了囤积鸦片商人叶桓树，把黄埔港长年停留的鸦片船全部逐出内洋，同时把旨令的矛头也对准了官吏，一再严诏要总督巡抚严厉"查参"阳奉阴违的管关官员。

道光二年（1822年），由于鸦片走私而每年外流白银数百万两的报告，由御史黄中朴奏至皇帝案上，禁烟才真正走上朝廷月月朝议的议事日程。道光皇帝干脆成了一个禁烟皇帝，他先后数十次下诏作出禁烟的指示，加重了先帝的惩处条例，在清查来源、禁运、禁贩、禁种的同时，定律禁吸，第一次将吸食者绳之以法，并拿京城里吸食鸦片的王公问罪，拿广东一个姓郭的贩卖者开了杀戒。

尽管如此，鸦片的输入还是逐年增加，道光元年（1821年），四千七百七十箱；道光七年（1827年），一万零二十五箱；道光十八年（1838年），二万八千三百零七箱。东南沿海，"十室之邑，必有烟馆"，有的地方近半数人口吸食鸦片，每年用于抽大烟的银子，可以与国家的税收数目一较高低；鸦片已头顶禁令进了官府，进了军营，进了京城，进了皇宫，沿海军队官兵吸食者，已在"十之六七"，天朝军队逐渐变成一支面黄肌瘦、形容枯槁的双枪军；科举考试中，偷携鸦片入场的工具已成了一个有利可图的行当，市场上已出现为图求功名的读书人准备的如下东西：可藏鸦片的中空牙柄团扇，可一器两用的水烟管具，内有夹层铜制钱盒，福建省城鼓楼鞋店里出卖的空心鞋底，夹袋靴每双售价三十余元，依然趋之若鹜，购者云集，供不应求；全国吸毒人数已超过四百万，八十万清军中，吸食成瘾者有二十万之众；文职官员也不下于此；乡间城里，到处都有竹管吸空家业的流浪乞丐，到处都有烟雾中家破人亡、妻离子散的悲伤故事，到处都有"世风日下"的无望叹息……

到了林则徐就任湖广总督之时，中原大地已布满了烟雾的弥漫，成了一个混混沌沌的"仙界"了。

林则徐上任后，其最为突出的政绩就是厉行禁烟，其用心真可谓是殚精竭虑了。首先就下令收缴烟土烟枪，单在武汉，不到一年时间即拿获并查缴烟土一万二千余两，收缴烟枪二千余支，并全部用桐油焚烧之后弃入江中；其次还自己捐钱创制四种戒烟药方，配制戒烟药丸，帮助愿戒烟瘾的瘾君子摆脱烟害，以至于总是有一些男女老幼每逢林则徐出衙，便在路旁叩头称谢，声称其子其夫久患烟瘾，今服药断绝，身体渐强……

经过林则徐的整治，这时的两湖之地已焕然一新了，单从武昌一地便可看出。只见武昌城内到处是店铺林立，小贩云集，火势旺盛的炉边，热气腾腾，四处飞扬，弥漫着香气，铜勺在锅边轻轻地控着油，只听当当的清脆悦耳的声响，卖着烧饼、油糕、豆浆、杂碎；提篮提筐的小贩四处吆喝，叫卖果饼、花生、瓜子、糖球、柿子、炒栗；茶棚、酒店则更是布满了每个可用上派场的角落，里面都坐着主顾们，只听这边叫道："小二，来壶酒。"那边叫道："掌柜的，沏壶茶。"街上更是人潮如海，来来往往，川流不息，既有本地的熟主，又有从远地而来的生客；既有身着直领衫、高领衫、毡帽布鞋的汉人，又有长袍短褂的满洲人、蒙古人；既有缠腰带、背褡裢，一脸风霜的庄户人，又有长衫翩翩，满面书卷气的文人墨客。他们要么在大街上闲步游于街市上热闹的场面，要么或多或少买些布料、小玩意之类带回家，要么在酒店茶棚里一坐，要一壶酒，沏一壶茶，一坐就是一竿太阳。别的不说，只这场面的热闹劲，就够叫人舒心畅意的了。

林则徐回到总督府，稍事休息，便径直来到书房。林升赶紧快行几步，点燃桌上的油灯，拨了拨灯芯，房内顿时明亮了，这时就看见在桌子前两侧各平放着几卷书。林则徐径自走到桌旁坐下，捧起书看了起来，林升则小心翼翼地沏了一杯茶，轻轻放在桌旁，然后垂手于前站在左侧。

林则徐，福建省侯官人氏，其人出生就有常人不遇的巧合。乾隆五十年（1785年）八月三十日，福建侯官一地天气炎热，酷暑难消，福建巡抚徐嗣曾坐在轿内过市，随从们鸣锣开道。突然间乌云密布，大雨倾盆而下，巡抚大人急忙到一旁的破旧的小屋里避雨。就在这时，一阵婴儿呱呱坠地的啼哭之声传了出来——林则徐出世了。巡抚大人一惊，把婴儿抱过来一看，只见婴儿天庭饱满，见人而不惧，巡抚大人甚为惊奇，道："此子虽出身清寒，但长大必非凡人，定有可为。"此时撑着雨伞自外归来的林父看见官家之威仪，又知妻子产了一子，立时兴奋无比，当下就为儿子取名则徐，字元抚，又字少穆，有效法徐嗣曾巡抚之意。更巧的是，这位徐嗣曾巡抚，是一个政声广播的清官，林父取名出于对儿子的厚望，希望儿子能像巡抚一样显达高升，建功立业，做一个政绩远扬的清官。

林则徐自幼机警灵敏，聪慧过人，九岁在私塾里读书，就有着不同常人的胸襟抱负。一个元宵佳节,古乡城隍庙张灯结彩,私塾老师乘兴吟诗,信口念了句应景的上联:"点几盏灯为乾坤作福。"一旁的林则徐立刻才气凌人,气吞山河地对曰:"打一声鼓替天地行威。"一次,先生带林则徐等弟子到城外郊游,他们登上一座山峰,从上往下看,群山起伏,连绵不断,在雾中变化万千,远处的大海更是茫茫无际。先生和弟子们都陶醉在大自然的壮丽景色之中,心旷神怡,真可谓是:寄蜉蝣于天地,渺沧海之一粟。这时,先生提出,以"山"和"海"二字赋一个七言联句。别人还在思考,林则徐已脱口而出:"海到云边天作岸,山登绝顶我为峰。"上句描写了大海之壮阔,只有以天为岸,何等之大;下句从山写到人,人站在山顶,是山之峰巅,生动贴切,气势宏大,英雄豪气喷涌而出。先生听了,又惊又喜,连连夸道:"真是鸿鹄之志呀!"

然而对林则徐影响最大的莫过于他的母亲了,正如孟子有一位三迁其地而教子的母亲,林则徐也有一位同样可敬可爱的母亲。林则徐的母亲名叫陈文华,出身于官宦世家,后来下嫁给穷秀才林阳谷,丈夫屡试不第,一生在乡间以教读讲学为业。林家原本贫寒,又加上子女众多(林则徐兄妹共十一人),破屋素食,常常还会苦到愁于糊口的地步,林母便以金枝玉叶官家小姐之躯,含辛茹苦,节俭生活,为了贴补家什,不至断炊,她习工剪纸,拿出售卖,常常伴一青灯,彻夜赶工,这些都给幼时的林则徐留下了深刻的印象。

如此艰辛的生活一直持续到林则徐二十岁以后才得以改变,那可以说是一段有意思的传奇:由于家境所迫,林则徐中举后没有路费,无法进京参试,于是到一偏僻小县屈就一文书之职,负起养家的责任。嘉庆十二年(1807年)年初,临近夏历除夕的某一天,福建巡抚张师诚在腊梅怒放的巡抚庭院内忙里偷闲,借赏梅品茶之际浏览各司、道、府、县等属员送上的新年贺禀。张师诚酷爱书法诗文,平日里审阅公文,也要注意文中章句及翰墨功底,对其文采好、功底好者,每每反复观赏,把玩再三。而这日因为新年将至，诸事也已了结，张师诚心情特别好，赏析也更加细致……忽然，他眼睛陡亮，不禁拍案叫好。原来他从厦门海防同知送来的一札贺帖中，发现一张署名"林则徐"者，不论行文还是书法都极其流畅酣致，使人迷醉。他索性叫手下调来厦门同知近来呈报的一系列公文，发现凡内容重要而行文却极精当清爽者，皆出自林则徐之手。"人才，难得的人才！"张师诚思贤若渴，当即写下一纸召帖，请林则徐来巡抚衙门帮助书写"拜折"，也是乘机再考察一下他。按官场的旧例，每年除夕，中央各级衙门、封疆大臣、地方督抚，都要向皇帝敬呈拜折。林则徐应召入府，按张师诚交代的中心意思，思忖片刻，便挥笔书折，不到一个时辰，便完成了一篇洋洋洒洒千余言的拜折。张师诚接过一看，但见行文严谨，要言不烦，词藻绚丽，朗朗上口。张师诚不禁心中大喜，此时已决意留用林则徐，但还要再考查一下林则徐的涵养及工作态度，便在折上改动了几字，让他重抄一遍。那林则徐二话没说，又重新坐于案前，专心抄写。这样一篇下来，便比上篇更加精妙。张师诚见林则徐办事如此认真负责，便将他留在身边，聘为幕僚。张师诚是乾隆朝枢直旧臣，具有丰富的为政治民经验，在中原、东南一带做官多年，主张"官爱民如子弟，民视官为父母"。这实际上正是林则徐及他身边的师友亲人一直倾慕的清官形象，因而林则徐投入张师诚幕中，自觉如鱼得水而勤奋不息，从此家境也日渐有了改善。

而这林升，与林则徐非亲非故，他原姓范，早年为报救命之恩跟随着林则徐，忠心耿耿，任劳任怨。他打心眼里佩服林则徐，常说："我家老爷能文能武，智勇双全，忧国忧民，刚直不阿，心怀坦荡，两袖清风。我愿意为我家老爷效犬马之劳，虽死而不悔。"出于敬佩，他干脆改范姓为林姓。一晃，跟随林大人已有二十多年了，头上也布满了银丝，两鬓也变得苍苍了。这二十多年来，相继伴着林则徐任为江南道监察御史、江苏巡抚、两江总督兼管两淮盐政一直到现在为湖广总督。

411

这时，夜更深了，秋风吹打着落叶，发出吱吱的擦地声，一轮明月当空撒下银灰色的光芒，不胜冷清，几朵淡淡的云轻轻地飘荡，时而蒙上月亮的眼睛。屋里的灯也渐渐地昏暗下来，立在一旁的林升轻轻地走了过去，拿出根针，把灯芯又拨了拨。林则徐似乎才感到视线已经模糊了，徐徐地站了起来，走到窗前，凝视了片刻，道："林升，你跟随我多久了？""至今为止已经跟随老爷二十有四年了。"林升道。"唉，这二十多年来，真难为你了。"林升赶紧说："老爷，千万别这样说，林升深受老爷救命之恩，无以为报，只求能侍奉老爷，效犬马之劳，虽万死而不辞。"林则徐叹了口气，走出书房，在门前站住了，林升也跟了出来。只听林则徐又道："人老了总不免怀旧，想当年，深蒙母亲大人教诲，要求我不论官居几品，总须两袖清风，刚正不阿才是，母亲大人还别出心裁地创设林家年规，林升，还记得吗？""老奴记得，老夫人当年规定每年除夕之夜，合家聚在一盏两芯灯前（只比平时多点一根灯芯），合家同桌共吃一盘素炒豆腐为餐……""唉，时光易逝，昔日不重来啊！"林则徐叹息。"老爷，夜已经很深了，还是回房歇息吧。"林升这时道。林则徐轻拂了一把三寸之须，道："好吧，你也回去歇着吧。"接着又道："明日你跟我到街上走一趟。"林升应声道："是。"

第二天，天刚蒙蒙亮，林则徐便早早起了床，穿好衣服，走到府院里，练了一趟拳，活动活动筋骨，然后稍事休息吃过早饭，便唤来林升，正准备出门。只听见一阵锣声鼓声由远及近，不久就见一人面上无须头戴方帽，双手平端着一卷黄灿灿的东西，风尘仆仆地奔到总督府里。来人见到湖广总督林则徐，微笑着略一点头，然后面色一转，貌似俨然，大喝一声："湖广总督林则徐接旨！"

……………

此时，正是道光十八年（1838年）。

仲春时节的广州，满园花开草长，青青柳丝织就一片轻烟，烂漫桃花有如团团红云，山石溪水都被染上一层轻红。清溪上漂浮着娇嫩的桃花瓣，在园中曲折萦回，潺潺流淌，忽而穿过玲珑石山，忽而绕过古朴草亭，到绿杨桥下汇成一潭清池。池水如镜，映出亭台楼阁，红桃绿柳，也映出绿杨桥上凭栏而立的吴兰修和何太青。

他二人都是文士打扮。吴兰修身着直领蓝衫，夹里对襟，胸前以绦带随便一系，头上无帽，他面容消瘦，银须随风而漾。何太青穿着满式无领蓝衫，外面罩着一件貂皮镶边暗蝙蝠花纹的烟色绸马褂，头上一顶瓜皮小帽，他脸色丰韵，身体微胖，一副绅士模样。两人同岁，都已过了五十之年，然而何太青依然仪态从容，大有年少风度翩翩之色，吴兰修却神色悒郁、心事重重。他出神地望着池中的倒影，伤感地说："只可恨报国无门啊！"何太青心里一惊，怔了一怔，飞扬的神采收敛许多，应声劝道："石华兄，你又何必多虑呢？还是李太白说得好：'天生我材必有用，千金散尽还复来'。刚才尹似升之流的话全当没有听到过，又何必为他们而大伤肝火呢，还是身体要紧啊！"

吴兰修和何太青从小一起长大，二十多年前又一同金榜题名，授以官职。只可惜吴兰修生性耿直，肝火较盛，加上官场混乱、钩心斗角之事层出不穷，于是不到一年，他一气之下辞去了官职来到学海堂著书立说，声称不再过问政事。然而吴兰修虽已去职二十多年，然他那颗心却一直蠢蠢欲动不甘寂寞。何太青祖籍浙江顺德，其人生性恬适，与世无争，再加上能说会道，日子过得倒也较安稳，这次则是由浙江乍浦同知任上告假前来拜访老友。

说到这儿，何太青顿了顿，接着说："只可惜的是，皇上对鸦片一事却一直没有什么举动，真是令人捉摸不透呀！"吴兰修叹了口气，凝望着水中升起的袅袅烟波，眼前又出现了不久前的一幕："今日喜逢仲春之季，桃红柳绿，太青兄自浙江而来，真是'有朋自远方来，不亦乐乎'。今日定要痛饮几杯，来、来、来，大家喝，不须拘礼。今朝有酒今朝醉，明日散发弄扁舟。"只听熊景星高声道。这熊景星虽已年近花甲，发须尽白，但中气依然充沛，字字入耳。"石华兄，今日大宴宾客，我等今日将不醉不休。"仪克中道。接着只听到觥筹交错之声、呼喊喧哗之音，宾客们闹哄哄地乱作一片。正在这时，只见两个人从外匆忙赶来，吴兰修抬头一看，赶紧迎了出来，道："维屏兄，不想你今日却姗姗来迟一步，即已来迟，那可是要罚酒三杯的哟。"张维屏赶忙应声道："有事耽搁了片刻，故而来迟，惭愧惭愧。"

"太青兄这次自异地而来，不知可曾听到什么消息？""不知维屏兄所指可是禁烟之事？""正是。""皇上近日又下诏禁烟，加重先帝的惩处条例，并拿京城里吸食鸦片的王公问罪，上次因作战失败的广东提督刘荣庆被发配，前不久他又上书吁求宽免，却遭到皇上的拒绝。由此可见皇上已下定决心禁烟了。""何以见得？"尹似升问道。张维屏接住话说："还不是因镇压瑶民起义失败之事。"

关于广东提督被发配，那是1832年的事，两广总督李鸿宾的部队在广东镇压起义的战争中连连惨遭失败。后来据说是因为官军由于雨天鸦片烟管点不着造成了士气不振，以致在出动攻击时鼓不起一点点的虚勇而致。道光皇帝闻讯大为震怒，遂将负有严重失察责任的李鸿宾放逐，广东提督刘荣庆则发配服苦役。时刘荣庆年已七十余岁，按大清法律只要不是死罪，年龄在十五岁以下，七十岁以上的罪犯，可以以罚款代替服役。然而上书求宽免却遭到拒绝。

"近日鸦片之禁愈严，而吸食者却愈多，几乎遍于天下，那些贩卖鸦片的匪徒，对天朝法律的畏惧，反不及鸦片对他们的吸引力，却不知为何？""鸦片之禁虽然愈严，但法令总有穷尽之时，而贩卖者却各种花样伎俩层出不穷，况吸食者为无业之游民，胸无大志无足轻重，何足挂齿，不值过虑，只是年年耗尽国家银两，却不可不防，因此依我之见，严禁鸦片莫如弛禁。""石华兄，所言甚是，与我所想真是不谋而合，可是却不知皇上作何想法，令人费解。"这时只听得一声冷笑,吴、何二人一惊:"何人竟敢如此?"定眼一看,原来是尹似升,于是道:"尹老弟,不知有何见解?"尹似升也不辞让,一拱手,站了起来:"见解不敢当,只是小生认为弛禁甚为不妥,小生认为,如若弛禁莫如听之任之置之一旁,吸食者并非受到强迫去吸食,白银的外流也无人强迫,而现在弛禁难道就能扭转局势?我看未必,即使白银外流会有所改观,但外国向天朝输入鸦片却不一定只图天朝之白银吧……"吴兰修愈听愈恼,心想自己治学以来很少有人不恭敬待人,而现在竟当面遭人顶撞。因此双袖一甩,朝身后一背,连声直说:"荒谬,荒谬,真乃荒谬!"转身弃众宾客而去,何太青修养较好,虽也不悦却没气恼,赶忙跟着劝说一起离席。众宾客也不欢而散,张维屏和尹似升也甚觉没趣,怏怏而去。

想到这儿,吴兰修不禁老泪纵横:"只可惜我身为一介平民,无力以补苍生,报国无门,无路请缨啊!"何太青道:"石华兄,请不必过于伤心,我有一友名叫许乃济,在朝中做官,我将会把你我之论转告于他,他定能鼎力相助。"吴兰修拭了一把眼泪,紧紧握住何太青的双手。

道光十五年(1835年)九月,鸦片的侵入已经遍及全国,连同身在北长城脚下的山西巡抚也开始送上关于烟祸的奏折,这黑色土末儿状的东西已加速了王朝安全所赖的道德大坝的崩溃。用白银夯筑和维护的天朝,已变得羸弱不堪了,白银哗哗流往外洋,天朝已深感国库空虚,民生艰难,连原来富饶的江浙一带的税银都到了难以完缴的境地;世风日下,统治者的耳边已充满流民鼓噪之声。然而就在这时皇帝出猎了。

暑热已经渐渐过去,秋季已悄悄到来,树叶儿开始发黄,随秋风的摆弄,纷纷落地,落叶归根,仿佛又获得了新生;原野里的一切都披上了丰厚的盛装,地里的庄稼成了金黄,农人正忙着收割,还有的忙着播种;天气的转凉已使鸟儿纷纷南飞,去寻找自己的又一个安乐的地方,田野里的小动物也都吃得胖油油的,做着越冬的一切准备，这正是一个收获的季节。就在这一天里，只听得北京左城五凤楼上鼓声阵阵："咚——""咚——"鼓声沉稳，响彻左城的每一个角落，仿佛向天下人宣告：皇帝出猎。

皇帝出猎即秋狝，是清朝皇室和宗室王公在秋季举行的大规模的行围狩猎活动。这天天清气爽，风和日丽，年已五十多岁的道光皇帝率领宗室王公又一次兴致勃勃地前往木兰（承德府以北四百里处）举行秋狝活动，一个时辰后便来到木兰。木兰是皇族畜养禽兽的地方，适逢秋季，原野一片枯黄，正是一个狩猎的好时机。

道光皇帝和众王公宗室正纵马驰骋，尽情射猎，一个太监慌慌忙忙地跑了过来，双膝一曲，跪了下来，道："启奏皇上，太常寺卿许乃济求见。"道光于是勒住了马，问："所为何事？难道他没见到朕正玩得高兴吗？哼。"太监道："奴才已经对他说了，可是许大人说他有要事要启奏皇上，似乎是为鸦片一事。"道光勃然大怒："鸦片，鸦片，又是为了鸦片，难道朕被鸦片一事折磨得还不够吗！来人哪，把许乃济赶出去，今日朕谁也不想见。"太监一见皇上生气，顿时吓得脸色苍白，头点得像捣蒜似的连声应着："是，是，奴才这就去把许乃济赶出去，省得扫了皇上的兴头。"然后站了起来，弓着腰，后退了几步，一转身飞奔而去。道光想，这许乃济真是可恶，上次进言不成，这次又来烦我，你难道真的以为你有济世之才？不断地用鸦片一事来唠叨，难道朕就不关心此事么。可又一想，自朕登基以来，日夜辛苦操劳，提倡节俭，注意整顿吏治，查陋规，还亲自派人改革了漕运、海运，并且平定了回疆张格尔的叛乱。然而自我朝以来，鸦片的输入却连年增加，这却是为何呢？甚至不久前连山西巡抚也上奏言及，声称山西也已遭到鸦片的侵害，再不想办法，恐怕就要火烧眉睫，亡羊补牢为时晚矣。可是朕也没有视而不见坐视不管啊，不是已先后数十次下诏作出禁烟举措，加重了先帝的惩处条例，并斩了广东的一个贩卖者，可是为何鸦片愈禁愈烈，吸食者也愈禁愈多了呢？到底怎样才能控制这种形势，怎样才能控制白银的外流呢？这可是国计民生之大事啊！否则的话，大清王朝岂不是要从我的手里败落下来，我又以何颜面去见九泉之下的先帝先皇呀！我岂不是要成不肖子孙！想到这里，猛地一拍马背，马受惊向前猛蹿了几步，道光又猛地一勒马，朝正在惶恐的王公大臣大喝一声："起驾回宫。"

北城许园，便是太常寺卿许乃济的住宅了。许乃济自被调入京为太常寺卿以来已近四年之久，由于他对人态度和善，性格敦厚，在朝中又是掌管皇家祭祀这样的职位，故而几年来倒也还相安无事，日子很平静。

许乃济本广东雷琼一带人氏，父亲为乾隆、嘉庆时期的大儒，年轻时期曾做官两年，只可惜生性秉直，常常直言上奏，不免得罪权贵，遭受排挤，于是官做了近两年就被罢免回家，回家以后性情收敛许多，就专心治学，教引后人。许乃济从小就受父亲教诲，酷爱读书，尤长于经史子集，再加上天资颇丰，遍览群书往往成诵，长大后曾先后四次进京参加考试，不意每次都名落孙山。许乃济也不以为意，每日与朋友们谈诗论画，日子过得倒也自得其乐。到了四十岁那年，他闲来无事，与朋友又入京参试，谁料这一去竟然入了仕途，自己也甚为得意，不久又先后在广东任雷琼兵备道和广州按察使，由于政绩显著，四年前又被调入京做了太常寺卿。

道光十六年（1836年）四月，春暖花开之季，只见许园满园春色，桃红上了枝头，团团似火，柳枝绽放朵朵丝絮，如烟如雾，小池流水，汩汩不倦，假山假石耸立池中，影子倒映池水，山水相映，竹、兰、梅、菊虽不及时令，却也毫不相让，各呈异彩。

"许兄，今日这一别，不知何时才能再次相见，以后你可要好自为之啊！"

从池边的一座精致的小阁子里传出一人说话的声音。

京城许府后花园中有一阁子，屹立在水池的北侧，掩映在花木之间，伴着周围的景色相映成趣。这时四月的春光铺在水面上，水面在斜风中微起波澜，阁子在水中的倒影，如同渺茫的烟云，幻着奇异的波光。

坐在阁中，园中美景可尽收眼底，在这样的情致下，尽管有淡淡的哀愁，也会望而转色了。

"何兄言之有理，不过何兄此次来京城，行色匆匆，而今仅仅才三日，何兄却要别我而去，未免有些令人失望。"

"许兄，几日相聚，我觉得许兄不失为一风雅之士！"

"还风雅呢？我哪里比得上何兄你？一人吃饱，全家不饿，生活可以随意，无须有什么牵念，我羡慕还来不及呢！"

"哎，许兄，这话你可就太抬举我了，我哪里能同你比呢，在京城里做官，那是别人想也不敢想的事。老兄，你呀！真是身在福中不知福。"

阁子中间是一副石桌石凳，在两侧分别坐着两人，一个是何太青，身着蓝布长衫，神态安详，举止文雅，不待别人劝，他就端起酒杯，头一扬，一饮而尽。另一个则是太常寺卿许乃济，此时他已换上了便服。

许乃济等何太青说过话后，深深地叹了口气："哎！何兄，你不知道，家家有本难念的经，一切事情哪里都如你所想的那么轻巧，这几日，我可是苦恼得很呢！"

何太青喝过酒，抹了下嘴，悠悠地看着许乃济忧郁的神情，笑了笑："许兄啊！你这是自找苦吃，凡事都不可想得太多，否则，那吃苦的还是你自己，你说是不是如此？"

许乃济苦笑着："我哪会像你，不在其位不谋其政。哎！那官场真不是一个好去处，更何况，还是京城的太常寺卿。"

一听这话，何太青就猜到了许乃济的心思，忙问："许兄，还在为鸦片的事担心？"

"正是！"

何太青摇了摇头，说："你猜怎么着？告诉你，凡事都不可太认真，若太认真，那事又如何能有个了结？依我看，既然皇上不愿见你，那么此事就这样算了吧！"

"那怎么可以呢？我大小还是个四品的官员，理应替皇上分忧解难才行，如何可以放弃？再说，我又如何忍心目睹饥寒交迫的天下百姓？"

"话是不错，可是你已经几次上奏，要求弛禁，你这个臣子做得已经仁至义尽了，要我说，要怨只能怨皇上，他难道不知现在全国的境况？知道，他当然知道，可又如何？还是只知烟禁，明知没有什么起色，却还偏要为之，不愿用你那一套，甚至见都不愿见你，你还有何说，真是皇上不急，你这做官的倒先急了。"

"话不能这样说，既为父母官，则应为百姓做事，否则又何以叫父母官呢？只是我认为，皇上之所以不愿见我，可能是时机未到罢了。"

"时机未到，那何时才算时机成熟？难道真要等到全国上下都一同吸食鸦片，那时才算成熟？我看，皇上心里未必就有断绝鸦片的信心，不过是做一天和尚撞一天钟罢了。许兄，我劝你还是到此为止吧！"

许乃济不再答话，他知道再和何太青争执下去，也没有用，怪谁呢？怪只怪在我是许乃济而不是何太青，怪只怪在我是太常寺卿，因而也不会有何太青的那份心境。

"那池里的鱼儿游得多么悠闲呀！姿态又何其优美，多么让人向往呀！"

许乃济的神情都被何太青看在眼里，他冲着许乃济微笑一下，说："许兄，实话告诉你吧，此次我来京城并非只为见你，此外还有一事，那就是受吴兄兰修所托，要你上奏弛禁鸦片的事，不过现在不用了，你已经先行一步了。可是，我还是要劝你，你……嗨，不说了，你以后可要小心呀！一旦皇上发怒，你千万别硬抗，也为自己留条后路。"

何太青的关心，使许乃济感动不已，缓缓地说："何兄所言，许某一定谨记在心，不过我许乃济可是一个不到黄河不死心的人哪，否则愧对何兄所言，希望何兄能够宽恕一二才好。"

说着，许乃济定定地看着何太青。何太青望着眼前的这位老友，那真是又担心又有些怨愤，因此装作恼怒地说："好了，不说这些了，喝酒，看样子何某的一番劝告，算白费了。"

不待许乃济动手，何太青已端起酒来倒进了嘴里。

第二十五章
议金殿有意弛烟禁
会青楼无心听戏文

道光叹了口气，缓缓地说："天朝受鸦片之害已有数年之久，我朝疆土广阔，子民众多，人才济济，可为何不能根绝鸦片之害呢？"他这时不禁露出了沮丧之情，"难道众卿竟无人能为朕排忧解难吗？"

这天清晨，天色异常明朗，一碧万顷，无一点杂色，宛若在牛乳中洗过一般。只听到"吱"的一声，许府的红漆大门打开了，从里面走出一人，峨冠博带，身着朝服，脚踏白底黑面的官靴，他缓缓走下台阶，在门前早已备好的二人小轿前立住，转身对跟在其后的人说："夫人，请回吧，不用为我担忧，我不久就会回来，产后还是要保重身体多多休息才是。"跟在后面的那人面带忧郁之色，双眼发红，显然昨夜并没有睡得安稳，说："老爷不必担心，不过如果皇上不能采纳你的主见，你千万要注意分寸，知难而退才好保身，万一你有个好歹，你何忍我一人在世上孤单存活，那么我也……"说到这儿，声音不觉已渐哽塞。许乃济连忙又走到夫人三娘的跟前，拭了拭她眼眶上即将流下来的泪水，又拍了拍她的肩说："这么大了，还哭哭啼啼的，像小孩子似的。你放心，我怎么会出事呢？你在府中安心等我好了。"带着笑意去掩盖着内心的忧虑，又叫道，"翠竹，扶夫人回去，别染了风寒。"然后看了看街的尽头，清晨的街上冷清清并无一人，街的尽头茫茫一片已不是目力之所能及的了。许乃济叹了口气，回过身来毅然迈进了官轿，两个轿夫抬起来，朝勤政殿而去。

这时还未走进勤政殿，就先闻其声，大厅里时而一团欢笑，时而又是良久的沉默，进内一览，两三一团，四五一群，左一个

"王大人",右一个"伊大人",人声喧沸。

就在这喧闹之地倒也能寻得两三处清静之所。在大厅西边,一间侧房里,四人聚坐一起,其中一人询问:"曹老大人,不知这次皇上急切宣诏上朝所为何事?"一年约六旬老者,正是曹大人曹振镛,他沉吟了片刻,心想:"虽说我身为三朝元老,又被封大学士,至于今日所为何事却还真不知晓。我已六旬有余,不久即将告老还乡,我又何必过多探寻呢?然而我却又不可说不知,否则岂不是没了颜面。"于是面含微笑拂了把花白之须,又顿了顿语气,缓缓地说:"这个嘛,王大人稍后上朝不就知道了吗,又何必急于一时半刻呢?"王鼎见曹振镛不吐真言,于是也就不加多问了。然而坐在曹振镛左边的裕谦却已沉不住气,裕谦性格较为直爽,说话也从不吞吞吐吐欲言又止,他说:"恐怕是为许乃济大人在皇上狩猎时所要奏之事吧?"虽没有点明,但四人心里都已明白即为鸦片之事。曹振镛含笑不语,心里却打着算盘,难道真为鸦片之事,恐怕也未必,上次皇上狩猎之时,闻到许乃济上奏言及已是大怒,这次又怎么会主动去触及此呢?鸦片此物纯系洪水猛兽,历年禁鸦片的诏书接连不断,不见鸦片消除,反却见其愈来愈烈,愈来愈多,看来还是不去招惹为妙,听其自然也许它自己消失也未可知,因此在众口之下,这位老大人三缄其口,只是含笑。

清代建制以来,有一条历年不变的规定,皇上上朝,有大朝和常朝之分,大朝定在特殊的日子,一般都在元旦、冬至和皇帝寿辰之日;而常朝却是固定不变的,日子倒也选得不错,是在每月的初五、十五、二十五之日,一般到了这些日子,朝臣都潮涌而来。到了道光十年(1830年)以后,由于鸦片输入频繁,朝臣上奏多数为此,道光大伤脑筋,深感忧虑,时间久了,生了怯意,每次上朝总是犹犹豫豫,让朝臣等了良久才上殿。今日上朝时辰还未到,朝臣一早就匆匆赶到了朝房,只因他们已听说皇上今日早朝要有大事相议。

众人在朝房正在说笑之间,就听到门外的侍卫高声喊道:"太常寺卿许乃济大人到。"这一部分立刻收住话头,而另一部分高谈阔论者这时发觉形势好像有点不对劲,也莫名地歇了话语,大厅里沉默了。大学士王鼎、云贵总督伊里布、直隶总督琦善等人打开大门一看,就见一顶小轿停在大厅门外,两个仆役打扮的人站在轿前,轿帘一掀,一顶缀着红色缨子的官员礼帽露了出来,紧接着缓缓地步出官轿,在两个仆役的搀扶下,转头一看见众人已立在大厅外,连忙双手一拱,算作见面礼。众朝臣也都还了礼,拱了拱手,然后和许乃济一同入了大厅。

这时候,直隶总督琦善已靠近许乃济,轻轻地道:"许大人,几日不见好像又苍老了许多。"说着脸上带着微笑。许乃济干笑两声:"岁月不饶人啊。"接着琦善又试探性地问:"许大人,今日早朝你可是来晚了,平时每次总先发而至,早早赶到,莫非昨夜有事没准备好,故而今日起晚来迟?"许乃济微一思忖,这个直隶总督莫不是想要套问关于弛禁鸦片之事,于是说:"昨日确实有些小事,不过还不至于辗转难眠。"转而又直接询问:"琦大人,这么说可是有事相议?"琦善内心有鬼,听到这么一问,就强装笑脸连忙摆手:"没什么,没什么。"然后悄然走开。不久就见琦善和首席军机大臣穆彰阿等几位大人站在一边相议起来了。

许乃济见其这般,带着轻蔑的口气,哼了一声,不理会琦善,也走到一旁和大学士王鼎等人寒暄起来……

说着说着,就听"咚——咚——"阵阵擂鼓之声,悠远而漫长,紧接着又是传呼侍卫们的声音由远及近地传来:"出朝——"

众位朝臣一听,上朝的时辰已到,也就停住了话语,一个个赶紧整了整官帽,拭了拭两鬓,又理了一下朝服,在朝房大厅里来回走了几步,然后鱼贯而出。许乃济也在众人之列出了大厅,踏在绵长的绣花红旗毯上朝勤政殿方向成两排的队式缓缓而去。

勤政殿里,道光皇帝已高高地端坐在龙榻之上了,面部俨然,身着绣有大蟠金龙的皇袍,脚蹬白底高帮绣着花纹的步云靴。两排朝臣进了勤政殿,双膝一屈,朝道光皇帝三叩九拜,道光皇帝缓缓地说:"众卿平身。"众臣高呼:"谢皇上。"然后转身退到勤政殿的两侧。

礼仪完毕,道光皇帝用温和的目光环顾了一下殿里立在两侧的众位大臣,众大臣都低着头双手垂着,在皇帝的目光里愈发显得虔诚恭敬了。道光看到这种情景,想到君临天下,统领四方,不免内心又一次泛起得意之情,继而一虑及鸦片,得意之情立刻消失得无影无踪,双眉紧锁,对众臣道:"众卿可有上奏之事?"

大臣们对皇上的性情已经摸得很熟,一听此言,便知皇上意在询问禁止鸦片的事宜。然而近年来,鸦片之害已遍及全国,百姓深受其害,鸦片屡禁不止,各省官员也大多数苦无对策,对鸦片已到谈虎色变的地步,这时在皇上开言之下,谁又敢谈及鸦片,更不敢多说半句。

道光皇帝见众人不语,无奈只好把话说明:"众卿,不知各省禁烟的效果如何?"众臣见皇上把话挑明了,便更加手足无措,不知如何是好,道光皇帝环视一下见仍旧无人说话,面上不觉现出愠色。道光皇帝目光自然就落在王鼎的身上,王鼎无法,站了出来道:"启奏皇上,禁烟之令已有几年,虽也取得一些成绩,但其总体的效果仍不见好转,洋人的鸦片输入仍旧一年多于一年,吸食者也一日甚于一日,国库白银流失越来越多,百姓也越来越贫困……"

道光皇帝一听,怎么还是这样呢?朕多次下诏禁烟,总应该有些起色吧,为什么反倒愈演愈烈呢?难道是禁令不严之故,还是另有原因呢……这个鸦片怎么就不能禁止了呢?想到这儿,不由得怒从心中升,重重地哼了一声。王鼎看到形势不对劲,也就不说了。

这时直隶总督琦善走了出来,低着头微笑地说:"固然鸦片屡禁而不绝,但禁烟的效果还是显而易见的,而王大人所说差矣,吸食者已渐有减少的趋势,怎可谓之吸食者越来越多……"

王鼎听到琦善这么一说，有点愠色，可一抬眼看到皇上好似正听得起劲，就没敢发作。

等到琦善说完，道光皇帝趁机就问："依你之见，鸦片之入，国库之虚，又当如何补救？"

琦善这下不得不干瞪双眼傻了，琦善本来想说些好话，以讨皇上的欢心，没想到皇上有此一问，反倒被问住了，支支吾吾不知如何回答才好："这个，这个……"

近年来每次上朝，一提到鸦片的问题，总是没人能提出合理的举措来制止鸦片的输入和国库白银的流失，因此每次都出现君臣默默相对无一言语的局面，道光皇帝也很难有兴奋的心情。无奈之下，道光令王鼎、琦善二人退下，叹了口气，缓缓地说："自从朕登基以来，大清王朝深受鸦片之害，迄今为止，已有数年之久，我朝疆土广阔，子民众多，人才济济，可为何不能根绝鸦片之害呢？"他这时不禁露出了沮丧之情，"难道众卿竟无人能为朕排忧解难吗？"众臣一听，更是吓得战战栗栗，生怕皇上进一步责难。

这一切许乃济都看在眼里、记在心里，以往我每次上谏要求弛禁鸦片，皇上总是不予理睬，现在严禁的结果又怎样呢？白银照旧流失，国库仍然空虚，吸食者还是很多，这一切不是都证明了鸦片输入的增多吗？禁烟之策实非可行之计啊！

许乃济见众朝臣无一人敢言，正是上奏的好时机，于是急忙走出朝臣之列，面朝道光皇帝稳定地说："启奏皇上，臣有一事相奏。"

道光皇帝一看，又是许乃济，不由得想到他前几次上奏而被斥退之事，不由大动肝火，心想："许乃济啊许乃济，又是你，都是你打击了朕的积极性以至禁烟不绝。前几次上奏，我不加理会，没有责罚于你，想不到这次又来上奏，真是不识抬举，看来你是不到黄河不死心。"于是抬起手来刚准备把他轰出去，可转念又一想："现又无禁烟的良策，我且听听他到底有何良法，等他说完，再把他赶出去也不为迟。"想到这儿，就把刚抬起的手轻轻放下，道："许乃济，你真是胆大妄为，上次你要见朕，朕不予理睬，今日你又要上奏，为弛禁鸦片一事，朕倒要看看你有何能耐，说吧。"

许乃济低着头，道："微臣不敢。"然后徐徐地说："臣以为自洋人的鸦片入中土以来，历朝先后颁布了许多严格的法令，到了我朝，禁烟已成朝中上奏必议之事，为了禁烟，自我朝开始已开了杀戒。尽管如此，到如今由于白银外流，国库已虚，鸦片之入已达二万余箱。以臣之见，其所以如此，禁烟之举为不得之法，实非良策，无法堵塞住白银的流失，尽管禁止吸食，也有一些效果，但吸食有瘾者仍无法戒掉，不免偷偷吸食，因此禁烟也无法杜绝官员和百姓吸食，可见禁止鸦片实不可行。虽然规定禁止输入、贩卖，可法不治众，且有一些朝中的人参与，又怎么能禁得住呢？

"此外，早在鸦片未大量输入中土之时，国泰民安，生活富裕，白银充栋，国势蒸蒸日上，朝廷上也相安无事，以致在太祖皇和太上皇之期出现全盛之景。而如今百姓贫困，只因其家所入尚不够吸食鸦片之用，实在无法，甚至出现卖儿卖女的情况。百姓贫困，便无法交纳赋税，收税出现困难，自然国家财政入不敷出，出现危机，其之所以如此也无怪乎鸦片的输入。起初，吸鸦片的只是一些贵族官僚、地主和大商人罢了。后来，衙门中、军营中、甚至寺院里、青楼里也都烟熏火燎起来。到了去年，全国吸食者已达二百万人以上，从而使百姓无法从事正常的劳动，军纪松弛，官兵们丧失了作战的能力。本来在我朝初期，对外贸易上，出口一些多余的茶叶、大黄、生丝、药材等货物，进口一些西洋物品，还可以从中赚取大量的白银，而如今出口的货物不仅不够抵偿鸦片烟价，每年还要流出大量的白银，且随着鸦片走私激增，银荒已从沿海省份蔓延到全国各地。近二十年来，流失的白银约有一亿两，白银的大量外流，从而使银贵钱贱，以往制钱七八百文，即可兑换白银一两。现在兑换一两银子，就要制钱一千六七百文。银价已上涨一倍有余。银价上涨又导致百姓的贫困，百姓贫困自然无法纳税，财政困难，对大清王朝统治不利，至于为何如此，无怪乎是禁烟之故，是以臣认为，实在不可再行禁烟之令，请皇上三思。"

道光皇帝听许乃济说到这，不由感到身子发冷，两股战战，是啊！想当初先皇之时，国势强盛，外人从不敢小视，而今……唉，难道真是天意亡我，大清王朝竟真要断送在我的手里吗？道光皇帝坐在大殿之上沉思着，不觉已过了一个多时辰，殿下的群臣也沉默无声。君臣就这样静静地坐着站着，年久失修的宫殿在这种氛围中，更有着肃穆之感。

许乃济所说的每一句话无一不深深地敲打着道光皇帝那颗本就茫乱的心，道光皇帝方才心中对他的厌恶之感，已被他的话抹得一干二净。现在到底该怎么办呢？许乃济所讲的一切难道都是禁烟之过吗？然而事实已明摆着，还有什么可以置疑的呢？那么究竟要不要再遵循禁烟之令呢？在这种形势之下，真是举棋不定。

道光皇帝茫然了。

退朝后，已到了用膳的时辰，道光皇帝回到养心殿不久，太监就把送膳牌呈了进来，道光心情不好，胃口自然也不佳，随便点了几个菜，就出了养心殿，准备散一散心。不免就多走了几步，侍奉道光皇帝的太监一见皇上走远，生怕其有个闪失，几个太监就慌忙跑了过来，跟在后面。这下正碰在了道光的火头上，道光本郁郁寡欢，心情不好，心中之火无处发泄，一见几个太监紧跟其后像哈巴狗一样，心中之火顿时爆发出来，大声喝道："你们这群无用的狗奴才，一天到晚除了吃喝外，就只会像狗一样地跟着朕，从来未想着替朕分忧解难，都给我滚开。"众太监看到皇上这样，不知为何发这样大的脾气，也没多说，一个个都惊恐地跪在了地上。这下子道光更加生气，快步走到他们面前，左一脚右一脚把太监踢得东倒西歪，然后喊着："滚，滚，滚，都给我滚！"太监一见道光皇帝真的龙性大发，都赶紧连滚带爬地躲一边去了，眼望着道光皇帝离去的背影，仍旧远远地悄悄地跟在后面。

道光漫无目的地走着,不觉竟转过了乾清门东边长街,到了景仁宫门前。

道光走着,抬头一看,来到景仁宫,虽然平素喜爱静妃,可是今日没有兴头。正待转身离开,不巧景仁宫的宫女瞧见了,连忙进去告知静妃。道光瞅着宫女远去的背影,心想:"既来之,则安之。"于是进了景仁门,绕过一架名为远山叠翠的大理石方屏风,这时才见静妃带着景仁宫的嫔、贵人、常在、答应等匆匆忙忙从里面出来,一见道光走来,赶紧都跪下迎接,道光走到静妃跟前把她扶起,说:"不用跪拜了。"见到静妃,心中的阴云倒也放晴了不少。

行过常礼后,道光便直接进到后殿静妃的寝宫,其他嫔、贵人、常在、答应等各自回房。

"皇上近日以来可好,怎么不见往后宫来了,可是朝中出了事?"静妃看见道光面有愁云,便轻轻地问道。不问则已,一问,道光脸上更加愁云密布,重重地叹了口气。

静妃接着又问:"莫非又为鸦片的事?"道光一惊,多日未来景仁宫,怎么这次一来,她倒过问起朝政来了。道光皇帝从小饱读诗书,对历朝的历史书更是无一不览,从历朝历代中知道有不少太监或后宫篡位,因此道光生怕太监或后宫里的人过问朝政,听到静妃这么一问,不免提高了警惕。道光转而问道:"你刚才正在做什么?"

静妃一见道光询问,连忙躬身回答:"臣妾方才正在看书。"毕恭毕敬的官样回答,使道光更加扫了兴头。方才道光见到静妃,立刻就想到初次相见的场景,而今见她矜持的官礼,故作高贵,显示端重,完全掩盖了她原有的天真,且道光深受儒家思想的熏陶,素来不喜欢妇道人家诵书习字,道光心中立时泛起一阵不痛快:她倒真把自己当作贵妃、皇后了!

道光立刻又回到原有的心情,拉下脸,一叠声地叫了起来:"小喜子,小喜子,备御舆起驾,回宫!"丝毫不睬静妃慌乱的眼神中情不自禁地流露出的失望。

次日，道光在养心殿东暖阁批本。从许乃济上奏到现在，道光无时无刻不在思忖着许乃济所说的话。他所说不都是事实么，虽然禁令愈来愈严，可鸦片之害却愈来愈严重。难道真应该采纳许乃济的弛禁之法，那么辛辛苦苦所做禁烟的一切努力都将付诸流水，前功尽弃，毕竟禁烟也还是取得了一些效果的呀！到底是弛禁还是严禁，真是左右为难呀！批着奏本，见尽是关于鸦片之事，道光越看越不对头，越批越不是滋味，立命召太常寺卿许乃济进见。

许乃济应召而来，跪倒在红地毯上，屏息静气，惴惴不安。道光免了常礼。许乃济静静立在一旁，等着皇上的询问，接着就听到："你昨日呈上来的奏折，我已看过，你所考虑的很有些道理，只是你对弛禁问题似乎言之不详。现在你细细说与我听。"

许乃济一听这话，便已猜到皇上对自己的"弛禁"一说已不如原先那样厌恶，心中甚为感激：皇上终于心动愿听我言，我几次冒死上奏总算没有白费，这都多亏了皇上英明，否则，即使我身怀比干之才，遇上商纣样的暴君也只有遗恨九泉的份儿了。想到这儿，于是就说："皇上英明，依臣之意，所谓'弛禁'者，也就是放宽对鸦片的禁令。此外臣有一言不敢说。""你说吧，朕不会责备你。""臣以为我朝自入主中原以来，长期实行闭关之策，甚为……不妥。"道光一听大怒："闭关之策乃祖上之法，历朝无人敢议，大胆许乃济，你竟敢在朕面前胡言乱语，该当何罪！"许乃济连忙说："皇上息怒，臣只是认为，长期以来实施闭关之策，阻断我朝与外邦的贸易往来。当然我朝乃天朝大国，对于外邦，只有我朝对他们的施舍，而我朝却不需要外邦的物品。如今西洋诸国眼见我朝富足，便起了通商的念头，我国又只开放广州一地与外洋通商，于是他们把鸦片偷运到我朝，其目的无非就是要我朝广开通商之所，进行贸易。是以臣认为，废除闭关的政策方为我朝的长治久安之计。

"至于目前之事，臣认为，对于现行鸦片之潮不应采取堵塞之法而应用疏导之计，允许鸦片在市场上进行正常合法的贸易，但只是把鸦片作为药材，准许纳税进口，且只准以货易货，不准用现银购买。这样一来外商纳税的用银比用于走私用银少，外洋的商人就会放弃走私，进行正常纳税交易，从而增加了财政收入；以货易货的方式又可以防止白银的外流。从而在一定程度上也就可以解决财政上的危机。"

道光听他说得有些道理，含笑点了点头，许乃济见道光有赞许表情，就接着往下说："鸦片输入的多，吸食者也多，但据臣了解，那些吸食鸦片的人，多是些游手好闲或无关紧要之辈。即使吸食，又多在无聊或闲暇之时，多不会影响从事农产，对我朝统治也不会有影响，是以可以允许他们吸食，而对于文武员弁、士子、兵丁等，他们身担国家之重任，如果吸食则对国家不利，故而对于他们则限制吸食，若有吸食或知情不举者……依臣之见，则立予斥革查处，这样一来才能起到保家卫国之功效。此外，对民间贩卖和吸食鸦片的，可以放任自由不管不问……

"据臣所知，外商输入的鸦片多生于我朝东南一带，性喜湿热，在我朝云贵之地也有种植。故而臣以为，既然在我朝国土之上也可种植，又何必输入外洋的呢？因此可以允许内地人民种植鸦片。这样一来，自种的鸦片不经关口不需纳税，价格必定低廉，且我朝土性湿和，所植鸦片烟性也较平淡，吸食并不甚伤人，即使上瘾也易断绝，不会有大害。随着内地种植日多，外商输入必日见减少，这样久而久之，外洋鸦片不闻不问自然就可断绝。这些就是微臣的浅见，还望皇上明查三思。"

道光听到许乃济说的弛禁之见，娓娓动听，像小溪流水汩汩而来，不觉入了神，痴坐了半天，等许乃济把话说完，才回过神来，然后又仔细地想了想，也没有什么可问的了，对许乃济嘉许一番，把他支走了。

许乃济走了以后，道光又认真地想了一阵子，对许乃济上奏所提出的弛禁之论颇感欣慰，真是忠臣啊！他的上奏对朕来说无异于雪中送炭，我的这块心病也终于可以治愈。于是长叹一声，又伸了一下腰，这时年轻时的雄心壮志又涌上心头，脸上也泛起了红光，伸手把放在案上许乃济的奏本《鸦片烟例禁愈严流弊愈大亟请变通办理折》打开，拿着朱砂御笔在奏章上批曰：所奏甚是。

道光从案几边站了起来，来到了养心殿外的月台上。这年夏天来得比往常早了些，身在北方的北京城已显出了盛夏的征兆。在这炎热之季，夏种的作物也已很早就播到了地里。现在坐在养心殿里却没有感到太多的燥热，这时六月的微风夹带草花儿的香气迎面拂来，道光更觉一阵清爽。明天，明天定要把弛禁之策颁布下去，希望总是在明天。道光皇帝这时仿佛看到一颗启明星在不知不觉已来到的夜空里冉冉升起。

许乃济上奏后的第三日，道光就把奏折批下九卿科道确议具奏。

在九卿科道会议上，许乃济在道光皇帝的要求下也参与了会议，会议上的众臣也都深知皇上之意。然而尽管如此，当众臣阅览过许乃济的奏折后，立时就有几位汉官加以反对：明知鸦片为毒人之物，却听任流行，还要从中抽税，堂堂天朝哪有此等政体。

奉旨参加会议的首席军机大臣"枢相"内阁大学士穆彰阿，收起汉官签押否议的许乃济的奏本，沉思片刻，对为首的几名汉官说："列位胆气令人钦佩，只是……有些不妥吧？可要量力而行，别招惹了皇上，伤了身子。"

兵科给事中许球微笑着道："穆老大人多虑了，虽说此奏折深得皇上之心，但皇上英明，总该不会被此等胡言乱语所惑。只是不知穆老大人对此可有适机之见？"

穆彰阿一惊，顿时茫然，片刻后缓缓地说："许大人所议甚是，堂堂大清岂可任由鸦片之害肆无忌惮横行，可几十年来禁烟不见其效，太常寺卿许乃济大人无奈取诸弛禁之论也不无道理。皇上乃万乘之君，自能明鉴其中，以扶百年之基业。"说罢，生怕许球再有所问，便拱手相辞，朝许乃济走去。

许球眼见穆彰阿朝许乃济走去，不禁由衷发出一声冷笑。然后同后面赶来的内阁学士朱樽和江南道监察御史袁玉麟说笑起来。

许球听完朱樽的禁烟见解后道："惭愧惭愧，跟朱大人之论相比，我许某真乃是井底之见，孤陋寡闻啊！"

袁玉麟应声道："许大人实在太谦逊了，今日一见，果然不同凡响，不过今日之言有点过激了些，而且就现在看来，皇上对许乃济的奏折很是满意，不可太针锋相对才好。"

"袁大人不必太忧虑，皇上明鉴，即使有些小人搬弄是非，恐怕也未必便可得逞。"许球说着，眼睛不由得朝穆彰阿望去，其意已分明，即使有人诬陷，那人一定是穆彰阿了。朱樽、袁玉麟一看到许球的眼神，眼见心明，会意地点了点头。

这时袁玉麟悄悄地对朱、许二人低声地说："二位大人不知可听说一事？"朱、许二人忙问何事，袁玉麟又把声音压低了些说："听说穆彰阿大人在去年科举考试做主考官之时玩弄手脚，蒙骗皇上和天下举子。此事据说有实据在，且此事已有人上奏皇上了。""怪不得今日不见他趾高气扬，身为首席军机大臣，深受皇上宠爱，今日对我说话倒也客气，竟无半点飞扬跋扈之态。"

"许大人可千万别被尘沙迷了眼睛，这姓穆的实乃阴险狡诈之人，表面一套背后插刀，其人又很精明，大人可别被他蒙骗了。不可不防。"朱樽低声道。

三人边走边低声说笑着。三人都是汉人，且同在朝臣之列。许球为兵科给事中，都察院六科给事中之一，专门辅助皇上处理奏章，稽查驳正兵部违失注销文卷，然而到雍正之后其职权范围大为缩小。朱樽为内阁学士，所谓内阁实由内三院改成，在清代初期沿袭明旧制设内阁史院、内秘书院、内弘文院，各设大学士一人。另外清代在内阁大学士之下又设有内阁学士，掌握传达正式诏命及章奏，额定满六人汉四人。自雍正时军机处成立后，内阁不再握实权，其职也逐渐成为封授各部尚书和督抚大臣的荣誉虚衔。袁玉麟为江南道监察御史，属十五道（京畿、河南等道）监察御史之一，和六科（吏、户、礼、兵、刑、工）给事中同属都察院，都察院则是清代最高之监察、弹劾机关，并参与司法。官员都统称为科道。

三人说笑着不觉来到朝房，在午门前遇到了许乃济等人。

"许大人，听说你知识广博，读书甚专，文章也写得好，今日始见，文章果然才高八斗广播四海，怪不得连当今皇上也为之动容呢！今日会议之上，我等才疏学浅，若有不当之处，还请许大人包涵一二。"朱樽说完，然后面含讥笑双手一拱着地。许乃济作文虽好，却不善言辞，见朱樽话中尽是嘲弄挖苦之意，恼得他双袖一甩，转身而去，进了朝房。朱樽对着他的背影鄙夷地哼了一声。

袁玉麟做事一向谨慎，忙劝道："此人弛禁之见一被皇上采纳，日后必为皇上倚重之人，何苦开罪他。"

朱樽一摆手："瞧他那副嘴脸，刚一受宠，立刻得意起来，他只是一个书呆子罢了，一身酸气，竟也上朝堂论起国政来了，他也就只能管个太庙祭拜个祖宗而已，守门样的官儿还会起什么风浪不成。"

袁玉麟道："还是谨慎为上。"

朱樽笑了笑，没再多说。

昨日道光本欲把许乃济的奏折颁布下去，令众朝臣审议后再作定议。可又一想，颁布下去必将轰动朝野，如朝野上下议论纷纷，恐怕一时难以有确切的结论。许乃济奏折所写其文辞较美，立论颇佳，然而一旦颁布下去，宫外之人必定会认为此奏折的颁布即表明朕赞同所奏的弛禁之论，从而即使有持反对意见者也不敢上奏再议鸦片之事。况且弛禁鸦片之见一旦确定下来是否真能有效，是否真能成为挽救财政、挽救民生危机的良药还未可知，这才是最担心的地方。一旦不成，那么后果真是不堪设想啊！这可是关系到祖宗基业的事，是千万马虎不得的呀！道光当夜辗转反侧，彻夜难眠，到底该怎么办才好呢？无奈，第二天只有按先朝的惯例，先把奏折交给九卿科道会议讨论再说。

在未上奏之前，道光整日为禁烟不见成效而苦恼，而今有了新的主意，却又不得不慎重考虑而更加顾忌重重了。

然而道光在把奏折交予九卿科道会议讨论之时，还采取了一个委婉的投石问路的方法：将许奏批往广东，要那里的总督、巡抚、海关监督们讨论并拿出一个意见。广东是受鸦片危害最严重的省份，总会拿出一个良好的建议吧！

当然道光此举已明显地表明了其倾向性了。

广东在大清王朝的东南，广州则又在广东的东南位置上，由于广州历来就是重镇所在，因此大清朝的道光年间两广总督的府第即于此地。而在广州城北的越秀山，就是清代著名的书院学海堂了。学海堂不只位置颇佳，风景秀丽，而且由于是道光初年两广总督阮元所建，从而成为广东一省的重要学术要地，聚集朝野内外众多的学人士子、骚人墨客。这家喻户晓的才子之地，不免就要为渴慕求学的读书人所向往。而历任总督巡抚一经上任，必写拜帖相邀。久了，学海堂和官府的交往也情深义重，于是官府也多邀学海堂的知名之士为其门客幕僚。虽然有些生性疏惰的人不愿从仕，可对官府老爷的盛情相邀又难以抗拒，虽多次推却最后还是答应了。仪克中即为其中声望甚高之人，与张维屏、何太青、许乃济和熊景星为莫逆之交，开始在学海堂共为同事，后得广东巡抚祁𡎴的赏识为其幕僚，到了道光十六年（1836年）七月刚好三年整，而在此时仪克中和广东巡抚祁𡎴正聚在浣绿楼里。

这日，临近晌午，在广州城内依然是人潮如流，并非良辰吉日，店铺酒馆大多关了门，唯有一处，门前人挨人，人挤人，再加上发自肺腑的欢声笑语，大有过年的气氛。

就是这样的时候，只见有一人身着华丽衣服，行为却不雅观，左冲右撞地挤过人群进了这家楼。这家楼就是浣绿楼,一块红底黑字的大匾高挂在门楼上。它本是一家茶楼,规模颇大,听说为明末一落拓书生所建,专供读书人在此品茶谈法闲论道。到了清代学海堂开设后,这浣绿楼便成了学海堂里的人聚饮的地方,间或有一些达官贵人来品茶也不过是故作风雅罢了。开始生意并不见兴隆,后来又来了批唱戏的,客官在饮茶的同时,又可赏戏,于是这家茶楼生意才见好转。这日正是戏班建立二十年的纪念日,听说有好戏连台,人们不免蜂拥而至。

此人进了门去,环顾四周,楼口楼下已经坐得满满的,厅内整齐有序摆满桌凳,都没闲着,往前看,便是戏台。戏台左右两侧楼上也都挤满了人,只有对面的一包厢似乎客人少一些,四位身着便服华贵衣饰的人半圆形坐着,面朝戏台。中间偏右的岁数大些,约花甲之龄,中间偏左的那人也已过了不惑的年纪,在其下首便是仪克中了,对面坐着的从面相看约四九之龄。另有三人一旁站立。

今日之戏为《鹊登枝》,还未开演,偌大个戏台空空洞洞,并无一人也无他物。台下的大厅内,有座的都已落座,无座的来来往往,在夹缝中挤来挤去,时而打着招呼,有打扦儿的,有作揖的,打扦儿的居多,熙熙攘攘。

楼上的四人见戏还未开演都在闲聊,只听到中间偏左的那位对身边年龄较大的那人说:"邓大人酷爱听戏,今日能出来观戏,真是难得呀!"

那位邓大人重重地叹了口气:"唉,没办法呀!我身为两广之地的父母官,则当为两广之民尽心尽力,只可惜能力有限,且年岁已大,无法扶民于鸦片毒流之中,实在惭愧。"

"老大人,实是过谦了,深受鸦片之祸的并非广东一省,别的省也深受其毒,然而别省禁烟效果又如何?不也是无可奈何吗!况且我省濒海沿江之地,鸦片每年多数从此地转运,此地之害更甚于他地,而我省每年所禁所收的鸦片多于别省。由此可见,老大人还是功绩卓著的,在众位总督中又谁人能比呢?"坐在那位邓大人下首的人道。

其余二人也连声应和:"是啊是啊!老大人实在太谦虚了。"

那位邓大人心中不无得意之感,伸手轻轻捋了下胡须,说道:"我邓廷桢身为朝廷命官,则当效法诸葛先生,为我主鞠躬尽瘁,死而后已。至于'谦虚'二字实不敢当,只是在禁烟之时,屡感力不从心,却不知为何?"

"大人,依在下之见,广东受鸦片危害最重,要把它驱逐出去,恐非一时所能做到,再说皇上虽多次下诏禁烟,其实如何?只是愈是禁止,鸦片愈是泛滥,况且连北京城里的一些王公贵族也爱此物,深受其染,禁烟之令又如何能切实执行?如老大人这样严禁的又有几人?屡下禁烟令又怎么可能有成效?不过是雷声大而雨点小罢了,恐怕就连皇上也是力不从心,又何况大人你呢?"

"祁大人言之有理,只是两江之地却屡传禁烟佳讯到北京城却又为何?"邓廷桢问左边的那人。

那人接着道:"眼见为实耳听为虚,两江总督林则徐大人所言未必可信,全国遍地少有禁之而生效的,为何在他的地方却频传捷报,恐怕其中有虚吧!而且依下官之见,禁烟之举恐非良策,还是另想他法才是啊!"

想必此人就是广东巡抚祁𡎚了。邓廷桢听到这里,心里一动,道:"莫非祁大人听到什么音讯不成?"

广东巡抚祁𡎚没有答话,转身示意坐在下首的仪克中,仪克中立刻会意,忙说:"我有一友在朝中任太常寺卿一职。"

"莫不就是多次上书要求弛禁的许乃济许大人?"邓廷桢插话说。

仪克中接着说:"正是,当年许乃济许大人未任朝官前曾与我在学堂共事,结为生死之交。昨日我收到他的消息,说弛禁之策已被皇上采纳,皇上好像颇有赞赏之意。因此据我所见,恐怕不久皇上就会颁布下来。"仪克中一副春风得意的样子。

"仪兄所说极是,皇上英明,总会对鸦片一事有个了结。"

邓廷桢缓缓地站了起来，来回走了几步，悠悠地说："虽说禁烟并未取得多少成效，但一时要想弛禁鸦片恐怕也非易事。一则皇上自登基以来已有十几个年头，一直对鸦片深恶痛绝，主张严禁鸦片，这个念头在头脑中已根深蒂固，不是一朝一夕就可消除。而弛禁刚刚提出，要说皇上马上采纳此议，似乎也不大可能。况且皇上做事一向优柔寡断，反复无常，要想皇上赞同此议，更是难事。二则禁烟此念不要说在皇上头脑中已根深蒂固，就是百姓的头脑中也已是顽固不化，长期以来看着皇上的举动，朝野上下恐怕也多数主张禁烟之举。至于弛禁鸦片，别人不谈，百姓也未必同意。且我朝以民为本，民为水可覆舟，皇上也未必愿拂民之意。"

"邓大人分析得不错，只是有些事并非完全如大人所想，书上说民为本，而实际并非如此，百姓都是一群鼠目寸光之人，能有多少见识，只知贪图眼前的蝇头小利，难有长远之见，更不可能有什么作为，怎么可能看到弛禁的长远利益？而弛禁实乃有利国计民生之策，一可拯救苍生，二可填塞白银外流的漏洞，从而充实国库，利于稳定大清王朝的统治，实是治理鸦片的上上之计。对于这些，皇上定能明察秋毫做个了断。"

邓廷桢无奈地叹了口气："若果如仪先生所说，那我朝也有望了。只是眼看鸦片肆意泛滥，全国上下深受其害却无可奈何，岂不令人感怀吗？"

"邓大人仁心可敬令人佩服，想来'弛禁'诏令一下，定可把外洋鸦片驱逐出去，还我大清王朝的本色。"

正在这时戏开演了。"大人还是先看戏吧！"祁埙接着说。然后随着邓廷桢的眼光转向戏台，祁埙的眼光也从邓廷桢的脸上转向戏台。

就在这时，突然看见方才身着华丽衣服挤进浣绿楼的那人，在楼下东瞧瞧西瞅瞅，似乎正在寻找什么。祁埙忙招呼了一声，那人顺声看见上面的几人后，忙奔了上来。慌慌张张地来到他们跟前,朝座上几人问安后,小声地对邓廷桢说:"大人,朝廷把许乃济许大人的奏折批到这儿来了。"邓廷桢听后猛地一愣,接着把手一招:"回府。"一行三人匆匆忙忙下了楼,绕过人群出了浣绿楼直朝总督府而去。

到了总督府才知原来皇上把许乃济的奏折批来广东征求他们的意见。邓廷桢又把来人召来,本打算再问问详细的情况,谁知来人也知之不多,无奈就把府里的总管叫来,把来人安置一下给打发走了。这时和邓廷桢一同观戏的祁𡒊等人看到邓廷桢回府都知可能出了事,也无心久留,都各自回府等候消息去了。

邓廷桢把来人打发后,总督府的大厅里只剩下邓廷桢一人,空荡荡的。广东一地已是酷热难当,竟没有一丝风,一切事物都赤裸裸地兀立着,纹丝不动,死了一样;只有邓廷桢在大厅里走来走去,脚步有节奏地拍打着地面,就这样走着想着,从方才来人所言,皇上只是把许乃济的奏折批给广东一省,可见皇上对广东省是极为关注、极为重视的。皇上看重总该高兴才是,可是愈被看重愈不能马虎,小心才是,万一出了什么差错,那可不是乌纱帽的问题,弄不好是要掉脑袋的……邓廷桢不敢再沿着这条思路往下想,转到了另一点上,我是这两广之地的最高地方官员,皇上既然把奏折批到广东,自然是要以我的意见为主,那么究竟皇上想要我提出什么意见呢?是赞同还是反对呢?皇上又抱着什么态度呢?这可是一个关键的问题。想到这,不觉地又把刚才送来的许乃济的奏折从头到尾细细地看了一遍。然后招来和他同去看戏的管家说:"快去把方才一同看戏的广东巡抚祁大人、海关监督文大人找来,就说有要事相议。"管家应声去了。

这两位大人正在府里等,生怕出了什么事,这时一听到两广总督有事相议,就连忙换了官服,出了府门,坐上官轿奔总督府而来。这位广东巡抚祁𡒊其实就是曾经有意行许乃济之举的那位。早在两年前(即1834年),两广总督卢坤、巡抚祁𡒊受学海堂诸士的影响,再加上多年来禁烟无效,就对"弛禁论"十分动心,总想把此论奏请皇上，但又整日把禁止鸦片的话挂在嘴边，不敢公开奏请，只能把自己所思所想作为"粤士私议"奏报道光知道。然而，那时道光新立禁例不久，为臣的恍惚其词，为君的不置可否，这件事就这样如石沉大海一样不明不白地过去了。直到许乃济上奏之前，再也无人敢奏请此论，虽说后来卢坤身死，邓廷桢出任两广总督，广东巡抚祁𡋽却一直对"弛禁论"抱着执著的态度。而今听说许乃济上奏之事，且据他推测不日将有事发生，现在真有事了，"莫非就是关于许乃济上奏之事？"这时坐在轿子里的祁𡋽心头一动，"那么皇上又想得到什么样的答复呢？"这样想着，片刻工夫，就来到总督府，进去一看，邓廷桢已等候多时了。

"邓大人，不知出了何事要我二人急着前来？"祁𡋽试探性地问了一句，果然不出他所料。"是许乃济上奏一事，请两位大人前来共同商议。"邓廷桢说着，就把批下的奏折递给他们。祁𡋽和文祥从头到尾把许乃济的奏折仔仔细细看了一遍，等他二人看完，邓廷桢接着问道："二位大人以为如何？"祁𡋽看了文祥一眼，见他正等着自己开口，就顿了一下说："许乃济所言，甚合卑职心意，只是不知大人以为如何？""此议事关国计之大事，二位大人可千万马虎不得，依我之见，不如与藩、臬二台和十三商行的人共议此事，方为上策。"祁𡋽二人忙哈腰称是。

不久，藩台、臬台两位大人和十三商行的怡和行的伍浩官、广利行的卢茂官、同孚行的潘启官等十三人应召前来。

这十三行包括怡和、广利、同孚、东兴、天宝、中和、顺泰、仁和、同顺、孚泰以及东昌、安昌和兴泰十三个商行，这十三行中，东昌、兴泰二行都是试办。怡和行伍浩官和广利行卢茂官就是伍绍荣和卢继光，浩官和茂官为其商名，至于商名加"官"是清朝指定的垄断对外贸易的官商，其实就等同于商务官，并没有任何正式的官衔。而这伍绍荣为怡和行行首，也是十三行之首，以伍绍荣为首的这些行商历来都同外商串通起来，帮助洋人走私鸦片，转运白银，从中分赃营利。如今一听"弛禁"一事，以伍绍荣为首十三商行当即同意此事。伍绍荣道:"长期以来鸦片屡禁不止,并非行之无力,实则此法不当,而'弛禁'鸦片实为良策。"藩台、臬台两位大人也都连连点头称是,"以货易货不仅可以防止白银外流,又可以我土所产的物品来牵制对方,不过鸦片与其他洋货一同交易,可不必设局专办,税额也依旧制,不必增加;此外价格也不必预定,允许民间栽种鸦片,虽说对外洋的鸦片有抵制作用,但也不可使栽植泛滥以免影响农业,应适当限制一下才是……"

邓廷桢一见众人都声声赞同,没有异议,反倒犹豫起来,心想:"虽说众人都异口同声赞同'弛禁',但此事重大,稍有差错,皇上怪罪下来,不免要先拿我问罪,这却如何是好?"

广东巡抚祁𡋄见邓廷桢沉默不语,急忙说:"既然众人都同意此事,大人还犹豫什么呢?"邓廷桢想了想,道:"如果志在消除鸦片弊端,到头来却弊端更大,就不得不考虑变通的办法。现在既然各位大人都赞同此事,那就这样办吧。"接着就让广东巡抚祁𡋄把众人的意见写了下来,草书九条,以祁𡋄为首签了名,交给两广总督邓廷桢,邓廷桢接过来看过,又说了一阵子,就把众人送了出去,然后派人把此议送往京城去了。

第二十六章

穆尚书谎言哄御驾
全贵妃温语慰圣心

穆彰阿不免头冒冷汗手脚发凉。虽说他平日作假惯了，但在皇上的面前说谎，这还是第一次，稍有差错，那可是性命攸关。然而道光并没抬眼去看他，仍然一边批着奏本，一边又问道："那么奏本上所说的人证你又做何解释？"

道光皇帝自上次把许乃济的笔抄奏折批往广东一省协议，心头也猛地一松，畅快了许多。这日，道光心情极好，觉得天特别蓝，云格外白，草也分外绿，做什么事似乎都顺心，看什么东西也似乎都顺眼，自然以往的那些郁闷也都烟消云散了。他现在十分畅意地仔细筛理此事：早在两年前就有人私议放松对鸦片的禁令，可朝廷上下却似乎都在忙于禁止鸦片，因此朕并没有对这些私议动过一丝念头，而今这许乃济三番五次上奏竟把我打动了。道光不由觉得好笑，难道上天真的有意在困难的时候降福于朕，甚至在眼前就已出现未来的情景，百姓安康，人民富足。道光笑吟吟地坐在御座上俯视群臣，群臣也正为着国事和气地左一言右一语讨论着，这是多么祥和安泰的局面啊！还有这个许乃济身在太常寺卿，却只让他掌握皇室杂务，未免太屈才了，以往从未注意此人，想不到在关键时刻替朕解决了一个难题，这样的人该重用才是，等广东把协议交上来后定要好好地嘉赏许乃济。

对于两广总督邓廷桢所管辖的广东省会作出什么样的决议，道光是能猜到一二的。虽说两年前广东省所奏"有人私议要求弛禁"，实际它所代表的是广东省的头脑人物，所谓的"人"无非也就是卢坤和祁𡏳等，虽说卢坤已死，但他手下的人还在，在看到许乃济的奏折后又怎么会不赞同此议呢，更何况许乃济还是出身于广东学海堂。对这些道光是经过深思熟虑的，否则又怎么会把它批往广东省而不批往他地，难道真的仅仅是因为广东受鸦片毒害太重？要想找到一个合理整治鸦片的决策，难呀！现在既然有了，他又怎么会轻易放弃，又怎么可能找反对的人来商讨呢？

一想到这里，道光不禁露出自信的微笑，现在万事俱备只欠东风了。这时闲来无事，心里舒畅，不由得想到自登基以来都在忙着整治鸦片，而没有观赏过角力的技戏了。想到角力，道光顿时来了劲，于是传旨召御前侍卫前来练武场。

在宣德殿前不远的一片广阔之地，就是皇家校前练武场，一块方形的大红地毯铺在御台前不远的地面上，在地毯的两侧一丈三四尺之地，兀立着两列兵器架，架上有枪有剑有刀有戟，十八般武器，应有尽有，仿佛站在两边的御前侍卫，威风凛凛。在兵器架边整齐站着的侍卫前方，摆着两排太师椅，侍卫统领阿博古、扬威将军长龄、军机大臣户部尚书王鼎、军机大臣工部尚书穆彰阿、军机大臣兵部尚书玉麟、直隶总督琦善等人，文武两列分庭而坐。再往前台阶之上，道光高坐在黄绸罩着的御椅上。

在御台下面铺着的红色地毯上，正有两名侍卫角力，各自使出浑身解数，只听"嘿"的一声，其中一名仰面摔倒在红地毯上。摔倒在地的那个侍卫恼羞成怒，一骨碌又跳起来咒骂一声，准备再朝对手扑去。而对手已经叉开双腿握紧双拳傲然而立，像一棵挺拔的松树去迎接又将到来的狂风暴雨一样，瞪着即将扑过来的那个侍卫。

"赏！"道光皇帝一喊，落败的那名侍卫猛地省悟，记起这是在宣德殿，在御前。他连忙退下，惊出一身冷汗。胜利的那名侍卫赶紧上前几步，向皇上跪叩，然后领了二百两银子，面带笑容退回到侍卫队中去。

紧接着，第二场角力开始了，两列侍卫中各走出一名侍卫，向皇上跪叩，随后站起身，倒退几步，踩上红地毯，方转过身，面对面站住。

这两名侍卫一高一矮，一个略瘦一个微胖，两人站定后，半蹲着叉开双腿，半握拳，不眨眼地盯着对方，在红地毯上慢慢兜圈子，看上去平缓从容，互相并未接触。而实际上双方都在积蓄力量，寻找对方的破绽，伺机猛攻，真像一只猛虎和一只猎豹在对峙。大殿上下从皇上到侍卫、太监，无不屏住气息看着这凝聚着力量的场景。这时高个子侍卫似猛虎咆哮，腾空而起，利用自身的长处以泰山压顶之势扑向矮的侍卫。个矮的侍卫在对手扑到的一瞬间，像矫捷的黑豹极其灵活地闪向一旁，躲过这狠狠的一扑，立稳脚跟眼神冷冷地注视着自己的对手。个高侍卫一扑不中，连对方衣角也未碰着，便静下心来盯着对手，不敢再轻易地出击。两人又重新回复原来的局面，叉开双臂慢慢兜着圈子，凝视着对手，等待对方露出破绽。个矮的见个高的不敢扑来，反倒没了主意，自己个矮又不敢轻举妄动，不由得慌乱起来，眼神也失了锐气，没了光芒。就在这时，个高的侍卫身子一顿，猛地一蹿又扑了过去，几个动作一气呵成，谁也没有看清他的动作，只觉眼前有一道闪电击向个矮的侍卫，就见那个矮的侍卫这时像熄了火的炮弹，在空中划了一道线，"咚"的一声巨响，矮胖的身体沉重地摔在大殿门边，趴在那里半天才爬起来，退回侍卫队中。

道光一招手，侍立一边的太监用银盘又托出赏物，将二百两银子赏给胜利的侍卫。彩缎十八匹分赏今日角力的六名侍卫。乐工又奏起《金殿喜洋洋》的曲子，欢快的旋律伴随着欢乐的气氛，像长了翅膀一样飞舞在宣德殿的每个空间。

角力比赛结束后，与会人员纷纷跪叩过告辞而去，军机大臣工部尚书穆彰阿正打算一同离去，但被匆匆赶下来的原本侍立在皇上旁边的太监喊住了，悄声对他说皇上令他今夜前往养心殿东暖阁拜见，然后转身随皇上也出了皇室校武场。空旷的校武场只留下穆彰阿独自愕然立在原地，皇上召我会为何事呢？难道是……已近响午，滚滚的热浪升腾在这种威压下，空中没有一丝风，平添了沉闷的气氛。

到了晚上，太阳虽然早已沉下去了，大地却还在喘息着，尽管懒懒的枝叶偶尔扭动一下身子，但似乎只是象征性的，转眼又不动了，空气仍然弥漫着一股燥热。穆彰阿受了令牌，一人来到养心殿东暖阁，门外的太监先行进去通报，回来后让穆彰阿进去。这时道光正批本，穆彰阿见道光并未作出反应，就侍立在旁，低垂着头，惶惶不敢动。

道光正批着上次九卿科道会议所奏的本子，见穆彰阿侧立旁边，就伸手把御案上的另一本奏折抛在了地上，气愤地说："这个本子你看看吧，看你做何解释。"穆彰阿怯怯懦懦地从地上拾起了本子，看去果然是昨日所料之事，于是眼不动心不跳镇定地说："启奏皇上，微臣实在冤枉，奏本上所书纯属无中生有。皇上待臣恩重如山委以重任，微臣又怎敢有负圣恩，扰乱科举之制？况科举之制历来是我朝选择人才的重要渠道，臣向来对皇上忠心耿耿，报效大清而万死不辞，唯恐在科考上有个闪失，又怎么会有不贰之心在科考上动手脚呢？请皇上三思啊！"这些话尽管在昨天已考虑清楚，但是现在说起来穆彰阿虽脸不变色，仍不免头冒冷汗手脚发凉。虽说他平日作假惯了，但在皇上的面前说谎，这还是第一次，稍有差错，那可是性命攸关的事。然而道光并没抬眼去看他，仍然一边批着奏本，一边又问道："那么奏本上所说的人证你又作何解释？"这个问题却是穆彰阿始料不及的。

原来穆彰阿为礼部尚书，掌管所有贡举、学校、考试、风俗教化、宗教及接待外使等事，现任工部尚书，掌管营缮、虞衡、都水、屯田等事，不久又赏戴花翎。现在有人上奏穆彰阿作奸犯科，就是指他在礼部时所为。原本此事甚为机密，可天下没有不透风的墙，不晓得谁走漏了风声，这事传到几个汉族读书人的耳里。这几人平日就对穆彰阿的为人敢怒却又无可奈何，这次抓住了穆的把柄，又因几人科试不合格，为泄愤就几人具报托朝中的亲戚上奏了他一本。

这时穆彰阿听皇上这么一问，愣住了，接着眼珠一转，一个主意上了心头,说:"启奏皇上,这奏批里有个小弯弯儿,或许皇上还未知晓。"说着就把手中所看的奏折又呈给了道光,"这上奏的几个读书人实为汉人,当初在礼部时我为主考官,他几人曾偷偷深夜到我宅上,妄图贿赂微臣,并声称有某某亲戚在朝做官,要微臣给他们几个名额,被微臣拒绝。他们可能怀恨在心,就参了微臣一本。此外,据臣所知,有些汉人对满人统治始终不满,可能与此也有渊源。至于其事如何,皇上英明,定能明察秋毫。"

道光一来向来都信任穆彰阿,视其为股肱之臣,二来一直忙在鸦片堆里,为此弄得悲喜无常,又哪里还有心思为别的事情所分心呢?本来对有人参奏穆彰阿就根本没放在心上,对其所说的是否属实并不以为意,又见他应对如流便更为放心,就说:"你也不必担心,朕本是随口问问,你不必在意。"接着就转到正题上,这才是召穆彰阿前来的主要原因。

道光指了指刚刚批完的奏本对穆彰阿说:"这本奏折朕已看过,仅有几名汉官加以反对,看来对许乃济的'弛禁'之见赞成者占多数,可见'弛禁'之策有可成的机会,现在是只欠东风了。""皇上的意思是指……"穆彰阿插话说。"当然是指广东参议之事了,只待广东之见合朕之意,那'弛禁'也就可行,到那时大业可成了。穆彰阿,你难道不替朕高兴吗?"道光见穆彰阿只是立在一旁却不作声,不悦地问。"微臣当然也高兴,只是臣认为此事虽然可行,但反对之人却无时不在无处不有,且这次九卿科道会议上以兵科给事中许球、江南道监察御史袁玉麟、内阁学士朱樽三人为首的汉人反对之声较强,恐怕……"穆彰阿面露忧色的样子,缓缓地说,其实他说这话是另有用意的。据他从上次九卿会议结束后和他们所说的话,穆彰阿已猜测到上本参奏自己的定是他们一伙儿,何况自那次他们三人对他冷言冷语后,他就一直怀恨在心,正寻时机准备惩治他们三人。穆彰阿实在看不惯他们那种目中无人的态度。

"恐怕什么?难道他们还想从中作梗,与朕作对不成?朕看他们不敢。"

"皇上所言不差,但怕就怕他们不知死活来阻挠此事。"穆彰阿阴险地说。

"这你不用为朕担心,穆彰阿,你处处为朕考虑,朕此后定会嘉奖你。你先下去吧!"

穆彰阿听皇上这么说,不敢再说,就跪叩皇上,然后倒退几步出了养心殿。

殿外的一名太监已经受命在外等待多时了,见穆彰阿出来,便提了一盏灯在前引路,送穆彰阿出去。这位太监年岁不大,二十二三岁,在出宫的路上随便客套了几句,穆彰阿见他面善,便把皇上召他进宫的原因大致说了几句,太监似乎并不在意他所说,就把他送了出去。

你道这名太监是谁?原来也非毫不相关之人,而是江南道监察御史袁玉麟大人的一个远房侄儿。当年进宫来侍候皇上就是袁玉麟大人送进来的。

前几日,兵科给事中许球见上次参奏穆彰阿一折呈上去后,如同石沉大海一样没了音讯,大为纳闷。而现在九卿科道会议上所议关于许乃济"弛禁论"所上的折子,怎么也没了声响,到底是怎么回事呢?皇上一直以来对鸦片非常重视,尽管会议上所议并不深受皇上的重视,可也总不该如此这般情况,既不表示赞同却也不说反对。许球这时又是感慨又是纳闷。想当初顺治当政时,九卿科道会议上所议之事无大小,只要是要事无一不需会议议决,而主子爷也向来对此议并无异议。现在却都变了,九卿科道会议官员的议政作用全变了,官员由初期满人占多数到满汉名额各半,又到如今汉人居多数,看上去汉人似乎也越来越得皇上的重用,其实又怎样?许球叹了口气:皇上身边的近侍大臣,汉人又占几成?要说议政的作用吧,设立初期,会议所议总占主要位置,所议结果总要在朝上开诚布公,以让满朝文武悉知一二;而今,不要说让满朝文武都知晓,就连皇上自己也不重视了,对会议的结果也漠不关心。这次像鸦片这等重要的事会不会如此呢？如此那可不是一个好征兆呀！本来禁止鸦片就没取得多少成效，现在许乃济一上奏，皇上又迟迟不表态，这样下去岂不要使一些人认为朝廷已对许乃济的"弛禁"默认，这样下去可不好呀，以后等到全国上下对鸦片之禁都松懈了，那时即使再要求严禁，恐怕也挽回不了局面了。

想到这儿，许球就派管家速速把袁玉麟和朱樽两位大人请来。管家去后不久，江南道监察御史袁玉麟、内阁学士朱樽就来到许球的府中。许球已在里面恭候他二人了，见他二人来到，迎了过去。三人坐定后，许球就把自己所担心的事向他二人说了一遍。袁、朱两位大人对此事也已考虑到，也正准备相议此事。许球就说："既然皇上对所议的结果不置可否，不如我们三人联合上奏，定可使皇上否议弛禁，二位大人以为如何？"朱樽一听也表示赞同，袁玉麟为人较为谨慎，说："此事千万不可莽撞行事，否则功亏一篑，后悔莫及。首先我们并不知皇上这几日作何想法。如果皇上并不赞同许乃济的弛禁，那么皇上把奏折交给九卿科道参议又抄本批往广东，则只是一个幌子，皇上不久也就会给弛禁作个定论。如果皇上赞同弛禁，那么恐怕他早已下诏旨了。所以依我之见，恐怕皇上未必赞同'弛禁'，即使偏向，恐怕也是有所顾忌，怕人反对、怕人进谏罢了。

"所以此等重要的事还是小心谨慎些好。我有一远房侄儿，在宫中当差。至于皇上对弛禁如何看法，也许他能知道一二。我看还是把他先找来问个清楚再说。"许、朱二人一听这样更为妥当，就又派人偷偷给袁玉麟的远房侄儿捎了个口信。一个多时辰后，这个太监来到，许、朱、袁三人一打听，果然如袁玉麟所料。于是在这个太监回去后，三人又偷偷地商议一会儿，然后散去，各自回府去了。

第二日，道光正在养心殿东暖阁批本，这几日心情好，道光不免多批了些奏折。奏折上所奏多是关于鸦片之事，一些是说鸦片如何泛滥又被有效严禁,然而道光一心偏向弛禁,对这类奏本已无多大兴趣了,还有一些是事先听到消息的总督巡抚所上的折子。

道光正批着,就听到外面侍候皇上的太监喊道:"禀皇上,江南道监察御史袁玉麟大人、兵科给事中许球大人、内阁学士朱樽大人有事求见皇上。"

"可有什么事吗?"

外面的太监答道:"回皇上的话,奴才刚才问了,他们说没有别的事,只为前些日许乃济上奏一事。"

果然被穆彰阿猜中了,道光微微一笑,就传出话来:"既然是关于许乃济上奏的事,他们前不久在九卿科道会议不是已妥议此事,且奏折朕也已经看过了,他们还来干什么?叫他们回去吧,有什么话以后再说。"

外面的太监应了一声,回话去了。道光在东暖阁里一听,外面没了声响,心里无名地一阵高兴,又往下批着本子。一份奏本还未看完,就又听到外面的脚步声由远及近来到门外,太监奏道:"回皇上的话,刚才奴才把皇上所说的话一五一十地对他们说了,可是三位大人说有些事在上次奏折上还未交代清楚,今日特来求见,他们还说事关重大,非要见到皇上不可。"

"真是岂有此理,你就说朕已就寝,让他们明日再来吧!"道光见他们还不愿走十分气愤。说完,听外面并无应声,又不耐烦地说:"好了,好了,让他们都进来吧!"

自大清建制以来,满、汉两族一直不和,多数汉人都反对满人的统治,以至多数汉人起来谋反都打着反清复明的口号。圣祖康熙皇上和高宗乾隆皇上多次压制也没能控制住,无奈才采用抚顺之策,汉人的怨声才小了些。最令道光佩服的也就是圣祖皇上所用的抚顺之策了。让汉人也参政议政,才能使汉人支持满人的统治,国家才能长治久安,大清江山才能不失啊,道光对这一点知道得很清楚。

而现在有汉官来反对"弛禁",道光又怎么会安心呢,一方面长期以来因为鸦片弄得财政危机是最让道光伤脑筋的事，一旦有人能替他分忧解难，总该会令人欣喜若狂，然而另一方面又生怕有人反对"弛禁"，提出异议。现在又有人持异议，道光怎么能安心呢？以往禁烟时又无几人能行之有效，那些日子，可不好过呀！

想着想着，道光听到外面传来几人的脚步声，然后东暖阁门前的帘子一掀，进来三人，"江南道监察御史袁玉麟、兵科给事中许球、内阁学士朱樽，参见皇上。"三人跪叩皇上。"你们起来吧。""谢皇上。"然后立一旁。道光缓缓从案几旁站了起来，悠悠地走到御榻旁坐了下来，说："三位大人这么晚了前来见朕，有何事呀？"

许球道："启奏皇上，臣等在九卿科道会议上见许乃济所奏后，臣认为其所言大谬。许乃济说长期以来国库空虚纯属严禁鸦片所致，然而据臣所知并非完全如他所说。鸦片泛滥后，固然会使白银流失严重，从而日渐匮乏。然而臣认为关键不在于购买鸦片，而是在于一些守边的将领官吏玩忽职守没能对鸦片严禁所致，特别广东一地，有些官员恐怕对鸦片禁之不严，才使鸦片泛滥到内地。"

说到这儿，许球看了皇上一眼，见道光并未表态，顿了一下接着说了下去："所以臣认为国库空虚为鸦片泛滥所致而并非严禁所致，鸦片泛滥实因禁而不严，试想一些官员玩忽职守，甚至贪污贿赂，与一些不法商贩相勾结，鸦片又怎能禁绝呢？许乃济奏折上所说国库空虚似乎全归于禁止鸦片所造成，是以臣认为其言大谬。

"此外许乃济所提议的，臣也认为不妥，试想我朝乃大清王朝，疆阔人众，自给自足，无求于人，只有外邦前来朝见我主才是。实行闭关之策乃祖上之法，当属行而有效之法。而现在却有人认为闭关不妥，要广开商口以便我大清天朝的子民购进外邦之物，似乎我朝的物品不能自给，要有求于外邦才行，这岂不是大谬。堂堂天朝向来都人求我们，而无求人之理。

"许乃济所说以货易货便可禁止白银外流,其见并不现实。皇上可以想想看,如若能严禁白银外流,却又为何不能防止鸦片进入呢?"

道光一听许球所言似乎也有些道理,含笑点了点头。许球见皇上默认,就接着往下说:"臣认为要解决漏银问题,关键在于监督,如能认真监督,则鸦片之禁可行,白银出洋之禁也可行;如不认真,虽弛鸦片之禁,白银出洋之禁也不可行了。

"奏折上许乃济认为在种植农作物同时可种罂粟,不但不会伤害农事,还会对外洋输入的鸦片有抵制,而臣认为它却会影响农事。如以广大的土地去种植罂粟,农作物的种植面积必然减少,农作物产量必然减产,时间长了对国家必然不利。此外内地并不可以种植这种植物,即使种植生产出鸦片,国民因其性弱,也多不会吸食,仍会去购买外洋的鸦片,白银的流失依然不可避免。臣认为这还在其次,试想如以种粮食之地去种罂粟,无异于将外症驱入人体,禁鸦片在贸易上的意义是次要的,重要的是防止民众的堕落和衰弱,民众乃国之根本、国之基础,皇上难道不认为应馈恩于民吗?"

道光一听,又缓缓点了点头:"言之有理。"对于许球这人的品行,道光是早有所闻的,在被任为兵科给事中之前,就以关心国计民生在京城著称。几年前有位亲王的人在京城崇文门当差时曾非法勒索百姓的财物且已非一日,合朝大臣惧亲王的权威而无人过问此事,当时只有许球一人上疏痛斥其为苛征暴征,请求严加制止。道光还记得在三年前因江浙一带民间流行瘟疫,许球既非乡人又非属官,却出面请求皇上分设医局、棺局,以恤民命一事。现在他又为鸦片而上奏其事,道光又怎能不心动呢?接着许球又往下说:"许乃济认为吸食者多是轻浮懒惰、胸无大志、无足轻重的人,故而认为可以允许民间吸食鸦片,但不准公职人员吸食。而臣认为治官则须治民,民为本且不说,试想官与兵皆来自士与民,士与民若吸食成瘾,则为官为兵后又如何可以禁止他们吸食呢，况且明知鸦片乃害人之物却听任自流，而不予禁止，还要从中得税。堂堂大清王朝哪有此等政体，是严禁还是弛禁，皇上还要三思而行呀！

"至于以往对于鸦片愈禁愈泛滥，并非因禁烟的方法不对，臣认为主要原因可能是执法不严的后果，从而给外人造成的印象只是雷声大而雨点小，商贩更加肆无忌惮，甚者还有官吏参与贩卖从中渔利。臣认为只要执法严厉定可把鸦片驱出天朝，还皇上一个清朗的天朝，即使是成就伟业也指日可待。臣等夜访，只为此事，还望皇上能慎重从事才好。"

许球后面所说的每一句话无不令道光心惊胆寒，已是七月的天气，然而听到这些话，道光仍然惊得头上直冒冷汗，仿佛又回到以往禁烟的那些日子。

以往禁烟时，道光见屡次下诏禁烟而无成效，就已产生怀疑，怀疑禁烟不绝的原因，可是却一直没有发现有谁会从中作梗，看上去好像每人都在严格执行禁令。因此道光总是对自己的怀疑感到茫然，觉得自己怀疑错误。特别是自许乃济上奏折后，道光更加认为自己猜错了，把禁烟之所以没有成效全归罪于不该下诏禁烟，而以"弛禁论"为是。现在呢？许球上奏又把禁烟无效归于执法不严，道光不由得又感觉到以往自己的推测或许是对的，许乃济所说也有几分道理啊！

这些事情究竟孰是孰非，还真不敢断定，这毕竟不是儿戏而是大清天朝千秋万代之事，可一点也马虎不得。

究竟该怎么办呢？

道光皇帝又理不清头绪了。

道光十七年（1837年）九月，朝廷内还在为鸦片所困扰着，然而这时，七月的盛夏随着气温的下降也悄悄地溜走了。在这夏秋交替之季，古老巍峨的紫禁城在朝晖映射下愈发显得肃穆。尽管由于鸦片的泛滥，给大清子民带来无穷的灾难，百姓因吸食鸦片弄得贫困不堪，重者家破人亡，流离失所，四处逃生，然而在北京城依然呈现出一片歌舞升平的景象。城内川流不息的人群，店铺林立，商贩叫卖声不绝于耳。

自从上次许球三人上奏后，道光日夜不宁，拿不定主意，许乃济与许球、朱樽、袁玉麟三人，两方面的人都各执己见，似乎都有道理，到底相信谁才好呢？在这时候，曹振镛又要告老归田。曹振镛乃三朝元老，年岁已大，对朝中大事已心有余而力不足了。曹振镛身为军机大臣，见识渊博，经验丰富，做事老成稳重，向来受道光的赏识，所以朝中事无大小，道光多愿找他商讨。而今他却该告老归乡了，那么以后还有谁能辅佐朕来成就大业呢？

这天，天朗气清，秋风微微吹拂着，皇宫御花园里依然是万紫千红，奇花争艳，在生命的最后一刻，草儿虽已露出黄色，在心里却还蕴藏着强大的韧性。天公作美，道光心里也舒畅了许多，于是在曹振镛即将告归之时，邀请他同游御花园。

"曹大人今年多大了？"道光与曹振镛边观赏园中美景边随口问道。

"回皇上的话，臣今年已七十有余了。"曹振镛恭顺地说。

"曹大人，你年岁并不甚大，现在却要告老归乡岂不可惜了。昔闻姜子牙八十尚且辅佐武王，你现在要走，不是早了些吗？"

"那实在是皇上给老臣脸面，臣怎敢和姜子牙相提并论，臣实在受之有愧。十多年来只因臣能力有限，实在有愧皇恩，只愿能尽心尽力报效皇上，臣也就死而无憾了。而现在臣实在是岁不饶人，无法再辅佐皇上，还望皇上开恩，准臣所奏，使臣老死故里，臣也就满足了。"

"曹大人不必如此感叹，朕准你所奏就是了。只是朕一直在想，除了大人外还有谁能来辅佐朕呢？且现在国家用人之时，鸦片到处泛滥，而又无人能替朕出个好主意来驱除鸦片，你现在又要走，朕以后还能信任谁，谁又能值得朕来信任，朕实在是感到遗憾呀！"

"我朝人才济济，比臣有本事的大臣不胜枚举，实非臣一人，只要皇上仔细观察，便可得之。皇上之所以不见人才，只是没让他们入其囊，其锐当然也不见了。"

"曹大人所言甚是，长期以来朕只是忙于严禁鸦片却没有注意群臣对禁烟有什么看法。只是现在许球等人又要求严禁鸦片，朕实在犹豫，到底该相信许乃济所言，还是信许球等人所说。若是信许球等人所说，那现在又该如何做呢？难道也同样把它批往广东协奏此事，如若广东一省又持异议，则又将如何？朕这些日子被这些事搞得疲惫不堪。曹大人，对这些事你可有什么良策？"

"臣认为皇上上次既已把许乃济大人的奏折批往广东，这次若把许球等人所奏的折子批往广东也未尝不可。至于皇上担心广东持异议，这点本无必要担心，广东方面如若认为许球所奏有理，他们自然不敢再提异议；如若广东方面认为许球所奏大为荒谬，则许球所奏恐怕未必可信，到那时即使广东再持异议，皇上又有什么可担心的呢？"

道光点头认为此言有理，说："曹大人真乃朕的谋士呀！"曹振镛连连点头谢恩。

两人说着说着，不觉已出了御花园。

道光听过曹振镛一席话后，心里立刻云开雾散，心情感到舒畅了许多。这天傍晚，道光把许球等人所奏的折子批往广东后，闲来无事，想到多日未见皇贵妃备感思念，就往皇贵妃所住的地方去了。

翊坤宫离道光所寝的地方并不甚远，道光坐着八名太监抬的御舆不久便到了。

刚到翊坤宫，早有人进去通告了，全贵妃一听，大为惊喜，今日哪阵风把皇上吹来了？平时全贵妃照管六宫事务，而其实也并没多少事。每次全贵妃独自在宫内时，总是想起皇上，那时总感到日子过得好快，现在只是一人的时候，又总觉日子难熬。自从少了皇上，翊坤宫也显得冷清，全贵妃也愈来愈感到寂寞。

这种感觉是从全贵妃生子奕𬣞后才有的。生子后，她才开始感觉到自己已非往常的小姑娘，已经长大成人了，已为人母了。然而皇子一出生就被抱走了。清宫里的规矩，皇子落下地后，便由保姆抱出宫去，交由奶妈子抚养。一个皇子照例须八个保姆、八个奶妈、八个针线上人、八个浆洗上人、四个灯火上人、四个锅灶上人。到了三岁断乳以后，便除去奶妈，添上八个太监，名叫谙达，教他饮食，教他说话，教他走路，教他行礼。到六岁时候，穿着小袍褂小靴帽，领着他跟着大臣们站班当差，每天五更起床，一样穿着朝衣进乾清门。过高门槛，便有太监抱着他进门，回头向两面看看，跛着方步到御座前，跟着亲王们上朝。朝罢，送到上书房去上学。到十二岁，有满文谙达，教他读满文，十四岁教他学习骑射。宫中唤皇子称作阿哥，皇子住的地方，称作阿哥所，又称青宫，直到父皇驾崩，才可带着生母和妻子出宫去住。做皇子的，一生和父皇除了上朝的时候，只见得十几面，见面的时候，又不得说话，因此做皇子的不光对生母并无多少母子之情，就是对父皇的感情也十分冷淡。道光却还好些，常常把皇子召进宫去，带在身边，一块儿游玩。这几年，只因为鸦片一事颇费心神，不只对妃子们疏远了，就连皇子也很少召见了。

自从皇子奕𬣞被抱走后，全贵妃无日不想念着自己的儿子，因此寂寞孤单的感觉也更加强烈了，皇上又整日忙于政事，也很少来翊坤宫。虽然从掌管六宫事务后，有事可做，但闲暇时仍有种孤苦的感觉。只是她性格很刚强，总揽六宫的全贵妃又怎能轻易示弱于人呢？

谁知今日皇上突然来巡幸了。听到皇上来了，全贵妃急忙整了整衣妆，带着答应、嫔、妃等人迎接皇上。见了道光，全贵妃道了万福，其余的人也立即跪拜。

道光见到全贵妃也很高兴，虽已几年过去了，皇贵妃依然花容月貌，腰肢婀娜，肌肤凝白。道光许多日子不见皇贵妃，也思念得很苦，如今见到哪有不高兴的道理，急忙伸手过去，把她拉了起来。只见贵妃眉弯入鬓,粉脸凝脂,望去还如年轻时一样秀美。道光心里大为欢喜,罢了其余妃嫔等人的礼仪,牵着皇贵妃的手走进翊坤宫,入了内室,遣退了宫女,空阔的内室只剩他二人,两人少不得要诉说别情。

"多日不见皇上,皇上比上次来又消瘦了许多,皇上可还记得上次来的时候到现在已有多少时日了?"皇贵妃悠悠地问。

"恐怕也有一个月了吧。"

"皇上真是好记性,虽然整日忙于朝中之事,对这些小事却还记忆犹新,实令臣妾佩服。看来皇上还是那么精力充沛。"

道光深深地叹了口气说:"对这些小事虽记忆犹新,对于鸦片的事,朕总感到力不从心呀!"

"皇上虽整日奔走于政事,可也要注意身体才是,否则以后我大清国又有谁来整治呢?大清的基业又由谁来延续下去,皇上任重道远,要当心才行呀!"皇贵妃不无忧虑地劝道。

道光眼睛遥望着内室里荧荧闪闪的烛光,说:"自先祖建立大清以来已有二百年了。想当初刚建时,各地战乱还未平息,朱姓家族的余党伺机反覆,统治处于风雨飘摇之中。先祖励精图治,招安明末遗臣为其所用,拢汉人,平叛乱,历尽沧桑,才巩固好我大清的江山。而今只一个鸦片问题就搞得我手忙脚乱,不知所措,朕有时实在是感到愧对先祖。"

"皇上又何必太忧伤呢?想当初张格尔叛乱,遍及几省,规模庞大,乱军众多,皇上不也是不费吹灰之力吗?皇上当初那气概不也是气吞万里,面对敌军不也是面不改色等闲视之吗?当初的气概难道皇上现在没有了?鸦片乃外邦所产,外邦地小力薄,我大清却地大物博,谁人敢轻,难道仅仅是小小鸦片就能把皇上难倒了吗?再说,皇上乃仁义之君,只勤俭廉政一件事就足令全民敬仰了,又何况减免赋税、减轻劳役等事呢?皇上乃一国之主,只要下诏,全国上下又谁敢不遵呢?"

道光见全贵妃如此深识大体,颇有国母之风范,心里真是又激动又感激,若有这样的一位皇后,朕也不用再为后宫操心了。想到这儿,道光就有了立全贵妃为皇后的念头。

于是道光就握着全贵妃温玉般的小手说:"皇妃真乃朕的知己呀!在众多妃嫔中也就只有你能为朕分忧解难了,只是让你为皇贵妃实在太委屈你了。"

"皇上千万别这样说,臣妾并无要做皇后的念头,只要皇上身体安好,政通人和,臣妾也就知足了,又怎敢奢求皇后之位呢?"全贵妃一听道光说这样话,真是又惊又喜,惊的是自己现已是全贵妃,在后宫众妃嫔中已是无人能与其相比肩,也就满足了,却从未想到要做皇后;喜的是若当了皇后那可不只是一个人的荣耀,古语说得好:一人得道,鸡犬升天,正是此意。全贵妃又怎会不一阵子窃喜呢!

"皇妃既有皇后之仪又有皇后之威,也只有你才是皇后的最佳人选,舍你又取谁呢?"

皇贵妃听到如此话后,知道道光已打定要立己为皇后,做皇后已成定局,心里就如同吃了蜜一样甜滋滋,又是一阵兴奋,然而嘴里又少不得谦让推辞几句。

道光虽然这样说了,还未下诏立全贵妃为后,然而这件事却像长了翅膀一样,没有几日就已传遍了后宫。

这天下午,道光正在东暖阁批阅刚从广东送上来的邓廷桢等人所奏的对许乃济"弛禁论"的意见。这时,道光早已又把许球等人所奏传往广东协议去了,如今一见到广东一地竟持同意之举,因此大动肝火,非常气闷。

道光正在气头上,就见一个小太监慌慌张张地跑了进去,道:"启禀皇上,皇太后刚才遣人来说要皇上到寿康宫走一趟,要见皇上。"

道光一听纳闷了,太后要见我,难道出了什么事?这时道光还不知道,要立全贵妃为皇后的消息已传到了皇太后的耳朵里。

上午皇太后正在寿康宫歇息,静妃前去问安,太后就和静妃闲聊了几句,却发现静妃总是心神不宁,言辞闪烁。在太后的追问下，静妃就把自己所听到的消息一字不漏地向太后说了，太后和静妃相处已非一日，静妃心里所想的太后哪有不知之理，无非就是要太后出面让皇上打消立全贵妃为后的念头，以便日后好坐皇后之位。可是太后想到静妃一则为自己的亲戚，二则对自己也很尽孝道，就答应回头问问皇上，让她先回去。到了下午，就派宫女去招皇上来寿康宫。

道光满怀着疑惑来到寿康宫，踏上白玉阶，穿过慈宁门，穿过御道，跨过寿康宫正殿门槛，在一片寂静中，只有道光由远而近的脚步声。刚过门槛，就听到内室里面传出皇太后的声音："是皇儿吗？"

"母后，正是皇儿，这几日母后身体可还安好？上次御医给母后所开的医方可还灵验？"说着，道光就进了内室，向皇太后行了常礼。

"身体还好，虽然每日需吃些药，但身体还算得硬朗，只是每日吃药都快要成药罐子了。我现在年岁已大，天也愈来愈冷，渐入深秋，气温变幻却也不可不防。"皇太后缓缓地说。

"既然身体还算硬朗，儿也就安下心了。只是今日母后急于召儿前来寿康宫，可有什么事？"道光问道。

皇太后干咳了一声，缓了一下口气，说："本也没有什么事，只是这几日不见皇儿有些担心的慌。不知皇儿近日禁烟可有什么成效没有呀！"

皇太后平日很少过问朝政之事，太后从小受儒家影响较重，深信女子无才便是德，一直都认为评论朝政，那些都是男子所问的事，女子不可介入。故而对近些日子里所发生的一些事还不知道。

而现在皇太后这么一问，就连道光也感到惊奇了，他哪里想到皇太后不过是随便问问，正文还在后面呢。

道光纳闷：母后平日里很少和我提及政事，怎么今日倒主动提出来了。然而道光是孝子，见母后这样问，也并没有想得太多，就接住母后所问，说："禁烟虽成效并不很大，但还是取得了不少成绩。关于鸦片一事,儿定能办好,还请母后放心。"道光怕皇太后担心,于是撒了一个不大不小的谎,然而眼睛却也不免闪烁不定。

"母后是从小看着你长大成人,对皇儿哪里还有什么不放心的,所以皇儿也就认为有些事也就不需要告诉我了,是不是?"皇太后板着脸说。

道光一听皇太后的话中,明显有责怪之意,又见太后板着脸,知道母后已生气,就连忙改口说:"儿所说的并非那个意思,试想儿从小就受母后抚养教诲,成人后唯恐不能极尽孝道,哪敢总让母后担心呢?"

"既然皇儿这么说,那么后宫有什么事你总该和我商量商量吧!"皇太后不紧不慢地说。

道光听太后一说,猛地一愣:难道朕打算立后的事太后已知道了?可是道光仍装作不知道所指何事的样子,说:"不知太后所指的是后宫的哪件事?"

"你还以为我不知道,听说你欲立全贵妃为后,不知可有此事?"道光见皇太后已知此事,也就爽快地承认确有此事。

太后见道光已承认确有此事,就说:"皇儿可考虑清楚没有?"

沉默了片刻,道光说:"儿已考虑清楚了,儿认为全贵妃做事非常稳重,对人也是威而不骄,再加之从小熟读圣贤书,懂得为天下之母之所任,想当初让其执掌六宫之事务,母后不也是同意了吗?"

一提这件事,皇太后总是后悔。当初,皇太后见全贵妃做事确实得体,并无不是之处,又加道光多次在太后面前说全贵妃的好处,太后也就勉勉强强地默认了。可到了全贵妃总摄六宫事务后,太后见全贵妃在好些事上对自己总是不卑不亢,一点儿也不顾及太后的颜面,静妃又总在太后处说她的坏话,于是太后越来越对全贵妃的行事起反感,总是后悔当初不该让其执掌六宫的事务。

太后现在听道光这一说,知道道光心意已决,恐怕并没有挽回的可能性，就长叹一声，沉默不语了。

皇太后不作声，道光反倒不知该说什么好了。沉默了一阵子，道光又说："母后可有什么异议？"

"你已经成人了，有了自己的打算，现在未必肯听额娘的话了。"平静的语调掩不住淡淡的辛酸。多少年来，道光还很少见到母后流露出如此不满的情绪。

道光垂下头，不作声。

于是皇太后接着缓缓地说："皇后是天下之母、天子之偶，一人之下，万人之上，非贵人不足当此，而全贵妃的父亲不过是御前侍卫，且还是汉人，要是立全贵妃为后，恐怕未必得当。"

皇太后所担心的原来是这一点，道光说："自古英雄不问出身，朝中总该不会有人以此为由来反对，这一点母后大可放心。"

皇太后想了想，实在也没什么可说的了，脸上带着苦笑说："既然皇儿已经决定，我这做额娘的还有什么话说呢？额娘实在已经老了，有些事我已经力不从心了。"皇太后知道，以后全贵妃做了皇后，在这后宫可就由不得自己颐指气使任意为之了。

皇太后说着，抬起头默默地望着窗外。秋意已渐渐浓了，挂在树上的衰老变黄的叶子，随风扭动了几下肢体，不情愿地落下来，飘零在这秋意浓浓的季节里。

光阴似箭，一个月的时间很快就过去了。当许球等所奏的折子批到广东的时候，已到十一月了。

第二十七章

褴衫人嬉唱莲花曲
翰墨客论禁芙蓉膏

黄爵滋见众人都望着自己，便大声向他们宣布："此等禁烟妙法，明日我定要上奏皇上，以尽身为人臣之职。"龚自珍击掌道："好，明日我龚某定为你起草一折，以尽人臣之礼，也不愧对你我兄弟情谊！"

两广总督邓廷桢的府第在广州城繁华闹区，门外车水马龙，而在府内后花园内，却飞鸟绝迹，只剩一座孤零零的雕花小亭。

"将！"只听穿蓝色拷绸的那人猛喝一声，两广总督邓廷桢一愣，细心一看棋面，自己所执的老"帅"已在对方的紧逼之下无路可逃了。

"唉，又输了，鸿墀兄棋技果然高明，老朽佩服。"邓廷桢双手一拱，微笑着说。

"嶰筠兄过奖了，我虽然算不得高明，但比起嶰筠兄来，那还是胜多负少的。"穿拷绸的那人说。

邓廷桢看着园内苍茫的景色，听那人这样一说，却不作答，只是微微地露出一丝笑容。

那人见邓廷桢并不答话，似有心事，就开玩笑地询问道："嶰筠兄又在想什么心事，莫非端坐公堂时还没有用尽心思吗？"

邓廷桢收回目光，看了看那人，含笑地说："你呀！这么大年纪了，有时候还是这样为老不尊。"说到这儿，他停了一下，脸色也变得严肃了，接着又往下说："其实也并没什么事，只是这些日子皇上为了鸦片一事经常派人来询问事宜，兵科给事中许球等人不久又上奏反对实行弛禁鸦片，不知鸿墀兄可知此事？"

那人哈哈一笑："这等事哪有我不知道的，我虽蛰居越华书院，闲时鼓琴下棋，但对朝中政事却还不至于到'两耳不闻窗外事，一心只读圣贤书'的地步。"

邓廷桢苦笑着说："老兄你难道现在还不满意吗？在越华书院里谈书论字有什么不好，我羡慕还来不及呢。唉，若真能够只读圣贤书，又何苦管什么窗外之事呢！"

"嶰筠兄，你这话可就说错了，我这人你又不是不知道，何尝愿待在这书院？若是能像你一样一展雄才，我这一生也就不算是白活了。"

邓廷桢静静地看了看坐在对面的那人，方脸膛，大脑门，八字须，这些无不是邓廷桢所熟悉的，尽管十年了，他已比往年显得心宽体胖，脸膛也比往年显得红润了许多，但双眼依然有着往年刚见到他时的那股锐气，所变的只是他的岁数罢了。

其实那人并非别人，他就是越华书院陈鸿墀，而这越华书院也是和广州城"学海堂"并驾齐驱的学术重地之一。

这陈鸿墀虽是越华书院的人，整日多泡在书堆里，和官府少有往来。以往历任巡抚慕其声名，一到广州总是前来越华书院，希望能向他请教一二，他却总是闭门谢客一概不见。官府里的人又有几位能像刘备那样愿三顾茅庐？因此吃了闭门羹后也就不屑再来了。他虽与官府交往甚少，但对朝廷政事却很关心，分析也颇有见地，而且和两广总督邓廷桢关系甚密。

你道这是什么原因？原来这里还有一个小插曲。

邓廷桢，字嶰筠，江苏江宁人氏。二十六岁那年中了进士，仕途也算一帆风顺，到了道光六年（1826年）任安徽巡抚，虽然当时年已五十但意气犹存，几年下来政绩显著，百姓也多拍手称赞。然而却有一条没有做好，那就是在禁止鸦片这一条上没有搞好，邓廷桢开始也曾试图从各个方面来实施对鸦片的禁绝，但没有成效。时间长了，他自觉对此也实在无能为力，也就睁一只眼闭一只眼对贩卖吸食鸦片放松，专心去忙别的民事了，并取得了不少成绩。邓廷桢自己也怡然自得起来，就这样几年的时间很快就过去了。然而不知何时,巡抚衙门外多了一个乞丐模样衣衫褴褛的人,这人却又不同于乞丐,他不要饭,却喜欢唱莲花落,且改了词,不只在众人面前唱,且喜好在巡抚大人出衙时唱。起初邓廷桢并没在意,他要唱就随便他唱,并不理会他。时间长了邓廷桢也记住了几句词,记得最清楚的莫过于这句"穷了酒家富了谁",邓廷桢无事,便琢磨起这句来,琢磨着这句似乎很有深意,但总是有疑惑,且他记得那人每次唱到这句时总是有意无意地加重口气,眼睛也总是有意无意朝他瞟去。

一日,邓廷桢刚出衙门,就见那人又在外面,众人也不像往日那样围着他瞅,邓廷桢就走上前去,问道:"你经常这样唱,众人都不愿听了。"那衣衫褴褛的人并不回答,只是好像自言自语地说:"有心人听了自然有用,无心人听了自然无用。"说完扬长而去。这夜,邓廷桢正看着关于禁鸦片的一份禁令,又想到白天那人所说的话,似有所悟,就连忙派人把那人找来,待之如上宾,向他讨教此事。以往皇上虽屡下诏书,通令全国严禁鸦片,邓廷桢只是认为禁鸦片目的只在于不使民羸士弱,至于白银流失也不多,无足轻重。然而请教那人以后才知道,白银流失过重,照此下去几年以后国库必然空虚,财政必然危机。

听君一席话胜读十年书。过后邓廷桢感慨不已,于是励精图治整治鸦片,虽没取得多大成效,但已是尽心尽力了。此后深信人不可貌相,待那人更加殷勤,而且后来还知道那人是陈鸿墀,本来也是进士出身做过几年官,但是由于性情随便,不喜受约束,就辞了官职,过起浪荡的生活。邓廷桢听后,更加客气,以礼相待,并要招为幕僚,被拒绝了,邓廷桢见他比自己小不了几岁,就对他以弟相称,结为知己。

道光十五年(1835年),邓廷桢因政绩颇佳,皇上下诏升为两广总督。而这时陈鸿墀也已在越华书院了,他乡遇故知是人生一大乐事,因此陈鸿墀总是三五日就来探望他的这位老朋友,两人交往甚密。

邓廷桢听陈鸿墀这样一说,接着就劝道:"那你却为何不愿帮帮我做我的幕僚呢?"

"嶰筠兄,你莫再劝了,我这生性,就不要为难我了。"

邓廷桢叹了口气说:"你不来助我,我这一摊子又该怎么办呢?"

陈鸿墀一听,忙问:"嶰筠兄,难道又出什么事了吗?"

邓廷桢于是就把昨日的事大致向这位老弟叙述了一遍。

原来就在昨日邓廷桢接到皇上所批下来的奏折。原本以为皇上已同意弛禁,这次或许是来询问如何弛禁的事宜,没料到打开奏折一看却是许球等人的奏折,北京城距离广州几千余里,交通不便,所以虽事隔近一个月,但广东方面对许球等人上奏一事并不知道,所以这次下诏要广东协议。邓廷桢疑惑起来:上次皇上把许乃济的奏折批来协议,这次又把许球等人反对弛禁的奏折批来,这可不是简单的事宜,说错半句话弄不好是要掉脑袋的。辛苦大半辈才坐上两广总督这个位子,况且现在也已经六十多岁,可不能在余生出什么差错才是。想虽这样想,邓廷桢这时却猜不透皇上的心思了,皇上的葫芦里到底卖的什么药,这次又把许球等人的奏折批来协议,那么是该赞同还是应该反对呢?赞同吧,说实在的并非我等所愿;不赞同吧,谁又能知道皇上是否赞同。该怎么办呢?真是左右为难呀!

于是,邓廷桢又把广东巡抚祁𡒃等人找来征询他们的主意,可他们听过此事也都避重就轻:"一切愿唯邓大人马首是瞻。"

无奈,邓廷桢就想到他的这位老友。他深知他的朋友见多识广,考虑问题也很周全,就把他找来,表面说下棋,实际上是想向他请教此事。

陈鸿墀听完,沉默了片刻,缓缓地说:"此事千万不能等闲视之,还须从长计议才好。想当初,在许乃济大人上奏前,皇上是一直支持弛禁的。几年前,前任总督卢坤大人等人不也是曾偷偷奏请弛禁一事吗?然而当初皇上并未加以理会,自那以后卢坤大人也就没再敢议此事。皇上却是在这几年内一连下诏六次要求严禁鸦片，禁止贩卖。只是两年后禁鸦片没取得多大成效，可白银的流失却愈来愈重，于是许乃济大人奏请皇上。皇上也许是在万般无奈下才接受此议，却没有同意，只是批来广东协议罢了，然而皇上的心思却未必就同意弛禁。我猜，可能许球等人的奏请又挑起皇上禁鸦片的念头，所以这次嶰筠兄你可要小心从事才好！"

邓廷桢假装愠色地说："既然这样说，那么早在上次皇上把许乃济的奏折批来协议，我曾去询问你此事，你却为何不说？"

陈鸿墀含笑着说："嶰筠兄，这你可错怪我了，一来奏折批到这以后，你们都同仇敌忾反对严禁，赞同许乃济所奏，在那时候我总不能泼冷水吧；二来当时我又怎么能知道皇上到底怎么想的，更何况现在我也只是推测而已，不可全信的。"

"我不相信你，还会相信谁呢？"邓廷桢微笑着说，话中明显恭维他的这位老朋友。陈鸿墀爽朗地笑了笑，并没反对。

邓廷桢接着又问："那么依老兄你的意思，我该如何呢？"

陈鸿墀庄重地说："事情关系重大，远则于国于民有害，近则于嶰筠兄也脱不了干系。如若你支持弛禁，上奏朝廷后，皇上不同意，这可不光是身家性命的问题，还会累及吾兄声名。百世后，青史所书鸦片弛禁为老兄你所请，那又怎生是好？要依我说莫如支持严禁为好，但也不可不为自己留条后路，以防不测才行。"

邓廷桢自然不能不顾身后名，性命倒还在其次。听陈鸿墀这么一说，立即醒悟了其中的利害，马上站了起来，双手一揖，说："鸿墀兄，果然高人也，实令邓某佩服，请受邓某一拜。"说着就是身子一拱着地，深深地一拜。陈鸿墀也不客气，受了他一拜。

送走陈鸿墀后，邓廷桢立即回到书房，在备好的奏折上一挥而就，道："……从此再努力支持严禁三年，如果到时候没有效果，再考虑其他方法也为时不晚。"

道光十七年（1837年）十二月，正值北京城白雪纷飞，下到广东的奏折又送回到京城。

道光自从把许球等人所奏批到广东后，不免惴惴不安，收到回奏后，大为欢喜，把广东所奏立即交给九卿科道会议处。另一方面又赶紧筹备立后事宜，一来道光知道虽然皇太后勉强答应立全贵妃为后，但心里定不情愿，道光又是孝子，见到此景也不舒坦，唯恐夜长梦多再生变故；二来道光心想还是先把后宫料理清楚，省得忙着政务分心。

到了十二月初八，正逢吉日，道光下诏册封全贵妃钮祜禄氏为皇后，追封皇后父为乾清门二等侍卫，世袭二等男，颐龄为一等承恩侯谥荣禧，由其孙瑚图哩袭爵。虽然道光力主节俭，册后典礼依然盛大。

这一天，京城和全国各地都奉了喜诏，人人须穿红戴绿，家家要张灯结彩，以示万民同庆。偌大一座北京城，登时打扮得花团锦簇。热闹喧杂的声音、白雪飘摇的季节，全都给喜洋洋的气氛增色不少。

这一天，是皇家的喜庆，皇城另是一番天家气派：宫内各处御道铺上了厚厚的红毡毯；门神、对联焕然一新；午门以内各宫门殿门高悬大红灯笼；太和门、太和殿、乾清宫和坤宁宫挂喜字彩绸，中和韶乐设在太和殿前廊下的东西两侧，余音绕梁。

皇太后高坐在坤宁宫正殿的宝座之上，等候着给皇后行册封之仪，她因为穿了全套礼服而显得庄重，由于面色不变，加重了肃穆的气氛。

午门上钟声响了。一派管笛悠起，导引乐队吹打着典雅的乐曲，在御杖的前导下，出隆宗门缓缓而来。接着全贵妃在几百名宫女导引下出来，步往坤宁宫向皇太后行礼，只见全贵妃穿着隆重的全套皇后衣饰：三重宝石冠顶上，珍贵的东珠围绕着一块硕大的红宝石，九只镶了珍珠的金凤环集在皇冠的四周，金凤嘴里各衔着五串珍珠垂挂，前面的垂向前额，侧后面的垂至耳下肩头；马蹄袖的深紫色朝袍外，罩着石青色绣行龙朝褂和披肩，上有山海日月龙凤图案，显示着母仪天下的尊严。

走在全贵妃后面的是各宫主位妃嫔、贵人、常在、答应等人，随着全贵妃鱼贯而入进了坤宁宫，行了跪礼。皇太后默默地接受了她们的跪礼，知道有些事已无法挽回，默认了这一切。

册封典礼过后，皇太后在众多太妃和宫女的伴随下回寿康宫去，见到静妃时少不得安慰她几句，静妃也无可奈何地叹了口气。

皇太后和太妃们走以后，按礼仪惯例，各宫的答应、常在、贵人、嫔妃等也都向皇后道贺，夸耀几句，皇后含笑着点了点头。忙忙碌碌直到下午。

九卿科道会议阅过广东上奏的折子后，又呈给道光。道光见并无议处，传令军机大臣穆彰阿进见，命军机处草拟圣意，传命下去，再一次下诏严禁鸦片。至此才算长舒一口气。

道光十八年（1838年）正月十五，家家元宵之日，北京城内的居民们从清晨就开始忙碌了，加上前不久册封皇后，皇上大赦天下，城内外更显得一片喜庆的气氛。

猛然间，犹如海面上刮过一阵烈风，人潮如流纷纷涌向城门前。疯魔了似的观众你推我拥，拼命朝前挤，挤到门前，才看清楚了刚张贴在前的告示，不识字的还在愣愣地瞅着，识字的却已在小声念着：

"天朝圣谕，长期以来，深受鸦片之乱……因鸦片惑乱天朝，自今日起如若发现有私自贩卖鸦片者，定当从重议处决不轻恕……皇上手谕，钦此。十八年正月十五。"

那人念过后，叹了口气似自言自语地嘟哝几句，然后心犹不甘地转身挤出围观的人群，那些没能挤进去看个究竟的外层人群还在使足劲往前挤，伸长脖子朝前张望。

"子序兄，去看看皇上又出了什么新花样。"人群外一个身着紫红漳绒披风的文士听到有人小声嘟哝后，对同伴大声说。他的同伴看他一眼，微微一笑，不置可否。

着紫红披风的文士挤入了人群，片刻转身出来哈哈一笑："我还道出了何事呢，原来皇上又下诏禁鸦片了。"

"再下诏又有何用，长期以来只是详内而略外，重舆贩而轻买食，这样下去又如何可塞漏银之路，祖宗基业恐怕迟早要败落下来。"他的同伴似乎已猜到告示内容，小声地说。

穿着紫红披风的文士似乎并不赞同他的同伴的看法："子序兄言之差矣，有道是危难出英才，难保在这时候不会有敢言者。"

"自古来，若战事百战不殆，还需精兵配良将，若要在朝廷上博得声名，那还要明臣对贤君，否则多好的才华也要被湮没。"

"子序兄所指莫不是许乃济一案吧？"穿着紫红披风的文士带着询问的口气小声问道。

"不是那一案又能是什么，虽然自开朝以来，朝廷例法已逐渐缓松，却还不至于到言者无罪的地步。这次若不是德成老弟仗义执言，恐怕许乃济早就被斩了。"

原来道光把广东回奏交与九卿科道讨论时，本来赞同许乃济"弛禁"的一些满汉官员个个都默不作声，不敢有任何微词。可此事却正中许球、朱樽、袁玉麟三人下怀，也乐得默许广东所奏。

然而许球三人却另有打算，皇上虽把广东所奏交与九卿科道会议，显然皇上已有意于严禁鸦片，这样虽好，但毕竟还没定下来。再说许乃济上奏弛禁后，皇上也是对弛禁动了心，现在我等三人一上奏，皇上又对我等所奏感兴趣，照此看来，皇上还没拿定主意。万一许乃济再反戈一击，我等三人岂不是处于不利之地？

三人考虑再三，拿定主意，许球对朱、袁两位大人说："许乃济力主弛禁定然是与广东方面情投意合。广东历来是鸦片进入内地的必经之路，受鸦片之害最为严重，想必是多年来整治鸦片无效，无奈要求弛禁。此外广东巡抚有位幕僚，原来是仪克中，仪克中原本在学海堂治学，许乃济与学海堂交往甚密，又与广东巡抚祁㙷有些交情。许乃济上奏弛禁定与广东治烟无效，却与学海堂的'弛禁'之论有关。"

"我等三人不如联合参他一本，以免后顾之忧。"许球接着说。

朱、袁二位大人认为这样也好,就草拟题本,呈给了皇上。道光看过后,大怒,立命召许乃济进见。

许乃济应召而来,跪在红地毯上,大气也不敢喘。道光板着脸,掷下一件题本。

许乃济展开一看,顿时面无人色,额头上沁出黄豆大的汗珠。题本的第一句,"为特参太常寺卿许乃济结党怀奸,情事叵测事",而许乃济的首项罪状便是:"许乃济私结广东学海堂,受其蛊惑,力主弛禁鸦片,妄图坏我朝社稷……"

道光虎着脸,说:"大胆许乃济,看你今日还有何话说。"

"为臣实在冤枉,为臣认为,严禁鸦片实为不当,故而力主弛禁,正是为我朝社稷着想。此外为臣与广东学海堂的人及广东巡抚是有往来,但并非受其蛊惑。"许乃济辩白。

道光本来就很生气,怪不得几任总督都治烟无效,原来都是受弛禁思想的影响。现在许乃济再一辩白,道光更加生气:"既已承认与他们有交往,谅你也别无话说。题本发下,从重议处!"

第二日早朝,吏、礼、刑三部会审后题本上奏,最后拟出的处理意见是:许乃济理当处斩,查封学海堂,两广总督因上任不久不知实情,摘下花翎,广东巡抚治烟无效,免职后再经议处。后来鸿胪寺卿黄爵滋上书皇上,力劝之下,才取消斩刑,官降六品。

"想不到此人也落得如此下场,听说当年他不受漕运私惠,一再上折要求清理运河漕运积弊。不知可有此事?"紫红披风文士问他的同伴。

"正有此事,许乃济我还略知一二。此人处世忠诚,为人正直,也还不失为良臣,只是做错这一件事却也足够他后悔半生的了。牧庵兄,我劝你还是不要再试图博取功名,仕途风险很大,身世沉浮,实在是朝云暮雨,非久留之地啊!"他的同伴缓缓地劝着。

"牧庵兄"张狂一笑:"子序兄,真想不到你自入翰林院后竟有如此多的感慨。当初你未入仕途前不也是如我一样吗？"接着又说，"你就莫再劝我了，走走走，我们别只顾说话却忘了找人了。"

"子序兄"看了看他，无奈地笑了笑，知道再劝也是白费心机，想当年自己年轻时不也是渴望在仕途一展身手，从而发奋苦读，终于选入翰林院的新进士，可那又怎么样呢。官场险恶，尔虞我诈，不知何时就可能身陷银铛。我过去的一些事岂是你所能知，那次若不是林则徐大人暗中相救，我早就形骸无存了。只是不知恩公现在湖广如何？想到这儿，沉沉地叹了口气。

两人边走边说，就见一个人骑着高头大马迎面而来。那人头戴貂皮毡帽，身上披着灰白色的大披风，里面穿着貂皮镶边浅蓝色花纹的紫色夹袧马褂，左手牵着马缰，右手抖着紫红色的马鞭，双腿踏在马镫上，随着骏马往前缓缓地迈步，一荡悠，一荡悠。系在胸前的披风带子也随风飘起，好一副闲散优雅之态。

那人骑着大马一晃一晃地朝他们缓缓而来。到了跟前，那两个人并不躲避反倒迎了上去，上前一步，一把扯住马笼头。

"德成兄，你可真让我二人好一顿找啊。刚才我和子序兄前往你府中去，管家说你一早就出城去了，到现在才回来，害得我二人到处找你。"

那人看到他们后，连忙跳下马，双手握拳朝二人一拱："真是抱歉，本来事先约定，还害得两个贤弟来回奔波，兄长在这里给两位赔不是了。"说着就是一拱着地。

那二人连忙搀扶，说道："我二人岂敢受德成兄的大礼，看德成兄两眼发红的样子，莫非又去送佳人了不成？"

刚才骑马的那人微微含笑："让两位见笑了。"

接着穿紫红披风的那人问道："喜兰姑娘今日为何没来？以往几日在一起饮酒赋诗，有喜兰姑娘在，我等也可多畅饮几杯，多做几首好诗，也多了几分喜庆。今日德成兄没把喜兰姑娘带来，实在是我等不幸，到时定要罚你多饮几杯。"他的同伴也跟着说："德成兄，你没把喜兰姑娘带上，实在不该啊！"话中有着深深的惋惜。

"两位贤弟莫要再开为兄的玩笑了,喜兰姑娘已回老家了。"骑马那人缓缓地说。

那紫红色披风的文士虽听了此话却仍似意犹未尽,和骑马那人开着玩笑:"真想不到以风流倜傥闻名于宣南诗社的黄爵滋竟然没能把喜兰姑娘迷住,那真是我们宣南诗社的一大趣事。"

他的同伴要忠厚些,接着就问:"喜兰姑娘为何走得如此匆忙,也没招呼我们一声,想必你刚才是送她去了,为何德成兄不让她多住些时日?"

骑马的那人无奈地叹了口气:"我等似闲云野鹤一般,孤身一人,过惯了闲散的生活,这儿实非久留之地;再者她老家也已来信了要她回去。"说到这儿,长嘘了一口气,一转口,又说,"既然走了那就走了吧,如若两位贤弟来了酒兴,在这正月十五节日里可不能虚度这大好时光,我们还是赶快回宣南诗社喝酒去,我可不敢再劳累龚、魏两位贤弟再跑一趟寻我。"

说完,爽朗一笑,三人结伴进城去了。

他们三人都是宣南诗社的人。在广东一省有学海堂和越华书院闻名于江南一带,而北京城内也有一个京城知名文士组成的小圈子。那个圈子,叫宣南诗社,知名文士多在里面进行交游唱酬活动,少不了也要议论时政。湖广总督林则徐也是成员之一。林则徐就职湖广总督后,黄爵滋就成为这群文士的领头人。此外较知名的还有龚自珍、魏源、张际亮、翰林吴子序、公车臧牧庵、江开等人,在北京城内悉为路人皆知的人物。方才那披着紫红披风的自然就是臧牧庵了。他的同伴就是吴子序,在宣南诗社里两人交情甚好。他们本为同乡,吴子序早臧牧庵一步来到京城。等到臧牧庵到京城后,两人方始相识,异地相逢故乡人,因此两人交往甚密。臧牧庵比吴子序整小十岁,又晚到京城,吴子序在某些方面多愿指点他一二。吴子序在翰林院虽才几年,但对官场却已看腻了,非常厌恶那里面污秽的东西,也就经常劝他莫要再图走仕途之路。可臧牧庵对仕途却心仪已久,一往情深,虽经吴子序多次劝告却都被他婉言辞绝了。吴子序对他的这位同乡的想法也无可奈何。

这日正值正月十五,喜遇佳日,哪有不赋诗庆贺之理,所以早在一日以前就已互相约定。谁知到了此日,别的人都到齐了,唯独黄爵滋还不见人。别人或许可以缺少,但作为主要人物的黄爵滋怎能少得?于是就让吴子序前去寻找,终于在城门口撞见了他。那个骑着高头大马一副洒脱样子的文士正是黄爵滋,现任正四品的鸿胪寺卿一职,由于他敢言能干且有才华,深受道光赏识。此人处事精明,却又素来风流,最好打抱不平,前不久许乃济一案,若不是此人上奏皇上,恐怕许乃济早已身首异处了。

三人走了,北京城门口依然熙熙攘攘,在官府张贴的布告前依然有不少人张望着。不久又见两人从城里走出来,那两人不是别人,而是太常寺卿许乃济和大学士王鼎。两人穿着便服,一人牵着一匹马,默默地走着。到城外距城门一箭之地,许乃济停住了脚步,对王鼎说:"不用送了,王大人请回吧!"

王鼎仰面朝天深深呼出了一股热气,缓缓回头对许乃济道:"送君千里终须一别,这一走,不知我们今生再相逢之时又在何方。许大人,你也要多多保重呀!"

许乃济意犹未尽,苦笑道:"以往读到古人所写的送别诗,对其中深意总是捉摸不透,感到心有余而力不足,对诗人与友离别那种感触总是体会不出来。而今轮到自己的时候,才深深感到送与别是那么无奈,在背后又隐藏着多么浓厚苦楚啊!"

王鼎看到许乃济这样地痛苦,劝道:"许大人,你想得太多了。俗语说得不错,伴君如伴虎,这次皇上把你调到四川之地,未始不是一件好事,山高皇帝远,更有利于成大业。再说大人你在朝办事总也算得劳苦功高,这次皇上动怒,恐怕也不过是一时之气,等到皇上醒悟过来,或许还有转机召你回京,也未可知呀!"

许乃济哈哈一笑,却不是张狂的笑,而是满含着心酸的苦笑,笑过后平静了片刻，就见他泪流满面地说："召我回京？嘿嘿，王大人你莫安慰我了，看样子我这下半生是再也无法回京了。"

未等王鼎说话，许乃济接着说："只可叹在我朝危难之时，我却无能为力，无法去辅佐皇上以成大事，真是一大罪人！苍天哪，你真是太不公平了，竟让恶人当道。使我深受其害救国无力啊！"

说完双手掩面放声痛哭起来，王鼎见许乃济痛心的样子，不知不觉竟也流下了眼泪。

良久，王鼎笼起袖子拭了拭脸上的泪水走到许乃济跟前，安慰着说："许大人不要伤心了，该起程了。"

许乃济止住了痛哭，也拭了下泪水，沉重地说："是该起程了。"接着又放声大笑起来，这下反把王鼎弄得莫名其妙。

许乃济笑过后看了看愣着的王鼎，说道："或痴或笑或颠或狂才是我辈的性情。大丈夫立足天地之间，还怕前面没有自己的路？王维所说的'劝君更进一杯酒，西出阳关无故人'，调子未免太低沉了些，还是王昌龄说得好，'莫愁前路无知己，天下谁人不识君'。天下谁人不识我许某人。"

说到这儿，许乃济立即走到自己牵的白马旁，从马鞍上扯下一个酒囊，回到王鼎跟前说："在我离开京城之际，定要与王大人痛饮一番。"说着打开酒囊喝了几口，把它传给了王鼎，王鼎接过也喝了几口又传给许乃济，许乃济喝过后，猛地把酒囊扔得老远。

然后许乃济转过身来，纵身跃上马背，双手合拳一拱，道："王大人请回去吧，许某告辞。"两腿一夹，右手执鞭朝马屁股一拍，白马向前一纵，一溜烟向南方奔去。

原地上只留下王鼎一人，望着许乃济的身影在扬起的灰尘中愈来愈小，直至消失得无影无踪。

黄爵滋三人不大工夫转进一处胡同，就来到宣南诗社，朱红大门闭着，上面横着一道匾，长约两米，大书着"宣南诗社"。门的两侧是一副对联，上联曰：崇武尚文，无非赖尔多士；下联曰：

正风移俗,是所望于群公。口气甚大。

黄爵滋走在前面,径自踏上门前石阶,伸手拍门,门应声而开。开门的小僮一见是黄爵滋,边转头朝院子里面喊去:"龚爷,黄爷回来了。"边走上前去伸手牵过黄爵滋的大白马。黄爵滋三人刚进院内,就见龚自珍自内院里走了出来,说着:"黄老弟,今天你可来迟了,又到哪里风流去了,说出来让为兄也乐上一乐。"说完哈哈一笑,接着就和黄爵滋三人并肩进了内院,四人刚入花厅,就见十多个人或坐或立,围着正中一张镶着大理石的紫檀雕花圆桌,大说大笑。在这宽敞华丽而又喧闹的厅堂里,充溢着酒香和薰炉飘出的檀香气息。在花厅东西两侧,用了四套相同的紫檀雕花短榻、台几和太师椅。隔出四个小间,面向正厅,若断若连。各小间布置不同:或以山石盆景取胜,或悬琴剑、列古鼎,或陈书画以悦情,或供鲜花以迎客,最宜于清谈品茶。梅花怒放,香气扑鼻而来,为这精致的小间平添了一派江南风韵。

众人到齐后于是开宴。宴桌摆在大厅,三巡过后,龚自珍说话了:"黄老弟,以往你都是先来一步,这次却闹得我们等候了那么久,要先罚你三杯才行,不知众位以为如何?"众人一听,立刻喝彩鼓掌,满堂喧笑着齐声叫好。

黄爵滋当仁不让,扫视一下一双双等待的眼神,傲然一笑,大声道:"好,拿酒来!"

书僮赶忙奉上斟满美酒的银觚,他接过来,对着酒面轻轻一吹,然后宛若巨鲸吸川一样,几大口就吸去了觚中酒的一小半。这时,他仿佛来了兴致,一伸手撩开披风"咕嘟咕嘟"不歇气地开怀畅饮,直喝到头仰身倾,觚底朝天,接着又拿起方才书僮斟满的两觚,片刻之间也一饮而尽。

喝完酒豪放大笑一声,吟道:"醉卧沙场君莫笑,古来征战几人回。好,多么豪迈的气魄呀!今日定要痛饮才好,不如我吟诗作对以悦酒兴,不知众位以为如何?"

龚自珍一听正中下怀,喊道:"好!"

众人见龚自珍答得爽快,一个个也不甘示弱,于是说:"这样甚好,但不知以何为题?"

"题材自选,但必须为七言绝句,且赋诗必得言志。"黄爵滋缓缓地说后又接了一句:"赋得好诗者,方许饮酒。"

众人也都表赞同,于是赋诗饮酒。黄爵滋先行打头,吟了一诗,大厅里的人听了都声声称妙,于是他饮完杯中之酒。

接着臧牧庵站了起来,胸有成竹地朝众人一笑,吟道:"廿年辛苦事寒窗,有志须登白玉堂。会待春江花月夜,闺中独看小儿郎。"众人也都跟着说好。龚自珍声盖众人,缓缓地说:"诗中前两句有些气势,而后面两句似乎有些低调。"

臧牧庵凝神望着龚自珍,眼中有赞许之意,对龚自珍一躬着地说:"龚兄高见,实令愚弟佩服得五体投地。"

而龚自珍只是微笑,并不和他客气。此后又有几人吟诗喝酒,一炷香的工夫过后,众人都多少有了醉意,诗作得更加精妙。

这时候龚自珍也喝得醉醺醺的,该他赋诗了,他略一沉思,猛地拍案而起,大声吟道:"九州生气恃风雷,万马齐暗究可哀。我劝天公重抖擞,不拘一格降人才。"

众人听得正入神,龚自珍吟完,顿时在大厅里响起了一片掌声,吴子序待掌声平息下来说:"龚兄此诗的确不同凡响,依我之见,此诗在今日所吟诗中可算为魁首,各位认为如何?"

众人也都含笑点点头,表示赞同。而黄爵滋此人向来直言快语,众人不作声时他缓缓地说:"龚兄诗作当然无话可说,不过诗中所说似乎有些不当之处,特别在前两句中。据我所知虽当今我朝处处存在危机,特别是鸦片如洪水猛兽一般侵入我朝后,更是如此。但皇上却心有余而力不足,对鸦片历来严禁,所令人惋惜的是方式虽对,但所打击的却不当了。"

龚自珍对黄爵滋谈到自己的诗并没多在意,对黄爵滋提到鸦片的事宜却很关心,因此并不急于打断他说的话。

黄爵滋接着说:"本来在我朝内,白银一两可易一千钱,可鸦片入侵后银价愈来愈昂贵,这是为何?众人皆知,每年都有千万两白银流往外洋,试想如此下去银价如何不贵,至现在一两白银可易一千六百钱。而历年以来皇上下诏都是治标而不治根本,法令森严,但所采用的办法却无一条能击中其要害。正比如,虽下诏严查海口,杜其出入之路,这当然是对的;可是查烟员弁,未必都是公正。每年数千余万两的交易,分润毫厘多不下数百万两,利之所在,谁肯认真办理?又如禁止通商,似可拔其贻害之本,殊不知趸船本不进口,停泊大洋,居为奇货。内地食烟之人,刻不容缓,自有奸人搬运,哪会因禁止通商而停止?再说查拿舆贩,严治烟馆,似可以堵塞截流,殊不知这些人多半和官吏、胥役、兵丁勾连一气。地方官宦之幕友、家丁、故大家族不肖子弟,无不聚众吸食,岂有不加包庇。如此这般,鸦片如何能够禁止得住?且数年来如此下去并不见其功效,可见只查舆贩而轻吸食并不可行。"

方才众宾客赋诗饮酒,兴致极佳,而今一提到鸦片,无不唉声叹气,都认为照此下去国将不国了。龚自珍也悲愤地说:"皇上现在又下诏禁烟了,实乃不治之法,照此看来难道我大清王朝就没有人才吗?可悲啊!"说着竟掩面痛哭起来。其声呜咽,周围人也受他影响,顿时悲从心来,都不作声,大厅里本来活跃的气氛也变得沉闷了。

吴子序身在朝中做了几年官,见的世面多了,比起众人来说还是比较冷静,沉思了片刻,接着他的话头说:"黄兄言之有理。自鸦片流入中土,道光三年以前,每年漏银数百万两,起初也不过是一些纨绔子弟沉溺其中,以后却上自官府缙绅,下至工商优隶,以及妇女、和尚、道士都在吸烟。广东为鸦片流入的必经之地,本该极力查禁,可是一些兵弁官吏贪财好利,竟和广东奸商相互勾连,用扒龙快蟹之类的快船运银出洋,运烟入口,巡查官员则听其自由运行,这样又如何能拔本塞源呢。只是从道光三年到十一年,每年漏银一千七八百万两之多;而到了十一年到十四年，四年漏银达两千余万两；从十四年至今，每年漏银就达三千万两之多。只广东一地就已如此之多，另外福建、浙江、山东、天津各海口，每年所漏之银加起来也有数千万两。这样日复一日，年复一年，不知何时是个了结。用我中土有用之财力，去填海外无穷之沟壑，国岂有不亡之理？"

说过后，由衷地叹了口气，又道："依我之见禁烟无效关键在于历来只重舆贩而轻买食。今天下人都知漏银的原因在于鸦片，所以到处都在讨论堵塞之法，可是却又不知道怎样才能塞。众议不一，尽管屡次下诏严禁鸦片，不同意此举者又如何能服呢？执法之时必不会竭尽全力，故而屡禁不严，此为原因之一。

"此外之所耗银无数，无不在贩烟越来越盛。贩烟之盛的原因，却又是由于吸食者众。若能堵住吸食者的嘴巴，无异就堵塞了白银的漏洞。若无吸食自无舆贩，既无舆贩则外夷之烟自然也就不来了。不知众位是否认为如此？"

说话间，众宾客已停止了哀叹，静静地听黄爵滋滔滔不绝地讲，见他一问，思忖了一下自己又没有什么主见，也都点了点头，以示赞同之意。

这时就有一人问道："既然黄兄认为漏银之本，在于吸食者众，那你认为如何才能堵住吸食者的嘴巴呢？"

黄爵滋扫了一眼众宾客，见众宾客都在睁着带有询问之意的眼睛看他，不假思考地说："想要堵住吸食者的嘴巴，最有效的方法莫过于对那吸食者加以重刑。重刑之下必可使那些吸食成瘾者戒绝烟瘾。以往吸食鸦片者，罪仅枷杖，重的不过杖一百，徒刑三年，都是活罪。而断绝烟瘾之苦，苦于枷杖与徒刑，故而不易断绝。如若处以死罪，则临刑之惨急，更苦于断瘾的煎熬，可想其情愿断瘾而死于家，必不愿受刑而死于市。况且我朝当今皇上雷霆之威，赫然震怒，虽愚顽沉溺之人，也足以振聋发聩，一年之内，尚未用刑，恐怕那时十已戒其八九。"

大清天朝到了道光之时，多以仁义为治国之根本，而今黄爵滋却希望以重治吸食者为治烟之本,众宾客中大多从小受儒家仁智礼义的熏陶,听他这样说自然不会赞同,但又畏他为正四品的鸿胪寺卿之职,故此也不便立即反驳。

沉默了一会儿,众宾客中才有一个老者悠悠地说:"重治吸食,恐怕不妥,那岂不等于兴率土普天之大狱。而我圣朝向来宽大仁善,轻易不事峻法严刑于罪人,何况吸食呢?如若重治吸食,未免矫枉过甚,操之太急。此外我中土之上常年吸食鸦片者已不下四百万之众。即使如你所说,一年之内尚未用刑十已戒九,那么另外仍有几十万人的数目,这么多的人要被杀头,岂不是太残忍了?"

黄爵滋正色地说:"若无重刑,何以治天下?如若施以重刑,便可避免我大清之祸,那么几十万人又何足道。况且对那些吸食成瘾者给以一定的期限,限其定期戒绝,到期不能戒绝者,便是不守王法的乱民,对其处以重刑,想来也并不失于公允。"

那老者听黄爵滋这么一说,也就不再答话了。龚自珍也早止了眼泪,抬起头来说:"黄兄所说和我不谋而合,但我却担心如若真的执行起来,却又如何能知孰人有烟瘾?"

黄爵滋沉吟片刻,然后说:"对这个问题,龚兄也不必担心。我倒有一个主意,首先可让各督抚严饬府州县清查保甲,预先通告居民,定在一年之后取具五家互结。仍有犯者,准许举报,给予奖励;如有隐瞒,一经查出,本犯照新例处死,互结之人,照例治罪。大小城市,往来客商,责成铺店监督,如有留客食烟者,可照窝藏匪类治罪。现任文武大小官员,有逾限吸烟者,照常人加倍处置,子孙不准参加科举考试。官亲幕友家丁犯例除了本犯治罪外,本管官员严加议处。各省满洲兵、绿营兵,照地方保甲制度办理,管辖失察者,也照平民办理。对嫌疑犯其实也无需审问,只需令其静坐即可,真正有瘾者,时间一到即成瘾性症状,情态百出。即使有如告发无辜之人,企图陷害,真相立即可以大白,有无瘾状自可清楚。这样下去,用不了多久,军民一体,上下肃清,银漏可塞,银价不会再涨,然后讲求理财之方,实在是天下臣民的福气。众位以为如何呢?"

众宾客听他侃侃而谈,都入迷了,含笑望着他,有佩服之意。

然而还有让众人更为吃惊的话在后面,黄爵滋见众人都望着自己的时候,大声向他们宣布:"此等妙法,明日我定要上奏皇上,以尽身为人臣之职。"

众人大惊,一个个都目瞪口呆坐在宴桌四周。良久,才只有龚自珍回过神来,道:"好,明日我龚某定为你起草一折,以尽人臣之礼,也不愧对你我兄弟情谊。"

说完拿起两只注满酒的银觚,交与黄爵滋一只,然后两人爽朗一笑,举起银觚,咕嘟咕嘟几下饮干,又扬手把银觚掷给了侍候的小僮,放声大笑起来。

其实很早以前黄爵滋就有上奏之心。在许乃济上奏之前就动了念头,只是见皇上似为弛禁所动,此外自认为准备还不充分,也就迟迟未上奏。在几天前黄爵滋就已作定了主意,十六之日定要奏明皇上,而这次在宣南诗社里说得如此之多不过是投石问路罢了。

黄爵滋这时见众人并无反对,心里一阵高兴,眼下就等明日奏明皇上了,也许今天过后明天还会是一个晴朗的天。

第二十八章
感君恩旬日八谒圣
尽臣责万里一许身

连道光也未见过臣子骑马入宫的场面,早早就来到殿外看个新鲜,谁料林则徐是南方人,不懂骑马,战战兢兢地,几欲坠落下来。道光关切地对他说:"你若不惯乘马,那明日就坐椅轿入宫吧!"

道光焦虑不安地在养心殿东暖阁外的月台上走来走去。正月的微风吹来带着凉意,道光自然地缩了缩肩膀,小喜子连忙跪下启奏:"请万岁爷添衣。"

道光理也不理,只管紧皱眉头,背着手快步走着。良久,才转过头来喝道:"小喜子,把漕运总督周天爵所奏念一遍。"

小喜子见道光说话了,赶紧走到御案前,从放在上面的十多折中抽出一折,打开念道:"……如今天下受鸦片之害,的确像黄爵滋所说的那样,但死刑之言,应行于还未滋蔓之前,不可行于泛滥之后;又可行于官,而不可行于民。如今犯者满天下,且沉积数十年,一旦治之过急,可就犯了'纵之已深,操之太盛'的古训了……"

道光静静听周天爵所奏的折子。是啊!虽说黄爵滋在朝以敢言而著称,且他所奏也很合朕意,但周天爵所言也不是没有道理,若迫之太急,反生多变,这却如何是好?

想着,仍烦躁地来回走着,走着走着回过神来,小喜子已经念完。于是就让小喜子把山东巡抚经额布所奏念一遍听听。

小喜子见道光好似听得上瘾,心里也轻松了许多。赶忙又抽出一折,大声念道:"……要做到'慎刑明罚',必须判明轻重之别,使人民信服,才好向天下推行。过去禁烟例条,吸食者罪止杖徒，开馆售卖者，罪始论绞；如今吸食者就论以无罪，那么开馆贩卖者，还能定他们什么更重的罪呢？此为其一……"

听完经额布的奏折后，道光沉默了，走到御案边重新坐了下来，又把几个月前黄爵滋所奏的《严塞漏邑以培国本折》打开，认真看了起来。

几个月前刚把严禁诏书颁布下去后，心情舒畅了些，然而却并非认为万事大吉了，心中不能没有一丝顾忌。这样下诏禁烟已非一次，虽然所收鸦片一次比一次多，但吸食者并不见少，鸦片之害也越来越重。这次又下诏严禁，其结果难道还有什么大变化吗？可道光又一想，不这样下去，可别的又有什么好的办法，总不能真的去实施许乃济所说的弛禁之策吧！

道光正这样想着，黄爵滋上奏了。道光一见大为惊喜，对黄爵滋其人，道光是知道的。

他是江西宜黄人氏，嘉庆十八年（1813年）进士，后选庶吉士，接任监察御史。以直谏负时望，曾被作为倡开言路的例样由工科给事中提升为正四品的鸿胪寺卿，深得道光所赏识，曾夸道："试看我朝最敢直言者，非黄寺卿莫属。"从那以后，道光对黄爵滋非常信任。

现在见到自己所倚重的人在自己困惑之际上奏，哪有不惊喜之理，喜的是历来重用你黄爵滋，在危难之时这次也算帮朕一个大忙了。惊的是黄爵滋所奏，竟要以死刑惩处吸食鸦片者，这实乃旷古未有之事。大清天朝历来仁义教化天下，即使对重要的犯人也不轻易就动用死刑，又何况其他呢？可有一点道光心里是一清二楚的，眼下并无良策，且多年以来鸦片蔓延中土、横波海内，槁人形骸，蛊人心志，丧人身家，实自古以来从未有过的大患，其祸烈于洪水猛兽。既已积重难返，若不雷厉风行，又如何能振人发聩呢？

想尽可这样想，但做起来却并非易事，而且谁人又可担此重任呢？无奈还是先把此奏再一次放下，由于事关重大，举国有碍，因此这次道光并没只批往广东而批至全国的将军、总督、巡抚们一起对此提出意见，但愿这一讨论能成为一次严禁的总动员，聚合所有朝臣来与朕共赴国难，一起承担重拯天下的责任。

然而回音却并不美妙。

在二十多件复奏中，明确赞成黄爵滋提议的只有四件。

望着许多封疆大吏们的反对意见，道光又怎能平静下来呢？面对这样一些迟疑、吃惊甚至恐惧的面孔，他又如何取舍呢？

对黄爵滋也不可避免地要字斟句酌一番，黄爵滋所说确是实情，也确实可行，那么在天朝之内谁能不孚众望呢？全国各地历行禁烟似乎都有成绩，却又似乎都没有取得什么成效，那么谁人可行呢？

想到这儿，道光大喝一声："传鸿胪寺卿黄爵滋进见。"

黄爵滋从上奏到现在一直心绪不宁，虽说他在朝中素以敢言著称，胆量也大，但对鸦片却不能有丝毫马虎，何况又有许乃济的前车之鉴，黄爵滋也深感焦急，生怕再落得许乃济的下场。虽说许乃济由斩刑到迁调至四川偏远之地，可那还不是他求的情！如果他碰上这种情况又有谁为他求情呢？俗话说狡兔三窟，就连黄爵滋也不能不考虑后果。

这几天，黄爵滋见皇宫一直没有消息，正顾虑重重地待在府里没敢外出，突然听到皇上召见，就穿好朝服到皇上所在的养心殿东暖阁进见。

跪叩请安后，道光就说："朕平日里待你不薄，这次关于你的奏请，朕颁布各督府讨论，然其果不佳，反对者甚多，赞同者却很少，朕对你的奏请虽也较满意，只是有些担心……"黄爵滋见皇上说到这儿就不语了，忙问："不知皇上还担心何事，臣定为皇上分忧解难。"

"朕纵观群臣中，又有几人可为朕所重用？而广东之地历来受鸦片危害较重，若是去禁烟，困难重重，又有谁愿去为朕分忧呢？"

黄爵滋一听皇上说这样的话，马上就觉出皇上有意要他去广东禁烟。但又深感前途坎坷，而且自己恐怕也未必能担当此任，万一禁烟不成，那可是一生声名的事。于是就说："去广东禁烟实乃朝中大事，不能有丝毫马虎，任重道远，万一不成则可至千古遗恨。"

道光点了点头表示赞许，黄爵滋接着说："皇上若无人选，臣倒觉得有一人可担此重任。"

道光正求之不得，忙问："是谁？"

黄爵滋缓缓地说："臣认为湖广总督林则徐可以担当此任。"

道光一听，一个身影顿时出现在脑海里。心里也矛盾起来，就说："林则徐办事谨慎，能力颇佳，朕也较欣赏此人，只是派不派他前往朕自有打算。你先回去吧！"

黄爵滋见皇上似为所动，也就不便多说，跪叩后退几步出去了。

一提到林则徐，道光却不得不认真考虑考虑。道光对林则徐还是有着特殊的了解的。

治理工程，历来就是百弊丛生的烂摊子，偷工减料，居官肥私，各方揩油水，一直都是朝廷监察官员关注的热点。林则徐出任河东河道总督，事必躬亲，竟至逐滩逐垛查工验料以杜贪污隙缝。事后道光感慨地说："向来河臣查验料垛，从未有如此认真者，如此勤苦，弊自绝矣。做官当如是，河工尤当如是才行。"

林则徐为人谨慎精细认真还不止于此，林则徐主持湖广济灾的事道光也是清楚的。灾年救灾，本是明君圣事，但在灾区济民，好事往往又因官员贪污欺上瞒下而成为祸事。道光素知林则徐为人，派其主持湖广济灾一事。他果然不负所托，到任后，重新核实户册，连同钱粮数目遍贴晓谕，向民众公开，以使各级官员吏胥，无从上下其手。

林则徐所做的这些道光无不历历在目，然而他这个人有时又喜自作主张，未经圣谕，就私下定论，这才是道光所担心的。有一件事时时不能忘怀。

道光二年（1822年），江苏一地接二连三遭受天灾，使民生日蹙，朝夕不饱，农民口食无资，纺织为生者亦因连岁棉荒歇业，生计维艰。而农村的长工、短工和城镇的手艺匠也无可做之工，他们不得不鸠形鹄面，扶老携幼，到处流亡。地方上的地主也陷于未得收租，高利贷无可牟之利的窘境。道光当时并不知此情，赋税照旧，而林则徐却请求朝廷对江苏各州府县一律普缓数分并免于造册。最后道光虽勉强应允，但他素来俭朴吝财，对林则徐此举很不满意。

而今黄爵滋推荐林则徐，道光自要慎重一些，可又一想："此事非比等闲，当断不断，再生祸乱，那时岂不后悔莫及？鸦片祸乱多年，一提鸦片无不令人浑身颤抖，如若任凭烟害弥漫，我大清王朝岂不危在旦夕？现在是下决心的时候了。"

于是道光不再犹豫，大喝一声："传军机处，速召林则徐进京。"

林则徐虽在湖广，而湖广距京城也有几千里路，路途遥远，但林则徐对京城举动一直关注。许乃济奏请弛禁时，林则徐曾上书反对。黄爵滋所奏批到他这儿时，林则徐对黄爵滋所提极为赞同，对黄给予一年期限戒绝鸦片的主意，做了精细安排，建议皇上可将一年的限期另分四个阶段劝令吸食者自新，分段递加罪名。第一段内自新者，准予免罪，二三段内自新者，虽不免罪但可以酌量减轻，过了第四阶段仍不自新或自新后重犯者，即使置诸死，也不足为惜，这样也可使死刑禁烟不显得那么可怖。道光之所以召林则徐进京，这是原因之一。

捧读"着林则徐立即进京觐见，湖广总督由湖北巡抚伍长华代理"的圣谕，林则徐既紧张又兴奋，虽然早在几天前就已知此事。

林则徐有一长子，叫林汝舟，在京中做官。一听到皇上要下旨召父亲进京，马上书信火速送到湖广总督的府第，因此事先林则徐已知。

林则徐却也担心着：此行责任重大，很有可能为鸦片而来。然而形势紧迫，不得逗留，就按圣谕把总督暂由湖北巡抚兼署，令汉阳知府将各省有关禁烟章奏，逐件查核，凡可采者均为录出，其中别有见解，另外条议以备选择。

一切打点妥当，第二日清早，林则徐起身北上以复国命。

不知不觉中一个多月过去，这日林则徐带着老仆林升已到直隶安肃县，这次北上进京，林则徐只让林升一人跟随，生怕人多了反倒招摇过市，影响不好。沿途陆上船中，非常辛苦，且两人年岁已大，水土不服，到直隶安肃之地，林升又生了病。无奈只得在此停留下来，找了一家客栈歇脚。林则徐身体能够支撑得住，反倒无事，只感到非常疲惫。休息一日，也有了精神，林升则还在床上。第二日吃过早饭，安顿好林升，林则徐就独自一人出了客栈。

接近晌午，林则徐走在街上，身着便服缓缓地踱着步子，天寒人清，再加鸦片之灾，在这接近京城之地也没了昔日的繁华。他于道光十六年（1836年）进京途经此地之时，街道上车水马龙，屋舍俨然，熟人相遇总是热情地打着招呼，满脸堆笑。看到那种情景，连林则徐都受到感染，心里也觉得舒畅。而今又来到此地，旧时相识已无踪迹，他不由得吟了起来："物是人非事事休，欲语泪先流。"念着念着，心里也一阵心酸。一看出来已快半天工夫了，林则徐就打算回客栈去了。

正欲转头回去，就听有人高声喊道："林大人，慢行一步。"

林则徐一愣，心想："我虽二次路经此地，在此似乎并无相识之人，再说了，我身着便服，即使是官府的人也不会认出我来，何况他人。"不禁十分纳闷。可纳闷归纳闷，林则徐转过身来一看，原来竟是直隶总督琦善。这下林则徐就更加奇怪了，琦善这人此时应在京城，况且总督府也不在此地，他怎么跑到这儿来了呢？我与他虽同列朝中，平素并没深交，也不应该是来迎接我的，莫非皇上……

林则徐没敢再想下去，连忙走上前去，拱手道："不想在此能喜逢琦大人，真是林某之幸呀，多日不见，琦大人显得更精神了。"

琦善见林则徐停住了脚，也从马上下来，向林则徐道些恭维的话。

这时林则徐才认真打量了他一番,只见他脚蹬厚底官靴,身着官服,头上也带着花翎官帽,满面尘灰,一副风尘仆仆之状。林则徐就问:"琦大人府第在保定城,怎么今日到了此地?"

琦善眼珠一转说:"琦某身为直隶总督,定要尽心尽职,故此来到此地巡察一番,却不想在此能碰见林大人,琦某真是三生有幸啊!"

琦善接着又问:"林大人下榻何处?"林则徐就把住所告诉了琦善。

"林大人身为朝廷命官,路经此地理当到行馆休息才是,却为何住在那等地方,请搬进行馆,林大人你看如何?"

林则徐为人谨慎,这次皇上召他上京,他沿途并未住进接待来往官员的行馆,以免惹来下层官员屡来拜访这些繁文缛节,招人口舌。于是就想婉言拒绝,可几经推脱不掉,无奈只好和琦善到了行馆。

林则徐和琦善并无交往,又多在外地做官,对他也不了解,两人到了行馆,琦善就将行馆的官员重重训斥一通,经林则徐求情才算了结。

进屋坐定,两人闲谈起来。

琦善此行并非真如他自己所说,而是另有原因。道光下诏召林则徐来京进见的消息传出去后,琦善真是又担心又忌妒。担心的是,他身为直隶总督,权力甚大,虽然直隶之地贩运鸦片者不多,但他每年在禁烟时都还能从中捞得不少油水,如果林则徐到京受命主持禁烟,岂不断了他的一条财路。林则徐这个人他是听说过的,公正无私,特别痛恨鸦片,其在湖广总督任内,厉行禁烟,效果也早有耳闻,单在武汉一地,不到一年时间即拿获并查缴烟土一万二千余两,收缴烟枪两千来支,并全部用桐油焚烧之后弃入江中。林则徐品行则更可赞赏,听说还自己捐钱创制四种戒烟药丸,帮助愿戒烟的瘾君子摆脱烟害。道光让他主持禁烟大局，琦善能不担心吗？

琦善不止担心还非常忌恨，特别有一件事令他一直怀恨在心，不能忘记。

那已是道光继位前几个月的事，由于林则徐当时在两次外差中表现出来的才能，受到嘉庆帝的赞赏，委其出任河南道监察御史。到任不久，便出疏严劾琦善好友福建澎湖协副将张保，指责官僚中滥保市恩，渐成风气。主张严纪律择将帅，不让投诚之人滥膺专阃或驻守要地，这还在其次。此外，巡抚琦善因上年马营坝决口甫堵，而议封南岸不决，徒费国帑，被褫职以主事衔留办河工，但是仍治理无方，以致有不法之人乘机囤积居奇，影响河工的进行。林则徐得知这个情况又上奏揭露有人囤积居奇，建议敕令地方大吏严密查封，平价收买，以济工需。此奏后，嘉庆极为生气，把琦善训斥一顿，免职待用。此事虽林则徐并未指其过失，可俗话说，你不杀伯仁，伯仁却因你而死，所以琦善对林则徐一直耿耿于怀，虽隔多年却还记忆犹新。

所以一听这个消息，琦善就赶紧去找穆彰阿商讨对策。

穆彰阿生性狡猾，城府又深。许乃济上奏弛禁时他虽然并不作表态，但心中窃喜，谁知结果却出人意料，皇上最后竟又主张严禁鸦片，而穆彰阿却素来不赞成严禁，却又不愿违圣意，每次皇上问他此事，他总是圆滑地推卸掉，既不说一也不说二，一切唯皇上马首是瞻。

现在见琦善来找他商议对策，喜不自胜，正中其下怀，却又含而不露地说："事已发展至此，琦大人你又有什么好担心的呢？曹振镛是林则徐的座师，但已告老还乡，在朝中林则徐已没有依靠之人了。况且皇上只是要召见他，还并未委以大任，林则徐也还在行途之中。琦大人，你担心太早了，一切还并未到不可挽救的地步。"

琦善听军机大臣这样说还有什么不明白的呢？在朝中像林则徐这样的人能有几个，只要使林则徐不愿担当禁烟大任，一切不就妥了吗？所以趁林则徐还未到京之际，赶去先行见林则徐，希望闻知此事能够知难而退。

到了行馆坐定，寒暄几句，琦善就问："不知林大人可知皇上千里迢迢召林大人进见，所为何事？"

林则徐虽隐隐猜测可能与鸦片有关，但具体所为何事却还不知，就问："琦大人身在京城日久，想必已知皇上所为何事了？"

琦善神秘兮兮地微微一笑，端起茶杯，抿了一口茶，然后凑过身去小声对林则徐说："听说是为鸦片之事。"

"噢，是为鸦片之事，可那与我有何干系？"林则徐一听顿时心明眼亮，可对琦善又不敢吐真言，就故意装作不明白的样子反问。

"林大人，你连这还不明白么，我朝烟害严重，皇上多次下诏也不见成效，前些日黄爵滋黄大人上奏主张重治吸食而轻贩卖，认为这样才可断绝鸦片，才能以塞银漏。皇上也赞同此议，而广东一地是鸦片的入口，若以广东为中心禁烟，皇上认为定能戒绝，但只可叹我朝实无德才兼备者。可是却听说林大人在湖广一地禁烟似乎很有成效。故而……"

琦善说到这儿就打住了，不用多说，林则徐也早明白了此事，现在他却沉默不语了。

琦善这时就试探性地说："不知林大人对此事有何高见？"

林则徐毫不犹豫地说："如皇上召我上京是为此事，那么我林某定当赴汤蹈火万死而不辞。"

琦善见林则徐大义凛然、义无反顾的样子不免有些失望，却又不甘心就此罢休，于是又说："为人臣者定当如同林大人才行，林大人有经韬纬略之才，实令琦某人钦佩，以后定能有大器。只是我朝皇上做事不够果断，很少有什么能得从一而终。当初许乃济大人上奏要求弛禁之时，开始皇上还夸奖他能够替皇上分忧，可不多久皇上又变了主意，要求严禁，这不难看出皇上优柔寡断，没有主见。照这样看，皇上也许还未必就已经打定主意，若时过境迁，未始不会发生变化。林大人，你认为是不是呢？"

见林则徐没有答话，他接着说："再说我朝历来怀柔外邦，轻易不动干戈。况且我朝现在国库空虚，多年深受鸦片侵害，军民战事恐多不及洋人利器，因鸦片而动了干戈，恐非皇上所愿。若同时禁烟又不成，那么这后果可就大了，不只是切身利害关系，对民族的危害可就大了。林大人，这些后顾之忧不能不考虑清楚啊！"

"但是，若对此事罢手，那么这些后顾之忧也就荡然无存了。"

对琦善所说的意思，林则徐自然明白，无非就是要他推脱此事，又一想："琦善所说也未始没有道理。"

可是每一次林则徐独自一人思考时，一想由于鸦片而弄得民生不宁妻离子散，一想到由于鸦片而使军士无力作战，一想到由于鸦片而使白银外流国库空虚，皇上坐立不安之状，他又怎么能听任鸦片横行中土之上呢？

现在琦善却这样说，心里不免忿忿起来，可又不便发怒，就漫不经心地说："琦大人，这事以后再说吧！"

说着端起茶杯，作了一个请的态势，不待琦善作出表示，然后把茶狠狠地一饮而尽，仿佛要压住心中的闷气一样。

这天道光正在养心殿西暖阁歇息，就听见太监小喜子在门外小声地喊着皇上。道光揉了下睡眼惺忪的眼睛，就问："小喜子，你在外面嚷什么，扰得朕不得安宁。"

外面的小喜子一听，知皇上已经起床，就慌忙进去替道光穿衣服，一边穿一边说："万岁爷，湖广总督已经进京，马上就要赶来了。"

道光一听大喜，连声呵斥小喜子穿衣太慢只顾说话了。

果然，穿好衣服后，没多久就听有人在外面喊道："湖广总督林则徐觐见皇上。"

道光穿好衣服，就召林则徐进来。林则徐毕恭毕敬走了进来，见道光已褪去了龙袍，穿着便服端坐在龙榻上，于是上前两步，行跪叩之礼。

等啊等啊,一直到今天才把林则徐等来,现在看着跪在红地毯上的林则徐,这位他将要委以重托的爱臣,心里一阵激动,可身为天子之尊的道光岂可轻易地表露自己的喜色?

停顿了一下,整了整仪态,然后缓缓地说:"起来吧!"

林则徐站起来,立在一侧,在皇上面前,且相距这么近,对林则徐来说,不免有些紧张,不敢说话,甚至在道光有神的眼光下,大气也不敢轻易喘,见皇上静静地望着自己,额上竟渗出汗来。

道光静静地看着爱臣窘迫的神情,真是又欢喜又爱怜,关心地问:"林则徐,从湖北到京城几千里之遥,真辛苦你了。"

林则徐几曾见过道光用这等温和的语气对臣子说话,又何曾见过道光这样体谅过下臣?现听道光这样关心爱护自己,岂有不感动之理,赶紧跪下,道:"林则徐蒙圣上错爱,粉身碎骨也万死不辞,这区区几千里路在微臣的脚下又算得了什么呢?"

"朕所以让你进京并非为别的事,实为禁烟一事,你且起来,坐着说话。"

林则徐谢了恩,坐在毡垫上。他已知今日之事,事先有了准备,但仍有些紧张不安。

道光坐在林则徐对面,说:"从鸦片入中土以来,我朝先皇也历来对其严厉制止,只可惜不仅没有制止住反倒似越来越烈。朝中库银日趋减少,虽然我朝地大物博,富甲天下,但是若任由鸦片肆虐,长此下去实不利于我大清天朝。朕素闻你治烟有方,故而有意派你前往广东严禁鸦片,但不知你以为如何?"

林则徐深知自己虽为总督之职,但禁烟事宜实乃关系重大,恐怕是说着容易但做起来难,因此就说:"皇上圣意,微臣岂有不明之理,臣在湖广之时,尽心为民办事,虽然治烟有了一些经验也小有成效,但臣实已竭尽全力了。现在皇上却委重任于微臣,此乃任重道远,阻力重重,臣诚恐有负圣恩啊,此事还请皇上三思!"

道光自然最清楚其中利害，几十年来，众臣对禁烟一事议论纷纭，却只说不做，几人能拿出成绩来呢？他也知道阻力重重，可是在朝能担当此任的，除了眼前林则徐，别的还有谁呢？道光实在已是骑虎难下了，于是口气一换变得严肃了："此事朕也知道前途坎坷，只是朝中除了你之外，朕实在想不出还有谁能担当此任，这件事朕意已决，你就莫再推辞了。"

林则徐只好遵命。

第三日，道光第二次召见，林则徐见形势已成定局，非自己不可，林则徐就表示："广东广州一地洋人多聚于此，鸦片又是他们所造，此次前去禁烟，恐怕不免和他们发生争执，如若因此事而引起了边衅，与洋人动起武，还请皇上不要责臣之过才行。"

道光一口应允，道："我朝为天朝大国，素来只有外邦恭顺我朝，难道他们还敢动武？何况他们只是一些小国，国弱人少，不堪一击，即使动起武来又有何惧。这点你可放心，大胆严加查禁鸦片就是，不必有所顾虑。"林则徐当时听道光这么说，也较满意，可回去后，却又担心起来：如果真动起手来，虽说外洋国小人少，但朝中武将也是多年未动武备了，不免会生疏不敌。

因此在第四日第三次召见时，林则徐就继续前番话题，把自己的想法说出来，道光一听言之有理，这林则徐果然不同一般，考虑事情倒很全面，看来这次朕真是找对人了。

想到这儿，道光道："这件事你可放心，朕定会命人加强武备，整顿边防。"然后道光又向林则徐垂询了有关京畿地区水利问题，谈着不觉已过两个时辰，道光见时候不早，虽然仍兴致犹存，也就罢了。在这前面几次对话中，道光已对林则徐其人有了初步的了解，深知林则徐官卑职小，在林则徐即将离开的时候，道光就含笑地问："林则徐，你可会骑马？你每日徒步而来也较为劳累，从明日起，朕就赐你在紫禁城内骑马可好？"

林则徐见皇上赐给这等恩遇，深感受宠，忙千恩万谢。要知道，在清制里，文武百官出入紫禁城，只准步行。准许在紫禁城内骑马代步，那可是皇帝对有功大臣的一种特殊赏赐。即使是林则徐，也是感激涕零，万死也不足以报其万一。

第五日第四次进宫召见。一大早，林则徐身着绣着仙鹤从一品大员的文官朝服，腰系镶有红玉的朝带，颈挂着一串珊瑚朝珠，骑着饰满彩缨的高头大马，缓步进宫。即连道光也未见过臣子骑马入宫的场面，早早就来到殿外看个新鲜，谁料林则徐是南方人，不懂骑马，所以在马上颇为紧张，双手紧勒缰绳，一副战战兢兢的样子，几欲坠落下来。

道光在召见过后，关切地对他说："你若不惯乘马，那明日就坐椅轿入宫吧。"

第六日第五次召见，林则徐坐在八人抬的椅轿上，头部比骑马时还要高出一截。此次道光又与林则徐提到有关广东禁烟及对外贸易、税收等具体事宜，然后又特别向林则徐下达谕旨："颁给钦差大臣关防，驰驿前往广东查办海口事件，该省水师兼归节制，钦此。"这项任命，竟然允许一个文官统领水师，这在军政权力严格分控的大清王朝，还不曾有过。而汉族官员出任钦差大臣，在清代亦是少有的事情，可见道光对林则徐的倚重，林则徐对此感激之情也自不消说了。

第六次道光召见林则徐，又详尽地讨论了有关禁烟条例等问题，召见结束后，林则徐遵旨前往军机处，领出钦差大臣关防。这关防是一方铜铸大印，上面刻有满汉篆文各六字，系乾隆十六年五月所铸，编乾字六千六百十一号。

第七、第八次道光又对林则徐提了善后事宜。最后，林则徐向道光陛辞，道光为了万一，还特下诏谕，命广东地方大吏邓廷桢、怡良等与林则徐要同舟共济。

皇上的八次召见，林则徐无不应对如流。虽然如此，林则徐却无时无刻不在感受着广东一行责任重大，远非在湖广之地禁烟所比拟。接连几日，林则徐往宣南诗社拜会几位老友，一切打点停当，就准备动身南下。

道光十九年（1839年）正月初，林则徐被命为钦差大臣南下禁烟。

一大清早，天刚蒙蒙亮，林则徐收拾好行李，带着几个跟从出了京城新仪门。

京城几日，天寒地冻，昨夜北风过后又下了一场大雪，迷蒙的天色中，覆盖着白雪的屋舍显得更加苍白，树枝上缀了些白雪，玉树临风，别有风姿；河里的水早已封冻，上面静悄悄的，底下是潺潺的流水，却不见流水的影子，白雪茫茫，万籁俱寂。寒冷的冬天人们起得也晚，远处渺茫的上空依稀浮起缕缕炊烟，鸡犬也没声响，只听到踏在雪地上"咯吱咯吱"脚步所发出的声音。

紧接着没了踏雪的咯吱声，传来另一个声音："龚兄请回吧，林某就此告别了。"

"林兄且慢，龚某还有一事。"说着，从怀里拿出一份书信，递与林则徐。

林则徐拿来一看，是给自己的，于是打开书信，阅完信，激动地握住龚自珍的手，说："知林则徐者，唯有龚兄一人也。"

龚自珍也含泪地说："林兄此地一别，不知何时才能相见，你千万要保重才行。此次南下，办理禁烟之宜，必然道阻且长，你可要好自为之啊！"拍了拍林则徐的手，又道，"我朝开初虽几经磨难，倒还平顺，谁料到本朝竟至出此大祸，真乃我皇之大不幸，现在皇上又命你南下查办，一片心思全在林兄你的身上，可别负了圣恩啊！"

林则徐心里更加感激，呜咽着说不出话，只能连连点头作答。

龚自珍接着又说："鸦片之害由来已久，远非一人之力所能为，到广东后，如若有不力之处，可和两广总督邓廷桢大人多多商讨。邓大人年岁虽大，尚孔武有力，为人也比较正直，定可助你一臂之力。如若有奸商贪吏阻挠此事，林兄你可以严加惩处，否则会因芝麻小事而使全盘失策。此外广东一地历来主张弛禁鸦片，对那些要求弛禁者，你千万不能意气用事，要动之以情晓之以理，使其为我所用，对你以后行事定有帮助。再有，此次禁烟一旦与洋人动起武来，林兄你可要小心应付，洋人火器厉害，恐怕非我朝枪炮所比……"

林则徐凝神地望着这个有几十年交情的老友，静静倾听他一句又一句地说着，在这分别之际如同滚滚江水流不尽一样滔滔而来，不禁为他这种真挚的情谊和炽烈的爱国热忱所感动。

林则徐坚定地说："龚兄请放心，则徐这次南下一定不孚众望，以报皇上对臣的知遇之恩。"

"这样最好，等林兄凯旋，龚某定要设宴招待，以示祝贺。但是如果林兄需龚某相随，龚某定会感激万千。"

前行之途的荆棘坎坷，恶焰四伏，林则徐岂能不知，刚才之所以那么说，只不过是为了使好友放心。现在见龚自珍有意同去，前途凶多吉少，林则徐又怎忍心让老友一同蹈赴，就婉言道："龚兄之意，林某心领了，到时如果林某有事相求，就前去找你。你就回去吧，天已大亮，林某也该告辞了。"

说着双手一拱，看了看龚自珍苍老的脸，又望了望陈旧而又余威犹存的京城，一转身，带着几个跟从，在冰天雪地里越走越远。林则徐的身影在苍白的天宇间也愈来愈小，最后成了一个黑点，渐渐消失了。

道光十九年（1839年）三月初，林则徐带着几名随从已经接近梅岭，离广东广州城只有几日路程。他心急如焚，匆匆从京城南下已有一个多月，广东也越来越近，广东该是什么样子呢？林则徐还是第一次南下去广东，对于广东到底如何，他所知有限。广东似乎是烟害最重之地，在广东的朝廷官员似乎都主张弛禁，林则徐不由得想起了道光最后一次召见他时所说的话："多年以来，我朝受鸦片之害愈来愈烈，白银也越来越外流的厉害，朕虽多次下诏严禁，各省也似乎都能竭心尽力，每次言及禁烟都纷纷上言表功，但实际上却无成效，反而愈演愈烈，朕实感头痛，而满朝大臣却无一能得其法，助朕一臂之力，朕也实感困苦。这次朕派你南下禁烟，责任重大，影响深远，一旦不成，不仅为后世子孙所唾骂，朕又岂能有脸去见九泉之下的列祖列宗？你的困境朕也知道，但朕也实在没有别的更好的办法，望你别辜负朕的期望。广东一地受烟害最重，虽经朕几次派人治理广东鸦片，无奈也没有好音讯，由此可知前途之艰难！

"广东受弛禁思想影响，都不主张严禁，你到了广东后别忘了这一点。两广总督邓廷桢年岁很大，经验丰富，几年来治烟方面虽无胜果却也没有什么劣迹，你要和他协同办好禁烟大事，别让朕失望才行。"说着说着，道光激情流露，不知不觉竟失了态，流下几滴泪来。

望着已显苍老的皇上，听着皇上谆谆训导，他连忙说："臣此次南下定会尽己所能，以报皇上知遇之恩。"他也流下了眼泪。

如此情景林则徐怎能忘怀？唉，前途多舛呀！广东就在前面，不几日就要到了。南方的天气要温和些，现在又正值三月份，听说广东一到这个季节，漫山遍野都开满英雄花，通红一片，覆盖着整个山野。英雄花，英雄，这个花的名字起得倒真有些意思。想来，这个时候，这个所谓的英雄花也该争先恐后地怒放了吧！

两广总督邓廷桢的府第设在广州城内，阳春三月，府里乔木成林，蓊蓊郁郁，凉爽怡人，又因庭院深深，更显得幽静肃穆，踏着青石铺成的小径到后庭院，可听得隐隐约约的说话声，未见其人先闻其声。

"邓大人，钦差大臣还未到，信就已先行而至，不知他葫芦里卖的什么药。"

"也没说什么，无非就是说既然受命于皇上，则当尽心尽职以报皇上的恩宠，望我们大力协助海口查禁鸦片。"

"邓大人，这次林大人来此禁烟，不知是否对我们不利。"

这几日广东巡抚怡良见钦差大人迟迟未到，怕有什么闪失，因此前来邓廷桢的府里询问。

自那次因许乃济一事,广东巡抚祁𡎴签名赞同弛禁受到牵连,被道光革去官职,停留待用后,道光又派怡良前往广东担当巡抚一职,到现在还不到一年。

这怡良,字悦亭,瓜尔佳氏,正红旗满洲人,道光八年(1828年)任广东高州知府,十年后又升任广东巡抚,为人小心谨慎,所以才有方才一问。

"怡大人,这一点还请放心。林则徐这人我虽从未谋面,但素来听说其为人耿直忠厚,不多计较公私小事。虽说他历来主张严禁,而广东多建议弛禁,皇上这次派他前来广东,还会有用得着我们的地方,想来也不会作难我等,他还需要我们支持呢。"

"邓大人说得是,自皇上下诏任他为钦差大臣南下后,我等毕竟也拿出了一些诚意,缴获了数万斤烟膏,没有功劳还有苦劳呢,更何况皇上还赞赏了我们。"

"话虽这么说,等到林则徐来后,怡大人,你我还是要小心从事,以免节外生枝惹出麻烦。他毕竟是钦差大臣,你我人在矮檐下也不得不低头了。"邓廷桢遗憾地叹了口气。

怡良听出他的话外之言,就说:"其实想起来也真够气恼的,邓大人你身为两广之首,处理两广一地军政要事,但这个林大人一来,岂不说明我等办事不力?"

"没办法呀!既然皇上都已下令,我们还能有什么办法,一切只有等林则徐来后观察观察再说。"邓廷桢心有疑虑,伤感地说。

怡良见触着邓廷桢伤感的地方,于是就换了一个话题。

"邓大人,这些日子可曾到浣绿楼看戏吗?"怡良和邓廷桢素来喜爱看戏,所以问道。

"唉,这个时候谁还有心情看戏呢。今非昔比,往日总还有随心所欲的时候,闲时看看戏,听听书,再摆弄摆弄几盆花,以为如能这样安享晚年,实乃平生之快事。现在却不同了,哪里还有机会看戏,整日都围着鸦片转,没时间呀!"说着,不无惋惜地叹了口气。

"邓大人，你年岁已大了，不必再忙忙碌碌的，有什么事吩咐下去，还不是一样？"

"交给下边的人做，自己当然可以省出些时间。但是如果不亲自动手，不亲眼看着，心里就总觉得不踏实。"

"邓大人尽忠职守，实令下官佩服，但也该为自己考虑，听说明日在浣绿楼又要上演一部好戏，如果邓大人愿意，下官愿陪同前往，不知大人意下如何？"

"明日不知能否有空，到明日再说吧！"

邓廷桢所想当然是指关于鸦片之事，继而他又想到了皇上在林则徐还在南下途中，传到广州的圣旨："……林则徐到粤后，自然会遵旨尽力查办，以清弊源。着邓廷桢等振作精神，绝不可观望推诿。……该总督当更加勤奋，尽除成见，应分别办理的各尽己责，应协商办理的会同奏报，趁此大好机会，力求从前过失积习永降，断绝根株。想卿等一定能体谅朕的用心，为中国消除鸦片大害也！"

邓廷桢知道，皇上这是在敲山震虎呀！皇上都这样说了，他邓廷桢又怎能不尽心职守呢？

第二十九章

皇太后又逢万寿日
林钦差初抵五羊城

广州城天朗气清，风和日暖，一艘官船缓缓地向天字码头行来，船头旗杆上高悬着绣了斗大"林"字的旌旗，在和煦的风中微微飘荡。广州城内城外的乡民携老带幼、成群结队地蜂拥而来，期盼一睹钦差大臣的风采。

正想着，一位年轻公子推门进来，手捧一个匣子，对邓廷桢说："爹，你猜孩儿手里拿的是什么？"说着，扬了扬手里的那个匣子。邓廷桢一愣，然后装作气愤的样子，说："这么大了还如此没规矩，成何体统，怡叔叔在此，你还不快快拜见。"

年轻公子连忙把那个匣子放在邓廷桢身边的茶几上，转过身来朝怡良深深一揖，道："怡叔叔好。"

怡良急忙从椅子上站起来，拉住那公子的手，仔细端详他，笑吟吟地说："几日不见，三公子长得愈见清秀俊美了，三公子年方几何呀？"

"回怡叔叔的话，小侄今年二十岁了。"

"在何地读书呀？"

"小侄现于广州学海堂就读。"

"怪不得怡某多次前来，却很少见你呢。"

怡良说着，又坐了下来，三公子见他已坐下，就回到邓廷桢的身边，对邓廷桢说："爹，快打开那个盒子，里面的东西你一定喜欢。"

"哦，真的吗？我倒真的要看看我儿给我带来什么样的好东西！"说话就着打开了那个匣子。

邓廷桢拿出匣中之物仔细端详，原来是个茶壶，壶体釉色黑润，却凸凹不平，隐隐约约似觉有龙相戏，姿态优美，造型典雅。

三公子见父亲看得入神，心里非常高兴，忙解释："此壶名曰九龙嬉戏夜光壶，乃宋代皇室珍品。这壶表面看来，虽凸凹不定，并无多大差异，然在夜间则可见它通身似有九龙戏珠，活灵活现。此外它最宜于沏茶，沏出的茶芳香异常，饮之醇厚，经久难忘。"

"怪不得看过后，就觉得此壶绝非等闲之物。"

接着，邓廷桢转头又问："此壶从何而来，莫非又有人有求于我？有什么话儿你就直说吧，我看看又是何事？"

"爹，孩儿怎敢又打您的主意。这九龙嬉戏夜光壶乃是副将韩肇庆大人让孩儿转交给您的，他说素来听说爹您酷爱此物，故而送来这壶略表寸心，以报您栽培的大恩。孩儿见韩大人心胸坦诚，就替您收下了此物。爹，您看这壶如何？"

"好倒是很好，只是此物实非邓某所有，你虽然把它留下，却受之无辞，你就把它送回吧！"

"爹，既然您喜欢，他又主动送上门来，就不要推辞，收下它吧。"三公子劝道。

邓廷桢又瞧了瞧九龙嬉戏夜光壶，玲珑剔透，十分惹人喜爱，就想了想，道："那就先放在我这儿，我欣赏完了再还他，你看可好？"

三公子一听，当然也很高兴，就道："这样甚好，那么孩儿这就去给他回话。"

说完，叩别邓廷桢，又向广东巡抚怡良道了别，然后转身出去了。

"邓大人真好雅兴，下官还不知道，有机会定要向邓大人讨教一二。"三公子走后，怡良笑吟吟地说。

"怡大人过奖了，邓某除了看戏外，闲时摆弄摆弄罢了，对此行也只是略知皮毛，实在难登大雅之堂，让怡大人见笑了。"

怡良正准备离去，邓府管家急匆匆地进来，对邓廷桢小声说道："按察使王大人昨夜上街查访，又抓住了几个烟贩，他问你要不要去看看？"

邓廷桢思忖一下，说："这并非什么大事，你请韩大人去办好了。"

"是，老爷。"

三月的天气，远在北京城的皇宫还有些寒意，独自住在养心殿东暖阁的道光也感到有些冷清。

林则徐南下广州处置海口事件，这一去已有一个多月了，现在也应该到广州了吧，望他不负朕之所托才行，朕对他恩宠甚高，他也该心满意足了。

这日，道光批了几件奏本，又尽是鸦片之事，于是就想到钦差大臣林则徐，这几天也不见音讯，不知到了广州没有。

"小喜子，去把穆彰阿大人找来，朕有事问他。"

小喜子应声就去，没多久，首席军机大臣穆彰阿就来了。

"皇上召臣前来，不知所为何事？"

"也没什么，朕这几天没听到林则徐的消息，很是焦急，也不知他现在怎样了。穆彰阿，你年岁大了，不必太拘礼，朕赐你坐下说话。"

"谢皇上。"穆彰阿双手垂着坐在离御榻不远的椅子上，道光这时已从案边起身，在御榻上坐了下来，接着就问："林则徐现在到了广州没有？朕想到他离京时所发传牌就深为感动。沿途中，不住驿站，不糜州府宴请，林则徐真不愧为一代忠臣，估计这次处置海口事件也不会令朕失望。"

"皇上所说极是，林大人所发传牌甚是得体。不过据臣所知，林大人现今还未到广州。前几日，听说他刚到梅岭，还未入广东，照行程现今可能还未到广州。"

"怎么近两个月了还不到广州，朕实在是等得心急了，两个月的时间应该能到广州，怎么他的行程如此之慢呢？"

"也许林大人在路途中有事耽搁了几天也未可知。"

道光听后，有些不悦，可在臣子面前又不便表露，缓缓地说："原来如此。"

道光又叹息道："转眼间春来冬去，时光变幻又是一年，岁月稍纵即逝，不知不觉朕已将至暮年，可现在却事业无成，真是有愧于先祖呀！"

"皇上也不必过于担心，此次林则徐大人定能善处海口之事，鸦片定可禁绝。只是林则徐大人性情易冲动，当仁不让，所以臣所担忧的是他去禁烟，免不了要与洋人发生口角，他在这一点若处理不当，就极有可能与洋人动起武来，这却如何是好？"

"动起手来又怎样，难道我大清还怕这些洋人不成？实在是荒谬。"

"皇上言之有理，我朝地广人众，能手不可胜计，当然不怕洋人。只是我朝向来怀柔外邦，故而令远近各邦敬仰，纷纷恭顺称臣，进贡圣品，来我朝通商贸易，受我朝恩泽重比泰山。但是一旦动手可对我大清形势不利，当然对自己来说可称作抚顺外邦所为，可在外人看来如何，岂不给他们借口，说我朝以大欺小、以强压弱，这样岂不有损我朝国威，我朝形象岂不就要一落千丈。这岂不给后世子孙留下话柄，让人耻笑。"

"你所言也是。但是禁鸦片又免不了与洋人发生争执，你看这样如何，朕差人书信一封，让林则徐处置鸦片就只为处置鸦片，但对洋人却还要善待，使他们尽量避免争执以免真的动武，你看这样可好？"

"皇上考虑得真周到，实乃万全之策，令臣钦佩得五体投地。那就按皇上所说的办，臣这就回去选人前去，皇上意下如何？"

道光说："你先别忙着走，朕上次让你办的事，办得怎样了？"

"皇上是说皇太后万寿之事？这事臣已办妥，现已让礼部妥善安排，各省将军、总督也都已上贡齐全，一切都井井有条，就只等日子到来了。"

"这样很好，可别让她觉得有不顺之处。"

"这个还请皇上放心,皇上素来孝顺,做臣的哪能不知,臣一定会让皇太后满意的。"

"朕向来认为,一切虽需堂皇些,可也不要过于铺张了。现在全国上下白银短缺,百姓受鸦片危害也较重,可不能太为难他们了。"

时光飞逝,转瞬间就到了皇太后的万寿之日。它不仅是皇宫上下内外都充满喜气的日子,也是个普天同庆的日子。举国之内都带着笑脸,红扑扑,笑融融,乐腾腾,喜洋洋,欢声笑语,载歌载舞,鸦片所熏出的烟都被这气氛掩盖了下去。

一大早,皇上就率着诸王及文武百官到寿康宫行庆贺礼;他们退出后,皇后率六宫妃嫔、公主、福晋、命妇们再进寿康宫行庆贺礼;接着皇子们在内监的导引下给太后行礼叩头。寿康宫内张灯结彩,只这三拨人的庆贺礼仪,就把大半个上午占尽了。接下来是太后的万寿宴。寿宴设在寿康宫正殿,这次万寿节与往日不同,奉皇太后命,宫廷内外,一概赐宴。皇太后南向升宝座,皇后率妃嫔进茶进酒,殿南搭舞台,戏舞百技并作。

自从全贵妃被立为皇后,皇太后在后宫里总觉得有些事不如以往那样可以任其所为,疙疙瘩瘩的,不大顺利,然而又觉得皇后也没有什么不是之处,可是皇太后对她总是心有嫌隙,对她所作所为不满意。别的不说,就只说这次圣寿,就已使皇太后有些生气。虽说眼前全国上下受鸦片危害严重,百姓生计不如往年,但在这万寿之日也不应该太节俭了吧!尽管皇儿多次提倡勤俭,但皇上的母亲七旬寿辰的时候,也不该如此呀!少点一支巨蜡,难道能省下多少钱?这可是关系到脸面的事情,传出去总不会是件好事吧!一想到这里,皇太后怎能不气恼,而且皇后的册封还是她点头同意的呢。

正想着,道光来了。皇帝在后殿门口一出现,除太后以外的所有人又一起跪倒。道光先到太后面前行了常礼问了安,随后轻轻喊了一声"起",那些浓妆艳抹打扮得花枝招展的贵妇们都直挺挺地站起。

道光仔仔细细地凝视了皇太后几眼,皇太后见道光不转眼地看她,立刻满面堆笑地说:"皇儿你看什么?难道母后还有什么不妥之处?"

道光笑道:"母后说的哪里话,儿虽为天下之主,却也深明孝道,刚才儿只不过看看母后健康如何,现见母后身体康顺,做儿的也就放心多了。可是刚才儿似觉母后有点忧虑,有些愁眉不展,不知可是如此?"

皇太后深知皇儿孝顺,对母后体贴入微,因此在这万寿之日不想让他担忧,免得伤了气氛,于是就说:"皇儿多虑了,我这做母亲的这么大把年岁了,还有什么不开心的呢?方才只不过是见我儿久久不来,故而有些等得心焦罢了。"

"母后如何知道儿一定会来?"

"这还不容易,因为你是我儿,世上哪有做母亲不了解自己的儿子的,你们大家说说,是不是如此?"

门内的众人也赶紧笑吟吟地随声应道:"是。"

接着皇太后又呵呵一笑,说:"我倒忘了,在这里面原来还有没子女的人呢。"说过又呵呵笑了起来。

刚才皇太后生怕皇上这一来,众人太拘礼了,故此故意说错一句话,然后又诙谐地纠正过来,惹得众人也跟着笑,大殿里气氛顿时又活跃了起来。

太后看众人笑了起来,心里乌云也烟消云散,嘴上仍喜滋滋地说着调侃话:"今儿的寿宴你真不该来,你这一来,恐怕我请的客人都该品不出饭菜的味儿了。"

道光一时竟没能明白过来,愣愣问道:"这却为何?"

"试想你坐在她们旁边,都紧张得很,哪有心思放在吃上,还不左顾右盼地看着你的眼神行事。"

道光傻傻地笑起来,道光虽为一国之君,年岁也不小,可是在母后面前有时总不免露出小儿的样子来。

皇太后笑着说："在这喜庆的日子，你们也不要过于拘谨，虽然皇儿在此，你们也不用害怕，别忘了在这里还有我这个老婆子给你们撑腰呢。虽说皇家规矩太多，不过也不用担心，准许你们随心所欲，自由自在，那样多好呀。"

道光看到太后如此高兴，便提议说："既然太后如此高兴，儿认为不如我等晚辈的各做寿颂十章可好？"

皇后向来冰雪聪明，诗词歌赋，无一不能，这会子见道光提议，当然率先应允，别人更无从说话，也都同意此举。

道光于是沉思片刻，不久便亲制了皇太后七旬寿颂十章，太妃、诸王、各妃嫔及皇子们听后纷纷道好。轮到皇后时，只见她毫无顾虑，不假思索，也恭和御诗十章，献上皇太后，众人大为惊叹，一时之间竟忘了鼓掌叫好。良久良久，才掌声雷动，响彻整个寿康宫，弥散在天穹之下。

道光也极力赞叹，越加快意，为有这样的皇后而高兴，从那之后更加敬重她了。皇后作过十章后，自己也很满意，等见到众人反应后，则更加眉色飞扬，神采奕奕，得意忘形了。

皇后娘娘做出这等好诗，皇太后也感到惊讶。这钮祜禄氏果然与众不同，与别人不可同日而语，怪不得她竟能迷惑皇儿，要皇儿立她为后。看她那飞扬跋扈不可一世的样，仗着自己多读了几本书，就如此狂傲起来，难怪刚才你要求做诗，看样子你是早有所备了。不过那又算什么呢，妇女理当以德为重，德厚方能载福，如若倚仗自己一点点才艺，恐怕也非长久的福相。想到这儿，重重地哼了一声，只是众人都陶醉在刚才的气氛中，谁也没有注意到皇太后那不屑一顾的表情。

在众人中还有一人不动声色，静静地忍着，似被虫吞噬般疼痛。她就是静妃。自从皇后被道光所宠，她与皇后以前那种亲如姐妹的情谊，逐渐被她所淡化了，取之而来的是越来越浓厚的嫉妒，对皇后越来越反感，特别是关于立后之事，她总认为就是这个人抢了她的皇后之位，打那以后更加恨之入骨。可她不是皇后,又能怎么样呢?在恨之外又有着深深的遗憾,皇后的位子看情形是注定与自己无缘了,可她似乎又总是不甘心,于是在道光面前总是卖弄风姿,可惜的是道光对她越来越不感兴趣,越来越疏远了。

静妃一人独守储秀宫,越来越觉得孤独无助,经常想到那样一首诗:"寥落古行宫,宫花寂寞红。白头宫女在,闲坐说玄宗。"那是多么凄惨悲凉的气氛呀!

而现在皇后在皇太后和皇上面前争宠,她真是又伤心又痛心,却又只能苦笑,无可奈何。

众人都做颂完毕,其结果如同众人所料,果然是皇后技艺超群,力压群芳,道光很是满意,接着就跟母亲皇太后饶有兴致地谈论起寿宴上的戏目,皇太后当然也不愿众人一直沉醉在皇后的诗作上,便招呼她们继续用宴。

东西两侧的中和韵乐,奏起了皇太后升座乐,曲调庄严而徐缓。皇太后在乐曲声中登上寿康宫正中的宝座,所有的妃嫔和王公、福晋们在皇上、皇后娘娘的率领下,整齐地跪在宝座前。皇太后坐正,乐止,人们在宣赞太监的带领下同声祝贺:"愿圣母皇太后仪体康顺、万寿无疆;仪体康顺,万寿无疆!"

人多声响,异口同声,又多数是女子,合在一起十分动听,在阔大的殿宇中引起阵阵回声,绕梁不绝,许久方息。

太后脸上又泛起了笑意,朗朗地说:"今儿的寿宴是家宴,都是自家骨肉,不要生分,酒随意喝,话儿也畅心说,不过不要再行寿颂之类的玩意儿,显得拘于仪礼。大家喝吧。"

殿堂里欢歌笑语,比平日庄严肃穆的典礼轻松多了。殿堂里又奏起了《朝天子》,乐队里的歌手也开始用嘹亮的响遏行云的歌喉和着乐曲,唱出了祝寿祝酒的贺辞。皇后娘娘率着六宫妃嫔、公主、福晋向太后敬茶敬酒。大殿中心仿佛就是开着五颜六色、光艳夺目的鲜花的花园。

敬茶敬酒过后,寿宴才正式开始,这时中和清乐又已奏起了轻松欢快的《金殿喜重重》，斟酒倒茶的宫女在各席之间穿梭来去，川流不息。

皇上和皇后离座，向皇太后跪拜，笑吟吟地说："皇太后吉祥，儿等恭进寿礼：白银五千两，上用缎纱百匹，珍珠八百串，珊瑚珠八百串，请母后笑纳！"虽然白银比十年前少了近乎一半，但皇太后又不便言语，让侍立身后的宫女接过皇上和皇后的寿礼红单。这是每年一次的例贡，理所当然。《金殿喜重重》奏得更响了。

各宫主位也依次进献了他们的寿礼。因为皇上和皇后的大宗寿礼已代表了他们这些晚辈，所以他们的礼品多属象征性的。

寿宴上，众人都兴高采烈，脂粉香、酒香充斥了整个大殿，人们都乐着，就见小喜子从殿外进来，悄悄地对道光说："皇上，钦差大臣林则徐林大人来信了。"

道光一听，大喜。他盼林则徐来信已急不可待了，向皇太后又问声安，匆匆出去了。

按察使王青莲穿戴严整，正准备前往衙门，就见侍卫官推门进来。对他说："王大人，韩肇庆大人来了。"

"他来做什么？"王青莲正想着，就听见门外有人喊道："王大人，别来无恙吧！"先闻其声后见其人，话音刚落，韩肇庆已走了进来。

"我还道是谁呢，原来是韩大人！王某有失远迎，不知韩大人躬临寒舍有何贵干？"

韩肇庆不答反问："王大人穿得如此庄重，准备干什么去呀？"

"王某昨夜捉到一名烟贩，此时关押在监牢里，我正准备前去询查此人，韩大人，你这是……"

"韩某并无别意，正是为此事而来。"

"哎，韩大人今日怎么想起问这桩子事儿来了？"王青莲疑惑地问。

"邓大人听说王大人捕到一名烟贩,特命韩某来助你一臂之力,王大人不会拒绝吧?"

"岂敢,岂敢,既然是邓大人差你前来,我还能有什么话说,欢喜还来不及呢。"接着做了一手势,道,"既然如此,那么韩大人请吧!"

"王大人请。"

两人到了衙门,提出了那名烟贩。那烟贩个儿不高,身子骨干瘦如柴,獐头鼠目,贼眉贼眼,方才还在左顾右看的,一触到王青莲闪电般的目光顿时老实了,赶紧垂着头,跪在大堂之上。

王青莲是道光十五年(1835年)上任的按察使,此人精明干练,做事认真,为邓廷桢立了不少汗马之功。他常常只带着一个差役夜查赌场、妓院和烟馆。他同时还命令许多差役暗中上街查访。

自从听说钦差大臣林则徐南下禁烟后,他没有一夜不私下外出暗访,衙门、烟馆、赌场他都一一走访,发现赌博和吸食鸦片,他立即处置。昨夜三更出访完毕,正待回头,就有人报告发现在河边有人贩烟,于是前往捕拿,捉住一人,跑掉一人。因此就在今日提审此人。

王青莲端坐公堂之上,左首是韩肇庆陪审,文书查记,看到那烟贩已被自己的眼光所惊惧,他大喝一声:"大胆刁民,三更半夜竟敢偷贩鸦片,该当何罪?你姓甚名谁,还不快从实招来,省得本官动用刑具伺候。"

那烟贩早知王青莲大人的威名,现在见他询问,哪里敢不实话实说,抹了一把头上冒出的冷汗,胆怯地说:"小人名叫何六,人称小六子,家住城南,昨日小人正和五哥搬弄鸦片,不想竟被王大人发现,小人愿交出所有鸦片,还望大人不要治小人之罪。小人家境贫寒,上有八十老母,下有一岁幼子,一家人全靠小人一个养活,请大人能够从轻发落,小人愿交代一切。"

说完,头就像棒槌似的不断槌地,一副诚恳老实的模样。

这样的人王青莲见得多了,也不理会,接着往下问:"那个什么'五哥'是谁?"

"回王大人的话,那人名叫马飞,原本是一个地痞无赖,后来贩卖鸦片。只因小人好赌欠了他一笔钱,他就以此要挟要小人帮他贩卖。小人这是第一次,不想就被捉到了,还请大人开恩,小人一定痛改前非。"

"那马飞现住在何处,你可知道?"

"小人知道,那马飞没有固定住所,只有一条小船停靠在八里之外的码头,如果现在找他,小人愿效犬马之劳。"

王青莲沉吟一下,转头看了看身旁的韩肇庆,韩肇庆正襟危坐没有言语。王青莲就接着说:"既然你从实招来,本官定会从轻发落,来人哪!先把这人带下去,明日再审,退堂。"

王青莲和韩肇庆审过后,回到后房休息,趁此机会,王青莲就向韩肇庆问:"韩大人以为此事该如何处置?"

道光六年(1826年),首设水师巡缉船,以防鸦片自海口运入,不料没几日巡缉船便与快蟹们打得火热,每日只是前去收取走私船的"规费"而已。当年伶仃洋的趸船便由不及二十艘增至二十五艘。六年后,即道光十二年(1832年),新任总督卢坤上任,就把这臭名于世的巡船撤了。又过了一年,邓廷桢上任两广总督之职,见洋面鸦片走私严重,可似乎又想不出别的更好的禁烟办法,于是又设巡缉船于海口,由专管海口鸦片巡船的水师副将韩肇庆管领。

在邓廷桢的眼中,忠心耿耿似乎就是韩肇庆的代名词,他哪里知道韩肇庆在他背后干的勾当。

这个韩肇庆是个精明人,在邓廷桢面前唯唯诺诺,恭恭敬敬,一切唯邓廷桢马首是瞻。邓廷桢很是欣赏他这个人,经常让他打理一些不大不小的事。而实际上他却与鸦片贩子勾结在一起狼狈为奸,他与鸦片贩子们商妥,除以每箱鸦片收取若干规费外,每万箱鸦片进口另取一箱实物,送进总督府,成为他忠于职守的物证。邓廷桢也被他蒙骗,还向道光上奏为他表功,道光就把韩肇庆晋升为总兵,并赏戴孔雀花翎。财权两得,韩肇庆高兴得无法形容。不过自从听说林则徐南下禁烟,他也不得不收敛些。林则徐的威名谁人不知哪个不晓,在湖广禁烟时,有一次一天内就收缴鸦片一万多斤,这岂不令人震惊。

平日里做惯了坏事,一旦罢手反倒觉得别扭,韩肇庆就像多日里没有偷到油吃的老鼠,现在一闻到香味,哪有不心动的?所以邓廷桢派他参与此案,就匆匆地赶去了。如今王青莲又向他询问,他不能不仔细思忖。

"既然是王大人查办此事,那就由王大人处理吧,邓大人派我来不过是看看情况如何罢了;不过王大人如若有别的事,韩某倒愿帮助王大人审理此事。而且在京城时,黄、林两位大人都主张重吸食轻贩卖,这次林大人又南下禁烟,我等当协助他才是。所以韩某认为对这个贩卖者也不必过于为难,关押几天,放他回去。至于那名叫马飞的,我定会派人追捕,查出鸦片。王大人,你看这样办可好?"

王青莲一则官职比他小,二则见韩肇庆说得很有道理,就笑着说:"韩大人考虑得如此周全,实令下官钦佩,那么这件事就有劳韩大人了。"

"王大人说的哪里话,你我都是自家人,都查禁鸦片,还分什么彼此呢。王大人,我就恭敬不如从命了。"韩肇庆说完哈哈一笑。

然而这韩肇庆却打着自己的小如意算盘。马飞这个人他是熟悉的,韩肇庆和他打交道已非一日了,曾经从他那里获利不少,因此听到关于马飞的事当然热衷,否则被这个王青莲捉住了,把他也供了出来,岂不糟糕。这个王青莲铁面无私、公正不阿,落在他的手上总不是件好事。而且要是把马飞抓住了,也断了他的一条财路。

"现在好了,这件事由我来办就行了,先把马飞支走,避避风头再说。"韩肇庆心里盘算着。

回到家里,韩肇庆立刻派人前去办理此事。

钦差大臣林则徐经过两个月零两天的长途跋涉，终于在道光十九年（1839年）三月十日抵达了广州城。

从湖广到京城，又从京城到远在南边的广州城，走过了冬季，迎来了春天。这时三月的广州城，一派明媚春光，这与途经江西境内遍地积雪的美景迥然不同，是一番艳丽的颜色。

这一天，广州城天朗气清，风和日暖，一艘官船缓缓地向天字码头行来，船头旗杆上高悬着绣了斗大"林"字的旌旗，在和煦的风中微微飘荡。

原本停泊在码头的商船、渔船早已被驱散在几里之外，只许远远观望，不准有些许靠近的动机。

"钦差大臣林则徐林大人到了！"

这个大多数人都渴望已久的喜讯早已一传十、十传百，转眼的工夫就传遍了整个广州城，百姓们纷纷赶来观看。广州城内外的乡民都携老带幼，成群结队，蜂拥而来，等在天字码头，一睹这位钦差大臣的风采。

码头迎宾台上，彩旗招展，正中摆着香案，案上摆着红绿瓜果、文房四宝。迎宾台四周布满了守卫兵丁，威风凛凛，坚不可摧的表情，庄严肃穆。广州司道各路官员俨然地站在迎宾台下，翘首以待。

为首的那人年已花甲，皓须白发，精神矍铄，神气飞扬，他就是两广总督邓廷桢。中等个儿，面目消瘦，却不失精神。站在他左右两侧的是广东巡抚怡良和广东水师提督关天培。

关天培字仲因，号滋圃，江苏山阳人氏，行伍出身。道光七年（1827年）时任苏松镇总兵，五年后署江南提督。道光十四年（1834年），已五十四岁的关天培才任为广东水师提督，时值英国鸦片走私猖獗，关天培亲历海洋厄塞，增修虎门诸炮台，又在饭箩排添置大铁链，以阻外船闯入。他立下过赫赫战功，为两广总督邓廷桢所钦佩。怡良四十有余，正值壮年，这时他们都在凝神地望着。

官船终于来了,悠悠地向码头靠近,触到码头,船停住了,一行随从先行下船,列在两旁,接着林则徐神采奕奕地上了岸。

邓廷桢转头望了望身边的水师提督关天培,关天培会意地略略点了点头,下令道:"鸣礼炮!"

轰隆——轰隆——十九响礼炮响过,在锣鼓喧天声中,邓廷桢、关天培领文武大臣迎了上去。

林则徐上岸后,伫立观看,一眼就可辨出那走在文武官员前面的人正是两广总督邓廷桢,他也急忙迈开步子走上前去。两人互相行礼寒暄后,林则徐将皇上圣旨供在香案上,率领众人三拜九叩。拜完圣旨,邓廷桢便请林则徐到东侧帐篷内稍事歇息。

林则徐端起茶碗,吹去茶沫,慢慢地呷了一口,望着邓廷桢,笑着问:"邓大人今年贵庚?"

"老朽虚度六十有三。"邓廷桢微微欠一下身子,然后答道。

"真是想不到呀!邓大人年已花甲,却还双目如电,英气逼人啊!"

"林大人过奖了,老朽不过一介凡夫俗子而已。"

林则徐转过身来,向广东水师提督关天培问:"关大人今年几何?"

"卑职今年五十八岁,比邓大人小几岁。"

林则徐微微一笑,爽朗地说:"原来两位大人都长林某几岁,在你们面前我只能忝列小弟之位了。两位若不嫌弃,林某愿与二位以兄弟相称,可好?"

"林大人如此这般,我二人实不敢当呀!"

"邓大人不必推辞,林某这次受命南下来此禁烟,还仰仗二位鼎力相助!"

邓、关两位大人连忙说:"林大人敬请放心,虽说我广东之地历来主张放松鸦片的严禁,不过现在既然皇上派你前来禁烟,我二人定当全力相助,肝脑涂地,不负皇上的期望。"

"这样更好,我们三人歃血为盟可好?"

邓、关两位大人欣然同意。酒过三巡后，林则徐端起酒杯，环视了各路官员，缓缓地但又器宇轩昂地说："诸位大人，林某在此先行感谢众位前来迎接，本官这次奉旨前来查禁鸦片，实望诸位相辅，不可有丝毫怠慢之心。如若不然，林某定不会善罢甘休。长期以来鸦片屡禁不绝，其原因在于执法不当，想来各位中有些人也有不当之处，这些过去的事以后自会酌情处置。而现在最关键的迫在眉睫的事就是禁烟，烟不禁绝，白银将外流，国家将日渐贫困，百姓将日渐羸弱。我等都是大清子民又何忍于见此情状。如若烟禁不成，我等又以何面目去见皇上。生我者父母，用我者皇上也。我等应不负皇上所托，为皇上分忧解难才是。我大清本来是一个安定富足、百姓康乐的国家，可自鸦片流入以来，我朝到处弥漫鸦片之害，那些洋人在我朝自由贸易赚取钱财也罢了，现在又将鸦片大量运来，荼毒生灵。我等都是热血男儿，难道真可以坐视不闻不问不管吗？林某并无太多的要求，只望各位大人能尽力而为，林某定会奏明皇上，为你等表功。

"林某决心已下，吸食者罪绞，贩卖者斩，有敢为烟贩说情者，与烟商同罪。"说到这儿，他激动起来，举起左手在空中一舞，大声道，"烟毒不绝，誓不罢休！"

会见过后，林则徐又要求去看广东水师与边防营的操练。一行人众一同走出帐篷，登上检阅台，林则徐伫立中间，右边陪站着邓廷桢，左边陪站着关天培，其余官员也都依品排列。此时，只听水师将士们齐声高呼："向林大人请安！向林大人请安！"随着将士们的齐声呼唤，围在四周的百姓也按捺不住，跟着呼起："向林大人请安——"呼喊声惊天动地，响彻云霄，闻者发聩。

林则徐为这种士气所鼓舞，一边举臂示意感谢，一边回答："众位乡亲父老，林某这次禁烟定不负你等所望，你等以后若发现有吸食贩卖者可以检举，本官会重重赏赐。"

下面的士兵百姓极为兴奋，纷纷鼓掌称妙。检阅完毕，林则徐乘轿进城。一路上人山人海，市民们热烈欢迎林大人。为了迎接林则徐,邓廷桢早就为他修缮了藩台衙门,作为钦差大人下榻之处。林则徐自有主意,要求住进越华书院,一来可省去一些无关紧要的应酬,二来他对广东一切事宜还不大了解,必须找一个僻静的地方方好行事。

第二日一清早,就在越华书院门口张贴出一张告示,见者迷惑不解。

第三十章

访狂生屈尊入书院
挞恶商扬威升公堂

林则徐怒喝道:"大胆伍浩官,竟敢公然行贿本官!看来被你拉下水的何止一人,来人哪!把这个里通外国的败类拉下去,重打四十。"伍浩官磕头如捣蒜,林则徐哪里管他,手中刑筹当时掷下,一声喝:"着实地打!"

其实林则徐住进越华书院,还有另外一个不大不小的原因,那就是为了一位名叫梁廷枏的人物。

这梁廷枏正是越华书院的监院,字章冉,广东顺德人氏,四十多岁,博学多识,留心时政,对外国史事有专门的研究,曾应前两广总督阮元的聘请写了中国第一部《海防汇览》,描述了洋船洋炮面前的中国海防。林则徐南下途中曾问起广东的一些情势,便经常有人向他推荐此人。

因此,林则徐到达广州的次日,就亲自登门拜访,向他请教禁烟、海防、守战等重大问题。

"梁先生,林某有礼了。"林则徐听说他甚是桀骜不驯,身为钦差大臣的林则徐也不得不小心一些。

"不知钦差大臣驾到,梁某有失远迎,失礼之处,还请大人恕罪。"梁廷枏嘴里说着,人却仍端坐在书桌旁并不起身,手里捧着书本,聚精会神地看着。

林则徐见他此等模样,果然是倨傲之态,可也不便发怒,于是径自走进梁廷枏的书房,随意找了一张椅子坐了下来,却不说话。梁廷枏一头扎在书本里,专心致志地看书,也不答话。

一时间,书房里静悄悄的。林则徐打量起这间房子来,东西两边靠墙处竖着装满书的书架,北面放着一张床,南面在房门边开了一口小窗,窗下放着一张书桌,梁廷枏面南背北坐着。

"梁先生之名广播五湖四海,想不到却住在如此简陋之地。"林则徐首先打破这种僵局。

"古来落拓人士多如此,有什么好奇怪的。"梁廷枏头也不转,冷冷地甩出这样一句话。

"怪不得刘禹锡的《陋室铭》这样广为流传,名士多类于此。"

梁廷枏说:"大人今日光临寒舍有何贵干,就直说了吧,梁某不过是一介草民,实在不值大人来此。"

林则徐见他主动答话,正求之不得,就说:"真人面前不说假话,林则徐这次前来实在是有事相求。"

梁廷枏当然知道指的是何事,可他对世间政事已有些心灰意冷,便说:"林大人如此说实在是折煞小人了,小人不懂得什么事,只死读过几本书而已,大人还是请回吧。"

"嗳,还真别说,林某这次正是要向梁先生请教那书中的内容。还望先生不吝赐教。"

林则徐又道:"林某素闻梁先生对中国海防了解比较深刻透彻,所以林某想请教这方面的事。"

梁廷枏不屑一顾地说:"那有什么好谈的。中国向来如此,重内而不重外,缺少对外面世界的了解,这是中国的通病。久患于体之病,非一剂药便能治愈。"

"那么依梁先生之意,中国一旦与洋人交上了手,那便只有听任其摆布了。"林则徐不失时机地说。

"也并非完全如此,中国地大物博,即使洋人的嘴大如狮子,那也是难以下咽。更何况外国只不过在武器方面强过我国罢了。一旦这些被我所用,其又能奈我何。只可惜的是我国向来自诩不弱于人,又岂愿去学习别人呢?林大人如果没有其他事,那么还是请回吧!"梁廷枏似觉自己说的话太多了,就下了逐客令。

林则徐怎肯如此罢休,接着委婉地说:"则徐这次受命南下来此禁烟,虽不说感于皇恩,但起初则徐实感责任重大,万一失职又何敢面对众人，岂不被天下所嗤笑，而且自己感到力量微薄、能力有限，所以受命之时则徐一再推辞，可在皇上的强求之下，又有何话说。则徐虽非挽救世人的英雄，可也总不能眼见天下黎民深受鸦片危害而坐视不管呀！

"则徐在湖广之时，与鸦片接触较多，对其知之甚深，人吸食过后久之成瘾，很难断绝。鸦片既能麻痹人的意志，又可害人身体，百害而无一利。吸食成瘾者结果往往倾家荡产卖儿易女，其状惨不忍睹，闻者伤心，见者落泪。则徐也是骨肉之躯，也是为人之父，深知其痛，因此就应允南下。则徐现已是半百之人，难道还望升官发财不成，实乃忧于百姓呀！然而则徐又知道路途多难，举步维艰，所以这次前来拜访梁先生，并无他事，只为鸦片而来，还望先生不吝赐教，以了则徐之心愿。"林则徐说着，动了真情，不禁涕泪满衣衫了。

梁廷枏早已放下了书，缓缓地转过头来，看到林则徐这般模样，于心不忍，心想："林大人乃一诚实之人，自己早有耳闻，现在他能想到这一点，我自负多才，却不愿救人于水火，那么读这些书又有何用？"

梁廷枏想到这儿不觉心动，赶紧离了座位，走到林则徐面前深深鞠了一躬，说："林大人光临寒舍，梁廷枏有礼了。"

林则徐慌忙扶起梁廷枏，四目相视，两双手紧紧握在一起，久久不愿分离……

钦差大臣林则徐从梁廷枏处出来，天已黑了，告别梁廷枏匆匆回到越华书院的住处，马辰早已等候多时了。

这次林则徐到梁廷枏处收获颇丰，对广东的情况有了更深的了解。他没想到的是广东的某些大员竟也参与贩卖鸦片，然而最使他担心的却是十三商行的人。十三商行本是朝廷设置的用于对外贸易所在，现今却利用职务之便放纵鸦片，从中渔利，这岂不正是鸦片流入过甚的根源吗？怪不得皇上多次严禁而无成效，重要的关口都把不牢，鸦片又如何可以禁绝。看来自己以往的策略要有所变化了。以往只是认为重治吸食就能断绝鸦片,若无人吸食自然鸦片不会再来,事实上并非自己所想象的那样。重治吸食不可缺少,断绝鸦片来源更为重要,即使重治吸食、整治贩卖,鸦片同样会照来不误,白银同样会流失,只有堵塞其道,才可能一劳永逸地消除鸦片的隐患,解决财政危机。要想禁烟有效,行商们无疑也是关口之一呀!

林则徐回到住处还未坐定,马辰便推门进来了。马辰原本是湖南抚标游击,林则徐任湖广总督之时的旧属,安徽怀宁县人,道光十八年(1838年)因失察家丁私受替班兵丁规钱,被革职回籍。林则徐自己亦因预保过马辰,受过降四级留任的处置。但林则徐认为其人素来熟知武备,年轻力壮,精力甚强,如若废置不用,十分可惜,便决定自行付给他盘缠,派其日夜兼程先行赶到海口代访局势。此外,林则徐还派遣了汉阳县丞彭凤池到广东,不过那已是在湖广任上的事了。湖北严查鸦片时,曾派他到广东缉拿逃犯尚未销差回湖北。林则徐知此人廉明勤干,且籍隶广东,对于广东土俗方言都较熟知,于是在动身南下之前即修书令其暂缓回楚,留在广州,代查鸦片之事,但现在还没消息传来。

"马辰,多日来辛劳你了,坐下再说。"林则徐见他进来,又不便急于多问,就缓缓地说着。

"大人交给卑职做的事小人已经办妥了。多日以来,卑职日夜查访,得知广东有些大员与鸦片也有染。"

林则徐一听他这样说,知道不会是空穴来风,就屏退左右听他细细诉说。

"在前几日大人未到这儿之前,卑职在两广总督衙门的临街墙壁上揭下这样一份传单,大人请看。"马辰说着就从怀中取出一张纸递给林则徐。

林则徐看完以后,大吃一惊。难道真有此事?想不到邓廷桢之子也与此有染,如果真是如此,那事情可就难办了。在广东还有许多地方要仰仗邓廷桢呢。林则徐又吃惊又疑惑又担心,可面上却装作若无其事的样子,哈哈一笑:"这不过是一些人无事生非造谣行骗罢了,马辰你可查到什么证据没有?"

"大人让卑职做的事,卑职岂敢大意,卑职已经查了,发现邓廷桢本人倒没什么,不过他的三公子似乎与此有些……"

此话不言而喻,林则徐一听即明白,就制止他再往下说,然后装成疲惫的样子对马辰说:"这个我已经知道了,你也累了,先回去休息,这件事我自有安排。"

马辰疑惑地看了看林则徐,他对林则徐其人很是敬仰,特别是那次林则徐因他而降职,使他没齿不忘,视他如同救命恩人一般。后来林则徐又招他前往广东,更是感激,心里已打定主意,即使为林则徐做牛做马也心甘情愿,现在虽然对林则徐的行为感到疑惑,却又不敢有所怀疑,觉得他定有自己的打算,便说:"若大人没有别的吩咐,那么卑职就先行告退了。"

马辰说着退了出去,然后又把房门掩上。马辰出去了,房里只有林则徐一人,可他心里一直不能平静下来:"皇上命我来此禁烟,曾再三嘱咐自己要与邓廷桢等人联手办理好此事,可现在还未联手,邓廷桢却出了问题。该如何处置呢?如果先整治吏治,拿广东大员开杀戒,恐怕禁烟会出现许多不必要的麻烦。要让邓廷桢协助我办理海口之事,也是难上加难,更何况他以往还主张对鸦片弛禁。如若把吏治放在一边,又怕烟禁不绝,一些人仍会利用自己职务之便帮助贩运,从中渔利。这到底该如何是好呢?"

林则徐犹豫不定左右为难了。他站了起来,在房间里来回迈着步子,正在疑虑着,中军参将李大纲走了进来。

"林大人,刚才梁先生差人送来一封书信,请大人过目。"

林则徐接过信打开一看,顿时喜形于色,把李大纲叫到跟前,对他耳语几句,李大纲听后,道:"大人放心,卑职这就去办。"

林则徐含笑地点了点头,望着李大纲的背影长长舒了一口气。

邓廷桢带着广东一众官员迎接钦差大臣,忙了一上午,中午时分,邓廷桢回到府里时已累得精疲力竭,阅了本民案,就进房歇息去了。一觉醒来,天色早已暗了下来,吃过晚饭,正准备进房习字,广东巡抚怡良就来了。

两人坐定后,便有一仆前来上茶,广东巡抚怡良匆匆赶来,有些渴了,端起茶微微抿了一口,觉得不同于往日所饮,惊异地问:"下官在广东几年并未尝过此等好茶,邓大人何来此物?"

邓廷桢捋了一下银白的胡须,得意地说:"此物并非本地所产,怡大人如何能见。此乃是林大人南下途中路经黄山,专程从那儿购来送给邓某的。此乃黄山特产云雾茶,茗中上品,非他乡所能种植。其香如兰,实为不可多得之物,怡大人不妨再品上一品。"

怡良端起茶来,又抿了一口,细细回味一番,然后竖起大拇指称赞说:"此物果然如大人所说,非同一般哪!"

"怡大人,老朽没有说错吧,看来林大人对老朽倒还仁至义尽,想当初老朽力主弛禁之时,还曾与他对垒一番呢。林大人不计前嫌,实令老朽敬佩。"邓廷桢说着,见怡良只顾品茶,似乎对赞许林则徐的话不屑一顾,于是不满地问,"怡大人,难道你不以为这样吗?"

怡良放下茶杯,用手巾拭了一下嘴角,说:"下官并无此意。下官对林大人之名早有耳闻,只是下官认为……"

怡良搬过椅子靠近邓廷桢,对他小声地说:"请恕下官直言,下官与邓大人已非一日之交。可据下官所知,邓大人与林大人却是第一次相见,对其人恐怕还不甚了解,此次送你物品恐怕是醉翁之意不在酒呀!"

邓廷桢端起茶杯,忿然地说:"怡大人何出此言?"

怡良眯着眼睛道:"大人,你先别生气,听下官细细讲来。大人你可还记得钦差大臣未来之前,广州城可是有一些诬蔑大人的传单?"

"那又怎样,邓某从未做过那等事,身正不怕影子斜,难道我还怕它不成。"邓廷桢插话说。

"大人言之差矣,大人以往与林则徐在弛禁与严禁上有隙不是,林则徐岂不耿耿于怀?这次到了广州定会知晓传单一事。大人你想,林则徐到广州严禁鸦片总不愿有人有弛禁的念头,对以往有此念的人难保不排除掉,大人还是小心提防为好,我等难保不是他排除的目标。"

邓廷桢当然明白怡良的意思,无非是说传单一事也许会被林则徐利用来诬陷他。

邓廷桢心想:"这林则徐似乎并非怡良所说的那种人,无论从相貌还是言行上似乎都不像。不过怡良所说也有道理,知人知面不知心,确实是不可不防。"

两人正说着话,就有一仆人传话来,说林则徐有事要询问邓大人,要邓大人明日一早速速赶到越华书院。

邓廷桢一整夜都没能睡好觉,第二日一早饭也没来得及吃,就匆匆赶到了越华书院。林则徐早就起来了,这时正在院中练太极拳。邓廷桢已到了院中,他似乎也没看见,仍在认认真真地打着太极,几圈下来,早已汗流浃背。见邓廷桢已等候多时,便招呼他先进屋,然后洗漱完毕也跟着进了厅堂。

"林大人这次匆匆相邀,不知有何事要邓某去做,还请大人吩咐。"

林则徐笑着说:"邓兄不用这么客气,林某这次有些不明之处想向邓兄请教,还望邓兄不吝赐教一二才好。"

邓廷桢受宠若惊,从位子上站了起来,恭敬地说:"大人有什么话尽管问,邓某知无不言言无不尽。"

林则徐握着邓廷桢的手说:"邓兄坐下说话,邓兄可还记得许乃济一事?"

邓廷桢大吃一惊,赶紧说:"邓某当然记得。"

林则徐趁机说:"邓兄既然知道此事,也定当知道其事结局如何。许乃济官降六品贬往四川边远之地,查封学海堂,广东巡抚祁垍免职，而对两广总督邓兄你却只是摘去花翎，邓兄你总不会忘记吧！"

邓廷桢一听，顿时惊出一身冷汗，心想："这林则徐此话是什么意思，莫不是想借题发挥上表皇上置我于死地？"可一瞧林则徐的脸色，似乎又不大像，虽这样想，嘴上却说："皇上不治我死罪，实乃皇上开恩，皇恩浩荡，即使皇上要邓某死，邓某也不敢说'不'字，何况其他呢？"

"邓兄多虑了，林某的话还未说完呢。皇恩满布天下，自不用多说，可对邓兄你的处罚，邓某恐怕还不知有人代你求情呢。"

邓廷桢疑惑地问："那人是谁？"

"那人远在天边近在眼前，并非别人，乃是区区在下。"

邓廷桢更加吃惊，心想："这怎么可能呢，当初我二人立场不同，他林则徐会为我求情，岂非笑话。"

林则徐见邓廷桢用怀疑的眼光看着他，就走到邓廷桢的跟前，拍了拍他的肩膀，对他说："邓兄感到疑惑不解，那也是人之常情。谁让你我站在不同立场呢。不过你我虽立场不同，但林某在湖广之时就已久仰邓兄的大名，早就有结交邓兄的心愿，只是不曾谋面而已。所以邓兄有难，林某岂能袖手旁观，故此林某上表为邓兄你开脱，以待立功。不想你我倒真有缘分，能在此相见，了了林某的一个心愿，林某也就不虚此行了。"

邓廷桢这时方知，怪不得皇上免了祁垍巡抚之职，而对身为两广总督的他却只是摘去花翎，原来是由于林则徐的求情，如若没有他的求情，恐怕自己已经身首异处了。

想到这儿，邓廷桢"咚"地一下就跪在地上，朝林则徐倒头就拜："林大人再生之恩，邓某没齿不忘，万死不辞，请受邓某一拜。"

林则徐吃了一惊，他哪里想到会是这种场面，连忙扶起邓廷桢，道："邓兄不必如此，林某乃是久闻邓兄大名，有意结交才如此做的，何况日后相处的机会多着呢。邓兄还是赶紧起来吧，莫要折熬林某了。"

邓廷桢被扶起后,泪已不知什么时候流出来,打湿了前襟。

"邓某做官多年,虽说见识也不少,但像林大人这般胸襟的,邓某却还未见过。以后如林大人用得着邓某,尽管说,邓某决不推辞。"

"这不过是小事一桩,何足挂齿。不过小弟还有一事要问邓兄。小弟昨日得到一份传单,请邓兄过目。"说着把马辰昨日给他的那张纸递给邓廷桢。邓廷桢不看也知道上面所写,目瞪口呆地站在原地,等着林则徐说话。

"这份传单大人想必已经见过,不知以为如何?"

邓廷桢惶恐地说:"此乃是一些无耻小人诬陷邓某的,还望大人明察。"

"邓兄不要惊慌,此事小弟早已查明,邓兄乃知书达理之人,怎会干那桩子事,不过……"

"不过什么?"

"不过问题却在令公子身上。"

"大人所指莫不是邓某三子吧!"邓廷桢在三个儿子中最喜爱三公子,所以有此一问。

"正是邓三公子。邓三公子参与私运鸦片,小弟已经查明,不过情节还不算重。邓兄依你之见,三公子应如何处置才好呢?"

邓廷桢左右为难了,迟疑地说:"这……这……一切全听林大人处置,不过……不过还望林大人能念小儿无知,给他一个机会,邓某将感激不尽。"

林则徐低沉地笑了笑,说:"邓兄言重了,虽说国有国法,家有家规,可那也都是人为的。三公子帮助贩运鸦片,既犯家规又违反了王法,本应从严而治,不过量罪轻重也还不至处死。小弟此次只为禁烟而来,并非为了杀人,所以三公子的事你我以后不要再提。但邓兄你回去以后要对其严加管教才行,下次再犯在小弟手里,小弟到时恐怕就爱莫能助了。邓兄以为如此这般可行吗？"

一听此言，邓廷桢当然不胜欢喜，赶紧道谢，接着又问："此事若被皇上知道，恐怕对林大人不利啊！"

"这件事无须邓兄多虑，以后邓兄只要能竭力帮助小弟，即使小弟受点委屈又何妨呢。"

"大人此次放过小儿一马，邓某当铭记在心，一切全听大人吩咐。"

林则徐要的就是邓廷桢这句话，现在听他开口，心里也就释然了。

林则徐心想："只要邓廷桢能支持严禁，何愁禁烟不成？其余的广东各路官员也就不用考虑，他们都以邓廷桢马首是瞻。然而这只是迈开了第一步，许多要做的事还在后面呢！"

翊坤宫里静悄悄的，荧红的蜡光投下一人的身影，道光坐在皇后的卧床边。

道光痴痴地看着躺在床上的他心爱的人儿，面容明显消瘦了，他鼻子一酸，伸手替皇后拉严被子："这一病又消瘦许多……全怪朕这些日子只顾忙于政事，把你忘了，都是朕的过失。"

"皇上说的哪里话，这都是臣妾自己不小心才得了病，怎能怪皇上呢。臣妾只不过受了些风寒，要不了几日就好了。皇上不用担心。"

皇后不忍心见皇上伤心，接着又说："皇上可还记得上次太后万寿时，臣妾所作的诗吗？"

"这个朕如何能忘，朕已命人把它抄录下来了。"道光见皇后问起诗来，就打起精神缓缓地背了出来。

皇后见道光不假思索地背出来，心里喜滋滋的，称赞道："皇上真是好记忆，臣妾自愧不如。"

"你这话可是言不由衷的哟！朕若与你比起来可差得远呢，皇后天资纯厚，朕自知不如。"

两人正说着话，养心殿首领太监领了几名太监前来送奏本，道光随手便把奏本堆在御案上，置之不顾。他心里恼恨这些奏本打破了他们宁静温馨的谈话。

皇后不安地望着那一堆奏本，说："这些都是朝廷政务，皇上怎么都搁置不顾呢？"

"没关系，都是些芝麻小事，让他们自个儿去办吧，今天我们要好好地聊一会儿。"

皇后想了想，正色地说："皇上可还记得唐明皇与杨贵妃轶事吗，皇上可别为了一时误了一世呀！"

"既然你这样说，那么朕去做就是了。"接着又感慨地说，"你真是朕的知己呀！"

道光说过后却仍坐在床边不动。皇后问："皇上，这几日广东可有什么消息？"皇后唯恐道光再说些无聊的事，趁机问起广东的事。

道光忧心忡忡皱起眉头，说："林则徐刚刚到广东，一切事务都还没开始，也不知邓廷桢能否和林则徐相处得好。"

"邓廷桢虽然以前力主弛禁，可他那样做也都是为国家社稷着想，是一位忠实的大臣。这次皇上派林则徐前往，林则徐又是聪明人，两人倒也不会有多大的误会……如果皇上担心，不如再修书一封交与邓廷桢，邓廷桢是朝中老臣，定会明白皇上的苦心的。"

道光含笑用手指点了点皇后的额头，说："你真是朕的诸葛亮！后宫之事有你来料理，朕也放心多了。朕听你的话，现在就去批本。"

道光从床边站起来，缓缓地走到御案前，回头又看了看躺在床上的皇后，皇后半倚着床头，面露微笑含情脉脉地也在看着他，道光心一动，坐下来打开一本奏折准备阅览。

养心殿的首领太监又进来禀告："方才有人在宫里的一处僧庙里发现庄亲王、辅国公正在吸食鸦片。"

道光吃了一惊，勃然大怒道："传他二人速速到养心殿见我！"

庄亲王是道光的亲侄子，辅国公溥喜则是国戚。二人经常吸食鸦片，染上了烟瘾。这日一清早听说皇上到翊坤宫探望皇后，他俩素知皇上对皇后极为敬爱，料定一时半会儿回不来，这时烟瘾又上来，趁此机会偷偷躲进庙宇里吸了起来。天下事无巧不成书，养心殿有位太监奉道光谕旨到那所庙宇去为皇后娘娘祈福保佑平安，见庄亲王二人的官轿放在门外就起了疑心，结果就发现了他们二人。

道光回到养心殿的时候，庄亲王和辅国公已跪在里面等候多时了。

道光铁青着脸走了进来，往御榻上一坐，却不立即说话，他心里想着处置他们的办法。

庄亲王见房里静悄悄的，道光进来好一会儿没吭声，微微抬起头瞟了道光一眼，道光正瞪圆了双眼看着他们，吓得庄亲王慌忙低下头。紧接着，听见晴天霹雳似的声音："庄亲王，你二人做的好事！"

道光气愤地站了起来："朕五次三番地下诏严禁吸食、严禁贩卖，你二人难道不记得吗，竟把朕的话当作耳旁风……"

道光越说越气，最后说："你二人吸食鸦片证据确凿，该怎么处置，你二人看着办吧！"

庄亲王和辅国公这时早已吓得面色如土，赶忙承认了错误："吸食鸦片本该处死，还望皇上念在我二人都是皇亲国戚的份上从宽发落。"

不说此话还好，一说无异于火上浇油，道光义正辞严地说："你们还敢说是皇亲国戚，我们皇室里哪有你们这等败类，何况你们身为皇族中的人本应带头遵循法纪，给天下黎民树一个榜样。现在倒好，带头吸食鸦片，这就是你们树下的榜样，难怪朕屡下禁烟令都没有生效，有你们率先不遵王法，他人又如何服从？现在朕又派林则徐南下禁烟，成功与否，凶吉难料。而此时你二人又作奸犯科，朕不拿你二人严惩，岂不让人说朕口是心非，为天下所嗤笑。你二人乃皇亲国戚，更加不能轻恕，现在还有何话说。若无话说，来人啊，把他二人推出午门，斩！"

"皇上饶命呀，臣等以后再也不敢了。"

道光大义凛然地说："有一次，就可能有第二次、第三次，那以后朕还拿什么来教化天下？"

太监传话说，皇后娘娘来了。

原来庄亲王前脚刚到养心殿，他的福晋闻讯后，立刻就到翊坤宫要皇后娘娘帮她出面向皇上求情。皇上敬爱皇后，在宫里早被众人知晓，请皇后出面定能打动皇上的心。

道光见皇后抱病前来，非常不安，扶着她坐下。皇后故作不知问道光出了什么事，道光把事情原原本本地说了一遍。

皇后于是说："既然皇上把事情已弄清楚了，那么皇上为何还不处置他们呢？"

"朕正想如何处置他们呢。"道光为难地说。

"若是依往常的惯例，吸食者稍稍惩罚一下就可以了，可现在不同了，林则徐他们认为重治吸食乃为治烟良策，吸食者理当处斩。皇上是不是如此认为？"

皇上一听皇后似有赞同处斩的意思，欣喜地说："朕正有此意。"

可皇后接下去又说："不过听说林则徐重治吸食者，还给他们一次机会，让他们定期戒绝，如若不然方才处斩，是不是这样？所以臣妾认为对庄亲王二人不宜处以斩刑，皇上不如给他们一个自新的机会，在外人看来也会认为皇上是以仁义而治天下。到时他二人如果还不能够戒绝，再斩不迟。"

道光冷静地点了点头，道："不过他们都是皇亲国戚，却带头吸食鸦片，实为不该，不可轻饶。"

于是传令下去，庄亲王革去王爵，溥喜革去公爵，并各罚去二年养赡钱粮，所遗庄亲王爵，辅国公爵，命宗人府照例另行拣选。

皇后不再说话，能让他二人保住性命已是万幸，其余乃是身外之物，不足顾惜。

庄亲王和辅国公溥喜能逃过一死，大出所料，泪流满面双双称道："谢皇上不杀之恩，我们定会痛改前非。"

在此以前，邓三公子也已答应邓廷桢要痛改前非了。

道光皇帝在京城严惩王公大臣的同时，林则徐在广东也在为海口事件忙碌着。有了邓廷桢的支持，林则徐做事也有条不紊、信心十足起来。到达广东的第二日，一整天林则徐都在和邓廷桢谈论着，询问一些禁烟和海防的状况。

紧接着的几天，林则徐通过从邓廷桢处探听的一些情况，紧张地会见有关广东官员，拜访当地知名人士，询问商馆的翻译，努力获取广州整治和鸦片走私形势的第一手资料。当然一切都是单独地、半秘密地进行。

从林则徐到达广州后的一连八天，越华书院谁进谁出，用十六抬大轿的钦差大臣林大人夜往谁家，全都成了当地官吏和商界人士——包括十三商行和洋人商馆里的人所关注的焦点。这八天似乎已经成了广州人们心目中所共同认为的历史上最漫长的八天。一切与鸦片走私有关的人都在焦虑不安地等待着。

就在广州城一切人等待的同时，林则徐已经计划好了他将进行的一切。

道光十九年（1839年）三月十八日，林则徐会同邓廷桢、怡良、关天培等人在钦差行辕——越华书院里，传见十三行洋商。

一连几天明察暗访，林则徐深知，要根治鸦片之害，就必须断绝来源。作为第一步首先得将海口趸船鸦片消除净尽。

自从林则徐到广州后，广东一地的上下官员深知林则徐的威名，因此一改往昔的那种态度而认真起来，对海岸上下船只一并搜查，发现有私藏鸦片的立即入官府收审。看到这种情况，洋人的鸦片船也有所顾虑，不敢再肆意横行，不敢轻举妄动。原来运输贩卖鸦片的二十二只十分高大的趸船也只得载着价值上千万两白银的鸦片，停泊在广东的伶仃洋面，无法再远航运回本国，只好等在那儿，以期望有机会再偷运入广东，希冀这次林则徐的到来最好能像一阵风一样来得快去得也快。可惜的是这些洋人的如意算盘打错了。

林则徐在来到广东以前就知十三行是专门负责对外进行贸易的场所，所以要想禁绝鸦片，十三行是不能不拜访的。林则徐后来又通过调查，吃惊地发现十三行的行商们有的人竟然和外商串通作案，帮助推销鸦片，走漏白银，从中分赃营利。

因此林则徐急不可待地首先要传见这些经常与外商打交道的十三行的行商，至于如何对待他们，林则徐早已成竹在胸。

一经传见，十三行的行商们在怡和行的伍浩官的带领下胆胆怯怯地来了。

这以前的一连八天，伍浩官没过好一天。自己做的事自己最清楚，上下勾结，走私鸦片，不但自己清楚，外人也知之不少。现在林则徐来了，林则徐是什么样的人，他没见过却听说过，公正廉洁、铁面无私总是冠在"林则徐"三个字的前面。而现在他到广东了，伍浩官整日待在家里不敢外出，如惊弓之鸟，怕稍有不慎又落下把柄。一听林则徐要传见，便吓得魂飞魄散，却又不得不去。

伍浩官一进入钦差行辕，立刻被里面的气氛所震慑。林则徐威严地坐在黄缎围屏前面，身穿道光皇帝召见时赏赐的黄马褂，顶戴花翎，官气十足。在林则徐后面墙上高悬着"无欲则刚"的牌匾，充满着正气。总督邓廷桢和巡抚怡良一左一右陪坐两旁，他们两侧摆着钦差大臣的仪仗。院子里一百二十名站堂军手执利器，个个高大魁梧。

伍浩官两腿战战地走上前去，带着其余十名行商用颤抖的声音道："卑职等参见钦差大人。"说着就上前行礼。

林则徐重重地哼了一声，表示不满。伍浩官一见钦差大人这份神情立觉不妙，退也不好，进亦不好，直吓得他扑通一声跪在了大堂前。其余行商见伍浩官跪在那儿,也知道自己难逃厄运,就听见扑通扑通之声,也都吓得跪下了。

林则徐这时真是又气又恼:你们这些人平日里偷运鸦片收取赂银,胆子大得上可比天、下可比地,现在怎么啦,知道自己死到临头了就吓成这般模样。不过我暂时还不会杀你们,还需要你们为我办事呢,可也总得让你等知道我林某的手段。林则徐这样想着,他大喊一声:"伍浩官,你等知罪吗?"

伍浩官这时还心存侥幸,结结巴巴地说:"卑职等不知……不知钦差大人所说……所说何事。"

林则徐气愤地说:"还要狡辩,你等所做的事,本官已查访得清清楚楚,难道还要本官一一说与你等听?

"本官先问你,广东向来为异国互市之地,至于此已有三百多年的历史,难道洋人不能与我中国子民自相交易?能!当然能!那么为何要设十三商行,其目的何在?你可知晓?"

林则徐不待伍浩官答话,接着说:"你当然知道,之所以设立十三商行,就是为了杜绝民人与洋人私通,防止禁物。而结果呢?查历次洋船入口,都是经过你们担保,声称并没有携带鸦片,所以才准令开舱入口,从未驳回一船。现在鸦片如此充斥,毒流天下,而你们却依然混行具保,称来船并无携带,这岂不是大白天说梦话。

"如果说所带鸦片,早卸在伶仃洋的趸船上,而你们所保真无夹带,是指进口之船的话,那么这便是掩耳盗铃,预留推卸到如此地步,居心更不可言道,这还不是跟盗贼串通一样?

"十多年来,你们出入洋人商馆上下洋楼,银洋大抬小负,白天公然入馆,夜里护送下船,对洋商我们难道真的一无所知?只不过相约不予举报罢了!这中间如果没有你们暗中设有股份,谁能够相信呢?

"你们不知报朝廷豢养深恩,反而以做汉奸为荣耀。内地衙门的一举一动,洋人无不先他人而预先知道;若是向你们访问洋商的事宜，你们却是多方掩饰，不肯吐露。本大臣这次奉命来广东处置海口事件，照此看来，如若首办汉奸，我觉得你们未必就不是本官要拿办的人！"

林则徐滔滔不绝地讲，义正辞严，如同东流的长江之水，一发不可收拾，又如同冲破闸门的洪水，其势不可阻挡。在场的官员士兵无不被林则徐的气势所震撼，即使是违法犯纪的人也心惊肉跳毛发直竖，而这时伍浩官吓得早已瘫倒在地上，肥胖的身体像一堆烂泥，半天才爬起来。

他揉了一下眼睛，疑乎自己方才是不是做了一个噩梦，抬头一看，林则徐正用严厉的目光看着他，才知道方才一切都是真的，赶忙连滚带爬地到了林则徐面前，诚恳、认真而又语意含糊地说："如若大人能饶了卑职一命，卑职愿以家资相报。"

伍浩官竟然妄图以钱打动林则徐，林则徐哪里会收取他的家资，立刻大声喝令："大胆伍浩官，你竟敢用钱财来通融本官，你把本官当成什么了。看情形用这种方式被你拉下水的不止一人，你罪恶滔天，还要本官饶你，简直就是痴人说梦。来人哪！把伍浩官拉下去，重打四十。"

伍浩官大声呼喊着："大人饶命，大人饶命。"头点得像捣蒜似的，可林则徐话一说出，怎会改悔，喝道："打！"

左右两边各走出一人，很利索地把伍浩官拉到院子里，接着大堂上的人就听到噼里啪啦打板子的声响夹杂着伍浩官的喊声，喊声越来越小，打板子的声响却愈来愈清脆。和伍浩官同来的广利行卢茂官、同孚行的潘启官等十人仅仅听到伍浩官的哭喊声，就已经面色如土，连跪都跪不稳，一个个斜倒在坚硬的砖地上。

等到伍浩官再一次被拖进大堂上，众人一看，他浑身上下被打得皮开肉绽。

林则徐看了看躺在地上、身体还颤动的伍浩官，用毫不含糊的语气对他说："这就是你徇私枉法的报应，实话告诉你，本官要的不是你的钱，而是你的脑袋。"

伍浩官这时哪里还有力气回答，只有躺在地上喘着粗气的份儿了。

伍浩官等十一人在大堂上一个个吓得躺的躺、倒的倒。林则徐暗暗高兴，心想是时候了。趁机就说："你等按照大清律例其罪可谓大矣。不过本官也不会冤枉他人，定会分别你等罪行轻重，再行发落。本官已知道你等与洋商来往甚密，现在本官就给你们一个戴罪立功的机会。"说着拿起放在面前的谕帖扔到行商们的面前，"你等把这份谕帖转交给十三行街商馆里的洋人，要他们在三天之内交出所有鸦片。如果此事不能办成，则平日你等串通奸商洋人，私心向外，不问可知。本官立即恭请王命，将尔等之首恶就地正法、抄产入官，你等可听明白了？"

林则徐的这句话对那些行商们来说无异于救生草，行商们振作精神说："大人放心，卑职等一定尽力办妥。"就连半死的伍浩官也挣扎着坐起来，用细如蚊蝇的声音说："谢大人开恩。"

然后，广利行的卢茂官等人七手八脚地拖起伍浩官，走了。

林则徐看着他们慌慌张张逃走的样子，回过头来和总督邓廷桢、巡抚怡良三人相视，微微地笑了。

林则徐是不能释怀的，收缴洋商的鸦片只是广州禁烟的第一步，一切都只能说是有了一点儿眉目，现在他所关心的是洋商会不会按时交出鸦片："如果他们全部交出更好，否则的话就……"

在谕令洋商交出鸦片后，林则徐已打定主意整顿军政队伍了。

公行总商伍浩官，带着和他一样富有而又可怜的行商们，出了钦差的行辕，不敢稍作停留，便直奔向十三行街的英人商馆，生死在即，性命攸关，他们那种积极的心情是可想而知的。

以前伍浩官几时想到会弄到这份境地上来，只知道赚钱，即使来了新官，那又怎样，不过是新官上任三把火，过了那阵风头，就没了事，再加上他花些银子，商行的事往往也没人再来过问。现在可好，碰上硬是不喜欢钱的人，他伍浩官只有自叹倒霉，不过他又感到万幸："毕竟林大人没有把我处斩，让我戴罪立功。只是他让我们做的事却未必好办，洋人的脸色我是知道的，可也没法呀！只好见机行事了。"

　　英国人的商馆在广州城外十几里的十三行街。英国人所属的商馆本来是中国行商名下的商馆，后来一些常年做生意的英国商人们租了下来，各自在屋顶或门前插上自己的国旗。那块约三百六十米长、二百三十米宽的临时居住地，前面靠近珠江口，距离码头很近，给运输货物提供了方便。自从英国东印度公司对华贸易的垄断被英国议会的法令取消，律劳卑就作为英国政府官员来华管理英国人的贸易。到了道光十九年（1839年）时，已是查理·义律任驻华商务监督，代管对华贸易，正是在他的支持下，英国人日渐嚣张地贩运鸦片来华。

　　义律性情暴烈，却又狡诈多疑，当他一听林则徐南下禁烟，就赶紧溜到澳门，有意躲出去观望风向，不过最紧张的还是英国商馆里那些贩卖鸦片的商人们。

第三十一章

洋毒贩被擒成钓饵
黑杀手受命行险棋

"倏"的一声,一个身影从院墙上跳下来。林则徐大喝一声:"谁,竟敢夜闯钦差行辕?"那人并不答话,一个箭步蹿到近前。林则徐见那人身穿夜行衣,手提钢刀,大吃一惊:"大胆歹徒,你竟敢行刺本官,没有王法不成?"

三月十八日,对洋商们来说本该是个快活的日子,在大清律例中对洋人有这样的规定:"洋人固定于洋馆一地,日子久了恐怕会生疾病,可以准其到近旁的海幢寺花地闲渡散解。"不过,每月只准初八、十八、二十八日三次,并且要有通事事先往周围各关口报知,由通事带同前往,日落时必须返回洋馆。虽然久而久之对洋人的限制松懈了,可在洋人眼里,逢"八"之日依然是他们快活的日子。

往常在这些日子里,商馆通往里把地外海幢寺的坡路上,随处可见打着洋伞、提着食盒、兴高采烈的欧洲人。可现在伍浩官走过这条路时却不见他们的身影,伍浩官苦笑着无奈地摇了下脑袋,他现在并不感到奇怪,心想:"林大人这一来,似乎广州这一片小世界都变了样。"

伍浩官等十一名行商匆匆地来到了英人商馆,还未进门就听到里面觥筹交错的声响。

伍浩官知道他们正在举行酒会,心里极为恼火。

"我们在钦差行辕里挨板子,你们倒轻松自在,又是音乐又是跳舞又是喝酒,可真有你们的。"心里虽这样想却又不得不压住怒气,恭敬地和侍立在门旁的那个印度阿三打招呼。经常来这个地方,伍浩官和他是很熟的。

那个印度阿三微笑着，露出上下两排洁白的牙齿，朝伍浩官点了点头，表示和他打招呼，一抬手，让伍浩官等人进去了。

只见里面乱腾腾一片，一个个洋人跳来扭去，伍浩官等人进来后，他们也只是点了点头。虽然林则徐的到来使他们不敢外出，可在这样的好日子他们依然作乐，无非是掩饰自己内心的惊恐而已。

伍浩官平日里见这些洋人只是对他点点头，并无上前搭理的表示也就罢了。可现在他心里正窝一肚子火，无处发泄，见到洋人这种态度岂不生气。他又记起一些事来：通商之初，半官方的中国行商们有多气派。每年商船泊黄埔，他们安坐在馆中，正气堂堂地等待洋商们穿着礼服来拜见，名望高、辈分尊贵的，还一定要借故推辞不见一两次，然后才肯入堂对礼答言。时日久些，便全都颠倒了。一听到那边的大班、巨商入洋人商馆，行商们便鱼贯拜见，生怕落在人后。不光送轿子、送古玩，连总督府的动静、朝廷圣旨的意思，都一五一十地报告给洋商们。可如今这些洋商们不顾别人的死活，只顾自己高兴……

想到这儿，"砰"的一声，伍浩官一拳打在门上。这一声响顿时把全房子里的洋人都惊呆了，立即停下了步履。

这时，一个洋人走了过来，拍了拍伍浩官的肩膀，笑吟吟地用半生不熟的中国话说："伍先生，今日好像不开心，莫非是钦差大人训斥你了？"

伍浩官见情况这样急迫，他却还有闲情开玩笑，就冷冷地说："颠地先生，钦差大人来到广州几天了，你也不害怕？"

颠地哪能让别人知道自己的胆小，笑着说："那又有什么好怕的，我们只要不出商馆，他总不会派人来捉我们吧。"

伍浩官一连几句话都很不客气，这时他也觉得这样似乎不大好，就委婉客气地说："抓你们？目前钦差大人未必就敢。不过今天钦差大人传见了我们，大人让我给先生送来一份谕帖，还对你们说，要三日之内交出鸦片，否则的话——"

"否则又怎样？"颠地把双手朝身后一背，晃了晃肥胖的身体,无足轻重地问。

伍浩官惶恐地说:"若你们三日内不交出鸦片,钦差大人说,要从我等几人中择选一两人正法呢!"

又一位洋人见伍浩官如此惶恐地说,感到有些惊讶,因此就挤上前去,对伍浩官说着安慰的话:"伍先生,你不用害怕,我们之间干了这么多年的鸦片生意,不是也没出现什么大的差错,难道钦差大人一来,就搁浅了?不!你们大清王朝做事的原则一向是新官上任三把火,不会支撑多久的,而且对鸦片严禁的态度又是雷声大雨点小,所以伍先生不用害怕。现在伶仃洋上还停留着我们的二十多只趸船呢,一旦有机会,我们还会有大把大把的钱可赚的。"

那洋人正陶醉在自己对未来的美好设想中,伍浩官悠悠地说:"这位钦差大人可不是你所想的那种人。你那停留在伶仃洋上的鸦片若不交出来,他是不会甘休的,威特摩尔先生,还是小心点好。"

这时颠地又插进话说:"我看这位钦差大人不过要弄些银子罢了,伍先生,你看三十万两银子能不能把他打发了?"

能不能用银子把林则徐打发了事,这一点伍浩官最清楚不过了,否则他又怎会被打得皮开肉绽。可他年岁五十多了,又不愿让这群比他小许多的洋人们看他的笑话,在来商馆的路上,他已换了身干净的衣服。

这时他也没说自己被打的事,而用年长者的口吻道:"先生们,你们都不要抱那种想法,那种想法在钦差大人的面前是行不通的,我在商行里干了这么多年,见过一些世面,我认为你们还是先商定交出鸦片的事吧。"

鸦片对这些洋人来说如同他们的生命一样,又怎么能舍得拱手送人呢?听到伍浩官这样一说,他们也只是奇怪地耸耸肩膀而已。

伍浩官走后,那些洋人把大厅的门一关,仍然玩他们的,乐他们的,全然不顾外面的天空已暗了下来,变成铅灰色,一场暴风雨即将来临。

在越华书院的林则徐焦急地等待着。

邓廷桢坐在越华书院的厅堂里，看着林则徐在大厅内走来走去，一副不安的神情。

邓廷桢早已心中有谱，却又不急于说话，毕竟现在还不是时候。

林则徐走着走着，步伐却逐渐慢了下来，最后低着头沉思着走到面朝厅门的一张椅子上坐了下来："这次如果洋商再一次不愿意交出鸦片，邓兄，你看该如何处置呢？"

自从上次林则徐派伍浩官传达谕帖后，十三行街的洋商们一直没有交出鸦片的意思。伍浩官回报林则徐时，竟听说那些洋商们把他这位钦差的决定视同儿戏，组织了一个由英国商人威特摩尔任主席的商会会议，成立专门的什么会来考虑局势并尽早向商会报告，然后由商会决定如何答复中国钦差。其结果是以二十五票对二十一票通过的决议案中还含糊其辞地表示："外商公众几乎一致感觉到，有绝对必要使在广东的外人与鸦片贸易割断关系。"

林则徐听说后大为震怒，心想："本官让你等交出鸦片，却推三阻四、糊弄本官，这还了得！如果不是因为我大清乃礼义之邦，就早已把你们这些洋商们一个个捉拿归案。"林则徐击案有声，严厉地对伍浩官说："这分明是规避的遁词。如不缴烟，本官将于二十二日晨十一时亲至公所，措办一切！至于你，也该让你知道本官的厉害，到时定斩不饶！"

伍浩官走后，林则徐立即命海关监督豫厚庵发出告示："当钦差大臣驻粤期间，禁止一切洋人前往澳门。"

林则徐到广州后，梁廷枏告诉他，英国驻华商务监督义律和多年来在中国从事鸦片生意而发横财的首富查顿因为听说他的到来，吓得逃到澳门去了。为了防止再出现这种情况，阻止鸦片商人外逃而作出这样的告示。

可笑的却是查顿的言行。查顿是英国的鸦片商，原是英国的医生，英国东印度公司的雇员，来往于英国、印度、广州，十分熟悉清朝国情。道光十二年（1832年），他与人合伙组织怡和洋行,成为广州最大的贩毒组织,人称为"铁头老鼠"。这只铁头老鼠嗅觉灵敏,闻知林则徐南下禁烟,吓破了胆,就在林则徐抵达广州的前几天,悄悄溜回澳门。而他走之前,还在商馆上百人的聚会上洋洋得意地说:"先生们!我们不是走私犯,中国政府、中国官吏才是走私。是他们纵容走私、鼓励走私,而不是我们。"

说完后自己却偷偷地上了船离开了广州。

到现在已是二十二日了,仍不见洋人交出鸦片,林则徐自己也着急了。他不是怕开罪洋人,而是他始终没有忘记道光皇帝的话:"如果洋人交出鸦片,那么就万事大吉,对洋人也要以礼相待;如果洋人不愿交出,不到万不得已的时刻,且勿动用武力,以防引起洋人的武装挑衅……"

既然道光皇帝这样说了,说明他也担心引起战火,林则徐也不得不小心对待,来不得半点马虎。虽然早在两天前他就命数千兵勇在广州城郊集中,又在昨日让满载兵士的船只在商馆门前的江面上成群地停靠待命。

现在洋人那方面一直没有动静,迟迟不愿交出鸦片。这时林则徐要深思熟虑了,要不要动用武力呢?

两广总督邓廷桢在广东几年,经验丰富,一猜就知林则徐心中所顾忌的。邓廷桢毕竟城府深,虽知道却又不主动提出来,只是等待着林则徐向他询问。

林则徐这一问,邓廷桢想是时候了,盯住林则徐平静地看了一下,缓缓地说:"林老弟这一问,想必在心中已打定了主意?"邓廷桢并不急于正面回答林则徐,反问一句。

林则徐听他这样问,又联想到方才他那平静的目光,知自己心中所想被他猜中了,因此也就不加掩饰,道:"邓兄果然高明,看样子小弟找你帮忙并没找错人。"

"林老弟现在所顾虑的可是皇上那一方面?"

"邓兄所言正是。"

"既然洋商不愿交出鸦片,那就按你心中的计划做也算是在万不得已之时呀！再说你已在两天前向他们警告过，想来皇上也不会责怪你的。"

林则徐正待说话，伍浩官跑了进来。

"卑职叩见钦差大人，那些洋商答应交出鸦片了。"

林则徐和邓廷桢一听，又惊又喜，同时问伍浩官："共交出多少鸦片？现在何处？"

伍浩官犹犹豫豫地说："总共交出一千箱鸦片，现在……"

伍浩官话还没说完，林则徐已气得七窍生烟，怒气冲冲地说："大胆伍浩官，本官让你劝洋人交出全部鸦片，如今竟想用区区一千箱来搪塞本官，难道你真的不知外洋洋面停留的二十多只鸦片船只吗？不是不知，而是你已与洋人串通一气，今日定要你知道本官的厉害！来人！把伍浩官推出去斩首示众。"

话音刚落，进来几名刀斧手连拖带拉地把伍浩官拖了出去，只听见伍浩官大声喊着："大人饶命啊！大人饶命啊！"

林则徐毫不犹豫地说："斩——"

林则徐斩过伍浩官，又把卢茂官找来，命他向十三行的洋人商馆再下通牒，如若在天黑以前再不把鸦片悉数交清，本官将严惩不贷。

卢茂官哪里敢不遵从，伍浩官因办事不牢已被林则徐处理，他又怎能够不顾自己的性命，因此卢茂官又慌慌张张地到英人商馆里去了。

卢茂官也有自己的难处。在广东由于和洋商们私运鸦片也积累了许多银子，成了富家，可在做官的面前仍然抬不起头来，更何况现在又是在钦差大臣林则徐面前；再者在洋人面前他还得恭恭敬敬、客客气气，否则他又如何弄来许多银子。长期以来，行商们虽赚足了钱，口袋肥大了，可是不仅当官的压着他们，就连洋商们也骑在了他们的头上。

卢茂官虽然这样想，却也只能无可奈何地摇着头，向十三行街的方向而去。

林则徐等人一直到日落的时候,才见到卢茂官的身影。

"大人,不好了,颠地逃跑了。"卢茂官进来后结结巴巴地说。

原来,伍浩官被处斩后,颠地凭着自己的关系网马上就知道了此事,他害怕极了。一开始,林则徐到广州后,他心里虽然有些紧张,可马上就镇静了下来。后来林则徐派伍浩官前来要求交出鸦片,他也认为那不过是吓唬人的,现在伍浩官真的被处以斩刑,他才意识到这件事情的严重性,知道林则徐并非平庸之辈。可是不到万不得已颠地又不舍得交出自己的鸦片,无奈,三十六计走为上策,颠地凭着自己熟悉广州的地形,趁着夜幕降临之前偷偷摸摸地从商馆的一个侧门出去,擦着墙角溜走了。

为了防止被人认出,颠地从商馆溜出后,又钻进一家农舍偷了几件衣服,把自己化装成老百姓。夜幕降临了,没有星星也没有月亮,黑夜沉沉,颠地穿过几条小胡同,站住了,等辨别出他的商船停泊的方向,又趁清兵替换哨卡的机会,溜到了江边。

他正在寻找自己的商船,猛然听到身后有声响,吓了一跳,慌忙躲在一棵大树的后面,探出肥大的圆脑袋仔细察看,原来是海风吹动树叶的声音,树叶颤动几下不动了。颠地吓得长长舒了一口气!劝慰自己:"不要慌,不要慌,要镇定。一切都会好的,只要能离开广州,就一路顺风了。"这一阵子,颠地也跑累了,见四下无人,一时还看不见自己的商船,他扭了扭腰,解开长袍的领扣,靠在树后歇起脚来。

林则徐听说颠地跑了,反倒高兴起来,他得意地对邓廷桢说:"真是天助我也,我正愁不知从何处对这些可恶的洋商开刀呢,现在上天却给了我一个机会。"

邓廷桢也笑着点了点头。紧接着,林则徐转身把李大纲召来对他说:"传我命令,水师兵勇立即行动,把颠地抓回来!"

颠地歇了一会儿,站了起来,往前走了一段路,寻找自己事先备好的商船。走着走着,他忽然觉得不对劲儿了,巡逻的人增多了,不仅有士兵,还有百姓,敲着锣,打着鼓,奔跑着,呼喊着,来来往往,一个个哨卡都被堵死了。正在他进退两难之际,猛地背后有人喝道:"站住,你是干什么的?"颠地一哆嗦,刚想张嘴说话,转念一想又赶忙闭上嘴,他那半洋半中变了调儿的中国话一旦说出口,岂不就露了馅儿了。

这时,又走过来几个人,这下颠地急坏了,低头一眼看见脚边那滚滚的江水,他不假思索地就往下跳,扑通一声,进水里去了。这时颠地才想起自己不谙水性,不得不开口了,喊着:"救命啊!救命啊!"连喊带叫,就听"咕咚咕咚"喝了几口带腥味儿的江水。

听到喊声,岸上的人越来越多,颠地在冰凉的江水里浑身发抖,不知如何是好,只见无数人向他扑来,他晕了过去。

等到颠地醒来时,他已被带到了林则徐的钦差行辕。

林则徐坐在前面,邓廷桢陪坐一边,幕僚梁廷枏立在后面一侧。

林则徐定睛看了看跪在下面的这个洋人。对颠地,林则徐没有见过,却早有耳闻,素知他和逃走的查顿都为英国的大鸦片商人。查顿吓跑了,他却贼心不死,千方百计地破坏禁烟。

跪在堂下的颠地是个矮胖子,这时须发零乱,满面晦气,浑身上下湿淋淋的,活像一只落汤鸡。林则徐看在眼里,笑在心里,这就是你逃跑的结果。然而更多的是恨之入骨,正是像他一类的洋商才害得中国民不聊生、生灵涂炭。

林则徐气得一拍惊堂木,颠地跪在冰凉的砖头地上猛地打了一个激灵。他心里也很清楚,林则徐这次广州禁烟看形势是志在必得,自己的这次出逃被捉,也只能自叹倒霉了。

"大胆奸贼,深夜到处乱跑,你是何人,所为何事?"林则徐故作不知地问。

颠地当然心里也很清楚,林则徐这是明知故问,可现在自己的性命就在此人手里,又哪里有胆量说个"不"字,只得如实地回答:"我是大英帝国的商人颠地,至于这次外逃,实因我不想交出鸦片。不过如若大人能把我放回去,我一定把鸦片送上。"

这时颠地就在林则徐手上,不愁他不交出鸦片,也就不急于谈论此事。于是林则徐皱了皱眉头又问:"本官几次派人去叫你们交出鸦片,你们难道没见到,交给你们的谕帖收到没有?"

"收到了。"

"既已收到,可曾认真地看过。"

颠地这下回答不出来了。他现在才想起伍浩官第一次去见他交给他的那张纸,当时他连瞅也没瞅上一眼,随手就扔给别的洋商了,现在林则徐问了,颠地支支吾吾回答不上来。

林则徐见颠地跪在下面胆怯的样子,也觉得自己的目的在于鸦片,没有必要与洋商把关系弄得太僵。这时他缓缓地说:"颠地,你在中国做生意已久,也该对我朝的政规略知一二。我天朝对你们向来报以恩赐之心,你们外洋的船到广东通商获利甚厚,不论带什么货来,都容许销售;想买什么货物,无不立即办理,因此以前每年来船不过数十艘,近年已达上百艘。我大清皇帝一视同仁,准许你们贸易,才得沾此利惠;如果封港,各国有什么利惠可图?况且大黄、茶叶这些东西,仍由你们年年贩运出洋,一点儿也不吝惜,那真是恩莫大焉!"

林则徐见颠地并不言语,接着往下说:"我天朝对你们这些洋商如此厚恩,你们就应当感恩才是,感恩则当畏法,利己而不可害人。怎么能将你们国家不吸食的鸦片烟带来我国,骗人钱财害人性命?几十年来,你们以鸦片蛊惑华民,所得不义之财不可胜计,人神共愤、天理难容!"

林则徐见颠地似被说动,又循循善诱地说:"若要人不知,除非己莫为。至于你们在伶仃洋面上的鸦片,本官无一不晓。存贮这么多鸦片,无非是要私行售卖。但现在海关如此严拿,还会有什么人敢为护送?各省亦皆严拿,还有什么地方敢为销售?此时鸦片已遭严禁,人人知是鸩毒,何苦还要存贮趸船久碇大洋,既枉费工资,又恐惧不测风火,岂不是自找苦吃?"

最后，林则徐严厉地说："如果遵从谕示，已来的尽数呈缴，未来者断绝不来，那么本官将奏明皇上格外施恩，酌予犒赏，奖其悔恨之心，此后照常贸易，仍不失为良商；如执迷不悟，还图设法私售，搪塞不缴，即是存心违抗的奸商，怙恶不悛，必遵照新例一体从重惩罚。颠地，至于你，本官照理应该放你回去，只是鸦片还未交出，因此本官决定，伶仃洋上的鸦片什么时候交清，就什么时候放你回商馆。"

林则徐说着，站了起来，众人一看林则徐的表情和动作，知道他决定退堂了，于是把颠地暂时关押起来，其余的人也都纷纷散去。

从颠地被捉的那一刻，一个新的念头在林则徐的心中产生了。

通过得到的消息和查访的结果，林则徐知道在洋商里面有一些人想要交出鸦片，只是见大多数人反对才没敢表白出来。而关键的问题在于自从支持鸦片走私的英国驻华商务监督义律逃到澳门后，他下面的这些英国商人没有一人敢自作主张，因此致使林则徐所发交出鸦片的命令被他们一再地拖拉下去，不愿交出鸦片。

不过，颠地这一逃一捉帮了林则徐一个忙，现在把颠地关押在牢里，不放回商馆，那么一旦那位查理·义律知道，他作为驻华商务监督不能不对英国子民的安全负责任。

因此，林则徐料定过不了几天，义律一定会来广州，甚至还要亲自上门拜访他。如果一切顺利的话，就省去林则徐的许多麻烦，只要迫使义律同意交出鸦片，那一切就方便多了。想到这里，林则徐兴奋起来，众人走后，大堂空荡荡的，只有林则徐和梁廷枬两人。

林则徐在大堂上坐了好一阵子，感到腰有些酸痛，他徐徐走下大堂，出了大厅，来到庭院，长长舒了一口气。这时天空中月亮也出来了，圆盘样的月亮洒下银白色的光辉，投下两人的身影，他一转身，发现梁廷枬也跟着来到院子里。

林则徐对梁廷枬微微一笑，梁廷枬上前一步也笑了，然后说：

"大人，有心事？"

"没有，只是在想刚才的事。"林则徐幽幽地说。

"大人明鉴，否则何以捉到颠地。只是卑职有一事不明，还望大人赐教。"梁廷枏深深鞠了一躬问道。

林则徐诚恳地望着梁廷枏，说："请讲。"

"刚才大人为何把颠地扣押起来，依我看来，似乎并无必要。"

林则徐笑了笑，仔细地打量着梁廷枏，并不立即回答。

林则徐与梁廷枏短短十几天的接触，对他的学识甚是佩服，以为平生所罕见。不过官场上的经验，他还是差一点，毕竟梁廷枏从未做过官，和官场上的人交往也少，特别是他方才一问，林则徐更能深深感触到，他考虑问题并没有自己周全。这却不影响林则徐对他的钦佩，反倒更能体现出他身上的那种特殊的气概。于是林则徐把自己心中所想全都告诉了他。

梁廷枏一听，哈哈大笑，连连称赞："好，此法甚妙。料那个义律再不愿来广州，也必须要跑一趟了。"

"所以说，现在所需考虑的是如何使义律交出鸦片。义律若是正人君子，那就好办；如果他也同鸦片商一样奸诈，那就另当别论了。"

夜已深了，梁廷枏又和林则徐闲谈了几句，就回去了。

林则徐迈开步子朝书房方向走去。书房在越华书院的后院，林则徐借着月色，踏在通往书房的用青石板铺成的小径上，好久没走在这条小径上了，洒下的月光和青石板构成的只是冷清的氛围。

书房抬头可见，一个窗子朝前开着，熟知林则徐的老仆林升早已在里面点明了蜡烛。

林则徐正走着，就听"倏"的一声，转脸一看，一个身影从院墙上跳下来。林则徐大喝一声："谁，竟敢夜闯钦差行辕？"那人并不答话，一个箭步跨到林则徐跟前，林则徐定睛看去，那人穿着夜行衣，手里握着一把钢刀，他大吃一惊，"大胆歹徒，你竟敢行刺本官，没有王法不成？"

林则徐正说着,那人就一刀砍了过来。林则徐眼见那刀带着一道刺目的光芒直向自己,他连忙就地一滚,大声喊着:"来人哪——"

　　那人一听林则徐喊人,也慌了神,趁着林则徐还在地上,跨上去一步,挥刀就砍。突然,参将李大纲厉声喝道:"大胆恶徒,哪里逃!"

　　紧接着,李大纲已经朝黑衣人奔了过来。黑衣人被喊声惊得猛地一愣,转身就跑。

　　李大纲赶上黑衣人举刀就砍,黑衣人听到背后有风声,忙转身伸刀就挡。谁料李大纲这一下是虚招,他趁此机会,飞起一脚,把黑衣人踢倒在地。

　　其余的人这时也已赶来,围住了黑衣人,把刀架在他的脖子上,他只好束手被擒。李大纲上去一把把他的面罩扯了下来,立即认出了那人。

　　林则徐走过来,问道:"李大纲,这个刺客是什么人呀?"

　　"启禀大人,此人名叫草上飞,乃广州城一名飞贼,平时专门干一些偷鸡摸狗的事,不料他竟然行刺大人您。"

　　李大纲转身又向草上飞问:"你为何行刺林大人,还不快快招来?免得受皮肉之苦。"

　　草上飞刚才已经见识过李大纲的厉害,现在又见他认识自己,也不敢隐瞒,一五一十地说了出来。

　　原来洋商中有一人叫威特摩尔,此人不但从事贩运鸦片,而且暗地里还干一些偷偷摸摸的事,但他自己不动手,只是打听到谁家有奇珍异宝,然后再派人去偷。不知何时,草上飞就被他利用上了。现在鸦片贩子颠地被捉,威特摩尔也有如惊弓之鸟岌岌可危,因此派人行刺林则徐。威特摩尔认为,只要林则徐一死,那么颠地不但会被放出来,而且禁烟也就不攻自破了。

　　林则徐听草上飞讲完,就命人把他先带下去关押。现在他的心里不能平静下来,本来认为一切事情就等义律到来后再行妥议,现在又出了这件事，怎么不令人心烦呢？

这件事使林则徐大为生气，他乃是皇上亲命的钦差大臣，竟然有人敢来行刺，胆大妄为极了。更何况大清天朝一向对洋人异邦恩待礼遇有加，即使他们没有一丝感激之情，也总应该遵守天朝法律，可是他们不但不遵守，还派人来行刺，这还了得，不是明摆着向大清天朝挑衅吗？对于此事，林则徐岂会甘心，又怎会宽容？

不过，林则徐做官多年，什么风浪没见过，虽然紧张一阵子，但马上就平静了下来，在心里时刻警告自己，千万不能感情用事，否则一招不当，全盘皆错。他思考了片刻，抬起头对李大纲说："吩咐下去，此次行刺不得泄露，全当作没有发生过，有敢违抗者斩。"

一缕夕阳透过窗帘斜斜映在书房里，在地板上投射下一个方形的日影。望着日影在地面上悄悄向东移动，望着它从亮黄变成金黄，由金黄染上淡红，邓廷桢静静地陶醉在这温馨的日光里。睁开眼，夕阳已快要接触西边的那座山头了，时不可待，岁月荏苒，他心里掠过一阵寒战：自己已经是六十四岁的人了！

人生短短几十春秋，说快也真快，不知不觉便过去了。六十多年来，邓廷桢像是在梦里，梦里他又见到他幼年的身影，看到一步一步向前迈开步子的动作。自从上任做官也已经有三十多年的时间了，路途坎坷啊！每行一步无不付出巨大的代价。不过还好，凭着内心的正气和经验，还都挺过来了。

可叹是许乃济的事件，他的被黜与广东脱不得干系，若不是学海堂和以他为首的广东官员极力怂恿，许乃济也不会拼死上谏要求弛禁烟片，以挽救天朝所面临的危机。

虽然他与许乃济从未谋过面，却也听说过他以往在京城里的事迹，不失为正义敢言之士，只可惜一失足成千古遗恨……

许乃济被黜四川，学海堂被封，他邓廷桢只是被摘去花翎，可就连广东巡抚都被罢职待审，这难道不是皇上的仁慈和恩赐！这其中也多亏了林则徐的劝谏，否则他即使不落得许乃济的下场，也不会再在两广总督之职上留用。皇恩浩荡，他自己其实是罪莫大也，身为两广之首却无力治理鸦片的毒害，听任其自流，而且连黎民百姓也管制不好，以致他们乱言乱语，影响严禁，这一切的一切都是自己的过失啊，可皇上却以宽大的态度对我。

受人滴水之恩，当以涌泉相报，皇上又多次有诏要他鼎力支持林则徐严禁烟片，虽然也帮了不少忙，可他自己最清楚不过，自己并没有竭尽全力。他心里有时也觉得懊悔，可过后又总是忘记，难道是因为年岁大的缘故？

年岁的确大了，已是六十几岁的人，恐怕也没有多大活头了，当官这么多年似乎一直都碌碌无为，自己以往总是抱着当官不求有功但求无过，这种想法是不行的。林则徐不也是已五十多岁近六十的人，却依然是一腔热血，埋头苦干，他不正是自己的表率吗？自己不是应该多学习他人的长处完善自身吗，否则又怎么能对得起自己来世一遭呢？

日影又红了几成，又移动了几寸。邓廷桢盯着那移动的日影感慨万分，今天又悄悄地过去了，不知现在林则徐正在做什么，估计他总不像自己现在这样静静地坐在房间里，饱受阳光的洗礼吧。

在邓廷桢的眼中，林则徐总是忙着，有着自己的规律，无论学识能力还是态度经验，邓廷桢对此人都很钦服，林则徐做钦差大臣来此禁烟，皇上可没有选错人……

"嘎——吱——"堂屋的门轻轻响了。邓廷桢一惊，他缩住身子细听，有人蹑手蹑脚地走向他的书房。

这是谁呢，每次有人到书房来，都先有人通告一声，然后邓廷桢再整理一下衣裳或接见或躲避。

而现在这个进来的人，似乎并不想让人知道他进来，或者是他不知道这里面有人，难道是三儿？邓廷桢猜着，可又不大可能，自从知道他吸食鸦片后，就一直把他关在房里，勒令他戒绝鸦片，专心读书。不是他又会是谁呢，莫非是——

邓廷桢疑惑着，悄悄从椅子上站了起来，同样蹑手蹑脚地朝门前走去。到了门前他停住脚步，定了定神，猛地一把掀开门帘。站在门外的那人，个子不高，相貌伟岸，三寸胡须一身正气，正是林则徐。

两人相视一愣，继而齐声大笑起来。

"林老弟，今天怎么偷偷摸摸地来了？"邓廷桢开玩笑地说。

林则徐不大好意思地说："抱歉，抱歉，小弟本想和邓兄开个小玩笑，不想邓兄识破了，惭愧惭愧。"

邓廷桢握住林则徐的手，把他让进房间里："我还以为我的府里也来了刺客呢。不过我又一想，我的脑袋似乎没有林老弟的脑袋值钱，岂会有人要我的脑袋？"

林则徐见邓廷桢继续和他开玩笑，也同样兴奋地说："邓兄的脑袋虽不如小弟的，但装的学识却比小弟多哟！"

"林老弟，过奖了。不过，看老弟今日气色却好得很呢，难道——又有喜事儿碰头了？"

"喜事儿倒没有，不过却有一件令人振奋、令人高兴的事儿。邓兄，你猜猜看？"

邓廷桢推辞道："不用猜了吧！林老弟你直接说出来不就行了吗？"

林则徐这时兴奋得像刚捡到一块糖的小孩子似的说："邓兄，一定要猜，而且你一定能猜中。"

邓廷桢听他这样说，马上醒悟过来，大声地说："难道是那个什么义律到广州了？"

林则徐一拍大腿，高兴地说："邓兄果然头脑敏捷，所说极是，所以刚才小弟才悄悄进来，想给邓兄一个惊喜。"

"林老弟，你猜得更加准确。如你所愿，义律果然不能不顾颠地，所以从澳门回来了。——老弟，你可以称为'小诸葛'了。"

林则徐兴奋得不知如何是好，这时就深深朝邓廷桢鞠躬，用变了调的嗓子回答："邓兄，过奖了——"

那日林则徐派人把颠地抓住关押起来后，很快就有汉奸跑到英人商馆通知洋商。洋商威特摩尔一边派人去行刺林则徐,另一边就写信准备把颠地被捕的消息告诉在澳门的义律。

威特摩尔派草上飞去了以后,却迟迟不见他回来,知道他可能失手了,于是就派人把消息送了出去。

义律在林则徐来到广州以前,就已经吓得逃到澳门去了,临走就是让威特摩尔打点一下并随时向他传送消息,所以广州城里发生的一切,他一清二楚。

等到义律收到信时,他感到有点惊异,在他的印象里至今还没有见过天朝的官员竟然敢随意扣押外国商人,特别是对英国的商人一向是言听计从。这个林则徐胆子真不小,竟然把他向来都比较看重的颠地关押起来。

"这件事非得我走一趟不可,否则要是让外交大臣巴麦尊知道,那可不是好事。将直接影响我的地位,毕竟是驻华商务监督啊!"义律这样想着,可是这件事也不可鲁莽行事,到了广州后要认真对待才行。他仔仔细细把事情的经过回顾了一遍,打定主意,匆匆动身朝广州赶来。

义律一到广州,立即就有士兵通知林则徐这个消息。林则徐一听,正遂他所愿,二话没说,就忙着赶来找邓廷桢,想让他也高兴高兴。

邓廷桢听完林则徐的叙说,当然也高兴。这十几天来,禁烟大业早已经把他们两人的心系在了一起,只要事情有进展,就是最开心的事。

林则徐到了邓廷桢的书房,开了几句玩笑,便言归正传:"这次定要义律答应交出全部鸦片才可以,否则的话,那只有走下策,派兵去强迫他交出鸦片。"

"这是一次机会,不可错过,至于用兵去迫使他交出鸦片,却是切莫采用为妙。"

林则徐感到有些疑惑,难道邓廷桢是担心皇上的责怪吗?他往邓廷桢身边靠近些,问道:"邓兄,难道是担心小弟为此而丢了乌纱帽？——这个无须邓兄牵挂。小弟此次来广州已下必死的决心，如果能把鸦片断绝，人民少受烟害，堵塞白银流失的通道，那么即使引起边衅，发生战乱，惹怒了皇上，因而被罢黜或是杀头，那又有何足惜。既来之，则安之，广州向来是鸦片输入的主要通道，一直以来，鸦片在此已根深蒂固，要想连根拔起，又何其艰难，道阻且长，只凭林某一人之力实为其难，不过此时有邓兄与小弟齐心协力，同舟共济，那么即使因事不成而身败名裂，只因能交识邓兄，林某也就死而无憾了！更何况有邓兄来辅助小弟，那又何事不成？"

邓廷桢听着听着，眼眶一热，一行热泪滚了下来。

邓廷桢深情地望着林则徐，紧紧地抓住林则徐的手，林则徐马上感到邓廷桢手上的热流传到自己的身上，奔流到全身各个部位，说不出的舒服，动情地喊了声："邓兄——"

邓廷桢听到林则徐这句发自肺腑的喊声，心里更是激动，缓缓地说："林老弟，邓某活了六十多年，做官也三四十年，在众多与我交好的人中，能与我交心相处的，寥寥可数。而这几位屈指可数的朋友又先后故去，只留下邓某还一人孤零零地活在这个世上，因此虽身为两广总督，却对仕途早已心灰意冷，再说年岁也大了，有些事深感力不从心，也不大想去过问。致使鸦片依然泛滥，这与邓某有不可分断的关联，鸦片到处，都是邓某的过错，自从老弟到了这里后，老兄我无不羞愧于心。无论见识还是能力，都远非老兄我所能匹比。而且老弟对邓某还有恩，邓某虽才疏学浅，也定当助老弟完成鸦片之禁，这一点就请老弟你放心吧！"

林则徐激动得一下子站了起来，把邓廷桢也拉了起来。

"好，就凭邓兄这句话，林则徐也定然不会令皇上失望。"

"林老弟，可做好打算没有？"

"如何对待那个商务监督，老弟我早已胸有成竹了。"

林则徐充满自信地拍了拍自己的胸膛。

"哦，真的吗？不过，老弟可不能大意呀！我在此虽然才三四年，却对义律也略知一二。此人狡诈刁钻，不可小视，你还是小心为妙。而且他此次来可不是冲着鸦片，而是冲着你，冲着颠地而来的，你若是不交出颠地，恐怕他是不会善罢甘休的。"

邓廷桢虽然深知林则徐的能力，但对义律也知之不少，素知那些洋人的品性。特别有一件事令邓廷桢不能忘记。

道光十七年（1837年）十月，邓廷桢到广州任两广总督不过两年，为了禁烟，他曾奏请皇上准其驱逐英吉利趸船及拿办窑口鸦片走私。当时就是英商义律任驻华商务监督，这个义律在广州竟然妄图派遣特使，在舰队保护下前往舟山打算与清政府直接交涉，争取鸦片贸易的合法化。

邓廷桢知道后，怎能容忍他如此猖狂，所以才上了奏折，道光批准邓廷桢所奏，不过却要求邓廷桢对洋人要礼仪周到些。邓廷桢处理此事时当然不敢有违圣命。谁料麻烦正出在这方面，事后那义律却伪造证据，强硬地说邓廷桢侮辱他的人格尊严。不知义律通过什么渠道，此事竟被道光悉知，以邓廷桢侮辱洋人有失国体，把邓廷桢重重地责骂了一顿。邓廷桢虽然被冤枉却只能是敢怒而不敢言。

现在邓廷桢听到林则徐说要对付义律，真是又担心又疑惑，却也不能不提醒林则徐。

"邓兄的关心小弟定当铭记于心。不过这无须邓兄你亲自出马，小弟一人对义律已是绰绰有余，只要把那兵权借我一用，就可以了。"

"林老弟，你总不至于现在就要对他们动用武力吧！刚才，你可并无此意，这……"

"邓兄放心，小弟还不是鲁莽的汉子，两句话合不来就拳脚相向。"

"那么如果他向你要人，你怎么办？"

"还给他就是，现在这个颠地对我已经不重要了。"

"以前老弟不是还把他当作一张王牌，现在为何……？"

邓廷桢如在雾中,前面迷蒙蒙一片,什么也看不清弄不透,于是询问着。

"颠地不过是鱼饵,义律才是大鱼,我所要的非鱼饵,乃大鱼也。"说完捋了捋胡须,充满着自信,大笑起来。

邓廷桢仿佛心有所悟,却仍然紧皱双眉,接着问下去:"那么用兵却是为何,难道是用来捉义律吗?不过,似乎并无用兵的必要啊!"

"老兄言之差矣,我不忙细说,你先看一看这个……"

林则徐边说边伸手从袖子里取出一张纸,递给邓廷桢。

邓廷桢奇怪地望了林则徐一眼,接住那张纸,打开一看,只见上面大书着:

　　　　　谕知驻华商务监督义律阁下

　　本大臣奉皇命来此禁烟,前已命令将鸦片全部缴官,限三日内立下保证书,至今仍无答复。这分明是意在观望,存心违抗。因此,即将停泊在黄埔贸易的各国洋船先行封舱,停止贸易,一概不准上下货物。各色工匠船只、房屋,不许给洋人雇佣租借。如敢违反,地方官立即严拿,照私通外国例治罪。所有洋人的小船,也不准拢靠洋人大船私相交结。省城洋馆买办及雇佣人员,一概撤出,不许雇佣,如有敢违抗者,本大臣即将奏明请旨,永远封港,断其贸易……

林则徐笑吟吟地望着邓廷桢,等到他看完,不待邓廷桢说话,就张口道:"邓兄,以为如何?此乃是即将转达给义律的谕帖,只是初稿,稍后还要加工处理。"

"这份谕帖言简意赅,无须更改,看来外人所传不虚啊!"

"邓兄过奖了!"

"只是邓某迟钝,还是不明林老弟要兵何用?"

"这份帖子只为其一罢了。"林则徐手指着那张纸说。

"那么，其二呢？"

"其二嘛……那就是用兵了。"

接着，林则徐又坐了下来，不紧不慢地叙说起来。

邓廷桢等林则徐说完，才恍然大悟。他用敬佩的目光又仔仔细细地把林则徐从上到下打量了一番，连声称道："林老弟果然高明，此计甚妙。这样一来，那义律也只有束手就擒的份了。"

说过以后，邓廷桢竖起大拇指，喜得连连说好。

"到那时，那义律叫天不应叫地不灵，回天乏术，还不乖乖地交出鸦片？"

面对邓廷桢的称赞，林则徐更加充满信心，仿佛已经看见困在商馆里的义律及那些鸦片商的狼狈相，想着想着，又自信地笑了。

邓廷桢兴尽之余，似乎又想起了什么，道："不过，你还是要小心。据我所知，朝中还有反对严禁鸦片的佞臣，林老弟可要注意别为他们留下了话柄，告你一状，那么禁烟之事可就前功尽弃了。"

"这事无妨，一旦禁烟成功，皇上高兴还来不及，又怎么会责怪我呢？至于那些搬弄是非之人，为人素为我辈所不齿，可不予理睬。身正则清，还怕那些无耻小人不成？"

"林老弟所做甚为邓某钦佩，但是若能没有任何差池，岂不更好？"

"邓兄的教诲小弟一定牢记于心，小弟这厢谢过了。"

"还谢什么，用一句不当的话说，谁让我们是一条道上的呢？"

说完，邓廷桢和林则徐两人四目相视，哈哈大笑，眼前似乎已经看见成千上万件鸦片被迫搬上岸，在码头边堆得越来越高，越来越高……

"林老弟，你这招真是高妙，看来这盘棋邓某又得甘拜下风了。"

邓廷桢和林则徐谈过烟禁的具体措施后，提出对弈几局，因此两人杀将起来。

邓廷桢提出下棋，实乃事出有因。他嗜好下棋，可自从老友陈鸿墀因病过世后，再也无人与他对弈。一则他棋艺不错，少有敌手，二则老友之间下棋，更有一种情趣。老友去了以后，他有高处不胜寒之感。然而对于林则徐，在其未到广州之前，邓廷桢就已经打探清楚，知这位钦差也有几个小小的嗜好，一为善饮，邓廷桢还听人提及在京城有一宣南诗社，里面多为林则徐的好友，林则徐每次进京，总要去那儿与群友痛饮几杯，做诗取乐。可邓廷桢不善饮，对此并不注意。他所留意的是林则徐的另一嗜好，那就是喜弈。古来世人皆如此，酒逢知己，棋逢对手，没有对手的高手是孤独寂寞的，试想哪有嗜好下棋的人不关心对手的呢？所以现在林则徐和邓廷桢离得这么近，有一人提出，另一人还不举双手赞同，一拍即合，两人对弈起来。

林则徐不仅才能过人，而且下棋也不同凡响，连下几局，邓廷桢都落下马来，可是他年老却不轻易认输，现又下一局，结果邓廷桢又大败而回，这时才自愧技不如人，只得遗憾地叹了口气，甘心认输了。

"承让，承让，邓兄棋艺很是不凡，小弟虽然侥幸赢了几盘，那还得多谢邓兄的承让。"

"老弟棋高一筹，令为兄佩服，你就不要推辞了。邓某以往自视甚高，谁料，世间之大无奇不有，山外有山，强中更有强中手，这次为兄真是佩服得五体投地了。"

林则徐正待推辞，邓廷桢的总管敲门走了进来。

"邓老爷，林大人的参将李大纲来找林大人。"

"请了进来。"邓廷桢吩咐说。

那管家应声而去，片刻工夫，李大纲跟在管家后面到了书房。

"林大人，刚才那位驻华商务监督来越华书院要人去了。"

林则徐看了邓廷桢一眼，嘴角带着一丝得意的神情说："看样子是急不可待了，来得倒还真够快的。——李大纲，你先回去，照我原来的吩咐，把那个颠地先放了让他带走，我随后就到。邓兄，小弟先告辞了，稍后就派人来通知你。"

第三十二章

清钦差派兵困商馆
英商监缴烟弃趸船

包围商馆,撤走员工,断绝饮食,已经三天了。洋商们待在商馆里,个个没有好脸色,人人没有好心情。义律从躺椅上站直身子,把洋商都召了过来:"君子报仇,十年不晚,先交出鸦片然后再找姓林的算账!"

广州有旧城和新城之分。

南方为偏远之地,只因其文化、经济等方面落后于北方。到了清朝,南方才不弱于北方,特别是几任皇帝的南下,也使南方得到发展。再加上广州一地与外通商的许可,广州城作为南方众多城镇的中心,率先发展起来,在旧城的基础上又建了新城。

在旧城的西侧,沿着珠江形成了细长的新城,面积大约只有旧城的四分之一。新城和旧城合计起来,就成了广州城。

十三行街在城外即新城西郊。十三行街因十三行而得名。在西郊的这块土地上,在明王朝之时,曾经有一个由十三家巨商结成的行会,日子久了,无论多出几家还是少了几家都管它叫十三行。对于这个商会,朝廷和督抚既不给它俸禄,也不睬它的盈亏,但谁想踏进这个门槛,还必须有朝廷户部的任命。

道光当政时,十三行已是清政府指定的垄断对外贸易的官商。直到道光十七年(1837年),东昌、兴泰二行,因滥保洋船,拖欠饷项被两广总督邓廷桢勒令关闭,因此到林则徐召集十三行时,实际上只有十一行了。

本来十三行倒还干净,自从与外通商,一些洋商租借十三行所属的商馆用来贸易时,十三行在与之打交道的过程中已经逐渐腐败了。

英人租借了商馆，在屋顶上竖起了本国国旗，从那之后，这块几万平方米的临时居住地俨然是英国人的所在。

林则徐到广州禁烟，颠地被林则徐扣押后，商馆里的洋商们个个神色惶惶，唯恐如同颠地一样，商馆也不敢再逍遥自在地飘舞着英国国旗，胆怯地收起来了。

夕阳照着十三行街，也映红了街上来来往往行人的脸。

一辆人力车，从东向西，不紧不缓地甩着步子朝英人商馆而来，到了商馆的院墙外停了下来，车夫放下车把，一把扯下搭在肩头上的长条毛巾，抹了一把脸上的汗水。颠地从口袋里拿出几个铜板扔进车厢里，然后同义律进了大门，入了商馆。

商馆里的那些洋商都老老实实地坐在椅子上，一个个心神不宁，一张张脸上都挂着焦虑的表情，只有威特摩尔表情似乎悠闲自在些，坐在椅子上晃悠悠地荡着翘起的二郎腿，嘴里轻轻地吹着口哨。颤颤的口哨声回荡在这阔大而显得空荡的大厅内。

"不要再吹了，威特摩尔先生，难道你不觉得我们现在的麻烦够多了吗？"坐在墙角的一个黄卷发的洋商气愤地责怪着。

威特摩尔并不动怒，他的话正如悠悠荡着的二郎腿一样，悠悠地从嘴中荡了出来："金先生，你不用急躁，既然义律先生来了，有他出面还怕有办不成的事？"

"谁知道他这次去找林则徐还能不能回来？去了这么长的时间还没见他回来，恐怕也是凶多吉少吧！"

威特摩尔这时答不上来，可又不能认可那洋商所说的话，因此就装作未听见，只顾荡着右腿。

其实他心里也等得急了。义律去越华书院要人，越华书院距此地，不过十来里地，来回不过一个时辰的事儿，为何到现在还不见他们的人影呢？已经几个时辰过去了，难道真如这个英国商人所说的那样，也被林则徐扣留了？不会吧，那个林则徐不会不给身为驻华商务监督的义律先生一个情面吧！

他转念一想，可是此事又不好说，谁又知道那个林则徐是什么样的人,如果真像传言中那样公正无私、铁面无情的话,那义律先生此次恐怕真的……

威特摩尔不敢再想了,他转动脑袋扫视了一下周围的那些洋商们,只见他们每一个人都哭丧着脸,垂着头,耷拉着耳朵,大气也不敢喘。

这些无不映在他的眼中,威特摩尔呆呆地看着他们,似乎也被感染了,变得也有点局促不安了。

看着看着,猛地一冷战,他又恢复了清醒,赶紧把头扭转过来,又晃起腿来,把目光移到一动一动的脚上。

金先生见威特摩尔并未回话,却扭头朝四周看过来看过去,没有礼貌,极为愤怒,于是从椅子上站了起来,朝那些哭丧着脸的洋商们大声吼道:"早就对你们这群笨蛋说,林则徐不好惹。他要我们交出鸦片,交出来不就得了,等到林则徐走了以后,我们不是还同样可以运输鸦片,同样可以赚许多的银子。现在呢?如今好了,颠地先生被抓住了,你们呢?一个个都吓成什么样了。如果早交鸦片,那一切不就得了,你们这帮混蛋偏不愿交,以致弄成这样的结局。——你们怎么不说话了,哑巴了?哼!"

威特摩尔抬头又看了看大厅里的那些洋商们,他们一个个都不敢作声。他这时觉得大厅里的气氛也有点不妙,就收起了右腿,站起来走到金先生的身边,伸出手拍了拍他的肩头,说:"不要动气嘛,用不了多久一切都会好起来,现在只是暂时性的。中国有句谚语,叫'新官上任三把火',等到这三把火烧尽,不还是一个好的前景?"

金先生气得一把撩开威特摩尔搭在他肩上的手,说:"好!好个屁!不交出鸦片,那林则徐会给我们一个好的前景吗?"

威特摩尔正待反驳,就听大厅的前门被"砰"地一下推开了。"女士们,先生们,大家好!"

众人先是一愣,继而欢呼起来。义律缓缓走下台阶,踏在大厅的蓝色地毯上,众洋商们都赶紧站了起来,争先恐后地向他

563

询问。

义律优雅地伸出手来制止众人七嘴八舌的询问，开口说话了："大家不要慌张，我现在向大家正式宣布，有我义律在此，你们都不用担忧，一切都会好起来的。大家就随心所欲地唱吧跳吧！"

洋商们你看看我，我看看你，无人有动静，他们此时被义律的话惊住了，心情还没有从原来的状态中摆脱出来。

义律见众人都不动，心里马上掠过一阵不快，正待发作，这时威特摩尔走上前去："义律阁下，那林则徐放了颠地先生，可提出什么要求没有？"说着，瞟了一眼站在义律不远处的颠地。颠地被捉之后，感到受了极大的侮辱，威特摩尔拿眼看他，他也只当作没看见，正在"欣赏"挂在大厅里的一幅幅油画。

"那个什么钦差大臣没敢出来见我，更不敢提什么要求，也没有听人谈起鸦片的事，就把我这位可亲可爱的颠地先生给放了。"

颠地这时站在原地，虽装着充耳不闻的样子，可听到他们二人颠过来倒过去，总提到捉啦放啦的，感到自尊心越来越受到损害，可又不便对他二人发作，名义上说义律毕竟还是自己的救命恩人。

他只能故意咳嗽一下，算是给义律他们二人提个醒，匆匆地走开了。

义律和威特摩尔当然会意，在颠地离开后，该如何说还如何说。

林则徐那方面竟没有为难义律，威特摩尔反而觉得不正常了。

义律没来之前，虽没有亲身领教林则徐那强硬的态度，却也是知道的。伍浩官不就是一个明摆的例子吗？林则徐命他前来报信限三日交出鸦片，没能如林则徐所愿，不是当场就把伍浩官的头砍了下来吗？此外，据说林则徐已派出兵士集中待命？难道义律一到就什么事情都解决了，似乎不应该这样容易吧？林则徐此次来的目的是为了鸦片，不见鸦片，他又岂会善罢甘休？

"难道那个林则徐没有向你提出要你交出鸦片吗？"威特摩尔

疑惑不解，又询问义律。

义律见他问这个问题，就更加趾高气扬、不可一世了。他悠闲地掏出一支雪茄点燃，不慢不急地吸着，烟雾一团一团升腾着，分散在头上。等感到差不多的时刻，义律开口了："威特摩尔先生，你可别忘了，在此我可是驻华商务监督，所代表的是驻华商人的利益，也代表了我大英帝国在华行使自己的权利。你想想，他林则徐敢为难我吗？更不用说什么交出鸦片的事了。谅那个林则徐早已被我吓破了胆，不敢再招惹我们了。——走，下去跳舞！大家都跳起来吧！"

他挽着威特摩尔的手臂走到大厅的中央，跳了起来。

众洋商都全神贯注地听义律所说的每一言每一语，心情也逐渐地舒展开了，跟着义律的脚步舞了起来。

整个商馆的大厅又恢复了昔日的气氛，活跃得如同脚下的舞步，洋商们的脸上也一洗沮丧的表情，带着欣慰的神色，女士们的脸色尤其灿烂，正如这个季节里盛开的春花，伴着男士们爽朗的笑声，糅在一起，给大厅带来一丝丝融融的春意。

众人都抛却了一切的烦忧，陶醉在这似乎无尽的春光里。

正高兴着，一名黑人奴仆推门进来，走到义律跟前小声嘀咕着："义律先生，外面卢浩官带着几位官员要见你。"

义律猛地一惊，停住了脚步。有官员要见我，在这个时候恐怕不会是什么好事。

众人现在都把义律当作英雄一般，以他为洋商的领袖，见他停下了脚步，众人不知发生了什么事，都不再跳了，用惊讶的目光看着义律。

义律环顾一下周围惊讶的人们，掩饰着内心的慌乱，用镇定的口气说："让他们进来。"

不知来者何人，这时洋商们哪里还会有心思跳舞。他们十几天以来早已经成了惊弓之鸟，风吹草动，无不引起他们的警觉。听到又有人来，他们都竖直了耳朵，瞪大了双眼凝视着大厅的

565

前门。

前门被缓缓地推开了,是那么沉重,似乎它还带着多大的委屈。

一名官府打扮的人和卢茂官出现了:"谕知驻华商务监督义律阁下:本大臣奉皇命来此禁烟……前已命令将鸦片全部缴官,……本大臣即将奏明请旨,永远封港,断其贸易……"

大厅里顿时一片哗然。

那官员对大厅里的一切熟视无睹,径直走到驻华商务监督跟前:"义律先生,别来无恙吧!这份谕帖要不要再看一遍,哈哈哈!"

那官员把谕帖交到义律的手上,便转身出了商馆的大门。

义律愣愣地站着,事情太突然了,怎么会出现这种情况呢?

义律正呆呆地想着,一个人又急匆匆跑了进来:"不好了,义律先生,商馆已被官兵包围了。"

道光十九年(1839年)三月二十四日,当义律和所有的外国商人被严密封锁就绪,越华书院里呈现一派热烈繁忙的景象。

这时,邓廷桢从门外走了进来:"林老弟,为兄对你真佩服得很呢,正如同你的棋技一样,想不到你却还有这一手。"

林则徐连忙迎了过去,一把抓牢邓廷桢的手,把他让进屋里:"邓兄,小弟正要找你呢。"

"哦,林老弟找为兄有何事尽管直说,定然不会让老弟你失望。"

"小弟前日曾到外查访,了解到在澳门不远处有艘英国军舰,伶仃洋上也有一艘英国军舰。小弟估计这次围住商馆,那洋商恐怕会狗急跳墙,所以麻烦老兄你速去通知广东水师和各炮台加强戒备,防止英国兵船闯入内河。同时还要命令紧挨着商馆的民人迁移,以防他们对洋人任何可能的接济——邓兄你以为如何?"

"林老弟,请放心吧!此事还不难办,包在为兄的身上!"

十三行街,英人商馆。

洋商们又回到了原来的精神状态。

"义律先生,你看这究竟是怎么回事,要不要交出鸦片?"

"义律先生,鸦片对于我们这些商人来说,就是一半生命啊!"

"义律先生,依我看事情发展到这个地步,那林则徐可能是早就安排好的,如若再不交出鸦片,我们生计岂不有了困难?"

就连颠地这时对义律也深为不满,特别看不惯他那种自负的神情,一副飞扬跋扈的样子,刚回到商馆时,就见他和别人吹嘘如何如何救出颠地,又如何如何吓得林则徐不敢见他啦,等等。那时颠地已憋了一肚子火气,只是当时不便发怒罢了,现在又出现这些出人意料的事,忍不住也上前挖苦他几句:"义律先生,怎么啦,不是被吓呆了吧?"

自从听说商馆被官兵包围了,义律才恍然大悟,中了林则徐的计了。这不就是中国成语所说的瓮中捉鳖?

现在该怎么办呢?难道乖乖地交出鸦片吗?这怎么可以呢,我毕竟还是驻华商务监督,这些无用的洋商们可都把希望寄在我的身上,我怎么能令他们失望呢,那么我个人的面子又往哪儿放呢?

义律只顾想着如何面对这突如其来的事情,对洋商的话充耳不闻。

这时他抬起头来,四周洋商都在用期待的眼光看着自己。

"这真是一件棘手的事,我可千万不能让这帮家伙小瞧了。"

正想着,突然听到颠地所说的话,"这个忘恩负义的东西,现在竟然也来挖苦我。"义律心里这样想,于是不假思索地说:"颠地先生,这都是你惹出的麻烦,不是你又如何会搞成这样的结局,难道你又忘了被扣押的滋味了吗?"

听到义律当着这么多洋商同行的面出言侮辱自己,颠地真是又气又羞,肥肿的脸顿时变得如同猴屁股一样,通红一片。

颠地正准备反驳,在脑海里却又寻不到适当的字眼,无奈,说不过还躲不过,他躲到一处墙角去生闷气了。

义律看一眼那个肥头大耳的矮胖子,不予理睬,然后强作镇定地对众人宣布："女士们，先生们，大家都不要惊慌。"接着又故作深沉地说，"目前形势虽然不妙，但在我义律的眼里却还不屑一顾，你们放心，有我在这里，就能够能保证大家的安全。你们等着看好了，我将立刻写信给那个林则徐，我将以我们大英帝国的名义对他所作出的决定提出抗议，要他对他所做的一切负责。

"此外，我还将代表你们大家的利益，写信给我们的外交大臣巴麦尊先生，要他为了我们共同的利益对华实施武力手段。

"情势虽令人焦虑，但还不是危急。感谢上帝，在外洋上我们还有一艘军舰，虽然不大，但就在门外，我们派人前去一定会得到它的帮助和支持。上帝会保佑我们的，因为我们都是大英帝国的子民！"

义律激情涌上了心头，越说越有劲，越有劲越兴奋，好像他已经看见前面道路上一片光明。

他的演讲式的长篇大论刚一讲完，立刻得到周围的洋商们如雷的掌声。义律更加激动了，大声地说："女士们，先生们，你们等着看好戏吧！我现在就去起草递呈，申请发牌让你们回到英国去。"

当晚，义律的办公处灯火通明。他与各重要商人详细地讨论了事件发展的可能性之后，又连夜以往常的方式起草直接呈交总督的申请发牌放行的信件。他在信中宣称："如不发给牌照……本监督将认为自己已被扣留，将以本国国王的名义宣布，对于这可能发生的后果不负责任。"

道光十九年（1839年）三月二十五日晨，越华书院。
林则徐和邓廷桢坐在书院里的临时大堂上。
"林老弟，你看这封信件，以为如何？可要小心地对付这个义律才行呀！"

林则徐此刻也如同邓廷桢一样，心中一团顾虑。这封信意思已很明显，如若不发给牌照，他们将可能对华进行军事上的行动。

林则徐仕途多年,什么场面没见过,什么风浪没经历过,他又怎么会怕行军作战呢?

可皇上的话时时萦在心头:"不到不得已之时,切莫轻启边衅。"皇上当时的目光包含着对他的殷殷期待。

然而林则徐又知道在这些洋人面前,万万不可露出一丝软弱,一旦被他们看出你的弱点,那些鸦片走私商们就会得寸进尺,那么禁烟之举又岂能有结果!

再说到广州禁烟许多日以来,能有这样的情势,不容易呀!一旦软了下来,那以前的努力岂不是全部都要付诸流水,我又以何面目去见皇上,有什么脸面去见那些关心禁烟的各层人士呢?

每行一步都是要付出巨大的代价。禁烟更加不能例外。

林则徐不禁又想起幼年所读的孟子一篇:"……故天将降大任于斯人也,必先苦其心志,劳其筋骨,饿其体肤,空乏其身,行拂乱其所为,所以动心忍性,增益其所不能……"

不错,在紧要关头我们还有什么可犹豫的呢?

林则徐哈哈一笑,缓缓地说:"生死不过朝夕事而已,何况活了五十多年也应满足了,即使为了禁烟,我被砍了脑袋,那也无悔无怨了。"

"老弟,难道你真的不怕惹怒了皇上?"

林则徐拿起桌上的茶杯往地上一掷,道:"即使如同此杯,林某也绝无反悔之意。"

"那么此事……"邓廷桢说着,拿起林则徐放在桌子上的那份信件,扬了扬,"该如何处理呢?如果久不回信,那些洋鬼子会以为我们软了呢!"

林则徐沉思片刻,对侍立一旁的林升说:"拿笔来!如若这帮洋商不交出鸦片,任何人都休想在我的眼皮底下离开商馆!"

义律收到林则徐的信件一看,顿时如同泄了气的皮球无计可施了。

本来义律所渴望得到的帮助,在官兵的严密封锁下也成了泡影。

"看来,三十六计走为上策了,只是不知此计能不能行得通?"一个念头终于在这位灰心沮丧的驻华商务监督的头脑中产生了。

二十五日晚,义律企图将处境最危险的颠地亲自送上江边的小船,但还未到岸边,就被成群手持大刀的士兵轰了回来。结果是江中的小船全部被拖上岸来。近旁房屋上架起了突出数米的"天桥",以监视商馆中的任何举动。

二十六日上午,林则徐又大书谕帖四条,命行商贴在中和行的墙壁上。这篇分论"天理""国法""人情""事势"的谕帖,以天朝特有的道义、仁爱和"天意"的魅力,吸引了成千上万的广州民众和在粤洋商们。

包围商馆,撤走员工,断绝饮食,已经三天了。

义律这时已经完全无能为力。洋商们待在商馆里,或在自己的房间里,或在大厅里,个个没有好脸色,人人没有好神情。

义律心头涌上伤感的情怀,实在没有想到会弄成这个样子,面对洋商们不断的咒骂、不断的埋怨,义律也无计可施了。

义律此次来广州,本望能成为挽救事件的英雄,结果却似乎是因他而发生了不可理喻的变化。更为糟糕的是,商馆与外界的联系被彻底断绝了,他那只"就在门外"的军舰以及"肯定会得到支持"的英国军舰也没有可能帮他什么忙。

他今天才深深体会到沮丧是什么滋味,在记忆中,他这一生中可还没有碰到过如此令人无计可施的事情。

"这个林则徐实在太可恶了,等到这里一切正常后,一定要让他知道我的手段。"义律自言自语,带着满腹的仇恨。

可是现在该怎么办呢?已经几日没有正常地吃过一顿正餐了,一旦那些侍役们全部离开,在整个商馆里面竟然找不到一个会做饭的人。

一想起饭来,义律又觉得满嘴不大自在,又想到那位金先生,那个无用的东西自告奋勇地要承担煮饭的工作,结果却煮出一堆啃不动的胶状物,又有什么办法,结果吃得他直到现在还觉得嘴里不大对劲。

哎！那又怎样？没办法的事呀！

林则徐的目的不就是交出鸦片吗？看来现在不交出来是不行的了，即使被这些无用的洋商小视，也无法可想了。只是不知那些洋商们答不答应。只要他们答应交出鸦片也就行了。

"君子报仇，十年不晚"，先交出鸦片，然后再找姓林的算账。

义律从躺椅上站直身子，把洋商们都召了过来。

道光十九年（1839年）三月二十七日，义律经洋商们的同意后，通过行商禀报钦差：同意交出全部鸦片。

道光十九年（1839年）三月二十八日。

> 英吉利国商务监督义律具禀钦差大人，为恭敬遵谕禀复事：转奉钧谕大皇帝特命示令远职即将本英国人等经手之鸦片悉数缴清，一俟大人派委官宪立即呈送，如数查收也。义律一奉此谕，不得不遵，自必刻即认真，一体顺照。缘此恭维禀请明示，现令装载鸦片之英国各船，应赴何处缴出。至所载鸦片若干，缮写清单，求俟远职一经查明，当即呈阅也。谨此禀赴大人台前查察施行。

看着这份义律同意缴烟的禀帖，林则徐打心眼儿里高兴。十几日的工夫，不分昼夜地忙着，果然都没有白费。

才刚刚十八天的时间呀！就取得了如此的成效，即使是林则徐，心中也不能不翻起兴奋激动的浪潮。

林则徐越想越兴奋，忍不住大声吟咏起来：

> "老夫聊发少年狂，左牵黄，右擎苍，锦帽貂裘，千骑卷平冈。为报倾城随太守，亲射虎，看孙郎。
>
> 酒酣胸胆尚开张，鬓微霜，又何妨！持节云中，何日遣冯唐？会挽雕弓如满月，西北望，射天狼。"

念着念着，林则徐顿时热血沸腾。

"何日遣冯唐"，不正是对挚友龚自珍而言的吗？

正想着，耳鼓里马上又响起如雷般的喊声："好！好一个'西北望，射天狼'！豪气干云，当今世上，除了林老弟，还有谁有此气魄？"

林则徐扭头一看，邓廷桢偕同怡良缓缓走了过来。

"两位快请进屋歇息！"

一行人进屋坐定，邓廷桢就急不可待地说出他的心里话："林老弟，这次我可要向你道贺了！"

林则徐摆了摆手，道："此次若没有邓兄和几位大人的帮助，我林则徐即使使出浑身解数，那也是孤掌难鸣呀！小弟其实应该多谢你和怡大人才是！"

"林老弟言之差矣，我邓某在广东已四年之久，却对鸦片无能为力，而林老弟一到广州，那些鸦片走私商们就无可奈何地交出了鸦片，由此可见林老弟的威名并非虚传呀！"

林则徐深深地吸了一口气，然后徐徐地说了起来："皇上既然委臣使命，由此可见皇上对臣子信任有加，有此恩德，我林则徐便当效忠于皇上，帮皇上分忧解难才是，那才是为人臣者所必须做的。

"这次义律偕洋商们同意交出鸦片，实乃万幸。一旦全部缴清，那么这海口禁烟事件也算得上完成了一大半任务。现在我所担心的，就是怕缴烟过程出现什么漏洞，致使鸦片仍然危害黎民百姓，所以在收缴过程中可要仔细一些，以防洋商们在中间掺假捣鬼。邓兄、怡大人，这件事就要麻烦你们二人了。"

"大人客气了，只要能用得着我二人，招呼一声就行了。"

"据我所知，停泊在洋面上的二十二艘趸船，有两万多箱鸦片，即使收缴清也还需要许多时日，责任重大，任务艰巨，要小心谨慎为妙。对那些洋商们万不可放松警惕，可命令他们呈报所缴鸦片的准确数目。而且如若两位大人无事的话，今晚我们就共同商讨具体事宜可好？"

上面只要说一句话，下面一个个还不得乖乖地照办。

紧张的收缴工作，一直进行了一个月又十八天。这段日子里，林则徐常驻虎门，亲自督查一切。

五月十八日，鸦片全部缴清，总计一万八千一百九十七箱又两千一百一十九袋鸦片，堆满了水师提督府和近旁的民房寺院，又堆满了数十间临时加盖的棚房。

望着这长城一般的胜利品，林则徐已在考虑如何处置这如山的鸦片了。

鸦片收缴完后，邓廷桢欣喜若狂。

想不到花甲之龄，又为朝廷立此一功，心里顿感欣慰。

邓廷桢回到府里，还未来得及换下官服，就有仆人进来禀报：钦差大臣的幕僚梁廷枏前来拜见。

邓廷桢愕然："我前脚到，他后脚就跟了过来，难道林则徐有事？"

正疑惑着，梁廷枏已进了院子。

"梁先生，什么风把你吹来了，邓某真是三生有幸呀！快请进屋坐。"

两人坐定以后，梁廷枏便直言了："邓大人，梁某有礼了。你我在广州多年，却从未来府里拜访，还请恕罪。"

"哪里，哪里！"邓廷桢连连摆手推辞说，"邓某在广州几年素闻先生大名，却不曾前去问候，乃是邓某的过错，先生客气了。这次先生前来，莫非林大人有事找我相商？"

邓廷桢看到梁廷枏双眉不展，似有急事，所以有此一问。

"梁某也知邓大人是个爽快的人，所以梁某就不再绕圈子了，此次前来，梁某有一事相求大人。"

邓廷桢用怀疑的目光看了梁廷枏一眼："梁先生才识过人，还有需要邓某帮忙的地方？"

"这件事除了邓大人也许能帮上忙，别人便无办法了。"

"什么事竟然这样难办?"邓廷桢用询问的眼光看着梁廷枏。

"梁某乃为林大人上次要求洋人具结一事而来。"

"具结之事?那会有什么问题呢?"

让洋商们具结已是好几日以前的事了。

当初林则徐南来奉差禁烟,主要有两个目标:一是尽收现存鸦片,二是断绝鸦片继续运来。那尽收现存鸦片的目标,眼下已通过包围洋人商馆迫使他们全部缴清了。那下一个目标就是断绝鸦片继续运来,所以就在几天前对洋商出具结,至今洋商还迟迟未给予答复,然而具结的事都是由林则徐一手办理的,邓廷桢知之不详,只顾忙于收缴鸦片的事情了。

"具结"实际上如同保证书,所讲求的是一个"信"字。林则徐在与洋商们交往之前就听说洋人较讲求信义。因此林则徐为了能断绝鸦片继续运来,也就只能采用这似乎不是办法的办法。

邓廷桢因为对此事不大了解,这时用怀疑的口气问:"难道那些洋商没有具结?"

"具结至今还没有被洋商们同意。"

"哦,那为什么?"

"你想呀,邓大人,洋商们又怎会轻易具结呢?商人做生意无不是万事利为先。在以往的鸦片中赚了许多钱,尝到了甜头,他们现在又怎么愿意放弃这样一条生财的路。即使有生命危险,也还有不怕死的抗拒者。而现在具结上却说,如果发现鸦片,货即入官,人即正法,那些洋商怎会轻易地答应下来?"

梁廷枏见邓廷桢正在认真地听着,因此接着往下说:"首先,我大清受鸦片荼害多年,非一朝一夕便可断绝。其次,洋商刚刚才被迫交出鸦片,现在又要下这样一个保证,他们当然不愿意。如若林大人步步紧逼的话,结果恐怕不妙,俗话说得好,狗急还要跳墙呢,那些洋商若被逼急了,恐怕就不止咬人了。"

梁廷枏说着,又用含有深意的目光看了看坐在身边的邓廷桢。

邓廷桢当然明白他目光的含意。不错,万一和英国人动起手来，那可不大妙。那些洋人的兵船枪炮，邓廷桢见过，那些洋玩意绝非大清的土枪土炮所能相比，皇上似乎也较反对发生战事。

梁廷枏见邓廷桢并不回话，就把心里的想法说了出来："所以梁某这次来，就是希望邓大人能劝一劝林大人，不可对洋人逼得太急，以防出现意想不到的后果。"

邓廷桢犹豫了一下，缓缓地说："梁先生劝过林大人没有？"

"劝是劝过，可林大人似乎并不以为意，因此梁某这次才来找您！"

"梁先生，话是不错，只是怕林大人已铁了心，未必就肯听我所劝，不过梁先生既然如此信任邓某，邓某一定尽力就是！"

一个多月的鸦片收缴工作，林则徐早已累得疲惫不堪，毕竟已是年过半百的人，不同年轻力壮之时。还好，鸦片终于全部缴清，林则徐这时也算得上完成了一桩心愿，几个月的功夫没有白费。

这么多的鸦片如何处理？林则徐也不敢私下拿定主意。

几日前，林则徐已经写了奏折，上奏道光请求将收缴的鸦片全部运回京，呈请验明烧毁。

林则徐虽然奏请皇上验收烧毁，但在他心里却是明白如镜的。这么多的鸦片，若是运到京城必将消耗大量的人力、物力和财力，对生性节俭的皇上来说，未必赞同运往京城，但林则徐知道自己还是需要上奏皇上。

现在林则徐已在等待京城里的消息，并且他心里已在选择地点，准备为就地毁烟所用。

虽不敢私下拿定主意，却需要有这方面的打算。

第三十三章

销鸦片乌烟冲天去
进谗言暗流滚地来

林则徐又一声令下，几百名役夫一齐向销烟池中投入大量的生石灰。刹那间，浓烟滚滚，直冲向云霄，弥漫开来。围观的民众雀跃不已、欢声如雷。片刻工夫，乌焰冲天，久久不愿散去，如同阴死的灵魂一样……

退朝以后，道光径直朝寿康宫的方向而去，向皇太后问安。

今儿道光心情舒畅，在朝堂上向文武群臣宣布，如若以后再发现各级文武官吏有违禁烟条例者罪加一等。

为了配合林则徐到广州处理海口禁烟事件，道光在一个月前拟定了《查禁鸦片条例》，共三十九条。

《查禁鸦片条例》虽然出台，可在其后的几天时间里，却查出如此多的吸食者。这本稀松平常，现在鸦片已蔓延全国各地，哪个府道县没有吸食鸦片的，如若没有则反而不正常了。

昨日，道光收到林则徐从广州送来的奏折，看到这位深受他宠幸的大臣在奏折上所言，他高兴得几乎有点不能自已。奏折上说那些洋商已同意全部上缴鸦片，而且收缴鸦片的事情正在进行。

好！这个林则徐果然没有辜负朕之所望，黄爵滋所言果然不虚，林则徐才高八斗宇内无双。朕也没有看错人。一旦林则徐处理完海口禁烟之事，我大清天朝永除鸦片之害后，岂不又是一代盛世，为我后世子孙所景仰、去效仿，使我大清世世代代永存下去。

林则徐之功不可没呀！

道光才出了隆宗门，就再也按捺不住心里的兴奋和狂喜，望着慈宁门，他加快了脚步，虽已五十七岁了，但觉得脚步好像还似年少时那样矫健。

进了宫门,越过玉石阶,穿过汉白玉铺砌的御道,一直来到皇太后的面前。

"孩儿给太后请安。"

"皇儿,平身吧!"

"太后这几日圣体可好?"

"托皇儿的福,这几日倒也没有什么病。"

皇太后回答道光的话后,又问起他的儿子:"皇儿今儿气色很好,以前那些乌云都散了吧!这样才好,不要整天把烦忧的事放在心上,该怎么办就怎么办,该过去的就让它过去,要有点精神——就如同今儿这样,那才像一个有所作为的皇上嘛。"

看到道光那溢于言外的兴奋劲,皇太后也感到欣慰。

"多谢太后关心,皇儿一定谨记母后的教诲,不令母后失望。"

"对了,这样才像爱新觉罗的子孙。"

"是!"道光恭恭敬敬地回答。

"皇儿今日莫不是又收到林则徐的奏折了?"

"儿今日倒没有收到他的折子,不过昨日曾收到过。"

"看你这兴奋的样子,可是广州方面又有佳信儿了?"

皇太后一眼就看穿其事,道光并不觉得奇怪,虽然皇太后对政事不甚过问,但人生经历却要多得多。可他对母后的话还是要赞许一番:"母后慧眼,一下便猜中儿高兴的原因。您简直可称得上女诸葛了。"

皇太后微笑地指着道光骂道:"你现在心情舒畅,竟也敢跟我要贫嘴了。"

道光瞅了一眼皇太后那依然有些红润的脸庞,微微一笑并不作答。

"皇儿,你笑什么?"皇太后见道光瞅着自己笑,觉得有些疑惑。

"儿本来心里就高兴,现在见太后安康,就更加高兴了。"

皇太后听道光说完话，似乎想起一件事，询问起来："皇儿这几日可去过翊坤宫？"

道光不知皇太后此话何意，就不假思索地回答："皇儿这多日以来一直忙着禁烟事宜，还未有闲暇去翊坤宫看望皇后，不过听说她的病早已痊愈了，那样一来，儿也就可安心了。"

道光接着又问："太后可还记得万寿之日的事情吗？"

道光提万寿节的事当然是想讨皇太后欢喜，而皇太后一经提及万寿节之事，果然高兴："记得，记得，那样的日子我怎会不记得呢？"

"太后，您不会责怪儿那次办得有点简朴吧！太后可还记得那次皇后所题的那几首诗？"

道光素知太后和自己心爱的皇后有点不和，所以这样问，以此来表现出皇后的才华和皇后对皇太后的爱戴，来化解她们之间的不和。

哪料适得其反，没能达到道光心中所愿，就听见皇太后冷冷地说："她所做的诗我怎么能记得，而且也未必能好到哪儿去。"

然而道光却并不愿就此放弃，接着就说："太后怎会不记得呢？皇后所做的那几首诗可好了，对母后极尽赞美之辞，儿念给你听可好？"

皇太后重重地哼了一声，说着："皇儿不用念了，我对诗词不大懂，而且我也不想听那些东西。"

道光见皇太后已有点不高兴，也就不再提那事，想说些别的来逗皇太后高兴。

这时，贴身的太监小喜子进来跪禀："启禀皇上，刚才收到广州林则徐呈来的折子，现已放在了养心殿，请皇上批阅。"

道光觉得是自己惹得母后不开心，心里有些烦躁："先放在那儿就是，你没见到朕正和太后说话？快滚下去。"

这时皇太后也觉得自己对皇后不满，却总不该对皇帝发火，因此劝道："皇儿，你先回去吧，刚才和你说了会儿话，也觉得有

579

点累，想安歇了。"

道光对鸦片的事不能不关心，虽然刚才说了句气话，现在又听皇太后这样说，也就没有再留下来的必要。

看过奏折后，道光才知道是关于如何处置那些已全部缴清的鸦片之事，这个问题他以前倒没有考虑过，他没想到竟会有如此之多的鸦片，而现在却不能不考虑了。

一次收缴如此多的鸦片，一万八千一百九十七箱又两千一百一十九袋呀！看来鸦片之禁指日可待。

道光由衷地佩服林则徐，真是一位不可多得的良臣。

现在的问题就是如何处理这些黑色毒物。道光又看了看林则徐上的奏本，上面请求将收缴的鸦片全部运回京，呈请验明烧毁。

林则徐所言，把鸦片全部运回京验明烧毁倒有点道理。如果就地烧毁，恐怕不能万无一失，广东一地上上下下，那么多的官兵难保没有坐地分赃的可能。

道光这几年来深深地感受到，在广东那个地方吸食鸦片者、贪污枉法者实在太多了。否则，也就不会在几年的时间里更换几位总督，原因就在那上面。

虽然前任总督卢坤身死，才由邓廷桢去广东担任两广总督之职。但如若卢坤不死，道光也已经想好了把卢坤免职待审，原因也是因为以卢坤为首的广东官员们，经道光查明大都是些贪污枉法、中饱私囊者。

如果把那些鸦片运来京城，在眼皮底下烧毁总不会出现什么问题，但那鸦片却不少，免不了要费些功夫。

道光虽然知道收缴的鸦片不少，但他并不知道那么多箱鸦片究竟多到何种地步，更不会想到连水师提督衙门里也堆得满满的。

为了以防万一，还是把鸦片照林则徐所说送上京来的好。这林则徐考虑问题还是比较谨慎细致的嘛！

道光正想着，太监首领过来呈给道光一份奏折："这是浙口道御史邓瀛呈上的奏本,说是关于禁烟的事。"

太监首领知道皇上多日来一直忙着禁烟,听到禁烟如何如何就高兴,所以后面又加了一句。

果然,道光把林则徐那份折子放在御案上,接过邓瀛的奏本。

"想不到浙江一地查处了几百起鸦片案件。好!全国一旦齐心起来,大清盛世指日可待呀!"

道光这时兴高采烈地问:"邓瀛现在什么地方?"

太监首领应首:"就在宫内等待。"

道光一听大喜:"速去把他召来,朕要见他。"

其实道光要召见邓瀛,一则要当面夸奖他,另外他也正想找一个人询问刚才林则徐所提议的那件事。

片刻工夫,邓瀛来了。

能在养心殿里被召见,无论对哪一位臣子来说,都是件值得夸耀的事,何况邓瀛只是小小的浙江道御史。

"浙江道御史邓瀛见过皇上,祝吾皇万岁!万岁!万万岁!"

道光把手一抬:"好了,你起来吧!你的奏本朕已看过,成绩卓嘉,朕定会重重赏你,望你以后更加竭尽全力效忠于朕。"

邓瀛见道光这样当面夸奖他,立刻诚惶诚恐地说:"多谢皇上的恩宠,臣定当尽心尽力,万死不辞。"

"很好,很好,此外朕还有一件事要问你。"说着就命小喜子把林则徐的奏折呈给他看。

等到邓瀛看完,道光接着问起来:"林则徐此言你认为如何?"

邓瀛不知皇上说这话可有什么深意,故而不敢贸然回答,面有犹豫之色。

道光看到他这种表情,已猜到了几分,缓缓地用有些责备的口气说:"但说无妨,没什么好顾忌的。"

有了皇上这句话,邓瀛就放心了:"臣认为林大人所言不妥。"

"噢,那你有什么主意,说给朕听听。"道光面露诧异之色问邓瀛。

"臣认为数万箱鸦片实不宜运来京城。若起运京城,仅海上运输,便需船百余只,水手一二千人,安徽以北要改陆路运输,又需大车千余辆、民夫千余人,骡马五六千匹,一时之间哪里雇用?

"我朝一直受鸦片之害,白银漏失严重,此次运鸦片来京,不只劳民更加伤财。这且不说,那鸦片最容易被人偷换,长途跋涉中经千万人之手,谁能保证不走漏消息,不出意外?

"臣有一言,不知可讲不可讲?"

"你且说来听听。"

"臣认为运来京城不如就地销毁。可命令林则徐等人将收缴的烟土,不要解往京城,待收缴完成后,就在当地督率官兵,共同查核,就地销毁,以节省解运中的麻烦。鸦片早一日除去,就可早一日免鸦片之害,并且让沿海居民及外国人目睹销毁情形,知道我朝皇上除恶务尽的决心,他们自当震慑畏服,不敢再偷运鸦片了。"

邓瀛的话言之有理,道光不能不重视。

第二天,道光发出一道谕旨:"……林则徐等经朕委任,此次查禁鸦片甚属认真,朕绝不怀疑你们有欺骗行为,并且长途转运,必然消耗民力。特命,鸦片不必解往京城,由林则徐、邓廷桢、怡良于收缴完成后,在当地督率文武员弁,共同查核,目击销毁。"

世界瞩目、名传千古的激动人心的那一日、那一刻就要到了。

圣旨在封建王朝里有着至高无上的权力。

道光的手谕一到广州,林则徐便拟定了一份告示,告示天下:道光十九年六月三日于虎门海滩上销毁鸦片。

在林则徐上奏的折子刚遣人送往京城时,他已经开始着手销烟的具体事宜,以防不测。

五月十四日,林则徐亲自在海边平坦处察视地形,选择地点,拟为毁化鸦片之用。

五月十九日，起草销烟祭海神用的祭文。
……………

"虎门销烟了！"
"虎门销烟了！"
道光十九年（1939年）六月三日，销烟的日子，广州城万人空巷。

原本单调如旧的生活，对今日广州城内外的百姓来说，一下子变得丰富起来，几乎所有官民的注意力全部注视在虎门外的海滩上。

这时广州城的大街小巷里到处都响着这样如同一句口号似的话："虎门销烟了！"

充斥着每一个角落，渗入每一位广州子民的心中。
……………

虎门，广州城的东南，为珠江与南海相勾连之地。

虎门乃是珠江之水必经之处，江左为大虎山，江右为小虎山，两山对峙，炯炯相向千百年。珠江口外的水面，则为伶仃洋。昔南宋末年时文天祥曾作《过零丁洋》一诗，所指的就是此地。

林则徐把销烟定在这里，一则便于就地处置，二则为扬大清之威。

这时的虎门海滩上，又是一番热烈繁忙的景象，在林则徐看好的一片平整高凸地，早已挖掘好销烟坑塘，建造好卫护地区的棚场。

只见江里沙里，珠江口外大大小小的船舶密密挨着，海滩上千万人群，大家一个个都欢天喜地，男的女的，老的少的，丑的俏的，人山人海，不计其数，憎恶鸦片的人们面上都挂着复仇的快意。

远地的民众闻讯后，也早就从四面八方涌到这片土地上。

销烟场地四周都用木栅围着，宛如皇家的园囿，每边门站有哨兵，没有证件任何人不准进入，出来时无论官民每人都受检查，来来往往的官吏们有五百人之多，文武官员六十至八十人。

面对这宏伟的场面，围观的人们不由得从心底里呼唤起来，一个多月前景莫测的担忧，终于烟消云散了。

林则徐也激动了。多年的功夫终于没有白费呀！

一切准备停当，在万余人目光的注视下，林则徐率同文武官员缓缓从临时搭就的帐篷里走了出来，站在场地中心的高地上，右侧为两广总督邓廷桢，左侧为广东巡抚怡良。

林则徐看着围观的人群微微点了点头，便拿起准备好的一束燃着的焚香，面对大海虔诚地拜了九拜。

林则徐仰望苍天，良久良久，天空无一丝闲云，万里如洗，这不正是他自己的心境吗？

他一声令下，鸦片立刻被投入两个十五丈见方、底部平铺着光滑的石板的销烟池里，接着拉开沟道的闸门，滚滚的海水由沟道涌入池中，和撒在池中的食盐，一齐浸泡这万恶的乌油油的鸦片。

两个时辰过后，端坐在虎门山腰观看台上的林则徐又一声令下，池边早已站好的几百名役夫，一齐向销烟池中投入大量的生石灰。

刹那间，浓烟滚滚，直冲向云霄，弥漫开来。数以万计的民众顿时发出如雷如浪的欢呼声，如同销烟池的沸腾翻滚一般。

片刻工夫，乌焰冲天，久久不愿散去，如同阴死的灵魂一样……

紧张繁忙的禁烟运动过去了，然而在朗朗乾坤中，又有几人知道在这轰轰烈烈的禁烟火焰熄灭后，又孕育出了使人不忍耳闻目睹的暴风雨！

首席军机大臣穆彰阿乘着官轿缓缓地朝皇宫的方向赶去。

穆彰阿稳稳地坐在轿子里面，心却始终不能镇定下来。这几日他的心情一直都不大好，动不动就要拿下人们发脾气。

正如今日一清早,穆彰阿醒来后,唤小厮来为他穿衣。他叫喊了许多声,方才见那小厮慌慌张张地跑了进来。这小厮是刚到穆彰阿府里的,听说人比较精明麻利,穆彰阿又见他眉清目秀的,所以召在身边伺候着。谁料这第一日就贪睡,起得如此晚,死猪一般。虽然如此,倒也不至于使他大发雷霆,可恼的是一问起晚的原因,竟说是因为昨日听别人谈林大人在虎门销烟的事,以致高兴得一夜没合上眼,今早才刚睡着,紧接着又听到朦朦胧胧地有人呼喊他的名字,衣衫还没穿戴整齐就赶紧跑了过来,结果还是来迟了。

穆彰阿几日前就收到消息,说是林则徐虎门销烟一帆风顺,当地的人们都敬慕地称他为"林青天"。这个汉人竟取得如此大的成绩,身为满官之首的穆彰阿如何能够视而不见、充耳不闻呢?他心里面七上八下的,总觉得不舒坦。

他心里又哪能够舒坦呢?全朝的满族官员们都用崇敬的目光看着他,一切都在看着他的眼色行事,以他为满官之首。而现在有了这个林则徐,而且又立下了如此的大功,形势对他不妙呀!

穆彰阿是有感觉的。虎门销烟的消息传到京城已有好几日了,这几日他坐立不宁。而现在在他穆彰阿的府第里竟然还有人在为林则徐叫好称妙,这时的穆彰阿如何能够忍受?他暴跳如雷,一脚把那名小厮踹倒在地,然后跟上去又是几脚,累得他直喘粗气,最后又把那名小厮赶出穆府才算了事。而且当时若不是有人进来通报说,皇上有事找他询问,那名小厮恐怕就未必能够站着或爬着出穆府了。

"皇上召见我会是什么事呢?"坐在轿子里的穆彰阿心神不定地猜测着,"难道是为了前日我与王鼎因林则徐而争吵的事吗?"

前日上朝后,在太和殿正殿上,满官和汉官为了如何对林则徐、邓廷桢等人行赏的事而争得不可开交。

王鼎认为:"禁烟能够取得如此大的收获,理当重重奖赏才是。"

王鼎和穆彰阿同为军机大臣,同在军机处共事。军机处汉族的大臣是曹振镛和王鼎，满族的大臣则是文孚和穆彰阿。

曹振镛乃三朝元老，劳苦功高，成绩卓越，一向为道光所倚重。只可惜年岁已大，几年前就已辞归故里。因此到了道光十九年（1839年）军机大臣并无增设，只有其余的三人。

在曹振镛告退后，道光思来想去，觉穆彰阿这人办事谨慎，很少乱说话，甚合他的心意，因而又提升他为首席军机大臣接替曹振镛之位，权列朝臣之首。真可谓是一人之下、万人之上了。

在大事上，穆彰阿极少先于群臣说话，总是不动声色地观察周围的一切，窥视皇上的脸色，把自己放在最安全的位置。正如同他在群臣为"弛禁"和"严禁"而争得面红耳赤的时候，他既没有公开反对过"严禁"，也没有公开赞同过"弛禁"，这就是他做官多年的经验。

不过，在太和殿正殿上，满族的官员都在等着他说话，他不说也不行了。这可不只是关系到满族官员的地位和面子，也同样关系到他首席军机大臣的地位。

在综合了满官的议论后，不待王鼎把话说完，穆彰阿就上前一步，道："启奏皇上，依微臣之见，若对林则徐等人重赏，似乎有些不当。林则徐来到广州之前即为湖广总督，职位在汉官当中已是比较高的；再说朝中大臣们不少都是身经百战，功高显赫，甚而还有不少与皇上鞍前马后共患难过。那林则徐大人禁烟成功，功劳虽然不小，但若与以上那些人比起来，似乎还不够。所以，以微臣之见，对林则徐大人赏加一级便可。"

道光听了，只是微微笑了笑，并没做定论，军机大臣王鼎当时也不敢再行进言。

退朝后，在朝房里王鼎和穆彰阿又争吵了一阵子，当时太监首领也在场。

"难道王公公把此事告知皇上了？"穆彰阿自知有些理亏，有点儿心虚。"长期以来，虽然满汉矛盾有了缓和，不像开国时那样争斗激烈，但是矛盾仍然存在，只是秘密些罢了。难道这点皇上已经知道？那么金殿提议的用意，想必皇上也一定知道了。如若真是那样，那这次召见我可就真有点不妙，岂不是要被皇上认为是以公徇私吗？那我该怎么办呢？……"穆彰阿思过来想过去，仍没想出什么好的办法，皇宫就已经到了。

穆彰阿下了轿子，步行穿过紫禁城，朝养心殿东暖阁而来。

虎门销烟的消息刚传到京城，别的省也接二连三地上奏，各报佳绩：山西省缴烟多少斤，浙江省收了多少支烟枪……

看到这些鼓舞人心的奏折，道光真有些爱不释手了，仿佛他手中捧的就是收缴的鸦片烟枪似的。

"皇天不负有心人，虎门销烟竟有如此效力，以致各省纷纷仿效，严查鸦片。大清的光明不就在眼前吗？"

想着想着，道光有些忘乎所以了，哈哈大笑起来。笑声在养心殿里回荡。

"这里面包含着我多少心血啊！"

这时进来禀报的小喜子见皇上这副模样，早吓得愣在门前，一动也不动。

道光自从派林则徐到广州禁烟后，生活习惯也大不如往常，性格也变得奇怪了，经常莫名其妙地忽喜忽悲，反复无常。一碰到这种情景，太监们往往大气都不敢喘。

一直比较受道光宠爱的小喜子，现在也不敢说话，免得受皮肉之苦。等到道光静下来询问时，他才敢应声。

"穆彰阿，这次朕召你前来，可知为何事呀？"

穆彰阿进入东暖阁，还未来得及喘口气，就听道光问起话来。

"微臣不知。"

"穆彰阿，你不必惊慌，朕今日只是要询问你一些事情。"

"只要皇上问，那么微臣就已受宠若惊了，决不敢有半句虚言。"

"这个朕知道。你身为首席军机大臣，朕向来倚重于你，又怎会怀疑你说假话呢，谅你也没那份胆量。"

"微臣忠心耿耿，一心效于皇上，哪里有狗胆来欺骗皇上。"

587

道光含笑点了点头："那就好，这几日朕都在为销烟而高兴，现在这广东禁烟之事也已经搞得差不多了，朕却为如何赏赐林则徐等人而伤了脑筋。朕前日在朝上见你所言还有些道理，所以特召你前来询问此事，不知你还有可说的没有？"

一听此事，穆彰阿一颗心才放了下来，心里窃喜，却又不动声色地说："微臣才识浅薄，恐怕再说出来就未必能够称皇上的心意了。"

"不必有何顾虑，直说无妨。"

"既然皇上这样说，那么微臣就斗胆了。这次皇上派林则徐广州禁烟，真乃明智之举。林则徐大人与微臣素来不和，但微臣对他却很是景仰，对此人也知之很深。林大人虽说才识过人、能力出众，微臣却认为——"

道光见穆彰阿的神色，就忙问："难道林则徐还有什么不妥吗？"

"皇上所见极是，林则徐做事有时刚愎自用，且有些急功近利。"

"哦，还有这样的事，朕却还没听说过。你且讲下去。"

穆彰阿见道光对他的话产生了兴趣，讲起来更加卖力了。

"微臣听说林则徐正为具结一事与洋人们争得不可开交，如……"

道光打断他的话插言说："这件让洋人具结的事，林则徐在奏本里提到过。据他所言似乎并无多大问题，没提与洋人们争得不可开交之事呀？"

"这个微臣就不大清楚了，或许林则徐大人不想让皇上担心，故而隐瞒了此事也不一定。"

穆彰阿是道光身边的红人，知道他最讨厌大臣对他隐瞒一些事情，所以他才有那么一说。

道光果然有点动怒，却又不能在穆彰阿面前发作，恨恨地说："你接着往下说。"

"林则徐为具结而与洋人们争吵不休，照微臣看来此事若发展下去，恐怕于我朝不利呀！"

道光感到奇怪："为何让洋人具结会对我朝不利，你且说来听听。"

"皇上你想,那洋人的鸦片已被林则徐全部没收了,心中必然气恼。而现在林则徐大人又急功近利,认为洋人交出鸦片便是怕了他,又迫使洋人去具结,永不准再带鸦片入华,否则格杀勿论。这洋人本来就很气恼,现在又要去具结,恐怕洋人不一定就答应。洋人也是要面子的,即使有想去具结的,一见林则徐大人那紧紧逼迫的样子,又怎么会具结呢?况我朝历来主张采用怀柔之策,林则徐大人之举恐怕有失其道吧!"

"言之有理。"

"这只为其一。其二,那些洋人如若被林则徐的阵势所吓,而具了结是很好,那我朝从此就可相安无事,永不会再受鸦片之害。可是,如果那些洋人不愿具结,那结局恐怕就要大动干戈了。"

道光这时一拍御案,站了起来,朗声道:"即使打起仗来,朕难道还怕他们不成!他们国家来来去去不过几十里罢了,国小力薄,朕随便派一支军队前去便可把它们夷为平地!"

"皇上所言甚是,我乃堂堂大清天朝,又怎会怕这些不受教化的洋人呢?"穆彰阿讨好地说。

等到道光气消了,缓缓地坐了下来,穆彰阿才接着说:"我朝当然不怕他们。不过,皇上,你可想过没有,如果真动手了,免不了又要劳民伤财。我朝国库本来就已空虚,现在再打起仗来,肯定又要花费许多银子;再说对他们那不堪一击的小国动用武力,我大清岂不招人嗤笑?"

穆彰阿这话可说到道光心坎里了。道光节俭惯了,一向反对乱花费银子的现象。现在穆彰阿的这些话,正合他心意,他赞许地点了点头。

"所以具结之事,易挑起战乱,这是其二。林则徐大人的做法有失妥当,再者——微臣不知当讲不当讲?"

"有什么当讲不当讲的,朕免你无罪,你说吧!"

"那微臣就斗胆了。这次林则徐大人广东一行影响较大,特别因为虎门销烟，深得广东百姓的爱戴，都称他为'林青天'。而且广东在远南，远离京城，对统管有些不利，现在皇上要是再行对他重赏，恐怕他不免要恃功自傲，未必不是又一个尚可喜似的人物。"

穆彰阿的话顿使道光心中一惊，此前他始终沉浸在虎门销烟的喜讯中，还从未考虑到这上面，现在一旦有人点破，道光如何不心惊？

万一林则徐要叛乱，那可就是一个天大的麻烦了。张格尔叛乱，道光到现在还记忆犹新，用了几年时间，耗费大量人力物力才把叛乱镇压了。张格尔被捕获，斩首示众。以致后来道光又大动手脚制定安内和制外的比较可靠的政策，以求得边境的安全。

穆彰阿的话不由他不仔细地考虑了。虎门销烟，林则徐的功劳的确不小，理应重重嘉奖才是。但是若果真如穆彰阿所说的那样，林则徐惹起叛乱，结果可就不堪设想了。到那时我大清岂不是就要在我手中毁于一旦，那我如何面对列祖列宗，那以后……

道光实在不敢再沿着这条思路往下想。

"目前的事就是如何奖赏林则徐等人了。"

想到这儿，道光抬头看了一眼垂着头站在身旁的穆彰阿。

这个穆彰阿果然没令朕失望，这次朕召他来算是找对了人。

"穆彰阿，你所提倒正合朕的心意，你考虑得是很周全。既然如此，那么朕问你，依你的看法，朕该如何赏赐林则徐呢？"

皇上向他询问，穆彰阿求之不得，但仍谨慎地说："皇上可还记得两江总督陶澍大人辞官的事？"

两江总督陶澍辞官当然不可能忘记，陶澍因病辞官后，至今仍无人就任，只是由陈銮代理此职。

"你的意思是让林则徐去接任吗？"

"微臣正是此意。"

道光觉得似乎奖赏太轻，可那也只是片刻的犹豫。

"传朕谕旨，调任林则徐为两江总督，接替陶澍之职。"

二百多万斤鸦片,在广州东南虎门的海滩上,整整烧了二十三天。广州城的官民沉醉在如同过年那样的喜悦里。

林则徐通过几个月来与洋商们的交往,也渐渐地了解了一些外国的情况,经常派人翻译一些资料。

"林老弟,鸦片已经销毁,我等也可松一口气了。想不到老弟仍旧忙碌,我等真是自愧不如呀!"两广总督坐在林则徐的对面,面带赞赏的表情,缓缓地说。

"古人云,知彼知己,方可百战不殆,一旦发生了什么事,也好有个准备。"林则徐笑吟吟地回答着。

"林老弟,让洋商们具结的事现今如何?"邓廷桢探着头问。

"那些洋商总是不愿具结,恐怕心里有鬼,图谋再行贩运鸦片。"

"那依老弟的意思,此事该如何处置呢?"邓廷桢接着询问。

"那洋商们一日不出具结,本大臣一日不回;十月不出具结,本大臣十月不回。誓与此事相始终,决不善罢甘休。"

邓廷桢一见林则徐那刚毅的神情,就准备打消劝他的念头,可又一想梁廷枏那渴望的眼光,又不大甘心,上前劝道:"林老弟,这次让洋商们出具结的事,邓某觉得是不是有些操之过急了。"

"哎,邓兄,话可不能这么说。你可能还有所不知,那些洋商见我销烟,恐怕早就吓破了胆。现在是穷寇不追,更待何时呢?"林则徐说着,不无得意地笑了起来,不免有着自信的力量。

"如果那些洋商以此为由对我朝挑衅,那可如何是好?"

"邓兄,这一点也不值忧虑。林某这些日子查看了一些资料,对洋人也有了一些了解,虽说他们武器比较精良。但是以我大清几万万之众还对付不了他们那几人?不过,我朝久无战事,兵器大炮还需加固才好。"

邓廷桢一拍胸脯,用有力的语气朗朗地说:"这个老弟放心,邓某和关大人一定会办妥此事的,你放心好了。至于军费,可自行筹集,民心尚可为我们所用。此外还可从百姓中招募兵勇,以防万一,如若洋人来犯当可给他迎头一击。"

广东水师提督关天培应声说："林大人爱民如子，百姓们报恩还来不及呢，一听说要招募兵勇以御外敌，那他们还不个个踊跃加入？"

林则徐点了点头，接着说："不过有一点还请两位大人注意。对于那些正经的有意归于我朝的洋商还需客气一些，也算是不辱我大清国威。现在已有一只商船答应具结，依我之见，对那些人可以赏赐一些物品，以体现我大清对他的恩泽，另一方面也可吸引一些商船早日具结以便恢复正常交往。而对那些不知悔改的商贩们仍需从严治之，可以禁止他们出入。这件事就有劳关大人了。"

关天培正色地说："林大人放心，卑职定会尽心尽力，不辱使命，以报皇上的知遇之恩。"

林则徐又转过身来对邓廷桢说："虽然洋商鸦片已被全部收缴销毁，但免不了还有许多私藏鸦片烟具者。对于这些人可给予一定期限，让他全部缴出；仍有不改悔者可格杀勿论；此外还要设置一些禁烟馆，配制一些药丸，让那些吸食成瘾者定期戒绝，否则，也定斩不饶。这样才能杜绝后患，是为长久之计呀！"

林则徐说到这儿，顿了顿，觉得言有不尽之处，接着讲下去："林某未到广东之时，就曾听说在此地有不少官员都参与鸦片走私，从中分赃。邓兄对于这件事可要严办，勿使一人漏网，否则贻害无穷。"

邓、关两位大人连连称是。接着三位大人又谈论了一些有关整顿海防的具体措施。

正说着，一名差役慌慌张张跑了进来："二位大人，不好了！尖沙嘴出了人命案，洋人把大清的渔民给打死了！"

第三十四章

穿鼻洋将军初试手
养心殿皇帝乍扬眉

道光哪里容得有人在这个时候来泼冷水？当时便不悦地说："王鼎，这句话可就让你说错了。那洋人失了鸦片，现又吃了败仗，他们还敢怎样？大不了不跟他们做买卖就是！我堂堂大清岂在乎那些蝇头小利！"

这天，渔民林维喜打鱼回来，上集市把鱼卖了以后，回家路上，经过一家酒铺，就一头扎了进去，打了几两酒，寻了一张桌子坐下来，然后优哉游哉地喝起了酒。

林维喜是这家店铺的熟客，老板和跑堂的都和他相熟。

这几天林维喜一直感到很痛快，不只是他这几日鱼打得比别人多，也因为他感觉到广州城已发生了一些微小的变化。

比如他以往打鱼时总时不时地受到一些洋人的干扰，在卖鱼时也或多或少受到一些官府的压榨。

虎门销烟之后，林则徐、邓廷桢开始整治那些不法的官员，相当一部分人被处以斩刑。

林维喜一想起那些贪官酷吏受刑的场景，就马上兴奋起来。"哎，这以后的日子就好过多了，不愁吃穿，现在又有酒喝，这真是快活如神仙一般的日子呀！"

林维喜独自一人坐在一张桌子旁，微微抿了一口酒。"啊！真是好酒！陈老板，麻烦你帮我再拿一壶酒来。"

等到陈老板走过来时，林维喜又道："陈老板，你坐。一人喝酒没劲，你就不用客气了，咱们二人一起喝杯酒。"

陈老板知是熟客，也不推辞，两人就你一杯他一杯，有说有笑地喝了起来。

两人正说着闲话,就听见酒铺外传来叫喊声。

这时店铺里的人一听觉得有热闹看了,纷纷跑了出去,林维喜也跟出去瞧瞧发生了什么事。

一看不得了,林维喜心中愤怒的火焰猛地跃到喉咙。

你道为何?原来有十多名外国水兵也喝得醉醺醺的,正在调戏一个小姑娘。只吓得那小姑娘拼命地朝酒铺的方向跑了过来,而且那小姑娘并非别人,是街坊李阿婆的孙女。

看到这种情况,林维喜哪里能够受得了:"这些洋人真是胆大妄为,竟然跑到这儿来撒野。"

林维喜借着酒劲,腾地一下子站了起来,三步并作两步到了路当中,拦住了那十几名水兵,大声喊道:"你们这群畜生竟敢到这里滋事,难道没有王法了吗?"

那些水兵根本就听不懂他说的话,不过一看林维喜叉腰的那架势,知道是一个不知死活的,因此就不由分说,上去就是一顿拳打脚踢。

附近的村民闻讯匆匆赶来,可惜已经晚了,林维喜已被打死,那些水兵早已扬长而去了。村民只得赶快去报告官府衙门。

林则徐大怒,一拍桌子,说:"简直无法无天!光天化日之下,竟敢调戏良家妇女,又行凶杀人,致人于死命,此事决不能善罢甘休,让那义律给我一个了断。"

为了维护大清天朝的尊严,林则徐立刻派人告知英国领事义律,如若不交出杀人凶手,并向大清朝道歉,一切后果由他负责。

然而那义律怎会愿意交出杀人凶手,可是他不说"不"字,只是往后推脱,并派人转告林则徐:"杀人凶手正在搜捕当中,一旦抓住,定将送与钦差大臣处置。"

原来义律自有自己的主意。早在几个月前,义律就已经写信给外交大臣巴麦尊,说:"若要在经济上占领中国的市场,唯有用武力打开中国这把生锈的锁才行。"

信中建议英国政府对中国动用武力。

外交大臣巴麦尊是义律的上司,早在道光十三年(1833年)任英国外相时,就曾训令第一任驻华商务监督律劳卑在中国开辟商埠,推销鸦片,抢占海军据点。在中国禁烟运动高潮期间,他还派东印度舰队开赴广州,支持义律进行武装挑衅,与自中国逃回的大鸦片商颠地、查顿等人密商武装侵华计划;叫嚣对付中国的唯一办法"就是先揍它一顿,然后再作解释"。

现在义律写信给巴麦尊,不正说明时机已经成熟了吗?

巴麦尊二话没说,当即复信,答应马上派遣舰队去中国。

然而这一切,林则徐都蒙在鼓里,仍在迫使义律交出凶手,并要其出具甘结。

林则徐等了将近两个月,毫无消息。他也着急了。

调任林则徐为两江总督的圣旨早已收到,到两江就职的时间也快到了,林则徐不能不着急。

自从林则徐拟定具结并交与义律到现在已经有半年之久,开始林则徐只待义律为首的洋人们愿意出具结,那么鸦片以后便可在天朝的土地上消灭,就万事大吉了。而且他还认为让那些吓破了胆的洋商们具结本该不会出现什么困难,谁料直到现在,他们还一推再推,硬是不愿具结,仅有两只英国商船遵诺具结。

英船"担麻斯噶"号首先出具,检查无夹带鸦片,于九月初九报关入口,另一艘英船"萨克逊"号亦于九月二十八日具结申报入口,目前还未报关入口呢。

还有一件,就是杀人案,那义律一直到现在还没交出凶手。

"真不知他在搞什么把戏?"林则徐疑惑着。

正在这时,参将李大纲跑了进来。

"林大人,关大人和那些洋人在穿鼻洋上打起来了。"

自从林则徐虎门销烟后,义律的处境一直不妙。

义律知道自己能坐上这个驻华商务监督的位子,实为不易。

为了替英国谋求更多的利益,他就极力鼓动对华战争。

可虎门海滩上林则徐的一挥手,几乎要了他的命。毕竟那些洋商们是在他的要求下才愿交出全部鸦片,义律心里非常明白,自己是要对自己的行为、对洋商们负责任,以致在他们从林则徐的围困中解脱出来后,在众洋商的指责之下,他铤而走险地宣布:所缴鸦片费用将由他本人和英国政府负责。每一个缴出鸦片的商人,都可以从他手中领到在国库中兑现的十二个月的期票。

义律知道自己是在孤注一掷。

说过那些话后,义律立即给外交大臣巴麦尊去信,声称:"对中国应该给以迅速而沉重的打击,事先连一个字的照会都不用给。"

语言直截了当,言简意赅。后来虽然义律收到外交大臣的信,然而到现在还迟迟不见舰队的音讯,义律早就等得不耐烦了。

"依航程来推算,到现在应该到了才对。总不该是中途又撤回本国去了吧!"

战舰为何还不见踪影呢?而在他的手下,现在仅有几艘战舰,力量薄弱。在这种形势下,义律怎敢轻易言战,更不会轻易地对中国使用武力,以致在英国水兵打死一名中国渔民,林则徐步步紧逼,要他交出杀人凶手时,他也是一忍再忍,一再地退让推辞。

此外更令他烦恼的,还是林则徐要他们具结的事。那结岂能轻易出具,一旦出具,那以后的鸦片生意可就再也做不成了。如果反悔的话,即使不让外人耻笑,也为本国所不齿,况且那样一来更加没了大英帝国的颜面。实在无法的情况下,也只有推脱之策。可现在竟有两只商船居然擅自同意林则徐所提出的具结之事,并且那"担麻斯噶"号还报关入口了。

对这只商船,义律恨得牙关咬得咯咯响,而对于另一只商船"萨克逊"号,义律一听到它的名号,就会恨恨地说:"对'萨克逊'号商船,我们决不能轻饶,也决不可让它再行报关入珠江口了。"

这天,义律为了放松一下自己多日以来那紧张的情绪,正独自一人守在自己那间阔大的画室里作画。

"噢,这部分的画面似乎有些欠缺。"

"嗨,那块为何涂得这么薄,真是太糟糕了。"

正在他为自己的那幅作品感到遗憾时,有个士兵进来报告。

"究竟出了什么事,难道你没见我正忙着吗?进来时为何也不先敲门,这样是非常不礼貌的,你知道吗?……"

因为自己的思绪被打断,他正在恼怒地责备那名士兵时,耳朵就钻进了一句话:"义律阁下,有消息传来,英船'萨克逊'号正在朝珠江口方向而去,请指示。"

义律气得涨红了脸,把手中的油画笔狠狠地一扔,咆哮着:"混蛋,还站在这儿干什么,还不快去给我追回来!"

奉了义律的命令,两艘英国战舰没费多大工夫就追上了"萨克逊"号商船。

"萨克逊"号的船长塔温滋正躺在船舱里呼呼地睡着。

这几天,船长塔温滋一直都在寻找机会越过义律的海上封锁线。

这样的机会终于到了,派去打探消息的人回来说,义律阁下正在画画。这正是一个好机会,乘他们不备,船长带着全船的人员驾着"萨克逊"号直朝珠江口的方向而去。

林则徐的虎门销烟,对他们这种商船来说真是一个沉重的打击。

不仅销毁了被他们自称为一半生命的鸦片,而且还不准再行夹带鸦片,否则予以正法。可是商人就是做生意的,不做生意怎么行呢?所以林则徐出示甘结后,船长塔温滋就动了具结的念头,只是由于义律的严令禁止,他们最后才于一个月前出具了甘结。义律知道后重重地责罚了他们,下令不准他们越过他所划定的封锁线,否则就地枪毙。

然而胆大的船长塔温滋仍然逃了出来。

塔温滋在船舱里睡得正香,朦胧之中听到外面的叫喊声。

"出了什么事?"塔温滋来到舱外一看,大惊失色。

原来义律率领两艘英舰拦在他们的船前面。

义律站在对面的船上,对着塔温滋喊了起来:"塔温滋先生,你不要再抱侥幸的心理了,否则,我就不客气了。"

塔温滋赶紧下令调头折回。

义律正说着,发现有几艘清朝的巡船驶了过来,那艘比较大的船上挂着一面红旗,义律吓了一跳。

"怎么大清的官兵一句话也不说,就向我们宣战了。"

天朝水师船队出征时,往往在指挥船上竖起一面红旗。本无什么意义,可对曾在英国海军里服过役的义律来说就不一样了,英国海军平时无事,舰上皆挂白旗,出战方才挂红旗。

所以义律一见红旗,以为清朝水师对他宣战,于是二话不说,就命令英舰"士密"号发炮轰击清水师船。

这天,关天培还是如同往日那样,带着几艘水师巡船正在洋面巡逻,见到义律带着两艘舰船正在和一个商船争执不休,正想上前盘查。

正在这时义律所发的炮弹打了过来,清水师一艘大船猝不及防,中炮炸毁,火药舱中炮燃烧,几名清军遇难。

关天培见义律如此蛮横,急忙指挥反击。

在关天培的指挥下,大小船只二十九艘一齐投入了战斗。炮声隆隆,烟尘腾腾,叫喊喧嚣,杀声震天,一场海战就在珠江口外的穿鼻洋面上展开。

激战中,关天培手握战刀,临危不惧,屹立桅前,以气贯长虹的气概激励部下,清军水师士气高昂奋勇还击。

英舰"华仑"号绕到"士密"号后面,集中火力攻击关天培的指挥船。清水师船连连中炮:一船起火,还有一艘船被打穿了一个大窟窿,海水涌进船舱,船身倾斜,险情丛生。

突然"嘶"的一声,一颗炮弹掠过桅边,将一块桅木剥落,击伤了关天培的手部,顿时鲜血直流,身旁的亲兵迅即为他包扎,要扶他回舱休息。关天培摇头拒绝,咬紧牙关,依然坚持指挥战斗,军心得以稳定。

"士密"号和"华仑"号虽然武器先进，却也没有讨着好。"士密"号被清水师大炮击中要害，船上英军纷纷弃船跳水，争相逃命。

　　接仗几小时，"士密"号帆斜旗折，招架不住，义律一见势头不对，连忙指挥两舰调头逃遁……

　　穿鼻海战，清军告捷。

　　事后，珠江渔民在水中捞得英军帽子二十一顶，其中官帽两顶，其他衣物随水漂流不计其数。

　　战后，清水师船五艘被伤，弁兵十五人牺牲，数十人受伤。

　　穿鼻海战，义律失败后，觉得如同受到奇耻大辱，并不甘心。英舰撤回尖沙嘴进行修理。

　　道光十九年（1839年）十一月四日，英军船舰列阵海面，不宣而战，又向官涌山清军营盘猛烈炮击。由于清军扎营位置选择得当，未受损失。清军居高临下，从山上开炮回击，将英舰击退。

　　十一月八日，英船又发动进攻，英军一艘大船从正面炮击清军驻地，又派小船载兵，从旁反抄守军侧面，开枪击伤清军两名。增城营把总刘明辉率部迎敌，用大刀木棒狠揍敌人，打伤敌军数十名，另缴不少战利品，并将敌军赶下海去。

　　十一月九日，英军再次入侵，企图夺取官涌稍东的胡椒角，刚发炮试探，便被清军提标后营游击德连指挥的清军用大炮、抬炮击退，英军未能得手。

　　十一月十一日，英船偷袭官涌山清军，并企图用炮火摧毁清军防御工事。清五路大军发炮还击，英军顷刻逃遁。

　　十一月十三日，曾在九龙寻衅的英船"剑桥"号和在尖沙嘴村逞凶的"多利"号卷土重来，准备再次袭击官涌清军。清军立即分赴五处山梁，等待英船进入射程之内；当敌船靠近，清军大炮开火，"多利"号连中两炮，多人被击倒于地，不敢恋战，调头遁去，后面船只见势不妙，也仓皇退回外洋。这次战斗以清军获胜告终。

　　官涌一处，连战六次，英军均告失败。此后，英船被迫退出尖沙嘴洋面，分散寄居在筲洲、长沙湾、赤沥角等处外洋。
……　……

首席军机大臣穆彰阿走了以后，道光心里一松。

"穆彰阿呀！穆彰阿呀！朕任你为首席军机，你果然没令朕失望。由此看来朕的眼光还是不错的嘛！哎，这下子朕终于可以高枕无忧了。"

从许乃济上奏要求弛禁以来，岁月悠悠，不知不觉已是三四年过去了。当初如果道光赞同许乃济的"弛禁论"，那么几年后的今天该是什么样子呢？

该是满目疮痍吧！恐怕更甚。

道光自觉岁数也不小，皇子们也快长大成人了，只可叹自从他把自己的心思全部投在鸦片上后，就很少召见皇子们。而以往的那些日子过得多么惬意，当时国库财政充盈，百姓富足。

特别是有一次全国上下，不论官民，普天同庆。道光记得非常清楚，自己一登上城楼，俯视城楼下面自己的几万子民，一个个脸上都带着笑容。一见自己的皇上全都兴高采烈地高呼万岁、万万岁，以致道光亲手点了一盏皇灯挂在城楼之上。

下面的那些百姓立刻欢呼起来，他激动得流下了泪水。

和他一同的皇子四阿哥惊奇地问："父皇，你为何流泪了？"

他抚摸着四阿哥奕詝的头，慈爱地说："皇儿，你看看那下面的百姓，个个欢声笑语，康乐富足，为父见到自己的子民如此，又怎么能不激动呢？"

奕詝疑惑一阵，然后用坚定的口气说："儿长大了一定像父皇那样，统治天下，让全国的百姓都笑容常开。"

见到皇儿有如此气魄，道光把奕詝拉在自己的身边，深情地对他说："只要皇儿认真读书，就一定会像父皇现在这样。"

现在道光却感慨万分："这样的太平生活是多么难求啊！"

然而从那以后，鸦片愈涌愈烈，已到遍及全国的地步。道光也更加体会到自己越来越苍老。

可那似乎已经都是过去的事,林则徐为他立了那样大的功劳,虽然只是把他调为两江总督,在众总督中权势仅在直隶总督之下,且还未就职,不过,道光却由衷地感激他。

"没有他,恐怕广东鸦片十年也难消除。林则徐在众总督中可算是功劳最大的一位了!"

道光坐在御案边批了几本奏折,觉得有些乏力,走到御榻边,躺了下来。本想休息一下,虽然合上眼,却又总是难以入梦,脑子里时刻涌动着一些事情。

"现在广东海口事件想必处置得该差不多了。林则徐走后,剩下的那些也定能被料理,难道仅有林则徐一人行吗?"

想到这儿,道光不觉一笑。"想我大清人才济济,并非只有林则徐一人。——只是不知皇后在翊坤宫正忙着什么?难道又在绣花?抑或在练字,或读书?哎,有这样一位贤能的皇后,我也就轻松多了。只是每日没有我陪伴着她,她大概感到有些寂寞了。"

道光一骨碌爬了起来,唤小喜子进来,小声地耳语一番,然后听到小喜子低声说:"皇上放心,奴才晓得。"

小喜子打开门出去,把门外的小太监支开,然后又进东暖阁带着道光走了出来,朝乾清宫的方向而去。

平日每次道光外出,总是有一帮大大小小的太监跟随其后,像尾巴一样。道光实在感到有些厌烦,所以这次把小喜子召来,不动声色地溜出了东暖阁。

养心门外有一条小径直通向翊坤宫,道光和小喜子一前一后,不露声色地走着,没多久工夫,就来到翊坤门。

小喜子先行一步进去通报,道光一人则慢悠悠地跨过翊坤门。

脚下已是用大大小小的鹅卵石嵌就的有精巧花纹的石径,扫得非常干净,石径两边的花园里,那些曾在三月里争奇斗艳,招得蜂蝶乱舞的牡丹、玫瑰、芍药等花木,此时花叶凋残,只剩下干枝枯木在带着丝丝寒意的风中瑟缩着。中央位置的高大挺拔的乔木叶落殆尽，密密的枝干倔强地指着蓝天。唯有松柏仍挂着苍翠的姿色，大有以姿凌人之态。

道光正观赏这秋冬之景，小喜子匆匆忙忙地跑到了他跟前。

"皇上，皇后娘娘不在宫里，说是到储秀宫看望静娘娘去了。"

道光疑惑地问道："皇后娘娘到储秀宫干什么？难道静妃也生病了不成？"

正如道光所料，静妃病了。

静妃虽不似皇后那样体弱，不过身体却并不硬朗。秋去冬来，昨夜吹了一阵子寒风，静妃便生了病。皇后听说，一大早就去探望。

"妹妹，昨晚抓药了没有？"

静妃作势挣扎要起，皇后一把按住她："妹妹，你有病在身，还要如此客套吗？这儿并无外人，就不要太拘礼了。"

"姐姐说得是，那么我这做妹妹的就权作失礼了。昨日已派人去抓了药，吃了后，觉得好了一些，只是仍觉得头痛。"

"那样就好，对这病也不能心急，病来如山倒，病去如抽丝嘛！"

"姐姐教导得对，小妹自从进宫以来，承蒙姐姐教诲，一直记在心里，只恨无能报答，小妹真是感激不尽。"

"皇上这多日以来一直都在忙着广东禁烟的事，实在无法抽出时间到后宫，妹妹你该担待些才是。"

道光其实也已经有好长日子没到翊坤宫，皇后也非常想念，可在她眼中的这位可爱的妹妹面前，仍竭力地安慰她。

静妃用眼神瞟了瞟皇后："皇上这几日可往姐姐那儿去过吗？"

皇后知她怀疑，却并不与她一般见识。

"妹妹，你多心了，当姐姐的哪里会让你失宠呢？"

静妃笑了，心知自己问得鲁莽。

"姐姐恕罪，妹妹实在是多心了。"

皇后接着说："你放心吧，我这做姐姐的会让皇上多来你这儿几次，谁让我们如同姐妹呢。"

静妃并不作声，心里却咕哝着："话虽然说得这样好，谁又知道你心里面又在想什么？你那样说，无非是想让我感激你的恩情罢了，我才不会那么傻呢！"

皇后见静妃双眉紧皱，忙说："妹妹，你是不是觉得头有些痛，我端杯茶给你。"

皇后说着，站了起来，走到茶案边倒了一杯茶。静妃却只顾想着心事，并未加制止。

"妹妹，喝杯茶吧！也许要好一些。"皇后端着茶杯递了过来。

静妃强作笑意："妹妹这次生病，真是有劳姐姐了。"

皇后扶住静妃，拍了拍说："哪里的话，只要你的病好了，我这做姐姐的也就可以安心了。"

静妃正待回答，抬头一看，贴身的宫女走了过来。

"皇后娘娘，静妃娘娘，皇上驾到。"

静妃一愣，抬眼一看，作势就要起身，道光在宫女之后走了进来。

道光听说皇后去了储秀宫，不禁有些失望。

道光记不清自己究竟有多久没有到过储秀宫了，似乎是在皇太后万寿节之后就没去过了。

以往见静妃天生姿质、年岁不大，颇能讨人喜爱，故而经常宠幸于她。可后来发觉她气度狭小，不免对她有些厌倦。

道光每次去太后那儿问安，总听到太后对她的夸耀，并且把皇后——他所又敬又爱的人儿和她对立，从而在道光心里加深了对静妃的反感。

皇后不在宫里。

道光想回养心殿去，又有点犹豫。小喜子善于察言观色，凑过脸去，打趣说："皇上，要不要连静妃娘娘也一道看看？"

道光嗔笑着，说："你这小子，就你鬼精灵。"

储秀宫距离翊坤宫并无多远，主人、奴才一前一后，仿佛是在观赏沿途的景致，不知不觉到了储秀门外。

小喜子正欲前去通报，道光连忙止住了。

道光心中一团疑惑，想知她们二人在储秀宫做什么，就不加通禀，径直进了储秀门。

沿着雕栏，道光和小喜子一直朝前走着。远远看见前面在储秀宫寝宫门外，两名宫女悄声说着话，也不作声。

那两名宫女只顾着说话，等到道光二人到了她们身边始才发觉，早吓得魂不附体，乞求饶命。

道光一门心思想着见皇后，对那两名渎职的宫女并未责备，就进了寝宫。

皇后见道光进来，迎了过去。

"皇上，今日气色如此之好，莫不是又要讲什么好消息给我们姐妹听？"

皇后和皇上说话多了，并无别人那样拘于礼节。

道光笑呵呵地说："好消息倒的确有，却是现在不说与你们听。"

皇后知道皇上故意在卖关子，于是用有些责备的口气说："皇上，这你可有些不对了，只顾去忙你的好事，静妃整日见不到你，已生病了。"

听到皇后的口气，道光顿时心中释然，走到静妃的床沿。静妃慌忙要坐起来，就听见道光开口了："爱妃不要多礼，有病在身不同往日，就免了吧！"

皇后也跟着劝道："身体要紧，别起来了，——你整日念叨着皇上，皇上现在来了，你怎么又不说话了？"

静妃这时哪里有心思考虑说话的事儿，她静静地打量着眼前的这个人，皇上现在就站在身旁，而静妃已快一年没有见过皇上的面了。

和皇上在一起的时候，她总是极力讨好他，不仅是因为他是一国之君，更是因为他这个人，静妃由衷地喜欢上了他。正如他那百看不厌的眼睛，仿佛就是深邃的夜空，里面有着许多美妙的传奇。

605

在那时候，道光时不时地来找她，她也从未感到什么离愁，只在以后道光极少来储秀宫，她方才感到离愁之苦是一种什么样的滋味。

那孤苦伶仃的日日夜夜是多么难挨。正因如此，静妃才愈加恨皇后，愈加妒忌这位坐在皇后位置上的钮钴禄氏，是她把她心爱的人儿活活地抢走了。

静妃的目光从道光的脸上移到了皇后的脸上。

她还站在那儿笑。不是嘲笑我吗？刚才在我面前说得那些话都是骗人的，就是你，脸上带着淫笑，用动听的话打动了皇上，才使他离开我，抛弃了我，不！他没有抛弃我，现在他不是又来看我了？而你呢，却只能站在那儿干笑苦笑……

"你没事吧？"道光见静妃不说话，只是直直地愣坐在床上，不免有些疑惑，因此问。

听到道光关切的问话，静妃一愣，顿时两行热泪从眼眶流淌下来。

"这样的话是多么关切呀！这不正是说明皇上在心里还一直有我吗？"

这时静妃感觉到嘴角有点咸，自己落泪了，忙去找手巾。

皇后看到她的动作，走上前把自己的手巾递了过去。"妹妹，看把你激动的，现在皇上不就在你面前吗？"

道光也问："生病了吗？"

皇后道："昨夜静妃不小心着了凉，——没多大事，吃些药，再休养几日就好了。"

"天气渐冷，身体弱者需时时注意才行，可别总是让朕挂念。"

皇后知道道光是对她而言，却似乎不愿领情，而走过去抚弄静妃的手，对她说："你听听，皇上是多么关心你呀！你却还哭鼻子，这么大人了，难道不害臊吗？"

皇后一把拿过自己的手巾，替静妃拭去仍遗留在她脸上的泪痕。

静妃用颤颤的声音道："皇上的挂念，实令臣妾永生不忘，妾妃定保养好身子来伺候皇上。"

道光见此情景真有些无可奈何，只好强笑着说："那样就好，朕自然也就放心了。"

说着，道光又偷偷地瞪了皇后一眼，皇后假装不知，却又关切地问："皇上，刚才不是说有好消息要告诉我们姐妹吗？"

皇后为人和善，后宫里众人皆知，道光听她说"我们姐妹"也并不以为怪。

"刚刚得到的消息，林则徐已于虎门海滩把所有鸦片全部销毁了。你们说说，难道这件事还不够我高兴吗？"

皇后一听，也甚为欢喜，向道光行罢礼，兴奋地说："皇上乃天之骄子，自有神灵保佑，在此先向皇上道贺了。"

道光意气焕发，爽朗地大笑起来："广东一举便断绝鸦片之源，至于那散失在内地的鸦片，朕一纸圣谕，便把它们消除殆尽。想我大清国势仍在蒸蒸日上，那将何等壮观。"

"皇上英明，大臣们又人才济济，强盛之时，指日可待。"皇后道。

道光看着眼前自己心爱的皇后，坚定地说："朝堂有朕，而在后宫又有皇后来扶持，二人并肩，试观天下，谁敢不臣服。"

看着道光满面红光、精神矍铄的样子，皇后满意地笑了。

虎门销烟的消息传到京城后的次日，大街小巷就到处贴满了告示。

奉了道光谕旨，京城欢庆胜利，那些平日受尽鸦片烟折磨的官民们欢天喜地，到处张灯结彩。一向平静得度日如年的人们，如今又全部恢复了活力，而一场瑞雪由天而降，更增添了喜庆的气氛。

雪的来临，不正意味着新年又近了？

王鼎应召进了皇宫，整了整衣冠，走上雕栏白石台阶，雕栏外池水早已封冻，光滑润结的冰如同一面镜子，雪后初晴的阳光照射下来，池中的冰反射过来，令人目眩。干枯的柳枝在寒冷的空气中懒得扭动,枝杈上的白雪还未消融,饱尝着和煦的阳光。

王鼎来到养心殿,从另一条石径上走来两个人。

一位是首席军机大臣穆彰阿,另一位则是直隶总督琦善,他们二人如同王鼎一样也是应召而来。

王鼎一见此二人,胸中一团火腾地一下蹿到喉咙,直恨不得一下把他二人撕得粉碎。自那次和穆彰阿在殿堂为林则徐赏赐之事争论后,王鼎对穆彰阿一直恨之入骨,而琦善与他狼狈为奸,也着实可恨。

穆彰阿一见王鼎,便假惺惺地想上去搭腔。王大人却是不予理睬,鼻子里重重地哼了一声,拂袖而入养心门。

穆彰阿一时被弄得十分尴尬,满脸涨得通红,无奈回头对琦善干笑两声,也鱼贯而入。

进了殿门,金光闪烁的宝座就在养心殿正中设置着,他们三人不敢抬头,不知皇上是否在座。随着太监向东一拐,他们被带进了东暖阁。太监在前,到门前把帘子一掀,一团沁人心脾的花香就直向他们袭来。三人跨进门槛,顿觉寒气全消。王鼎还是第一次来此,略略抬头一看,皇上正端坐在炕上。

三人连忙低头跪在厚厚的红毡垫上,听候皇上吩咐。

穆彰阿来得多,并不太拘谨,微微抬头瞥了一眼,一看皇上的穿戴,顿觉释然。

皇上今天果然不同以前。头上戴着貂皮纹花小帽,身上穿着黄纹夹祆龙纹袄,脚下蹬着七宝三色朝靴。辫发乌亮,双眉漆黑,苍老的脸庞上挂着温和的微笑,一双灼亮的眼睛发出慈祥的目光,如同这冬日的暖阳。

这样的皇上,首席军机大臣穆彰阿似乎从未见过。这位可亲的皇上笑道:"列位请起,你们都是朕的爱卿,现在又不在殿堂之上,不要拘礼了。"

等到三人站起立在一旁,道光开口说:"朕方才得到消息,说是广东林、邓二人已与洋人动手打了起来——"

三人一听，马上紧张起来，大气也不敢粗喘，静等下文。

谁料，说到这儿，道光猛地打住，不说了。三人一愣："怎么不说了呢？难道后果不堪设想？"

可又一想："不对呀！刚才听皇上的口气似乎又……"

三人心里迷乱，却并不敢抬头看，只得惴惴地呆站着。

道光看着他们那紧张的神情，猜到几分，得意地笑了笑："三位不用紧张，朕的话还未说完。朕现在就告诉你们一个好消息，林则徐等人虽与洋人动手打起来，其结果总是洋人失败。三位说说，这难道不值得高兴？"

穆、琦、王三人一度紧张的神经这时方才松弛下来。

穆彰阿急不可待地说："这都是因为皇上英明，深谋远略，否则又如何能够取得如此战绩。"

机不可失，琦善也赶紧上去补充道："皇上乃人杰地灵，宿星下凡，御宇内而震六方，即使不打，恐怕那些洋鬼子们也已胆怯不已了。"

"皇上英明灼见，用人得当，实为我大清之洪福。"穆彰阿和琦善既然都开口了，王鼎也不能不说。

道光站起下炕，欣喜道："三位大人说得极是。想我大清铁骑何处不可踏平？只是朕一向以仁治国，不与那些洋人一般见识罢了。他们便以为我朝就好欺侮，这下让他们知道了我大清的厉害。——以前朕听说他们如何如何，现在看来也不过如此而已。从今以后朕还怕他作甚，英国人，实乃不堪一击。"

穆彰阿说："当然，当然！想在先朝之时，那俄罗斯不也是疆域广大，屡犯我朝北部边境，我朝不过只派几万军队便打得他们流水落花。且自此以后，俄罗斯吓破了胆，再也没了勇气敢骚扰我朝。而这英吉利小国，无过尺寸之地，竟也想侵犯我朝，无异于以卵击石，想必今后再也不敢来骚扰了。"

琦善道："我朝有恩于他们，让他们来此通商贸易，已是天大的恩赐。现在竟妄想侵犯我朝，真乃忘恩负义之人。"

609

道光道："两位所说，如同朕之所思。噫！王鼎为何不作言语，另有高见吗？"

王鼎刚才听穆、琦二人所说，心中已是非常气恼，现在既然皇上问他，他就据实说了起来："皇上，依微臣之见，穆、琦两位大人所言差矣。试想洋人在华贩烟由来已久，现又进兵侵犯，虽然失败，恐怕未必便会善罢甘休。皇上，微臣认为，一切还是小心谨慎些为妙呀！"

道光正沉醉在胜利的喜悦里，哪里容得有人在这样的时候来泼冷水。道光不悦地说："王鼎，虽然你才识出众，不过这句话可就让你说错了。洋人失了鸦片，现又吃了败仗，难道他们竟然还敢再为？那岂不是笑话！你呀！太多心了。"

王鼎接着又要进言。道光一摆手："王鼎，你的话朕明白，朕回去后自然会考虑，你就不要再说了。"

道光转头又问穆彰阿："你学识渊博，朕问你一事，听说那英国的一国之主是一女子，不知可有此事？"

穆彰阿本对英国并不知晓，可又见皇上询问，于是就把自己道听途说的话讲与道光听："皇上所说不错。那英国女王乃是一位妙龄少女，体态婀娜，年方二十有二。"

"那她何以为一国之主？"

"这个……微臣也道不明白。"

道光见他有些紧张，道："这个无妨，对这些洋人们无须知道得多，以后不与他们来往便是。"

琦善一惊，忙问："皇上的意思是……"

道光平静地说："朕决定中止中英贸易，省得那些洋人跳梁小丑一般，扰得人难以安宁。"

这可是关系着琦善切身利益的大事。琦善身为直隶总督，在众总督当中列首位，特别是每年从中英贸易中捞取不少税银。如果停止中英贸易，那样岂不就断了他的一条财路？

琦善想了想，犹豫了一下，但是仍上谏道："皇上，依微臣之见，那样似乎有些不妥。我朝现在财政困难，而中英贸易仍可进些税银，臣认为还是不中止为妙。"

道光当然不知道琦善心里的私事，虽然并不赞同他的看法，却还是赞赏他："琦善，你考虑问题很是全面。不过朕对英国的鸦片问题，实在是反感得厉害。对那等无耻、没有教化的人，还是不与之打交道的好。"

琦善见道光主意已定，当然也就不便再相劝阻，以防他起疑心，因此道："皇上高瞻远瞩，臣自愧不如。"

道光气宇轩昂地说："对那等毛贼以后也无须多礼。为防万一，可传朕之谕旨给沿海督抚，多加巡查，仔细防堵，以防洋人沿岸骚扰。"

穆彰阿进谏说："微臣听说，林则徐大人正在广东增设炮台、训练水勇，那样一来恐怕又要花费许多银两。"

"这点可无须管他，只要他不上奏要银就行。而且现在既然林则徐有久住广东之意，那就把邓廷桢调任两江总督吧。改林则徐为两广总督以御洋人的骚扰，有林则徐在广东，朕也可放心了。"

道光接着又说："传朕御旨于林则徐。如若洋人再行武力，断不可稍形畏葸，示以柔弱，可予以迎头痛击，朕决不怪卿等孟浪。此外，对所有洋人船只，尽行驱逐出口，不必取具结。其殴打华民凶犯，亦不值令其交出，把洋馆统统查封，洋人一律赶出大清国土，免得以后总扰朕之清梦。你等以为如何？"

皇上都这样说了，做臣子哪里还敢有什么主意。穆彰阿、琦善、王鼎三人齐声应道："臣等这就去办理此事。"

道光正在品尝广东方面送去的胜利战果时，英国方面却已在为入侵大清王朝做着精心的准备。

第三十五章

寻软肋英舰队北上
贬诤臣新钦差南来

"林大人，你可要好自为之呀！"春风得意的琦善有意讥讽林则徐。林则徐则是百般滋味一起涌上心头。他看了看趾高气扬的琦善，拂了一下袍襟，义正辞严地说："琦大人，这句话应该我来问你才对吧？"

当中国禁烟的消息传到英国时，鸦片贩子和对华利益集团立刻掀起战争的喧嚣，要求英国政府对华开战，英国政府也很快做着战争的准备。

道光十九年十二月十二日（1840年1月16日），英国女王维多利亚在国会发表演说，指责中国禁烟使英商蒙受巨大的损失，同时也损害了英王的尊严，宣称"我已经并将继续对此深为影响我国臣民利益和我的荣誉尊严的事件，予以严重的注意"。

接着，英国政府任命海军少将乔治·懿律和驻华商务监督查理·义律分别为侵华正副全权公使。

四月十日，英国国会召开会议，内阁将一份侵略战争的拟议以"军费协助案"的含蓄名义提交讨论，以利益为目标的那些西方文明养育的绅士们，言词激烈地为此进行了整整三天的辩论。

辩论后举手表决，主战派以二百七十一票对二百六十二票的九票优势取得胜利，并为将要进行的战争通过了一份决议：

"对于中国人之侵害行为，必须得到满足与赔偿，以此目的，捕获中国船舶及货物，自属正当。如中国政府承认赔偿，并行让步，则英政府亦不为复仇而战争。"

………

道光二十年（1840年）六月，一支庞大的英国舰队出现在澳门海面上。

旗舰"威里士厘"号，载炮七十四门；

"麦尔威厘"号，载炮七十四门；

"布朗底"号，载炮四十四门；

"鳄鱼"号，载炮二十八门；

"卑拉底士"号，载炮十八门；

"摩底士底"号，载炮十八门；

"巡洋"号，载炮十六门；

"哥伦拜恩"号，载炮十六门；

"阿勒琴"号，载炮十门；

武装汽轮船"阿打兰打"号、"皇后"号、"马打牙士加"号、"青春女神"号；

已在广州海面的有"窝拉疑"号、"海阿新"号、"都鲁壹"号以及随后到达的载炮七十四门的"伯兰奴"号，载炮十八门的"进取"号。

此外，还有数十艘的运输舰和补给舰。

……

夜已经降临了，总督府衙后院，林则徐独自一人站在夜幕里。他穿着灰布夹衫，一条乌黑发亮的长辫垂在脑后。

这几日以来，林则徐疲惫极了。整日的军务繁重而又琐细，本来完全可以放下去让别人去做，可是他又不放心。每一个细节不处理好，那都是他的责任，万一出现纰漏，洋人攻了过来，将会出现意想不到的后果。林则徐了解皇上，特别是近来的一些事，使林则徐更加感觉到皇上做事有些优柔寡断，那样做臣子的就不能不处处小心谨慎。

销烟后，林则徐就下令整顿吏治，发现水师总兵韩肇庆等人有贿纵报功欺蒙朝廷的丑行，可结果林则徐只是把原拟处以死罪的韩肇庆奏革总兵职衔了事。

其原因就是邓廷桢曾奏保其人节节升官,数次上奏章为其开脱,如果林则徐毫不容情地奏办韩肇庆,邓廷桢至少也会弄个"失察之罪"职务不保。基于邓廷桢助他烟禁功成,他也不能不对邓廷桢以患难之助。

从那以后,邓廷桢才更加竭力辅助他。邓廷桢一被调任两江总督,林则徐确是感到清冷了许多。以往有些必要的事,他总放心地交与邓廷桢去办,现在交与谁去办,他总是不大放心。

皎洁的月光透过树叶间的缝隙筛下来,落下斑驳的黑影,更有着一种凄清,微风拂过,树影婆娑。

今日上午,英国舰队就已宣布封锁广州海口,这个消息林则徐是从英军插在海滩上的木牌上得知的,他还看到木牌上写着:"英国军队是来与中国政府交涉的,与百姓无关。渔船白天出入将不受阻拦,民间商船仍可往英国商船停泊处贸易。"

看到木牌后,林则徐狠狠地骂着:"这群洋人,竟然想讨好大清百姓,真是无耻至极。"

看来皇上下令停止中英贸易是正确的,这些洋人确实不值和他们进行商业贸易。

道光下令中止中英贸易,林则徐本来并不赞同。一来正处在财政困难的大清王朝少了一大笔税银,二来隔断了中英以后的交往,那并不是他所希望的。现在对皇上的这道谕旨,林则徐是心悦诚服了。

林则徐这时有些焦急了,烦躁地在庭院中鹅卵石铺成的甬道上来回走着,已经走了十几趟了。

"怎么到现在还未来呢?难道中途出了事?"

林则徐正在等人。

今日上午,林则徐一听到英舰到来的消息就匆忙和广东水师提督关天培、广东巡抚怡良来到了虎门外炮台。

广东众多官员也急匆匆地跟在他们的后面。林则徐在炮台上站定,瞻望碧波如洗的洋面,果然在远处影影绰绰停着许多英国舰船。手下递过去一管了望镜,那是在上次战役中收缴的。林则徐拿来朝远处一看,就见那义律正站在船头。

林则徐气得直发抖,悔不该当初放他回去,而现在这个忘恩负义的家伙竟带兵来骚扰。

然而林则徐并没主动出击,只能自叹炮力不济,而与英舰遥遥相对……

林则徐正踱着步,参将李大纲奔进了后院。

"大人,好消息!那些英舰吓跑了。"

林则徐虽然感觉有些奇怪,但仍然非常惊喜。

"快说说,英舰往什么方向去了?"

"刚才大人派我出去查看,我到了虎门后,立即带着一条快船去打探消息,到了洋面靠近英舰不远的地方一看,只有极少的几艘英舰停留在原地,其他英舰都不在了。"

"其余的那些英舰跑到什么地方去了,你可打听清楚了?"

"卑职见洋面没了其余的船也感到很奇怪,这是怎么回事,难道他们都隐藏起来了,抑或是准备偷袭大清炮台?于是卑职又马不停蹄乘着快船到了澳门,卑职想那些英舰是从澳门出海的,当地人也许知道那些英舰的踪迹。卑职在澳门费了些力气,终于打探到,原来那些英舰都向北驶去了,也不知是去做什么?也许是知道林大人您在这儿,于是他们就吓跑到别处去了。"

"原来如此,好一个李大纲,果然不同一般,本官没看错人,回头定会重重赏你。"

"大人客气了,卑职能在大人手下办事,就已经满足了,不敢再渴求其他。"

林则徐想了想,问:"关大人和怡大人现今如何?"

"卑职从炮台回来的时候见两位大人还在认真巡查,特别是关大人年纪这么大了,还那样日夜操劳,卑职看了真是敬佩。"

"不止你一人敬佩,就连本官也佩服他呢!"林则徐长叹一声,"老骥伏枥,壮心不已啊!"

"大人说得不错,刚才在炮台上听人议论,都在夸奖关大人呢!"

"那是自然的。"

"不过依卑职之见,虎门等十几处炮台仍需加紧加固设防。"

"这个当然,本官正要问你,上次分发下去募集资金的事如何了?"

"已经办理得差不多了,只待大人一句话,就可以投入使用,只是卑职恐怕募金还是不足。"

"没办法啊!皇上一直不愿筹拨资金,当然那也是有原因的,财政不足是显而易见的。"

"既然如此,那只好再设法募集一些。"

"不错,对那些行商们仍要施些压力,他们平日作威作福欺压百姓,应该狠狠地整治他们。对了,还有一件事要你去办。那些英舰如今虽然离开却也不可马虎大意,仍要加防,以防止那些洋人施以诡计。"

李大纲点了点头:"大人言之有理,这样看来卑职倒有一个主意。"

"你说。"

"卑职认为民心可用。此地百姓对大人您敬若神明,卑职建议大人可对沿海居民颁布告示,悬赏捕杀英贼,俘获英船一艘赏银十万两,毁破一艘三万两,生擒义律、伯麦(侵略军陆军司令,准将)、马礼逊(随军翻译官)赏银五万两,献上三人首级者赏银三万两,其他俘杀英贼者各赏五百、三百两不等,大人,您意下如何?"

林则徐惊奇地看着他的这位参将:"好你个李大纲,本官真没想到你有如此想法,你可当本官的军师谋士了。"

"大人过奖了,卑职不过提出自己的一点看法罢了。"

"好,就照你说的办,我派人把它张贴出去,谅那些洋人也不敢再来骚扰本地。"

"那些北去的英舰,大人你看该……"

林则徐说:"这点也不可马虎大意,那些洋鬼子们此番北去,未必就存什么好念头。你可以立即派人火速把它们北上的消息通告沿海各省,早日做些防御措施,防止被攻个措手不及。如若那些洋鬼子不敢动武,我大清也可以抚治之,这样也可免动干戈。"

李大纲听着,连连点头:"大人说了,卑职这就去办理此事。"

英国政府没有令义律失望。道光二十年(1840年)二月初,义律收到英国政府发来的信件,信上任命乔治·懿律为英国政府侵华全权代表,义律为英国政府侵华副代表。

尽管义律为英国政府没把他任命为全权代表而有些遗憾,但是他仍然感到非常兴奋。

道光二十年(1840年)六月十五日,义律见到侵华全权代表乔治·懿律及其一干人等。

对乔治·懿律其人,义律是太熟悉不过了,简直可以一丝不漏地把他的生平背出来。

他出身于英国贵族,是查理·义律的堂兄。其父做过印度总督,他本人1834至1835年任英国海军部秘书、海军委员会委员;1837年任好望角舰队总司令。为了发大财,现在又被任为英国侵华军总司令全权代表来到了中国。

乔治·懿律刚踏入大厅,义律立刻就认出他的这位堂兄。他们的面容有点相似,以致在英国曾有传闻说他二人乃是同父异母的兄弟。懿律身材细长消瘦,只有肚子微微凸起,如同螳螂一般。他双眉紧皱,表情严肃,再加上一身笔挺的军装,看上去颇有些将军的气概。

懿律刚一进门,迎面看见在大厅内已等候多时的堂弟义律,就不紧不慢气宇轩昂地迈着方步走了过去。

"义律堂弟,多年不见真是久违了。"

"不错,堂兄,想不到如今在这块富足的东方土地上又见面了。"

接着,懿律又把一同来的人一一做了介绍。伯麦,英国海军司令,义律早在英国时就听说过其人,是一个性格倔强而且冷酷的家伙。同来的英方官员还有小马礼逊等人。

懿律和义律拥抱过后,都坐了下来,义律首先打开话题:"这次远征东来,堂兄辛苦了。"

懿律多年戎马生涯,立过赫赫战功,这时态度有些傲慢:"这算不得什么,只要有财富可捞,我们哪儿都可以去。更何况在英国领土上,我就已经看见这东方正在闪烁道道金光了。"

懿律说完哈哈一笑。义律这时用劝慰的口吻说:"堂兄,所说不错,这东方几乎全部都是富庶之地,步步有黄金,可是也并不是可以任由自己捞取的,弄不好那是要踩地雷的。"

义律指着地图说:"据我探测得知,在这沿海一带,他们军备松弛,武器非常陈旧,虽然人多势众却也不值顾虑。不过有一处除外,那就是这广东和福建沿海一带。广东有林则徐,福建现有邓廷桢,就是他二人毁了我们的鸦片。早在销毁鸦片的同时,他们就已经在整顿军备,沿海守卫比较森严,况且民心所向不可动摇。依我的看法,可以暂时避过,先去进攻别的领域。"

"堂弟,在这儿你比我熟悉,应该由你来安排。不过在广东、福建沿海却也不可一掠而过,可以留下几艘舰船守候在那儿,与之相向,一则吸引他们的注意力,二则示以军威,三则也可防止他们的兵力去支援外省,影响我们的进攻计划。"

"言之有理。"义律指着地图又对懿律和伯麦说,"浙江定海军事战略地位很重要,我们可以先行占领,然后再直抵白河河口要挟他们的皇帝……"

秘书小马礼逊插进话来:"据说定海守卫也较严,总兵张朝发,县令姚怀祥以及典史全福等人都是相当厉害,一群亡命之徒。"

懿律摆摆手说:"小马礼逊先生,你多心了,他们那些人不值顾虑。我大英帝国一炮就可把它那小小的县城掀一个底朝天。"

定海是浙江舟山群岛中最大的岛屿。

定海县城东、北、西三面环山。城南二三里即道头港,其吉祥、竹山、大渠三口，为外洋入港门户。道头港以南有大小五奎山，大小盘崎山等罗列海中，是个战略要地。夺取了定海，就有了进一步扩张侵略的基地。

七月三日，英舰驶抵舟山海域。

七月五日，英海军司令伯麦率英舰闯入定海水域，投书定海县令姚怀祥，公开索取定海。下午，英军见定海清军无投降之意，下令攻城。

总兵张朝发在城外督军抵抗，清军伤亡惨重，八月二日张朝发伤重身亡。姚怀祥带伤指挥战斗，最后自杀殉国，典史全福英勇战死⋯⋯

"为何没有洋人伤亡的消息？"道光在养心殿里咆哮着。

定海陷落后的第九天，消息就传到了京城。这次伤亡太严重了，定海县城官兵总共死了八百多人。不仅如此，更令道光愤怒的是竟没有一星半点英方伤亡情况。

事情发生得太突然了，道光一点儿都没有提防到。他记得在几个月前还发谕旨到广东责令林则徐等广东官员要严阵以待，以防洋人再骚乱沿海边境，而现在定海倒被洋人占领了。

自从听到林则徐呈上的几次捷报，道光就一直没有把那些洋人放在眼里，认为他们是一群没有受过教化的人。

可现在正是这些道光眼中没有教化的人占领了定海县城。

首席军机大臣穆彰阿、直隶总督琦善、浙江巡抚乌尔恭额、浙江水师提督祝廷彪都站着大气也不敢喘，特别是后两人脸上青一块白一块，大颗汗水从脑门上直淌下来。

道光看见他们的那副样子更加生气，急躁得不知如何是好。"朕一再降旨，令沿海各督抚严加防范，为何仍然毫无准备，形同木偶一般，致令洋人登岸？"

穆彰阿见别人都吓得面色如土，觉得自己不说话不行，于是说："皇上息怒，我大清天朝吃亏是在兵器上。洋人的兵器只是适于在沿海作战，他们的舰船也只在外洋空旷之处尚可转掉自如，若使其驶近入口，那就直如鱼游釜底，立可就擒剿办之……"

"别说了，朕现在不是要你说那些，而是先如何处置这善后之事。"道光不假思索地打断了穆彰阿的话。

道光这句话却把浙江巡抚和水师提督吓得两腿打战，立足不稳，扑通一声跪在了坚硬的金砖上。

"你等疏于防范，以致让洋人占领定海，如今还想戴罪立功——传朕谕旨将浙江巡抚乌尔恭额、提督祝廷彪撤职，再定为斩监候，其余一干将弁杖一百，流放三千里，从重发配充当苦差。"

乌尔恭额和祝廷彪被带走后，道光怒气消了一半。又把前后仔细思索了一遍，向他所倚重的穆彰阿问："如今定海已被占领，必须把它夺回来方好。穆彰阿，你看谁人可担当此任？"

穆彰阿这次小心一些，垂首细声答："臣一时想不出谁可担当此等重任。"

"你看伊里布如何？"

伊里布乃镶黄旗满洲人，道光二年（1822年）曾随云贵总督庆保镇压云南永北人民起义，道光十三年（1833年）升云贵总督。道光之所以提议他，是因为他在云南边陲多年任事，与缅甸人以及当地土司之类的外国人常年打交道，经常受到朝廷奖励。

"既然皇上认为伊里布大人可以，那恐怕就不成问题了。"

穆彰阿认为只要皇上不让他前去办这些事，那就高兴，别人他就不顾了。

道光说："好，就这样办。此外可命福建提督余步云带领兵弁日夜赶往浙江定海，会同伊里布一同剿灭那群洋人，命闽浙总督邓廷桢选派福建勇猛的将领，带着福建部分水师官兵前往浙江，与浙江水师会合，从海上围剿。——穆彰阿，这件事就交给你去办理。"

穆彰阿一低头，答着："是，微臣这就去办理。"

说完，穆彰阿退了出去。

等到穆彰阿出去后,道光思索一番,感到刚才的部署不够妥善,转身看了看站在身旁的琦善,喝道:"琦善!"

"微臣在!"

"你回去以后要严密防范那些洋人的去向。同时指示沿海官兵将领,敌舰船身高大、枪炮较为精利,刚才穆彰阿所言不错,水上交战,我军恐怕难以取胜,应该采取诱敌深入引其登陆,然后四面围剿。你去办吧!"

"是,微臣告退。"

琦善出来抹了一把汗,在皇上处置乌尔恭额和祝廷彪时,他也吓坏了;刚才皇上所说的他哪里能够用心听,只待皇上发令,他好赶紧离开此地。

道光二十年(1840年)七月十四日,英舰抵达白河口,随即投递外交大臣巴麦尊的《致中国皇帝钦命宰相书》。

"皇上,您看……"

琦善和穆彰阿垂手站着,不敢再往下说。

道光这时有些举棋不定,在英国人递交的禀帖里指出,林则徐残害英国商人,凌辱英国官员。并提出赔偿鸦片烟价,割让岛屿等条件。

"可当年就是自己派林则徐前往广东禁烟的呀!"

道光看了看站在一旁的穆、琦两人,他们正等着道光说话。

到底该不该处置林则徐呢?道光在这上面犯难了。

从英舰封锁珠江口,然后又派兵占领了定海,而今又来到了白河河口。道光才意识到这些洋人不可小视,以往自己实在是低估了他们。

白河也就是北运河,发源于河北宣化府,经北京附近的密云过关转山而来,在天津与南来的京杭大运河相接,然后出大沽湾入海。因岸上多有白沙,少生草木,所以叫白河。

"皇上,你看现在是不是先把林则徐撤职查办?"

琦善见道光犹豫不定,而穆彰阿现在却又不轻易开口,就急不可待地张开了嘴。

道光这时不说不行了,缓缓地问琦善:"上次朕委你前去查访英舰沿海内犯的原因,可查出结果吗?是否果真如同英人自己所说的那样?"

琦善素来与林则徐有仇。上次林则徐去广东禁烟,就试图阻扰,结果未遂心愿,一直耿耿于怀,故而刚才一再地询问道光如何处置林则徐。现在一听道光这话,知道他已有些松动,心中窃喜,连忙答道:"皇上命微臣办的事,臣已经查实。那林则徐到了广东以后,本应该恪守皇上谕旨不可轻启边衅,可林则徐在禁烟过程中却处处刁难英国商人,以致英人不能正常贸易。这次英人来犯正是因为此事。"

琦善的话顿时挑起了道光心中的不满:"不错,朕当初确是时刻叮嘱林则徐勿轻开边衅,以致现在英人为了此事而北上。可是林则徐毕竟禁烟有功,如若朕处置他,难免不遭人非议,激起民愤。"

水能载舟,亦能覆舟。道光现在也不能不多方面考虑。

"穆彰阿,依你的看法,此事该如何处置?"

穆彰阿是道光所倚重的大臣,在现在的情势下,道光不免要征求他的主意。

穆彰阿老奸巨猾,一见道光那副神情,就已猜到了几分。道光话音未落,穆彰阿开口道:"依微臣之见,林则徐虽然挑起边衅,其罪本不可饶恕,然而毕竟禁烟有功,却又不可重惩,两全之策,不如先把林则徐撤职留任,戴罪立功。皇上,您看这样如何?"

道光这时也无可奈何,于是说:"那就照你说的办吧!只是现在英舰尚在白河河口,离京城不过几百里,当务之急必须先把他们劝走南下才可!"

"既然皇上已经决定把林则徐先行查办,料那英人得知消息,自会南下。"

"此时定海还未收复,伊里布真是有负朕对他的期望,对他也可革职留任，以待立功之机；至于那些英舰既然闻讯南下，未必便肯善罢甘休。琦善！"

"微臣在！"

"朕委任你为钦差大臣前往与英人商谈，务必使其不可再行扰乱我朝沿海之地，任重道远，你好自为之，不可负朕之所托。"

琦善知道此事不好办，又不便推辞，只好打肿脸充胖子细声说："微臣一定尽心尽力办好此事。"

九月十六日，英国舰队闻清朝下旨查办林则徐，知事态已有了一些进展，且已是初秋季节，北方天气渐冷，渤海湾中已不再适宜进行充分的攻势，于是顺水推舟答应清朝政府离开大沽，全数南下，前往广州准备与刚刚到任的钦差大臣琦善进行谈判。

十月二十五日，琦善奉旨到达广州。

琦善刚踏进总督衙门议事大厅，里面已站满了广东上上下下几十名官员。

他扫视了大厅里的众人，对为首的两广总督林则徐不怀好意地笑了笑，道："林大人，一年不见身体还这么硬朗。"

没等林则徐答话，琦善又转而正色地大声喊道："两广总督林则徐接旨。"

林则徐赶忙带领文武官员跪了下来，只见琦善缓缓地从袖子里拿出皇上的圣旨，脸上流露出一丝得意的讥笑，望了望林则徐，又轻咳了一下喉咙，读了起来：

"两广总督林则徐听旨：前因鸦片流毒海内，特派你驰往广东海口，会同邓廷桢查办，原期肃清内地，断绝来源，随地随时妥善处理。乃自查办以来，内而奸民犯法，不能净除，外而私贩来源，并未断绝。本年福建、浙江、江苏、山东、直隶、盛京等地，纷纷征调，糜饷劳师，此皆林则徐办理不善之所致。林则徐、邓廷桢着刑部严加议处。两广总督之职，着琦善署理。钦此！"

林则徐纹丝不动地跪在地上，任由眼中的泪水不断往下流。

其实早在几天前他就已得到这个消息,然而现在听到仍一阵阵心酸。哎,这难道就是自己的下场吗,几年的辛劳如今却毁于一旦。他真有些不甘心,可是又有什么办法呢?

听完圣旨,水师提督从身后扶起林则徐坐定。

"林大人,你可要好自为之呀!"

琦善见林则徐一言不发,以为他被吓呆了,又进而讥讽他。

林则徐这时又气又恨又恼又怨,百般滋味一起涌上心头。难道真的要听信这命运不公平的安排吗?他看了看趾高气扬的琦善,拭了一下泪水,义正辞严地说:"琦大人,这句话应该我来问你才对。"

琦善没想到林则徐会反戈一击,脸上一红,道:"林大人放心,皇上交给我办的事我自然会有分寸。如果林大人没事的话,现在就可以离开这儿了,这儿的一切自然由我来全权负责。"

虎落平阳被犬欺。林则徐回过身来拍了拍怡良和关天培,叮咛几句便走了。

等到林则徐走了以后,琦善一颗紧张的心始敢放下,终于除去了林则徐这颗眼中钉,有点儿自鸣得意,以后这广东的事务可就全由他来掌管了。

一想到自己的身份,他笑吟吟地对广东众官员道:"各位大人听着,这次琦某奉旨前来广东还望你们能鼎力相助。这次皇上命我来,一则为林则徐办事不力挑起边衅,二则是为与洋人谈判之事。现在林则徐已被革职查办,你等也要吸取教训。万万不可与洋人们发生冲突。"

琦善说到这儿,见众官员对他不买账,有些气恼,接着又奸笑着说:"琦某之意也并非是怕那些洋人,只因皇上有命,琦善也不得不照办。再说了,那些洋人的武器你们也不是没有见识过,船坚炮利,实非我大清的兵器所能抵挡得住。所以我们不如放下武器,不与洋人大动干戈。那些洋人其实也颇通人情,见我们不与他们动武,难道他们还能把我们怎样?只要给他们一点儿甜头,他们自然会知足而退。"

关天培听着琦善的这番话,只气得立刻就要暴跳起来,心里骂道:"真是一派胡言,如若你一般妥协,那我大清就大祸难逃了!"

他眼睛里冒着怒火,刚要辩解,琦善又说话了:"关大人,琦某素闻你办事干脆利落,这次回去以后,有劳你速速撤消防卫,裁减兵船,把林则徐以往招募的水兵乡勇解散。此外,设置在海口内的全部木排和铁链,也一一拆除。这样在与洋人谈判时也可显得我方有诚意,如此洋人对我方才能有诚意。"

"大人,下官认为此举不妥。如果撤除一切防护设备,万一那些洋人乘虚而入,那我广东一地岂不如同拔除刺的刺猬,只剩肉体一块。那样一来我广东一地又要如同定海一样落入他们的手中,此事还望大人三思而后行呀!"

琦善皱了一下眉头:"哎,关大人多虑了,想那英吉利国毕竟也是礼义之邦,怎会如你所说的那等无耻。这件事本官已考虑清楚了。"

关天培又要进言,琦善又接下去说:"本官主意已定,关大人就不要多说了,军令不可违抗,你去办理吧。"

关天培只好将张开的嘴巴合上,无可奈何地说了句:"遵命。"

关天培站起来,憋着一肚子气,愤愤不平地退出了门外。

几天后,广东沿海一带的防护措施全部撤除。琦善正在等待谈判之日的到来,英军统帅们也正在拟定自己谈判的条件。

只见伯麦探过头,向义律询问:"先生,后天的谈判,是不是要让他们赔偿鸦片的烟价以及此次英国人来舟山各处的军费?"

义律有点儿不屑回答伯麦的问话:"这你就错了。固然,赔偿鸦片的烟价是我渴慕已久的愿望,但现在不同了,你不知道吗?现在清政府已显出了他们怯懦的一面,难道我们还仅仅只要他们赔偿烟价? No,No,No,这已不是最重要的了。"

"那么先生认为……"

"我们现在所需的是在中国抢占一块应属于我们自己的土地。在这块土地上,我们可以自由地做我们所需要做的和想要做的事,在那上面我们自由自主地贩卖我们的鸦片,做我们赚钱的生意,做我们……"

义律说着,从沙发里站起来,边走边说边比划着。

伯麦受义律的感染,雄心万丈,喜悦之情溢于脸上。

"先生既然如此,想必您已经找到了这样的一块土地。"

"那是当然。"

"先生所指的是……"

"香港。"义律不假思索地说,"香港地理位置十分重要,而且资源丰富,可以作为我大英帝国的一个东部输送站。"

义律说完,从上衣口袋掏出一份拟定好的谈判协议。

伯麦拿过来一看,大喜。只见上面整齐地写着:

一、香港本岛及其港口割让与英王。大英帝国对于香港商业应征收一切正当捐税,按在黄埔贸易缴纳。

二、赔偿英国政府六百万两白银,其中一百万两白银立刻支付,余数按年平均支付,至一八六四年付清。

三、两国正式交往应基于平等地位。

四、广州海口贸易应在中国新年后十日内开放,并应在黄埔进行,直至新居留地香港方面安排妥当为止。

道光烦躁不安地在养心殿里来回踱着步子,铁青着脸。事情发展得太快了,几日前由于钦差大臣伊里布办事不力,没有能够把定海收回,反而同那些洋人私订协议,有负龙恩,道光因此一气之下把他革职。到现在才几天的时间,广东又传回如此类似的事。

到底该怎么办呢?道光有些手忙脚乱,真不知如何是好。

"皇上,这件事不如……"

穆彰阿想劝说皇上,但又有些犹豫。他虽然没有说完,但道光能够听出他的话外之音,他无非是想劝说自己接受英军的条件。

难道真的应该放弃香港吗?道光有点儿不甘心,大清王朝乃是先祖们留下来的基业,现在却将要被别人占去一小部分。虽然那只是微小的一部分,但那毕竟是大清的土地,如果失去,那无异在道光的心口挖去一块肉,那是多么令人痛心呀!

道光在心中狠狠骂着他所看重的琦善:"这个狗奴才,朕向来待他不薄,以致让他当了直隶总督,又命他为钦差大臣,可现在竟敢串通洋人来坑害朕,其罪不可饶恕呀!"

想到此,道光转而向穆彰阿询问,现在在他身边唯一值得信任的大臣,他认为只有眼前的这个首席军机大臣了。

"穆彰阿,朕向来倚重于你,这个琦善有负朕对他的栽培,竟敢私下与洋人签订什么条约,胆大妄为,罪不可赦。"

穆彰阿明白皇上这是在询问自己的意见,一时左右为难,替琦善求情吧,恐怕皇上连他也怪罪下来,皇上向来多疑心,弄不好连自己也跟着倒霉;可若不替他求情吧,那也不好办,毕竟琦善跟自己交往多年,是自己一手提拔上来的左右臂。

穆彰阿稍稍抬头看了一眼道光,皇上正眼露怒光脸色铁青地看着他。他一狠心道:"启禀皇上,微臣虽然与那琦善一直交往不错,却一直没有认清他竟是如此之人,只怪老臣糊涂。而今,既然琦善不识抬举,负了圣恩,微臣也绝不会替他求情,还望皇上从严处置,以儆众臣。"

道光点了点头:"所言不差,那么你看该如何处置?"

"这……微臣在皇上面前不敢拿主意。"

"那么这样办吧:免去他两广总督之职,交刑部查办;所有家产,即行查抄入官,朕也就不杀他了,以显朕之宽宏大量。"

"皇上这么说,微臣这就去办。"

"慢着,朕还有一事与你相商。"

该战该和,道光一直拿不定主意。若和则意味着道光承认了这个条约有效,若战,那些洋人船坚炮利……

"穆彰阿,朕现在如同落进了冰窖,不知该如何是好,你替朕出个主意。"

"皇上,依臣之见,"穆彰阿见皇上似乎有些松劲,就直言不讳地说,"现在形势摆在面前,一切对我朝都不利;洋人的武器装备都优于我朝,炮弹不仅打得比我朝的远好几倍而且还是落地开花的玩意儿,非我朝的土药可比。再则洋舰一个个庞大无比,坚不可摧,而我朝的船只却不堪一击,我朝恐怕不一定能斗得过他们。现在洋人次次报捷,屡屡获胜,锐气十足,不如先与之讲和,给他们一些甜头,让他知足而去。从此以后,我朝再也不与他们交往不就得了?皇上,你看这样如何?"

道光心里明白,穆彰阿所说全是实情,可仍是勃然大怒:"大胆穆彰阿,你竟敢说出如此混账的话,你知罪吗?"

穆彰阿吓得扑通一声,跪在了道光面前,连连叩头:"皇上饶命呀!臣句句是真,不敢欺骗皇上。"

道光仰面狂吼:"苍天呀!难道你真要绝我,让我走那条路吗?"

是呀,洋人武装精良,大清土枪土炮又如何是它的对手呢?

道光抱着膀子,一屁股坐在了炕上,良久、良久……

"容朕思之,你先回去吧!"

"微臣告退。皇上,您可要保重身体呀!"

道光有气无力地点了点头,穆彰阿急切地溜出了养心殿。

一缕夕阳透过窗纸温馨地斜照在道光的脚下,发出浅黄色的光芒。又一年过去了,道光感到心力疲惫得要命。

"洋人实在可恶,先是贩运鸦片荼毒我朝百姓,以致我朝国库日益匮乏,而今又挑起战争,难道朕应该对他们屈服吗?朕是大清亿万子民的父母,是皇上,如何可以向他们求和,那以后我大清颜面何在?朕又如何有脸面苟活于世上?我朝历代皇帝何时对外屈服过!可穆彰阿说的话不错呀!洋人武器比我朝先进,长此打下去,我朝未必是其敌手……"

道光正想着,听到太监小喜子在殿外高声喊道:"奴才叩见皇上。"

629

道光在殿里应着:"什么事?"

"刚才皇后娘娘宫里来人要皇上去一趟,说是……"

道光一骨碌从炕上跳起来,打开门问:"皇后怎么了,快说!"

小喜子多日未见皇上发这么大的脾气了,立刻惊恐地说:"来人说皇后娘娘病势不见好转反倒加重了,请皇上去一趟。"

"什么?为何不早说,混账的奴才!"

道光一脚把小喜子踹倒在地,然后头也不回直奔翊坤宫而去。

第三十六章
关将军宝刀赴大难
杨大人秽器御强敌

孙立望着关天培染着鲜血的胡须，慷慨激昂地说："将军，要死我们就死在一起，孙立不敢偷生呀！"关天培大怒，挥着宝刀，说："关印万万不能被英军得到，现在你若再不走，它就要落入他们的手中……快走！"

只因皇后天生体质较差，每逢入春后，总要病上三两场，起初宫里的人都未在意，以为不过如同往常一样，开几剂药方，认真调养几日便可痊愈。道光一直忙于朝政少来翊坤宫，听说后也没放在心上，谁想到现在病情又重了。

黄昏时分，残阳如血，给整个宫殿涂上一层使人心醉又叫人感到沉重的暗红色。道光止住下人通报，径直进了翊坤门，转过石雕影壁，走月台过前殿，大步闯进了寝殿。

寝宫里一时静悄悄的，静得有些怕人。道光几步跨入寝宫，一眼望见了躺着的皇后，他心爱的人儿。

道光一下子呆住了。他还从未见过皇后今日的这副病容，脸色白得如蜡，两颊深深地陷进去，仿佛成了两个黑洞，那两排又长又黑的睫毛，在那惨白的面颊上显得非常突出。

道光扑到皇后的身边，扶起了她。皇后睁开迷茫的双眼，见是皇上，便欲强支病体跪拜，然而她哪里能起得来，道光轻轻抚着她那瘦骨伶仃的柔弱肩膀，鼻子一酸，一低头，两颗热泪，吧嗒垂落下来。

皇后强作笑容，望着道光："你，你怎么啦？"

道光也强笑着："我正要问你呢？你，你怎么啦？……"

"皇上放心，没事的，只是受了点风寒，真的没事。"

道光温柔地说:"你还说没事。刚才已有人告诉朕,说你的病情又加重了,你为何不告诉我?"

皇后笑了笑,扭头看了宫女秋屏等人一眼,对她们说:"你们出去吧,这儿有皇上陪我呢。"

寝宫里只剩下道光、皇后二人,孤灯昏黄,影绰闪烁。

"皇上,政事繁忙不可荒废。你先回去吧,刚才母后遣人送来补药,臣妾已觉好多了。"

道光觉得很奇怪,忙问:"母后真的来过?"

"当然,母后对臣妾不错,等到臣妾病好之后,一定先去寿康宫道谢。"皇后欣喜地说。

"如此甚好。"道光一语双关地说,"不过可要安心养病,别让朕为你担心才行。"

皇后一阵子咳嗽后又说:"这几日皇上一定政务繁忙吧?"

道光见她在病中仍关心自己的政事,心中顿生感激之情。

"朕正在为琦善私自签订条约而生气呢!"

"噢,会出这种事?"皇后疑惑地问。

道光于是把事情的来龙去脉讲了出来。

"既然如此,那琦善实在是罪不可赦呀!"

"那是当然,朕把他革职查办了。"

"恩威兼施,方为仁义之君。"皇后称赞道。

皇后见道光仍疑虑重重,接着问:"皇上难道还有别的事?"

"还是为了那些洋人的事,朕实在拿不定主意。"

"皇上请讲。"

"目前朕正为战和难定而烦恼……"

皇后插话说:"恕臣妾直言,臣妾虽不懂朝政,却深知皇上乃万圣之君,万万不可令臣民失望,否则后悔莫及。"

道光一惊,道:"莫非你认为朕应该主战?"

"正是。"皇后义正辞严地说。

道光有些心惊,面露犹豫的表情。

皇后见皇上有些迟疑，接着说："皇上，此事万不可犹豫，当断不断，反被其乱，皇上万不可示弱于人呀！"

不错，朕乃是龙子龙孙，怎可示弱于洋人呢？想到这里，道光一把握住皇后的手说："朕决不会令你失望的！"

皇后笑了一下，满意地说："这样一来，我可就安心了。"

道光原以为处罚了林则徐，英国自然应该知足，会撤兵回去。却没想到他们贪得无厌，又迫使他割让土地。道光在皇后的鼓励下，决定大举进伐英军。

道光二十一年（1841年）二月中旬，道光从浙江、直隶、四川、新疆、江苏、山东等省调集二十万清军，浩浩荡荡地开往广东、福建南部沿海之地，重兵剿办英军。接着，又派皇侄奕山为将军，隆文、杨芳为参赞大臣，赴广东作战。

不久，皇后病情加重，无治而薨。道光以皇后之丧连续发下谕旨：

  召江北高僧，遣中使迎来宫中，为皇后钮钴禄氏礼忏营斋，设水陆道场。
  征天下能工巧匠，为皇后钮钴禄氏构筑冥宅。
  命内阁自三月至五月，票本尽用蓝墨，以示哀悼，此后方许恢复朱色。
  命诸大臣议谥。
  命全国服丧，自哀诏到日，官吏一月，百姓三天。
  ……　……

北起黑龙江、长白山，南到两广福建之地，西越河西走廊，东至海滨，广袤辽阔的土地上处处设灵位、打白幡，盛大国丧震动天朝。

英国政府侵华全权代表义律站在窗前，看着窗外，陷入了沉思。

就在三天前，义律收到了英国外交大臣巴麦尊发来的一封信，在信里他受到了严厉的指责，说他办事不力，行动太缓，得到的太少。特别是听说他竟议和且所得到的仅仅只有六百万两白银，英国政府非常气恼。最后巴麦尊还说英政府现在对他的所作所为有些不满，警告他要好自为之。

条约签订后，义律按照事先与琦善所达成的协定，迅速命人把待在定海的英舰"威里士厘"号召回在澳门的基地。而后把攻定海时所占的舟山及附近的一些岛屿和条约前所占领的大角、沙角炮台悉数地归还给了清政府。

义律有自己的打算。在中国几年的时间里，他感觉自己对清政府以及那皇上已有深刻的了解，因此在多次战役前，他总是训导他的那些部下："根据我几年在中国的经验，清政府是一块软骨头，我们要慢慢咀嚼它，不可掉以轻心，不可急功。否则，作为一块骨头，它还是有可能崩碎你的牙齿的。"

在进攻大角、沙角炮台之前，义律就曾经和琦善派出的官员谈过一次，提出了十三项条件：

赔还收缴的鸦片烟价和此次英国人到舟山各处军费，各洋商所欠旧债，要由中国方面承担清还；清除走私贩烟，不得连累英国贸易船；英国人递禀必要封呈大皇帝，不能呈与官宪；要大码头一处永远居住，如澳门样式；要福建、浙江、江苏、天津等处地方贸易码头六处；在北京城建造英馆，派一英官驻扎，其余码头各安置英官一人；贸易码头，英国人可以建造教堂；英国人各港口贸易，得带家眷同住；贸易不要洋商经手，如洋商不能裁撤也不能加减；出口税银要定一条款，不得随意加减，减少各贸易船只进关费。

当时义律还声明：如有一条不从，就将攻打虎门、香山及其他陆上的目标。琦善虽在武力威胁下，却也不敢答应那将使他的脑袋保不住的十几项条件。义律也知自己行为有些急躁，在那种形势下，却又迫于无奈，派了"复仇神"号来执行进攻虎门外的大角、沙角炮台。

在炮台被占领后，琦善在私自签订条约时还有犹豫，义律看得很清楚，因此他还是有所顾忌的。在大清土地上，官兵并不可怕，可怕的是那亿万的百姓。若是惹醒了沉睡多年的百姓，情势就将不妙，自己的计划就会受到阻碍。

义律、伯麦、小马礼逊等人正在密谋侵略计划。伯麦指着地形图："我们先看一下虎门海口两岸的小岛，第一个位置是下横担，接下去是上横担，然后才是大虎山和小虎山，其中的上横担、大虎山、小虎山上设有横担、永安等四个炮台。而在这几个岛的东边，是山势起伏较高的亚娘鞋山，又叫作武山，筑有南山、镇远、威远和靖远四座炮台。关天培所在位置就是靖远炮台，进攻的时候，必须以它为主要的目标；西边那个山坡上，筑有巩固炮台、大小角等炮台，在以上的这些炮台上，根据我们所得的消息，约有兵一千人、勇一万四千人，被他们自己称为是广州最可信赖的门户。只有先攻破它，才能更有效而迅速进攻广州城。这就是虎门的大致地形，我相信先生们一定能够轻松地占领这块他们所依赖的门户，现在，由我们的全权代表义律先生把各位所担任的使命交代一下。"

义律见伯麦说完，便站起来分派道："这次行动主要由伯麦先生和卧乌古先生负责。伯麦先生，你明日派遣皇家炮兵团在下横担岛这个部位登陆，在这个部位上，我们已经考察过没有清军的设防，并且这个突出的山峰可以掩蔽周围的炮台进攻，同时又可以窥视周围炮台上的情况，小岛可以据为进攻的步兵集结地，所以，必须先占领这个位置。伯麦先生，你好自为之吧！"

"请阁下放心，以我强大的海军舰队，只需派一名少校就可不费吹灰之力占领那个部位。"

"当然我相信你所说的。卧乌古先生。"

"到！"卧乌古也站了起来。

"在占领下横担岛后,由你派人员处理余下的任务,固守在那儿以掩护海军对横担及永安、靖远、镇远和威远炮台的进攻。"

"是,我会圆满地完成这项任务。"卧乌古自负地说。

"一切小心,不要轻敌。主要是不能让清政府小视我们的能力。"

"我是不会让先生们失望的。"

"其余的部署就由你们两位负责。至于我嘛,将亲自带领'复仇神'号对靖远炮台发动进攻,让那个水师提督关天培知道我们大英帝国的厉害。"

说完,义律双手背在身后,得意地看着手下的将领们,笑了。

广州知府余保纯看着琦善来回踱着步子,仍然没有拿定主意,于是建议:"大人,依卑职之见,此事无须顾虑。那横西河地形崎岖,且河水非常之浅,英舰体型庞大,笨重至极。那义律又不是傻瓜,谅他也不敢直撞西河,我看那关大人的担心纯属多余。"

琦善瞥了余保纯一眼,没说话,仍然迈着步子,他所考虑到的不仅仅是余保纯所说的那一点。

条约私自签订了有近半个月的时间。从那时起,他就已经没能够睡上一个安稳觉了。

条约私自签订后,虽然琦善并没有在那上面盖印,然而那些英兵却早在此之前占据了香港岛。琦善在半个月内先后两次到虎门附近的莲花岗与蛇形湾与义律见面,亲自解释等候的必要性,也没有能够把那些英兵劝离香港岛。

义律这时还认为要求清政府以小小的香港岛换取所占领的舟山岛及大清的一时安宁,那已是给足了琦善面子,可琦善却不能不顾忌到头顶的皇上。皇上君临天下,尺土寸草都在独断之中,岂容外人有去动它的念头。何况现在琦善又私自在"条约"内答应把香港及其港口割让给了英国。

这些日子,琦善一直惴惴不安,不敢再下达撤除防御方面的命令,以备后患。事情正如他所想象的那样发生了,但是他没有料到,十几日前广东水师提督关天培根据对地形的了解和战备需要发文给琦善,请求塞断横担西河,并要求备办茅草火船二三十只,以防英舰从横担西河绕攻横担炮台,但他一直拖到现在。

昨日,琦善第三次收到关天培的来报,又提出同样的要求。琦善没奈何,只好与广州知府余保纯商量,其余的一些广东官员由于林则徐的原因,都不愿和琦善商谈,琦善同样也不相信他们。

广州知府余保纯不学无术,原本是京城街头一名流浪汉,无意间有一次救了琦善的命,结果琦善为了报恩,在他力荐之下让余保纯做上了广州知府,没想到他能到广州并且有用余保纯的时候。

"余大人,此事并非你所说的那样简单。"

余保纯见琦善久久不说话,就呆站着想着心事,现在被琦善这一问吓了一跳,赶紧恭恭敬敬地听琦善继续说。

"据我所知洋人所依靠的并非仅仅是船炮,他们轻武器也相当厉害,使用的是滑膛枪,射程可达几百米,既然他们不用船炮,只用轻武器,我们也未必能对付得了他们。"

琦善并未说真话,他所顾忌的主要是皇上,他感觉这时皇上可能正在因为他而大发雷霆呢。在这样的情势下,必须做出积极备战的样子,方可应付皇上,只不过现在他不知皇上的圣谕正在不紧不慢朝广东飞来,不日他将被革职查封家产。

"大人,您可别忘了,我们和洋人私下草签了条约,那可是没多少日以前的事,现在如果再按照关大人所说的,岂不是又要造成一种作战的准备。洋人见了,又要发动进攻了,到那时他们再要我们签订什么条约,就太糟糕了。"

"余大人所说有些道理,我也想到了这一点。但是,关大人若是久不见我们回话,恐怕不大好吧!"

琦善说话总带着询问的语气,等到别人建议后,他方才下定决心。

"哎,大人这句话可说错了。"

"错在什么地方?我倒是很想听一听。"琦善吃惊地问。

"大人你想想看,关天培只是一个水师提督,而你可是由皇上指定的钦差大臣，贵贱有别，高低不同呀！"

"关天培是一介武夫，头脑简单，就怕他有不轨的念头。"

"难道仅仅因为不同意他所要求的，他还敢夺大人的帅印？别忘了，在广东大人才是最高统帅。再说我在广东几年，对关天培这人很知道，他这个人是一向没有主见的，他不敢做出什么不轨的事，大人可以放心。"

"那么说你是认为不需要按照他所说的那样做？"

"正是如此。"

"既然如此，就照你说的办吧！只要关天培不要再来催我，我也就可以安心了！"

话音刚落，一个亲随跑了过来，气喘吁吁的。

"大人，大人，关大人又要你……"

不用那亲随说完，琦善就已明白，他和余保纯对视一眼，一屁股坐在了椅子上。

提标游击麦廷章慌慌张张地跑到关天培面前报告："关将军，据探子所说，英军有进攻虎门的意图，目前正在整顿装备。将军，你看，现在该怎么办？"

关天培站在炮台上，望着下面深达几百尺的海水，波涛汹涌澎湃，不断冲击着崖边的礁石，发出阵阵轰轰雷鸣。他又抚摸一下靖远炮台的十几门大炮，那还是康熙年间铸造的，经受风吹雨打，早就铁锈斑斑了。

这样的装备如何能抵抗住英军的进攻呢？关天培深深为之担忧。

"孙立！"

"到！"

"琦大人那儿可有什么消息？"关天培问亲随孙立道。

"将军！刚才我见到琦大人的时候，看见他一副犹豫的样子，似乎一时还未拿定主意，你看……"

"我已经几次发书，他竟然还是如此犹豫不决，真不知他到底打的什么主意。"关天培一直得不到琦善的消息,心里大为恼火。

"要不要再催他一次?"孙立试探着问。

"好,那你就再走一趟,不过这次一定要让他明晓其中利害关系……"关天培气得又破口大骂。

"关将军,那我们该怎么办?"

关天培瞪了麦廷章一眼:"这还用问吗?一切官兵将士都严守炮台,不能懈怠,否则,失了炮台,就叫他们一个个提着人头来见我。而且现在天色不早了,他们更加要认真防护,以防英军乘机偷袭。"

"卑职明白,卑职这就去传达。"

麦廷章走后,关天培仍旧心焚如火,到了这种地步,琦善仍然延误战机,关天培气得一拳重重地砸在铁炮上。

林则徐是关天培所尊敬和崇拜的人,从他被罢职由琦善来接任那时起,关天培一直都看不起琦善,对他不服。可是人在屋檐下又不得不低头,因此琦善下令撤除木排铁链一些防御设施,他只能表示惋惜。

关天培坐在营帐里的床上长长叹了一口气,然后起身走出营帐。

营帐安置在虎门西南方向的一块平坦的地方,绿草茵茵,踩在上面软绵绵的。天色完全暗下来,漆黑一片。无数颗星星在遥远的夜空里悠悠地闪着,没有一丝忧虑,永远是那样平静,那样无拘无束。

"明夜是否还会有今日的宁静,凶吉难测呀!"

关天培心里嘀咕着向前走去,不知不觉来到虎门炮台下面。炮台上站着两名士兵,发现下面有人,大声喝着:"什么人在下面?"

关天培答道:"广东水师提督关天培在此。"

那两名士兵一听,急忙奔下来:"原来是关将军,将军为什么还未安息?我们一定会尽心职守,将军就放心吧!"

关天培见奔下来的两名士兵年岁不大,二十不足,就问:"你们都是谁的部下,哪里人氏,入伍几年了?"

"我们都是庆宇大人的部下，且都是安徽人氏，入伍不足一年。"

关天培有点吃惊："安徽距此几千里地，为何在广东入伍？"

"小的们在家乡待不下去，于是就跑来了。"一个士兵道。

"那是为何，难道家乡不好吗？"

"小的们家乡美景如画，只是近几年遭旱灾涝灾，再加上……一些贪官酷吏催债，家里常常揭不开锅，就流落到这儿。恰好那时林大人招募兵勇，因此入了伍，希望能讨口饭吃。"

关天培看着他们消瘦的脸，深深叹了一声："唉！也真难为你们在此守夜。不过，你们必须明白，我们入伍作战可并非像你们所说的是为混饭吃，而是为了国计民生。如果没有人来守卫，那又如何能有百姓们的安定生活，又如何会有我们所吃的饭，是不是如此，你们是会明白的。"

两名士兵似懂非懂地点了点头："将军的话，我们一定谨记在心。"

关天培拍拍他们瘦弱的肩膀说："那样就好，你们上去吧！"

"是！"

关天培刚回到自己的营帐，就听到"轰轰"的雷鸣，关天培大吃一惊，这时一名士兵揭开帐幕跑了进来："将军，英军进攻虎门！"

话音未落，关天培已率先冲出营帐，只见上横担岛的炮台上空黑烟滚滚，一颗颗炮弹不时地在它周围落下，炸出一个个土坑。

"今天就让你们见识见识我关某的厉害！达邦阿将军！"

"在！"

"横担炮台是虎门的第一道封锁台，万万不得被英军占领，现在命你迅速带领步兵八百去协助副将庆宇防守横担，如果失去了横担，你就拿人头来见我。"

"只要卑职在，就决不让横担落入英人的手里。"

达邦阿是关天培的副将，和关天培一样，也是行伍出身，身高马大，有万夫不当之勇，深得关天培的信任。

达邦阿刚走，亲随孙立来了。

"将军,琦大人已准备派遣两条载砂石的船到横担西河来。"

这时关天培恨得把牙关咬得咯吱作响,怒目一瞪:"这个狗东西,现在已经打起来了,还要船做什么,留给他做棺材吧!麦廷章!"

"到!"站在他身边的麦廷章答道。

麦廷章是广东鹤山人,道光十年(1830年),由行任报补水师提标右营外委,因筹办洋务出了大力,赏戴花翎,升加参将衔。

"你立即前去守护靖远炮台,以防英军从背后进攻。"关天培又看了看他头上的花翎,说道:"你可得对得起你头上的那东西,明白吗?"

麦廷章会心地一笑:"卑职明白。"

"那就好,留五十人在此守护营帐,准备好上等酒菜,等着我们凯旋。"

说着,哈哈大笑起来。随后关天培和麦廷章直奔靖远炮台,只留下他爽朗的笑声在空中久久回荡着。

在达邦阿的指挥下,横担守军多次击退英军的进攻。到了中午,海潮涨了起来,义律命令伯麦趁此机会,加大火力对横担炮台围攻,激战半个时辰,横担炮台士兵死伤过半,达邦阿被一颗子弹击中头部,倒地牺牲了。没有多久,横担、永安两炮台兵亡弹绝,先后陷落。清军阵亡二百五十余人,伤百余人,被俘千余人。

横担、永安炮台失陷后,英舰队按原计划轰炸其余炮台。

东边的分队以主力舰"伯兰汉"号为首,"麦尔威厘"号沿着水道冒着守军大炮发射的石弹直驶近炮台四百码(1码等于0.9144米)的地方,以右舷炮向各炮台上轰击。

"将军,横担和永安两炮台失陷!"一名清兵慌慌张张跑上靖远炮台对关天培说。

关天培叫苦不迭,原来以为蛮有把握取胜,让英军有来无回,谁料仅仅半日的工夫,横担等炮台就失陷。

这可能吗?关天培有点疑惑。"达邦阿呢?让他拿人头来见我。"

"将军,达邦阿他……他已经中弹身亡了。"来人答道。

"啊!他死了?"

关天培不敢相信自己的耳朵,清晨那个生龙活虎的汉子还站在他的面前,现在就这样永远消失了。看到关天培失神的样子,众守军都伤心地低头垂泣。

麦廷章走到关天培跟前,说:"将军……"

这时,一颗炮弹在麦廷章身后不远的地方落了下来……

关天培望着缓缓倒下的麦廷章,才猛然惊醒,他狠狠地说:"我今天跟你们决一死战!都给我狠狠地打!"

关天培一声令下,清兵立即又投入了战斗。

在轰轰雷鸣声中,清兵的八门大炮炮身红热炸裂。

到了下午,英军东边的分队以"加略普"号打头,"威里士厘"号、"萨马兰"号、"摩底士底"号紧随其后,停在北横担岛的右侧排成一字形,以两边舷炮分别向北横担炮台和巩固炮台长防御阵地同时开炮。

守卫清兵的大炮进行了顽强的抵抗,双方持续了半个多时辰,东西两边的守军伤亡过半,关天培看到这一情景,又气又急,无计可施。这时一些清兵见自己伤亡太大已失去信心转身欲走。

关天培更加气愤,慌忙抽出腰中的宝刀,高声喊道:"有临阵退缩者,立斩不赦!"

溃兵被镇住,呆立在炮台上,有几个想立功补过的,又硬着头皮转过身向英舰开炮,发射的石弹落在江面上,击起一朵朵浪花。

这时英军又发起了阵阵攻势,又有一些炮台陷落了,没有陷落的炮台上清兵也是死的死逃的逃,只有几名意志坚强的士兵在抵抗。

关天培在靖远炮台见败势已无力挽回,没奈何就把亲随孙立唤到跟前,把关防大印和一封信交给他说:"情势所迫,你把关防大印和此信速交到省城去禀报战况,不可有误。"

孙立在这种情形下不忍离开,望着关天培染着鲜血的胡须,慷慨激昂地说:"将军,要死我们就死在一起,孙立不敢偷生呀!"

关天培大怒,挥着宝刀,说:"关印万万不能被英军得到,现在你若再不走,它就要落入他们的手中……快走!"

孙立无奈,只得含泪拜别主帅匆匆走开。

孙立走后,英军冲上了靖远炮台,关天培手执宝刀冲了上去,一人与英军展开肉搏战……

英军攻破虎门地区十几处炮台以后,按原计划溯江北上。第二日,英军七艘战舰朝乌涌开来。

乌涌距广州城约有六十里,由湖南提督祥福率兵驻防此地。

"祥将军,虎门已被英军占领!"守备洪达科刚刚得到消息,马不停蹄地来通知祥福。

"虎门失陷,英军必然要进占我乌涌之地,而乌涌之地设防粗略,工事简陋,恐怕此地将为我等葬身之所啊!"

祥福神色黯然。他是满洲正黄旗人,由亲军逐步升为湖南宝庆协副将,后又历任绥远、宁夏等镇总兵。道光二十年(1840年),率湖南兵九百名赴广东来抗击英军,对英军的军事力量非常了解。就是基于这个原因,三日前琦善命他来乌涌守御。

祥福询问着:"工事现在构筑得如何?"

在他刚到乌涌时,发现乌涌并未认真设防。于是就连夜招募民工构筑防御工事,挖沟排水,将由于涨潮而淹没水中的一些炮位挖出来,又挖掘掩体沟,用以藏兵护身,现在已是第三天。

"启禀将军,目前还有一些炮位没有挖出,至于掩体沟现在没有完工,估计明日日落之前可望完工。"

"时不可待,必须抓紧完工,否则英军打过来,我们就无法抵御了。皇上派来广东的钦差大臣和参赞大臣杨芳将军何时能到?"

"根据可靠消息,杨芳恐怕七八日方能到达广州,至于钦差大臣那就很难说了。"

祥福叹道:"如今防御工事未修好,援军又未到达,恐怕是……"

他苦笑了一下:"恐怕只有听从命运的安排了。"

二月二十八日，英军进攻乌涌，湖南提督祥福战死，守备洪达科、游击沈占鳌同时阵亡。清军阵亡五百余人，英军占领了乌涌等炮台。

三月一日，英军攻占了浐洲炮台，逼近广州。

三月三日，琦善急令广州知府余保纯赶到黄浦向英军求和，准备同意义律提出的条件。

三月五日，参赞大臣杨芳在道光急旨催促下，到达广州城。

三月十三日，圣旨到广东，副都统英隆押琦善离开广州前往北京。

继浐洲炮台失陷后，猎德等炮台也相继失陷。紧接着英军又向凤凰岗炮台发动攻势，清军总兵长春率部抵抗，有心无力，不久凤凰岗炮台同样失陷。

之后，英军由于兵力不足，并未立即进攻广州城，在距省城二十余里的地方等待援军，准备发动新的攻势。

"各位先生们，来为我们的胜利，共同饮了这杯酒。"

义律端起酒杯对着属下的那些将领洋洋得意地说。

陆军总司令站起来对众将领说："好，我们共敬义律先生一杯。"

众人齐声赞同，举起酒杯一饮而尽，最后又咂了咂嘴巴，十分酣畅的样子。

义律等到众人都平静下来，壮志满怀地说："这次进攻虎门等地，大英帝国仅仅损失了几十名士兵，而我们却让清政府损失几千余人，丧失几十座炮台，由此可见，清政府是不堪一击的。只要我们再用几个月的时间，就可以让清政府拱手送给我们更多的利益。"

听到这样的话，众人都笑得前仰后合。小马礼逊在中国待了多年，他在众人笑过以后，就向众人介绍杨芳："听说那个杨芳还是他们一位功高卓著的将领呢，曾在平定张格尔叛乱中战功显赫，积下威名。"

没等小马礼逊把话说完，卧乌古就接过话题说："像他那样的人,在他们国中还是功臣,真是荒谬,令人捉摸不透。"

原来在杨芳到达广州的第三天,英军就开始向二沙尾炮台攻击。杨芳听信了巫师的言语,认为英舰能够在风浪汹涌的海洋上用大炮击中目标,是因为大炮里有邪门邪术,于是就遍搜附近妇女溺器为制胜的工具,在英军攻来时,立即投之,结果二沙尾炮台被英军攻占。杨芳无计可施,况且主帅奕山还未到达,各省所调入广东的兵勇也还没有到齐,在这种形势下,义律和杨芳一拍即合达成临时停战的协定。

"中国人常说一句,叫做'仙人自有妙计',恐怕那杨芳就把自己的那一手叫作什么妙计了吧!"

义律和众侵略者一起端起了酒杯,大厅里响起酒杯的撞击声,夹杂着欢声笑语,久久回荡……

道光接到杨芳的奏折并没发脾气,这让小喜子感到很奇怪。

自从皇后死后,道光明显地话少了许多,也不像往常那样喜怒形于色。全宫里的人既担心又害怕,更加小心谨慎,不敢多说一句话,不敢多行一步路,就连他平素比较亲近的太监小喜子在他面前也不敢开半句玩笑。

皇后的驾崩使道光皇帝悲痛欲绝,整日把自己关在养心殿东暖阁,不许任何人打扰,闷着抒写胸怀。从皇后进宫以来已有十几年了,往事历历在目,养心殿里处处留有她的痕迹,使他触目伤情。

年仅三十三岁的皇后就这样永远离他远去,道光方才感到孤独,以往处理朝政厌倦的时候,一想到在翊坤宫里的她,就倍有精神,而现在他也懒得去翻看那已堆满御案的奏折,若不是刚才在梦中似乎又听到她临死时的谆谆话语,他连杨芳所奏的折子也不看了。

谁料这一看心里一惊,杨芳竟然违背了他的意图,同意在广州与英人恢复贸易。然而道光心里很明白,在这一点上杨芳并非第一人,他以往倚重的琦善不同样也是如此,并且有过之而无不及吗?

"小喜子。朕命你去请穆彰阿大人,他来了没有?"

"微臣穆彰阿正在门外。"穆彰阿站在养心殿外答应着。

只听见道光在里面说着:"既然已经在外面等候多时了,那你就进来吧!"

"微臣遵旨。"

小喜子把帘子一掀,穆彰阿抬腿跨过门槛进了养心殿,不用抬头,他已感觉到皇上正在养心殿正中设置的宝座上。

穆彰阿上前一步,道:"微臣给皇上跪安了。"

"平身吧。"

穆彰阿起身,道光赐座,他坐了下来,每次道光请他来,他都是既担心又惊喜,担心的是每次道光请他来都非好事,一会儿问这一会儿问那,穆彰阿生怕自己的回答有个差池,招来道光愠怒。虽然如此,他同时又有些惊喜,每次有事发生,道光都派人去找他,不正表明了道光对他的宠爱。

穆彰阿坐下后,久久未闻道光说话声,就问了起来:"皇上,是不是广东又出乱子了?"

"朕正为此烦恼呢,想不到杨芳原来也是一个脓包。"

"皇上,此话如何说起?"

于是道光把奏折交给穆彰阿看,穆彰阿接来看过以后,并不敢随便说话,只待道光先开口问他。

"穆彰阿,你看这事如何处置?"

穆彰阿在道光没问之前就已事先考虑清楚了,他装出义正辞严地说:"这杨芳有违皇上的谕旨,不但不出兵宣战,反倒隔江观望,有意阻挠,且还假以通商之辞,其罪不可赦,按律当斩,不知皇上之意如何?"

道光显然这次并没完全听信他的话,道:"其罪还不至死,一则前有琦善之事,琦善只是革职查办,对杨芳则更不加重;二则在平定张格尔叛乱的时候，杨芳曾立过赫赫战功，功盖朝野，而且其才能也较出众，若杀之不免有些可惜，不如就把他也革职留任，以待将功赎过吧！"

穆彰阿对道光今日所言有点儿意外，却仍忙说："皇上明鉴，微臣刚才所言，实为鲁莽之至还望宽恕。"

道光懒得回答他，反问着："杨芳在奏折上说，奕山还未到广州，这是为何？"

"这……微臣也不大清楚此事。"

"真是不成体统，如此重大之事却这般懈怠。"

"皇上千万不可大动肝火，小心圣体才好呀！"

"广东事宜使朕深感不安呀！这次朕从湖北、四川、贵州等地调集援军开往广东，而现在奕山却还迟迟未到，朕……哎！"

"皇上，要么这样办，微臣派人快马去催催他？"

道光无奈地说："看来只好如此办了，不过见到奕山后，要传朕的谕旨，务必使他尽早集中所调的各路兵马，一意进剿，无论英军是否归还定海和大角、沙角炮台，都要全力进攻，不要被英军所迷惑，丧失战机。"

"微臣知道，微臣这就去办理此事。"

穆彰阿刚打定主意转身欲走，又被道光喊住。

"此外还有一事，"道光犹豫片刻，接着又说，"上次朕虽然把林则徐革了职，事后朕也有些不安。虽然那林则徐因禁烟之事挑起了边衅，不过在禁烟上倒也颇有能耐，不如……"

不用道光再说，穆彰阿已明白了几分，于是就说："皇上的意思是要再起用林则徐？"

"正有此意，可是朕又担心朝野官员议论纷纷。"

"皇上放心。不如这样，吩咐奕山大人到达广东后，在具体的事宜上可由林则徐协助，而对林则徐可先不予与官职，这样可好？"

"这样甚好，这件事朕就交与你办理吧！"

"微臣告退。"

第三十七章
牵国事白衣献良策
领圣命赤手赴戎机

"奕经皇侄，朕命你收复宁波、定海和镇海等地！""皇上，事关重大，这件事恐怕侄儿承担不了，还望……""哎，皇侄，你身为皇室中人，理应率先为朕分忧才是，依朕之见，这件事你就不要再推辞了！"

正午的阳光下，满院烂漫的木棉花色泽更加娇艳，缕缕沁人心脾的芬芳随着悠悠的春风，弥漫在越华书院的每一个角落。

道光二十一年（1841年）四月十四日，靖逆将军奕山、参赞大臣户部尚书隆文等到达广东的日子，广东大小官员纷纷前往天字码头迎接。林则徐并没有前去，此时此刻正在下棋。

自从道光下旨到广东命琦善调查他缴烟过失的那一日起，林则徐就搬入了越华书院，整日闲若深山古刹的世外高人，只是习字写信，或者和来访的友人喝喝酒、下下棋而已，一副超然如圣的样子。

今日是靖逆将军奕山等一行人到广东的日子，照理说林则徐本也该出城迎接的，然而多日以来他好像已有些心灰意冷，梁廷枏知林则徐未去天字码头，因此就跑来找他下棋。

林则徐是棋局高手，可是今日却连败三场，梁廷枏猜着他的心情，一时并不询问，直等到林则徐连败五局不愿再下时，他才打开话题："大人，今日心情似乎不佳呀！"

梁廷枏是明知故问，林则徐也装着不明白，道："我会有什么不好的心情吗？"

说完，两人会心一笑，不过两人笑得却又不一样，林则徐的表情明显是在苦笑，而梁廷枏则是为林则徐命运而发出的无奈的笑。

既然大家都明白,梁廷枏就不再多绕圈子了。

"大人,依鄙人浅陋之见,闲时著书习字也未尝不好,你又何苦折磨自己呢?"

梁廷枏待在林则徐身边一年多的时间,对林则徐的为人有些了解,接着劝道:"林大人,难道你忘了你所题的一句话?"

林则徐疑惑地问:"所指什么?"

"大人是不是还在想着以往的事?"

林则徐望着窗外开得正艳的木棉花,缓缓地说:"是呀,往事怎能忘怀?当初刚来广东之前,定庵兄谆谆告诫我一切都要好自为之,而我却未听他的劝告,落得如此这般模样,唉,定庵兄现在也不知流落何方了。"

"既然龚大人都如此说法,那么不是更应该放弃心中所愿,做一个世外隐士,那将是何等的自在?依我看还是不要再踏入官场为妙,官场尔虞我诈并非我辈安身之所呀!"

林则徐不语。是呀!梁廷枏所说的都是事实。林则徐也清楚在官场里并不容易,可是他又怎能放弃心中的梦想呢?能够为朝廷做事、为天下劳苦大众尽自己的微薄之力,乃是他一生所愿。如果从此隐退不再过问世间的一切是是非非,他怎能做得到。

两人心意一旦相通,感情又融洽了几分,话也说得投机起来,一直聊到了深夜,梁廷枏才依依不舍地回到自己的住所。

"老爷,杨芳将军派人来请你前往总督衙门。"梁廷枏后脚刚离开林则徐的书房,老仆林升就进来禀报。

林则徐和杨芳从没有交往过,有些犹豫,要不要去呢?

林升见状便说:"老爷,是不是像对琦善那样把他打发了?"

林则徐犹豫了一会儿,说:"让来人等候片刻,我随后就到。"

一听说杨芳请他前去,林则徐就猜到一定是为布防军队之事。本来他并不打算去,原因不多,仅仅因为他在官场里已待了多年,看到里面不堪入目的景象,对接二连三来广州的官员们已经没什么信心了。

道光派钦差大臣来广东处理军务，虽然把林则徐革了职，却还有待用之机，虽然明令让琦善调查林则徐禁烟失职，而事实并没有让他那样做，只不过做做样子给英军看罢了，主要还是让琦善处理军务。琦善也曾派人来征询林则徐的主意，结果琦善却令他失望，竟然私下和英人订了什么条约，此事使林则徐又气又恼，大骂其为卖国贼。

在一个多月前，湖南提督杨芳又来到广州，每次战前杨芳都来书院和他连日相聚谈话，有时还干脆就搬到他的住处同宿，高谈战事。然而在最关键的时候，杨芳却没有采用他的主意，反听取了巫师的妖言，结果也大败而回，无奈与义律谈定了停战协议。

自那以后，林则徐再也不愿见到杨芳，而杨芳似乎也心知肚明，也没有再来越华书院。

现在杨芳又派人来请他，显然又是请他做谋士，可林则徐已对杨芳失去了信心，尽管林则徐心里清楚，此次并非杨芳要请教于他，实乃另有其人。

"奕山又是何种样人？"林则徐不免在心里疑惑。

奕山久居京城，林则徐虽然几次进京，但停留的日子却不多，和奕山从无交往，而且在京城的那些日子里也大多是待在宣南诗社和一些老友们谈诗习字，对奕山其人也知之若无。

"这次杨芳突然又好意邀我前去，那显然是受这个所谓的靖逆将军奕山的差遣，我到底是去还是不去呢？"

林则徐这时虽穿戴整齐，却仍拿不定主意，在书房里来回踱步。

"去吧，那奕山如若也像琦善和杨芳之流不学无术，打了就求和，那自己不就更加失望吗；若不去，岂不是愧对我平生所愿？再说那奕山也未必真如自己所想象的那样糟糕。"

林则徐正彷徨无所适从时，林升又走了进来："老爷，那人还在外面候着呢,您看是不是先把他打发了?"

林则徐果断地喊了声:"走!"

总督府衙一片灯火通明,到处都张灯结彩,在奕山等一行官员未到的三天前,两广总督怡良就已布置好了一切。

奕山看到这种场景非常满意,夸道:"怡大人,真想不到你还有这么一手,不错,实在是不错!"

"多谢奕将军夸奖,怡某不过略表地主之谊,只要将军满意就行。"

"满意,奕某当然满意!奕某一旦回京,定会在皇上面前替怡大人美言几句,怡大人放心就是。"

奕山乃是皇室,怡良一听他这样说,心里喜不自胜,连忙招呼着:"将军请上座。"

奕山笑呵呵地答道:"怡大人不用客气,你也请坐。"

一行官员分别坐定,畅饮起来。刚刚酒过三巡,就有一人跑来凑到奕山跟前对他说:"将军,林则徐林大人到了。"

奕山虽然不事军务,但对林则徐的才能却是久闻。他连忙离开酒席走出正厅,一眼看见一位身材不高的人气宇不凡地走进了后院。

无须多问,奕山便知那人一定是林则徐,奔下台阶,迎了上去。"林大人,奕某这里有礼了。"

林则徐也迎了过去,拱手说:"这位想必就是奕将军了。"

"正是在下。"

"不知奕将军请林则徐所为何事?"

林则徐瞥了一眼大堂里的众官员,装作不明白询问着。

奕山赶紧赔笑着说:"林大人想必误会了,奕某初来贵地,所以怡大人特地为奕某接风洗尘,而奕某请大人前来却是为了公事,还望大人见谅,等到洗尘过后,我们再详谈可好?林大人请入座。"

说着,奕山把手一抬做了个请的姿势,态度极尽恭敬。

然而在奕山的心里却有着打算:"看这林则徐似乎并非我想象

的那样，不过是不识时务的呆子罢了。可是皇上既然要我善待于他，总需在众人面前做做样子。"

林则徐哪知奕山心中所想，见他态度恭敬，似是有为之士，也就不好太过推辞，只得极不情愿地陪奕山坐在众官员中间。

众官员大部分都是林则徐原先的部下，非常高兴地纷纷举杯向他示以敬意。林则徐心中大为感动。他站起身来，双眼已被打湿，缓缓地端起酒杯，说："各位大人的心意林某心领了，在此林某也不多说，只愿各位能鼎力相助奕将军，共同为抗击外寇干了这杯！"说完，林则徐一饮而尽。听着林则徐的话，众官员也已泪流衣衫，一同饮干杯中的酒。

第二日一早，林则徐就兴冲冲地到总督衙门，一进门见怡良和奕山等人正在等待，也不再多说，直接谈起了对英军的具体事宜。

此时，各省调往广东的兵将已达八千余人，但奕山并未做好统一的战斗部署，更无具体的作战方案，虽然心中不快，但见到林则徐还是喜不自胜。

"此次南来广东，奕某有林大人和杨将军等人协助，此战哪有不胜的道理？"

杨芳因上次吃了败仗，被道光革了职，心已有愧，这时只好苦笑。

"林某认为只要我等同心协力，定能把英军击退。有了士气，即使敌人船多炮利，那又何足惧？"林则徐发现有人欣赏自己，立刻精神焕发。

"这么说林大人已胸有成竹了？"

众人纷纷望着林则徐。

林则徐在众人的注视下莞尔一笑，心想这一次可以实现自己渴望已久的计划了。"胸有成竹嘛，林某不敢说。不过以往几次战事失败的原因林某却一一分析了，实非我军实力不如英军，而是我军准备不足所致。"

林则徐见周围的人都认真地听着,接着说:"目前已与英军定了临时停战的协定,这样一来便给我们以充分的时间准备。"

"那么以林大人的主意,我军该如何准备才算妥当?"

"以林某之见,首先英攻我守,这样我军难免处于被动。故而若要取胜,则需变被动为主动,主动出击英军,打他们一个措手不及,然后一鼓作气趁势追击。林某以为如此,便可大破英军也!"

奕山不懂军事,不过一听林则徐所说,却又似觉有理,连声称妙。而杨芳却是武将出身自然听得出其中微妙,于是不解地问:"林大人所言不错。只是如果贸然出击,恐怕……"

杨芳心中惭愧,说到此就打住了。

"主动出击只是其中部分,且主动出击当然要做好充分的准备,林某有几条建议可供各位大人参考。第一要了解敌情,查明洋面上英舰究竟有多少只,以知己知彼,如此方能百战而不殆;第二,备战之前各处炮位要先验明演试调拨后方可应用,这样对敌之时,方能不出差错;第三,需整顿水勇、船只,以备后用;第四,英军千里迢迢来我朝,所凭借无非是舰船而已,舰船威力巨大,非我朝木船可以匹对,因此可避免与之争执。堵塞水道要口,并设以重兵,这样一来,英舰自然就无用武之地,于是我军就可以扬长避短共同歼灭他们……"

林则徐说得滔滔不绝,众人听得如醉如痴。

林则徐话音刚落,众人已急不可待地鼓掌叫好。

奕山这时也心悦诚服,用钦佩的目光望着林则徐。"林大人果然名不虚传,有大人在,奕某何愁战事不成?一旦时机成熟,奕某就立刻派兵歼灭英军。"

道光二十一年(1841年)五月十日,清军一切都准备妥当。

正值月黑潮顺,奕山等不敢坐失良机,遂决计先发制人。他在四川、湖南兵中挑选熟悉水性的兵勇一千七百多人，由都司胡俸申、守备孙应照、千总杨泽、外委陈朝阳、冯成川等率领，分兵三路：

中路，由水师提督张必禄率领七百水勇从西炮台出去。

右路，由杨芳率领五百水勇由泥城出去。

左路，由陆文率领五百水勇从车炮台出去。

三更后兵出城，兵士暗携火箭、火弹、喷筒、钩镰，乘小舟靠近敌船，用长钩将船钩住，抛掷火箭、火弹，火攻泊于二沙尾和白鹅潭一带的英军船舰。

英军大败，仓皇逃遁。

义律今天的心情特别烦躁，从他早晨起床时就有这种感觉。他又说不出来哪点儿不舒服，直到中午时他才明白了烦躁的原因。

中午义律正在用餐，仆人送进来一封信，是外交大臣巴麦尊写来的。不看则已，一看义律吓了一跳，心里大惊。

在信中巴麦尊不仅严厉地指责了他，而且还告诉他一个惊人的消息，那就是英国女王对他的行为再次表示不满，并建议撤换英国驻华全权代表义律。而且英国首相已同意女王的建议，命令巴麦尊办理此事。同时巴麦尊还告诉他新的代表璞鼎查三个月后就会到达广州取代他的职务。并且巴麦尊在信中还表示了自己的歉意。

看到这样的信，当时义律就气得大骂："骗子！骗子！一群大骗子。仅凭他们的一句话就把我的一切功劳全抹杀了，仅凭一封信就把我的梦想给击破了，真是可恶至极呀！"

伯拉特上校这时匆匆跑来，义律没好气儿地问："伯拉特上校，请问出了什么事？"

伯拉特急急匆匆地说："刚才清军偷袭了我军军舰。"

"哦？"义律站起来又问，"结果如何？"

"结果他们偷袭成功，我军的快艇'路易沙'号和帆船'曙光'

号都险些遭了灭顶之灾,而且我军士兵也被打死十几人之多。"

"怎么会出现这种情况,那些清军向来贪生怕死,现在竟然敢主动进攻我军?"义律有些疑惑,接着又下命令,"伯拉特少校,请你马上把海军总司令伯麦先生喊来。"

一会儿工夫,伯麦风尘仆仆地进来了。

"伯麦先生,看你出的洋相,今天你向我如何交代!"义律说着,又重重地哼了一下。

"义律先生,这个事情可不能全怨我……"

"不怨你那怨谁呢,难道你不是海军总司令吗?"义律打断他的话。

"这只能怨那林则徐从中作梗。"伯麦知道义律从那次禁烟后对林则徐是又佩服又痛恨,所以他提起林则徐。

义律惊讶地问:"林则徐不是已经革职了吗?怎会与他有联系?"

"奕山这次派兵偷袭我军,我已查实就是林则徐在背后策划的。"

"怪不得那些清兵竟然能够偷袭成功。"义律这时才恍然大悟。

看到义律的表情并没有动怒的意思,伯麦走上去建议:"义律先生,你看我们的军队已经补给过了,是不是我们也派兵去围攻清军?"

义律略一沉吟,想了想说:"发动进攻当然是一定的,不过却不是现在。我猜那些清军偷袭我们之后,定然不会放松警惕,只会加强防备。如果现在偷袭,一则他们已有防备,二则天色不早了,对攻不利,一旦偷袭不成,反而会损兵折将。这样吧!我们仍然按照原先的计划进行下去,现在援军也已经到齐,明日一早就对广州大举进攻,不过这次必须一举成功,打得清军无还手之力才行,然后再强迫他们订条约。"

"义律先生,这次计划似乎又加快了节奏,却是为何?"

"伯麦先生,这个你无需过问,不过这次却是只许打胜,不许言退。否则,当以军法处置。你去吧!"

"那当然,我办事,先生可以放心。"伯麦行了一个标准的军礼，然后出了大厅。

义律望着伯麦离去的背影，笑了。

他当然不会让他知道原因，这时他正想着一件事："通过将要到来的广州战役及将要得到的利益，我要向大英帝国示威，我要让他们明白他们的选择是错误的。在中国的这块土地上，只有我查理·义律才是英国侵华的全权代表！"

五月二十六日，奕山派广州知府余保纯出城议和。

五月二十七日，奕山接受了义律提出的五项休战条件：

第一，限一周内交出"赎城费"六百万两白银，当天日落之前先交一百万两白银。

第二，奕山、隆文、杨芳及外省来粤军队限六日内退离广州六十里以外，英军仍驻原地。

第三，偿金全部交清，英军退出虎门。各要隘不得再设军备。偿金逾限未清，加一百万两白银，逾十四日增二百万，逾二十日增三百万。

第四，赔偿英商馆损失三十万两白银及西班牙樯船"比耳别"号的损失，限于一周之内还清。

第五，此约经广州知府余保纯及三位钦差大臣奕山、隆文、杨芳盖印生效。

五月三十一日，《广州条约》生效，英军开始退出四方炮台，回到船上。

六月七日，奕山、隆文退出广州城，屯兵于广州城西北六十五里之金山，杨芳、祁𡈼仍留守城中，办理善后之事。不久，隆文因病死在金山。

义律看见一行人在秘书小马礼逊的带领下朝大厅走来。为首的是个秃顶的大胖子，穿着军服显得很不和谐，而那不长毛儿的脑袋瓜子在八月阳光的照射下则又显得锃亮。

"莫非在他的头上还抹了鞋油？"

"璞鼎查先生，请进，这位就是我们的义律先生。"

义律正想着，那一行人已进了大厅，秘书小马礼逊把那个秃胖子带到义律的面前，介绍着："义律先生，这位就是新来的……璞鼎查先生。"

"很高兴见到你，义律先生。"璞鼎查握着义律的手说。

"我也很高兴见到你，璞鼎查先生。"

璞鼎查从怀中取出英国政府发出的文件，递到义律面前。不用看，义律也知道上面的内容，那些文字只会使他触目伤心，因此接过后随手把它放在桌子上。

"上面的内容我已经知道，既然政府派你前来，我想你会把这儿的一切料理好。不过，通过我这几年与中国人交往得到的经验，我还是想提醒你一句，璞鼎查先生，这儿的人可不是那么容易对付的。"

听到这样的话，璞鼎查微微一笑："这一点无须义律先生担心，我相信我会比你做得好。"

"真的那么肯定？"

"当然，义律先生，否则……"

"否则什么？"

璞鼎查斜了斜眼毫不犹豫地说："否则政府就不会让我到这儿来了。对于义律先生私自签订的什么条约，我国议会根本不予以承认。"

对于璞鼎查的这种讥笑，义律十分反感，生气地说："你……"

璞鼎查拂了一把又光又亮的秃头，又说："义律先生，不要生气。你和伯麦先生虽然被免了职，但是对于你们所做出的一切，英国政府还是给予肯定的，你要相信以后只要好好地干，还是有机会的。只不过在这儿你太仁慈了，对中国人是无须心慈手软的！"

璞鼎查从此后就要取代义律，因此在口气上自然有点儿自负，这种自负义律看不惯，却又无奈，叹了口气，问："那么下一步你将怎么办？"

"下一步我将派兵北上，我们不能再在广东这个地方磨蹭了，必须抓紧时机取得我们所应有的利益才好。"

十天后，璞鼎查率军舰十艘、轮船四艘、测量船一艘、运输船二十二艘，载炮二百三十六门北上福建、浙江，按照既定的作战路线，开始了扩大侵华战争的活动。

五日后的黄昏，英国舰队驶至厦门青屿口门。

第二天，英军开始进攻厦门沿岸炮台和鼓浪屿炮台。

"启禀颜大人，大事不好，那些洋人已经打过来了。"

这位颜大人即颜伯焘，现由他来任闽浙总督一职。而原先的总督邓廷桢因鸦片引起战争，早已被革职到伊犁守边去了。

"那些洋人有什么好怕的，我们早晚都会遇上这一天，——你赶紧去布置一下军队，坚守鼓浪屿这个重要的炮台，炮台在人就在，炮台一旦不在，那么你也不要再回来见我了。"

那个进来的人是副将凌志，见颜伯焘说到这儿停住，以为他已说完，于是转身就要出去，这时又听见总督大人补充说："等一等，另外把上次招来的五百水勇也一并用上，派他们分别防守沿岸的三座炮台，防止洋人分攻，在广东时这些家伙就是如此作战的，所以我们必须早作准备，坚守每一座炮台。好了，你去办理吧，机不可失。"

"大人，你怎么忘了，那五百水勇在几天前不是已经被遣散了吗？"

颜伯焘一听凌志提起，才猛地想起来，在几天前，他已经奉皇上的谕旨把那些水勇遣散了。

一经想起，颜伯焘才感到兵到用时方恨少啊！可又无奈地叹息着，只能怪自己遣散他们时太急了，现在即使把他们召回来，也是远水解不了近渴呀！

实际上昨日黄昏英国舰队到厦门海湾径直驶向港口抛锚的舰群，立即被厦门守军发现，几门大炮开火示警，英舰上的大炮也象征性地打了几炮，只是因为天色已晚，双方都在静静地等到天明。

这天一早，闽浙总督颜伯焘就收到英人的一份信函，信上言辞高傲到极点，他完全明白了这些洋人的意图，立刻督令厦门守军坚决御敌。因此，英军代表等了一下午没有见到他所期望的那面白旗，璞鼎查便命令英舰分作左右两个分队开始进攻。

颜伯焘拍案而起，大声喝道："即使缺少那些水勇，我们也一定要坚守好那些炮台，如有逃遁者，立斩不赦！"

在颜伯焘气愤的同时，他还不知道有几座小炮台已经被攻占了。

进攻鼓浪屿的左分队首先出动。一时间，英舰"摩底士底"号、"布郎底"号、"都鲁壹"号纷纷开炮朝岛上炮台驶进，一直到他们的最佳射程，然后又再一次集中全部火力对炮台轮番轰炸。不久，清兵在敌人强大的炮火威胁下迅速放弃了阵地。紧接着，"摩底士底"号只身冲入内港，同时向数座小型炮台开炮，仅仅片刻工夫，清兵停在港内的二十六只战船连同船上的一百二十八门大炮悉数被俘获。

在左分队进犯鼓浪屿的同时，右分队的"威里士厘"号和"伯兰汉"号主力舰在厦门海岸千米长的巨型炮台不远处开炮，进行疯狂的轰击。驻守在这里的清兵进行了顽强的抵抗，但并没起多大的作用，不久，炮台也失陷了。

当晚，颜伯焘率军撤出厦门，去往内陆方向的同安。

次日晨，英军进占了厦门。

璞鼎查攻占厦门后，仅留两只军舰和几只运输船只占据厦门，然后率领海陆军直上浙江准备再次攻陷定海。

十月一日，英军按照原定计划开始进攻定海，同时又派遣一小队陆军从背部进攻，清军奋力抵抗，定海总兵葛云飞、处州总兵郑国鸿、寿春总兵王锡鹏先后英勇战死。

六日后，定海失陷。

十月九日，英舰来到镇海口外。第二日黎明时分，英军兵分三路，进攻镇海。中午时分，镇海失陷。钦差大臣、两江总督裕谦投水自尽。

十月十三日，英军抵达宁波，知府等官员已经逃离，英军长驱直入，占领宁波。

十一月以后，英军又轻易地连续占领了余姚、慈溪、奉化三城。

道光望着一摞摞摆在御案上的奏折，心中有股说不出的滋味。

"难道上天真的是有意与朕为难，为何朕如此不走运呢？"

"朕先后已派出了几位钦差大臣，为何他们都令朕失望？"他心中有这种感觉。

"难道朕这一生是注定要受命运捉弄？朕可是从未做过任何有愧于祖宗的事呀！"

先是派出林则徐去广东查禁鸦片，在禁烟问题上没有令人失望，他成功了。然而喜讯犹在耳畔，却又传来英军骚扰广东沿海的噩耗。是林则徐禁烟才使英军骚扰我大清沿海吗？以前道光对这一点是深信不疑的，现在却不敢再这样认为了。林则徐已被革职戍边，可英军却没有丝毫罢手的意思，并且现在又再一次北上，居心叵测呀！

而第三位钦差大臣琦善竟然私自同英军签订什么条约，这不是更加令人气恼吗？然而琦善所为和奕山比起来，却又是小巫见大巫，一个比一个"强"呀！

"这个胆大妄为的东西，竟敢欺瞒于朕，虽然你是朕的侄儿，朕也决不能轻易放过你，须重重责罚，杀一儆百。"

奕山广州备战的结果是道光所没料想到的，他向来宠爱他的这个侄儿，不仅因为奕山的聪明，而且奕山在道光面前的时候总是侃侃而谈，似乎无所不知。可结果却令道光非常失望。

更加可恶的是那奕山在战败的情况下，竟然谎报军情，声称英军已经归顺，以致在道光得到消息后立即下令裁军，以减轻军用靡费。

道光在这件事上十分后悔，"如果不裁军，恐怕那些英军未必能够这么快就占领了定海、镇海和宁波等地。"

道光在后悔过后只能是更加痛恨奕山，可痛恨又有什么用呢？

他又看了一眼那成摞堆在御案上的奏折，深深发出一声感慨。

"该怎么办呢？难道还能再打下去吗？"

如若再打下去，道光就不能不从长计议了。作战已经花费了大量的人力、物力与财力，使本来已近空虚的国库更加显得捉襟见肘了。而且现在朝中还有谁能胜任钦差大臣一职呢？

道光现在还记得昨日在太和殿上，当他提到这件事的时候，下面那些平日里喋喋不休的大臣们一个个都三缄其口，呆若木鸡，以前的几位钦差大臣和参赞大臣无一不是功绩显著，但当他们碰上英军问题时也是束手无策。他们尚且如此，对于那些剩余的朝臣来说又有什么办法呢？又怎会有拿着自己的脑袋去帮皇上分忧解难的勇气，更何况能力也相当有限。

朝臣不敢相信皇上，而皇上这时也不敢相信他们。

"究竟是打还是罢手呢？若打吧！似乎……"

想到这儿，道光眼睛一亮，大声喝着："小喜子！"

"奴才在这儿呢。"

小喜子听见皇上唤他，不知又出啥事，丝毫不敢怠慢，赶忙跨进养心殿，跪在道光的面前。

"小喜子，你速去把奕经宣进宫来！"

小喜子马不停蹄地跑了出去，很快又风风火火地奔了进来："皇上，理藩院尚书奕经奕大人到。"

奕经是贝勒绵懿之子，隶镶红旗，先后为乾清门侍卫，奉宸院卿，内阁学士，副都统，护军统领。道光五年（1825年）迁兵部侍郎，十年（1830年）平定张格尔余部叛乱后回京，历任户部、吏部侍郎，十四年（1834年）升为黑龙江将军。十六年（1836年）为吏部尚书兼步军统领，二十一年（1841年）为协办大学士，同年三月才督署理藩院尚书。

道光对奕经一向宠爱，现在更是把一切希望全寄托在他身上了。

"皇侄，你可知朕召你前来，为了何事？"

不等奕经答话，道光又悠悠地说："我大清建制至今已有二百余年，虽说一直都比较太平，没有出现过什么大的波动，却也是历经沧桑，饱含苦楚，如此方得以延续至今，而这又靠的是什么？无非是我们皇氏家族的同心协力，万众一心，共同效力于我朝大业。可现在英国的洋人却屡犯我朝沿海之地，毁我河山，杀我子民，实乃天怒人怨。然而现在却没有人替朕分忧解难，一个个竟然被英国人吓得大气也不敢喘，我朝威严何在？难道他们真的那么可怕吗？未必！只要我们扬己所长避己所短，那些洋人们又何足惧。先前朕已派出几任钦差大臣，可他们对朕的劝告充耳未闻，以致延误战机，故此落败之势不可免。现在洋人又北上攻占了厦门、定海、镇海和宁波，现在又将要直指南京，实乃欺人太甚。所以这次朕有意命你前往浙江，收复宁波、定海和镇海等地，不知你意下如何？"

奕经不敢贸然答应下来，犹豫地说："皇上，事关重大，这件事恐怕侄儿承担不了，还望……"

"哎，皇侄，在这件事上朕是不会看错人的。你才能出众，曾立过汗马功劳，况且你身为皇室中人，理应率先为朕分忧才是，依朕之见，这件事你就不要再推辞了。"

到了这种地步，奕经知道再推辞也不会起作用，只好硬着头皮说："既然皇上已拿定主意，那么侄儿也只好万死不辞了。"

"好好好，"道光见奕经答应了，脸上马上挂起了笑容，说着，"这样才像爱新觉罗的子孙嘛！"

奕经听后只好无奈地苦笑了一下。

"前定海、镇海、宁波三地之所以失利，只是由设防不固而致。到了浙江后，你可要认真设防别令朕失望，否则，朕决不因为你是皇室中人就偏袒于你，你可要好自为之。"

"皇上隆恩浩荡，侄儿决不敢有任何差池，皇上放心好了。"

道光点了点："这样就好，另外那英国人兵器强硬，不可与之硬拼，可采用避实击虚之法克之，多用火攻和夜袭，若如此朕也可放心。你可听明白了？"

"侄儿明白。不过侄儿恐怕浙江兵力不足，还望皇上多多部署些兵力为好。"

"这些事不用你担心，朕会安排的，现在朕就命你为扬威将军，正蓝旗蒙古都统哈良阿、固原提督胡超为参赞大臣。此事刻不容缓，你们三日后就出京吧！"

"侄儿遵旨。"

等到这件事办妥后，道光才微微舒展了一下眉头，在对英作战的事上却还是不能够完全释怀。

"希望这次上天要保佑朕才好哇！"

第三十八章

广州城巧遇洋教士
翊坤宫暗害六阿哥

静妃是有目的而来，验鱼时命人特别细心，整个银针顿时变黑，太后一见勃然大怒，命太监将鱼喂给狗吃。那狗吃了几口，便挣扎倒地而死。静妃一见，更是添油加醋："宫中竟然混入这样的人，皇上、太后还怎敢吃饭！"

三日后，奕经和两位参赞大臣出京城，南下浙江。

除了调兵遣将外，道光还命沿海各地发布谕令天下，自办团练，保家卫国，并号召有奇技者可赴军营效力。

现在道光下定决心要孤注一掷了。

六日，道光派令胡超驻天津，以防英军北上，任命户部左侍郎文蔚为参赞大臣，赴浙江剿办英军。

八日，又命哈良阿回山海关防堵，改派副都统特依顺为参赞大臣，赴浙江协剿，同日，实授牛鉴两江总督以代裕谦，经江苏海口防堵。

二十日扬威将军奕经抵达苏州。

十日后，奕经将行辕移至嘉兴，特依顺留守杭州。文蔚大营驻在距离慈溪二十里地的长溪岭，以江西兵一千为辎重队，来往接应；参赞大臣特依顺率湖北、陕甘兵一千二百人驻万松岭，为东路策应；游击谢天贵率兵九百、勇三千余驻骆驼桥，为南路策应；张应云率数千乡勇驻宁波、镇海中间的梅墟，沉船塞江，以断两地英船之联络。

等到一切战事准备停当，奕经便招来自己平日里所养的幕僚共同商讨具体情况。

奕经所招的幕僚多数是一些毫无社会实践经验的文人墨客，

一遇到国家大事，只会指手画脚议论纷纷，总以为乾坤都在自家袖中，其实哪里又有什么好的见解。

有一位奕经在浙江新招的幕僚建议说："听人说杭州西湖关帝庙最灵，将军不如前往一占此次凶吉何如？"

奕经一听大喜，马上同意，不敢耽搁，下午就往关帝庙去了。

到了关帝庙，果然求得一签，只见上面写着："不遇虎头人一唤，全家谁敢保平安"的句子，于是第二天奕经下令，各路清军一概头罩虎皮帽，并且掐指一算，道光二十二年（1842年）三月十日四更时分，正为四寅期，即虎年虎月虎日虎时，此为最佳之时，奕经大喜。

这时又有一人进谏："'四'与'死'同音，乃是不祥之兆，唯有再配一虎方才为最佳。"

奕经作战心切，马上派人另选一"虎"，未久，有一人禀告：总兵段永福属虎。

五虎既已备齐，奕经立即把文蔚和特依顺招来，拟订方案，最后作出兵分两路的反攻计划。

道光二十二年（1842年）三月十日四更时分，由段永福统一指挥向定海、镇海、宁波三地英军发起了攻势，但是并没有取得预期的胜利。

道光二十二年（1842年）六月，扬威将军奕经反攻宁波、镇海、定海失利后，英军继续扩大战争。

六月十六日，英军在攻占乍浦后，又攻陷了吴淞炮台，江南提督陈化成力战牺牲。

七月二十一日，英军大举进犯镇江，守城官兵顽强抵抗，经激烈的巷战后，城陷。

八月四日上午，载有七十四门大炮的"皋华丽"号首先到达江宁城外，在以后的五天内，相继有七十余艘英国舰以及四千五百名英军到达，虎视眈眈地对着江宁城。

八月，道光无奈之下走到了妥协的地步。

"各位爱卿，有谁能替朕分忧解难？"

对道光来说，这已经不是第一次用这种语气来对众朝臣讲话。可是他又有什么办法呢？这是在悲痛如刀绞的时刻所发出的无奈请求。

太和殿上众位朝臣形如槁木，喘气也小心翼翼，古老而巍峨的宫殿尽管是在黎明的阳光照耀下，却依然没有生气。四处静静的，宫殿里只回荡着道光的声音。

"我朝一直蒸蒸日上，谁料现在却遭此劫数，这难道就是天意？朕乃天子，可是上天却并没有宠爱他的子孙，如今英人已逼近江宁，控制了长江和运河两大水道，切断了南北漕粮和各种物资的运输，此乃国之命脉，难道现在就没有哪位大臣言勇吗？"

道光见还是无人应声，不由得悲从心中涌出，双眼模糊，垂下几滴老泪。

皇上落泪，众大臣也跟着落泪。

"天欲亡我，非朕之过也。"道光由衷地发出一声感慨。

两年多断断续续的鸦片战争，道光已用足了力气，主持军务的钦臣先后派出去七八个之多，外加靖逆和扬威两位将军。但结局却始料不及，一发不可收拾，东南沿海的名城重镇在英军的炮火面前，既无招架之力，亦无还手之功。

在这种胜无定数、败不甘心，且军饷靡费的状况下，道光深深地陷入苦恼中。

奕经在浙江战败后并未受到处罚，这时见皇上如此苦恼，就有些不服气地建议说："皇上，不如再调陕甘、江西、安徽等地的官军继续防堵，或者再调甘肃的回民军队，加强设防，不知皇上以为如何？"

这时道光已经没有作战的勇气，摇摇头说："唉！只恨我无知人之明，即使此时再派将帅，无非又添一层愤恨，对国计民生又有何补救！"

首席军机大臣穆彰阿见道光口风松动，见机行事地说："皇上，依臣之见，战争实在不宜于再打下去。因鸦片而致的战争已达两年多的时间，不但没有一点成效，却还屡屡失地，劳师糜饷，这作战的费用和求和的费用是一样的，而对中英双方造成的灾难却大不相同。臣认为，应该考虑百姓的利益，罢兵求和，方为善策。"

继穆彰阿之后，那些曾身居前线主持军务的将帅们也纷纷上奏。

两江总督牛鉴说："穆大人所奏甚是，罢兵讲和、允许通商，乾隆年间征缅甸之时就有此举，不如对那英人也用此策，可得长久。"

钦差大臣、广州将军耆英道："英军往来驰骋，不可抵敌，况我军锐气全消，实已无法取胜。现在形势是战守两难，望皇上洞察东南形势，采取委曲求全的政策。"

迷迷离离的雨丝像一层绵密的网罩着大地，霏霏春雨已半月不停，不大也不小，不紧也不慢。

"这雨怎么不停！"

一个衣衫陈旧但还算整洁的青年站在小旅店的房檐下，愁眉苦脸地望着这没完没了的春雨骂着，肚里咕咕直叫，他紧了紧裤带，委琐地抱着双臂，愣愣地瞅着这沙沙春雨。

"玕弟，水，水，我渴，我渴！"

屋内硬板床上，一个面黄肌瘦的青年在梦中迷迷糊糊喊着。

站在门外的青年听见喊声，急忙跑进屋，摇醒昏睡的青年，递过一碗水说："火秀哥，你醒醒，喝点水吧？"

"哦，哦。"

躺在床上的人显然病得不轻，微闭着双眼，边喝水边呓语着。

"火秀哥，你已病倒三天，我出去请郎中，你先躺着。"

"玕弟，不用，不用！慢慢就会好的，我们的盘缠不多了，还要缴房租，再拿药，就不够等到揭榜了。"

那被称为玕弟的人也知道银两短缺，但又不忍心看着自己的火秀哥病下去，万一有个三长两短，自己的大爷大娘早逝，就留下这么一个火秀哥传宗接代。不行，我得瞒着火秀哥，自己去找郎中。

"火秀哥，你好好躺着，我出去解个手就来。"

"我能行，你去吧！"

这叫玕弟的青年披件蓑衣，一头扎进雨帘中。

"哐——"

青年和一个人一头撞个满怀，那人一个趔趄，跌坐在雨地里。青年唯恐招惹是非，急忙道歉道："请多多包涵，多多包涵！我不是故意的，我有急事要办。"

那人从头上扯下雨衣，冲着青年人说道："青年人，做事要稳重，别莽莽撞撞。你要是把我撞伤怎么办？"

青年一看是个懂汉语的外国人，心中更慌，结结巴巴地说："洋，洋大人，我，我哥哥病得快要死了，我去请郎中，请多多包涵！"

那洋人一听，气也消了大半，站了起来，缓了缓说："我是来自英国的传教士，懂医术，可以给你哥哥看病。你带我去看看？"

青年一听，将信将疑，心想，行不行试试看。便道一声谢，和这洋教士往回走，他们边走边谈。

"你叫什么名字，来广州做什么？哥哥怎么病了？"

"我叫洪仁玕，哥哥叫洪秀全，我们来广州参加应试。你呢？"

"我是牧师，来中国宣传基督教义。"

"牧师？做什么的？"

"宣扬圣子耶稣的圣意，拯救下界受苦受难的耶稣的孩子，就像你们这样的人。"

"我们？"洪仁玕有点困惑。

"对，就是你们。你们是哪里人？"

"广东花县人。"

"你们参加应试，想做大官，如果不能考取该怎么办？"

"这……"洪仁玕心头一阵辛酸，他从来没有考虑过这事，整日想的是读书做官。对，万一再次落榜那该怎么办？他和火秀已经第六次应试落榜。今年，今年又会怎样？

洋教士随洪仁玕走进房内，给洪秀全听听心肺，量量体温，又询问几句，便开个药方送给他们一些药，让洪秀全吃下。洪秀全不敢吃下，洪仁玕也不知如何是好。从刚才的谈话中，他感觉到这位洋先生不像恶人，但对他这种看病方式却闻所未闻，见所未见。又常听讲洋人偷偷向大清朝偷运大烟，让中国人吸食后浑身无力，发作起来似癫如狂。最近又听说朝廷派官林则徐来广州惩治吸烟人，如果这是洋人的大烟药，岂不要糟。

吃与不吃，正在犹豫间，洪秀全说道："洋教士大人，我兄弟二人已无盘费，银两花光，买不起你这药，你收回吧。"

洋教士一听，笑了笑说："小兄弟，我不要钱。给你们治病是上帝的旨意，我是代表上帝来拯救你们的。"

洪仁玕一看，实在没办法，心一横，说道："火秀哥，你吃吧！"
"玕弟，你……"
"没事，他不像恶人！你先吃一次看看，不管用，就不再吃。"

洪秀全迟疑一下，终于鼓足勇气吃下那药。洋教士看了看，摇摇头，叹口气说："你们中国人太落后、守旧，将来要吃亏的！"

"我们中国人守旧？落后？我们是天朝大国！"

"天朝大国？"洋教士重复一下，又摇摇头，不知如何说下去，便掏出一本书递给洪秀全说，"你们兄弟看一看，这书可以拯救你们。"

洪秀全接过一看，是本《劝世良言》，自己从没看过，也没听说过。疑惑不解地问："这书与《论语》相比怎样？"

洋教士一听，笑得无可奈何，"《论语》只会把你们带上死路，越读越痛苦。而这本《劝世良言》却能解救你们的苦难。"

洪秀全和洪仁玕更困惑了，他们饱读五经四书，从没有人发过这样的议论，敢于贬低圣人的言论。《论语》是多么神圣，半部《论语》打天下，半部《论语》治天下，怎会越读越痛苦呢？真是荒谬。

送走洋教士，洪秀全果然觉得病好多了，能勉强坐起来，他开始相信洋教士的话，便和玕弟一起阅读这《劝世良言》。

雨住了，洪秀全的病也痊愈了。揭榜这天，洪秀全和洪仁玕急急忙忙跑到广州府衙门外大墙前观看应试录取名单。他俩从榜首看到榜尾，又从榜尾再看到榜首，只要姓洪的就仔细观看。但失望了，没有他们的名字，那失望的心情就不用说，到底是如何回到旅店的，他们自己也不知道。

刚回到旅店，店老板就来催账，也难怪，自己已欠人住店房钱十多天了。欠钱还钱，本也无可非议，可这李老板一向多嘴好说，今天又多说了几句，话中含有讽刺，说他们那穷酸相根本不配考取，只配好好待在家里种地。本来洪秀全和洪仁玕就一肚子火气，没处发泄，见店主李老板如此讥笑他们，这还得了，一向倔强不屈的洪仁玕破口大骂："姓李的，你狗眼看人低，欠你房钱又没说不给，你怎说大爷酸相不配考取？"

李老板一听，也是气不打一处来："好，你两个不给房钱还敢骂人，可没有王法了。"

"你敢辱没我兄弟，老子就敢骂你，看你怎样？"

"我能怎样？不知死活的小子，我把你们砸死在这里，看谁给你喊冤。兄弟们给我上！"

李老板急忙扯着公鸭嗓子大喊，吆喝他的几个家人上前助战。这样一打，洪氏弟兄必然吃亏。恰在这时，他们的争吵惊动了楼上正房一位刚住下来的官爷，名叫魏源，湖南邵阳人，本是两江总督裕谦的幕府上宾，这次来广州是为裕谦办点私事。此人正直不阿，体恤民情，头脑灵活，面对周围世界变化善于勤心思考，提出自己的见解，深得裕谦信任。

魏源从楼上往下一看，知道这场面自己不发话，这洪氏兄弟必然吃亏。心想，身为读书人，应试落榜，路费花光，弄到这地步也够惨的，自己何不救人燃眉之急。想至此，便发话道："喂！两边都住手，有话慢慢协商，何必大动干戈。这里距府衙门是如此之近，万一闹出人命，何人担当得起？"

李老板一听有人劝阻，抬头一看是新来的客官，听手下人说，这新来的客官是两江总督府下官员,也不敢撑硬,忙赔笑着说:"这两人住店欠钱,不给钱反而骂人,你说气不气?"

"不用争吵了,情况我都听到,他们欠你多少银两,我付上就是。"

洪氏兄弟虽不想让别人给自己付钱,但毕竟身无分文,只好红着脸,施礼致谢:"多谢先生解囊相助,请问先生尊姓大名,家居何处,他日一定亲自登门致谢,将银两送还。"

魏源微笑着说:"有缘千里一相逢,何必那么客气。救他人之危,是读书人的本分,我今天资助你们,并不是要你们日后的回报。"

"今日相逢,便是有缘。莫非嫌晚辈高攀?"

"岂敢岂敢!你们就叫我魏源即可。如果再有缘,将来自然相逢,那时再相识吧!"

"谢魏尊长,晚辈姓洪名秀全,这是我的族弟洪仁玕。我兄弟来广州府应试,不幸双双落榜。"洪秀全不无伤感地说。

"年轻人,不可如此悲伤,读书做官是人生一条路,如果此路不通,走其他路也可以嘛!三百六十行,行行出状元!就是读书做官,也不可读死书,死读书。如今我大清帝国长期锁闭国门,对天朝以外之事,概不知晓,这实是国民富强之大忌,我这次来广州就是想多搜集一些海外地理方面的知识,写一部地理方面的书介绍域外情况,帮助国民了解其他国家地理物产,有益于民。"

"不知魏先生的书名叫什么,将来我兄弟也有幸拜读一下,以增长远识。"

"书名暂定为《海国图志》,能否写成尚难说。如果你兄弟二人有这方面的资料,也可提供给我。"

"一定,一定!"

道光还在为孝全皇后的突然去世而悲伤。算上刚刚仙逝的孝全,道光已有过三位正宫皇后。当然,孝穆成皇后(玲儿)是做皇子时被父皇册封的嫡福晋,虽是福晋,感情却无从说起,是父皇和母后想让道光转移对红菱的爱而导演出的一出悲剧，在这婚姻的悲剧中，道光没有忘记红菱，却伤透福晋的心，这又能埋怨谁呢？"今天看来，父皇与母后的做法是对的。那时自己太幼稚，爱上一个白莲教徒，差点遗恨终生。"每想到此，道光就感到自己愧对父皇在天之灵，母后也正是为自己操心太多而染病早逝。

第二位皇后当然是孝慎成皇后，她是道光亲自选定封立的，也是能为道光分忧解愁的知己。特别是继位之初，宫内朝外，诸事纷纭，如果不是孝慎成皇后，自己也许很难将那些伤透脑筋的事处理得那样恰到好处。平定张格尔叛乱，慎后也出过不少可用的主意，更多时候，陪伴自己度过多少个难眠之夜，这朝廷政绩也有她的一份心血。唉，慎后，她既是好福晋，也是良知音，更是政务上的好帮手，可是早逝了，道光一阵心酸。

这位刚仙逝的孝全皇后呢？那时，她仅是一个宫中女嫔，自己为兴官海运之事痛斥两江总督魏无煜，一肚子气恼没处发，这才离开养心殿四处走走。忽闻一段美妙的歌声：

情人送奴一把扇，
一面是水，一面是山。
画的山，层层叠叠真好看。
画的水，曲曲弯弯流不断。
山靠水来水靠山，
山若要离别，除非山崩水流断！

刚才，道光还是一脸怒容，一曲江南民歌小调过后，道光把刚才的不快全忘得一干二净，兴冲冲来找唱歌的人。推门一看，嗬！宫中竟有如此标致的人儿，自己平时怎会没发现。只见这女嫔天生丽质，妖冶动人。

道光将其封为全妃。但那时，道光纯粹被其美貌所打动而并无什么心灵上的沟通。也许正是这外表的美才开启他们二人之间心灵的桥梁。

道光与全妃产生真正的感情是在慎皇后病逝后，苦闷的道光把整个心投入到全妃身上，并加封她为全皇后。

人生如梦，孝全成皇后仅仅三十来岁，就这么突然去世，她和道光之间的爱也刚刚成熟，就这么快地结束了，怎能不令道光心中酸楚呢？道光起身在养心殿踱上几步，觉得心中悲伤寂寥之情难以排解，便来到琴前，轻轻坐下，弹上一曲，稍解一下心中的苦衷。

只听得这琴声哀婉绝伦，如泣如诉，似空山深涧流水呜咽，又像南行鸿雁暮秋哀鸣。

总管内务府大臣裕诚和礼部尚书奎照被惠亲王绵愉召到翊坤宫，商讨如何拟定文书，告祭天地、太庙、社稷，同时颁诏天下，皇后驾令万民祭孝。这等文告非同小可，措辞用语必须极为得体，稍有不慎，触怒皇上，轻则罢官，重则丢了身家性命，乃至全家受连。这是件出力却又很难讨好之事，所以很少有人愿意主动去做。大家推诿一下，最后，礼部尚书奎照灵机一动，急忙说道："卑职忽然想起一人，再合适不过，此人才华横溢，文采飞扬，在满朝官员中虽职位不高，但名气极响，由他来拟定诏告天下文书一定胜任！"

"奎大人，这是什么时候，你别卖关子了！快说出此人，让我等听听。"裕诚有点不耐烦。

"这人就是我礼部祠祭司行走、主客司主事龚自珍。"

惠亲王绵愉一听，也不住点头："嗯，此人是我朝一代大文豪，才学自然没说的，只是此人过于刚直，刚正有余而灵活不足，写这种诏告文书能否用语得体？"绵愉不免提出疑问。

"惠亲王，您放心！他再刚正放肆，这等诏告天下文书，他龚自珍纵有十个脑袋也不敢胡来。"

众人一听奎照说得有理，便派人去请龚自珍。

龚自珍来到翊坤宫，与惠亲王等人见过礼，听说让他来拟定孝全成皇后丧礼中诏告天下的文书。抬头见奎照在那里似笑非笑，好不得意，心中已明白八九分。如果自己拒不接受就落个抗旨不遵的罪名；接受下来，写得好尚可，写不好自然让皇上生气，轻则赶回老家，重则罢官充军或掉脑袋。当年道光皇上登基之初，因遗诏拟定有误一案，几名军机大臣都差点丢官掉脑袋，更何况自己这么个小人物。

视功名利禄、得失荣辱形同粪土的龚自珍一昂头，傲然地看一眼坐在旁边的奎照，爽快地答应下来。

诏书拟定完毕，总管内务府大臣裕诚呈给皇上过目，皇上仔细审阅一遍也没发现什么问题，就交给礼部，准备颁告天下。

第二天早朝后，礼部尚书奎照一个人悄悄来御书房面见皇上，将龚自珍拟定的颁告天下的文告再次呈给皇上看。

"皇上，这诏告文告，臣回去后认认真真审读了一遍，觉得有一句话说得不十分妥当，特来叩见皇上，请皇上审议。"

"唔，朕没有细看，是哪句话，让朕再细看一下。"

奎照指着文告上的一句话说："皇上请看这句：'温成贵宠伤盘水，天语亲褒有孝全'中'盘水'一词比喻不当。成语有'盘水加剑'，其意为以盘盛水加剑其上表示请罪自刎。文告中这样说，岂不让天下人误解皇后娘娘之薨另有隐情？"

道光经奎照这么一说，也觉"盘水"一词用得不妥，沉吟片刻，面露不悦之色，这才说道："你们礼部做事，一向敷衍塞责，这颁告天下的文告是谁拟定的？"

奎照急忙讨好地说："是龚自珍所书。"

"嗯，此人文采虽华美，但桀骜不驯，怎适宜拟定这等重要文书。"道光停一下接着说："这人只可写诗填词，不可重用，任用这等人做事一定误国，只可留在部里做个闲职。"

"是！是！老臣一时糊涂，老臣一时糊涂！"奎照急忙叩头谢罪。

"应将'盘水'二字删去，改成'温成贵宠怀逝伤'即可，其余各处是否还有不妥之处？"

"没有了，没有了！"

奎照退出，道光在御书房里思考"盘水"二字。奎照的提醒触动了道光心中的痛处。对外宣布孝全成皇后因病突然发作而死，但谁又知道孝全成皇后之死的背后，却隐藏着一段惊心动魄的宫廷斗争。

一天，兵部尚书颐龄来到翊坤宫，来见女儿——孝全成皇后。坐定之后，颐龄让全皇后斥退宫女，才将来意说明。

"皇后，如今皇上年近六十，应该考虑立储之事了，不知娘娘对此事是否有所留意？"

"这，女儿也多次旁敲侧击，但皇上一直守口如瓶，把话题岔开，我也不好再提，以免引起皇上猜忌。"

"据为父了解朝中诸臣的看法，当今皇上虽多子，但如今存活下来仅皇四子、皇五子、皇六子和皇七子、皇八子、皇九子。这六位皇子中，皇五子奕誴过继给惇亲王绵恺，他已没有资格争夺皇位。而皇七子、皇八子、皇九子年龄均幼，希望也不大，唯一有竞争力的当推皇六子奕䜣。"

"父亲，你推测一下皇上在奕詝和奕䜣之间最终会选定谁？"

"从尊卑角度看，你为皇后，所生奕詝当然优于静皇贵妃所生的奕䜣；从年龄角度看，奕詝和奕䜣仅有一岁之差，奕詝稍长，难说是什么优势；从个人素质考虑，奕詝以温厚仁慈见长，在性情上近似于皇上，而奕䜣则以才思敏捷、口齿伶俐、学识丰富占优势。"

"皇上会怎样考虑？"

"从皇上对这两位皇子的态度看，皇上目前尚处于观望态度，一直难于决定。而我大清帝选储多不考虑皇子出身，而注重个人素质，如果这样下去，奕詝将处于劣势。女儿，你不能不多个心眼，母以子荣，奕詝将来承继大统你是正宗皇太后，如果奕䜣承继大统，那你将会如何？"

"父亲，母以子贵，父也应以女荣嘛！我这个当女儿的皇后位置受到威胁，你当父亲的位置又将怎样？不是女儿立为皇后，父亲怎会从苏州知府升迁兵部尚书，你不给女儿着想，也该为自己考虑考虑……"

全皇后娇滴滴地在父亲面前撒娇,颐龄听后哈哈大笑,捋着胡须说道:"为父不为女儿考虑也不会这么深更半夜入宫来见女儿了。"

"到底有何妙计,你快说说,让女儿听听是否可行?"

颐龄又向四周看了看,以防有人偷听。

"你就放心说吧,这里不会有人。"

"要想成大事,必须心狠,无毒不丈夫嘛!做女人的也应如此!"

"古语说:最狠莫过女人心,做女儿的也不是吃素的。如果不是女儿心狠,怎会有今天的皇后之位?但不知如何狠?"全皇后放小了声音。

"新春快要来临,你可在欢度新年之际,召集诸皇子来宫宴饮,暗中在一道菜中放入毒药,到时告诫四皇子别吃那菜,引诱六皇子奕䜣吃那菜,或用其他办法害死六皇子也可。"

"皇子一死,皇上怪罪下来将如何是好?"全皇后还有点担心。

"只要留心,机会是可以找到的。皇六子一死,皇上怪罪下来,找一个替死鬼就是了。人死不能复活,皇上也不会怎样。况且,历朝历代,为争夺皇位相互残杀实属正常,就我大清朝内部,这事也屡见不鲜。"

"好!女儿一定留心,不过,父亲在朝中也要多个心眼,事事多留心,有个风吹草动,及时报到这里来。"

"那当然,为父怎能不偏向女儿呢?"

新年刚过不久,忽一天,从翊坤宫传下皇后懿旨,初六日将在翊坤宫设宴召请诸位皇子。

皇后懿旨传到储秀宫静妃居处,这静妃也非善茬。静妃将全后的懿旨看了又看,仔细思量这多日来侦探得的全皇后的各种活动,心中不免冷笑,提高了警惕,决不能再次栽在全皇后手中。特别是当今皇上年纪已老,自己这等风流貌美,正被宠着,必须以己之长攻敌所短,让皇上立自己所生的皇六子奕䜣为储,将来皇上驾崩,自己也有个靠山。但静妃也知道儿子的对手是奕䜣,自己争夺的对手是全皇后，奕詝、奕訢尚幼，不懂争夺皇位继承权之事，但这全皇后却很棘手。孝慎皇后与奕诒皇子之死，静妃就一直怀疑是全皇后从中作祟，但就是抓不到证据，而如今全皇后让诸皇子入翊坤宫宴饮，是否仍有图谋，尚不可得知。

静妃派出心腹之人到翊坤宫暗中查访，同时，暗暗告诫皇儿奕訢，今天到上书房学习时，一定要悄悄询问四皇子奕詝，皇后宴饮席是否戒他不要吃什么东西。

人常说小孩口里讨实话，这奕詝一向为人坦诚厚道，不同于奕訢聪明机灵而又心眼儿灵活。

这天下午，上书房攻读结束，其他皇子亲王都回去了，六皇子奕訢要和四阿哥一同到御花园内放风筝。他们来到御花园，边放风筝边说笑着，不知不觉中，奕訢提到初六到翊坤宫皇后那里宴饮之事，就问道："四阿哥，你爱吃什么菜？"

"我喜欢吃螃蟹，你呢？"

"我喜欢吃鳝鱼，但不知额娘是否让吃？每次宴请，你额娘是否嘱咐你不让你吃什么菜？"

"以前倒没有，这次，母后不让我吃鱼，不知为何？还不让我乱说，否则，太后祖母会不高兴的。"

奕訢一听奕詝说出他母后不让他吃鱼，暗暗记在心中，回去后便告诉了额娘静妃。

初六宴请这日，诸皇子从上书房或其他各宫来到翊坤宫参加筵席，刚要开宴，静妃和皇太后赶到。皇太后说了一些关怀和勉励的话语后，便命令诸皇孙开宴。这时，静妃发话了。

"母后，这诸多皇子在此宴饮，酒宴是宫中下人所做，万一有人从中做手脚，这岂不坏了我大清江山。不怕一万，就怕万一，多个心眼总不是坏事，母后，你说呢？"

皇太后经静妃这么一说，点了点头："唔，有理，有理！"说着便命人验菜。

这一验不大要紧，静妃是有目的而来，当验鱼时，命人特别细心，整个银针变黑，太后一见勃然大怒，便让把鱼给狗吃，狗刚吃完鱼便发疯似的乱叫乱咬，不久，挣扎几下，躺地而死。静妃一见，更是添油加醋。

"母后，这事可不能马虎，应派人立刻查处，不知谁心这么狠，竟想让诸皇子全部毒死，这居心是何等阴险，宫中竟然混入这样的人，那以后皇上、太后还怎敢吃饭！"

太后也明白，这宴请是全皇后所为，酒宴也是设在翊坤宫，饭菜又是翊坤宫厨师所做，这事一定与全皇后有关。

皇太后一面派人将此事报知道光皇上，一面派人到宗人府去请庄亲王绵深来查此事。

道光皇上闻听此事也很生气，但一想到此事必定与全皇后有关，况且又没发生命案，也就不再严究。尽管静妃在皇上面前吹风点火，道光就是无动于衷，先安慰一下静妃，然后打发她回储秀宫。表面上虽然没有说什么，但内心还是对全皇后很恼怒，认为她太过狠毒。

静妃离开皇上，又找到庄亲王，让庄亲王一定严查，找出真正的主谋凶手！

第三十九章

静贵妃细述奇毒药
曾国藩苦寻镇朝珠

"阿苏肌丸不过壮阳补肾,怎么会使人发疯至狂呢?是否有人服过此药而发疯死去?"静妃听了太后这话,说也不是,不说也不是。怎么才能让太后相信全皇后在鱼里下的就是这药,孝慎成皇后也是服用这药发狂而死的呢?

没有不透风的墙,全皇后得知设筵鸩杀奕䜣等皇子的事败露,也很害怕,想找一个替死鬼推脱责任。但庄亲王绵深向来办事果断,没容全皇后将指使之人处死,便率先一步抓住证人和施毒者。这一追查,便引出全皇后。

静妃得知全皇后设毒之事已经被查出,便趁机多方面活动,吹风点火,要将全皇后拉倒。她根据亲信探得的消息,先到太后那里提供质疑。

"母后,儿妃忽然想起一事,特来禀奏母后。"

"噢!想起何事?快快说来。"

"许多年前,皇上到民间私访,但不久,宫中发生一件大事,不知皇后是否记起?"

"皇上私访那年?"

"对!"

"母后年老多忘事,已记不清楚了,有什么事你就直说,别难为母后了!"

"皇上那年私访,出宫不久,宫中发生两起猝死之案,就是皇子奕诠和孝慎成皇后两人突然一前一后死去。"

"噢!不错。当时,我也觉得这两人死得太过突然,派人查处,结果不了了之。如今你重提这事,是何缘故?"

"由昨日翊坤宫全皇后设筵欲鸩杀诸皇子一事，儿妃回宫反复思考，将此事联想到多年前孝慎皇后与皇子奕诠之死，儿妃似乎觉得此中有某种联系，愈想愈觉得孝慎成皇后和奕诠之死大有文章。"

"唔，你且说与母后听听。"

"母后，您是否记得奕诠死时的情景？"

"奕诠死时？"皇太后努力回想着，"当时母后正在寿康宫听戏，忽然有人来报，说奕诠皇孙在筒子河落水溺死，待母后赶到，宫中大内侍卫已将尸首捞起，我只顾悲伤，哪曾细看。你发现了什么？"

"当时奴婢也是只感到伤心，不曾留心，现在细细想来方觉奕诠溺死是受人哄骗所致。"

"受骗？"皇太后一惊，"谁这么大胆，竟敢骗我皇孙！"

"老佛爷，还能有谁？"静妃说着，用手向翊坤宫方向指了指。

"你说是她？"

"不是她还有谁？"

"虽然全皇后昨日有毒害诸皇子的举动，但也不能推测说奕诠之死也与全皇后有关。"

"哟，老佛爷就是偏心，只许别人下毒，不许奴婢指责，况且我说的是有根有据，也不是胡言乱语，陷害他人。"

静妃又是撒娇，又是以理强争，皇太后不好再说什么，只好说道："你且说说有啥根据？让母后听听，也好有个了断，决不冤枉一个好人，也决不放过一个歹毒之人。"

"奕诠死后多日，奴婢私下曾听到翊坤宫的两个宫女闲谈，其中一个宫女这样说：大阿哥奕诠聪明伶俐又活泼好学，这么好的人儿，可惜好人不长寿。另一个宫女接道：就是嘛，大阿哥昨天还来咱翊坤宫里玩，咱全妃娘娘还和他逗笑，说他想来咱宫找小宫女柳儿陪他洗澡呢！想不到下午他果然到筒子河里洗澡。老佛爷，奴婢当时随便听听，也没多个心眼，如今想来，大阿哥到筒子河里洗澡一定是全皇后故意提醒的。而第一个发现大阿哥落水的大内侍卫陈祥事发后也回忆说,他在筒子河这边洗澡,刚想上岸,看到翊坤宫的小宫女柳儿从旁边过来,自己赤身裸体不好意思上岸,这才又向那边游了一会儿,无意间发现岸边有一堆衣服,仔细辨认,这不是大阿哥的吗?这一惊,急忙呼唤,不见人答应,忙喊人寻找,待打捞出大阿哥,早已死去。"

皇太后听静妃这么一说,许久没有说话,沉默半晌之后,这才问道:"这么说,大阿哥之死与那小宫女柳儿有关?"

"极有可能!"静妃立刻加以肯定。

"那么,这个小宫女柳儿在哪里?找人抓来审问一下!"

"不是这个宫女,奴婢还不会怀疑全皇后有谋害大阿哥之心呢!"

"怎么?"太后又是一惊。

"这小宫女柳儿后来就再也没人见到,奴婢曾问过翊坤宫的人,都说那年秋天病死了。"

"嗯!"皇太后点点头,似有所悟。

静妃见老佛爷不再说话,自己所说内容已引起老佛爷的思考,又向皇太后靠近一点说:"大阿哥去世后不久,那孝慎皇后也随之死去,当时大家都认为慎皇后是痛失大阿哥心志迷乱,发狂而死。现在看来,那时的看法完全是错误的。"

"难道也与全妃有关?"皇太后似有不满。

"奴婢可没这么说,有老佛爷给她撑腰,谁敢说全皇后一个'不'字?"

皇太后见静妃这话软中带硬,也不可过于指责,就笑着说道:"在母后眼中,你们都是一样的,母后偏过哪个?又向过哪个?谁个有理,母后就向着谁!是不是这样?有话你尽管说嘛!"

"奴婢就直言不讳了!"

"但说无妨!"

"母后是否记得诸皇子昨天宴饮时,查出鱼中含毒,给那狗吃后的反应?"

"你是说那狗吃完带毒鱼后,狂叫乱咬,发疯狂癫而死?"

685

"就是这样！但老佛爷可记得当年孝慎皇后死前的症状？"

"她也是疯狂而死？"

"母后，这难道是巧合吗？"

"宗人府是否查明那鱼中放入何种毒品？"

"听宫中人说，宗人府庄亲王绵深将那鱼汤带回去请太医验定，查出这鱼中之药叫阿苏肌丸。"

"这阿苏肌丸是怎样的一种毒药？"皇太后好奇地发问。

"听说阿苏肌丸原是一种灵药，药性极热，人到害病的时候，只服一丸便可药到病除。那药丸只有绿豆一般大，朱砂色，药力极强，倘要吃两粒，人便发狂。"

皇太后越听越觉得有趣、离奇，禁不住问道："那全皇后哪里能得到这种药呢？"

"这事奴婢不敢乱说，有伤我大清皇家的尊严。"

"哦，这么严重？"皇太后又是一愣，"尽管说来，母后赦你无罪就是了。即使有什么不雅，也是我们私自说说，又不公布于众，何必这么吞吞吐吐？"

"既然老佛爷想听，奴婢就直说了。"

"直说无妨！"

"听说睿亲王多尔衮喜好女色，府中养着许多妻妾，全靠这阿苏肌丸支撑身体。那时，多王爷在府内养了专人为他炼制这药丸。"

"有这回事？"皇太后觉得这事果然不雅，便随口说道，"这事可不能乱说！"

"不是太后赦奴婢无罪，奴婢死也不会说的！"

"那你从哪里听到的？"

"曾听御前太监常永贵说起此事！"

"这个老东西真该死，这事也能胡言乱语。皇上知道，早剥下他的狗皮！"

"这阿苏肌丸有壮阳作用，怎么会使人发疯至狂呢？是否有人服过此药而发疯死去？"

静妃一听皇太后这话,不知如何回答是好。说也不好,不说又怎能让太后相信全皇后在鱼中下的药是阿苏肌丸,孝慎成皇后也是饮用这阿苏肌丸发狂而死的呢?

"这,这……"

孝和皇太后见静妃刚才还滔滔不绝地讲解,现在却吞吞吐吐,想讲又不敢,心想,其中一定还有着什么隐秘之事。整天深居在寿康宫中,很少有人给她讲一些奇闻怪事听,听静妃这么一说,许多事都很有趣,不免动了心,便催促静妃说道:"刚才那多亲王的事都讲了,还有比那更不雅的事吗?随便说说,也让母后心中有个了断!"

"这事不同多亲王那事一样不雅,但关系到我大清朝宫廷内部之传闻,奴婢只是听人传说罢了。"

"什么传说?只管讲来!"

"曾听说当年雍正王爷曾用这阿苏肌丸给康熙皇爷的大阿哥吃了二粒,结果那大阿哥便发疯发痴而死去。"

皇太后一听这事牵扯到祖上的一些谣传,便生气地说道:"这等事你也相信!尽管康熙皇爷的大阿哥是发疯死去,但也未必是吃什么阿苏肌丸,以后不要再提起此事,有伤宫中礼规,皇上知道也会怪罪的!"

静妃一看太后生气,也不敢多言,只是跪下谢罪道:"奴婢知罪,以后再也不敢乱说了。"话虽这么说,心中却说:你明明想听,我说了,反而怪罪我,真是岂有此理!

皇太后见静妃知罪并下跪求饶,也趁此下台阶说:"起来吧!今后把住嘴就是了。至于你刚才谈到的大阿哥奕诠与孝慎成皇后之死是否与全皇后有关,这事已过多年,不可草率。待我先奏明皇上,再交宗人府庄亲王爷查处,然后作出决定。此事你先保密,以免打草惊蛇,一旦没了证据,将永无对证。"

"奴婢一切听从母后安排!"

宗人府执事庄亲王绵深多方查问,只能证实全皇后想用阿苏肌丸谋害六皇子奕䜣和其他几位皇子。至于大阿哥奕诒和孝慎成皇后之死是否归罪于全皇后，只能是怀疑。当时的物证已不存在，人证也死的死、亡的亡。没有人证与物证，就无法定案。更何况，道光皇上又特别钟情于这位全皇后，对别人的话只是随便听听，不作深究，暗中包庇全皇后的过错。

　　静妃见皇上对这事明里口口声声说严查严惩，暗中却为全皇后开脱责任，加以包庇，还想保住全皇后的正宫之位，十分气恨，却也没有办法，只好到庄亲王绵深处说一些反话，以此激怒庄亲王多次找皇上评理，并以辞去宗人府执事之职相争。这以外，静妃不断到皇太后那里去吹风点火。但皇上不发话，太后又能怎样，这事也就慢慢搁了下来。

　　但事隔不久，宫中又发生了一件事，这才将全皇后逼近死路。

　　由于全皇后设筵鸩杀皇子一事，皇太后虽没有逼迫道光皇上惩处全皇后，但从内心对全皇后已另有看法，再也不像先前那样信任她了。与此同时，静妃经常在皇太后面前走动，又时常送给太后一两样小礼物或以银两接济一下寿康宫的开支。因为道光皇上一直提倡节俭，宫中也不例外，连母后寿康宫的开支也卡得紧紧的，致使太后赏赐宫人的礼物也大大不如以前，心中偶有不满。这静妃正是看准这一点，自己日常节省点，多资助一些给皇太后，逐渐取得皇太后的好感。更何况静妃有一口好嘴皮子，嘴甜、手快，更是哄得太后眉开眼笑。宫中许多事情，都是寿康宫与储秀宫相互一致，共同反对翊坤宫的全皇后。

　　这一天，皇太后的贴身宫女到翊坤宫取宫花，不巧在翊坤宫的花园里拣到一个布人，上面插满了针。宫女一看，悄悄将此布人带回寿康宫给太后看。太后撕开布人，见里面有一页纸，上面写着一人的生辰八字。仔细一看，太后气得双脚直跺，原来这生辰八字正是自己的年庚。

　　皇太后一问，知道是从翊坤宫捡到的，而太后的生辰八字，整个宫中只有全皇后知道。不是她还有谁？静妃闻知此事也对全皇后破口大骂："母后，这准是那无情无义的全后做的。鸩杀皇子一事败露，而母后你又一直追查不休，让皇上处置她。但皇上不听老佛爷所言，一再包庇纵容这贱人，她一定气恼母后，咒你早死！这等狠毒之人再留在宫中，我等必死无疑！"

这次太后真恼了，再加上静妃火上加油，太后怒冲冲来到太和殿，勒令皇上处死全皇后。无论道光皇上怎样劝解，太后就是不听，太后最后拿出宫中礼制，逼迫道光做出决定。

"皇上，母后视你如同亲生之子，当年大行皇帝驾崩之际，母后放弃亲生之子惇亲王绵恺，而拥护你继承大统。到如今，母后年老体衰，本想靠你享几天清福，过几年清静日子，想不到那全皇后竟日夜咒盼母后早死，如果你再宽恕那贱人，母后这就去死！"

道光一听皇太后说出这番话，为难了，耐心解释道："母后明察，皇儿终生不会忘记您的大恩大德，时刻铭记母后的关怀和爱戴，也日夜希望母后福如东海长流水，寿比南山不老松，怎敢惹母后生气？只是布人一事太过蹊跷，皇儿为了不冤枉好人，才这样暂且放下，待查明真相后，一定严惩！"

"哼！严惩，严惩！全后她设筵鸩杀诸皇子，而现在又欲置母后于死地。更何况，当年的大皇子奕诠与孝慎皇后之死莫不与她有关，看皇上还能包庇到哪一天？"

道光无话可说，好不容易才劝走盛怒的皇太后。

奕诠是大阿哥，如果这位皇子不是英年早逝，道光一定将皇位传继给他，无论是相貌、人品、才智，都不是四阿哥和六阿哥所能比拟的。儿子是父亲生命的延续，奕诠的才智才是我爱新觉罗家族的才智，也才是我大清江山的后继者。可惜那么早就仙逝了，这是否是全皇后所害，已不得而知，如果处于当时的心情，即使不是她所为，只要怀疑到她头上，也会处死她的。但现在不同了，人死不能复活，奕诠再好不能再生，应当顾念活人才对。况且全皇后生下四阿哥奕䜣，虽不比大阿哥那么有雄才大略，但也宽厚、仁慈、忠孝，有礼义之风，也可聊以自慰。

将慎皇后与全皇后相比，慎皇后稳重有余但活泼不足。她端庄、清丽，能够作为朕的助手，出谋划策治理家邦，无愧于天下母仪之尊，这是全皇后所无法相比的。全皇后有她的优点：聪明、机灵、会体贴人，善解人意，人又长得美丽、丰润。是否是她用阿苏肌丸害死孝慎皇后，也查无对证。即使真是她所为，也仅是为了夺取皇后之位，无论谁当皇后都对朕一样体贴关心。她设鸩席毒害诸皇子是事实，但心里也只为毒害奕䜣一人，如此做是为了给四阿哥奕詝登上大清宝座扫清障碍。谁不为自己的儿子着想？爱是自私的。难道静妃就没有想到要图谋四阿哥而帮助六阿哥争夺皇位继承权吗？只不过尚没表现出来，或没有机会罢了。将自心比人心，自己当年争夺皇位时，对瑞亲王与惇亲王不也有此心吗？对自己的先父皇都那样做，更何况是他人。

尽管母后在翊坤宫中发现带太后生辰八字的布人，上面写满咒语，但这并不能肯定是全皇后所为，是否有人在陷害她？对她栽赃，欲置她于死地呢？这事不能轻易下结论，一定要慎重行事！也许当年在处理慎皇后与大阿哥之死时太过草率了，冤就冤枉吧，但现在不能再马虎塞责了。

道光一个人在太和殿胡思乱想着。正在这时，有太监来报，说全皇后死了。道光心中一凉，晚了，一切都晚了。他急忙随御前太监马富昌匆匆向翊坤宫赶去。

龚自珍辞官了。张乐行、马宗禹等人派遣几名卫兵护送龚自珍及其家眷向江苏丹阳而去。

路遇一少年公子李鸿章，交谈融洽，引为知己。龚自珍和李鸿章坐在马车里，边走边谈，从文学谈到政治，从桐城派古文谈到司马迁《史记》，从东南沿海鸦片之毒谈到朝廷禁烟立场。这一老一少越谈越投机，少年书生钦佩老者学识渊博、见多识广，剖析事理明智通达、入木三分；老者暗叹少年聪明好学、不拘泥陈旧，敢于大胆创新，又有雄心壮志，谈吐文雅。两人均有相见恨晚之感。

不知不觉,他们到了分手的路口。

"龚先生,此去丹阳一路尚远。谨祝先生一路顺利,他日有机会,晚生李鸿章一定前往先生住处再次讨教,请予指点迷津。"

"李后生,你虽年幼,但学识非同一般少年可比,凭你现在的聪明才智,明年赴京会考定会金榜有名。"

"多谢龚先生指点。但晚生自认为才疏学浅时候未到,再潜心攻读几年方可入京与天下举子一争高低。"

"这样也好,千万别因他事荒疏学业。你我今日就此别过,望你早日有成!后会有期。"

"后会有期!"

说完,龚自珍和家人向东南丹阳行去。

龚自珍一行人到了应天府,距离丹阳已不太远,这多日行走,人困马乏,龚自珍决定在应天府住上几日,稍稍休息一下再去丹阳。同时,龚自珍也决定在应天府拜望一下几位旧友。

这天早晨,龚自珍来到两江总督府拜访好友魏源。

魏源正在客厅和一年轻书生谈话,忽听家人来报,说门外有人来访,魏源急忙出门来见。一见来人,又惊又喜。龚自珍也十分高兴,二人相互拜见之后才手拉着手走进客厅。

"璱人兄,给你介绍一位后生。"魏源指着站起来向龚自珍打躬的年轻人说,"这位后生是我的同乡,姓曾名国藩字伯涵。"

龚自珍也立刻打躬还礼,连忙说道:"不必多礼!不必多礼!"

"伯涵,我也给你引荐一下,这就是我刚才给你提起的京都第一学士龚璱人龚自珍先生。有什么学习上的疑难问题尽管请教。"

曾国藩闻听此言,再次施礼:"晚生久闻龚先生大名,今日能够相见,实是晚生的大幸。刚刚还听魏先生谈论龚先生的京中不平遭遇呢。晚生对龚先生的才学极为钦佩,对先生的为人和气节更是佩服得五体投地。望先生对晚生不吝指教,晚生一定虚心相学。"

龚自珍见这年轻后生仪表堂堂,话说出来也诚恳动听,虽不喜欢别人拍马逢迎,但对年轻人虚心好学的态度还是大加称赞的,也慌忙说道:"曾小弟不必客气。赐教谈不上,你我还有魏先生在一起相互磋商还是可以的,但不知曾小弟日前正在攻读何书?"

魏源也插进话来:"自珍兄,曾小弟攻读十分刻苦,五经四书、兵法、策论等全都烂熟于心。现在准备赴京会考,顺便到应天府过访愚弟这里,让愚弟再给指点一二,同时也让愚弟给京中诸友推荐一下。愚弟在总督大人府下做个幕宾,长久远离京都,京中旧友长期无甚往来,哪有合适人选推荐给曾小弟呢?自珍兄,你刚从京都而来,不知是否有交往过密的朋友,不妨也给推荐一下?"

曾国藩又忙施礼说道:"晚生也只是顺路拜访一下魏先生,推荐一事只是顺口而出,魏先生不必放在心上,如无合适人可荐也就算了。初次相识龚先生,晚生怎能有劳龚先生?"

龚自珍见曾国藩这样说话,也不好再推辞,便说道:"龚某虽在京为官多年,也仅是一礼部司祭主事这等小官。龚某的性情魏老弟是清楚的,我不会在那些达官贵人面前拍马逢迎,对那些贪官污吏我更是嗤之以鼻。所结交之人多是正直无私的中下层小官,如果曾小弟不介意的话,龚某当然乐意效劳。"

曾国藩心想,一品大员结交不上,能暂时结识一些中下层官吏抑或一些文人雅士也是好的,自己现在尚是一介寒酸的穷秀才,哪有资格高攀那些皇亲贵人呢?想至此,急忙施礼说:"晚生想让先生给推荐一下,并非要通过推荐之人而投机钻营,实在是想结识一些龚先生与魏先生这样的文人雅士,潜心求学以成就个人学业。的确别无他意,龚先生不必多虑!"

"既然如此,自珍兄,你就委屈一下,给曾小弟推荐一位旧友吧!他在京中万一有事,也好有个求助之人。"

"龚某所说的好友,就是当今朝中大学士翰林院编修何绍基。此人诗文均较有名气,更令人赞美的是写得一手好字,素有'京中第一书法'的美称。宫中许多文告均出自他手。"

"龚兄所言旧友原来是何绍基学士！龚兄所言不错，此人书法已达炉火纯青的境界，现在又深得皇上信任，整理宫中奏折文告等。曾小弟，龚兄给你引荐此人再好不过。"

"那太感谢龚先生了！先生如此慷慨大度，可见先生一贯的为人，能在此相识龚先生，晚生真乃三生有幸。"

"曾小弟，你这样客气，实在让龚某惭愧。虽然你我初识，你是魏老弟的同乡又是好友，当然也是龚某的好友，彼此有事相帮是理所当然。不必多礼。"

"就是，就是！"魏源向龚自珍点点头。

"年轻人好学是当兄长最为宽心的，能帮助他们提高学业也是我们兄长的心愿。多日前，我在安徽庐州府地界曾无意结识一位年仅十六七岁的小后生叫李鸿章，此人也像曾小弟一样好学，知识也较渊博，论辩也极为合情入理，谈吐不俗、对答如流。"

"晚生喜好结交有识之友，像龚先生所说的这位李鸿章小弟，曾某也特别想结交认识，共同研读，携手前进，可惜无缘相识，甚憾，甚憾！也不知他今年是否入京会试？"

"哦！这事当时我也问过，并鼓励他前去应试，一决雄雌。但他极为谦逊，希望再潜心攻读几年再去应试。曾小弟，将来有机会与李鸿章相遇，可以相互切磋学问，共同进步，彼此都会大有裨益。"

"龚先生所言，晚生尽皆熟记于心，终生不会忘记先生的恩德。"

"龚兄，笔墨纸砚已备好，你就给曾小弟写封荐书给何学士吧？"

"好说，好说！"

龚自珍走到案前，铺纸提笔，一盏茶工夫，一封荐书写好，交给曾国藩收起。魏源那边已命家人摆好酒席，招呼两人入席，边吃酒边叙话。

"魏老弟刚从广州过来，对禁烟之事有何反应？"

"少穆兄做事坚决果断，虎门销烟极为壮观，也振奋人心，却气恼了外国人。"

"洋人从海外远地来到我大清天朝大国地盘，再气恼又会怎样？"曾国藩放下酒杯说。

"可不能这样看。来者不善，善者不来！"龚自珍沉思一下说。

"兵来将挡，水来土屯。这帮洋人来我中华弄枪使棒，岂不是鲁班门前弄大斧，不会有好结果。"曾国藩还有点不服气。

"行军作战，重要的是做到知己知彼，方能百战不殆。了解域外洋人的国情民力和军备是关键！"

"嗯，魏老弟所言极是。但目前，我大清朝对外国的实力了解欠缺，这方面的资料也太少，太少！"

"龚兄，你能否给愚弟提供一些这方面的信息，愚弟急用。"

"魏老弟寻找这方面材料是为两江总督大人准备的吧？"龚自珍侧过头问道。

"也是也不是。一方面总督大人急需这方面的资料。另一方面，愚弟想编一套书来介绍域外各国情况。"

"那真是太好了！现下，我朝正需这些书，魏老弟如能完成实是对我朝一大贡献。魏老弟，你一定要完成此书！"

"一定，一定！"

"但不知魏先生所编之书为何名？晚生了解一下书名，他日也好拜读拜读。"

"曾小弟，拜读谈不上，提一些建议倒是应该的。书名暂叫《海国图志》。你们要碰到这方面的材料，可一定要转给魏某。"

"龚兄这次赴丹阳云阳书院，如在那里能找到域外情况的材料也尽量转来，让我等共同完成此书。"

"那当然，魏老弟为我朝做这等大事，为兄怎会袖手旁观？"

"来，喝酒，喝酒！"

道光和御前太监马富昌悄悄来到文华殿检阅进士招考情况。

今科进士招考是皇上钦命礼部尚书奎照、吏部尚书端华及翰林院编修何绍基等人负责的。

道光来到贡院巡察。奎照等人一见皇上亲自前来检阅，急忙跪下请罪："臣等不知陛下驾临，有失远迎，请陛下发落！"

"不必多礼，免罪请起！你等阅卷辛苦，朕特来问候！"

"臣等谢陛下关心！"

"今科开考，为朝廷选拔人才，万万不可苟且塞责，一定要让有真才实学之士脱颖而出。"

奎照急忙应道："臣恭知陛下求贤若渴的心情，我等定不负厚望，为国论才。"

"好！但不知今科是否有出类拔萃者？不妨拿试卷来让朕过目。"

奎照忙把刚才选出的前十名试卷呈给道光。道光把试卷摊放在案前一一过目。看了两份，并没发现有什么新奇过人的独特论述，道光有所疲倦，又把试卷按刚才顺序放好。呆坐片刻，甚是失望，堂堂天朝大国，今科选出的这等优秀试卷尚且如此，那一般试卷水平可想而知。难道是这些考官水平有限，不能做到慧眼识英才吗？道光又重新从这摞试卷底下抽出一份认真看起来。

这份试卷也是完全按照八股文的格式进行剖题、析题、论述，并无什么形式上的突破。内容上是从《尚书》中的一句古文而展开论述，所论述内容也仅限于伤春思人悲离别，但文采较华美，所述之事触动道光心事。全皇后死了，宫中美女虽多，但道光一时无法移情别爱，静妃想方设法讨好道光，仍不能让皇上割舍对全皇后的无限爱心。这淡淡忧伤和淡淡哀思时隐时现，不断萦绕于道光心头。而今，读起此类伤感文字，颇有同感。内心涩涩无法排泄，在这些臣子面前，道光又不想流露出自己内心感情，便起身准备告辞。临行，又再三叮嘱奎照、端华、何绍基等人几句，才带着马富昌回宫。

奎照等人忐忐忑忑地等待着道光阅完试卷，唯恐哪里有所不妥而遭到皇上斥骂。但道光随便看完几份试卷后，既没批评也没表扬就匆匆而回。奎照等人搞不清是怎么回事，但一颗悬着的心还是落了地。

送走皇上，奎照等人急忙将皇上看过的试卷拿回来，一看，原来他们几人制定的名次顺序没动,仅有一份试卷从第八名被皇上摆到最上面,也就是第一名的位置。众人十分疑惑,难道皇上看中这份试卷,想点他为头名状元不成?看这人姓名是湖南考生,叫曾国藩。他们几人又将这份试卷仔细阅读一遍,并无什么新鲜论述,只是写点离别情感方面的论题,文采稍稍华美。皇上独独欣赏这一试卷,真让这几位主考官困惑了。

几位主考官中,最为不解的是何绍基。曾国藩这位湖南举子,他认识,前不久还带着好友龚自珍的一封荐信来拜访过他呢。龚自珍的信中也仅是一般性赞美推荐,并没有说此人有经天纬地之才、安邦定国之志,也没听说他与当今皇上有何特殊关系。为何皇上这么看中此人,单单将这份试卷摆在最上面,真是百思不得其解。更何况,皇上把试卷摆在上面,竟不发一言,既不肯定也不否定就走了,是说这份试卷好还是差呢?众人又猜测一会儿,也不能拿定主意,最后,奎照说道:"无论这卷如何,一定不能让他低于前三名,皇上虽然不说,绝不是说这份试卷差。如果皇上没看中早就当场大骂你我了。"

"对!礼部尚书大人言之有理。"

"如果对他点个头名状元,皇上是否说我等拍马?也不太好。"端华提出自己看法。

何绍基心中高兴,曾国藩以学生身份投拜自己,本打算给他点个第八名,而如今遇到偶然机遇,能点个第三名更好。还怕他曾国藩不感激于我。想到这里,便凑上前说:"点第一名太便宜于他,干脆给他个第三名,即使皇上问起来,也有话回答。"

"对,干脆第三名!"

就这样,曾国藩考取第三名。原来皇上并无他意,只是随便抽一份看看,看后放在上面,走时匆匆,忘记放到原来位置。皇上这一无意动作却让曾国藩走了运,当然,曾国藩后来成为中兴之臣,也不能说此人无真才实学。

开榜那天,皇上在集贤殿接见中榜进士头名状元、二名榜眼、三名探花。这三名进士在考官大人带领下,早早在集贤殿外等候。许久,御前太监马富昌才传来圣旨,宣召他们入殿。

施过三拜九叩礼之后,道光才免礼赐坐,考问一些五经、四书常识和治国安邦策论。第三名探花曾国藩,皇上似觉曾有相识之感,但一时回想不起在什么地方见过。曾国藩对当今皇上也觉面熟,无论如何也想不出在何时何地见过。又一想,顿觉荒唐,皇上身居大内,自己一介书生,怎有机会与皇上相见?说出去岂不令人笑掉大牙。

道光也在细细回想每次外出私访或其他出猎等情况。突然,心中一亮,这人不是许多年前,自己随小太监溜出大门,到西城老皇城根算命时遇到的那位青年吗?记得当时那位相面先生把这青年夸赞一番,说他将来必有挽大厦将倾之才,是同龄人中佼佼者。今天看来,那位相面先生说得果然不错。这曾进士也不过二十六七岁,将来一定要重用。现在最重要的是让他设法找回当年那押给算命先生的镇朝珠。但现在又不能当众说破。

接见完毕,道光独留下这第三名进士曾国藩,而让奎照等人将那第一、第二两位进士先带回去。

曾国藩见初次被皇上召见,就破例留下来,也不知是喜是忧。待众人走后,道光才同曾国藩谈起当年在皇城根算命的事。这时,曾国藩才恍然大悟,怪不得,这皇上看起来那么面熟。于是,道光同他谈到当时算命无钱抵押镇朝珠一事。

"陛下,那镇朝珠是否赎回来了?"曾国藩急忙讨好地问道。

"唉!朕后来派人去追查,那算命先生早已逃得不知去向。从此,朕就失去了那颗先皇留下来的镇朝珠,现在想起来甚为可惜。朕单独让你留下就是想询问你是否知道那算命先生的下落,给朕找回那镇朝珠。"

曾国藩一听,心中暗想,这可是千载难逢的好机会,我若能给皇上找回那镇朝珠,这岂不是大功一件,将来何愁不能平步青云,一步登天,那才光宗耀祖呢!急忙答道:"陛下万岁,微臣一定为皇上找到那镇朝珠。至于那算命先生,微臣当时随家父来京经商住在西城,曾听邻居说,他就是京城西郊人。"

"嗯,好吧!朕破例先封你为七品京官,随同大内侍卫萨阿林,一同查找镇朝珠。待找到后,朕一定重新加封。"

曾国藩急忙跪下谢主隆恩:"谢万岁!微臣一定不负圣望!"

深秋,曾国藩一个人走在京城西郊的小路上,踏着满地橘黄色的落叶,迎着这黄昏时的西下霞光,尽管不时有落叶飘在头上,他都全然不顾,一心想着自己的事情。

一晃一年有余,他奉旨和大内侍卫萨阿林寻找道光皇上的镇朝珠。多次明访暗查都一无所获,皇上多次催问起来,语气越来越不满。曾国藩非常失望,初次为皇上办事就这样不济,错失这次机会,将来如何升迁?

曾国藩边走边想,他抱着最后一线希望再次来到这曾经来过的地方。他逐家逐户地敲门询问。

天已完全黑透了,曾国藩仍没问出一丝线索,决定先返回住地,明日再来寻找。他遇到村头一个赶车的马夫。

"喂,老哥,听说你是这村赶车的老把式?"

正在喂马的一位四十多岁的中年人慌忙停下手中的活,借着幽暗的灯光,看了一眼问话的年轻后生说:"这位小老弟,你找我有事?"

"小弟有事到此,现在天晚,无法及时赶回去,想请老哥用马车送一程,车费我会加倍付给的。"

"小兄弟,看样子你也是诚实人,车费不车费的好说,可今天实在不凑巧,我的车坏了。"

"这……老哥,这村还有其他赶车的吗?"

"就我一人。"

"能不能凑合着用一趟,我多给些银两,你老哥明天买辆新车。"

"小兄弟,你说话可就见外了,我朱楞子赶车从来不多收人钱。今天实在不巧,是车轴断了,若是其他地方坏了还可凑合着用,这车轴坏了,可凑合不得。小兄弟,这样吧!如果你相信老哥,就在我家将就一夜,粗茶淡饭还够你吃的。不怕我脏,咱兄弟俩今晚就通个腿。"

"这!唉,老哥,那就太麻烦你了。"曾国藩实在没有办法,决定在此暂住一夜,索性明天接着查寻,这才满口答应。

"小兄弟,不必客气,谁没有个难处?赶车出门在外,时常和那些三教九流的人混在一起,到哪里也就住在哪里。在家靠父母,出门靠朋友嘛!唉!对了,小兄弟,你贵姓尊名?"

"小弟姓曾名国藩,刚才听老哥说姓朱,对吧?"

"小弟真是好记性。你先歇着喝杯水,我来烧点饭。"

"有劳老哥了!"

"不客气,不客气!"

他们简简单单地吃完饭,随便拉起家常。

"老哥,你来此地多少年了?"

"从我记事起就在这里居住。"

"老哥是否听说这里有个算命先生?"

"算命先生?你问他干什么?"

"老哥认识?我找他有重要事!"

"有什么重要事?是破灾看风水还是其他事?"

"你带我去找到他,我多多给你银两!"

"哼!再多的银两我也无法带你去找了。"赶车的朱大楞子显得既生气又悲愤忧伤。

"老哥,到底怎么了?"

"他死了!"朱大楞子说着,饱经沧桑的脸上滚下一串泪珠。

"老哥,他有没有什么亲人,我有要事要见见他的亲人。明天能带我去找吗?"

"你找他是不是为了一颗大珠子?"

曾国藩喜出望外,连声说道:"对!对!老哥,你见过那珠子?"

699

"你告诉我,那珠子到底有何用?能值多少钱?引起那么多人想得到它。"

"老哥,我实话给你讲吧,这颗珠子可不是一般的珠子,说它价值连城并不过分。它是当今皇上的镇朝珠,是皇上随身携带的。"

朱楞子一听呆了。他做梦也想不到母舅那时给他看的那颗珠子竟是皇上所带的,一切都明白了。

"老哥,那算命先生一定是你什么亲人,关于那珠子的事就不用隐瞒了,否则有杀身之祸。"

"好吧!这么说你也是朝廷命官了?"

曾国藩没有言语,点点头,朱大楞子开始叙述往事。

"那算命先生是家舅,河南人,长年以给人算命看相看风水为生。他来这京郊投奔家母,也就在这城西一带摆个卦摊,这样干了几年积蓄点钱,买了片地,盖上一处宅院,把在河南老家的舅母和几位表哥表弟接来居住,一家人也过得和和睦睦。可好景不长,一天晚上舅父回来,说他今天给一富家子弟算卦,那人没钱,就将随身所带珠宝押上,说等一会儿来赎,他等那人刚走就收拾卦摊跑回来了。那珠子我们看过,真是又大又亮,十分惹人喜爱。"

曾国藩急忙插上一句:"现在那珠子呢?"

朱楞子没有吱声,继续说道:"后来听人说,不多时就有人来找。我母舅一听有人找,知道这珠子的价格,更是小心,从此再也没有提过。但不知为什么,突然一天夜里,母舅家里遭了灾。"

"结果怎样?"曾国藩惊问一句。

"第二天,当人们发现时,只见舅舅被吊在梁上已被杀死,全家其他人也已被杀,整个院子被翻得乱七八糟,我们估计可能是为了寻找那颗珠子。舅舅是个外地人,来此时间也不太长,又没有什么仇人,遭此横祸不为那珠子,别的为什么呢?"

"那珠子是否被抄走?你们怎么不报官呢?"

"官也报了,但都说这是一件无头案,后来不了了之。至于那珠子是否被抄走,我也不知道,只是后来再也没见过那珠子。我和家父变卖了舅舅家的一些家产把舅舅一家安葬了,在整理家产时,也仔细寻找那珠子,可始终没有见到,估计被那伙歹人翻走了。"

朱大楞子讲到这里,早已泪流满面。曾国藩估计他讲的话不会有假,他和大内侍卫萨阿林查巡这事时,也曾听到过类似的传说,但由于时间太长,已无人清楚地记起。

曾国藩见朱大楞子很伤心,也不好立即询问,过了许久,才问道:"你舅舅的那房屋如今还在吗?"

"房屋空了几年,后来碰巧卖给一家外地来的小官员。"

"明天你带我去看一看,也许能问出线索。"

"好吧,离这儿有两三个庄子远,但不知人家是否搬了家,我也好几年没有到那里去过了。"

第四十章

酬知己王军机尸谏
忧国事道光帝驾崩

道光思前想后，实在不愿在这丧权辱国的《南京条约》上画押签字。不签字，举大清倾国之兵与洋人奋力一拼，能否最终取胜？当然，取胜那是再好不过，万一失败，洋人攻陷北京，朕将向何处去？

第二天早晨，曾国藩在朱大楞子带领下找到当年那算命先生的住宅。虽然还是那房屋，但已整修一新。

一打听，才知道这处住宅里居住的是一京中小官，名叫惠征，满洲镶黄旗人，在工部隶属下做一抄写文稿的笔贴式。

曾国藩敲开惠征家门，开门的是一位三十多岁的少妇，只见这人中等身材，体态丰满，鸭蛋脸面，俊眉秀目。

"请问客官找谁？"这少妇施礼问道。

曾国藩急忙还礼："在下是大内一小小办事的，有事来找惠官人。"

"先请屋里稍坐，我家当家的刚刚出去，我这就叫人去找。"

"既然如此，那就打扰了。"

曾国藩和朱大楞子到客厅坐定，惠征夫人给他们倒上茶，又慌忙派人去找丈夫。

不多久，惠征听说家中有大内来人相找，大吃一惊，不知何事，急忙赶回。曾国藩和惠征施礼坐定，曾国藩便直接说明来意。

惠征听过曾国藩的话后，更是吃惊不已，自己父亲买的这处住宅竟然牵连到当今皇上的镇朝珠，那还得了，弄不好将会招惹杀身之祸。连忙说道："曾大人，在下搬进这里也没有两年，对这房子的过去实在不知。至于曾大人所说的当今皇上的镇朝珠更是闻所未闻，见所未见。我惠征纵有天大的胆量也不敢私藏皇上的镇朝珠，这可是诛灭九族之罪。"

"惠仁兄，不必多想，卑职也只是随便问问，卑职怎会不相信惠兄呢？这等大事，让你隐藏你也不会做的，你我都是朝廷命官，这道理自然明白。不过，你们在整修房子时是否发现什么可疑之处呢？"

"可疑之处倒没有什么，我们也仅是在外面稍稍整理一下，里面大多没有拆动。"

惠征带着曾国藩和朱大楞子在屋内又仔细看了，特别是屋山、墙角以及一些可疑之处都特别看了看，结果一无所获。最后一线希望失去了，曾国藩极为失望。有心提出将这栋房子拆毁，逐一寻找，又无法开口。万一再寻不到，或被那伙歹徒抢走又如何寻找呢？

正在这时，从门外跑来一个四五岁的小姑娘边跑边哭着说："阿爸，姐姐抢走我的溜溜球，姐姐抢走我的溜溜球。"

惠征在同曾国藩商讨问题，见女儿来闹人很生气，又不好发作，说道："蓉蓉别哭，阿爸等会给你去买。"

曾国藩心中一亮，忙问一声："小姑娘，什么样的溜溜球？"

"叔叔，我不叫小姑娘，我叫蓉蓉。"

"好蓉蓉，什么样的溜溜球，你说给叔叔听听，叔叔给你买一个。"

小女孩用手比划一下，说："又大又亮的溜溜球。"

蓉蓉一说，惠征与曾国藩都是一惊，立即让蓉蓉带他们去找姐姐。蓉蓉以为是阿爸和叔叔想帮自己从姐姐手中要回自己的溜溜球，也蹦蹦跳跳地去找姐姐。

"兰儿，你回来，把溜溜球给妹妹玩一玩。"惠征老远就冲着一个七八岁的女孩喊道。只见这个女孩白净面色，小脸白中透红，一对大眼睛水灵灵地直转，像白水银里养着两粒黑珍珠。人虽小但给人一种精明活泼讨人喜欢的形象。

"不嘛！那溜溜球是我从西厢房墙缝铁盒中找到的，为什么偏要给她，我还没玩够！"

"兰儿最乖，知道照顾妹妹，阿爸明天给兰儿买一只毽子，这溜溜球先给妹妹玩一会儿，这才是好姐姐！"

惠征这么一哄，兰儿才不情愿地说："我又藏在那铁盒里了！"

"快去拿，明儿叔叔一定给你买一只大毽子。"

"真的？"

"当然是真的，叔叔还能骗你。"曾国藩也哄着兰儿说。

兰儿这才不情愿地去拿她的溜溜球。

惠征、曾国藩及朱大楞子看到兰儿手中之物都同时说道："正是皇上的珠子！"

曾国藩从惠征手中接过镇朝珠，心中大喜，不住称谢，要立即返回。惠征无论如何挽留也挽留不住，曾国藩仿佛在绝望之时抓到一根救命草，恨不得立即到皇上面前邀功，让皇上加封自己，好步步高升！

兰儿一看自己的珠子被这位叔叔拿到，哭着说："那是我的溜溜球，还我，还我！"

惠征哄着兰儿说："曾叔叔到城中给你和妹妹一人买一个同样的，你们就不会再争了，你曾叔叔是上市内给你们买东西的，等一会儿就回来。"

"阿爸，那溜溜球挺好玩的，告诉曾叔叔一定要给我送回来，一定要送回来！"

当然，这兰儿心中的溜溜球就是当今皇上的镇朝珠，后来果然又重新回到兰儿手中，这是后话。这位兰儿，可不是别人，就是后来在咸丰时代得宠，同治、光绪两帝垂帘听政而统治中国近半个世纪的叶赫那拉氏慈禧太后。

绿肥红瘦，芳草萋萋。迷人的花香中，鸟儿鸣啭，奔腾的河上，泛动着潋滟波光。如此美好的春光却一点儿也引不起林则徐的兴致，他的精神几乎到达崩溃的边缘。

作为钦差大臣奉旨禁烟抗战，抵御外侮，可是，皇上的立场随局势的变化动摇了，一夜之间被革去钦差大臣两广总督的职务。皇上为了进一步讨好洋人，已决定将他发配赎罪。站在应天府紫金山上，面对如此多娇的锦绣河山，林则徐随手摘一朵争艳的花儿放在鼻下嗅了嗅，一股醉人的馨香袭上心头。然而，这种陶醉只是短暂的，他感到一切美好的东西正在远去，他林则徐仿佛是身在西北荒漠戈壁，也许这一走，将是对前程、抱负的永恒否定，抑或老死于边陲。

对于死，林则徐从不畏惧，但他不愿这样窝窝囊囊地死去。他自信自己是千里马，曾经驰骋于疆场，可现在，他的长嘶只能遭到他人的白眼，他的扬蹄也只是个人内心不平的抗争。

走吧，走吧，悄悄离开这个地方，到那遥远的西方大漠，默默地老死于那里，把自己满腹经纶和治国安邦之智带进坟墓。能这样吗？他在心中无数次喊"不"，他毕竟是朝廷命官，"国家兴亡，匹夫有责"的古语，他更清楚。他决定留一些给这中原大地，凭血性无愧于心。

正是这种心志驱使林则徐叩响两江总督幕宾魏源的大门。

"哦，是你，少穆兄！"魏源说不出的惊喜，一把拉住老友的手。

"默深——"林则徐没有再讲下去。

也许此时的语言是多余的。林则徐也紧紧握住魏源的手，迈着沉重的步子走进书房。两人相对许久，还是林则徐先开口打破这沉默。

"魏老兄，广州一别，如今人事已非，那时我踌躇满志，做事雷厉风行，有力挽狂澜于既倒之感，可现在……"

"少穆兄，无愧于皇上，无愧于百姓，于心足矣！"

"魏兄言之有理，我林则徐对己无所希求，只是皇上如此妥协，我大清天朝大国从此将一蹶不振，广大百姓可就惨了！"

"少穆兄,当今圣上不能说昏庸,但总有点忠奸不分吧!去年,龚自珍老友路过此地时也谈起当今圣上种种不是,并对我大清江山失去信心。当谈起你时,他曾说皇上优柔寡断,做事意志不坚,一旦形势有变,必然推罪于你,今天看来,果然如此。"

"唉,龚自珍辞官,今天看来还是明智的。急流勇退总比我今天这处境好!"

"少穆兄,可不能这样说,退也是人生一大快意,寻找一片山林幽境,著书立说也同样可以泽被后人,龚自珍目前正在丹阳云阳书院教书育人,著书立说。"

"魏兄,你的《海国图志》一书已写出几卷?"

"已编罢三十卷了,能进展如此迅速,多谢林兄的鼎力相助,及时转送来大量翔实的材料。"

"魏兄,我这一走,也许永无复返,临行别无相送,这几年中,我已在工作之余,偶有笔耕,抄录编纂一本介绍域外五大洲三十余国的地理方面著作,暂定名为《四洲志》。由于写作仓促,许多方面不够成熟,文笔也极为粗疏,但觉得对魏兄编著的《海国图志》一书有用,故此送给魏兄惠存,作为我行前薄礼,也了却愚兄的一桩心事。"

魏源一听,大为感动。林则徐此举仿佛是临终之托,魏源怎敢怠慢,急忙施礼,郑重接过林则徐双手捧上来的一页页浸满血汗的书稿,眼眶湿润了,老泪纵横在布满皱纹的脸上,有一种说不出的感觉,是钦佩还是心酸?

林则徐在这样繁忙的公务中尚能抽出时间编写这样一部有益于国有益于民的书,如今陡遭贬谪,尚能心系于朝廷,虑及苍生。然而皇上却不察下情,忠奸不分,这大清的江山将处于风雨飘摇之中。

一对志同道合的老友面对着这书页,说不出的悲怆与愤慨,他们沉默着,沉默着。许久,魏源铺纸提毫,盏茶工夫,一首悲愤的诗篇跃然纸上:

> 楼船号令水犀横，保障遥寒岛屿鲸。
> 仇错荆吴终畏错，闲晟赞普讵攻晟。
> 乐羊夜满中山箧，骑劫晨更即墨兵。
> 刚散六千君子卒，五羊风鹤已频惊。

林则徐读罢，深感老友的理解与支持，仿佛看到自己踽踽而行的孤影后有许多朋友在为他祈祷。顿时，一股暖流直涌心胸，他也放声高吟一诗，回赠友人的关怀与真挚豪情。

> 出门一笑莫心哀，
> 浩荡襟怀到处开。
> 时事难从无过立，
> 达官非自有生来。
> 风涛回首空三岛，
> 尘壤从头数九垓。
> 休信儿童轻薄语，
> 嗤他赵老送灯台。

最后，两位老人用酒和泪与诗一同豪饮，两种浓厚而苍老的歌哭在中华大地的上空飘荡。

太和殿上鸦雀无声。

清瘦而眼圈微有血丝的道光威严地端坐在龙榻上，显然，皇上又过了一个难眠之夜。作为一国之君的道光怎能心安理得地酣睡呢？东南沿海的炮声随着连篇累牍的告急文书，在道光耳畔回响。

林则徐，这位他八次召见的股肱大臣，就要来了。他有一种说不出口的自责，他深深明白林则徐是怎样的人臣：正直、无私、有魄力、敢作敢为。就这样一位可与沈尹皋、陶宋琛、姚崇媲美的忠臣，他要将他发配边疆。他并不想这样做，又不能不这样做！作为皇上，他的权力是至高无上的，但他也有自己的难处，这难处是无法说出口的难处，也不可能说与第二个人听的难处。

惩处林则徐，将一切罪责推卸在他头上，这是一种向洋人赔罪的方式，这更是为自己塞责的最好借口。

道光又看了看殿内呆呆跪着的大臣，心中一阵释然，自己的权威再次体现了。但他又有一种悲哀，这些呆头呆脑的大臣又有何用，平时口若悬河，关键时刻都哑了，平时谈论起来头头是道，真正需要他们时都畏缩不前。几个外邦的洋人就让我天朝大国震惊，简直一群混蛋！

道光没骂出口，他要保持一国之君的威严。他无法骂出口，他自己虽自称是天子，上帝的骄子，不也是一个混蛋吗？否则，为何拿不出退敌之策呢？

"带罪人林——则——徐上殿！"

黄门官的高喊打断了道光的思索，他立即意识到什么，马上喊一声："慢！"

道光临时改变了主意，他传旨下去，不必带林则徐上殿。他原打算当着满朝文武大臣的面训斥一顿林则徐，杀鸡给猴看，也给这些木瓜脑袋的大臣敲一下警钟。但现在，他不愿这样做了，他感到无法面对这位八次召见的大臣，许多自己说的谕言，而他皇上自己否定了。唯恐在训斥林则徐时，臣子提出碍于情面的反对意见，不但无法将罪责推给这林则徐，反而会导致自己脸面无光。

道光暗暗地笑了，他认为自己胜利了，至少在林则徐面前胜了。

道光揉了一下有点枯涩的双眼，清了清嗓子宣布："将罪人林则徐发配边疆，戴罪戍边立功！"

这是皇上的旨意了。吏部早已议定好的。所以并无人吃惊，吃惊早已过去了，大臣们习以为常了，听与没听见都一样。呆若木鸡的大臣静静地跪着，没有人唏嘘，也无人提出反对意见，更没人上奏辩护。

这些泥塑的大臣并非泥塑，各人脑子里都打着自己的小算盘。

军机大臣、大学士王鼎失望了。他原指望今天皇上宣布对林则徐的处置时，一定有个别正直的大臣上前保奏为林则徐辩护。现在他知道自己错了，没有人回应，也无人上前，自己原打算在别人上前辩护时，自己再一同下跪求情。现在看来他再不上前，可能就无人为林则徐辩护了。

"慢！皇上万岁！万万岁！臣王鼎愿领衔保奏，从轻发落林则徐。"

道光一愣，有点生气，问道："王爱卿，林则徐所犯之罪已由吏部议定，这已是从轻发落了。朕念他过去治河有功，才发配，否则早令他下狱了。"

"陛下明断，东南形势恶化，并非林则徐的错。这是洋人预谋已久的，不禁烟也会入侵我大清王朝。林则徐招募义勇，组织民众，操练海军，抵抗外侵，是有功之臣，请圣上明察。"

"哼！岂有此理。口口声声林则徐无罪，按你这么说是朕错了！"

"皇上，臣不是这个意思，林则徐功大于过，此人是不可多得的人才，望圣上从轻发落，留在河南治河也可。目前黄河泛滥，急需根治，而林则徐曾多次奉旨治黄，均显出卓越的治河才能，望皇上不为林则徐考虑，也为黄河两岸的广大百姓考虑！请圣上三思。"

"王鼎，你口口声声说林则徐治黄有方，难道我大清王朝满朝文武大臣中就一个林则徐能治黄不成？"

"皇上，臣不是这么考虑！"

"既然不是这么考虑，你就下去吧。发配林则徐即日起程！"

"万岁，黄河两岸民众急需拯救，黄河也急需治理。"

"王鼎，你如此关心治黄一事，很合朕的意旨，你又是工部尚书，东阁大学士，现在朕就命你去河南治黄，即日起程。"

"这……"

"王鼎，你抗旨不从吗？"

"臣王鼎遵旨！"

七月的黄河像一条瞎眼的巨蟒，盲目地横冲直撞，湍急的洪流漫过黄河高高的堤岸，像无数脱缰的马，抖动着黄袍似的脊梁向前狂奔，惊雷般的怒吼声撕裂着无数百姓的心。

　　王鼎站在河南开封附近的祥符大堤上，望着奔腾的黄河气势，他有点担心。天上的淫雨已近一月未停，仍在淅淅沥沥下着，时大时小，不紧不慢，河水在不断上涨。这段堤岸是最薄弱的一段，整个堤岸已完全浸透，并在恶浪的冲撞下不断晃动。已有多处巡防员回报，发现裂口，这是极可怕的，万一这堤岸被冲垮，那后果可想而知。

　　漆黑的夜晚，在一个响雷的引发下，传出山崩地裂般的轰鸣。

　　"黄河决堤了！"

　　"黄河决堤了！"

　　喊声、哭声、骂声、风声、雨声和浪涛声组成一种吞没一切的浑响。一百余丈的决口像个张开血盆大嘴的猛兽侵吞万物，汹涌的河水一泻千里，辽阔无垠的中原大地一片汪洋，滔滔洪水中，开封城像一条风雨飘摇中的小船。

　　河道总督文冲被王鼎撤职了，但这汹涌的河水并没有撤去。王鼎作为工部尚书、东阁大学士，他却很少亲临现场督办河务，治河的具体措施几乎等于零。

　　面对汹涌洪水，王鼎坐卧不安。他站在开封府西门城楼下，遥望西北无垠的浊水，一筹莫展。随行的官员见钦差大人那愁容满面的样子，谁也不说一句话，都默默地跟从在身后，从南城到东城，又从北城到西城。

　　蓦然，王鼎脸上露出一丝笑容，只是一闪而过。他从内心在否定自己的想法，但他还是决定试一试。

　　回到开封衙门府，王鼎召集各地官员，商讨治水问题。

　　"众大人，皇上派遣老朽前来开封督办治黄，但老朽久在京都对此了解甚少，各位官员都在本地在职多年，应出谋划策，共商治水之策，以期退水安居，归田于民，让流离失所的百姓早回故里，我等也无愧于圣上的恩典。"

"王大人，先别说治水救民，我等先想想自救措施吧！"开封府伊奎庆率先开口说，"开封已是一座水城，外围积水浸没多深，万一围墙被冲倒，大水一涌而进，自己都救不了，何以救民于水火？"

"奎庆大人言之有理，我们先考虑如何撤出开封，寻找安全所在，然后再想法疏导洪水。"

"这样也不好。身为朝廷命官，不能先为个人安危着想，也应为广大灾民考虑，'先天下之忧而忧'嘛！"

"干脆放弃开封，将百姓迁至洛阳，另立府伊如何？"

"洪水如此之大，水势这样凶猛，如何能堵住缺口？不如让黄水自行横流，待严冬之际，河水结冰，再设法补填缺口，岂不更节省人力、物力？"

王鼎对众人的议论很失望，但他没有说一句斥责的话语。沉默许久，才用威严的目光扫视一下众人说道："老朽已向皇上上一份奏折，恩请皇上调派一人前来协助老朽治理黄河，具体治黄措施待那人到来再作议定！"

王鼎话音刚落，下面就有人小声说道："就是大禹再生，这黄水也无法根治！"

"听王大人的口气，似乎对那人挺有信心。"

"到底那人怎样？就怕见了咱开封的大水也不愿来呢！"

王鼎听不下众人的议论，独自起身离去。心却像这开封城外翻滚的浪花，我领衔保奏皇上都不恩准，这次上书，皇上真的能够答应吗？万一圣上仍不准怎么办呢？并不是我王鼎讲私情为朋友开罪，他是无辜的，这里的百姓需要他，朝廷也需要他，而如今如果这老友不能到来，何人能治好这滔滔洪水？我王鼎有何能力救民于水火？为臣不能为君排忧解难，为人不能给朋友以危难相助，我王鼎有何面目苟活于世？

他想到了死，以死上谏皇上，让皇上觉醒，用死来尽忠圣上，报答皇上的恩典，也以死回答友人的知遇之情。

紫禁城养心殿。

道光一个人独坐在御案前，面对王鼎的奏折，心却像这窗外的雨夜。近处，阴雨沙沙；远处，沉闷的雷声在滚动着，不时有犀利的闪电撕裂这沉沉的暗夜。

道光来回踱着，小太监躲在里房，见皇上忧心忡忡的样子，也不敢上前说话。道光清瘦的身影在长明烛光的辉映下，显得更加孤独和寂寞。

他再一次坐在御案前审视着王鼎的奏折：

"陛下万岁！万万岁！臣王鼎离京赴开封督治黄水。由于夏雨连绵，黄河暴涨，祥符决堤近百丈，整个开封一片汪洋，如此洪水浸吞良田万顷，受灾饥民数以万计。臣才疏智浅，无力治黄救民，敬请我主明察，治臣不治之罪，臣无憾也！但臣保举一人，定有治黄良策，此人乃是行于充军之旅的林则徐。抛弃林则徐东南禁烟的功与过，念及昔日治黄之绩，林则徐犹有可取矣。臣思量再三，现开封洪水，满朝文武，非林则徐不可也！圣上不为林则徐考虑，应以开封水深火热之百姓着想，敬准臣奏，火速调派林则徐到开封协助臣治理黄河，将功补罪，若黄水不退，决口不堵，圣上再降罪也不迟，恳请皇上恩典。臣王鼎叩谢圣上万岁！万万岁！"

道光清楚林则徐治黄方面的政绩与能力，他明白林则徐是可用的。第一次出京私访初遇林则徐时就委以治黄重责，他不负圣望，将黄河治理得多年平安，开封一地也风调雨顺。而调离林则徐后不几年，黄河又一年年泛滥。他本打算将林则徐从湖广调任开封，但东南沿海却急需他去。可是林则徐的禁烟却禁出国祸，治他的罪是为了削平这外难，也是为己寻找替罪羊。但王鼎不识时务，一而再，再而三为林则徐求情，朕岂能饶恕？否则那皇上一言九鼎的威信何在？君王的面颜何在？可这一次不同了，黄河在呼喊林则徐，开封的百姓急需林则徐，这滔滔洪水和这绵绵阴雨都似乎在呼唤林则徐。难道这是天意？果真如此，朕虽为一国之君,岂敢逆天理而行?

道光在无可奈何的情况下,谕旨一封,准备派人疾驰,星夜追赶西行的林则徐。

道光放下手中的笔,心却没有放下。抬头看看眼前这一堆战事失利的告急文书,道光在风雨中感到一阵心悸,大清的江山似乎也在这电闪雷鸣中摇曳。"靖逆"将军不能靖逆,"扬威"将军无法扬威,洋人的枪炮像这黑夜中的雷声,敲击着道光的心。他恨透了洋人,也恨透了林则徐,是林则徐引狼入室,但这真是林则徐的错吗?不禁烟呢?烟是一定要禁的,但林则徐惹怒了洋人。充军是理所当然,如今调回开封戴罪立功也是理所当然。这一点,道光想通了,心气也平和了许多。但东南沿海的战势为何一败再败,他始终想不通。长龄死了,武隆阿死了,如果他们不死呢?是否也同平叛张格尔一样九战九捷,八百里红旗告捷,而现在却不能再有武门受俘的荣耀与辉煌。那也许是终生的最大乐事。每当想到午门受俘,道光都掩饰不住内心的快乐。而现在,想起此事也笑不起来,这节节惨败的战局,早已将昔日的辉煌扫荡殆尽。道光只想哭,却又哭不出眼泪,泪早已哭给了母后、额娘和父皇,更有那想起来就心痛的全皇后。

母后及朝中诸臣已多次催他立后了,但他一直没有再立皇后的心思。在他心目中,全皇后已是他人生的最后一位皇后,曾经的誓言和今日的思念,都把他的心随同她一起埋葬。他觉得,重新立后是对孝全皇后的伤害。也是对他自己的伤害,更是对皇儿奕詝的伤害,况且,这三宫大院众多妃嫔宫女中,谁又有资格为皇后、为天下之母呢?

开封,汪洋中飘浮的小船终于在洪水中成为一块水中孤岛,终于保住了,百姓也找到能够安身的家。

水退了,千顷波涛又成为良田。逃之复返的百姓群聚来到祥符缺口,顶着袅袅香烟向那消瘦的身影跪拜。王鼎露出欣慰的笑容,尽管笑容是疲倦的,也是沾满沧桑尘埃和浑浊水珠的,但这毕竟是笑容。他冲着忙碌不休的林则徐笑笑,招呼说:"少穆兄,百姓拿你当神一样焚香祝拜呢!"

"这哪是感激我,分明是感激圣上,感激王兄。"

林则徐嘴角虽挂着笑意,心却是灰色的,这是戴罪立功。他日夜操劳在堤坝上,忘我地工作,很少讲话,只有不停劳作和沉默。他在压抑心头的哀伤,他想以忙为乐,用劳动去折磨疲劳的心,只有在忙碌中,他才能不想自己。有时,他想到死,用生命来献身这堤坝,向圣上表明心迹,在这黄河堤坝上劳累而躺下,永久地躺下,用行动为事业划一个符号。可他太坚强了,并没有倒下,相反,却同祥符缺口的大坝一样,站起来了。

黄河不再是瞎眼的巨蟒,它有了自己的道路,黄河已不是脱缰的野马,缰绳被牢牢握住。黄河,发怒的黄河安静了,像个酒醉后不再四处乱跑只能安静睡觉的醉人。

祥符堵口也竣工了。整个开封府如同过新年,男男女女、老老少少无不欢笑,焚香放炮。盛大的庆功宴会在开封府衙门大厅举行,王鼎差人几次来喊林则徐入席,他不愿去,他只想静静地躺下好好睡一觉。几个月了,他没有睡个安稳觉,不!也许好多年了,他都没有睡个舒心觉。

林则徐静静躺在硬板床上,想着心事。河治好了,皇上会放过我吗?自古君主都是用人朝前不用人朝后,鸟雀尽,良弓藏。当今皇上如何呢?林则徐隐隐觉出自己的命运,他不想往下想,用心对待皇上,用心对待百姓,问心无愧就是了。

林则徐刚要入睡,王鼎推开房门。

"少穆兄,庆功之宴已摆好,就等你老兄了。"

"王大人,我是罪人,不宜坐在这庆功宴上。"

"少穆兄这可就不对了。是功是过自有后人评定。这里你就是第一功臣,老百姓的眼睛是雪亮的,你不入席,他们都不愿意入席,众命难违,少穆兄,走吧!否则,我可就生气了。"

林则徐无奈，只得找了个角落要坐下。

"林兄，你可不能坐那位，这才是你的位呢！"王鼎将林则徐拉起推在首位上。

"王兄，林某是朝廷罪人，哪能坐在首位？皇上知道是要怪罪的。"

"你是第一功臣，没有你老兄，怎会有开封城上上下下的官民？功不可没，皇上知道也会赦免你的！"

林则徐没有说话，仅摇摇头，微叹一口气。王鼎理解林则徐的心，他已把林则徐的治河功绩呈给皇上，希望皇上能赦免林则徐的罪责。但当今皇上是个优柔寡断、有时又让人猜不透的人，王鼎只能在心中祷告，他也无法猜测道光的心思。为了安慰林则徐，王鼎脱下皇上赐给他的黄马褂说："林兄，你的功劳最大，皇上这黄马褂一定要给你穿上！"王鼎边为林则徐身上披衣褂边开口说。

"王兄，你的心意我领了。这是圣上赏赐的，罪人哪有资格沾染，请你快穿上！否则，林某的罪又要再加一等。"

"既然如此，那我就收起这衣服。林兄，你可要多喝几杯，开怀畅饮，一醉方休，为我们的胜利而干杯！"

"酒不醉人人自醉，我倒想一醉不起呢！好吧，让我们干杯！"

开封府的官员举杯畅饮，林则徐虽想好好喝一场，醉他十天八天，但理智告诉他，不能醉，他对未来仍抱有希望和幻想。

"来，大家干杯！"有人站起。

"好，干，干！"

正当众人猜拳行令，畅饮之际，一声高呼惊动所有在座之人。

"圣旨——到！"

众人急忙放下手中的杯筷，离席而跪接圣旨。一个公鸭嗓子的人念道："林则徐于大坝合拢后，着仍往边疆。钦此。"

林则徐只是稍一愣神，他似乎早有所料，一点儿也不惊奇，反而心平气和地去安慰别人。

王鼎一阵眩晕，他有点悲愤，大袖一甩，一句话也没说，愤而离席，庆功宴也不欢而散。

王鼎失望了，他回到住地写了奏折一封送往京城，力陈林则徐治河功绩，希望皇上能论功行赏，重新起用，至少也应将功折罪，赦免流放。

奏折如泥牛入水，石沉大海。道光无动于衷，没有改变主意。

王鼎只得与林则徐洒泪而别，"执手相看泪眼，更无语凝噎"。

"林兄，再饮一杯，你我今日一别，不知何日相会，'劝君更尽一杯酒，西出阳关无故人'。"

"王兄，不必悲伤，应多珍重，路正长，把悲伤放在心底，'海内存知己，天涯若比邻'。"

"林兄，弟一生放达豪情，得罪朝中诸多官员，王鼎不求朋友多少，有你少穆兄一人足矣！"

"王兄，林某能推迟到今天已是万幸，何敢索取什么？林某感谢你的知遇之感。天下得一知己足矣，林某又有何求呢？"

林则徐说着强压心中的悲痛，提笔赋诗一首安慰痛苦的友人，也表明自己的心迹抱负。

> 幸瞻巨手挽银河，
> 休为羁臣怅荷戈。
> 精卫原知填海误，
> 蚊虻早愧负山多。
> 西行有梦随丹漆，
> 东望何人问斧柯。
> 塞马未堪论得失，
> 相公且莫涕滂沱。

王鼎带兵回到北京，家还没进，就抱病入朝叩见皇上。

"陛下万岁！万万岁！臣有本奏！"

"王爱卿不必多礼，你治黄有功，朕决定加封你——"

"谢皇上，不必了！治黄成功并非臣的功绩，而是林则徐的功绩！皇上应给林则徐将功折罪。"

"王爱卿，不必多言，朕自有处置。林则徐治黄有功，将功补过，但他的功无法弥补其祸，发配充军已是朕给其封赏了。"

"陛下，我皇不给林则徐行赏，也应赦免于内或放之回乡也可，为何对有功之人治罪如此之重？国家正处于战乱纷呈之际，急需人才，请皇上收回谕旨，赦免林则徐。"

"国家何以战乱，如果不是林则徐做事不得法，如何会得罪洋人，导致今天的战乱纷呈？"

皇上尚没发话，穆彰阿就跪着同王鼎争辩起来。王鼎见是穆彰阿发话，心中十分鄙视，开口就极为反感地说："穆彰阿，你包庇子嗣，嫉贤妒能，欺君误国，还在此一派胡言。作为臣子，不思为国为民尽心尽力，却整日欺下媚上，诬陷忠良。如此卑鄙无耻，与秦桧、严嵩有何两样，还不滚开，免得玷污我唇舌！"

王鼎慷慨陈词，历述林则徐功绩，又痛恨穆彰阿如此卑鄙小人落井下石。此言一出，更是怒发冲冠，大骂穆彰阿祸国殃民。

穆彰阿当着满朝文武的面被王鼎一顿羞辱，也恼羞成怒，却又不好发作，只好阴阳怪气地嘲讽王鼎："皇上旨意，岂容你随意篡改？林则徐罪有应得，难道王中堂意欲给他开脱罪状吗？皇上不杀林则徐已是网开一面，如果王中堂仍不识好歹，将有愧圣上龙恩。"

道光坐在龙墩上，听王鼎与穆彰阿争执，过了一会儿，才微微一笑："王爱卿，你醉了！"

王鼎一听皇上如此说话，十分气恼，又无可奈何，正色道："皇上，臣滴酒未沾怎么会醉呢？望皇上忠奸分明，赦免林则徐！"

道光唯恐王鼎再讲下去，有损自己的龙威，脸一板，喊道："大内侍卫何在？"

"臣在！"

"王中堂醉了，在朝廷上醉言醉语，你等把他火速送回府中休息。"

"遵命!"

"皇上,臣没醉,臣没醉!"

无论王鼎如何呼喊、申辩,没有一个回答,就这样,王鼎被大内侍卫强行扶送回府。

王鼎回到家中,义愤填膺,余怒未息,越想越气愤。如今皇上因东南局势战败,将火气和怨愤发泄在林则徐身上,做臣子的不能为皇上解忧,做朋友又不能为朋友解难。皇上昏庸、不察忠奸、让奸人当道、忠良受害,我又活之何益?不如以死谏皇上,望用臣的死来唤醒昏庸的皇上和日益麻木的臣子。

这天晚上,王鼎把儿子王沆叫到身边:"沆儿,你如今已是翰林院编修,在朝为官应忠奸分明,不可投机钻营,趋炎附势,委曲求全。"

"父亲,这话你不知给孩儿讲过多少遍了,孩儿记住就是。况且,孩儿的为人,父亲你又是知道的。"

"孩儿,你能记住父亲的话,父亲也就满足了,孟子曰:'富贵不能淫,贫贱不能移,威武不能屈,此之谓大丈夫!'我辈读书人应以此为鉴。"

"父亲,孩儿觉得你今天好像有什么难言之隐,有话你就直说,孩儿一定为你排忧解难!"

"孩儿,你记住父亲的话,今后做个正正派派的男子汉,父亲就知足了,何求太多呢?今后这官能做则做,不能做就回咱陕西蒲城老家做一个普通百姓,自食其力也未尝不可!"

"父亲,如今国家已乱,你不见东南战败,丧权辱国的条约已订,内地各路叛匪作乱与百姓起义不断,天下将衰。父亲你为官多年,却如此清贫,孩儿不求在朝为官大富大贵,只想守在父亲身边,早晚照料就心满意足了。如果父亲觉得在朝为官心瘁,也像龚自珍叔叔那样,早早辞官隐退,安度晚年也好。何必在此与那些奸人争风夺势,到头来,落得个林则徐叔叔的下场!"

"沆儿,你别说了。'读得圣贤书,交于帝王家',父亲无法再做陶渊明那样的闲情雅士了,只好把这把老骨头拼出去,尽忠于皇上,无愧于皇上的恩典罢了。"

"父亲,你要保重身体,自开封回来就身体欠佳,你已是七十多岁的人了,经不得这样操劳。"

"沆儿,你回去休息吧,父亲还能照顾自己。"

"好吧,孩儿走了。父亲,你也早早休息。"

第二天早晨,老家人王安早早起来打扫庭院,不见老爷起床,觉得不对劲。老爷一向早晨起得很早,今天太阳已是老高,还不见老爷起床,急忙去书房喊。轻轻一推门,吓得转身就跑,边跑边喊:"来人哪,老爷悬梁自尽了!"

全家闻声赶来,见王鼎悬梁自尽已多时,尸体已僵硬。这是道光二十二年(1842年)五月初一日的早晨。

王沆听到父亲自尽的噩耗,悲痛欲绝,回想起昨晚父亲的话语和神色,王沆觉得自己因一时粗心而遗恨终生,更是痛哭不止,也不仔细考虑父亲为何自尽。

恰在这时,军机章京陈孚恩赶到王府,听说王鼎自尽,便安慰王沆几句:"沆贤弟,此时不是伤心时候,应设法为王大人料理后事。检查一下,王伯伯留下什么遗言没有?"

经陈孚恩这么一提醒,王沆这才止住哭泣,搜检父亲尸体,找到一份上奏道光皇上的遗疏。这事非同小可,按大清律例,大臣自缢,必须先奏报皇上,派人验视之后,家人才能移动尸体。王鼎家人正准备上报道光皇上,陈孚恩一把拉住王沆说:"王兄,王伯伯的遗疏是否是弹劾穆彰阿卖国、建议重新起用林则徐的事?"

"正是此内容,陈兄有何考虑?"

"皇上正为议和之事发怒,不愿听人谈起林则徐一事。你如果据实奏报,触怒皇上,恐怕尊公就得不到恤典了。王大人一生贫寒,皇上再不给恤典,今后你家如何在京中做事?"

王沆经陈孚恩如此一说,沉默不语。陈孚恩见自己的话见效,又进一步说道:"皇上不给恤典是小事,也会牵连到王兄身上。你这翰林院编修要做不成了,将来如何再入仕途?"

"那如何操办此事?"

"你如果还想走仕途,就不能如实陈奏,更不能呈递这道遗书。以暴疾呈奏。"

陈孚恩连哄加骗,终于吓住王沆,一切事听候陈孚恩安排。就这样,陈孚恩改写了遗书,以暴疾奏给皇上。

道光得知王鼎暴疾而亡的消息,并没深究,下谕旨晋赠王鼎为太保衔,溢文恪,入祀贤良祠了事。

这陈孚恩原是穆彰阿亲信,为人机警狡黠。早朝时不见王鼎上朝,知道事情不妙,急忙散朝驾马赶到王府,帮助穆彰阿做了手脚。事后将王鼎的遗疏转交给穆彰阿,由此得到了加倍宠信,五年后,竟然无功而升为军机大臣。

王沆却因未能继承父亲遗志,遭到亲朋鄙弃。他自己也后悔莫及,愧对父亲在天之灵,后辞官不做,回到陕西老家,终身不再出仕。

王鼎死时,林则徐正在发配的途中,得到消息,悲愤不已。他迎着大漠的落日,踟蹰而行,虽走向伊犁的充军之路,心却飞回北京,思念故土,思念友人,思念朝廷,不禁老泪潸然而下。面对夕阳残照,悲愤地歌吟诗一首《哭故相王文恪公》。

> 廿载枢机赞画深,
> 独悲时事涕难禁。
> 艰屯谁是舟同济,
> 献替其如突不黔。
> 卫史遗言成永憾,
> 晋卿祈死岂初心?
> 黄扉闻道犹虚席,
> 一鉴云亡未易任。

长歌当哭,泪沿着那一行浅浅的脚印洒向大漠深处。

此时此刻,身在紫禁城的道光帝,心情并不比远行在荒漠戈壁中的林则徐好受多少。

养心殿内灯火通明。道光在御案前时而静坐沉思,时而蹙眉苦想,面对《南京条约》文本,他感受到了奇耻大辱。自己愧对列祖列宗,更愧对先皇。他想一个人跑到太庙里痛哭一场,又担心王公大臣的耻笑,他感到这是父皇在冥冥之中向他报复。在内心深处,道光已无数次祈祷,希望父皇原谅他的过错,希望父皇能在天宫保佑他重振大清江山。

"皇上,请用御膳!"太监已来喊了三次,但看到皇上一筹莫展的神情,太监不忍惊动皇上,但又不能不祈求皇上用膳。

"朕不饿,你们休息吧,让朕安静一会儿。"

小太监无奈,只好含泪悄悄离开。

道光重新坐下,又将《南京条约》的内容逐条仔细阅读一遍,反复思考,还是难以下笔签署。开放广州、福州、厦门、宁波、上海为通商口岸,这一款虽然有伤国威,但还可勉强同意。广州既已同意通商,多开放几地也还可以,况且这些地方都是东南沿海,只要严控其商品入内地,影响尚可消除。

道光思考一会儿,勉强同意这一条款。勒索赔款二千一百万两白银,这纯属敲诈,道光十分生气。来我大清领土上践踏抢掠,反要大清向其赔偿损失,真是岂有此理!

最不能容忍的是这一条款:割让香港岛。祖宗之土岂能轻易割让,拱手让人!道光一看到这一条款就气得大骂耆英和伊里布:"一群混蛋,糊涂虫!这是我大清帝国的奇耻大辱!"

道光一把将《南京条约》抓在手中,准备撕碎,两手都捏在纸上,但又无可奈何地扔在桌上。他站了起来,独自一人倒背着两手,在殿阶上踱来踱去。

夜凉如水,薄云遮天,他仰头望着幽暗的天宇,说不出的辛酸与伤感。回顾登基的二十多年，曾经是那样豪情壮志，踌躇满志，自信兢兢业业，定能永保大清基业。却不料，闹出割地赔款的奇耻大辱，怎么能不痛心疾首？

想当年，午门受俘，那是何等威风，何等辉煌，何等骄傲。眼下却要被洋人贬得称臣降服而订立城下之盟，如何能咽下这口窝囊气？赔款尚是小事，多节省开支就是了，丢失祖宗用汗水、鲜血和生命夺得的土地可是大事，自己的脸面将放在何处？九泉之下如何见列祖列宗？香港虽是弹丸之地，在我天朝大国的版图上算不得什么，但它却是我大清帝国的领土。今日同意割这一地，将来就有可能割让更多的土地，这个先例可不能开，暂且借用或租赁尚可考虑。

道光思前想后，实在不愿画押签约。但又有何解救良策呢？威勇公长龄倒是将才，可以兵到敌退，但已死去多年了。为何我大清的诸多文臣武将都是一群饭桶呢？奕山、耆英、杨芳、伊里布、牛鉴都是蠢猪！陈化成、葛云飞、关天培都是勇烈之士，可歌可泣，应当重赏，都为朝廷殉国战场，如果官兵都能像他们这样，我大清王朝何至于丧权辱国到今天这地步！朕也不必为此难眠反侧！

这字到底签是不签？道光仍下不了决心。如果朕不签字，举大清倾国之兵与洋人奋力一拼，能否最终取胜？当然，取胜那是再好不过，万一失败，洋人攻陷北京，朕将向何处去？

不知何时，道光迷迷糊糊入睡了。朦胧中，仿佛听到殿外苍凉的夜空中有一个苍老的声音在呼喊：林则徐！林则徐！林则徐！

道光从睡梦中惊醒，这是王鼎的声音。王鼎不是死去了吗？怎么会来到宫中呼喊林则徐的名字？莫非王鼎是以死纳谏于朕，让朕重用林则徐？道光睁开双眼，发现自己身上披一件龙凤霞裳，这是贴身太监在皇上在御案前入睡时悄悄披上的。

道光又回忆一下梦中听到的呼喊声，他感到林则徐是可以任用的。现在，他从心里感觉过来，这战争并不仅仅是林则徐禁烟得罪洋人，洋人是想多掠夺些财物，贩卖大烟仅是掠夺财富的一种手段，不同意输入大烟，他们利益受损，当然要用枪炮抢掠。

忽然，击更之声响起，已是五鼓时分。道光万般无奈情况下，猛一顿足，转身提起朱笔草草书写一纸，内有"着俱照所议办理"字样，封缄牢固，交给不知何时又站在道光旁边的贴身太监，不无忧伤地说："将此交给穆彰阿。"贴身内侍悄悄揣上谕旨去找穆彰阿。

道光二十二年七月二十四日（1842年8月19日）上午十一时。耆英、伊里布、牛鉴登上英军"皋华丽"号战舰与英方代表璞鼎查在应天下关江面上签订了中国近代史上第一个不平等条约——《南京条约》，又称"江宁条约"。

道光初衷是禁绝害国害民的鸦片烟毒，做一件名垂青史的伟业。经过两年战争，而一败涂地，天朝大国蒙受耻辱，道光成了千古罪人。

一夜积雪，整个北京城变成一个银白的世界。

道光帝披着狐皮大氅，独自站在御花园的雪地里，想呼吸一下这雪后的新鲜空气，也散散这一年多来淤积在心头的郁闷。还没走几步，道光就不住咳嗽，贴身太监急忙闻声跑来给他捶捶肩背。

并不仅仅是岁月不饶人，这半年多的种种不快之事已把道光折磨得疲惫不堪，仿佛一个风烛残年的老人已经不起风霜，走几步就喘几口，不住咳嗽。

不知何时，四皇子奕詝来到父皇身边，关切地问："父皇，你要注意身体，外面天寒，你回殿休息吧。路滑，让皇儿搀扶你走！"

"皇儿，父皇老了，不中用了，你和六阿哥要处理好兄弟关系，也尽量帮助父皇多处理点政务，父皇精力不济呀。"

奕詝闻听父皇这伤感的话语，满含泪水地说道："父皇龙体健康，精力充沛。父皇不必过于忧虑而影响健康。"

"皇儿，父皇愧对祖宗，让大清江山蒙辱，父皇心中惭愧！"道光还没说完就不住地咳嗽起来。

"父皇，我扶你回宫，回头再唤御医。"

"好吧，父皇也站累了。讠斤儿真孝，六阿哥能抵上你这么孝敬该多好！"

"父皇，六阿哥同我一样孝敬父皇和祖母太后。"

道光在奕讠斤的搀扶下边往回走边谈，雪地上留下一串清晰的足迹。

道光在奕讠斤的搀扶下回到养心殿，刚刚坐下，奕讠斤正准备去请御医。这时，值班太监来报，说军机大臣穆彰阿求见。奕讠斤一直讨厌穆彰阿两面三刀、奴颜婢膝的嘴脸，急忙对父皇说道："父皇，你已有疾，需要静养，就别见穆相国了。"

道光停了下说："还是让他进来吧，可能穆彰阿有事奏给父皇。"

奕讠斤没有再说什么，等了一会儿才说道："父皇，皇儿给你去请御医。"

"好吧！"

奕讠斤刚走，穆彰阿就入殿叩见道光帝。

"陛下万岁！万万岁！臣有要事回奏皇上。"

"唔！要事！"皇上一惊，这一年多来，道光一听要事就发慌，在他心中要事总是和不幸的事联系在一起。

"什么要事，快说！"

"这有两江总督耆英和广州将军伊里布以及闽浙总督怡良送来的紧急奏折，特请圣上过目！"

"什么事，你说一说，朕就不看了。"道光说着，又咳嗽几声。

"耆英、伊里布、怡良等人奏报，台湾总兵达洪阿、兵备道姚莹把英国难民当作俘虏，冒功捏奏，滥行杀戮，已遭到英国代表璞查鼎的控告。如果我大清政府不将他们革职查办，抄检这两人的财产交给死亡英人的家属，他们准备再次发动战争。"

道光一听，吓懵了，如果英人再次发动战争，后果不堪设想。继而又冷静地问道："情况是否属实？是否是英人无理取闹想抢占我台湾？"

"皇上,据怡良奏报,情况属实,这事应该怎么办?"

"洋人杀我大清臣民无数,我台湾军兵斩杀他们几人就如此无理索赔,岂不欺人太甚!这事进一步查明真相后再作处理!"

"皇上三思。鸦片战争打败,我大清民困财乏,将弱兵疲,不能庇护达洪阿和姚莹而使和谈破裂,不如先将达洪阿、姚莹两人拘拿到京交刑部审办,再作对策也不迟。"

道光沉吟片刻,又问道:"伊里布和怡良是什么意见?"

"伊里布证实台湾被俘英人确定船上无炮,军兵手中没有枪械,英军被俘,纯属无辜,应将达洪阿和姚莹押解到京师讯问。怡良也说台湾一孤岛难以防守,无法抵挡英军大队船只,不如满足英人要求,抓捕达洪阿和姚莹,以牺牲小的利益而保全大清朝国家利益。"

道光不语,穆彰阿又试探地说:"皇上请想:沿海各地,这么多清军都抵挡不住英军炮舰,而一台湾孤岛却乱捕捉如许俘虏,显然英人是民船而非军船,否则……"

"否则什么!"道光不悦地说,"难道我大清官军一次也不能打败洋人吗?"

穆彰阿一见皇上动怒,讨好地说:"臣并不是此意,臣是说台湾也可能误杀英国居民。"

道光咳嗽几声,便沉默不语。清瘦的脸上,一道道皱纹显得更加憔悴和蜡黄,精神也显然不如以前,坐着坐着就打起盹来。

穆彰阿见皇上打盹,又不能喊醒皇上,便咳嗽一下,皇上这才睁开眼,看了看穆彰阿。穆彰阿急忙说道:"皇上,这事要么先回绝英人,下令两江总督耆英和闽浙总督怡良,再作好迎战准备。"

"这不可!先把达洪阿和姚莹抓回来再说吧!"

"臣遵旨!"

穆彰阿达到目的,这才施礼退出。

道光待穆彰阿走后,才回想起鸦片战争时的事:中英东南沿海交战期间,几乎每天收到的奏报都是大清官军战败的事。唯独这交战第二年八月某日接到台湾鸡笼送来的奏折是报捷文书。姚莹率军击沉英军"纳尔布达"号船只,活捉英军一百多人,击毙英军二十四人,还缴获大炮十门,有关台湾地形图五十一幅。由于胜利的战事极少,所以道光皇上记忆犹新。

道光也记起当时高兴的心情,并赏台湾总兵达洪阿双眼花翎,赏台湾兵备道姚莹花翎。难道这其中有诈,达洪阿、姚莹以假报功,想欺骗朕不成?

这时,皇四子奕䛊带着御医进来,诊断完毕,御医便回去开药制药。

道光见奕䛊如此孝顺,心中十分安慰,有心栽培奕䛊说:"䛊儿,整个鸦片战争,我大清真正取胜的战役有几个?"

"回父皇,儿臣只记得台湾几次战斗尚可。这不是父皇你曾讲给孩儿听的吗?一次是鸡笼大捷,另一次是大安港大捷。父皇对台湾总兵达洪阿很是赞赏,封他太子太保衔,姚莹也被父皇晋升为二品顶戴。"

"皇儿记性尚好,我大清官兵若能都像这二人所为,朕何以受赔款割地之辱?"

道光似有所叹,过一会儿又说道:"现在却有人说这两人是弄虚作假,杀害的是英国商民,以虚而报功,朕也不知此事是否确实?已派人去羁押达洪阿和姚莹两人。"

"父皇,这事也不必操之过急,先抓来也好,如果是事实就查办他们,如果是有人陷害,再重新起用两人并严惩陷害之人。"

"对,皇儿考虑问题比过去成熟多了,朕也放心了,有些事也可让你去做了。"

"谢父皇夸赞儿臣!"

道光正和奕䛊一同谈话,不多久,太监呈上剂药,奕䛊服侍皇上用药。

鸡笼台湾府衙门客厅,闽浙总督怡良和台湾知府熊一本正争执不休。

"总督大人，皇上不庇护达洪阿和姚莹，身为父母官，说句公道话总是可以的吧？"

"一本，你要明白我的难处！洋人追逼甚紧，此事不可拖延，惹恼英国人，皇上都担当不起，更何况你我？"

"大人，这事卑职清楚，达洪阿和姚莹是卑职部下，他们只是抵御英军入侵，的确没有滥杀英国商民。这只是英方一面之词，如果拘捕这两人，卑职心中有愧，有何面目见台湾父老居民？"

"达洪阿和姚莹的事是小事，台湾居民的情绪也无关紧要，洋人的逼问追查是大事。万一再惹起两国交兵，因小而失大，你熊一本的命运是可想而知的，像林则徐这样的人都被充军发配，何况一个小小知府？"

"他们两人分明是无辜的，难道非要去陷害诬陷他们不可，这岂不是秦桧陷害岳飞时所采用的'莫须有'罪名！"

"熊一本，你好大的胆子，敢辱骂本帅为秦桧！而你知情不报，纵容属下滥杀无辜，事后又拒抗圣命，该当何罪！"

怡良见熊一本竟敢顶撞自己，甚至出言相辱，恼羞成怒，拍案大发雷霆。恰在这时，台湾总兵达洪阿、兵备道姚莹来到衙门大厅。

怡良闻报心中暗喜，他唯恐台湾知府熊一本放走这两人，或这两人闻讯潜逃他乡，让他无法向穆彰阿、耆英等人交代。想不到，竟有送上门的生意！急忙让熊一本宣这两人进来。

其实，达洪阿和姚莹早就接到熊一本的通知，说闽浙总督怡良带兵前来捉拿他们，并让他们暂且躲避一下，不可来鸡笼相见。熊一本再三叮嘱他们，万万不可出面，先躲过这风头，等事情平息后再说。

熊一本一听达洪阿和姚莹亲自找上门，心中一愣，想掩饰已来不及，只好传他们进来。

"达洪阿和姚莹参见总督大人和知府大人！"

"免礼！"怡良表面平静，心中暗喜地说。

"谢总督大人！"

"你两位可知本官来此有何事？"

"属下不知！"

"本官就直说了。鸦片战争期间，你两人在鸡笼、大安港等地拘捕英国商民、滥杀英人。而现在，英国代表璞鼎查已将你二人控告，皇上特命本官前来捉拿你两人。但考虑到你们是本官属下，又知你们一向坦诚正直、敢于知错改错。故此，本官不想将此事搞僵，特请你二人随本官走一趟，到京中一行，由皇上定夺，我想二位不会抗旨吧？"

怡良也怕这两人反目，把事情弄僵。自己在台湾虽为他们的上司，但未必能使二人俯首听令，所以话说得委婉客气。

"总督大人，你也相信英人的信口雌黄吗？"

"本官当然不信。但皇上相信此事，这才叫本官来此带二位入京，我想二位不会介意吧？"

"皇上相信？"达洪阿听后冷冷一笑。

"总督大人，这事再奏给皇上，把详情叙说一遍，由皇上定夺后，再另行解往京城吧！"熊一本极力阻拦怡良拘捕二人。

"如此往返，太耽搁时间，英人不会同意，皇上也会生气的。倒不如请二位先随本官入京面见皇上，你两人再另行申诉，如果真是遭诬陷，皇上自会给你们平冤昭雪，还可能加官晋爵。"

"谢总督大人为我二位考虑，去就去！"达洪阿朗声答道。

"熊大人不必考虑我等安全，我二人相信天理尚存。大丈夫能屈能伸，宁可站着死，决不跪着生。去北京面见皇上老儿，看他给不给百姓一个公道！"姚莹有点气恼地说。

"姚老弟，不可无理！"达洪阿制止姚莹再讲下去，"我二人甘愿受缚，随总督大人入京面见圣上。"

"好，你二人果真铁血男儿，到皇上面前，本官一定多方设法为你们两人辩解！"

"不必了，我两人问心无愧，就是死也死得光明磊落。'粉身碎骨浑不怕，要留清白在人间'！"

"你二位一路保重！"

"熊大人，你也保重！"

"后会有期！"

"后会有期！"

怡良押解着达洪阿和姚莹二人匆匆离开知府衙门，准备起航回福建再转行入京。

怡良等人还没到船，只见港口沿岸已聚数千台湾居民。许多人振臂高呼，有的大骂怡良崇洋媚外，有的为达洪阿、姚莹两人鸣冤，有的直嚷着要砸毁怡良的船只。怡良虽为一品大员，但在这等山高皇帝远的地方，哪敢说一句大话，只顾低头走路。

最后，愤怒的人群围住怡良等人，不准他们通行，一齐质问怡良，维护达洪阿、姚莹二人。

"为总兵大人鸣冤，砸死这吃里扒外的总督大人！"

"对！砸死这狗官，把总兵大人和姚备道救下来。"

"兄弟们，反了，我们一起反了！"

"先杀这狗官，再杀到北京找那皇帝老儿评理去！"

"杀狗官呀！打死怡良喽！"

人们七嘴八舌地喊叫着，越围越多。怡良后悔来台湾，但后悔来不及了，他惊慌失措，不知如何是好。

达洪阿和姚莹见百姓为自己不平愤怒，心中十分激动。但自己毕竟为朝廷命官，不能再惹是生非，让敌人快意，便主动上前说服围观的群众。怡良等人才得以解围，押解着这两人登船。

乾清宫御书房。

道光十分不安，近日来他收到许多奏折，一致为台湾总兵达洪阿和兵备道姚莹鸣不平。道光心里也十分矛盾，战争期间，各地清军惨败，唯台湾一地屡挫英军，自己也多次下谕旨嘉奖。而今又误听谗言将两人缉拿入京，闹腾得举国哗然、满城风雨。道光觉得心中有愧，想释两人，但穆彰阿多次提醒他要注意英方态度，不能因小失大。两江总督耆英多次上书要求为了大清国的利益，必须严惩二人。这实在是长他人志气，灭自家威风，果真如此，谁还会在疆场上卖命效力？

道光正在矛盾之中，太监来报，翰林院编修何绍基求见。道光下令让他进来，礼毕坐定，何绍基试探着问："皇上，台湾杀俘一案不可推延，适合早结，否则容易动摇民心和圣上的威望。"

"朕将此案交闽浙总督怡良处审，想不到怡良生病告假回福建了。"

"陛下，这是怡良托病告退，回避此案。"

"何卿，何以见得？"

"怡总督直辖台湾府，这两人的所作所为他再清楚不过。如此举国哗然，怡良怕众怒难犯，才告病回避。皇上，我大清一向是天朝大国，偶有所失，也不能惧洋人到此程度，对之唯命是从，否则，这大清何以托身世界，称雄东方？"

"朕也知这是洋人欺人太甚，达洪阿与姚莹两人冤屈。朕将这两人押解回京，明里是押回审判，暗里在保护他们。故此，朕将此案交刑部侍郎刘鸿翱审理。准备过了这一风头，一定加恩重赏这两人！"

"皇上英明，这两人确实可用，包括林则徐也可起用。鸦片战争以来，南起广东福建、北到江浙失地丧师者比比皆是。而台湾一府却能屡败凶恶之敌，这实我大清栋梁之材，望圣上果作决断。"

"朕虽老，心却不老。朕多想振兴大清雪洗前辱，但满朝大臣……"道光微微一叹，"朕悔不该不听王鼎之言。"

道光沉默了。

何绍基一阵心酸。一国之君，今天能说出这样的话，也是难能可贵的。和皇上一同沉默一会儿，才缓缓地说道："皇上，应以龙体为重，我大清江山有重振之日！"

"但愿如此!"

道光抬起凹陷的双眼,望着窗外明媚的阳光,听一对小鸟鸣唱。

不几日,道光驳回穆彰阿、耆英等人对达洪阿、姚莹"重治其罪"的要求,下令加恩起用这两人,台湾冤案终于有所了结。道光在战败之后痛定思痛,没有跟着投降派的路子走下去,而是利用自己的皇权保护了有功的抗敌将领,这也是天良未泯。

道光想重振大清国威,雪洗国耻,这个愿望是好的,但他能够做到这些吗?

浸淫着浓厚儒家文化的道光在奇耻大辱中挣扎,他并不想成为千古罪人,却不巧成为这历史悲剧的担当者。他百思不解。然而,一个叫奇汀的外国人却说中道光的病根:"像中国这样一个封建王朝是在孤芳自赏、愤世嫉俗、目空一切的幻想中养育而成的,他们把所有的文明、资源、勇气、艺术及军事上都远胜过自己的其他国度都当作劣等人对待,这在我们看来是多么反常。"

自然界的时令虽是初春,大清王朝的气数已是暮秋。在这伤春悲秋的自然与人文氛围中,一个自傲而又寡决的灵魂在风雨雷鸣中煎熬着,强撑着……

东北那条河拐了一个弯,仍在艰难地流着,诉说一个遥远的传说。

河北那片萧瑟的皇陵也在静静等待着,等待它理所当然的主人。

风潇潇,雨潇潇。在这风雨潇潇之夜,道光像他父皇一样惊叫着:"火!火!南天门起火!"

四皇儿奕䜣还没反应过来,道光就在这"火"的呼叫声中走完了他不服而又无奈的生命历程。

就在道光呼唤"火!火"的时候,南中国金田村一个叫"火秀"的青年悄悄点燃了太平天国的烈火……